Jurij Brězan
Mannesjahre

NEUES LEBEN

Ausgewählte Werke in Einzelausgaben
Band 3

Jurij Brězan

Mannesjahre

Roman

Verlag
Neues Leben
Berlin

ISBN 3-355-00105-8

2. Auflage, 1988
Lizenz Nr. 303 (305/172/88)
LSV 7001
Schutzumschlag und Einband: Werner Hahn
Typografie: Walter Leipold
Schrift: 10 p Garamond
Gesamtherstellung: Offizin Andersen Nexö, Graphischer Großbetrieb, Leipzig III/18/38
Bestell-Nr. 644 050 3
00980

Erster Teil

1

Grobes Soldatentuch auf dem Leib, grobe Schuhe an den Füßen, drei Finger voll rippigen Tabak in der Tasche – sonst trug Felix Hanusch nichts mit sich.

Seine Füße traten den Weg, der sein erster Schulweg gewesen war, leicht und sonderbar weich, vielleicht lag Watte auf dem Weg, vielleicht schwankte er ein wenig zwischen der Pappelreihe am Ufer des Inselteiches und dem Gartenzaun, hinter dem die Goldrenette und der Butterbirnbaum der Kindheit voller kleiner, grüner Früchte hingen.

Auf dem dunklen Wasser des Inselteiches schwamm das Dorf, schwarz und weiß, Konturen wellten sich mit dem Hauch des Windes und wurden wieder Häuser, Bäume. Die massige Front der Rittergutsscheunen zerfiel, und ein Ziegelhaus wuchs für den rotborstigen Michel Domsch, der zwei Söhne und ein Fachwerkhaus an den Krieg verloren hatte. Wolken zerflossen, und auch der kantige Granitblock des Denkmals für die Gefallenen des ersten Krieges hatte keine Schwere, tot waren die Söhne der Toten, es wird kein Kriegerdenkmal mehr nötig sein für die Söhne der Söhne.

Felix Hanusch atmete tief ein, stieß, schrill und grell, seinen Pfiff aus, er rannte am Zaun entlang, da war Mutters Bleiche, nie wollte der Rasen dicht und fest werden, auch jetzt scharrten Hühner dort, und da war das Hoftor, die Tür darin flog auf, und die Mutter lief dem Sohn entgegen, sie wollte lachen, aber sie weinte, und Felix küßte sie auf den Mund, seit den Kindermärchenjahren das erstemal.

Die Mutter führte ihn, oder er führte sie, ins Haus, neben der Tür gähnte ein Loch, eine zweite Tür, eine Fliegerbombe hatte sie in das dicke granitene Gemäuer gerissen.

Der alte Weinstock an der Wand war verdorrt. Immer noch weinte die Mutter, oder immer noch lachte sie, sie war schmal geworden in der einen Woche, in der der Krieg im Dorf zu Haus gewesen war. Durch das schmale Küchenfenster sind der Vater, die Schwester Lena und der Hund Karo zugleich hindurch, als die Bombe fiel, sie haben den Kaktus dabei umgeworfen und zerbrochen, Mutter hat ihn wieder eingepflanzt, ein Kaktusbein sozusagen nur.

Die Mutter wollte ein Kalb schlachten oder Plinsen bakken, sie schuschelte zwischen der Küche und dem kühlen Gewölbe, das ihre Vorratskammer war, hin und her und fand nichts, was sie an Stelle des Kalbes hätte opfern können.

Sie entsann sich ihres Gartens, sie wolle ihm einen Salat anrichten – ein Tröpfchen saurer Sahne habe sie – und zwei Eier braten, er solle ihr Schlepperkraut nicht essen müssen, das auf dem Feuer stand und das er noch nie gemocht hatte.

Felix ging mit ihr, sie schauten im Vorbeigehen in den Schweinestall, sechs Ferkel hatte die junge Sau geworfen, die lärmten, als sie die Mutter sahen. Sie gönnte ihnen die Sonne und öffnete das Gatter, die Ferkel stoben hinaus, erschraken vor dem erschrockenen Hahn, fuhren wie die wilde Jagd zurück in den Schutz des Muttertieres, der Hahn schrie aus Angst Triumph, und die Ferkel kamen wieder herausspaziert, sittsam wie ein Kindergarten, und schauten den Hahn nicht einmal an.

Auf dem Hofpflaster riderte ein Wagen, die Schwester Lena kam vom Feld, das Wägelchen voller Unkrautfutter. Sie reichte dem Bruder die Hand, sie lachte, das bißchen Wasser in ihren Augen war glitzernde Freude.

Die Tiere im Stall brummten, und die Ferkel waren längst ihren neugierigen Nasen hinterher aus dem Hof. Vor dem Hof lag die Sonne, mitten auf dem Weg grelles Spatzengezänk, und drüben stand, der eine Flügel schief in der Haspe verklemmt, das große schmiedeeiserne Tor zum ehemaligen gräflichen Park offen.

Auf dem Rasenrondell vor der Freitreppe duftete Heu, ein Mann packte es in ein Tragetuch. Er trug ein weißes bauschiges Hemd unter einer Weste mit glitzernden Perlmuttknöpfen – vielleicht war er irgendwo ein großer Bauer gewesen, und nun trug er sein Heu im Tragetuch nach Hause.

Das Wappen der Grafen von Hohenbruck über der weitklaffenden zweiflügeligen Tür zur Halle war zerbrochen, der Stierkopf darin war ein Kuhgesicht geworden, die Mauerzinne fehlte ganz, und vom Schwert war nichts geblieben als der Knauf.

Aus der Flügeltür fuhr ein Ferkelchen, die anderen fünf lärmten in der Halle, sie vergnügten sich in einem Haufen Lumpen, Papier und Tapetenfetzen und versuchten sich unter ein schwarzes Schrankungetüm zu flüchten, das einzige Möbelstück in der großen, steingefliesten Halle. Felix trieb sie hinaus, und sie rannten nach Hause.

Das Essen war fertig, sie aßen und saßen, die Zeit strich die Stunden zu Minuten zusammen, und die Naht auf der Haut des heimgekehrten Sohnes und Bruders – wie ein Reißverschluß von der Achsel bis zur Hüfte – machte den beiden Frauen die Augen weit und die Münder still, sie hörten nicht das hungrige Vieh im Stall und nicht die Sirene im Bruch, die den Feierabend ins Steinloch und in die Spellerhütten schrie.

Ein Schatten glitt an den Fenstern vorbei, Felix rannte hinaus, durch die Hoftür schob der Vater sein Fahrrad, Gesicht voller Steinstaub, Hände voller Steinstaub, Augen voller Licht.

„Zeit, daß du kommst“, sagte er, er reichte dem Sohn die Hand; der hörte, auch die Lunge war voller Steinstaub.

Der Vater war ebenfalls schmaler geworden, die Schultern runder, aber der Kopf saß gerade im Nacken, die alte verschwitzte, zerschlissene Mütze ließ die hohe gebuckelte Stirn frei, und der graubraune Schnauz lachte, hatte er je gelacht?

Sie ließen die Mutter mit ihrer Freude allein zu Haus und fuhren ins Futter, die Lena voraus mit dem Rad, der Vater und Felix im gemächlichen Schritt der Kuh vor dem Kleewagen hinterdrein.

Der Tag verlor langsam seine kantige Bläue. Die beiden Männer saßen nebeneinander auf dem holpernden Wagen, manchmal berührten sich ihre Schultern, Felix schaute die

Äcker an und die Obstbäume am Wegrand, und Jakob Hanusch rauchte seine Pfeife und schwieg. Am Hentschelteich sprangen sie vom Wagen, und Jakob Hanusch ließ die Augen über seine Äcker wandern und sagte:

„Ich glaube, wir werden heuer eine gute Ernte haben.“

Er nahm die Sense vom Wagen; als Felix die Hand danach ausstreckte, übergab er sie ihm und ging hinüber zu den Frühkartoffeln. Vorsichtig grub er mit den Händen unter den Stauden und suchte, Knolle um Knolle, ein Festmahl für den heimgekehrten Sohn zusammen.

Nachts wachte Felix Hanusch in seiner Kammer jäh auf, aber nicht in das hämmernde Bewußtsein einer Gefahr hinein. Vor dem Bett stand der Vater.

„Ob du vielleicht eine Zigarette hast?“ fragte er und setzte wie zögernd hinzu: „Junge ...“

Felix griff auf das Fensterbrett neben sich nach den Zigaretten. „Setz dich, Vater“, sagte er, rückte ein wenig zur Bettmitte und stellte ihm die halbe Schildkrötschale hin, die er als Aschenbecher benutzte. Der Vater saß in Hemd und Unterhosen auf der Bettkante, er rauchte die übelriechende Zigarette – nie pflegte er Zigaretten zu rauchen –, er rauchte und schwieg.

Durch das offene Fenster ringelte sich der Rauch hinaus, ganz in der Nähe, auf dem Scheunenfirst vielleicht, schrie ein Kauz.

„Muß einer sterben“, sagte der Vater, „weil der Kauz ruft – ist doch Unsinn.“

„Großer Unsinn“, bekräftigte Felix.

„Und ... deine Wunde?“

„Alles in bester Ordnung, Vater?“

Jakob Hanusch drückte die Zigarette in der Schildkrötschale aus. „Ich konnte nicht schlafen, weißt du. – Gute Nacht.“

Er ging, das kragenlose Taghemd in die Unterhose gestopft, die Unterhose mit der Hand haltend, sein Atem pfiff le[illegible]

„G[illegible] Nacht, Vater“, sagte Felix.

Die Haustreppe knarrte, die Kuhstalltür wurde geöffnet und wieder geschlossen, und erneut knarrte die Treppe. –

In der Stunde des Morgenchorals der Singvögel schlich sich Felix Hanusch, ein Handtuch in der Tasche, aus dem Haus und lief hinunter zur Mühle. Nackt glitt er in das tiefe Wasserloch am Mühlenwehr, das Wasser, durchsichtig bis auf den kiesigen Grund, brannte auf seiner Haut, und Kälte kroch ihm ins Blut. Er schwang sich hinaus und rubbelte sich ab, das Wasser glättete sich wieder, und der Hecht, der hier auf die Fischbrut wartete, schob sein Räubermaul an seinen Standplatz zurück. Felix rannte am Bach entlang, einen Kilometer vielleicht, und seine Haut war trocken wie zuvor.

Er zog sich an und schlenderte dorfauswärts in die Felder. Der Morgen war gläsern klar, eine klingende Lichtglocke, die Vögel schwiegen, es waren das Licht und die Stille, die klangen. Felix schritt die Raine entlang, die zum Bruch hinführten, hundertemal war er hier gelaufen, um dem Vater das Essen zu bringen.

Am Fuße des Bruchhügels blieb er stehen und sah zu, wie die Sonne das Dorf in Besitz nahm. Er setzte sich auf einen Haufen Feldsteine, in seinem Rücken lag der Granitbruch, vor ihm rannen die mageren Sandäcker der Brucharbeiter hinunter zum Bach, wo der Boden fett und fruchtbar war, er gehörte dem Batschon-Hof. Jenseits des Baches der Hof selbst: breit und behäbig, aber die Dächer waren bunt geflickt, und den Putz des Stallgebäudes und der Scheune maserten große Ziegelflecke. Eng am Haus der hohe Birnbaum, Himmelsleiter der Jugendträume: Man kletterte an ihm hinauf und stieg in Beates Kammer. Am Ende stieg ein Leutnant die Treppe hinauf, er brauchte den Birnbaum nicht, er lag, mit Siegel und Segen, in Beates Bett, er liegt irgendwo bei Narvik unter einem Steinhügel, es hat ihn nicht sein Orden und nicht seines Vaters Geld davor bewahrt, und auch nicht, daß er zwei Kinder mit Beate zeugte.

Felix Hanusch dachte daran mit Gedanken, die unberührt waren wie der Morgen, der im Dorf die Schatten in die Winkel trieb.

Er erhob sich von den Steinen, die auf dem Rain lagen, und sah sein Dorf vor sich im Tal. Von dort war er ausgegangen, und dorthin mußte er zurückkehren, um seinen

Acker zu finden, hier oder anderswo. Er schritt hinab, und seine Füße traten das Gras kräftiger zu Boden.

In der Bachsenke traf er Beate. In Männerstiefeln stapfte sie über die Wiese und lud tauschweres Gras auf den Wagen.

Sie reichten sich die Hand. „Guten Morgen, Beate!"

„Guten Morgen, Felix!"

Als ob sie gestern abend erst auseinandergegangen wären! Es waren aber Jahre, die Welt war umgestülpt.

„Bist du wieder ganz heil?" Ihm schien, sie sei rot geworden.

„Ja, sie haben mich fein zusammengeflickt."

Beate rief den Gaul zur Ordnung, warf eine Gabel voll Gras auf den Wagen.

Er kramte vergeblich nach einer Zigarette. „Und wie geht es dir?" Ich bin blöd, dachte er, so zu fragen.

Sie wandte sich ihm zu. „Gut doch, nicht?"

Er hörte ihre wirkliche Antwort heraus: Der Mann ist tot, der Krieg verloren, ich habe fünfundzwanzig Hektar auf dem Hals, und du, meine große Jugendliebe, stehst da und machst Konversation.

Er tat einen zögernden Schritt, vielleicht wollte er ihr die Gabel aus der Hand nehmen, um das Fuder aufzuladen, da kam Marko Horbank, den sie Rumbo nannten, mit dem Fahrrad.

Rumbo stieg ab, haute Felix auf die Schulter, er schrie nicht, er war kein Niemand mehr, er war Bürgermeister. Er war es dank einem russischen Leutnant, der als erster die Besatzungsmacht im Dorf repräsentierte. Kurz vor Kriegsende war es Rumbo gelungen, sich von seiner Truppe zu entfernen, nach Haus zu kommen und sich verborgen zu halten; das Versteck war der Ziegenstall der Witwe Nakonz, seine Helfer sie und sein Vater, der Akkordtöter; bei sich trug er das Dokument, das er mit Hilfe des Vaters während der zwölf Jahre gehütet und bewahrt hatte und das ihn vor jenem Leutnant als Mitglied der Kommunistischen Partei auswies.

„Na, Papstlehrling, alte Kulakenliebe rostet nicht, was?" sagte Rumbo. Dazu lachte er wohlwollend, und es war klar, daß er Spaß gemacht hatte.

Vielleicht hätte Felix es über sich gebracht, auch zu lachen; aber da erfaßte er, daß Rumbo mit ihm gesprochen hatte, wie der alte Batschon früher mit den Brucharbeitern und Habenichtsen zu sprechen pflegte. Er schob die Hand, die er dem anderen schon entgegengestreckt hatte, in die Tasche.

„Och“, entgegnete er wegwerfend, „bei mir rosten auch andere Jugendfreundschaften nicht.“

Felix wußte nicht recht, was er mit Beate reden konnte, aber er blieb bei ihr stehen; er wollte nicht Seite an Seite mit dem Bürgermeister ins Dorf gehen.

Vom Hof her kam ein hochgewachsenes Mädchen, eine Gabel quer über beide Schultern, die Arme darüber verschränkt. Sie erschien besonders kräftig in den Schultern und sehr schmal im Gürtel.

„He, Loga-Mädchen, hast lange geschlafen!“ rief Felix ihr entgegen, froh, nun einen guten Abgang bei Beate zu finden.

Uschka Loga, gleichaltrig mit Felix' Schwester Lena und seit ihrer Schulentlassung vor fünf Jahren Magd auf dem Batschon-Hof, stieß die Gabel in den lockeren Wiesenboden, strich sich im Gehen eine lose braune Haarsträhne unter das helle Kopftuch und reichte ihm die Hand. Sie sah ihn prüfend an: Das wird ja nun wohl mein Bauer.

Ihm fiel ein, daß sie keinen ihrer vier Brüder daheim hatte willkommen heißen können.

„Ich glaube, ich muß auch noch ins Futter“, sagte er ein wenig abrupt und wünschte Bäuerin und Magd noch einen guten Morgen. –

Als sich der Tag aus dem Dorf stahl, stahl sich Lena Hanusch aus dem Haus, und zu dritt blieben sie nach dem Abendbrot am Tisch: Der Vater stocherte in der Pfeife, die Mutter stichelte an einer Arbeitshose – zu schnell zerschliß der kantige Stein den Kriegsstoff –, Felix rauchte, fragte und antwortete und spann im Unterbewußtsein an einem Faden, der all die Fragen und all die Antworten miteinander verband – die Gedanken des Morgens waren darin.

„Morgen fahre ich in die Stadt“, sagte er.

„Sieh dich ruhig mal um“, brummelte der Vater.

Die Mutter hob die Augen und nickte.

„Ich gehe zur Partei", sagte Felix.

Der Vater wandte den Kopf, die buschigen Brauen schoben sich zusammen.

„Was willst du denn dort?"

Die Mutter hielt die Nadel still und schaute den Sohn an. Felix sah, wie tief sich die Zeit in ihr Gesicht eingegraben hatte.

„Du hast doch nichts mit denen zu tun", sagte sie, ihre Stimme schwankte.

„Doch", antwortete Felix, „ich habe mit ihnen zu tun."

Er sah, wie die frohe Ruhe vom Gesicht der Mutter gleichsam abblätterte, das nackte, zersorgte Muttergesicht trat hervor.

Der Vater preßte und drückte mit hornigen Daumenkuppen frischen Tabak in den Pfeifenkopf.

„Rumbo ist in der Partei", sagte er. „Sonst keiner."

Rumbo, der Rabauke und Krakeeler, der immer die Welt einreißen wollte und die Gartenzäune einriß – das meinte Jakob Hanusch –, mit dem wirst du dich doch nicht auf *einen* Stuhl setzen!

„Die Roßmann-Jungen ...", sagte Felix.

„Aber nicht hier!" fiel der Vater ein. „In Dresden. Und außerdem ..."

Felix wartete, aber es kam nichts mehr.

„Was: außerdem?" fragte er.

Der Vater blickte weg, in die Stubenecke vielleicht, vielleicht auf Mutters Hände, die eifrig die Nadel führten.

„Wir haben immer gewollt, die Mutter und ich", sprach der Vater, „du sollst ein anständiger Mensch bleiben, mehr haben wir nicht gewollt!"

„Dafür haben wir dich erzogen, der Vater und ich", fügte die Mutter hinzu. „Und als sie dich ins Gefängnis brachten, haben wir beide vor keinem die Augen niederschlagen müssen."

„Ja", bekräftigte der Vater und blickte dem Sohn gerade ins Gesicht. „Du hast uns keine Schande gemacht, bisher nicht."

Felix dankte beiden mit einem Blick. Er bemerkte auf dem Gesicht der Mutter eine tiefe Furcht und begriff nicht ihren Grund. Hinter den dunklen Augen und dem strengen

Mund des Vaters sah er plötzlich das wilde, harte Gesicht dessen, der inmitten der Brucharbeiter stand und schrie: „Streik!" – Sieben Jahre war ich damals, fremd war der Vater, und zum erstenmal liebte ich ihn. – Und dann ein anderes Vater-Gesicht: Sie räucherten den braunen Gauredner Willi Messer, der einmal ein Arbeiter gewesen war, aus ihrer Bruchbaracke hinaus, der Vater saß stumm dazwischen, Augen und Mund voller Haß, den Kopf steif im Nacken. – Und andere Jahre, andere Gesichter, aber nie war ein demütiges darunter, niemals hing der Schnauz ergeben über die Mundwinkel herab, niemals legte sich das Kinn auf die Brust, und niemals zog der Vater die zerschlissene Mütze vom Kopf vor einem, der nicht auch den Hut zog vor ihm, ob es der Graf war oder der Bruchherr, der Schandarm oder der Bauer Michael Batschon. Jahre und Gesichter, und Felix Hanusch begriff, was des Vaters „Anständigkeit" war.

„Rumbo", sagte der Vater, „ist ja nun Kaiser und König im Dorf. Er denkt, wir sind seine Knechte. Ich will nicht, daß du auch nur einmal denkst, du bist ein Herr und irgendeiner ist ein Knecht von dir. Ich will ..." Den Rest des Satzes stopfte und knetete er in seine Pfeife; der Tabak brannte schlecht.

„Was willst du?" fragte Felix.

„Sag's!" forderte auch die Mutter.

„Gut", polterte der Vater. „Ich will mich auf meine alten Tage nicht schämen müssen deinetwegen!"

Felix lächelte ihm zu und auch der Mutter, und als er sah, daß sie Hoffnung schöpften, sie hätten sich umsonst erregt und geängstigt, sagte er: „Ich werde nie etwas tun, weswegen ich mich vor euch schämen müßte."

Der Vater zündete sich schweigend die Pfeife an; er hatte alles gesagt, was er sagen konnte. Er wußte, daß Felix sich entschlossen hatte, und um sich selbst zu helfen, hoffte er, daß, wenn schon sein Sohn, der, um anständig zu bleiben, statt auf die Universität ins Gefängnis gegangen war, Obrigkeitsschuhe anzöge, es keine Tretstiefel sein würden. Eine andere Hoffnung, von der er noch weniger wußte als von dieser, stak tief in ihm: daß auch das Kaiser- und Königtum des neuen Bürgermeisters vorübergehend sei, daß in Wirklichkeit nun doch die Meinung der vielen Kleinen im Dorf das richtige Gewicht haben werde. Der Nachbar Peter – der Klarinettenmann –, der Akkordtöter, die Witwe Nakonz, der Mrosak, der Paul Wenk, ich – dachte Jakob Hanusch –, wir wären schon eine richtige Obrigkeit. Er dachte das Dorf hinauf und hinunter, und ihm fiel, außer dem Postmann, dem alten Batschon und dem Maurer Bensch, der nun seinen Verstand bis auf einen geringen Rest vertrunken hatte, niemand ein, den er nicht in seine neue Obrigkeitsliste aufnehmen würde. Und einer muß ja der Erste sein, warum nicht Felix?

Daran dachte Jakob Hanusch, es war eine schöne blaue Zukunft, er stieß kräftige Wolken Tabakrauch aus, der Tabak schmeckte nicht übel, die Wolken waren blau wie seine Obrigkeitsgedanken. Die Mutter aber hatte zuckende Lippen, und sie blickte nicht auf, damit Felix ihre schwimmenden Augen nicht sähe, als sie sagte: „Und wenn ich sterbe, werde ich dich niemals wiedersehen ..." Nun weinte sie doch, weil auch sie verstand, daß der Entschluß endgültig war. Felix trat zu ihr und legte ihr den Arm leicht um die Schultern.

„Kein Grund zu weinen, Mutter", sagte er. „Der liebe Gott läßt nur ganz schlechte Menschen nicht in seinen Himmel, so einer werde ich wohl nicht werden! Nach der Parteizugehörigkeit fragt er bestimmt nicht!"

„Das sagst *du*!" entgegnete sie. „Aber ..." Sie ließ ihr Aber und wischte sich mit dem Handrücken über die Augen; sie versprach sich, für den Sohn die Bewerbung um einen Himmelsplatz mit zu übernehmen, und tröstete sich damit um so leichter, als sie in ihrem Mutterherzen nicht zu glauben vermochte, ihr Sohn könnte einmal ein so schlechter Mensch werden, daß ihre Liebe ihn nicht zu retten vermöchte.

Draußen klappte die Hoftür, die Schwester Lena trat ins Zimmer, die Haare voller Sommernacht.

„Sie haben den Landrat abgesetzt", rief sie, „er soll geschoben haben. Das wäre doch eine Arbeit für dich, Felix."

„Landrat!" sagte der Vater verweisend.

„Warum denn nicht?" Lena wunderte sich.

Felix sah sie an und lächelte.

2

Felix Hanusch saß auf einem umgestülpten rostenden Stahlhelm auf dem hohen Wegrand neben Batschons Sandgrube.

Genau hier lag er, achtjährig, neben den hackenden Maschinengewehren, damals, als sie den ersten Krieg verloren hatten und den zweiten zu zeugen anfingen.

Einen Steinwurf weit, hinter der wispernden Schilfmauer der Hentschelteich – Fischteich und Badeteich. Dahinter der gräfliche, ehemals gräfliche, Wald und mittendrin das Fleckchen Kleewiese. Es war in dem schrecklichen Dürrejahr, als Felix das Wiesenstück fand, ihre alte Kuh weidete die Rehportion ab, und er saß über dem Heft und schrieb seine erste Geschichte, zehn war er.

Dort das silbrige, sich wiegende Dreieck: Der Roggen blüht, und es ist noch nicht Johannis. Damals stand dort auch Roggen, als er zum erstenmal die Sense in das Korn hieb, gewaltig und ungeschickt. In der Senke dahinter die Wiese, nackt jetzt und stoppelig, sie mähten sie zwischen Tau und Tag, der Vater und er, und er fuhr in die Schule, die erste Stunde Latein, de transquillitate animi oder Horaz.

Die Raine, die ihnen Lager, die Büsche, die ihnen Wächter waren, der Beate Batschon und ihm, Küsse, Schwüre, Träume, Tränen, Lust – Träume vor allem, gute Träume, schlechte Träume – die Raine sind da, tief und heimlich zwischen Roggenmauern, die Büsche hoch und dicht, sie werden sich lieben in ihrem Schutz, irgendeiner und irgendeine, die Beate nicht und er nicht.

Zehn Schritt waren es von dem hohen Wegrand bis zur Witwe Nakonz. Sie las die Stengelchen Klee zusammen, die ihr durch die Harke geschlüpft waren.

Solange ich denken kann, war die Witwe Nakonz da für mich. Sie schalt mich, als ich ein Lausejunge war, sie wußte mir gute und böse Worte, als ich ein Liebhaber war der Beate und glauben wollte, daß alles Brot letztlich das gleiche Brot sei: das, welches dem Michael Batschon auf hundert Morgen ins Haus wuchs, das, welches der Vater aus dem

Steinbruch brach, und das der Witwe Nakonz, die drei Ziegen besaß und keinen Acker dazu.

Sie sprach mit mir über Ziegendreck und den eierköpfigen Postmann, als ich aus dem Gefängnis kam, und als der Krieg heimkehrte, sprach sie zu mir von der Kuh, die sie haben wird, wenn erst der Krieg in der eigenen Wolfshöhle verreckt ist.

Immer hat die Witwe Nakonz Zeit gehabt, mit mir zu reden. Jetzt hat sie keine Zeit; sie hat eine Kuh, viereckig oder auch vieleckig, sie hat einen Acker dazu, ohne Rain, Raine wachsen nicht so schnell zwischen den ehemals gräflichen Äckern. Auf ihrem Acker liest sie Kleestengelchen zusammen, und es ist kein Zweifel, daß ihre Kuh rund sein wird wie eine Kuh und daß sie sich so gut zu Vergleichen in der Zukunft eignen wird, wie sich die Ziegen eigneten in der Vergangenheit.

Felix hatte ihr den Klee gehauen und auf den Wagen gepackt, hatte über die Stengelchen gespottet und wartete nun, bis sie fertig war. Auf einem umgestülpten rostenden Stahlhelm sitzend, schaute er der Witwe Nakonz zu und bedachte die Zeit, die über die Felder fliegt, dreißig Jahre und fünf Tage ist er alt, hat einen Reißverschluß von der rechten Achsel bis in die Hüfte, und das ist nun sein Pfund, mit dem er wuchern muß: der Reißverschluß, das wieder eingenähte Leben, die dreißig Jahre und fünf Tage.

Am Abend des zweiten Tages nach der Heimkehr war er zum Bürgermeister gegangen, sich anzumelden. Rumbo fragte ihn, was er tun wolle. Felix zuckte mit den Schultern, er wollte sagen: Alles, damit keiner mehr sein halbes Leben vertut – wie wir beide. Aber er konnte es Rumbo nicht sagen, immer hatten sie sich in der Wolle gehabt, weil Felix Gedanken hatte, die Rumbo verachtete: Rumbo wollte die Welt einreißen, weil sie schlecht war, und Felix wollte wissen, wie sieht eine gute Welt eigentlich aus.

Er zuckte mit den Schultern. „Mal sehen."

„Bißchen die Leutnantswitwe beschlafen, was?" Rumbo lachte, in seinen Mundwinkeln versteckte sich Haß.

„Statt dessen", der alte jähe Zorn sprang Felix an, „kann ich mich ja auch mit dir prügeln!"

Er sah es Rumbo an: Der wollte aufspringen, die Fäuste

vor, und gleich werden sie aufeinander losschlagen, wie hundertmal seit jenem ersten Tag, als Felix ihn „Rumbo" taufte.

Der Bürgermeister sagte: „Würde dir schlecht bekommen!"

„Einem von uns!" sagte Felix.

Rumbo betrachtete eine Weile seine Fäuste, sie waren nicht größer und nicht härter als Felix' Fäuste.

„Du bist ein Stinker", knurrte er dann, „ich bin auch einer. Es gibt eine Masse Leute, die geprügelt werden müssen." Irgendwoher holte er eine Flasche und zwei Gläser, es war echter Wodka. „Von uns gemeinsam, verstehst du", sagte er und goß ein, „wenn du daheim bleiben willst, obwohl ..."

„Obwohl, was?"

Er zögerte. „Es gibt hier keine Arbeit für dich."

„Ich weiß noch nicht." Felix überlegte, daß er morgen oder übermorgen nach Dresden fahren könnte. Ernst Roßmann und Rudi Roßmann und Agnes leben dort.

Sie tranken noch zwei Glas, und Rumbo erzählte: „Die Arbeit ist schwer, trauen kannst du gerade dir selbst, es hilft nichts, immer den Daumen drauf, und dann gibt's solche Oberstinker wie den alten Silberbart von der Schule. Fragt der, als ich das Batschon-Gut enteignen lassen will – in einem Aufwasch, weißt du –, fragt der: Ist das rechtmäßig? Da platzte mir aber der Kragen, und ich haute auf den Tisch. Bin ich Rechtsanwalt oder Proletarier?"

Rumbo lachte. Felix fand nichts zu lachen dabei. Er fand, daß die Arbeit auf eine andere Art schwer sei als auf die Rumbo-Art.

Anderntags fuhr er nach Dresden.

Schmale, gewundene Pfade zwischen Geröllhalden, wilde Felsen, aufgerissene halbe Türme, sinnlose gotische Bogen, wirrer Stahl, ein Nymphentorso, im Großen Garten Kartoffelbeete. Felix Hanusch suchte die Straße, die einen neuen Namen hatte, aber selbst mit dem alten Namen kaum zu finden war. Brückenpfeiler starrten den blauen Himmel an, ein Dutzend Frauen putzten Trümmerziegel, auf der Uferwiese saß ein dünnes, dünnes Mädchen, drei oder vier Lumpenkleider hatte sie bei sich, sie nähte daraus ein neues, ein Kleid, gut zum Tanzen, schwingend und weit und bunt, sie summte einen Schlager.

Die Gärten blühten; manchmal war in den Gärten ein Haus übriggeblieben.

Felix klingelte.

Die Klingel schrillte – schrillte ins Leere.

Er setzte sich auf die Elbwiese, nahm seine Brote aus der Tasche und sah dem dünnen Mädchen zu. Das eine Bein hatte sie ausgestreckt und das andere untergeschlagen, sie stichelte eifrig und summte ihre Schlager, und manchmal warf sie einen Blick hinüber in eine der Trümmerstraßen, ein lächerlich kleiner Lärm war dort und eine Spielzeugstaubwolke.

Felix bot ihr eine Schnitte an.

„Haben Sie auch selbst genug?" Das Mädchen hatte dunkle, tiefliegende Augen.

„Ich komme vom Dorf."

„Ja, dann!" sagte sie. „Danke."

Sie biß kräftig in die Schnitte.

„Zehn solcher Schnitten", sagte sie, als sie fertig war, „und ich wiege hundert Pfund." Sie lachte leise, wie eine kleine Freude lacht.

Er fragte, warum sie gerade soviel wiegen wolle.

„Deswegen", sagte sie und hob das lustige halbe Flickenkleid an. „Wenn ich hundert Pfund wiege, heiraten wir, sagt er."

„Das Hochzeitskleid?"

Sie nickte, und nach einer Weile, als er immer noch schwieg, begann sie wieder zu summen. Er hörte ihr zu und auch dem kleinen, lächerlichen Lärm in der Trümmerstraße, sah den Strom seine Wasser wälzen, ein Auto stolperte über die zerlöcherte Uferstraße, oben zogen Wolken, und irgendwann mußte Agnes ja nach Hause kommen.

Aus der Trümmerstraße kam ein Mann mit einem Handwagen. Das Mädchen steckte sich die Nähnadel sorgfältig in die Leinenbluse und packte die Flicken und das halbe Hochzeitskleid zusammen.

Der Mann war jung, er trug eine grüngraue Soldatenhose, Trümmerstaub lag dick auf ihr, und seine Hände waren zerschunden; den Wagen hatte er am Rand der Wiese stehenlassen. Das Mädchen blieb sitzen, der Mann hockte sich zu ihr, vielleicht wollte er sie küssen, ganz schnell steckte sie ihm etwas in den Mund, den Rest der Schnitte.

Plötzlich tat es ihr leid, den Fremden sozusagen betrogen zu haben, sie sagte: „Er hat sie mir geschenkt, er ist vom Dorf."

Sie blickten beide zu Felix hinüber, das Mädchen lächelte, der Mann kaute, sagte: „Merci!" und tippte mit einem Finger an den Rand seiner rötlich-grauen Feldmütze.

Er half dem Mädchen aufstehen, und das Mädchen hatte das eine Bein nicht untergeschlagen gehabt, das Bein endete am Knie. Er nahm das Mädchen auf die Arme, sie nickten Felix zu, auf Wiedersehn, er trug sie, und sie küßte ihn. Als er sie davonfuhr auf seinem Trümmerwagen die zerlöcherte Uferstraße entlang, pfiffen sie zweistimmig.

Felix Hanusch schlenderte wieder hinüber zu dem Haus und klingelte. Die Klingel war jetzt ohne Strom, die Tür stand angelehnt. In der Küche saß, dunkel und zusammengedrückt, Rudi Roßmanns Mutter, die rechte Hand auf dem Küchentisch, die linke im Schoß.

Felix grüßte und fragte nach Rudi und Agnes. Die alte Frau bewegte die Lippen, er hörte nichts, sie strich mit der rechten Hand über das Holz, und die Linke kniff und knetete das schwarze Kleid. Dann las er es ihr von den murmelnden Lippen, den ruhelosen Händen: Tot, Rudi ist tot, Agnes ist tot. Im Auto. Eine Brücke, hölzerne Brücke, war immer ganz, immer, immer ist er darübergefahren, sie war ganz, sie sind tot, immer war die Brücke ganz, gestern brach sie ein. Die alten Hände, gichtig gekrümmt, blutlos, ruhelos, eine auf dem Tisch, eine im Schoß.

Rudi Roßmann war verantwortlich gewesen für die Bodenreform, Agnes im gleichen Bereich für die Unterbringung der Flüchtlinge und Umsiedler.

Sie haben sie umgebracht, murmelte die alte Frau, immer war die Brücke ganz gewesen, und gestern …

Das Auto war in den Abgrund gestürzt, Agnes war gleich tot, Rudi starb Stunden später im Krankenhaus.

Felix Hanusch ging zurück durch die tote Stadt. Es war gut, daß es dunkelte, gut, daß die Wüste leer und still war, stählerne Träger hingen wie Galgenholz über dem Geklüfte, gut war es, daß das dünne Mädchen auf der Uferwiese gesessen hatte.

Stumm sprach er mit Agnes, erzählte ihr alles, was gewesen war seit jener Nacht, da er ihr über die Grenze in eine andere Not hinübergeholfen hatte, und Agnes war wie früher: jung und alt, klug und schön, streng und träumend. Sie war kein Beichtiger, sie legte keine Schuld fest, abzahlbar in Buße, und sie gewährte keine Absolution, sie waren zueinander nichts als ein Mensch und ein Mensch, und sie war nicht tot. Und sie beide wußten, daß zum Menschen Irrtum gehört und Schuld und daß sein Leben sei wie eine Spirale, aufsteigend und sich verengend: Sichtbar bleibt vergangene Schuld und vergangener Irrtum, und neuem Irrtum und neuer Schuld verbleibt stets weniger Raum und geringere Schwere.

Agnes war tot, und einmal hatte sie gesagt: „Komm, ich führe dich. Allein findest du dich nicht zurecht."

Felix Hanusch irrte durch eine dunkle armselige Stadt, eine Trümmerwüste voller Ratten, vierbeiniger und zweibeiniger, und grauer Menschengestalten, die sich mit den Ratten und dem Rattenleben abzufinden schienen.

Er mußte quer durch die Stadt, von einem Ende zum anderen. Ringsum wuchsen Trümmer, gespenstisch und drohend.

Wie aus dem Boden gewachsen stand ein Mann vor Felix, weiße Tennisschuhe, schwarze Panzerjacke, das Gesicht jung und roh in dem geringen Licht. Ein zweiter schlenderte heran, die Hände in den Taschen. Felix spannte alle Muskeln an.

„Haben Sie Feuer?" murmelte der in der Panzerjacke.

Der zweite trat hinzu, bereit zum Überfall.

Blitzschnell handelte Felix. Dem Mann in der Panzerjacke stieß er mit aller Kraft das Knie in den Leib, dem anderen fuhr seine ausgefächerte linke Hand nach den Augen, der zuckte zurück, und Felix' rechte Faust knallte an das hochgerissene ungeschützte Kinn.

Felix rannte über den schmalen, kaum erkennbaren Trümmerpfad davon. Er rannte nicht wie in Panik, sondern wie ein Läufer, der eine lange Strecke vor sich weiß. Er richtete die Augen nicht auf den schwarzen Schatten der rettenden Brücke weit vorn, sondern auf den sich windenden, unebenen Steg vor seinen Füßen. Wenn er stolpert, erreicht er die Brücke nie.

Er erreichte die Brücke. Sein Atem ging hart, aber die Narbe, die Narbe von der Achsel bis zur Hüfte, spürte er nicht. Er blieb stehen und sah sich um. Die tote Silhouette lag im Strom. Er starrte über sie hinweg, stromaufwärts, hinunter in das dunkle Wasser. Die Türme wuchsen wieder, die Häuser reihten sich, Lichterketten perlten im Strom, und im Zwingerhof tanzte eine Kleine Nachtmusik.

Ein schlingernder Straßenbahnzug ächzte zur Brücke. Felix sprang auf das Trittbrett. Mit jeder Station gelangte er tiefer in den Wagen hinein, den graues Schweigen füllte. Die Gesichter erschienen dumpf in dem armseligen schattenlosen Licht. Er spürte den Dunst aus schlechter Seife und mürrischem Unglauben, und zum erstenmal begriff er, daß Millionen im Land eine neue Zeitrechnung hatten: n. d. Z. – nach dem Zusammenbruch.

Die Trümmer waren zurückgeblieben. Die Bahn fuhr wieder durch eine Stadt mit Häusern, Bäumen, Straßenlaternen, Geschäften, Kartoffelbeeten in allen Gärten.

Ernst Roßmann wohnte unweit einer Haltestelle in einem villenartigen Häuschen, das allein für sich in einem Garten stand. Die Klingel schrillte nicht, es gab immer noch keinen Strom, auf das Klopfen reagierte niemand. Eines der Seitenfenster war schwach erleuchtet. Felix ging um das Häuschen herum und fand über eine winzige Terrasse einen zweiten, offenen Eingang. Er trat ein, hörte ein Geräusch, tastete sich vorwärts, und unter dem Druck seiner Hand öffnete sich eine Tür. Eine Frau mit silbrigem Haar wandte sich ruhig um. Sie stand am Gaskocher und gab zwei Fingerspitzen voll Dill in ein Töpfchen mit Kartoffelschalen. Felix entschuldigte sich für sein Eindringen und fragte nach Ernst Roßmann. Die Frau konnte nicht mehr erschrecken, aber hassen konnte sie. Solcher Haß macht Mörder, dachte Felix, wenn man Kraft genug hat, hölzerne Brückenpfosten anzusägen.

„In der Kneipe“, sagte die silberhaarige Dame. Sie rührte die Kartoffelschalen und war allein auf der Welt.

Die „Kneipe“ war ein Gasthof mit drei Gasträumen und einem Tanzsaal. Früher ein unbedeutendes Lokal am Rande der Stadt, war der Gasthof zum Mittelpunkt eines Stadtteiles geworden, der für sich lebte. Alle Stadtteile lebten für sich, die Stadt war nicht mehr.

Leise schob sich Felix in den ihm gewiesenen Raum. Es war ein großes Zimmer, voller Menschen, wie es Felix schien. Für ihn unsichtbar flackerten hinter der Schattenwand der Sitzenden einige wenige Kerzen. Ein Mann sprach, schlaff, nuschelnd. Felix erfaßte nur unzusammenhängende Satzfetzen. Vorsichtig tastete er sich weiter ins Zimmer hinein. Seine Augen gewöhnten sich an das Halbdunkel, und nun sah er auch den Mann, der sprach. Er hatte einen mächtigen Schädel mit einer weitausladenden Stirn. Seine Sprechweise gehörte ganz und gar nicht zu ihm. Instinktiv fühlte sich Felix von ihm abgestoßen, obwohl er immer noch nicht den Sinn seiner Rede begriff. Soviel verstand er, daß es um das Theater ging und daß der Mann sprach, als wäre er ein hohles Faß. Schließlich ging ihm der Zwirn gänzlich aus, er wiederholte den letzten Satz zweimal und setzte sich. Die Zuhörer verharrten stumm und regungslos. Wie die Menschen in der Straßenbahn.

Aus der ersten Reihe erhob sich Ernst Roßmann und stellte sich, einen Zettel in der Hand, vor eine der Kerzen. In diesem Augenblick erst fiel Felix wieder ein, daß Agnes und Rudi tot waren. Und auf einmal wurde er zornig auf den Mann mit dem Löwenschädel, der nicht begriff, daß das, was tot war, nicht wieder zum Leben erweckt werden konnte, wenn es nicht weiterlebte aus sich.

Ernst Roßmann trug keinen Löwenkopf auf den Schultern, sein Gesicht war ein Dutzendgesicht, hager und blaß, jetzt dunkel vor Trauer, aber seine Stimme war tief und warm und voller Freude am Leben. Er beendete seine Ausführungen, schloß die Versammlung und kam geradewegs auf Felix zu. Er hatte ihn also doch gesehen. Jetzt, die Kerzen im Rücken, war sein Gesicht kaum noch zu erkennen. Für einen Augenblick legte er die Hand auf Felix’ Oberarm, sehr fest, und sagte: „Komm.“

Sie traten aus der Haustür. Überall sprang das elektrische Licht an.

„Du bist wohl als Ersatz gekommen?“
„Das reichte nicht“, sagte Felix.
„Es reicht niemals“, meinte Ernst. „Trotzdem ist es gut, daß du da bist.“ Nach einer Weile fragte er: „Warst du dort?“
„Ja“, antwortete Felix.
Ein Stück Wegs gingen sie schweigend nebeneinander-her. Dann fragte Ernst: „Warst du lange auf der Versammlung?“
„Nur kurz. So lange etwa, wie der letzte sprach. Wer war denn das?“
„Ein Dramaturg“, erwiderte Ernst, beinahe erbittert. „Versteht alles von Shakespeare und nichts vom Leben. Was hast du vor?“
„Mein Zug geht gegen Mitternacht.“
„Fahr morgen früh. Damit wir Zeit genug haben.“
„Wofür?“
Fast ungeduldig antwortete Ernst: „Zum Reden! Ich lebe bloß noch, um zu reden. Und das meistens mit Leuten, die von irgend etwas alles und vom Leben nichts verstehen. – Wovon verstehst denn du alles?“
Felix mußte über sein Mißtrauen lachen. „Von nichts.“
„Gott sei Dank“, knurrte Ernst. „Aber das werden wir dir noch beibringen.“
Die haßerfüllte silberhaarige Dame zeigte sich nicht. „Ihr Sohn war Fallschirmjäger-Oberst, jetzt ist er Tellerwäscher bei den Amis“, erklärte Ernst.
Roßmann bewohnte zwei Räume, eine winzige Schlafkammer, ein großes Wohnzimmer, die offene Terrasse gehörte dazu. Die Nacht sei warm, schön und kurz, meinte er und schlug vor, auf der Terrasse zu sitzen. Er brachte kalten Tee, Zwieback, Tabak und Zigarettenpapier, irgendwo müsse noch ein Tröpfchen Schnaps stehen, er fand die Flasche, ein reichlicher Fingerhut voll war drin.
„Trink du selber auf dich“, sagte er und holte eine kurze, klobige Pfeife aus seiner Rocktasche. „Erzähl!“
Wie erzählt man ein Leben, das aus einem Ende besteht, in dem ein Anfang verborgen ist, unsichtbar, noch unerkennbar, doch von einem solchen Gewicht, daß die Schale des Endes gewichtlos oben schwebt?

Ernst stopfte die Pfeife, es gab nichts Wichtigeres, als die Pfeife richtig zu stopfen, er zündete sie an und rauchte mit Genuß.

„Erinnerst du dich noch an den Burschen Felix Hanusch", sagte er, „der überlegte, welches Hemd er für den Kampf anziehen sollte?"

„Von fern."

„Eben." Ernst nickte und lachte. Ein gutes, zufriedenes Lachen. „Und deswegen wirst du auf dem schnellsten Wege studieren gehen und doppelt schnell lernen."

„Zwei Semester in einem", sagte Felix. Aber das war noch keine Antwort. „Und was werde ich studieren?"

„Alles über Shakespeare", antwortete Ernst ohne Zögern. „Wir müssen sehr schnell herauskriegen, wie man das macht: alles über Shakespeare und viel über das Leben zu wissen."

„Ja", sagte Felix. Aber auch das war noch keine Entscheidung. Vor seinen Augen lag das Dorf. Die Frage ist: Wozu bin ich heimgekommen? Ist ein Studium nicht zuwenig? „Als kleiner Junge habe ich mir immer gewünscht, alles lernen zu können, was es zu lernen gibt ..."

„Also los!" sagte Ernst. „Du bist noch jung genug!"

Aber war er nicht auch alt genug für anderes? „Wenn man Agnes fragen könnte ...", murmelte er.

„Sie war die beste Frau, die ich gekannt habe", sagte Ernst.

Sie schwiegen eine Weile. Dann stand Ernst auf und trat an die Brüstung der Terrasse. Im Osten begann sich der Himmel zu hellen.

„Sie würde dir dasselbe raten wie ich, glaubst du nicht?"

„Nein."

„Warum nicht!"

„Sie kannte mich besser als du. Und: Sie war eine Frau."

Felix blickte auf die Uhr. „Wie lange brauche ich zum Bahnhof?"

„Ich komme mit", sagte Ernst. „Am liebsten führe ich mit dir heim, packte deine Sachen und expedierte dich auf die Universität. – Was macht übrigens die Rumbo-Retterin Nakonz? Meine Mutter spricht oft von ihr. Sie hat ja damals bei ihr gewohnt. – Grüß sie, grüß alle und schreibe mir morgen, daß du im Herbst anfängst, alles über Shakespeare zu lernen."

Die Witwe Nakonz richtete sich auf und legte zehn oder auch zwanzig Stengelchen Klee auf die hochgepackte Fuhre.

„Ich soll dich von Ernst Roßmann grüßen", rief Felix ihr zu.

„Der soll lieber den Rumbo verjagen und an seiner Stelle dich zum Bürgermeister machen."

Felix warf den Stahlhelm hinunter in Batschons verwilderte Sandgrube, trat zum Wagen und zog den Strick fest über die Fuhre. „Rumbo hat durchgesetzt", sagte er, „daß du den Acker bekamst."

„Ja", entgegnete sie und zupfte sorgfältig die Fuhre ab und stopfte die Handvoll Klee unter den Strick, „und den Oberlehrer hat er einen alten Narren genannt und gesagt, daß er", sie dachte nach, „daß er ein Schutzhelfer sei des Klassenfeinds."

„Na schön", Felix Hanusch nahm den Zugstrick und die Witwe Nakonz die Deichsel, „aber was hat das mit deiner Kuh zu tun?"

„Ich denke", sagte die Witwe, „du wirst sogar dem Postmann seine Bekehrung glauben – so dumm bist du! Ich will meine Kuh behalten." Alles drehte sich bei ihr um die Kuh; das Dorf, die Welt und der Bürgermeister – alles hing zusammen mit dem eckigen Tier, das in ihrem alten Ziegenstall stand und eine Kuh werden sollte.

Als sie den Hügel hinter der Sandgrube geschafft hatten, sagte Felix zu der Witwe Nakonz, nun schaffe sie es ja wohl allein.

„*Ich* schaffe es allein", sie griff nach dem Strick und nahm den Zuggurt über die Schulter, „aber Rumbo, da kann er noch soviel vom Kämpfen schreien – wenn er das ganze Dorf wegkämpft, kommt der Graf wieder, und ich bin meine Kuh los. Das ist so sicher wie das, daß du sehr dumm bist. Und ich habe gedacht, nun hast du endlich was gelernt."

Sie legte sich in den Gurt, ihre staubigen nackten Füße stemmten sich gegen den sommerharten Weg, sie hatte es eilig, die Sonne stand schon hoch über dem Steinbruch, gleich wird es sechs Uhr sein, und wovon sollte die Kuh eine richtige Kuh werden, wenn nicht dadurch, daß ihre Herrin keine Minute vergeudete und kein Hälmchen Klee liegenließ?

Die Kuh war wichtig, aber wichtiger war etwas anderes. Die Frau blieb stehen. „Geh du nur studieren", sagte sie, „werde ein feiner Mann und komm uns manchmal besuchen. Der Alfons Batschon studiert ja auch."

Sie wollte weiter.

Er hielt den Wagen fest.

„Moment", sagte er. „Erst erkläre mir mal, warum ich nicht studieren gehen soll."

„Habe ich gesagt, du sollst nicht? Ich hab gesagt, du sollst! Geh du nur! Ich kann mir meinen Klee allein hauen, dazu brauche ich dich nicht."

Er hielt den Wagen immer noch fest. „Und wozu brauchst du mich?"

„Laß meinen Wagen los!" verlangte sie. „Ich habe es eilig."

„Ich habe es auch eilig", sagte er. „Und deswegen laß ich nicht los."

„Na gut!" Sie trat einen Schritt auf ihn zu. „Früher hast du immer große Rosinen im Kopf gehabt. Alle wolltest du lehren, allen wolltest du helfen. Jetzt, wo es soweit ist, da rennst du weg, studieren. Für dich willst du eine große Rosine sein. Ist dir ja egal, daß die Jungens im Dorf nicht wissen, was sie mit sich anfangen sollen. Und rüber nach der Tschechei rennen sie. Da kommen Leute her und reden soviel, daß wir nun frei sind. In der Kneipe hocken die Burschen und spielen Karten. Um die Freiheit wohl, was? Du geh nur, geh nur, lerne du, studiere und werde ein feiner Mann! Wir kommen auch ohne dich aus."

Sie riß ihren Wagen so jäh nach vorn, daß Felix ihn nicht mehr aufzuhalten vermochte. Er sah ihr nach, bis sie in der Biegung an den Drei Schiefen Bäumen verschwand. Dann schlenderte er zurück, die Hände in den Taschen, eine Zeile Rüben war noch zu verziehen, vielleicht kannst du das machen, Felix, hatte der Vater gesagt; es ist gleichgültig, ob man irgendwo in der Sonne liegt oder ob man Rüben verzieht, nachdenken kann man überall.

Die Rübenzeilen sind nicht lang, wo nur zwei Kühe daran fressen. Felix Hanusch war fertig mit der Arbeit, mit dem Nachdenken war er nicht fertig. Er ging über den Acker, riß dort eine Distel aus und dort eine Melde, hörte dem Kuckuck zu, der aus den hohen Linden am Hentschelteich schrie. Was für ein Blödsinn, dachte er, die Jahre zu zählen, es werden viele Jahre sein oder wenige Jahre, ein jedes wird klüger sein als das vorhergegangene, um Geringes oder um Wesentliches klüger, keines wird klug sein: Das Lernen wird dauern bis zum Ende. Die Witwe Nakonz irrt: Dumm ist, wer auf alles eine Antwort weiß.

Er kletterte wieder auf den Hang hinauf und setzte sich auf die höchste Stelle. Unmittelbar vor ihm blühte, fast staudenartig, eine Kornblume. Er pflückte eine Blüte ab und schob sie sich zwischen die Zähne.

Sanft gewellt, wie unterm Morgenwind das Wasser des Teiches, hoben und senkten sich Felder und Wiesen. Da ein Hag, dort eine Baumgruppe, eine Allee zog sich, wie es schien, quer durch das silbrige Getreide. Ganz unten im Tal der grüne Strich der Bäume und Büsche, die den Bach begleiteten, aus den Wiesen dahinter stiegen die Äcker hinauf zu dem Bruchhügel und dem blaugrünen Rücken des Galgenberges.

Auf dem Grafenfeld, das nun sein Feld war, hackte der Klarinettenmann Rüben auf, einen uralten Gaul hatte er vor dem Hackpflug, aber ein Gaul ist ein Gaul, und der Steinbrucharbeiter ist ein Bauer geworden. Eine Klarinette hat er sich wieder gekauft, aber jeder Braut ins Hochzeitsbett zu spielen, hat er nicht Zeit.

Auf der Kuppe des Hügels kroch der Schattenriß des Gespanns über den hellen Himmel. Der Peter kann jede Melodie, die er einmal hört, spielen; früher hat er Melodien spielen können, die es gar nicht gibt: einen Sommertag am Hentschelteich, das harte Gehämmer im Steinbruch, die Sonne darüber, der Durst quält die Männer – und er kennt nicht eine Note.

Bin nicht auch ich ein Klarinettenmann, den man nicht hat lernen lassen?

Benno Schofka, der junge Steinarbeiter, die Magd Uschka Loga, sie erwarten für sich immer noch das Leben ihrer Eltern: Knecht – Steinarbeiter, Magd – Steinarbeitersfrau. Aber wer wird Lehrer sein, wer wird in den Amtsstuben sitzen, wer wird die alten Melodien spielen, neue schreiben, wer wird Arzt sein, wer Krankenschwester?

Im Dorf steht das Herrenhaus, „das Schloß", wie sie es nannten, verwahrlost und nutzlos herum, etwa zehn Hektar Land, Rest aus der Bodenreform, gehören noch dazu, herrenlos sozusagen, der Kreisrat bewirtschaftet es für sich. Felix dachte darüber nach, es war ein rotierender Nebel von Vorstellungen und Empfindungen, nicht mehr.

Er ließ Melde und Distel und lief ins Dorf zu Rumbo, dem Bürgermeister. In Gedanken baute er schon das Grafenschloß um zu einer Nachholschule für die Kinder der Brucharbeiter. Doch tief in ihm weinte der kleine Junge, der sich die Seele aus dem Leib gesehnt hatte, einmal alles lernen zu dürfen, was es zu lernen gab.

3

Vor dem Schloß trat der eierköpfige Postmann auf Felix zu, hieß ihn überschwenglich willkommen, und sogar ihn vermochte Felix nicht abzuweisen, er duldete, daß er mit ihm ins Schloß kam.

„Da hast du dir was Schönes aufgehalst." Der Postmann hüstelte. „Verrecken soll er dran, hat Rumbo zu mir gesagt, und der beißt sich selbst in den Hintern, wenn du dran verreckst."

„Ich verrecke nicht."

„Nein, du nicht, mein lieber Felix. Du bist klug und energisch und – ich bin ja nicht informiert darüber, was du eigentlich vorhast und was Rumbo mir darüber gesagt hat ..." Er trat nahe an den riesigen fast schwarzen Jagdschrank heran. „Das sind ja wirklich wunderbare Schnitzereien, nicht? Späte Renaissance, wahrscheinlich von einem Italiener gemacht."

„Was hat Rumbo gesagt?"

„Schwamm drüber, Felix", er wedelte mit seiner blutlosen

Hand, „du bist ein gebildeter Mensch, und er war besoffen. Bloß soviel, Felix, will ich dir sagen, wenn du mal Hilfe brauchst mit deiner Schule, ich bin zwar klapprig, und Asthma habe ich auch", er krächzte zur Bekräftigung, „aber wenn ich kann, ich helfe dir!"

„Ich merke mir's", sagte Felix, und plötzlich konnte er ihn nicht länger hier ertragen, den Nazischnüffler und Zuträger, und niemand kann es ihm nachweisen. Mitglied der Volkswohlfahrt ist er gewesen, und nichts weiter, bitte schön.

„Du kannst gleich damit anfangen", fuhr er fort, „ich brauche den Schofka-Benno. Er möchte sofort kommen, wenn's geht."

„Wenn ich ihn finde", sagte der Postmann lässig.

Felix Hanusch wartete vergebens, daß Benno Schofka erschiene, der junge Steinbrucharbeiter, der eine silberne Rippe seit den Kämpfen am Monte Cassino hatte und Weihnachtskinderaugen und der nach Feierabend sich abmühte, aus heimatlichem Granit einen afrikanischen Löwen zu meißeln.

Felix strich unruhig durch das Schloß, das wirklich kaum noch mehr war als eine Bude: Es gab nicht eine einzige Lampenfassung, nicht einen Steckkontakt, die Messinghähne der Wasserleitung fehlten bis auf einen, manche waren sogar abgesägt worden, der Motor der Wasserpumpe, die Waschbecken, die Badewannen – nicht auffindbar, und von den Möbeln war wenig mehr da als das, was er dem Umsiedler Emil Kurfürst sozusagen aus den Händen gerissen hatte.

Daß der die Möbel notwendig brauchte, war klar; er hatte irgend jemanden in der Stadt, der bereit war, dafür Nägel oder Seife oder Zucker oder Gott weiß was herauszurükken, und der Zucker oder die Seife erfuhren noch einige weitere Umwandlungen, bis die Möbel in ihrer letzten Gestalt vor Emil Kurfürst standen: ein Hackpflug und ein Akkerwagen.

Felix betrachtete nachdenklich die eine Kommode; auf der Platte war eine Schäferszene dargestellt: Eine Dame hatte sich unter einem riesigen, tief herabhängenden Baum gelagert, vor ihr kniete ein Schäfer, mit einem Spieldegen an der Seite, hinten wölbten sich Hügel, und in der Mitte, am Ufer eines Baches, sang eine frohe Gesellschaft Lieder zur Laute.

Er strich mit dem Finger über das Bild, spürte einen kleinen Riß und beugte sich tiefer herab: Es war kein Holz, es war Perlmutt oder Schildpatt, vielleicht war auch Emaille dabei. Felix war kein Fachmann in solchen Dingen, aber er wollte sein Leben lang Rumbo aus der Hand fressen, wenn diese Kommode sich nicht in ganz andere Dinge verwandeln ließe als in einen simplen Hackpflug! Der Kurfürst hatte einen kleinen Gauner an der Hand; hier brauchte es einen mit größeren Möglichkeiten.

„Der Teufel soll mich holen", sagte er und dachte: In ein leeres Schloß kommen höchstens Mäuse, und niemand gibt Möbel her.

Schon um das leere Schloß hatte er, zu seiner großen Überraschung, kämpfen müssen, als wolle er ein halbes Land für sich haben.

Er war zu Rumbo gekommen, der hockte mit dem Klarinettenmann über einem Papier.

„Fünfzig Zentner Kartoffeln müssen wir abliefern, bis morgen abend!" erklärte der Klarinettenmann, der für die Bauernhilfe über dem amtlichen Papier brütete.

„In Dresden haben sie nichts mehr zu futtern. Sogar Brennnesseln soll's keine mehr geben." Rumbo hob den Kopf und grinste, als müsse er sich mit einem Stärkeren schlagen.

Dann waren sie fertig mit der Liste, der Klarinettenmann ging, und Rumbo sagte: „Was willst du?"

„Das Schloß", sagte Felix und spann seinen Nebelfaden ab.

„Du bist ein ganz verdammter Intelligenzler", Rumbo griff sich an sein offenstehendes grauweißgestreiftes kragenloses Hemd, „ein ganz verdammter! Weißt du, was wir Proletarier mit deiner Grafenbude machen werden? Weg damit! Kein Stein bleibt auf dem anderen! Die Umsiedler sind untergebracht, jetzt wird der Junkerstall abgerissen und fertig!"

„Ein gutes, intaktes Gebäude, das ist doch sinnlos ...!"

„Sinnlos, sagst du? So." Rumbo kam hinter seinem Tisch hervor. „Ich werde dir sagen, was sinnlos ist: du mit deinen verrückten Ideen! Schule! In den Städten haben sie nichts zu fressen, und du willst kräftige junge Leute von der Arbeit abhalten, um ihnen irgend so einen Goethe vorzubeten und ...!"

„Genau das!" Felix wurde wütend. „Wir haben die Macht nicht bloß, um ..."

Rumbo unterbrach ihn: „Ich schmeiße dich gleich hier raus. Aber erst will ich dir noch sagen, wofür wir die Macht haben." Er setzte sich auf seinen Platz und legte die Unterarme auf den Tisch, die Fäuste geballt. „Erstens", er richtete den Daumen der rechten Hand auf, „um Schluß mit dem Hunger zu machen. Zweitens", der linke Daumen richtete sich auf, „um Schluß zu machen mit dem Klassenfeind – ein für allemal! Deswegen wird, zum Beispiel, dein Liebchen aufhören, Frau Gutsbesitzer zu sein, deswegen wird, zum Beispiel, das Schloß abgerissen, deswegen werden wir, zum Beispiel, dir deine verfluchten Flausen aus dem Kopf blasen! Ich habe dir schon einmal deine bunte Mütze vom Schädel gehauen – erinnerst du dich? ..."

„Ich erinnere mich noch an ganz andere Dinge, zum Beispiel", Felix äffte Rumbos Ton nach, „an deine Feldwebel-Sterne." Er griff nach der Türklinke. „Du bist kein lieber Gott mehr, Rumbo!"

Des Bürgermeisters Augenbrauen wulsteten sich. „Ich möchte bloß wissen, was *du* in unserer Partei willst! Und wer *dich* hineingelassen hat!"

Felix setzte sich dem Bürgermeister gegenüber an den Tisch, er legte, wie dieser, die Fäuste auf die Platte und zwang sich zur Ruhe.

„Aufgenommen hat mich die Partei", erklärte er, „nicht irgendein ‚wer'. Und eingetreten bin ich aus dem gleichen Grunde, weswegen ich das Schloß will. Ich denke, es ist der gleiche Grund, weswegen du das Schloß abreißen willst."

„Ich bin nicht", entgegnete Rumbo, „so ein schlauer Intelligenzler, daß ich dein Gequatsche verstehen könnte. Was willst du eigentlich im Dorf? Hau doch ab, geh studieren, werde Doktor oder Papst von mir aus! Ich lasse mir von dir nicht im Dorf herumpfuschen!"

„Du wirst dich daran gewöhnen müssen, daß wir beide in *einer* Partei sind." Felix stand auf. „Ich muß mich ja auch daran gewöhnen. – Mach's gut, Rumbo!"

Dann war er zu Pontius und Pilatus gelaufen, der Pontius hieß vielleicht Lehmann oder Wawrik, der Pilatus Kirilenko oder Menhudin, er war ein Landrat oder ein Vorsitzender, ein Leutnant oder ein Major, einer mußte die Ernte organisieren, einer redete wie Rumbo, einer hatte tausend Umsiedler und eine Wohnung, einer zehntausend Kinder und keine Milch, einer sprach sorbisch, der andere deutsch, russisch der dritte, und in jeder Sprache reimte sich Brot auf Not, und eine leere, verwahrloste Grafenbude ergab nicht einmal eine Assonanz dazu. Am Ende saß hinter einem rotbezogenen Schreibtisch ein Oberleutnant. Vielleicht war er müde, vielleicht hatte er Heimweh nach seinem Kaukasus, vielleicht war er wütend über eine Dummheit oder ein Verbrechen: Er brüllte, Felix sei wohl ein Imperialistenlakai und wolle das Schloß restaurieren für das geflohene Grafenpack. Da verlor Felix seinen Verstand und brüllte auch, nicht weniger laut; plötzlich war Stille, der Offizier betrachtete diesen seltsamen Vogel, schob ihm eine Papiros hin, hörte sich nun ruhig an, was Felix auf russisch radebrechte, unterwies ihn dann, ebenso radebrechend auf deutsch, daß die deutsche Sprache außer Hitler auch Beethoven und Heine gesprochen haben, und sagte schließlich, das Schloß kannst du haben, aber sonst – nitschewo. Mach was draus, unseren Segen hast du! Später kann man ja den Segen vielleicht konkretisieren, aber zunächst beweise einmal, daß du kein Sausebraus und Windhupfer bist.

Mach was daraus! Hier hast du dein Zettelchen für den Bürgermeister. Ja, das ist alles. Oder hast du etwa gedacht, wir geben dir auch noch Gehalt?

Und Rumbo hatte zu dem Zettelchen gelacht. „Mensch, Papstlehrling, du gefällst mir! Wenn ich für deinen Spleen mit der Grafenbude", er wurde ernst und verantwortungsbewußt, „wenn ich dafür eine Mark gäbe, wäre das eine Veruntreuung der Steuergelder des Volkes!" Er hatte den Kopf geschüttelt, nachsichtig, schadenfroh. „Das ist ja deine Stinkidee, nun mach was draus!"

Ich mache was daraus, dachte Felix, zunächst einmal mache ich was aus dieser Kommode! Er suchte möglichst große Stücke der abgerissenen Tapete zusammen und bedeckte die kostbare Einlegearbeit, damit sie nicht noch mehr Kratzer bekäme.

4

Es schien, als hätte einer der steinernen Grafen, die draußen längs der Schloßmauer lehnten, die Halle eigens für die heutige Jugend des Dorfes gebaut. Die Burschen und Mädel füllten den Raum so, daß einer dem Mädchen neben sich die Hand aufs Knie legen oder eine dem Burschen vor sich heimlich in den Nacken blasen konnte. Die Hand auf dem falschen Knie und den gespitzten Blasemund sah niemand; die zwei Karbidlampen an der Wand stanken mehr, als daß sie leuchteten.

Vorn, neben dem Schrankungetüm, stand Felix Hanusch, mager und hager. Sie kannten ihn alle, zwei oder drei kannten ihn noch als Borbaß, den Geschichtenerzähler und Räuberhauptmann. Die anderen aus jener Zeit waren tot, tot oder noch gefangen, oder auch verheiratet, und das blieb sich eigentlich gleich: Die Hochzeitsgirlanden flochten die, die nicht tot waren und denen noch keine Hochzeitsgirlanden geflochten worden waren.

Das Reisig für die Girlanden lag draußen, vor dem Schloß, deswegen waren die Burschen und Mädchen gekommen, und auch weil jeder im Dorf von dem Streit zwischen dem Hanusch und dem Bürgermeister gehört hatte und neugierig war, mehr zu hören. Zunächst aber sangen sie, Benno Schofka stimmte an, und sie sangen ein Lied und noch ein Lied, sie waren die fröhlichste Jugend, die das Volk je gehabt hatte in tausend Jahren.

Als Felix Hanusch sie so singen sah – neben Benno Schofka die Magd Uschka, neben seiner Schwester Lena der junge Paul Wenk, die kleine Anna Domanja verdreht die Augen, sie hält die Hand ihrer Freundin Maria Mrosak –, als er sie singen sah, erinnerte er sich, wie sie gesungen hatten in der Stube des Bruchwirtes, im letzten Kriegsjahr, der hagere sanfte Bruchwirt, der mächtige Akkordtöter, der rotborstige Michel Domsch, er selbst, der Obergefreite, und der Nachbar Peter, der Klarinettenmann.

Er erinnerte sich dessen, und nun wußte er, was er reden sollte. Sie saßen vor ihm auf mitgebrachten Hockern und rohen Holzbänken, und er begann:

„Früher einmal hatte ich einen Spitznamen, Borbaß hieß ich, sie hatten ihn mir angehängt, weil ich immer Geschichten erzählte, in denen ein wunderbares Fabelwesen die tollsten Abenteuer erlebte, und für das Fabelwesen hatte ich den Namen ‚Borbaß' erfunden. An die Geschichten kann ich mich nicht mehr erinnern, es waren erfundene, ersponnene Geschichten.

Die Geschichte, die ich euch jetzt erzählen will, ist keine erfundene, keine ersponnene, sie ist nicht lustig und nicht traurig, sie ist bloß wahr.

Elf Jahre war Peter, der Gänsejunge des Rittergutes. Er wußte viele Plätze, wo zartes Gras wuchs, wo der Löwenzahn dicht wie ein gelbes Meer stand, dort brauchte er auf die Gänse überhaupt nicht aufzupassen, er konnte sich ins Gras legen und in den Himmel starren und den Wolken zuschauen. Es kam vor, daß eine Wolke aussah wie eine Flöte. Wenn sie über den Himmel segelte, vergaß Peter seine Gänse und starrte der Flötenwolke nach, bis sie irgendwo am Rande zerfloß.

Einen Hüteplatz gab es, wohin Peter am liebsten mit seiner Gänseschar zog. Dieser Platz lag hinter der Schulmauer. Oben in der Schule wohnte der Lehrer. In seiner Stube stand ein Klavier, auf dem die Lehrersfrau oft spielte.

Eines Tages spielte sie, und durch das offene Fenster glitten, hüpften, sprangen, wogten und schäumten die Töne. Unten an der Mauer lehnte Peter, vergaß Wolken und Gänse und schluckte die Töne. Weit offenen Mundes fing er sie aus der Luft auf, einen wie den anderen, und dann waren sie sein.

Viele Töne verstand er; da war Lachen, da Weinen, hier zogen Wolken durch den blauen Tag, und die ganze Wiese prahlte voller Löwenzahn; manchmal waren die Töne Abend – die Gänse hocken satt und zufrieden auf dem

Gras, und irgendwo singen Amseln. Dann wieder schrien die Töne, verkrallten sich ineinander und waren wie Zahnschmerz. Die verstand Peter nicht, aber er nahm sie für sich wie die anderen.

Die Lehrerin hörte auf zu spielen. Peter legte sich ins Gras. Gerade über ihm zog eine Wolke, wenn man es nicht genau nahm, war es eine Flötenwolke. Peter nahm die Flöte in die Hände, spitzte den Mund und spielte. Die Lehrersfrau trat ans Fenster. Sie hörte ‚Solveigs Lied', das sie eben gespielt hatte. Sie beugte sich weit aus dem Fenster.

Der Hütejunge lag unten, jenseits der Mauer. Er pfiff das Lied.

Regungslos verharrte die Frau. Dann seufzte sie: ‚Mein Gott, wenn es der Meine wäre!' Ihr Junge ging auf das Gymnasium in der Stadt. Er saß jetzt das zweite Jahr in der Untertertia. Sein Vater war Lehrer, und seine Mutter hatte das Lyzeum besucht. Und der Junge vom Ochsenknecht pfiff Grieg.

Die Lehrersfrau grollte ein wenig mit dem lieben Gott, weil er seine Gaben ungerecht verteilte. Da trat ihr Mann, der Oberlehrer, ins Zimmer. Sie fragte: ‚Wie ist denn der Peter, der Hütejunge, mein ich, beim Unterricht?'

Der Lehrer dachte einen Augenblick lang nach. ‚Ach Gott', sagte er dann. ‚Beim Rechnen nicht eben schlecht. Aber Schreiben – fürchterlich!'

‚Er pfeift »Solveigs Lied«', sagte sie. ‚Hörst du's?'

Der Lehrer setzte sich an den Kaffeetisch. ‚Ich höre', sagte er und nahm sich ein Brötchen.

‚Ich möchte ihm Klavierstunden geben.'

‚In drei Jahren wird er Kuhknecht sein', der Lehrer brach langsam das Brötchen entzwei. ‚Ohne dein Klavier wird er ebenso glücklich', er zögerte, ‚und unglücklich sein wie andere Knechte. Und wenn du ihm Stunden gibst, läßt du ihn hineinschauen in eine Welt, die mit ihm soviel zu tun hat wie ich mit dem Kaiser.'

‚Ach', seufzte die Lehrersfrau, ‚wenn es der Unsere wäre!'

Es war aber der Hütejunge. Später, als die Zeit soweit war, wurde er ein Knecht."

Felix Hanusch schwieg. Die Burschen und Mädel glaubten, er mache eine Pause, sie warteten.

Schließlich fragte die Anna Domanja: „Und was war dann?"

„Wenn es eine Märchengeschichte wäre", sagte Felix, „müßte ich jetzt erzählen, wie am Ende aus dem Peter mit der Wolkenflöte ein großer Musiker wurde. Es ist aber eine sorbische Geschichte, und sie endet: Und dann wurde er ein Knecht."

Benno Schofka sagte laut: „Es ist eine Arme-Leute-Geschichte. Sie hätte auch anderswo spielen können. In Italien beispielsweise."

„Es *ist* eine Arme-Leute-Geschichte", entgegnete Felix. „Unsere Geschichten waren *immer* Arme-Leute-Geschichten. – Aber es soll nicht mehr so sein! Hier ist das Schloß, daraus können wir uns eine Schule machen, um zu lernen ..."

„Auch Flöte spielen?" rief einer.

„Auch Flöte spielen", antwortete Felix, „alles, was wir wollen." Er nickte. „Kommt!" Er nahm die beiden Karbidlampen von der Wand. „Schaut es euch an!"

Sie schauten sich's an, kahle, leere Räume, verwahrlost und schmutzig. Sie sahen, daß die Becken fehlten, und mancher wußte einen Schuppen, wo ein Becken lag, nutzlos, und nur weggeschleppt, weil das Wegschleppen ansteckend war.

Durch das ganze Schloß tappten und stolperten sie hinter den beiden Karbidlampen her. Manche nahmen auch die Hände zu Hilfe, es gab Gekicher und unterdrücktes Gekreisch, einer geriet an die Uschka vom Batschon-Hof, sie zahlte für die Hand an ihrer Brust mit ihrer Hand auf seiner Wange, und am Ende saßen sie wieder alle unten in der Halle.

Felix fragte: „Machen wir was daraus?"

Wir machen etwas daraus, sagten sie ohne Zögern.

Sie meinten das Schloß, und jeder dachte an etwas anderes: der Benno Schofka an seinen Granitlöwen, der einem Schaf ähnelte; die kleine Anna Domanja an Bücher, zu Haus schimpfte der Vater, wenn sie liest; die Maria Mrosak wollte tanzen, sie konnte sich nicht satt tanzen; Uschka, die Großmagd, träumte ins Blaue, sie versuchte ein Gesicht zu machen, wie es der Postmann hat, wenn er ganz besonders falsch ist – der Postmann hatte nichts mit alledem zu tun, er war ihr nur zufällig eingefallen.

Sie schleppten das frische Fichtenreisig in die Schloßhalle, sie wanden Girlanden, Hochzeitsgirlanden für die Monika Wenzel, und sie sangen dabei die alten Lieder, Holadra-Faladra. In den alten Liedern waren ihre neuen Träume.

5

Sie begannen ihre Schule zu bauen, indem sie die Sensen nahmen, abends um sieben, und als der Himmel in seinem durchsichtigsten Nachtkleid dastand und man die Sterne darauf noch bequem zählen konnte, hatten sie den ersten Roggen, der der Witwe Nakonz je gewachsen war, geschnitten, gebunden und in Hocken aufgestellt.

Die Witwe Nakonz sagte danke schön, kurz und ohne vielleicht einen Knicks zu machen, für Almosen zu danken war ihr zeitlebens schwergefallen.

Zwei Tage später – es war Sonntag nachmittags, und das war unerhört – erschienen siebzehn Burschen und Mädchen unter der Führung des Felix Hanusch auf dem Roggenschlag des Klarinettenmannes, der nun ein Bauer war auf fünf Hektar, aber dazu nur einen uralten Gaul besaß, und noch bevor der Mond sein erstauntes Gesicht in den Abend hob, war des Klarinettenmanns Roggen gehauen, gebunden und in Hocken aufgestellt.

Da sagte die Witwe Nakonz, als sie Felix traf: „Ich hätte ja gar nicht gewußt, wie ich es alleine schaffen sollte." Damit hob sie ihr Almosen-Dankeschön auf und bedankte sich, gleich zu gleich. Sie hatte wirklich keine Zeit, aber sie blieb noch stehen, betrachtete ruhig den hageren Burschen vor sich und sagte: „Manchmal denkt man, es hat einer nichts gelernt, bloß weil man es nicht gleich sieht. Wie mit meiner Kuh: Die frißt und frißt, aber die Milch kommt erst richtig, wenn das arme Vieh keine Hungerfalten mehr unter der Haut hat."

„Ich werde es mir merken, das mit den Hungerfalten unter der Haut", entgegnete er. Er dachte, wir alle haben sie unter der Haut, die Hungerfalten der Vergangenheit. Und weil er sehr müde war, dachte er noch: Es werden viele Sommer vergehen, bis die Milch richtig fließt.

Am Ende der Woche drosch die Erntebrigade der Jugend in zwei Schichten in einer trockenen taulosen Nacht drei Hektar Roggen vom Feld, das Feld gehörte der Beate Batschon.

Felix Hanusch warf der Dreschmaschine Garbe auf Garbe in den Rachen, Benno Schofka stand auf dem Platz des Großknechtes im Bansen; Beate und das einzige Knechtlein, das sie noch hatte, fuhren das Getreide an, der volle Mond hing am Himmel, und einmal gab es eine Pause, weil in der dunklen Scheunenkammer einer und eine fehlgetreten und zusammen ins Stroh gefallen waren.

Uschka warf die letzte Garbe auf den Dreschtisch.

„Fertig!" rief sie.

Felix schob die Staubbrille auf die Stirn, ließ die Maschine langsam auslaufen, drückte die Riemen von den Scheiben und stieg hinunter in die Tenne. Er löschte das Licht und trat durch das rückwärtige Tor in den Garten; in der lauen Luft schwamm der schwache Widerhall eines Liedes vom Sandweg her, der zur Wierbitzer Mühle führte.

„Sie hätten es mit dem Müller ausgemacht, daß sie noch in der Nacht kämen", sagte Beate. Sie hatte hinter den beiden Fuhrwerken das Hoftor geschlossen.

„Ja." Felix nickte. „Wir wollen mit der Ablieferung die ersten im Kreis sein."

Beate sah ihn aufmerksam an, sie wollte etwas sagen, eine Frage vielleicht, vielleicht war sie zu müde, genau zu denken, was sie sagen wollte, sie schwieg und ging neben ihm her weiter in den Garten hinaus.

Vorn war der Teich, flächig und behäbig lag der Mond darauf.

„Ich möchte baden", sagte Felix.

Beate hörte es genau: Er sagte, ich möchte *allein* baden.

„Das Wasser ist vergiftet", sagte sie. „Da haben Leichen dringelegen, Soldaten. Vielleicht liegen auch noch welche im Schlamm. Im Haus ist eine Dusche. Wenn du willst ..."

Sie kehrten um. Das Gras im Obstgarten war naß.

„Nun ist doch noch Tau gefallen“, murmelte Felix.

Der hohe Birnbaum. Man klettert hinauf und kommt in Beates Kammer.

„Ich wohne unten“, sagte Beate.

Man kommt nicht in ihre Kammer. Man klettert ja auch an keinem Birnbaum hinauf.

Eine Amsel probierte ein paar Töne, dann schwieg sie wieder. Sie saß auf der Spitze des Birnbaumes. Sie saß da und starrte hinüber zum Steinbruch, wo der Tag dämmerte.

An der Tür zur Gesindestube hing ein Schild, *Belegschaftsraum.* „Ein Radio steht drin“, sagte Beate. Und der Gesindetisch, dachte Felix. Am zweiten Platz, links an der Fensterbank, habe ich mein FH eingeschnitzt, damals, als ich ein Ferienknecht des alten Batschon war.

„Ich wohne vorn hinaus“, sagte Beate. Helle, moderne Möbel. Zwei Mastochsen hatte ihr Wohnzimmer gekostet. Beate sieht aus, als wäre sie zu Besuch in ihrem Zimmer, Schaftstiefel an den Füßen, staubig von oben bis unten. Und müde.

Sie öffnete eine Tür. „Da“, sagte sie. Hinter einem Vorhang war die Dusche.

„Die Kinder schlafen.“

Beate trat in ihr Schlafzimmer. Ein Ehebett, ihr Sohn Holger schlief darin.

Das Wasser stürzte herab, breit und kalt. Felix drehte den Hahn ein wenig zurück; trotzdem rauschte es. Er probierte den zweiten Hahn, die zweite Dusche fuhr auf ihn nieder, sie zischte nur leise.

Der Vorhang wurde zurückgeschoben. Nackt will ich reiten auf einer Eselstute durch die Stadt, damit alles Volk mich sieht und in mir nichts mehr bleibt ... So steht es irgendwo. Vielleicht in der Bibel. Felix sah Beate. Sie ist kräftig, sie reißt den Pflug aus der Furche und stemmt das Brett vom Dungwagen hoch. Sie ist schön. Trotzdem, es ist vorbei.

Beate lächelte nicht, sie sagte kein Wort.

Er reichte ihr die Seife. Ihre Hände waren schwielig. Cremes und Nagelfeile hatten sie in einem vergangenen Leben gekannt. Er wollte ihr ein gutes Wort sagen. „Deine Brause rauscht so. Daß der Junge nicht aufwacht."

„Ich habe ihn ins Kinderzimmer gelegt."

Felix drehte seine Brause zu.

„Das Handtuch liegt drin", sagte Beate. „Ich ..."

Sie sprach nicht zu Ende, und er wollte nicht fragen.

Auf dem Hocker im Schlafzimmer fand er einen Bademantel und ein grobes Frottiertuch; seine Unterwäsche und sein Hemd waren nicht da. Er frottierte sich ab.

Im Bademantel trat Beate ein.

„Du kannst das schmutzige Zeug nicht mehr anziehen." Sie öffnete einen Schrank und reichte ihm frische Unterwäsche. „Und außerdem ist es Sonntag." Aus einem anderen Schub holte sie ein weißes Polohemd aus sehr festem Leinen. Zögernd nahm er die Wäsche in die Hand und blickte stumm an Beate vorbei. Sie begriff.

„Deine Hose hängt im Wohnzimmer."

Im Wohnzimmer zog er sich an. Von seiner Hose war der Staub abgebürstet. Er dachte, vor drei Jahren ist ihr Mann gefallen.

In Schaftstiefeln und in grauem, grobem Arbeitszeug kam Beate herein.

„Es lohnt nicht mehr", sagte sie.

Draußen pfiff die Amsel, der Morgen klomm jenseits der Bruchhalde den Hügel hinauf. Durch das Gattertor traten sie in den tauigen Obstgarten. Er reichte ihr die Hand.

„Warte noch", sagte sie. Sie lehnte sich an den Birnbaum, den Kopf weit im Nacken. „Warum tust du das?"

Er schwieg. Erwartete sie eine Antwort?

„Ich denke", sagte sie, „wenn man in die Partei geht, wird man etwas. Und du, du hampelst hier mit der Jugend herum ..."

„Wahrscheinlich", gab er zu, „gibt es Leute, die in die Partei gehen, um etwas zu werden. Ich habe keinen Ehrgeiz ..." Er beendete den Satz nicht. Man müßte sagen: Darin oder hierfür habe ich keinen Ehrgeiz. Ich würde zum Beispiel studieren, um zu wissen, nicht um ein Diplom zu erhalten. Am liebsten Geschichte, die Geschichte der Maurer, der Töpfer, den Pflug und die Bombe von Hiroshima, den Parthenon, und was war Beethoven, als er die Fünfte

Sinfonie schrieb, was fürchtete und was freute die Witwe Nakonz, als sie eine Magd war und der Knecht Nikolaus Nakonz sie auf die Wiese führte, wo das Heu in Haufen lag, Duft und Bett, und drei Jahre später brachten sie ihn ihr aus dem Steinbruch heim, kalt und stumm.

Das Frühlicht sprang über die Bruchhalde, und grünlich saß es in Beates Augen. „Früher einmal hattest du wenigstens noch Energie!"

Jetzt lächelte er. „Tags bin ich ein Bauer auf zehn Hektar." Den Acker, der zum Schloß gehörte, hatten sie ihm zur Bewirtschaftung übertragen. „Meine Nacht ist kürzer als die deine. Ich lese, Gorki, Brecht, Steinbeck, neulich habe ich was über das Penicillin gelesen – was alles muß ich nachholen! –, und manchmal schreibe ich auch."

„Gedichte?" fragte Beate. „Immer noch Gedichte?"

„Als sie vorhin in die Mühle fuhren", antwortete er, „sangen sie."

„Russisch", sagte sie. „Du warst ja nicht da, als sie kamen, die – die Befreier!"

„Jetzt bin ich da! Und die Worte, unsere Worte für jenes Lied, habe ich geschrieben: Wenn du jung bist, komm zu uns, in unsere Brigade! Not und Elend zu bezwingen mit Hammer, Pflug und Spaten. Und ..."

Sie fiel ihm ins Wort: „Hammer und Sichel hättest du schreiben sollen!" Sie löste sich vom Stamm und blickte ihm voll ins Gesicht. „Nie, nie hätte ich geglaubt, daß du einmal mit Rumbo zusammen ..."

„Was?" fragte er.

Sie gab sich einen Ruck. „Mit Rumbo gegen uns sein wirst!"

„Gegen wen? Gegen dich?"

Sie antwortete nicht. Im Wipfel des Birnbaumes schlug die Amsel.

„Ich war neun Jahre", sagte er, „als ich mit Rumbo zusammen während des Kartoffellesens einen Streik, einen Kinderstreik gegen euch machte."

„Das war wohl auch Klassenkampf?" höhnte sie.

„Ja", sagte er. „Das war es."

Sie sah ihn an, schwer und steif von einem Haß, von dem sie nichts wußte.

„Das Zeug da“, sagte sie, „kannst du wegwerfen. Ich brauche es nicht mehr.“

Sie drehte sich um; es war Zeit zu füttern und zu melken.

Vor dem Spritzenhaus zeterten Spatzen, und auf Domanjas First saßen Tauben, ruckten und gurrten und schauten zu, wie der Sonntagswind der Sonne langsam die Röte vom Gesicht pustete. Das Dorf schlief noch.

Es schlief nicht mehr ganz. Felix begegnete der Witwe Nakonz, die ihre Schwarzbunte mit sanften Worten und Ergebenheit in den Willen der Kuh zur Weide geleitete.

„Wenn wir ihr zu zweit zureden“, sagte Felix, „vielleicht kommst du dann noch vor dem Mittagessen nach Hause.“

Die Witwe Nakonz brummte.

„Nanu?“ Felix verwunderte sich. „Ich wollte deine Kuh nicht beleidigen.“

Die Kuh blieb stehen, nicht einmal für das dümmste Kalb gab es einen Grund, hier stehenzubleiben, aber sie stand und hob die Nase in die Höh.

„Na hü, meine Alte“, brummelte die Witwe Nakonz. Die Kuh blinzelte nicht einmal.

„Vielleicht muß sie niesen“, sagte Felix. „Sie guckt ins Licht.“

„Die *Kuh* hat Charakter.“ Die so Gelobte entschloß sich weiterzuschlendern. „Während andere Leute ...“

„Da sie keinen Verstand hat, hat sie's leicht, Charakter zu haben“, sagte er.

Die Frau schlug das Tier mit der flachen Hand auf die Hinterbacke, und beide, die Frau und das Tier, erschraken.

„Willst du die Beate heiraten?“

„Nein.“ Vor Erstaunen blieb er stehen.

„Bloß manchmal mit ihr schlafen, was?“ Zornig war sie. „Jahrelang habe ich für Beate gewaschen. Das Hemd, das du anhast, davon hat er ein Dutzend aus Norwegen gebracht.“

Ruhig erklärte er: „Ich habe nicht mit Beate geschlafen, und ich werde nicht mit ihr schlafen.“

Die Kuh blieb wieder stehen.

„Manchmal denke ich“, sagte die Frau, „die Kuh hat sich wirklich ein bißchen Dummheit mit angefressen. Weil ihr's zu gut geht." Sie sah Felix über den runden Tierrücken hinweg an. „Paß bloß auf, Felix, daß du nie fett wirst."

Er nickte. „Und warum darf ich nicht mit Beate schlafen?"

Sofort kam die Antwort. „Wegen Rumbo."

Er begriff nicht.

„Wenn wir einmal einen neuen Bürgermeister brauchen", erklärte die Frau, „können wir keinen brauchen, der manchmal in einem Gutsbesitzerbett liegt."

Felix nickte. „So etwa."

Sie schwiegen eine Weile, und die Kuh hatte es plötzlich eilig, auf die Weide zu kommen.

Dann fragte Felix: „Hast du etwas gegen Beate?"

Die Witwe suchte die Kette und tüderte die Kuh an. Die Kuh murrte.

„Weil ich es ihr immer maulgerecht hingebracht habe, denkt sie, sie kann nicht satt werden, wenn sie's mit dem eigenen Maul abrupfen muß. Und wenn sie mitten im schönsten Klee steht." Die Frau richtete sich auf, umfaßte mit einem Blick ihr fünf Morgen großes Rittergut und gab sich keine Mühe, ihren Stolz zu unterdrücken. „Wenn man bedenkt: Früher mußte ich mir Raine erbetteln."

Sie prüfte ihren Weizen auf seine Reife hin.

„Für den Kuchen wird's reichen", sagte sie. „Und Beate: Der ist es eben auch immer maulgerecht hingebracht worden."

Als sie im Dorf waren und die Witwe Nakonz rechts gehen mußte und Felix links, fügte sie hinzu:

„Bloß, daß meine Kuh nur Charakter hat und keinen Verstand, wie du gesagt hast."

Felix wünschte ihr einen schönen Sonntag und spazierte auf dem Pfad Hinter den Tennen nach Hause ins Oberdorf.

Er fühlte sich nicht müde und nicht ausgeruht, er war nicht froh und nicht traurig, er summte irgendein Lied vor sich hin, vielleicht Holadra-Faladra, vielleicht den Schlager des Mädchens von der Elbwiese, er achtete nicht darauf.

Er schlenderte hinunter zum Bach. Über die Wiese stolzierte ein Storch. Sieht aus wie Johann Keschnik, als er noch ein Wachhund Hitlers war. Jetzt strampelt er sich verzweifelt ab, nur um nicht arbeiten zu müssen. In einer Vorstadtkneipe kaut er Rasierklingen und sammelt mit der hohlen Hand ein. Er schiebt auch und fällt dabei herein. Ohne Uniform ist er nicht lebensfähig. Aber vielleicht weiß er jemanden für die Kommode.

6

Johann Keschnik hatte sich zehn Tage lang von dünner Haferflockensuppe und gesiebter Luft ernährt. Er war dabei, Bilanz zu ziehen, und die Bilanz war betrüblich.

„Die Hunde lassen einen anständigen Menschen nicht ruhig leben“, sagte er.

Armer Hund, dachte Felix Hanusch und bot zehn Zigaretten für die Adresse eines Mannes, den bei gleichen Geschäften das Unglück weniger verfolgte als Johann Keschnik.

In der Stadt, gleich neben dem Scharfenturm, rahmt Bilder ein, hat noch nie jemand ein Bild von ihm eingerahmt bekommen, ein gewiefter Hund, hat sogar mich reingelegt, erzählte Keschnik.

Wird auch so ein Grauköter sein, dachte Felix und kürzte das Honorar um dreißig Prozent.

Es war kein Grauköter, es war eine junge Dame, hochbeinig und kurzberockt und blond wie die Muschel-Venus von Botticelli, die als *Originalkopie* an der Wand hing, neben dem Schild *z. Z. keine Annahme.*

Felix Hanusch tippte auf das Schildchen. „Überhaupt keine Annahme?“

Die junge Dame lächelte und sagte: „Gar keine, leider.“ Das Fragezeichen, das sie dahinter setzte, galt einem Satz, den sie nicht aussprach.

„Schade“, sagte er und machte keine Anstalten zu gehen.

Neben dem Dom, meinte sie, gebe es jemanden, der Bilder rahme, modern und antik.

Es handele sich um eine Intarsienarbeit, entgegnete Felix, bekümmert, weil der Mann am Dom dafür nicht der richtige wäre.

Und wo befinde sich die Arbeit, fragte sie.
In, nun ja, in einem Schloß.
„Wenn Sie bitte warten wollen? Einen Augenblick ...“
Felix Hanusch betrachtete wieder die kopierte Venus. Unwahrscheinliches Haar hat der Botticelli seinen schönen Frauen gegeben. Und lange Hälse; wahrscheinlich, damit er das Haar gut unterbringen konnte.
In seinem Rücken knarrten Schritte.
„Hello, Alter!“
Felix fuhr herum: Winfried von Grauheim, Klassenkamerad und Jagdflieger. Mann der einfachen Philosophie, und *ars amandi* ist die einzige Kunst. Er sieht aus wie ein General auf Urlaub.
„Ich habe da einen Wodka oben, würde sich verdammt freuen, von dir getrunken zu werden! Fraglich, ob Onkelchen Stalin einen besseren trinkt.“ Er schnitt eine Grimasse.
„Winnie! Haben sie dich in Walhall nicht aufnehmen wollen?“
Eine Wendeltreppe, und oben Winfrieds Wohnung, eins, zwei, drei Zimmer.
„Der Bürgermeister hat sich einmal von mir rahmen lassen. ‚Rahmen‘ kommt von Rahm, ist gleich Sahne. Einmal gerahmt, hängt man immer. Er will sich ein Landhäuschen bauen, oben am Berg, weißt du, da braucht er den Winnie, und ich brauche diesen Bungalow, und da ist der Wodka, bitte schön. Prost!“ sagte Winfried. „Auf die Kameraden, daß sie dich nicht abgemurkst haben!“
Na ja, dachte Felix. Sie tranken, und dann mußte er erzählen, in dürren Worten erzählte er. Im Grunde genommen, was gab es viel zu berichten, das Vergangene war nicht mehr als die Vorbereitung des Künftigen, und Winfried von Grauheim sah nicht so aus, als hätte er Anteil daran. Nachlaßversteigerer oder Hinterbliebener, wieso war er überhaupt hier?
„Lange Geschichte, mein Lieber!“ Winfried goß ein. „Als ich merkte, daß uns der Sprit ausging, machte ich eine kleine Fliege, zwanzigster Juli, aber leider hatten die Kameraden von der schwarzen Zunft wenig Sinn dafür, oder sie richteten sich nach einem anderen Kalender. Mir waren

schon die vielen Mädchen leid, die ich nun nicht mehr lieben würde, da schrien sie ‚Liberté!' und ‚Victoria!' auf dem Arc de Triomphe und auch vor den Gittern von Frèsnes, süße Himmelslieder, die Träne quoll, die Erde hatt' mich wieder. – Prost darauf!"

Prost darauf, Felix verschluckte sich, er mußte lachen, der Wodka spritzte über den Teppich, Winfried von Grauheim als Revoluzzer!

„Quatsch, Revolution!" Winfried verwahrte sich dagegen. „Ich hab ja schon in der Penne mitgemacht, bis zum ‚Abeundi' – und nicht weiter. ‚Der Schüler ist faul, aber es mangelt ihm nicht an Intelligenz.' – Prost darauf, er ist übrigens jetzt Rektor der Schule."

Prost auf den hageren Griechischlehrer. Und den Spielzeugschreibtisch da, habe ich den nicht schon irgendwo gesehen?

Winfried redete und redete:

Ist egal im Grunde genommen, ob man Wodka trinkt oder Whisky, fängt beides mit W an, immer habe ich Whisky getrunken, warum sollte ich nicht mal Wodka saufen, der Bully Churchill raucht Zigarre und Onkelchen Stalin Pfeife, Pfeife stinkt mehr, und Zigarre ist teurer, alles hinten so vorne wie hoch.

Prost darauf, und an dem Schreibtisch da, da hat mal einer gesessen, hieß Prosko sein Leben lang, dann durfte er sich von Greifenau nennen – nach seinem Erzeuger –, da kam der Iwan, den Prosko hätten sie vielleicht laufen lassen, den von Greifenau ließen sie nicht, und da liegt er nun und schreit nicht mehr, und eigentlich ist das alles zum Brüllen. Prost darauf.

Unsere Klasse? Tot. Wir sind die beiden letzten Mohikaner. Die Alma ist drüben, wartet, daß ihr Mann wieder verwendet wird, war immer verwendungsfähig. Und Stach, entsinnst du dich, Stach Lamm, war Kettenhund, ist jetzt Kuttenhemd, Tonsur und Sandalen, macht bald seinen Flugschein für die Kanzel, dann geh ich hin, er predigt, und ich sage Prost, Stach, und er fällt von der Kanzel.

Du warst immer ein Spinner, Felix, ich seh es dir an, daß du immer noch ein Spinner bist. Rede nicht, ich weiß ganz genau, was du reden willst oder kannst oder darfst, bei dir ist das vielleicht dasselbe, mit mir kannst du reden über alles, über Idiotie rede ich nicht, Politik ist idiotisch, du regst dich auf, strampelst dich ab, und die machen, was sie wollen, wenn sie dich fragen, fragen sie dich 'n Dreck, du glaubst das nicht, du wirst es glauben, wenn sie erst den Heiland in dir ausgetrieben haben, Heilande brauchen sie nicht, sind sie selbst, in den Circus maximus mußt du gehen und mit einer Eßgabel den Löwen umbringen, Spinner wie du gehen in die Arena und lassen sich fressen, Prost auf dich, du Schaukämpfer.

Felix Hanusch ließ sich von Winfried von Grauheim und seinem Wodka überfluten, bereitwillig und ohne Bedenken, und was er bedenken wollte, ob nämlich hinter dem Wodka und den Worten noch etwas war, Karst oder Sumpf oder vielleicht aufgebrochener Acker – er mußte trinken und lachen und staunen: Die Botticelli-Dame gehört zum Geschäft, sie ist attraktiv, das Geschäft lukrativ, extraktiv ist die Dame auch, bitte schön, eine Nummer im Notizbuch, entsinnst du dich, Felix: fünfzig Mädchen im Bett – längst erfüllt, Zweijahresplan mit ganz anderen Perspektiven, einfach Zahlen, blond bevorzugt, trotzdem: Lieben ist sinnlos, Leben ist sinnlos, Sartre-Gedanken sind Sinnlosigkeit im Quadrat.

Aus irgendeinem Schub holte Winfried zwei handhohe Figürchen von einem matten, warmen Glanz.

„Eine Kopie nach Praxiteles, Apollon Sauroktones." Ein wundervolles Werk, Mensch und Gott. Winfried prahlte nicht, es ergattert zu haben, und war nicht stolz, es zu besitzen.

„Und das ist eine Eirene, aus derselben Zeit. Sieh dir das Händchen an von dem Kind! Und der Kopf der Frau!" Er fuhr vorsichtig mit einem Finger über den Körper des Apollo. „Du denkst immer, es müßte warm sein, nicht?" Sorgsam trug er die Figürchen wieder in den verborgenen Schub. „Soweit waren sie vor reichlich zweitausend Jahren. Und ihr malt dem Apollo einen roten Stern auf den Bauch, und die Eirene kriegt ein Transparent in die Hand – als die alten Germanen aus ihrem Busch kamen, hauten sie den Sachen den Kopf ab, war auch nicht dümmer!"

Zögernd entgegnete Felix: „Ich verstehe nichts von Plastiken, doch ..."

„Verstehen! Denkst du, der alte Winnie versteht was davon? Aber daß sie schön sind!"

Ja, sie sind schön. Und ich werde sie vergessen, gleich wenn ich durch die Straßen der Stadt gehe und hinter dem Fenster eines Schuhmachers den Studienrat Meister entdecke, den Alldeutschen, der mir einmal fünf Mark gab und der glaubte, ich würde vielleicht eines Tages Bücher schrciben. Ich gebe ihm eine Schnitte, er sagt, to eat or not to eat, that's the question, er ißt, und ich denke, was ist das für eine Welt in dem Kopf des Mannes, der jetzt ein Schusterjunge ist.

„Schönheit an sich existiert nicht?" Winfried von Grauheim nahm sein Glas. „Prost auf dich, du Idiot! Die Eirene steht vor mir, ich sehe sie an und ..., ach Quatsch, Alter, reden wir lieber von Geschäften: Wo steht deine Kommode?"

Die Kommode steht in dem Bau, den die Grafen von Hohenbruck „Schloß" nannten, weil sie darin wohnten, und morgen abend sieht sich Winfried die Kommode an. Felix schlenderte durch die Stadt. Enthauptete Türme, fremde Soldaten, ein grüner Bretterzaun, rote Losungen darauf. Er entzifferte sie mühsam.

Der Studienrat Meister hinter dem Schusterfenster, ein wenig zum Lachen, ein wenig zum Bemitleiden, er kaute die Schnitte: Nun werden Sie ja ein großer Mann werden, von der Schule gejagt und nun ein großer Mann, erstaunlich ist das, vor allem aber: So *kann* eine richtige Welt nicht aussehen! Kam da ein Offizier zu mir, will lernen, Shakespeare im Original zu lesen, und bringt einen Eimer Milch mit. Der Schuster-Studienrat lachte, als lache ein Tonband.

Non scholae, sed vitae discimus, steht über der alten Schule, sie lernen Trigonometrie und lesen Faust, wie früher, das Leben ist ein anderes, lernen sie auch anders? Sie haben keine Schülermütze mehr auf dem Kopf, was aber haben sie im Kopf?

Ein Mädchen, zum Umpusten dünn und stakelbeinig, zwei Burschen dazu, einer robust und laut, der andere bunt und spöttisch. Sie reden vom Abitur, und plötzlich sitzen sie auf einer Parkbank. Sie müssen für heute abend eine Szene proben: Ein Gerichtsvollzieher pfändet einen Schrank. Ein Quatsch ist es, sagen die drei, aber die Leute werden lachen. Dann ist Pause, und nach der Pause kommt der zweite Teil: Das Mädchen rezitiert ein Gedicht, es liegt an dir, an dir allein. Der Robuste souffliert, und der Spötter summt: Gonna take a sentimental journey to renew old memories.

Felix Hanusch durchstreifte die Stadt, sah öde Werkhallen, Schornsteine, die nicht rauchten, Mühlen, die kein Korn mahlten, Geschäfte, die nichts verkauften, Lautsprecher aus Blech, die für Taube plärrten, unter den Fahnen am Rathaus wehte auch die sorbische; an den Säulen hingen Plakate für die Gemeindewahl, Schlosser, Maurer, Dreher kandidierten.

Diese Straße entlang rannte ich mit Agnes, als die Polizei uns jagte, trägt jetzt ein Namensschild aus Holz: die Straße des Löwenmähnigen. „Franz, zähl mal zusammen", sagte er zu mir, er hatte eine Eins geschrieben, sah aus wie eine Sieben, und später stand er oben am Sandgrubenrand, bewacht von Hunden und SS, und ich ging aus der Sandgrube hinaus, aber er sah es nicht mehr, er sieht nichts mehr, sie erschlugen ihn, als sie schon wußten, daß er leben würde, wenn längst die Dunggrube der Geschichte über ihnen stinkt, er ist tot, und ich lebe.

Vielleicht werden wir eine Eins schreiben, und es sieht aus wie eine Sieben, die Rechnung stimmt nicht, das Soll und das Haben geraten auseinander, Winfried grinst, aber es hilft ihm nichts, wir werden es lernen, die Zahlen richtig zu schreiben, das Wirkliche zu addieren, das Nötige zu subtrahieren. – Vielleicht gehört dazu auch, daß der alldeutsche Studienrat ein Schusterjunge ist.

Am Abend saß Felix Hanusch in einem Saal, bunt und zufällig die Kleidung der Männer, hölzerne Sandalen an strumpflosen Frauenfüßen, Hungergesichter und Hoffnungsgesichter, und manchmal war Dummheit dabei: Ich danke dir, Gott, daß ich nicht bin wie jene, die weder Bildung noch Ohr noch festliche Kleidung für Johann Sebastian Bach haben.

Das Allegro des ersten Satzes aus dem Vierten Brandenburgischen Konzert klang auf: Die Hungergesichter und die Hoffnungsgesichter hoben sich der Musik zu. Unverändert allein hockte die Dummheit auf den Stühlen.

Mancher erkannte den Felix Hanusch, *der* lebt, und mein Sohn hatte beide Eiserne Kreuze und ist tot.

Heiland, dachte Felix Hanusch, ich bin kein Heiland. Aber wovon sollte der Mensch leben, glaubte er nur an das to eat or not to eat des Schusterstudienrats?

7

Als auf den Stoppelfeldern zwischen der Schule und dem Hundekirchhof die ersten Drachen in den Wind stiegen, war das Schloß so weit hergerichtet, daß niemand es mehr für eine Räuberhöhle hielt.

Der Akkordtöter hatte den großen Herd in der Kellerküche des Schlosses repariert, er steckte einen Knautsch Papier ins Feuerloch, das Feuer brabbelte vor sich hin, knurrte auf und fuhr unter der Herdplatte hindurch in den Abzug, der feuchte Lehm in den Ritzen dampfte ein wenig, und der Akkordtöter saß da mit einem so bescheidenen Gesicht, daß ihm der Stolz fast die Backen sprengte. Uschka Loga nahm Felix die Flasche und das Glas aus der Hand und goß den Anerkennungsschnaps für den Akkordtöter ein, sie war dabei nicht Uschka, sie war in jeder Miene und Bewegung Hilde, die Gastwirtin.

Der Akkordtöter nahm den Schnaps und sagte: „Du scheinst ja oft vor der Theke zu sitzen!"

„Och!" Uschka wedelte lässig mit der kostbaren Flasche. „Dreimal am Tag. – Soll ich dir mal zeigen, wie du dich gerade aufgeplustert hast?"

Sie blähte die Backen, kniff die Augen zusammen, wakkelte mit dem Kopf – alle lachten.

Sie sagte: „Dazu hat sich dein Schnauz aufgestellt, als wäre er ein halber Igel!"

„Du bist ja ein Teufel!" Der Akkordtöter ließ sich noch einen Schnaps geben.

Die Mädchen probierten den Herd aus, sie hatten alles Nötige mitgebracht, sie buken Plinsen und kochten einen würzigen selbstgerösteten Kornkaffee.

„Wir sollten ein richtiges Fest feiern“, schlug Maria Mrosak vor. „Das Getreide haben wir eingebracht. Ich möchte einmal tanzen vom Abendfüttern bis zum Morgenfüttern!“

„Bloß tanzen?“ fragte Benno Schofka.

„Na ja“, Maria schüttelte den Tiegel, der Plinsen sprang folgsam hoch und drehte sich um. „Wenn du willst, kannst du mir ja dazwischen auch einmal den Mond zeigen.“

„Wir müßten ein richtiges Programm haben“, meinte Uschka.

Der Lehrer Georg Nekela, der vor einem halben Jahr noch als Pferdeknecht neben Uschka am Gesindetisch gesessen hatte, sagte: „Wir haben vier neue Lieder, die niemand außer uns kennt.“

„Fünf“, sagte Felix. „Ich habe noch eins.“

„Könntest du nicht einmal versuchen“, der Akkordtöter wandte sich an ihn, „ein Theaterstück zu schreiben,“

Alle sahen Felix an, die kleine Anna Domanja vergaß vor Spannung den Mund zuzumachen.

Mir ist, als könnte ich es, dachte Felix, als könnte ich überhaupt alles, was ich will. „Vielleicht“, sagte er.

Sie lärmten durcheinander, schreib einfach von uns, sagte Benno, mit viel Spaß, sagte Uschka, man kann auch singen dabei, sagte Nekela, und tanzen, ergänzte Maria.

Vielleicht ist so ein Stück wie ein Streit, in dem man sucht, was das richtige ist, überlegte Fritz, eine andere Art Diskussion etwa: Ich, der Schreiber, habe eine Meinung, ihr, die Zuschauer, habt eine andere Meinung, streiten wir also darüber, am Ende kommt etwas Gutes heraus.

„Ich versuch es“, sagte er. „Ich schreibe einfach, wie ich mir vorstelle, wie es bei uns sein sollte.“

Maria brachte ihm den ersten Plinsen.

„Mein Großvater sagt immer, Plinsen essen ist gut für den Kopf“, sagte sie. „Du hast es jetzt nötig.“

Felix nahm den Plinsen. Der Großvater Mrosak hatte zweiundneunzig Jahre hinter sich, er muß es ja wissen. Felix war fröhlich und aufgekratzt, das Leben ist schön, wenn es einen dazu bringt, sich selbst zu beweisen.

Ende September luden sie zu ihrem Fest ein. Benno Schofka malte ein großes Plakat: „Wer mit uns gearbeitet hat, soll sich mit uns freuen.“

Unter seiner Anleitung kopierten sie das Plakat drei dutzendmal und nagelten es an Telefonmasten und Hoftore fünf Dörfer weit im Umkreis. Felix kannte das Plakat auswendig, aber er konnte an keinem vorbeigehen, ohne zu lesen: ... ein Stück von Felix Hanusch.

Während der letzten Probe am Samstagabend trat unbemerkt ein Mann in die Schloßhalle und stellte sich in die tiefe Nische zwischen dem Jagdschrank und dem einen Fenster. Schon nach wenigen Sätzen hörte er neugierig zu: Was sie dort auf der primitiven Bühne spielten, war seine Wirklichkeit. Er kam aus der Gefangenschaft nach Hause, das Haus war nicht mehr da, die Mutter lag auf dem Friedhof – der Vater war schon zwei Jahre zuvor in der Grube verunglückt –, und die Brüder, soweit der Krieg sie übriggelassen hatte, waren vor dem eigenen schlechten Gewissen dahin geflüchtet, wo *ein* schlechtes Gewissen unter den vielen weder Gewicht noch Gesicht hatte.

Er kam heim und war nicht mehr daheim, der Mann auf der Bühne und der in der tiefen Nische zwischen Schrank und Fenster.

Den Heimkehrer auf der Bühne nahm ein Mädchen auf, und die Burschen und Mädchen im Dorf zerbrachen sich seinetwegen den Kopf, sie hatten kluge Köpfe und kräftige Hände, Mut und Zuversicht hatten sie, sie waren fröhlich und verliebt, sie sangen und tanzten, es war kein Zweifel, der Bursche auf der Bühne bekam ein neues Daheim: ein Haus und ein Mädchen – und was sie spielten, die auf der Bühne, es war kein erfundenes Spiel für sie.

Felix Hanusch entdeckte den Mann auf dem Fensterbrett, in einer Pause trat er heran.

„Ein schönes *Spiel*, Felix“, sagte der Fremde.

Es war kein Fremder, es war Simon Mjetk, der das EK getragen und eine sorbische Kinderfibel entworfen hatte, worin er bei dem Buchstaben M nicht MAMA hingeschrieben hatte, sondern MĚR, das ist Frieden.

„Die *Wirklichkeit* sieht anders aus.“

Die Wirklichkeit hat viele Gesichter, dachte Felix, und

ließ Simon Mjetk erzählen, den Freund und Mitträumer, Mitdulder, und jetzt wird er ein Mitkämpfer sein.

„Das Spiel wäre kein Spiel“, sagte Felix dann, „wenn's nicht wahr wäre. Zunächst bleibst du bei uns, irgendwie richten wir es ein, und morgen oder übermorgen oder in einem halben Jahr finden wir ein Zimmer für dich. Und ein Mädchen auch.“ Er wollte lachen, aber er sah, wie feierlich und streng der Freund war.

„Singt“, sagte Simon, „spielt.“

„Froh und glücklich schlägt mein Herz! Blaue Berge, grüne Wälder, weite goldne Erntefelder, zu euch bin ich heimgekehrt“, sangen sie für ihn.

Sie feierten auf der Bühne den Polterabend für den Heimgekehrten und sein Mädchen – Benno und Uschka waren das Paar –, und Georg Nekela, Lehrer im Spiel und in Wirklichkeit, sprach: „Wir haben diesmal anders gepoltert, statt zerbrochenen Geschirrs findest du vor dem Hoftor einen Ackerwagen – wir haben ihn hergerichtet – und auf dem Wagen Pflug, Eggen, Gabeln und Spaten. Ein Kalb und ein Ferkelchen stehen in deinem Stall, und an deiner Haustür hängt ein Kalender, wer an welchem Tag an der Reihe ist, dir ein Gespann zu leihen – das kannst du dort ablesen …“

Simon Mjetk konnte nicht mehr folgen. Erst hatte er nachdenken wollen, ob Felix etwas Gutes geschrieben habe oder etwas Mangelhaftes; aber zuviel Heimkehr und Heimat war für ihn in jedem Wort, und er konnte auch nicht die Leistung der Spieler beurteilen. Doch daß die braune Uschka mehr konnte als gehen, stehen, irgendwelche auswendig gelernten Sätze hersagen, fiel ihm auf.

„Das ist ja ein Talent“, flüsterte er Felix zu.

Felix nickte. „Sie spielt sich frei.“ Er achtete mehr auf die anderen, er wollte, auch sie sollten sich frei spielen.

Nach der Probe zogen sie durch das schlafende Dorf und sangen vor dem Batschon-Hof noch ein Ständchen für die Uschka.

Benno Schofka sagte, sie habe in ihrer Kammer ein leeres Bett stehen, und niemand könne in einer solchen Zeit verantworten, daß irgendwo ein Bett leer stünde, also und – der heimgekehrte fremde Simon solle darin schlafen.

„In allen Ehren!" fügte der Lehrer Nekela hinzu.

Die Uschka lief rot an, niemand sah es, und sie entgegnete, daß sie den Fremden mitgenommen hätte, wenn der Nekela nicht das von der Ehre hinzugesetzt hätte: als ob nämlich bei ihr jemand auch anders schlafen könnte.

Sie stand da, groß, und die wenigen Nachtsterne waren in ihren Augen, die grau und schwarz gekörnt waren wie der heimatliche Granit, schön war sie, und Simon Mjetk sah, daß es stimmte, was sie im Scherz gesagt hatte, und daß alle ein wenig in sie verliebt waren, mit Ausnahme des Lehrers Nekela, der liebte sie.

Sie gingen heim, still nun, und Simon Mjetk sagte zu Felix: „Du bist auch in sie verliebt."

„Ich mag sie gern anschauen. Verliebt bin ich nicht. In keine, weiß der Teufel!"

Um so fester wird unsere Freundschaft sein, dachte Simon Mjetk.

„Ich denke", sagte Felix, „du solltest Lehrer werden. Morgen kommen sicher Leute her, mit denen wir das besprechen können. Sie sollen dich gleich einstellen, deine Prüfung kannst du später machen, Lehrer ist das wichtigste."

„Ich will arbeiten, wo ich am meisten nützen kann", entgegnete Simon Mjetk. „Du kannst das besser übersehen als ich."

„Ich übersehe mein Dorf und fünf Dörfer dazu, meinetwegen. Da gibt es x zerstörte Gehöfte und y fehlende Lehrer, die Jugend ist wild aufgewachsen, die Alten zerbeißen sich, jeden Tag schreit einer nach seinem Recht, jeden Tag wird jemandem unrecht getan. Ich habe gestern eine Frau – sie hat fünf Kinder, der Mann ist tot – vom Kartoffelacker gejagt, ich weiß, daß sie hungert, und ich jage sie vom Acker ..."

Vor dem Hoftor lag ein Bretterstapel. Sie setzten sich und rauchten eine Zigarette.

„Von deinem Acker?" fragte Simon Mjetk.

Felix schüttelte den Kopf. „Es geht auch gar nicht um die Kartoffeln."

Sie rauchten ihre Zigaretten zu Ende.

„Worum geht es?"

Irgendwo schrie ein Kauz.

„Als ich ein Kind war", sprach Felix, „haben sie mir erklärt, er ruft jemanden zum Sterben. Und jetzt, wenn ich ihn höre, muß ich mir stets sagen: Unsinn. So tief steckt das."

Er schwieg, und der Kauz schrie aus den hohen Ahornbäumen hinter dem Schloß.

„Es geht um Gesetze", sprach Felix weiter, grübelnd und mehr zu sich als zu dem Freund. „Es müssen Gesetze da sein, unverletzliche Gesetze, klar und einfach. Und so tief müssen sie in jedem stecken wie ein Kinderglaube."

„Gibt es doch!" Simon Mjetk verwunderte sich.

„Ich meine nicht die aus dem Gesetzbuch, sondern eher Gebote, neue Gebote für eine neue Art des Lebens."

„Du hast Sorgen!" spöttelte Simon.

Felix schien den Spott nicht zu merken. „Klar", antwortete er, „habe ich Sorgen. Rumbo – das ist unser Bürgermeister – hat keine. Dem ist immer alles klar, mir ist nichts klar. Was wir hier machen, hat noch nie jemand vor uns gemacht."

„In Rußland", sagte Simon.

Felix wiegte den Kopf. „Zum Beispiel: Da ist ein Mann Emil Kurfürst, er hat einen Acker von unseren Äckern bekommen, einen Hof wird er sich bauen in unserem Dorf, seine Kinder schickt er in unsere Schule, im Gemeinderat sitzt er neben mir. Der Krieg hat ihm kaum ein Pfund vom Leibe gefressen, aber daß er unter uns leben muß, unter Polacken, sagt er, gleich zu gleich – das frißt ihm das Fleisch von den Knochen."

Simon Mjetk begriff nichts. „Sie haben uns ausrotten wollen und ..."

„Emil Kurfürst will es auch heute noch. Habe ich deswegen ein Recht, ihn zum Teufel zu jagen?"

„Ja! Und tausendmal ja!" Simon Mjetk fuhr auf. „Warum sonst sollte ich hier Lehrer sein?"

Felix Hanusch blieb sitzen.

„Als ich in die Partei eintrat", Felix sah, wie es den Freund herumriß, „waren meine Eltern nicht glücklich darüber. Nur weil ich alt genug bin und nicht zu knapp Lehrgeld bezahlt habe, nahmen sie es hin. Aber das sehen auch sie: Irgend jemand muß es in die Hand nehmen, und wer nicht mitkocht, kann nicht übers Essen schimpfen. – Du sagst: davonjagen. Ich sage: einen anständigen Menschen aus ihm machen. Vielleicht irre ich mich. Jeden Tag zehnmal muß ich irgend etwas entscheiden, und zehnmal kann ich falsch entscheiden, zehnmal kann ich einen Menschen unglücklich machen, vielleicht für sein ganzes Leben. Es hilft nichts, Simon: Früher saßen wir beide zusammen und dachten nur über das Leben nach, das langt nicht mehr. Das alte Leben ist kaputt, und von dem neuen – wer weiß davon schon viel mehr als", mit einem Ästchen malte er ein Strichmännchen in den Sand, „als ein paar Striche?"

„Ich weiß mehr davon!" Hart und voller Schatten schien Simon Mjetks Gesicht in dem weißlichen Mondlicht. „Ich war drei Jahre hinter dem Ural Kolchosnik. Kläglich, gewalttätig, dumm!"

Felix stützte die Ellbogen auf die Knie und legte das Gesicht in beide Hände.

„Erzähle!" sagte er.

„Ich nicht! Nicht einmal dir!"

„So schlimm?"

Mjetk fuhr auf.

„Schlimmer! Da war zum Beispiel ... nein", sagte er, „ich halte die Schnauze. Bloß damit du es weißt: Versuche mich nicht zum Kommunismus zu bekehren, schade um jedes Wort!"

„Ich bin kein Glücksprediger", sagte Felix. „Aber es tut mir leid um dich."

„Kein Grund dazu!" Mjetk sprach lauter, als notwendig war. „Ich habe Illusionen verloren, das ist alles. Meine Ideale habe ich noch."

„Welche?"

„Ein menschliches Leben, das sich in die göttliche Ordnung fügt." Leiser setzte er hinzu: „Wer immer strebend sich bemüht ..."

„... den können wir erlösen." Felix lächelte, „Du nimmst den Goethe in Anspruch für etwas, wogegen er sich bestimmt wehren würde! Der Mensch wird um so göttlicher, je menschlicher er wird: Das ist seine Erlösung."

„Das ist ein Profanierung des Göttlichen."

„Nein", entgegnete Felix. „Die – notwendige, glaube ich – Heroisierung des Menschlichen."

Simon Mjetk hockte sich wieder auf den Bretterstapel.

„Als ich vorhin dein Stück sah", sprach er nach einer Weile, „war ich glücklich, überhaupt und auch deinetwegen. Jetzt hast du mich ganz unglücklich gemacht, und ich wünsche dir bloß, du brauchst dein menschliches Paradies nicht zu erleben."

Felix Hanusch nickte ihm zu. „Paradies", sagte er, „ist auch eine Kauz-Kategorie. Du brauchst also keine Angst zu haben, daß wir es erleben." Er legte dem Freund den Arm fest um die Schultern. „Mann, Simon! Weißt du, daß ich alles kann, was ich will? Ein Stück schreiben zum Beispiel? Mit fünf Stunden Schlaf auskommen? Und weißt du, warum?"

„Im Schloß erst", antwortete Simon Mjetk, „dachte ich noch, ich wüßte es."

„Weil", sagte Felix, er unterbrach sich und lachte halblaut auf. „Ich war ja nie ein Adam im Paradies, aber jetzt komme ich mir vor wie ein Adam *nach* dem Paradies: Da sind Dornen und Disteln und aller möglicher Dreck – und ich mache einen Acker daraus! Da hat das Leben einen Sinn!"

„Und wie sieht er ohne Bibel aus, dein Sinn des Lebens – du Adam?"

„Zum Beispiel so: ein Grafenschloß zu einer Nachholschule zu machen."

„Ist er da nicht ein wenig sehr bescheiden, dein Sinn des Lebens?"

„Geht es dir um große Worte?"

Mjetk starrte in die Sterne. „Um große Ziele."

„Große Ziele erfüllen sich in bescheidenen Taten."

„Trotzdem mußt du wissen, wohin du willst", entgegnete Mjetk. „Sonst tappen deine bescheidenen Taten blind in der Gegend herum."

„Ich kann dir auch große Ziele nennen, bitte sehr", sagte Felix. „Du hast vorhin die Burschen und Mädchen gesehen, sie sind alle geboren für die Gesindestube – ich mache sie zu Lehrern, Ärzten, die Uschka wird Schauspielerin. Und nach fünfundzwanzig Jahren feiern der Lehrer, der Arzt, die Schauspielerin Jubiläum, sie haben ein anständiges

Stück Leben hinter sich gebracht. Sie denken zurück und sagen" – er lachte, ein wenig spöttisch –, „am Anfang war der Felix Hanusch.

Oder wenn die Witwe Nakonz – die du noch nicht kennst, die aber sicher deinen verfinsterten Horizont etwas aufhellen wird – mit achtzig Jahren mal drüber nachgrübelt, wann eigentlich das Leben richtig für sie angefangen hat, wird sie sagen: Damals, als der Felix im Dorf herumfuhrwerkte. Und du, wenn du mal deinen Enkeln erzählst, wie du nach deiner Heimkehr wieder ein vernünftiger Mensch geworden bist, wirst du mein Foto aus dem Album suchen und verkünden: Dieser ist es, der da mich führte auf den rechten Weg und mich wieder leuchten ließ wie eine Blendlaterne, nachdem ich schon fast eine traurig blakende Ölfunzel war. – Groß genug das Ziel, wenn man sich solche Denkmäler wünscht?"

Jetzt legte Simon Mjetk seinen Arm um Felix' Schultern.

„Wenn du kein Heiland bist, Felix", sagte er, „dann bist du ein prima Apostel! Ich wünsche dir ein solches Denkmal. Hält länger", fügte er knurrend hinzu, „als Gips."

Sie gingen ins Haus.

Aus leichtem Schlaf erwachte die Mutter, sie hörte die leisen doppelten Schritte, ein Mädchen wird er doch wohl nicht mitbringen?

Sie stand auf und ließ das Verdunkelungsrollo herab, das man nur noch brauchte, um den Mond auszusperren. Eine Weile lag sie wach, hörte zu, wie des Mannes Staublunge ächzte und pfiff, betete ein Seufzerchen für den Sohn und überdachte, ob sie es wohl wünschte, daß er die Beate heirate.

Sie wünschte es nicht: Er hat es nicht nötig.

Der Batschon-Hof wog hundert Morgen, der Sohn eine ganze neue, unbekannte Welt.

8

Das Fest war ein großes goldenes Septemberfest.

Der alte Loga trat aus dem Hof, die Sonne hüpfte ihm auf den blanken Schädel und marschierte mit ihm durchs Dorf. Sie sahen beide, der alte Loga und die Sonne, daß gestern abend jeder seinen besten Besen genommen hatte, um auch den letzten Strohhalm und die kleinste Hühnerfeder vor dem Hoftor aufzufegen. Der Michel Domsch hatte sogar ein Muster in den Sand der Straße gekratzt.

Loga dachte: Hat auch Söhne hergeben müssen. Täglich ging er morgens den Weg von seiner Kate hinauf zum Gut, und täglich zählte er die Toten, die jedes Gehöft hatte hergeben müssen. Er zählte sie und nannte sie beim Namen, und soviel er auch zählte, es blieben immer nur vier, seine vier Söhne, Johann, Paul, Benno, Georg.

Er sah, daß der Michel Domsch die Kartoffeln in seinem Vorgarten geerntet und Astern aufgetrieben hatte, bunte Astern, große und kleine, und soviel seine Frau an Topfbegonien besaß, er hatte sie ihr genommen und in den Garten gepflanzt: Das Plakatzeichen des Benno Schofka blühte in allen Blumenfarben im Garten des Michel Domsch.

Loga vergaß die Toten zu zählen, er zählte die Fahnen und die Festbirken vor den Höfen. Die große Fahne, wie ein Torbogen hing sie über der Straße; stets zankten sich die Mrosaks und die Wenzels wegen einiger Hände voll Superphosphat oder wegen eines Holzschuhs – sie hatten einen Strick gezogen aus dem einen Giebelfenster zu dem anderen, der Wind blähte der Fahne einen dicken Bauch, und die Sonne nistete darin.

Das wenige Vieh, das dem Schulgut gehörte, war versorgt, und Loga fragte: „Spielt unsere Uschka gut in deinem Spiel?"

„Sehr gut", antwortete Felix Hanusch.

„Wenn unser Johann noch da wäre, er würde uns eine schöne Musik machen", sagte er.

„Das würde er", sagte Felix.

Der alte Loga dachte nicht länger an Johann, den Toten, er sprach von Uschka, der Lebenden.

„Sie war in der Schule immer sehr gut. Ich werde ihr dein Spiel noch einmal abhören, heute mittag.“

Er redete noch einiges davon, und plötzlich entschied er sich, nächstens in die Stadt zu fahren, er brauchte eine neue Brille. Mit der alten hatte er noch den Lügenbrief über den Tod seines letzten Sohnes Benno lesen können, mehr nicht.

Michael Batschon, abgehalftert und in die Ecke gestellt, glomm den Festzug an: Trippelzwerge, der Wassermann mit Silberkarpfen im Netz, die Mittagsfrau mit der Mordsichel, der alte König Miliduch, hat tausend Jahre im Berg geschlafen, reitet auf einem Schimmel durch die Freiheit seines Volkes – Märchen, alles Märchen, der Schimmel ist echt, lahmt vorn links. An der Spitze unsere Großmagd mit der Fahne, die anderen mit Sensen, Hacken, Spaten, Forken.

Und dann das Lied. Das Lied vor allem: wir, wir, wir! Not lehrt beten, die beten zu sich.

Und das Gesindel tanzt um das goldene Freiheitskalb, sie treten vom Rand auf die Straße, der rotborstige Michel Domsch als erster, der alte Hanusch, Loga, die Witwe Nakonz, der Akkordtöter und – der Batschon krümmte seinen Buckel – auch die Beate. Hat keinen Verstand! Oder: Sie ist schlau.

An der Wegbiegung drehte sich Felix Hanusch um, Rumbo und seine Frau traten in den Zug, und Rumbo nahm das Lied auf: wir, wir, wir. Ein Brückenbogen über Zwerge, Brautzug, Miliduch. Wer sah schon, daß der Königsschimmel lahmte?

Viele aus den Dörfern ringsum sangen und tanzten auf dem zurechtgezimmerten Podium im Park hinter dem Schloß, manchmal gut und manchmal nur voll guten Willens. Zwischen einem Tanz und einem groben Hahnenspaß rezitierte Simon Mjetk ein Gedicht, wir verkrallen uns in unsere Äcker, nicht eine Krume Boden geben wir preis, und der Sprecher und sein Gedicht bekamen soviel Beifall wie der Hahnenspaß.

Felix Hanusch traf auf Beate. Sie war angesteckt von der

Festfreude; auf ihrem Hof aber hing die Fahne dort heraus, wo das Knechtlein wohnte. Felix wollte nicht grußlos vorbeigehen und nicht zum Gruß stehenbleiben, Simon Mjetk sprang eben vom Podium herab. „Er kommt als Lehrer hierher", sagte Felix. „Hättest du nicht ein Zimmer für ihn?"

„Ob in meinem Haus für irgend jemanden ein Zimmer ist, mußt du deinen Freund Rumbo fragen."

„Mein *Freund* ist Simon Mjetk."

Beate lächelte den Fremden an. „Sie sind unser neuer Lehrer?"

„Vorläufig", Mjetk wies auf Felix, „bin ich es nur in seinem Kopf."

„Wenn *er* es sich in den Kopf setzt …! Kennen Sie ihn schon lange?"

„Seit zehn Jahren sind wir Freunde."

Sie sah sie beide nebeneinander stehen, sicher ihrer Freundschaft.

„Sie können heute schon einziehen, wenn Sie wollen. Das Zimmer liegt oben. Sie bekommen die Sonne frischgewaschen, ein Birnbaum wächst zum Fenster hinein, ein schönes Zimmer, nicht wahr Felix?" Sie lächelte.

Vor dem Podium hob der Klarinettenmann sein Instrument an, und der Tanz sprang aufs Podium.

Zu dritt, drei gute Freunde, durchstreiften sie den Park, den Schulrat suchend. Uschka sah sie kommen und wich ihnen aus.

Rumbo sagte zu seiner Frau: „Er hat kein Klassenbewußtsein."

Die Frau war schwanger im sechsten Monat. Sie sagte: „Die Beate hat einen schönen Kinderwagen, den könnten wir kaufen."

„Vielleicht schenkt sie ihn uns sogar!" höhnte er. „Denk dir was Besseres aus!"

Michael Batschon trug seinen Buckel hochmütig durch das Fest und rechnete der neuen Ordnung die Bäume vor, die im ehemaligen Grafenpark fehlten. Er sah Beate bei Felix Hanusch und sagte zum Postmann: „Ist nicht dumm, unsere Beate."

Der Postmann kraulte sich den Eierschädel, er hüstelte. „Das hat sie von dir."

Der silberbärtige Oberlehrer hatte niemanden zur Seite, dem er sich hätte mitteilen können. Er dachte ein wenig über die Harmonie nach, und daß das Gerede über die Klassen geeignet sei, die Harmonie im Dorf zu stören.

Der Schulrat, eine hohe, kluge Stirn und ein rundes weiches Kinn, entsann sich Simon Mjetks – das letzte Studentenfest, 1936, nicht wahr? – und sagte, man brauche Lehrer nötiger als das liebe Brot.

Er betrachtete Mjetk kühl und klug und lächelnd. „Sie haben doch während des Krieges mit Felix an einer Fibel gearbeitet, nicht?“

Felix dachte: Vor fünf Jahren habe ich ihm einmal davon erzählt, er war Soldat damals, am Ende war er ein Verurteilter und wartete auf den Strang, die Fibel hat er nicht vergessen.

„Schön“, sagte der Schulrat, „kommen Sie morgen mit Ihren Papieren zu mir, übermorgen fangen Sie hier an.“ Er reichte Mjetk die Hand. „Und du“, zu Felix, „besorgst ihm eine Unterkunft.“

„Schon geschehen.“ Felix wies auf Beate. „Wohnt bei Batschons.“

„Ich kenne einen Alfons Batschon“, der Schulrat wandte sich an Beate, „schrubbt in Prag seine letzten Semester Medizin herunter.“

„Mein Bruder“, sagte Beate.

„Nun ja, da kann ja nichts mehr schiefgehen.“ Der Schulrat lächelte jedem reihum zu, klug und kühl, und ging.

Felix tat, was er nicht hatte tun wollen: Er tanzte seinen ersten Tanz mit Beate. Sie tanzte leicht und lächelte.

Michael Batschon sah das Paar, Gefängnisjahre sind ein Kapital heutzutage, dachte er, zu schade, um totzuliegen. Er sagte: „Einen Tusch für den Hanusch.“ Der Postmann wieselte durch die Menge.

Der Klarinettenmann brauchte keinen Postmann. Felix sollte die Beate heiraten, er hob die Klarinette zum Tusch.

Felix tanzte den Ehrentanz mit Beate, steif, hölzern, den Kopf im Nacken. Nicht alle klatschten Beifall. Michel Domsch schob die Hände in die Taschen, die Witwe Nakonz schaute mit strenger Miene zu, Rumbo verzog die

Mundwinkel, Uschka, die Magd, nestelte an ihrem Brusttuch.

„Ich habe noch keinen Viehhändler getroffen, den du nicht übers Ohr gehauen hast", sagte der Postmann zum Altbauern Batschon.

Michael Batschon überhörte das, er hatte es nicht nötig, sich seine Klugheit von diesem Briefmarkenlecker bescheinigen zu lassen.

Sie spielten das Stück auf offener Bühne. Als der Gong zum ersten Auftritt ertönte und Benno Schofka als Heimkehrer auf die Bühne trat, wünschte Felix Hanusch, er hätte das Stück nie geschrieben, unfertig und primitiv schien es ihm. Das Herz drückte ihm auf den Magen, er wollte ausreißen, sich verstecken, um nicht ansehen zu müssen, wie man sein Spiel auslachen würde.

Nach dem zweiten Bild hatte er vergessen, daß er das Stück geschrieben hatte, er sah nur noch, daß Uschka dort oben sprach und sich bewegte, als wäre es die natürlichste Sache von der Welt. Sie war keck und nachdenklich, traurig und fröhlich, sie war ein Mädchen, das einen Mann liebte, einfach und ohne Umstände.

Auch der Heimkehrer löste sich allmählich aus seiner Starrheit und Verkrampfung, er wurde frei und tatkräftig, es war nicht der Heimkehrer, es war Benno Schofka, der vergaß, daß er ein Bühnen-Heimkehrer und Uschkas Liebe eine Bühnenliebe war. Das Spiel des Paares wieder zog dem Lehrer Nekela die Bretter unter den Füßen weg, er wurde eckig und steif und knurrte den Heimkehrer, den er freundlich zu behandeln hatte, heiser an.

Die Zuschauer glauben, die Eifersucht gehöre zur Rolle des Lehrers wie die wilde Tanzlust der Rolle der Maria Mrosak, sie fanden, alle spielten vorzüglich, obwohl kaum noch einer vor der Rampe saß, der Spiel und Wirklichkeit auseinanderhielt.

Felix Hanusch selbst verlor das Spiel aus dem Sinn, als sich das Mädchen und der Heimkehrer zur Hochzeit rüsteten. Er hatte den Text geschrieben, dutzendemal auf den Proben gehört, jetzt begriff er, daß er von sich geschrieben hatte. Er hatte geliebt, das Aschemädchen Agnes, die

Bauerntochter Beate, die Partisanin Dascha – gefangene Liebe, es gab keine Lösung. Jetzt aber war er frei, frei, um sich binden zu können.

Vor sich in der Reihe sah er Rumbo, der nahm das Jackett von den Schultern und legte es seiner Frau um. Es war kühl, das Ahornlaub über ihnen begann schon zu gilben.

9

Simon Mjetk war in diesem Teil Deutschlands geblieben, nur weil er Sorbe war. Aus dem gleichen Grunde war er ohne Zögern Lehrer geworden und übte seinen Beruf als eine freiwillig übernommene Pflicht aus. Das hieß bei ihm: mit allen Kräften. Die Erfüllung dieser Pflicht erleichterte ihm eine auffallende pädagogische Begabung, worüber sich am meisten Felix Hanusch wunderte und was Simon Mjetk überhaupt nicht bemerkte. Er erwarb sich die Liebe – eine zwar distanzierte, aber sehr entschiedene Liebe – der Kinder und die Achtung der Eltern. Mit der Jugend bekam er keinen rechten Kontakt, er war zu ernst und zu starr in seinen Anschauungen. Vor allem aber hatten sie das Gefühl, er halte gar nichts von ihrem wirklichen Leben, sondern trage im Kopf ein Leben eigener Machart herum und wolle sie alle dementsprechend zurechtdrechseln.

Freilich, auch Felix wollte sie ummodeln, aber er nahm sie und ihr Leben als wirklich vorhanden und als den einzigen Ausgangspunkt für seine Ziele.

Simon Mjetk blieb Lehrer genau zwei Monate lang.

Vor dem Schloß quirlte der Novemberwind; Felix Hanusch, der seit einigen Wochen eine Kammer im Schloß bewohnte, verglich die Liste, die Winfried von Grauheim geschickt hatte, mit seiner eigenen Liste der angelieferten Möbel; es fehlten sechs Hocker und ein Tisch, irgend jemand hatte sich seine Provision selbständig erhöht. Trotzdem hatte es sich gelohnt, die eine Kommode zu verkaufen. Während er die Listen im Tischkasten einschloß, überlegte er, wie schon oft, ob er über seinen Handel irgend jemandem Rechenschaft abgeben müßte.

Der Postmann hatte wieder herumgeschnüffelt, sicher war ihm die fehlende Kommode nicht entgangen. Der ist imstande, mir zu gelegener Zeit daraus einen Strick zu drehen, dachte er. Ich spreche mal mit dem Akkordtöter.

Er ging hinunter, um nach der trächtigen Sau zu sehen. In der Tür traf er Simon Mjetk. Er forderte ihn auf mitzukommen.

Die Sau lag, den Kopf in das Stroh eingewühlt, und hechelte.

„Dauert noch", sagte Felix.

Simon lehnte sich über das Mäuerchen, vielleicht zählte er die Zitzen des Muttertieres.

„Wenn ich ...", begann er und verstummte.

Felix sah ihn erstaunt an, Simon pflegte nicht an Herzdrücken zu leiden.

Der Freund wandte sich brüsk um. „Wenn ich Beate heirate, was wird dann?"

Felix las ihm die *ganze* Frage vom Gesicht ab: Was wird dann aus unserer Freundschaft?

Er trat einen Schritt vor, und seine Schultern berührten Simons Schultern.

„Wenn wir wollen", sagte er, „bringt uns nicht einmal eine Frau auseinander." Ich hätte es wissen müssen, daß es so kommt, dachte er. Simon ahnt nicht, was er übernimmt. Er wäre ein guter Lehrer geworden, nun wird er ein schlechter Bauer. Er zwang sich zu einem Lächeln.

„Nicht wahr: kein Teufel!"

Simon Mjetk atmete tief auf, lachte, und auf einmal barst das Wehr.

„Ich mochte Beate gleich, als ich sie sah. Ich gönnte sie dir, aber dann merkte ich, daß da nichts mehr ist zwischen euch beiden. Ich zog hier ein, und ein Blinder hätte nicht daran vorbeilaufen können: Die Frau – eigentlich ist sie ja noch ein Mädchen, trotz der zwei Kinder – kann es nicht schaffen, die Äcker, das Vieh, das Haus, alles geht kaputt – und sie auch. Und dabei", er stockte, „dabei krümmt ihr Vater keinen Finger, und wenn das Gesinde wegläuft, dann seinetwegen – weißt du, ich, ich mußte einfach!"

Er blickte Felix an, als bitte er um Einverständnis und wäre sich dessen doch schon sicher. „Aber wenn du es nicht willst …"

„Ich wünsche dir Glück, Beate Glück." Plötzlich erfaßte Felix eine unbegriffene Trauer, und er fügte hinzu: „Uns allen Glück."

Simon Mjetk hörte nur die guten Wünsche.

„Als ob du dein Stück für mich geschrieben hättest: Jetzt habe ich alles: Heimat, Frau und Freund. – Willst du mein Brautgeselle sein?"

„Ja", sagtc Fclix.

Er hörte das Lachen des Dorfes: Brautführer beim eigenen Liebchen! Die Zoten des eierköpfigen Postmannes: Die Beate läßt sich ihr Bett zum Dreierbett umbauen. Den Haßhohn Rumbos: Schiebt den Freund ins Kulakennest!

„Ja", wiederholte er. Er knallte dem Freund die Faust vor die Brust. „Mann, wir beide!" knurrte er. „Nicht einmal so eine Hochzeit bringt uns auseinander."

Die Hochzeitsgirlanden lagen fertig vor dem Portal. Die Burschen und Mädchen saßen zusammen in der warmen Kellerküche des Schlosses, und Maria Mrosak hatte es zustande gebracht, daß Peter mit seiner Klarinette, der rotborstige Michel Domsch mit der Ziehharmonika und der Akkordtöter, der mit Topfdeckeln und Waschbrett wunderbar den Rhythmus schlagen konnte, erschienen waren, um ihnen zu einem Polterabendtanz aufzuspielen.

Die Musik trank einen Schnaps, räusperte sich, der Klarinettenmann hob die Klarinette, Michel Domsch verhedderte sich mit seinem dicken Daumen in der engen Lederschlaufe der Harmonika, und der Akkordtöter donnerte einen Probeschlag, daß die Emaille von den Topfdeckeln sprang.

Felix Hanusch tanzte den ersten Tanz mit der Anna Domanja, die halblaut die Takte zählte, er tanzte reihum mit jedem Mädchen, schließlich mit Uschka.

Mitten im Tanz überfiel ihn sein wildes Blut, und er ließ das Mädchen nicht mehr los, nicht einen Tanz, die Usch sah ihn an, sie nickte, vielleicht nickte sie, vielleicht nickte sie nicht, aber sie war einverstanden mit seiner Wildheit, und sie legte dem Feuer zu. In der Ecke hockte der Lehrer Georg Nekela und wünschte, er möchte wieder ein Knecht sein: Vielleicht hätte er dann Mut, mit den Fäusten loszufahren auf den Hanusch, der ihm sein Mädchen stahl.

Als Felix später – weit nach Mitternacht – Uschka im Torbogen des Batschon-Hofes küßte und sie seine Hand nahm, sagte er: „Nein, Usch!"

Es war nicht, daß das Mädchen in *einem* Haus mit Simon und Beate schlief, es war auch nicht, daß Felix den Schatten des Georg Nekela jenseits der Straße erblickt hatte. Auch war er weder ein Heiliger geworden noch ein Narr. Uschka schaute ihn an, ein halbes Lächeln, ein halbes Lachen.

„Hast du Angst vor Beate?"

„Ich mag dich gern, aber ich liebe dich nicht." Er tippte ihr mit dem Finger auf die Nasenspitze. „Und du liebst mich nicht."

Er sah, wie sich ihr Gesicht verwandelte, die Lachgrübchen verschwanden, der Mund öffnete sich einen Hauch, und ein einfaches junges Mädchengesicht sprach: Ich liebe dich.

Wie er dieses schon begriff und nicht glauben wollte, wie er sah, daß es wirklich war, es sollte aber nicht wahr sein, da fiel das alles wieder vom Gesicht der Magd.

„Jetzt hast du's geglaubt!" Sie war überrascht und stolz. „Es war doch mein Gesicht aus deinem Stück, wo ich Benno zeigen muß, daß ich ihn liebhabe!"

„Ja", sagte er und starrte sie immer noch an.

Sie tippte ihm auf die Nase, wie er zuvor ihr. „Aber ein Spaß wär's schon!" Sie lachte dem Verdutzten lautlos ins Gesicht und rannte ins Haus.

Felix fiel es gar nicht ein, darüber nachzudenken, ob es ein Spaß wäre, bei dem Mädchen Uschka in der Kammer zu schlafen, wo der Birnbaum zum Fenster hineinwuchs, vielleicht noch in demselben Bett, aus dem er eines Nachts Beates und seinetwegen eine knarrende Stahlfeder herausoperiert hatte. Er dachte: Ich werde sie von Batschons wegnehmen, auf dem Schulgut einstellen und dreimal in der Woche in die Stadt schicken, Winfried wird einen Theatermann wissen, bei dem sie lernen kann.

Er schlenderte heim, seine Gedanken, einmal losgelassen, stoben wieder durch die Zukunft, bauten ein Theater, ein richtiges Theater mit richtigen Schauspielern, die Magd Uschka spricht Shakespeares Verse, und niemand unter den Zuschauern zweifelt daran, daß Julia in Wahrheit Romeo liebt.

Er stolperte über die erste gefrorene Wagenspur. Woher das Geld nehmen für den Schauspielunterricht der Uschka? Sicher brauchte man mindestens achtzig Mark dafür – genau die Summe, die er laut Vertrag mit dem Kreisrat monatlich als Lohn erhielt. Achtzig Mark sind kein Geld, wenn man's hat – gerade zwanzig Zigaretten kauft man schwarz dafür –, aber wenn man's nicht hat, sind achtzig Mark ein Problem.

Vielleicht, dachte er, ist der Schauspielunterricht nicht einmal das wichtigste für sie; wenn man Menschen darstellen soll, muß man die Welt kennen, in der die Menschen leben. Uschka kennt Batschons Äcker und das Dorf. Sie weiß, daß die Witwe Nakonz Kuh und Kalb und einen eigenen Acker besitzt – weiß sie, mit welchem Recht?

In vierzehn Tagen beginnt der erste Kursus auf unserer Nachholschule, alle werden im Schloß wohnen wie im Internat, die Plätze sind längst verteilt. Man müßte trotzdem eine Möglichkeit finden, Uschka noch aufzunehmen.

Am Tage nach Simons Hochzeit hielt Felix mittags auf dem Heimweg vom Feld beim Batschon-Hof an. Er fand Simon Mjetk auf dem Heuboden, wo er seine Rauhfuttervorräte abzuschätzen versuchte. Felix hatte die größere Erfahrung, und zusammen rechneten sie aus, daß es gut und gern für fünfzehn Stück Großvieh langte. Im Kuhstall aber standen zwei Kühe und ein Mastochse, zwei Drittel des Raumes nahm eine Herde Puten, Enten und Gänse ein.

„Ich will die Wirtschaft wieder vom Kopf auf die Beine stellen", sagte Mjetk. „Mindestens zwölf Milchkühe. Ich denke, wenn wir alles zusammenkratzen, können wir noch im Herbst vier bis fünf Kühe oder Kalben kaufen. Vielmehr tauschen, Puten und Gänse brauchen ja kein Soll zu erfüllen."

Sie stiegen hinunter in den Kuhstall.

„Hältst du es für richtig, daß ich den Stall auffüllen will?"

„Keine Frage!"
„Da beginnt schon die Unsinnigkeit eures Systems! Du sagst: keine Frage! Und ich werde dafür bestraft!"
Felix Hanusch mußte es zugeben: Mjetk wurde tatsächlich „bestraft", indem seine Ablieferungsauflage an Milch und Fleisch mit dem Kauf der Kühe und Färsen beträchtlich hochschnellte.
„Mancher, der heute anscheinend dumm ist", sagte er, mehr aus einer Hoffnung als aus einem Wissen, „wird morgen als der in Wirklichkeit Kluge dastehen."
„Hier sind wir uns wieder einig", erklärte Mjetk. „Wenn ich auch nicht – wie du – mit einer plötzlich ausbrechenden Klugheit unter euren führenden Leuten rechne!"
„Sondern?"
„Mit den Realitäten. Stück für Stück werden sie euch zwingen zurückzustecken."
„Mit den Realitäten ist das so eine Sache", entgegnete Felix so selbstsicher, daß es Mjetk wie eine aufgeblasene Belehrung empfand. „Es gibt immer zwei. Die Witwe Nakonz würde dir das etwa so klarmachen: Meine Kuh will hot, ich will hüst, einer muß nachgeben. – Es ist nicht gesagt, daß immer die Witwe Nakonz nachgibt!"
„Und wenn du's mir klarmachen wolltest", entgegnete Simon mit Schärfe, „würdest du sagen: Das Sein und das Bewußtsein wirken dialektisch aufeinander ein."
„Eben das – und ohne deinen Spott! Übrigens: Wenn wir beide uns streiten, sollte es nur um die Wahrheit gehen."
„Um welche: deine oder meine?"
„Um unsere", antwortete Felix. „Wir beide haben nicht zwei verschiedene Wahrheiten."
„Bist du sicher?"
Felix sah ihn prüfend an. „Ganz sicher."
Simon Mjetk antwortete nicht. Uschka ging über den Hof in den Schweinestall, in jeder Hand einen vollen Eimer.
„Wenn wir sie nicht hätten!" sagte Mjetk. „Ich brauchte mir nicht den Kopf zu zerbrechen, ob ich Kühe kaufe oder nicht."
„Am Fünfzehnten", sagte Felix, „beginnt unser erster Kursus."
„Ich weiß."

„Ich möchte, daß Uschka daran teilnimmt."

Simon wollte ihn unterbrechen. Felix hob die Hand. „Wir sollten uns endlich ernsthaft um ihre Begabung kümmern."

„Ich bin kein Lehrer mehr!" entfuhr es Mjetk.

„Ändert das deine Überzeugung, daß es Sünde wäre, ein solches Talent verkümmern zu lassen?"

Über den Hof ging Uschka mit leeren, klappernden Eimern. Ernst, fast finster schaute Simon zu, wie sie die Eimer unter der Hofpumpe säuberte. Er wandte sich um. „Ich überlege es mir." Er ging davon.

Felix trat zu Uschka.

„Guten Tag, Kußmädchen", grüßte er halblaut.

„Geschenkt!" erklärte Uschka und wedelte ihm ein paar Spritzer frischen Brunnenwassers ins Gesicht. Leiser fügte sie hinzu: „Aber wenn dir's wieder mal danach ist ..." Sie war ganz rot, vielleicht von der Anstrengung des Pumpens.

Er trat noch näher. „Paß auf", warnte er, „daß ich dich nicht zufällig auffresse!"

„Och", entgegnete sie. „Bloß, wenn ich will."

„Und willst du?"

„Ja", antwortete sie, „wenn Pfingsten auf Ostermontag fällt!" Lachend rannte sie ins Haus.

Hätte Felix Hanusch seinen Freund Simon Mjetk gefragt, warum er Beate geheiratet habe, hätte ihm Mjetk ohne Nachdenken eine Reihe von Gründen aufgezählt.

Daß er sie liebe, hätte er nicht gesagt. Er hätte auf Zusammenhänge hingewiesen, die den vielleicht wichtigsten Grund seiner Heirat einschlossen: Es galt, den voraussehbaren Zusammenbruch des Batschon-Hofes zu verhindern. Solche Höfe waren einer der Ecksteine, auf denen die Welt des Simon Mjetk ruhte. In dieser Welt herrschte weder das wölfische Gesetz der Vergangenheit noch das rote des gegenwärtigen Kampfes, sondern das Maß aller Dinge darin war die ethische Verantwortung der Menschen füreinander und voreinander – ein blaues Gesetz der herzlichen Liebe und freiwilligen Vernunft. Und dazu waren solche Höfe nötig: dem roten Gesetz zu widerstehen und das blaue vorzuleben. Und schließlich war Simon Mjetk überzeugt, daß die sorbische Kultur nur so lange bestehen könnte, wie die überkommene bäuerliche Struktur erhalten blieb. Vielleicht war auch das der wichtigste Grund für seine Heirat.

Beate, vor die entsprechende Frage gestellt, wäre in Verlegenheit geraten; sie hätte schließlich geantwortet, daß sie Simon möge. Sie mochte ihn von dem Augenblick an, als sie gesehen hatte, wie sehr er und Felix Freunde waren.

Sie saßen im Wohnzimmer im Ofeneck. Simon hatte den Teewagen mit Büchern und Heften vollgepackt, studierte, verglich, machte sich Notizen. Beate hatte Kindersachen auf dem Schoß, das Nähkörbchen stand neben dem Sessel.

Sie brauchte einen neuen Faden. Sie suchte den Zwirn, riß ihn ab und fädelte ihn ein, sie tat alles fast lautlos, sehr langsam, sie betrachtete ihren Mann. Er denkt, plant, rechnet – und ich weiß nicht, was: einen Futterplan, eine Fruchtfolge, eine Dungbahn. Er ist kein Bauer, haben alle gesagt, ich auch. In einigen Jahren macht er ein Mustergut aus dem Hof, spricht weiter leise und höflich, hat beim Abendbrot saubere Fingernägel, raucht drei Zigaretten am Tag, trinkt zur Gesellschaft ein Glas Wein, wenn's sein muß, auch einen Schnaps, verhält sich zu mir, wie sich's gehört, schreit nicht, verlangt nicht, daß ich ihm seine Pantoffeln bringe, liebt mich – ob er je eine Frau gehabt hat? –, ist mir unwandelbar treu: ein anständiger, guter – fremder Mann. Er denkt, plant, rechnet – ich weiß nicht, was. Felix weiß es.

Sie zerrte am Faden, der Faden riß.

Simon Mjetk hob den Kopf. „Mußt du unbedingt nähen?"

„Holk" – so hatte Mjetk den Jungen Holger umgetauft – „ist ein wahrer Reißteufel. Aber wenn's dich stört?"

„Ich bin gleich fertig. Ich wollte dich nur bitten, spiel ein wenig."

Sie war überrascht. Es war das erstemal seit der Hochzeit, daß er sie darum bat. Beate räumte zusammen und trug das Körbchen weg, sie strich sich über die Kleiderschürze, spürte den groben Stoff des Arbeitskleides darunter und ging hinaus, um sich umzuziehen. Als sie, in Rock und Bluse, wieder eintrat, legte Simon Hefte und Mappen hastig beiseite.

„Was möchtest du gern?“ fragte sie.

„Das weißt du doch.“

Sie wollte aber keine Volkslieder, der Hanusch hat sie immer gemocht, sie nahm das Schumann-Album und spielte.

Mjetk war es zufrieden, mit angestrengter Aufmerksamkeit hörte er zu.

Sein ganzes Leben war Denken, Wollen gewesen, ein Ziel, eine Idee. Ein Kind war er, er sah die ungetragene Hose des älteren Bruders, er wollte auch eine solche: Sein Ziel, seine Idee war eine neue, von niemandem noch getragene Hose.

Er saß in der Schule, es gab Zensuren nach den Leistungen, den Leistungen der Schüler, und denen der Väter. Sein Vater leistete weder die hausschlachtene Wurst noch den Winterapfel. Die Idee des Knaben Mjetk war, den Lehrer zu zwingen, ihm trotzdem die besten Zensuren zu geben. Später, auf dem Gymnasium in Zittau, er wollte studieren, und er war arm: Seine Idee war das „summa cum laude“ im Abitur. Alle seine Träume waren präzise Gedanken.

Er trat ans Klavier, seine Hände spürten der Rundung der Frauenschulter nach, er beugte sich dem Duft ihres Haares zu, der Roggen duftet so, wenn er reift.

Sie sagte: „Was wollte der Hanusch heute mittag hier?“

„Felix?“ fragte er. Er wollte keine Idee, Felix war eine Idee.

„Der Postmann hat mir erzählt, er triebe es jetzt mit unserer Großmagd.“ Es zwang sie, so zu sprechen; der Postmann hatte nur ein halbes Wort darüber fallenlassen und ein breites Grinsen draufgesetzt.

Simon Mjetk nahm den Kopf von der Schulter seiner Frau. „Ich gehe schlafen.“ In der Tür wandte er sich um. „Ich habe nie einen Menschen kennengelernt“, sagte er, „der so falsch, heimtückisch und in seiner Heimtücke so berechnend wäre wie dieser Postmann. Manchmal habe ich das Gefühl, er ist der böse Geist des Dorfes.“

Immerhin ist er avanciert zum Kartenpartner meines Vaters und Pfarrer Wenzels, dachte sie. Eine Weile noch blieb sie am Klavier sitzen. Mit dem Zeigefinger der rechten

Hand schlug sie ein paar hohe Töne an, Ton für Ton, aber es klang nicht.

Als sie ins Schlafzimmer trat, saß Simon halb aufgerichtet im Bett, dem Licht der Nachttischlampe zugebeugt.

„Ich habe alles berechnet." Er hielt die Berechnungen in der Hand. Er sprach von der moralischen Verpflichtung eines Bauern ihrer Wirtschaftsgröße, mehr Milch und Fleisch zu liefern, er nannte die ungefähre Zahl ähnlicher Betriebe, ihre etwaige Unterbesetzung mit Milchvieh und bewies, daß bei normalen Viehbeständen mindestens für alle *Kinder* genügend Milch vorhanden wäre.

Beate zog sich aus. Er sprach von der Unterernährung der Äcker, wenig Vieh, wenig Stalldünger, der Boden laugt aus, sehr schnell wird die Ernte geringer. Beate sah ihn an. Wie ähnlich sie sich sind, Felix und er!

„Im Grunde genommen", redete Simon Mjetk, „richtet es sich sogar gegen die Kommunisten. Je mehr wir tun gegen die Not, um so mehr Achtung erwerben wir uns unter den Leuten. Das geht auf deren Kosten!"

Beate hörte es, nahm es aber nicht auf, ihre Gedanken waren noch anderswo: Wenn es der Felix wirklich darauf anlegt, ich kann gar nichts machen, er steigt frech die Treppe hinauf – mag sie knarren! – und schläft bei ihr. Wir müssen ja froh sein, daß wir so eine Großmagd haben.

„Deswegen", sagte der Mann, „sollten wir auch keine" – er stockte, „keine kleinen Geschäfte mehr machen."

Der Junge braucht die Gamaschenhose, dachte sie, ich habe ein Brot dafür gegeben. Eine Gamaschenhose wird die Moral wohl noch aushalten! Jetzt verkauft er mein Federvieh – bis auf die Hühner –, ich weiß nicht, was alles ich dafür wollte, einen Lammfellmantel für Sieglinde, einen guten Anzug für ihn; er verkauft es und kauft Moral dafür. Beate klopfte die Federn auf und legte sich hin.

Simon Mjetk sprach nicht länger vom Kaufen und Verkaufen, er sprach von Uschka, der Magd. Bis Weihnachten geht sie auf einen Kursus, wir müssen ihre Arbeit unter uns beide aufteilen.

Beate richtete sich auf. Sie hatte es gewußt, der Hanusch wird mit ihrer Magd schlafen, um sie zu demütigen.

„Der Bürgermeister ist brutal", sagte sie, „der Hanusch redet dir Kühe ein und stiehlt uns die Magd; es ist *ein* Pack!"

„Bitte, deck dich zu", sagte Simon sanft, „es ist kühl."

Sie starrte ihn an und ließ sich in die Kissen fallen.

„Ich war die ersten Tage Lehrer hier, als ich zu Felix sagte, daß Uschka ein großes Talent ..."

„Du bist kein Lehrer mehr."

„Nein", antwortete er. „Aber ich glaube, jetzt bin ich erst recht verpflichtet, dafür zu sorgen, daß das Mädchen die Möglichkeit erhält, zu lernen und sich zu entwickeln."

Sie hörte ihm schweigend zu, es war zu ehrlich, als daß man es einfach in den Wind gesprochen sein lassen konnte, und es war zu dumm, als daß es sich lohnte, darüber zu streiten. Sie betrachtete ihn aus engen Augen. Wie er sich begeistert! Er macht alles, was die Kommunisten wollen, überzeugt, ihnen damit das Wasser abzugraben. Er tat ihr leid.

Beate langte hinter seinem Rücken nach der Lampe und schaltete sie aus.

„Milch oder Talent", sagte sie, „auf eines mußt du schon verzichten."

Er hob den Kopf. „Wenn wir ..."

Sie zog ihn zu sich heran. „Schlaf jetzt, ich bin auch müde."

Sie log, sie war nicht mehr müde, sie durfte auch nicht müde sein, sie mußte nach Mitteln und Wegen suchen, um ihren Mann vor sich selbst und vor seinem Freund zu schützen.

10

Felix Hanusch überredete den Akkordtöter – überzeugen hatte er ihn nicht können –, in ihrer neuen Schule über den Kampf der Arbeiter um Brot und Recht zu erzählen. Jetzt war der Akkordtöter auf dem Wege ins Schloß. Er schlich am Inselteich entlang, seit gestern hatte er zweiundsechzig Jahre hinter sich, im Augenblick aber schien es, er wäre der ältere Bruder des Großvaters Mrosak. Der Bauch tat ihm weh, auf seiner Stirn perlte kalter Schweiß. Er hatte gestreikt, demonstriert, hatte das Gewehr in der Hand gehabt, hatte den Faschisten widerstanden und andere ermutigt zu widerstehen, aber er hatte nie einer Partei angehört, hatte nie eine Rede gehalten, nie ein politisches Buch gelesen. Nun war er in der Partei, er las die Hefte, die sein Sohn, der Bürgermeister, aus der Stadt brachte, und bemühte sich, sie zu verstehen; er hörte Reden und darin von Fehlern und Abweichungen, von ideologischen Grundlagen und materialistischer Philosophie. Nun schleppte er auf seinem breiten Rücken einen Riesensack Angst ins Schloß; denn er besaß weder Grundlagen noch Philosophie und steckte sicher bis obenhin voller Fehler und Abweichungen – gerade, daß er noch japsen konnte.

Geschunden und zerquält stahl er sich nach zwei Stunden aus dem Schloß. Er hatte versucht zu reden, wie es in den politischen Heften stand, es waren keine Fehler drin gewesen und keine Abweichungen, vom Mangel an Philosophie gar nicht zu reden: Er selbst hatte kaum ein Wort seiner eigenen Rede verstanden. Es war schlimmer gewesen als eine Hinrichtung.

Auf dem Heimweg klopfte er bei Rumbo, dem Sohn, an und betrank sich aus lauter Verzweiflung.

Trotzdem ging er vier Tage später wieder ins Schloß, hundeelend war ihm. Felix Hanusch sah ihm sein Elend an, er sagte:

„Erzähl uns doch einfach etwas aus deinem Leben."

Der Akkordtöter strich sich den grauen Schnauz, bin keine Märchentante. Alle sahen ihn gespannt an. Vielleicht, weil sie hier im Schloß der Grafen Hohenbruck saßen – der Akkordtöter erzählte, wie er dem Grafen Friedrich Ernst von Hohenbruck im Frühjahr 1919 in Berlin begegnet war, beide das Gewehr in der Hand, der Graf verteidigte die Republik und er die Revolution.

Einer rief: „Beim Kartoffellesen kann man nicht erschossen werden." Gestern hatten sie auf dem Acker ihres Schulgutes die letzten Kartoffeln nachgelesen.

Sie lachten, und einige dachten: Blut wiegt schwerer als Schweiß.

Der Akkordtöter sagte: „Es ist besser, wenn man nicht erschossen wird. Es kommt nicht darauf an, tot zu sein."

Und er erzählte ihnen eine lustige Geschichte von seinem ersten Streik. Er war ein junger Bursche und arbeitete am Hafenbau in Bremerhaven. Sie streikten, aber es gab Streikbrecher, und ihr Anführer hieß Jakob. Die Streikenden mieteten einen Esel und steckten zwei der Ihren in einen Gehrock. Die beiden trieben den Esel durch die Stadt und das Baugelände, gaben ihm abwechselnd Stock und Zucker und riefen ihn laut beim Namen: „Jakob!" Das Gelächter der ganzen Arbeiterschaft verjagte den Streikbrecher aus der Stadt. „Später war er", schloß der Akkordtöter, „ein großes Tier. Die Nazis krümmten ihm kein Haar, solche Lumpen konnten sie gebrauchen."

An anderes erinnerte er sich, sie hörten ihm zu, unterbrachen ihn, bezweifelten seine Worte, widersprachen – er stritt mit ihnen, erzählte zur Illustration weitere Geschichten, die von Fehlern, Abweichungen, von Mangel an Philosophie strotzten – manche machten die Mädchengesichter rot –, und nach zwei Stunden war er erst richtig in Schwung.

Auf dem Heimweg brauchte er auch nicht bei Rumbo anzuklopfen, um eine Verzweiflung hinunterzutrinken, er konnte höchstens einen Schnaps gebrauchen, weil er aufgekratzt und aufgeregt war und gern auf sein eigenes Wohl getrunken hätte.

Die Leute im Dorf nahmen Anteil an der Schule der Jungen; jede Woche war ein Abend frei für alle, die kommen wollten, und stets war der Gartensaal – das größte Zimmer im Schloß – voll. Eines Abends erschien, eine Klampfe im Segeltuchsack, der junge Kaplan aus dem Kirchdorf. Er schien die Überraschung und das Erstaunen, das sein Erscheinen auslöste, nicht zu bemerken, grüßte höflich und freundlich reihum und setzte sich bescheiden auf einen Hocker ziemlich im Hintergrund. Die Unterhaltung stockte, der sanfte Bruchwirt, der ein Gast war wie alle übrigen, erhob sich und begrüßte den jungen Geistlichen, er freue sich sehr, und sicher freuten sich alle, er sähe, der Kaplan habe die Klampfe mit, vielleicht könnte er ihnen einige Lieder spielen.

Der Kaplan wehrte sich so lange, wie es die Bescheidenheit erforderte, und packte die Klampfe aus. Er schlug die Saiten gut und unbekümmert, eine Melodie hüpfte unter seinen kräftigen, kurzen Fingern hervor, ein lustiges Liedchen vom Teufel, von Giftpilzen und Schnaps, der Kaplan sang, er hatte einen schmelzenden klaren Tenor, sie sangen alle, er spielte ein neues Lied, und ein drittes, ach, die Liebe ist ein' böse Sach', er blinzelte die Mädchen dabei an, er war ein hübscher Bursche.

Er spielte die Klampfe, sang, blinzelte, lachte, erzählte einen Witz von einem Bauern und einem betrunkenen russischen Leutnant und sang, lachte, spielte. Er wäre bis Mitternacht geblieben. Aber die Uschka ritt der Teufel. Sie saß zwei Schritt vor dem Kaplan. Der dachte zuerst: Das Mädchen singt hübsch. Dann dachte er: Das Mädchen ist hübsch. Dann dachte er: Ich habe selten so schöne Augen und einen so schönen Mund gesehen. Dann beugte sie sich vor, und der Kaplan sah ein weißes Tal, und er sang eine falsche Strophe. Etwas später dachte er: Das Mädchen ist ein Teufel, er wurde heiser, und seine Finger gerieten durcheinander.

Und dann floh er.

Uschka machte ein frommes Gesicht, und der Teufel, der sie ritt, lachte. Felix Hanusch, der den Kampf zwischen dem Teufel der Uschka und dem Diener des Herrn aufmerksam verfolgt hatte, lachte auch. Benno Schofka, der neben Uschka saß und ebenso gute Eindrücke von ihr bekommen hatte wie der Kaplan, dachte plötzlich: Ich muß ja nicht unbedingt so ein Löwenvieh aus Granit meißeln, ich könnte es einmal mit einem Batzen Ton versuchen und mit dem Gesicht der Uschka.

Er blickte zu ihr hin, sie zeigte ihm die Zunge, er lachte und stimmte ein Lied an, alle fielen ein. Die kleine Anna Domanja aber sang nur mit den Lippen, im Herzen hatte sie Kummer und Furcht: Wahrscheinlich war es Sünde gewesen, was die Uschka mit dem Herrn Kaplan getrieben hatte. Und auch sie hatte laut zu seiner Flucht gelacht.

Der Pfarrer Wenzel aber bestellte den Jakob Domanja, der ein stimmgewaltiger Vorsänger in der Kirche war, zu sich. Er wollte ihn aufklären über das Unheil, das auch seiner Tochter drohte, wenn sie an solchen Kursen teilnehme, dazu noch in einem Schloß, das man dem rechtmäßigen Besitzer mit Gewalt genommen habe.

Er hätte das Schloß und das Recht der Grafen Hohenbruck besser nicht erwähnen sollen: Der Domanja war zwar bereit, Gott zur Ehre zu singen, was aber das Grafenrecht betraf, so hatte auch er drei Morgen Wiese aus der Bodenreform, und wenn der Herr Pfarrer es partout wissen wolle – die wirklichen Räuber seien die Grafen, vor rund tausend Jahren wären sie gekommen und hätten den Domanjas die Wiesen und Äcker geraubt.

Der Pfarrer dachte, jetzt betet sogar der mir diese unfromme Litanei vor, und wollte ein anderes Gesetzlein anstimmen; der Domanja jedoch ließ sich, was sein Recht auf die Grafenwiese anlangte, auch nicht von der Kirche das Maul verbieten, und einmal in Fahrt, gab er auch seine Meinung in bezug auf Felix' Schule kund: Er jedenfalls könne nichts Sündenähnliches darin entdecken, daß seine Tochter erführe, wie es früher gewesen sei, oder wenn sie richtig schreiben und sprechen lerne. Außerdem habe sie auch ein Diplom erhalten, jawoll. Er grüßte, gelobt sei – und als er die Tür hinter sich zugemacht hatte, murmelte der Pfarrer Wenzel amen, amen, und ihm selbst war unklar, wem sein „Es geschehe!" galt: dem Gruß des Domanja, dem Diplom der Tochter oder seiner Haushälterin, die fragte, ob sie den Tisch decken könne.

Eine Auswirkung hatte die Intervention des Pfarrherrn doch: Eines Mittags, in der frostfreien Stunde, packte Jakob Domanja einen Sack Mohrrüben auf seine Schubkarre und fuhr damit zum Schloß. Dort tamperte eben der Akkordtöter herum, der Küchenherd wollte nicht ziehen, und außerdem war er heute wieder als Lehrer an der Reihe.

Der Akkordtöter sah die Möhren, es waren keine gelben Pferdemöhren darunter, wie sie in seinem Garten leider gewachsen waren. Er sagte: „Und so schön rot sind deine Möhren alle, Jakob."

„Ja", sagte der Domanja und schüttelte den Sack aus, „das ist es ja, was mich an den Möhren ärgert: daß sie rot sind."

So guter Laune war er, daß ihm zum zweitenmal in seinem Leben ein Witz eingefallen war. Den ersten hatte er gemacht, als sie die Pfähle in die Grafenwiese getrieben hatten.

„Immer", hatte er damals gesagt, „habe ich mir gewünscht, ich möchte mal der Graf sein. Jetzt wünscht sich der Graf, er möchte mal Domanja sein."

Von dem neuen Witz des Jakob Domanja hörte auch Rumbo.

Er sagte zu Felix Hanusch: „Mal so, mal so. Kannst du dich auf solche Elemente verlassen?"

„Kommt darauf an", entgegnete Felix. „Wenn du von Domanja erwartest, er solle statt seines Chorals morgen die Internationale singen, dann hast du recht."

Rumbo zuckte mit den Schultern. Seine Ansicht, daß der Genosse Felix Hanusch ein schwankendes Element sei, verhärtete sich.

Auch Simon Mjetk hörte Domanjas Ausspruch. Er ging zu dem Älteren und fragte ihn um Rat in einer Angelegenheit, in der er selbst Bescheid wußte.

Der Bauer Domanja aber hielt seitdem den jungen Bauern auf Batschons Hof für einen klugen und bescheidenen Menschen, mit dem man sich öfter über die Angelegenheiten von Dorf und Land austauschen sollte.

11

Der Winter war streng und hart. Es starben die Alten und die Schwachen. Und die Leichenfledderer im Land begannen zu zerreißen, was Deutschland gewesen war. Der Buckel des Michael Batschon, des ersten Altbauern im Dorf, der nicht einen Gabelstiel und nicht eine Futterschwinge anfaßte, plusterte sich auf, denn soviel höhnische Freude der Altbauer auch verspritzte in Ohren, die hören wollten, und in Ohren, die nicht hören wollten, so wurde er doch nicht alles los und mußte es speichern bei sich, und so wuchs sein Buckel aus Hohn und aus Freude, daß die Amerikaner die Russen nach Sibirien blasen werden, mit Dollars und mit dem Atom, Gott sei Dank, daß sie das Ding haben!

Beate Mjetk teilte nicht den Haß und Hohn ihres Vaters, doch seine Hoffnung war auch die ihre. Klug und geduldig lebte sie neben ihrem Mann; sie ließ zu, daß Mjetk den alten Schauspieler in der Stadt für den Unterricht ihrer Großmagd bezahlte; sie arbeitete fleißig, damit die Schulden, die Geld- und, was wichtiger war, die Ablieferungsschulden, die den Hof belasteten, sich allmählich verringerten, und sie wachte darüber, daß Felix Hanusch keinen größeren Einfluß auf ihren Mann gewann. Sie ordnete sich Simon willig unter, wo es um den Hof ging, und arbeitete klug und geduldig an der Stärkung seiner Stellung im Dorf. Nach und nach brachte sie ihn dazu, alles mit ihr zu besprechen, seine philosophischen Grübeleien um Christentum und Sozialismus ebenso wie den Streit um das Kalb der Witwe Nakonz, der das Dorf erregte.

Die Kuh der Witwe Nakonz hatte ein Kuhkalb geworfen. Die Witwe sah, daß es das schönste Kalb war, das seit der Erschaffung der Kühe je eine Kuh zur Welt gebracht hatte. Nur ein Mensch ohne Verstand hätte ein solches Kalb aus dem Stall geben können. Die Witwe Nakonz war kein Mensch ohne Verstand, sie lief zum Bürgermeister.

Der knurrte sie an: „Bei mir kommt der Appetit auch mit dem Fressen. Sei zufrieden mit deiner Kuh! Außerdem hast du für zwei Viecher nicht genug Futter."

Zornig erschien die Witwe Nakonz bei Felix Hanusch: Du mußt etwas wegen meines Kalbes unternehmen!

Sie schuldet dem Staat ein halbes Kalb. Schlachtet man das Kalb, hat der Staat Schulden bei ihr; läßt man es leben, hat sie Schulden beim Staat. Die Witwe Nakonz meint: Besser, ein ganzes Kalb lebend im Stall als ein halbes tot auf einer Gutschrift.

Felix Hanusch lachte und ließ sich das Kalb vorführen. Es war wirklich ein Musterkalb, ein richtiges Plakatkalb.

„Hast es wohl selber sauber geleckt?" fragte er.

Die Witwe Nakonz brummte; sie konnte nicht sprechen, sie hatte den Hals voller Kummertränen. Sie hatte nie einen Kuhschwanz gehabt; konnte man sich wundern, daß sie das erste Kalb ihrer ersten Kuh aufziehen wollte?

Felix fand irgendwen beim Rat des Kreises, der Verständnis hatte für die Witwe Nakonz und eine Möglichkeit wußte, ihr Kalb vor dem Schlachthof zu bewahren: Der Jakob Domanja habe mehr als ein Kalb Guthaben. Felix trank ein Glas Bier mit Jakob Domanja, lockte den Grafenwitz und den Möhrenwitz aus ihm heraus, befragte ihn um das Geheimnis seiner musterhaften Viehwirtschaft und hielt mit seiner ehrlichen Meinung, daß er manches lernen könne von so einem alten Praktiker, wie es Domanja sei, nicht hinter dem Berge. Schließlich brachte er das Gespräch auf das Wunderkalb der Nakonz. Hier kniff der Bauer Mund und Ohren zu, für Kälber war seine Nächstenliebe nicht zuständig. Mit Geduld lernt man sogar, gegen den Wind zu spucken, sagte sich Felix, und bekniete den Domanja allseitig. Am Ende war das Nakonz-Kalb gerettet.

Dafür gab es für Felix einen bösen Tanz mit dem Bürgermeister, obwohl amtlich alles in bester Ordnung war. Sie schrien sich an, daß der Großvater Mrosak, halbtaub auf beiden Ohren, den Kopf schüttelnd, rief:

„Fünfundziebzig, als ich in Dresden bei den Jägern stand, gab es auch mal so ein Wintergewitter! Und ein Jahr drauf heiratete ich. Ein Wintergewitter – das bringt nichts Gutes, nee, nee!"

In gleicher Lautstärke bescheinigten sich Rumbo und Felix derweilen gegenseitig den Besitz von Holzköpfen. Kein Wunder, daß Rumbo nichts von Menschen verstünde! Kein Wunder, daß Felix nichts von Politik verstünde.

Als Felix die Bürgermeisterei verließ, schlug er die Tür so zu, daß der Schornstein ins Wanken geriet.

Damit nicht noch mehr ins Wanken käme, machte sich der Akkordtöter auf den Weg, zuerst zu seinem Sohn, dann zu Felix, und sagte beiden einige Worte, die hart waren wie der Granit im Bruch und grob wie die Besen, die er immer noch zu binden pflegte.

Am nächsten Abend klopfte Felix an die Tür des Bürgermeisters. Rumbo hob bei seinem Eintritt den Kopf. „Was willst du?"

„Einen Schnaps, wenn du hast", sagte Felix.

Rumbo knurrte und holte die Flasche und zwei Gläser. Er goß ein und hob wortlos das Glas.

„Was macht euer Bursche?" fragte Felix.

„Schreit und säu – und trinkt, wollte ich sagen. Ein Dickwanst. So!“ Rumbo blähte beide Backen auf. „Mich kennt er schon genau, strampelt mit allen vieren, wenn ich komme.“ Er sah Felix an. „Solltest auch heiraten, so ein Kind, weißt du ...!“

„Habt ihr nun einen Kinderwagen?“

Rumbo schüttelte den Kopf. „Ich habe zuwenig Zeit ...“

„Ihr solltet doch den von der Beate nehmen.“

„Nein!“ Rumbo bekam enge Augen. „Und wenn ich selber einen zusammenbauen müßte!“

Sie schwiegen. Dann fragte Rumbo: „Hast du heute die Zeitung gelesen? Päppeln mit ihren Dollars die Kapitalisten wieder auf! Richtige Verbrecher! Oder etwa nicht?“ Die Frage klang fast inquisitorisch.

„Ich hätte nie gedacht, daß die noch einmal hochkommen“, antwortete Felix.

„Die wissen schon, was sie wollen!“

„Eben!“ sagte Felix.

Sie tranken aus. Felix sagte: „Danke. Und mach's gut!“

Der Schornstein saß wieder fest auf dem Dach.

Unterwegs fiel Felix ein, wie seltsam das sei: Sie hatten sich ganz friedlich unterhalten, über die Weltpolitik, über Rumbos Sohn, aber schon, wenn es um den Kinderwagen für den Sohn ging, gerieten sie sich in die Haare. Wegen des Kalbes hätten sie sich beinahe geprügelt.

Ich sollte einmal eine Szene schreiben über uns beide, Max und Moritz im Dorf. Die Leute würden schön lachen, wenn sie so etwas auf der Bühne sähen. Und Rumbo und ich, wir würden uns dann vielleicht wirklich prügeln. Da hätten manche Leute noch viel mehr Spaß daran.

Jakob Hanusch war zufrieden mit seinem Sohn. Die Obrigkeitsstiefel, die Felix trug, meinte er, seien von neuer Art. Manchmal, auf dem Heimweg von der Kirche, gemächlich über den Wiesenpfad dem sonntäglichen Mittagessen zuschreitend, sprach er darüber mit Paul Wenk oder dem Klarinettenmann oder auch mit dem Domanja. Sie beredeten den Adenauer und den Truman, wie seltsam wild es zugehe in Berlin und wie friedlich und geordnet im Dorf: Rumbo war kein Kaiser und König mehr, die Meinung der kleinen Leute galt etwas, jeder durfte auf Versammlungen seinen Mund auftun, ohne gleich ein Element geschimpft zu werden und ohne den nächsten Bezugschein für ein Paar Arbeitsschuh durch selbstkritische Werbung um die Gunst des Bürgermeister verdienen zu müssen.

Jakob Hanusch nahm dann die Gelegenheit wahr, auf Felix hinzuweisen, so ganz nebenbei natürlich nur. Regelmäßig endete eine solche Unterhaltung damit, daß der Domanja auf seinem Möhrenwitz herumritt, was heißen sollte, daß es am besten wäre, es gäbe gar kein Rot.

Einmal, als der alte Hanusch auf dem Kirchenpfad nicht dabei war, erklärte Domanja sich genauer. Er sagte: „Mir ist von den Kommunisten Rumbo der liebste. Der macht, auf die Dauer, keinen Schaden."

Mit Rumbo wußte sich Domanja auch einig darin, daß das Bücherlesen Faulenzerei sei, und es sei nicht gut, daß der Hanusch zu solchem und ähnlichem Firlefanz die Jugend direkt verleite. Seine Tochter Anna werde vom vielen Lesen richtig aufsässig, während sie früher, jeder müsse es zugeben, ein Muster von Fleiß, Ordnung und Gehorsam gewesen sei. Daran ändere auch ihr Diplom nichts, obwohl es natürlich auch nicht jedem gegeben sei, unter dreißig der Beste zu sein.

Jakob Domanja tat Felix Hanusch nicht unrecht mit seiner Beschuldigung. Felix hatte bei der kleinen verträumten Anna eine Begabung entdeckt, die ihm selbst gänzlich abging. Es begann bei ihr mit einer sehr naiven Neugier für die Welt der Sterne, über die auf ihren Kursen der silberbärtige Oberlehrer sprach. Nach und nach entwickelte sich daraus eine Leidenschaft für die Naturwissenschaften. Das Mädchen, einmal aus einem Glauben in ein staunendes Erkennen gestürzt, drängte ungestüm nach mehr Wissen, und als es begriff, daß die Mathematik ein Wunderschlüssel für unbekannte Welten war, lernte sie hartnäckig und mit einer solchen Leichtigkeit, daß dem alten Oberlehrer bald der mathematische Atem auszugehen drohte. Darüber hinaus schleppte ihr Felix Hanusch – der vor dieser Begabung recht ratlos war – alle Bücher an, die ihm der Bibliothekar in der Stadt als geeignet bezeichnete.

Die kleine Anna Domanja mit dem Schnutenmund war

der Anlaß, daß Felix im Schloß eine Art Zweigstelle der Kreisbücherei einrichtete. Doch mehr als Anna Domanja beschäftigten ihn während des langen Winters Uschka, die Magd, und Benno Schofka, der Brucharbeiter.

In ihnen entdeckte er, immer klarer, einen Teil seiner selbst – jenes Felix Hanusch, der während langweiliger Schulstunden heimlich an einem Roman schrieb. Jetzt, ein Dutzend Jahre später, begriff Felix, daß er damals vor die Alternative gestellt gewesen war, entweder seine Ahnung vom Leben mit der bunten Gymnasiastenmütze zu verdekken oder aber die Drahtgitterbrille des Vaters aufzusetzen, um die ganze Wahrheit des Lebens zu entdecken. Er hatte sich weder für das eine noch für das andere entschieden, und in dem Weder-Noch war sein Talent geschrumpft und verdorrt. Diese Erkenntnis schmeckte bitter, aber gerade deswegen wollte er dafür sorgen, daß die Träume der Magd und des Brucharbeiters nicht verdorrten.

Viele Winternächte lang hockte er bei Benno Schofka, der sich abmühte, den Kopf der Uschka in Ton zu modellieren. Benno sah – nicht jetzt, das Mädchen lag in ihrem Bett –, daß Uschka die linke Braue um eine Winzigkeit höher in der Stirn trug als die rechte, und diese Winzigkeit geriet ihm stets ein wenig zu groß, ein wenig zu klein, und Uschka wurde nicht Uschka. Noch mehr aber verzweifelte er daran, daß es ihm nicht gelingen wollte, die Diphtherienarbe des Mädchens richtig wiederzugeben.

Die Diphtherienarbe, fragte Felix, ist sie nicht unwesentlich davor, daß Uschkas Kopf der Kopf einer Magd ist *und* eines Mädchens, das ein kleines Reclam-Heft aufschlägt und eine Welt darin findet, mit der sie vor einem Jahr noch nicht mehr gemein hatte als einmal der Oberlehrer mit dem Kaiser und die sie tastend und zögernd in Besitz nimmt, zögernd, aber nicht im geringsten zweifelnd an ihrem Recht?

Benno Schofka nahm den Tonklumpen, der nicht der Kopf der Uschka werden wollte, und betrachtete ihn von allen Seiten.

Gut, sagte er, die Diphtherienarbe ist geschenkt. Er fuhr mit dem Spachtel über den Hals des Tonmädchens und machte ihn glatt. Aber die Braue, die Braue muß sitzen, es ist eine Katzenbraue, und ich bin die Maus, und Uschka spielt mit mir die große Zirkusnummer aller Katzen.

Felix lachte, das sei Unsinn, aber irgend etwas war in ihm, das knurrte den Benno an, weil der wünschte, er möchte mehr sein als die Maus in Uschkas Zirkusnummer. Felix sprach nicht, worüber Benno gern sprechen wollte: über die Schwierigkeiten, die die Liebe macht, sondern sprach über die Schwierigkeiten, aus einem Klumpen Ton den Uschka-Kopf zu machen. Es war darüber viel zu reden und zu streiten, und Felix fuhr in die Stadt, holte ein Buch über die Wunderwelt der Chemie für die Anna Domanja und einen Arm voll Bücher für Benno.

Es war einfach, Anna Domanja dem Oberlehrer anzuempfehlen, es war schwieriger, sich mit Benno darüber Gedanken zu machen, wieso es – trotz allem – leichter sei, einen afrikanischen Löwen aus hartem Granit zu meißeln, als aus schmiegsamem Ton den Kopf der Uschka zu formen. Fast unmöglich aber war es, Uschkas Fragen zu beantworten. Es lag nicht an den Fragen, es lag an Uschka.

Mit dem alten Schimmel Udo vor dem Lastschlitten holte Felix Düngekalk. Es war ein Schlitten voll Kalk, und es war notwendig, dafür einen halben Schlitten voll Papier zu beschreiben. Als alles Papier beschrieben war, rieselte in großen Schneeflocken der Abend herab.

Aus der Stadt kam der Bus, und Uschka stieg aus. Felix lobte den Zufall – daß er diesem Zufall zuliebe ungewöhnlich viel Geduld für die Kalkformulare aufgewandt hatte, erwähnte er nicht –, und Uschka kletterte neben ihn auf den Schlitten. Das Sitzbrett war für einen Kutscher ohne Mädchen gedacht, Felix mußte Uschka festhalten, damit sie nicht in den Schnee fiele. Sie hatte nichts dagegen, festgehalten zu werden, und erzählte von ihrem Lehrer-Schauspieler, der sich Bart und Kopfhaare silberweiß färben ließ – als müßte er dauernd den Weihnachtsmann spielen, sagte sie. Uschka erzählte, der Schlitten holperte über den gefrorenen Schnee, der lahme Udo wußte den Weg auch ohne Zügel, und Felix hatte seinen Arm um die Schultern des Mädchens, er hörte sie sprechen und hörte oft nicht, was sie sprach.

Sie hat Shakespeares „Romeo und Julia“ und die Novelle Kellers gelesen. Warum mußten sie sterben, fragte sie. Und wenn sie jetzt lebten, müßten sie auch sterben? Der Schauspieler sagt, sie müßten sterben, weil das Stück sonst nicht ginge. Ginge es auch nicht im Leben? Felix erklärt, daß nicht der Dichter Romeo und Julia sterben ließ, sondern das Leben. Aber das Leben werde anders. Uschka grübelt darüber nach; sie lehnt in seinem Arm, sie ist Julia, Felix' Arm ist Romeo, er selbst ist stumm, er ist ein Schlittenkutscher, der ein Mädchen mitgenommen hat auf einem zu schmalen Sitzbrett.

Felix nahm den Arm von der Mädchenschulter, als brauche er beide Hände für die Zügel des lahmen Udo, er schnalzte dem Gaul zu und schwieg für das Mädchen, den Gaul kümmerte nicht das Schnalzen, das Mädchen nicht das Schweigen, es fragte und fragte, und er mußte Antwort geben: Ist es bloß Spaß oder hat es wirklich so dumme Menschen gegeben wie den eingebildeten Kranken Molières, und warum verführt Faust das Gretchen, verläßt sie und wird nicht dafür gestraft?

Felix erinnerte sich: Er war sechzehn, als das Aschemädchen Agnes zu ihm sagte, Faust sei ein Lump.

„Ist Faust ein Lump?“ fragte er die Magd Uschka.

„Er ist schlecht!“ entgegnete sie.

Seine Rechte ließ die Zügel los, doch er legte den Arm nicht wieder um die Schulter des Mädchens, ungeachtet der Gefahr, daß es vom schmalen Brett rutschen könnte, fiele es dem lahmen Udo ein, einen Trab einzulegen. Felix hatte den einen Kuß im Torbogen des Batschon-Hofes nicht vergessen.

Es war fast unmöglich, die Fragen Uschkas zu beantworten, es lag nicht an den Fragen, es lag an dem Mädchen. Der Schnee, der herabrieselte, war weich und tauig.

12

Lang dauerte der Winter, und es war Hoffnung auf den Frühling, und als es Frühling wurde, gefror die Hoffnung in einem Palast an der französischen Seine. In Europa und in Nordamerika, am russischen Amur und in der Bannmeile von Hiroshima brachten die Bauern die Frühjahrssaat in den Acker, und in Deutschland begruben sie den alten Krieg nicht, sondern bliesen Sämlinge des neuen über das Land: War doch kein Boden fruchtbarer dafür als der, wo große Träume und furchtbare Taten sich Sendung und Heldentum dünkten.

Darüber lasen die Bauern am Abend in ihrer Zeitung; am Tag hatten sie ihren Acker vor sich und die Einsaat, man mußte die Zeit einholen, die der Winter über das Gewohnte hinaus gefressen hatte.

Auch die Jungen lasen die Zeitung und vergaßen das Gelesene vor dem Frühling, der kurz und heftig war, zwei Tage mußte man in einen hineinpacken.

Felix Hanusch war ein Bauer, und er war jung, und was auch immer an Hoffnung gefror: Nie war für ihn ein Frühling klarer, blauer, schöner gewesen.

Er schirrte den Schimmel Udo an, und gemächlich zogen sie auf den Waldacker hinter dem Lilienteich, um das Saatbett für die Kartoffeln vorzubereiten.

Die Sonne hing warm am Himmel, aus dem Niederwald ringsum duftete der Frühling, Lerchen stiegen, und der alte Schimmel Udo hielt nichts vom Hasten, er hatte Asthma und den lahmen Vorderhuf. Es lohnte nicht, mittags den weiten Weg nach Hause unter die Hufe zu nehmen. Felix band dem Gaul den Hafersack um und trug dürres Astholz zu einem Feuerchen zusammen, um den Kaffee aufzuwärmen. Später trieb er das Pferd auf den Waldweg, es gab noch wenig zu rupfen, aber es gab zu rupfen. Finken triangelten, und Felix grub im Gedächtnis nach dem Finkenliedchen, das die Mutter ihn einmal gelehrt hatte, vier oder fünf mochte er gewesen sein.

Das Verslein fiel ihm ein: „Zick, zick, zick – wer hat mich denn gezwickt?“

Es schien ihm, die heutigen Finken hätten eine andere Strophe einstudiert.

Irgendwo im Wald lachte ein Mädchen schrill. Wie eine Gans im Frühling, dachte Felix.

Er sah die Gruppe von weitem: Mitten auf einem kleinen Kahlschlag hockten zwei ältere Waldarbeiter und einige Mädchen um ihr Mittagsfeuer, sie löffelten aus ihren Eßgeschirren, einer der Männer berichtete etwas, etwas Lustiges wohl, die Schrille lachte laut.

Ein Löffel klapperte im leeren Eßgeschirr, und ein Mädchen sagte: „Ich möchte einmal einen ganzen Hasen im Pott haben!" Die Stimme war wie eine Juninacht. Irgend jemand antwortete darauf, irgend jemand machte einen Witz dazu, die Schrille lachte wieder.

Felix trat auf den Kahlschlag, schritt auf die Gruppe zu, sie wandten sich um, und das Juninacht-Mädchen war Uschka, die Magd.

Die Uschka hockte am Feuer, sie wurde rot, ihre Hände waren dunkel vom Harz, sie sagte: „Kaum malt man den Hasen an die Wand, da kommt er schon gerannt."

Der eine Arbeiter brummte etwas ziemlich Anzügliches. Felix nahm ein Ästchen aus dem verglimmenden Feuer, zündete sich eine Zigarette an und sagte: „Ich fange dir auch einen Hirsch, wenn du willst."

„Aus Hirschbraten mache ich mir nicht viel. Hirsch haben wir jede Woche dreimal."

Die anderen lachten. Uschka blickte Felix ruhig an, ihr Gesicht hatte wieder das helle Braun, das sie auch im Winter behielt.

„Hasen fangen ist keine Kunst", zum erstenmal wandte sich Felix an die anderen, „wenn man weiß, wo sie wachsen."

Der Vorarbeiter zog die Uhr und begann sein Eßzeug zusammenzupacken.

„Abends um acht", sagte Felix, ihm schien, er müßte reden, solange die Waldarbeiter noch da waren, „lege ich mich an der Pestsäule auf dem Wege nach Wierbitz auf die Lauer."

Die Waldarbeiter nahmen ihre Taschen und ihr Werkzeug, und der Vorarbeiter grüßte: „Mahlzeit!"

Uschka stand auf. „Was machst du überhaupt hier?"
„Ich ackere. Der Gaul macht Mittag."
„Da hat schon mal einer einen Hasen fangen wollen", sagte sie, „und hat seinen Gaul verloren."
„Zwei Gäule", sagte er, „wenn ich den Hasen dafür fange!"
Sie antwortete nicht.
„Und was machst du hier?" fragte er.
„Reisig hacken. Simon hat für Bauholz eine neue Kuh eingehandelt." Uschka wandte sich um und ging.
Felix sah ihr nach, und als sie in das dichte Unterholz eindrang, rief er: „Also wegen des Hasen, wie gesagt ..."
Sie schaute sich nicht um, sie hob ihre Hand, drehte sie ein paarmal hin und her und rief: „Ich glaube, die haben jetzt Schonzeit."
Er fand seinen Gaul und dachte: Da ich den Gaul nicht verloren habe, ob ich nun einen Hasen fange? Er stapfte den Acker hinauf und hinunter. Abends um acht an der Pestsäule nach Wierbitz. Die Nachmittagsstunden lahmten wie der Schimmel Udo.

Der Duft drang aus dem handhohen Roggen, aus dem jungen Klee auf dem Stoppelfeld, und es duftete das Fleckchen Gras rings um die Pestsäule. Vom Wald her fuhr ein Kauz über die Äcker.
Die vier Gehöfte, die Oberförsterei hießen – vor hundert Jahren hatte hier eine gräfliche Försterei gestanden – hockten auf ihrem Hügel wie Hallighöfe im Wattenmeer.
„Ich habe noch nie Wein getrunken", sagte Uschka. „Aber ich glaube, das ist wie Wein jetzt. Ich bin schon ganz betrunken."
Er beugte sich über sie. Wir werden eine Hochzeitsreise machen, mit den Fahrrädern, mindestens zwei Tage, er malte die zwei Tage in Pastell, glühende Tupfen darauf.
„Das war ein Gedicht", sagte sie, „nicht wahr?"
„Wieso?"
„Darum", sagte sie und lächelte.
Er begriff. „Auch wenn ich ein Dichter wäre – etwas bleibt wahr."
Sie lachte halblaut.

„Soll ich mitspielen?"

Er knurrte.

„Ich mag dich gern, aber ich liebe dich nicht", sie tippte ihm mit dem Finger auf die Nasenspitze, „und du liebst mich nicht."

Er entsann sich: Wir standen im Torbogen, und sie hätte nichts dagegen gehabt, wäre ich mit ihr gegangen.

„Damals!" sagte er. „Damals war *das* wahr, und heute ist *das* wahr."

„Heute spukt dir der Frühling im Kopf!"

„Egal!" sagte er. Er küßte sie. Sie wehrte sich nicht; ihr Mund war kühl. „Wir werden bald heiraten", sagte er.

Sie schwieg und sah ihn an, Träume und blaue Sehnsüchte, er selbst hatte die Träume geweckt.

Sie schüttelte den Kopf. „Gestern hast du noch nicht gewußt, daß du mich liebhast."

„Ja, gestern", sagte er.

Sie nickte ernsthaft, gestern *war* tausend Jahre her.

„Ich weiß vieles von dir. Aber du hast mich eigentlich nie gesehen."

„Jetzt sehe ich dich und ..."

„Jetzt bin ich betrunken. Wenn ich wieder nüchtern bin, denke ich nach, ob ich dich heiraten will. Ich kann doch nicht einfach den ersten besten heiraten!"

„Den besten!" sagte er.

Sie richtete sich auf. „Ich habe ein Traumbuch zu Haus; vielleicht träume ich heute etwas Vernünftiges über dich." Sie sah den Zweifel auf seinem Gesicht. „Siehst du: Du weißt nicht, ob ich an Traumbücher und Kaffeesatz glaube, aber heiraten willst du mich. Und ich weiß nicht, an welche Traumbücher du glaubst! Vielleicht haust du mich auch, wenn die Suppe anbrennt."

„Bestimmt."

„Siehst du! Ich würde dir dann die Suppe über den Kopf schütten, und wir liefen zur Scheidung." Sie schauerte zusammen.

„Ist dir kalt?"

„Ich habe extra keinen Pelz angezogen, weil ich gedacht habe, ich müßte mit dir Hasen fangen."

Er half ihr aufstehen. An der Pestsäule lehnten ihre Räder.

Sie machten einen Unweg durch das nachtdunkle Wierbitz, vorbei an der Himmelschlüsselwiese. Felix – da er ihr keinen Hasen gefangen habe – wollte ihr ein paar Blütenstengelchen pflücken; was er im Licht der Sterne pflückte, erwies sich beim Licht der Fahrradlampen als Sauerampfer und Hasenbrot.

Kurz vor dem Dorf sprang Uschka vom Rad.

„Ich schlafe heute daheim."

Ihr Elternhaus war das zweite in der Reihe, ein Fachwerkhaus; nach dem Garten zu hatten sich die Loga-Jungen eine Kammer angebaut.

„Da schlafe ich", sagte Uschka.

Es war im ersten Stock, aber es brauchte kein Birnbaum hinaufzuwachsen. Man stellte das Rad an die Hauswand und erreichte den Fenstersims.

Er küßte sie. „Du hast kühle Lippen."

„Am Sonntag ist Tanz in Wierbitz", flüsterte sie.

Die schmale Hoftür knarrte hinter ihr, und Felix hörte, wie sie leise auf den Hund einsprach.

Langsam fuhr er durch das Dorf heim. Hinter irgendeinem Hoftor erwachte ein Hund, blaffte auf, gähnte laut, und die Nacht war wieder still.

Mit achtzig Mark im Monat kann ich nicht heiraten, dachte Felix. Zum erstenmal machte er sich Sorgen um ein geregeltes Einkommen. Nicht, daß er sich krumm und krank gesorgt hätte – er gehörte zu den biblischen Lilien auf dem Felde und den Vögeln unter dem Himmel, die sich nicht ängstlich sorgen. Der Sozialismus würde ihn schon nicht nackt und hungrig umherlaufen lassen.

Das Mädchen Uschka hielt in ihrer Kammer einige Stengel Sauerampfer und Hasenbrot in der Hand, es wollte sie aufbewahren und wußte nicht wie. Es entsann sich ihres Schulmädchenalbums und legte das Sträußchen hinein.

Das Verslein auf dieser Seite hieß: „Schenkt dir einer Rosen, will er mit dir kosen, schenkt dir einer Nelken, alle Schwüre welken, ich schenke dir Vergißmeinnicht, und ich verlaß dich niemals nicht."

Er schenkt mir Unkraut und will mich heiraten, dachte sie.

Später – sie lag schon im Bett – mußte sie lachen. Einen

Hasen hat er mir versprochen, drei Halme Hasenbrot hat er gehalten.

Noch später, schon im Einschlafen, berührte sie mit dem Handrücken ihren Mund; die Lippen waren nicht kühl.

13

Der Frühling tanzte auf allen Tanzböden, und bevor er sich hätte die Schuhe durchtanzen können, knallte der Sommer gelbe Rapsflecke ins Land.

Felix Hanusch ging nach Hause zu den Eltern. Er traf sie allein an, sie saßen am Tisch und lasen Zeitung.

Die Mutter legte die Zeitung auf den Tisch.

„Du zeigst dich ja überhaupt nicht mehr daheim," rügte sie sanft.

„Hat doch soviel zu tun für fremde Leute", sagte der Vater, er legte die Zeitung nicht aus der Hand.

Sie meinten es nicht ernst, aber sie hatten es sich angewöhnt, alles mit dem Sohn zu besprechen, der Vater die Ackerfurche, die er mit seinen Kühen zog, und die Mutter am liebsten das Schlepperkraut, das sie immer noch kochte und das immer noch niemand mochte.

Felix setzte sich zwischen sie. „Bin ja da."

„Auf guten Tag und Wiedersehn", entgegnete die Mutter. „Ich weiß schon gar nicht mehr, wann du das letztemal so mit uns beiden am Tisch gesessen hast."

„Als er noch nicht bei der Partei war, Mutter", sagte der Vater.

Ihre irdischen und himmlischen Vorbehalte hatten sie längst vergessen, jetzt waren sie nur noch eifersüchtig auf das, was sie „Partei" nannten: Gestern hatte sich Felix in der Stadt herumgeboxt wegen der Rente für die Großmutter Wenk; vorgestern waren es Schulhefte, weswegen er herumlaufen und einen Brief schreiben mußte; vor den Schulheften war es die Schusterstochter aus Wierbitz gewesen. Der Schuster war zu den Eltern gekommen, hatte mit traurig-ernster Miene (er war im Nebenberuf Grabsänger)

„in Angelegenheit seiner Tochter" Felix zu sprechen verlangt und auf mißtrauisches Befragen hin erklärt, daß seine Tochter einen guten Kopf habe, manche sagten, sie solle auf Doktor studieren. Felix hatte die Schusterstochter, wie alle, deren er habhaft werden konnte, aufs Lehrerbildungsinstitut geschickt.

„Die Schusterstochter", sagte er, „haben sie auf dem Seminar angenommen. Später kann sie ja immer noch studieren." Wenn wir Ärzte genug haben, fiel ihm ein, machen wir aus dem Schloß vielleicht ein kleines Krankenhaus.

„Du reißt dir die Beine aus, und andere protzen in der Zeitung." Der Vater hielt ihm das Blatt hin: ein Interview mit einem, der über seine künftigen Taten sprach.

„Es wird immer welche geben, die darüber reden, was sie zu tun vorhaben", sagte Felix. „Davon lebt niemand. Höchstens die, die so reden, selbst."

„Das ist wahr." Der Vater sah auf. „Daß viel zu tun ist, ist auch wahr. Und faule Leute habe ich nie leiden können."

Die Mutter nickte. „Bloß zuviel solltest du dir nicht aufladen."

„Wer auf jeder Hochzeit tanzt, sieht eine Braut schon gar nicht mehr an", brummte der Vater.

„Vielleicht muß der Vater im Bruch aufhören", sagte die Mutter.

Der Vater schob das mit einer fast ärgerlichen Handbewegung beiseite. „Sie haben uns einen Doktor in den Bruch geschickt."

Felix nickte, er selbst war mit dem Akkordtöter deswegen in der Stadt gewesen.

„Ich habe gedacht", sagte der Vater, „ich könnte in den Wald gehen."

Im Wald gibt es keinen Staub, der die Lungen füllt wie einen prallen spröden Sack, aber im Wald kriechen viele Tage feucht und schwer durch das Holz.

„Du könntest auch bei uns auf dem Schulgut arbeiten. Bekommst den alten Schimmel."

Der Vater legte die Zeitung weg, ein Pferd ist ein Pferd, und wenn's der Klepper Udo ist. „Das könnte ich auch. – Hast du viel zu tun?"

Felix sah ihn an, sah die Mutter an und sagte: „Ich habe

ein Mädchen, sie läuft mir noch davon, weil ich sowenig Zeit habe."

„Wird Zeit, daß du heiratest", brummte der Vater.

Die Mutter beugte sich vor. „Wer ist sie denn?"

„Ich denke", sagte Felix, „ihr werdet zufrieden sein."

„Mir tut sie ja leid."

„Sehr leid, Mutter?"

Sie lächelte. „Nicht sehr. Vielleicht bringt sie dich auch zur Vernunft."

Jakob Hanusch machte ein spöttisches Gesicht. „Den? Glaubst du?"

„Nein." Die Mutter setzte die Brille auf und sah den Sohn an, als wollte sie ihn kritisch betrachten, aber es war bloß, damit ihre Liebe ihn besser sähe. „Du wirst wohl nie so ganz vernünftig werden."

Sie seufzte.

Der Vater war unzufrieden: Was gibt es denn aus einer Braut für ein Geheimnis zu machen?

„Sie will's so", sagte Felix.

... Uschka sitzt neben ihm auf dem Bretterstapel des Wierbitzer Sägemüllers, ringsum wuchern Brennesseln, ein verwunschenes Inselchen, gerade daß der Mond hereinsehen kann.

„Warum", fragt er, „muß ich dich zwischen Brennesseln küssen? Warum nicht unter dem Flieder im Park?"

„Solange du dich meinetwegen in die Brennesseln setzt", antwortet Uschka, „glaube ich dir. Unter dem Flieder habe ich Angst."

Felix versteht das nicht. Sie erklärt es: „Der Flieder duftet so stark, du redest mir irgend etwas ins Ohr, lauter Fliederduft, und ich denke, es ist wahr. Ich will nicht, daß jemand über mich lachen soll, wenn du von mir wegläufst."

„Ich laufe nicht weg." Er ist beinahe gekränkt. „Ich will dich weder in den Nesseln noch unter dem Flieder, ich will dich im Ehebett."

Sie lacht ohne Laut. „Bis sie der Tischler macht ...", murmelt sie und klopft an das Brett, worauf sie sitzen.

Bis sie der Tischler macht, der Teufel hol den Tischler!

Später, der Mond glotzt immer noch mit vollem Gesicht

auf das Inselchen des Sägemüllers, sagt Uschka: „Wenn du den Tischler nach der Ernte noch brauchst ...“

„Was ist dann?“

Sie reibt die linke Augenbraue, die sie um eine Winzigkeit höher in der Stirn trägt, an seiner Schulter. „Dann bin ich sehr froh.“

„Gut! Wenn die letzte Garbe in der Scheune ist“, sagt er. „Ich werde das Getreide grün einfahren!“

Aber bis dahin soll es niemand wissen ...

„Anfang September heiraten wir“, sagte Felix. „Ihr kriegt eine feine Schwiegertochter.“

„Muß ja wohl“, brummte der Vater, „wenn's so ein Geheimnis ist.“

Felix nickte, aber es war ihm, als müßte er es herausschreien: Ich liebe Uschka. Ich liebe euch alle, auch Rumbo, bloß den Postmann nicht und nicht den alten Batschon. Die Menschen sind gut, alle sollen auf meiner Hochzeit tanzen.

Der Sommer überrannte den Frühling, und er war hart wie der Winter. Er stülpte seine blaßblaue Glocke über das Land und dörrte und sengte es.

Michael Batschon, der Altbauer, der keinen Finger krümmte, trug seinen Buckel durch das Dorf, die Rute Gottes hänge über diesem Land, sagte er; er machte kein Hehl daraus, daß er es in seiner Frömmigkeit nur mit dem Alten Testament halte, wo Verwünschungen stehen und Zahn um Zahn und Auge um Auge; er schloß bei denen, die ein Auge oder einen Zahn zu geben hatten, seine Tochter Beate nicht aus und nicht diesen verrückten Schwiegersohn, der es darauf anlegte, die Kommunisten mit dem Sozialismus zu schlagen, und wenn jemand zu Auge und Zahn noch Ohr und Nase herzugeben hatte, so war es der Bursche Hanusch, der es damals nicht begriffen hatte, wie gut sich das Kapital seiner Gefängnisjahre mit dem Besitz der Beate und der Klugheit des Altbauern zur legitimen Herrschaft über das Dorf – samt Rumbo! – gefügt hätte.

Der Rute Gottes setzte Michael Batschon die Amerikaner entgegen. Einesteils konnte denen Gott nichts anhaben, weil sie die Technik hatten und Regen und Sonne nach eigenem Gutdünken regelten. Andererseits waren sie aber sozusagen ein Zweig dieser Gottesrute; zur gegebenen Zeit würden sie herniederfahren auf das ganze Pack hier, eingeschlossen Beate, die es zuließ, daß der hergelaufene Mjetk das Gut den Roten in die Hände spielte.

Michael Batschon tat vielleicht damit nicht unrecht den Amerikanern, die ähnlich über sich dachten wie er über sie, aber unrecht tat er Simon Mjetk.

Die Witwe Nakonz holte den alten Loga. Der rückte nach Feierabend die dünne Wand ihres ehemaligen Ziegenpalastes um einen Meter hinaus, konstruierte auch das Dach zurecht, und es entstand ein Stall, geräumig genug für zwei Kühe. Zwei Kühe aber fressen sich an fünf Morgen das Verhungern an.

Da war zwischen dem Hundekirchhof und dem Hentschelteich das Stück, das der alte Loga aus der Bodenreform erhalten hatte. Der Loga wollte es nicht mehr haben. Wofür denn, die Uschka lernt ja nun Theaterspielen. Die vier Morgen lagen in Spuckweite vom Acker der Witwe Nakonz.

Sie ging hin, um ihren Plan zu machen für den Herbst.

Am Rande des Loga-Ackers stand aber Emil Kurfürst, und der machte ebenfalls seinen Plan für den Herbst. Er schritt mit den Augen den Acker ab und zog die Winterfurche.

„Was kriechst du denn hier herum?“ Die Witwe Nakonz hatte es nicht gern, wenn jemand ihr Eigentum auf diese Weise betrachtete. Emil Kurfürst war mit seinen Berechnungen noch nicht fertig; er schwieg. Die Witwe Nakonz war heiser, seit Tagen schon, sie räusperte sich und spuckte aus.

Der Mann sah sie an. „Ich habe das nicht gern“, knurrte er, „wenn alte Weiber auf meinen Acker spucken.“ Nicht im Traum fiel ihm ein, die Witwe könnte zum selben Zweck hier stehen wie er.

Der Frau verschlug es den Atem, aber nicht für lange.

„Meine Kuh ist gefräßig, das stimmt, aber so gefräßig wie du ist sie nicht. Der Acker ist mein und ...“

Zorn überfiel den Bauern: „Dein ist, was du unterm Rock hast, und das stinkt mir!“ brüllte er.

Er brüllte, sie brüllte, sie waren beide in tiefster Seele verwundet, nicht wegen der Worte, sondern wegen der Absicht, die einer auf den Traum des anderen hatte. Sie hatten nichts zur Hand, womit sie sich gegenseitig ihr Recht hätten einbleuen können. Sie entsannen sich ihrer Beine und rannten los. Wortlos und keuchend rannten sie Brust an Brust durch das ganze Dorf. Sie überfielen den Bürgermeister, der warf sie hinaus.

Er stritt sich eben mit Felix Hanusch, ob man dem Batschon-Hof die Milch, die die gekauften Färsen dem Staat schuldeten, aber noch nicht zu bringen in der Lage waren, stunden dürfe oder nicht. Die beiden stritten sich die Haare vom Kopf und vergaßen, daß sie beide wollten, jedes Kind solle genug Milch bekommen.

Da sie sich stritten, stritten sie sich gleich weiter über den Loga-Acker. Der Hanusch war für die Witwe Nakonz und der Bürgermeister für den Umsiedler Kurfürst. Der Postmann brachte die Post, er setzte sich, sein Asthma mußte sich ausruhen.

Rumbo sagte zu Felix: „Sowieso hat sie zuviel! Du siehst doch, wohin sie sich entwickelt."

Felix Hanusch sah nichts Besonderes in ihrer Entwicklung. Ein Mensch, der zeitlebens auf dem Acker gearbeitet hat, hat einen Acker zu eigen erhalten. Was Wunder, daß er sich darein verbeißt wie ein Verhungernder in ein Brot? Auch sah Felix nicht ein, warum die Witwe Nakonz – die einzige Frau im Gemeinderat, die nicht nur dasaß, um zu schlafen, wie mancher der Männer – nicht Acker für zwei Kühe haben sollte.

Da sie sich nicht einigen konnten, behandelten sie die Angelegenheit in der Parteiversammlung, und Felix Hanusch war schließlich einer Meinung mit dem Akkordtöter: daß es nicht gut wäre, schlüge man der Witwe Nakonz den Loga-Acker zu, nachdem Emil Kurfürst aus der ganzen Sache eine Unterdrückung der Umsiedler konstruiert hatte. Sie beschlossen auf Vorschlag des Lehrers Nekela, die vier Morgen dem Schulgut zu übergeben.

Da die Witwe aber den Acker brauchte, nahm sie ihn, wo sie ihn haben konnte. Der Bauer Mjetk schenkte ihr einen Hektar, und Michael Batschon zweifelte zum erstenmal an der Dummheit und Schlechtigkeit seines Schwiegersohns.

Der Regen kam noch zur rechten Zeit. Die Getreidehalme verloren ihre Hungerfarbe, das Korn quoll rund und glatt, die Wiesen flaumten grün, die Rübenäcker hoben ihre hängenden Köpfe. Nur auf brandigen Sandäckern war das Getreide notgereift, klein und schrumpelig staken die Körner in der Ähre, spröde und weiß war das Stroh.

Alle Hände waren voller Arbeit wie die Äcker voller Frucht, Lachen flog leicht von den Lippen, wie die Fallschirmsamen von der Pusteblume fliegen.

Jakob Hanusch, der nun auf dem Schulgut arbeitete, sagte, die Ernte sei gut heuer. Das hieß auch: Der Lehrer schlägt den Kindern nicht mehr das Mutterwort vom Munde. Sogar die Kraft der Sonne läßt sich mit sorbischen Zahlen messen.

In den Gärten hinter dem Haus, Garten an Garten, saßen die Männer und dengelten ihre Sensen – die Augen nahe über dem Stein, die Zunge zwischen den Zähnen, der linke Daumen auf dem Sensenblatt, in der rechten Hand den Hammer.

Im Park unter den hohen Ahornbäumen hockten die Jungen um Uschka, die Magd, und Benno Schofka, den Brucharbeiter. Sie hörten sich keine Vorträge an, stritten sich nicht heiß und heiser, sie lehnten die Schultern aneinander, manchmal die Knie, das eine unter dem Rock, das andere in zerschlissener Erntehose, sie sahen dem Keil der Wildenten nach, die die Nacht hinter sich herzogen. Der junge Paul Wenk lehnte am Baum, die Hände um die mageren Knie, den Kopf fest am Stamm, er summte, er summte, sie nahmen das Lied auf: Zwei Flügel hat die Taube, zwei Mädchen hat der Bursch. Wie ein Maikäfertanz in der Eiche, so zart war das Lied.

Der Großvater Mrosak, der sich an achtzig Jahre Leben erinnerte, sagte, nie hätten die Jungen so viel gesungen wie heuer.

Auch in den Dörfern ringsum summten Lieder und bohrten sich Gedanken in Dinge, die vorher nie bedacht worden waren. Felix Hanusch war Abend für Abend unterwegs. Wenn er heimfuhr in der Nacht, hörte er immer noch die Lieder, in allen Liedern war Uschka. Bald wird die letzte Garbe in der Scheune sein.

Benno Schofka führte Uschka über die Wiesen am Bach entlang nach Haus. Sie setzten sich auf den Steg, der Batschons gehörte. Im Bach unten fuhren die Sterne mit, ein Stück, und blieben doch an ihrem Platz. Manchmal silberte das Wasser auf.

„Ich möchte ein Fisch sein", murmelte Uschka.

Er sah sie an. „Vielleicht bist du ein Fisch."

Ich bin kein Fisch, dachte sie. Das Wasser bin ich, die Sterne darin.

„Ich habe dein Gesicht in Ton", sprach Benno. „Jeder sagt, du bist es. Du bist es nicht."

Ihre Gedanken waren wie die Sterne im Bach, sie glitten dahin und blieben auf der Stelle. Was kann ich dafür, daß sie mich hinausgestoßen haben aus dem Immer-Gewesenen: Magd auf einem Bauernhof, Heirat mit einem Bracharbeiter, Mutter von fünf Kindern.

Plötzlich wandte sie sich ihm zu. „Erinnerst du dich noch an die Geschichte von der Wolkenflöte?"

Er nickte.

„Da hieß es am Ende", fuhr sie fort: „Und als es an der Zeit war, wurde er ein Knecht – entsinnst du dich?"

„Ja."

„Und jetzt bei mir heißt es: Und sie ließen sie nicht länger Magd sein."

Er schwieg. Das Wasser floß, die Sterne darin verharrten auf ihrem Platz.

„Bist du glücklich?" Er fragte es leise. Er hatte noch nie jemand nach dem Glück gefragt, auch sich nicht. Es war ein neues Wort zwischen Brucharbeiter und Magd.

„Ich lerne", sagte sie.

Er erfaßte die Antwort, langsam, Stück für Stück. Dann sagte er: „Ich habe von einem Maler gelesen, Botticelli heißt er, daß er hundertmal eine Frau gemalt hat, Simonetta, und er hat sie nie gesehen. Ich werde hundertmal dein Gesicht in Ton modellieren."

Sie standen auf und gingen über den taunassen Wiesenpfad zum Batschon-Hof. Am Gattertor sagte die Magd: „Dem Botticelli hat das gar nichts geholfen."

„Ja", entgegnete der Brucharbeiter, „er hat eine aus dem Kopf gemalt, ich habe mir eine in den Kopf gesetzt!"

„Manchmal", sagte Uschka, „nützt auch das nichts."

„Egal!" sagte er.

Sie lachten sich an, wünschten sich eine gute Nacht, das Mädchen ging ins Haus, der Bursche sprang über den Weidezaun, und als er fast daheim war, freute er sich noch immer darüber, daß es ihm so gut gelungen war, den Unterschied zwischen Botticelli–Simonetta und Benno–Uschka herauszufinden. Es war schwer, unglücklich zu sein.

Uschka zog sich in ihrer Kammer aus und kämmte sich. Das Spiegelmädchen hatte große, dunkelgeränderte Augen im schmalen Gesicht. Dreimal in der Woche fuhr sie in die Stadt zum Unterricht und – heimlich – schon zur Probe. Auf dem Batschon-Hof ließ sie nicht eine Handvoll Arbeit ungetan; sie wollte Beate nichts danken müssen.

Zum Fenster hinein wuchs der Birnbaum. Uschka riß eine Birne ab, sie war noch hart und grün, doch die Kerne begannen schon zu dunkeln. Meist reifen die Birnen von diesem Baum mit den letzten Garben. Uschka seufzte. Langsam geht es dieses Jahr mit der Ernte voran.

14

Tag für Tag, vom Feierabend der Bruchsirene bis zum Abendläuten der Kirchenglocken, krochen die Kuhgespanne der Brucharbeiter über die Äcker und brachen die Stoppel um. Das Wetter war launisch, es trieb und hetzte zur Eile. Die Witwe Nakonz, die sich nie Fett unter die Haut hatte anessen können, schuftete sich das Fleisch von den Knochen und den Witz von der Zunge. Sie lief zu ihrer Schwester ins Niederland, die sieben Kinder hatte und einen Mann, der irgendwo zwischen Wolga und Kaukasus in einem Sandgrab lag, und holte sich eine fünfzehnjährige Nichte ins Haus, sie sagte: als Erbin.

Das Klavier in der Stube der Beate Mjetk verstaubte, und Simon Mjetk gab es auf, sich mit sauberen Fingernägeln an den Mittagstisch zu setzen. Um ein geringes hätte er die Sorgen überhaupt nicht mehr gehabt: Er schob, übermüdet, die Hand zu weit in die Dreschtrommel und holte sie vierfingrig zurück.

Felix Hanusch fuhr die letzte Weizengarbe vom Feld, und als es dämmerte, saß er auf der Böschung der uralten Salzstraße, der Hohen Straße. Rechts und links und vor ihm und hinter ihm bettete sich das Land in die Nacht, die alte Straße schlief, Lärchen mit zerzausten Ästen an ihrer Seite.

Die Geschichte war auf dieser Straße durchs Land gezogen. Hirten, Herden, Hirtenlieder, römische Händler mit Waffen und Trödlerkram für Bernstein und Salz; Geros Heer, ein Lindwurm aus Eisen und Gift und Taufwasser, und Gero pflanzte Galgenbäume an die Straße. Tausend Jahre wuchsen die Galgenbäume und hingen voller Früchte.

Das war vorbei.

Felix hörte Uschka, bevor er sie sah; die Reifen surrten im Sand.

„Ich habe es gewußt, daß du wartest", sagte sie.

„Wolltest du es?" Er half ihr die Steile hinauf.

Sie setzte sich neben ihn und nickte.

„Ich habe die letzte Garbe eingebracht", sagte er.

Ihr schmaler sonnenbrauner Nacken steifte sich. „Sie gründen ein Theater." Es klang laut in der Stille.

Er lächelte. „Ich weiß."

Sie verflocht die Finger beider Hände zu einer Faust. „Ich", begann sie, dann stieß sie hervor: „Sie wollen mich einstellen."

Er spürte, wie sich ihre Schulter unter seinem Arm spannte.

„Ich will", sagte sie.

„Ich auch", sagte er.

Einen Augenblick noch blieb sie gespannt, dann ließ sie sich gegen seinen Arm fallen, so heftig, daß sie ihn mit herunterriß. „Auch wenn ich deine Frau bin?"

„Ach, du bist dumm, Usch!"

Sie warf die Arme um seinen Nacken und zog ihn herab.

Die Sterne fanden ihren Platz wieder, die Lärche wuchs hinauf in das kühle Geflirre, nur der Abendstern war hinabgefallen.

„Wo ist er?“ fragte Uschka.

„Ich weiß“, murmelte er und küßte den dunklen Stern auf weißem Himmel. Sie ließ ihn gewähren, dann drängte sie ihn sanft zurück, betrachtete sein Gesicht, als hätte sie es noch nie gesehen, und sagte: „Erstens hast du eine schiefe Nase. Zweitens sage ich es Beate selbst, daß wir heiraten.“

„Warum?“

„Du bist doch klug, nicht?“

Er meinte, er sei es nicht.

„Macht nichts“, entgegnete sie. „Hauptsache, Beate begreift es.“

Er dachte, jetzt verstünde er es auch. „Bist du eifersüchtig?“

„Ich?“ Sie lachte. „Sie soll zu meiner Hochzeit kommen!“

Sie kletterten die Böschung hinunter.

„Sechs Jahre war ich Magd bei ihr …“

Sie fuhren langsam. Die alte Hohe Straße war voller Löcher, und die Nacht neigte sich. Es lohnte nicht mehr zu eilen. Sie sprachen von der Hochzeit, wie etwa Knecht und Magd davon sprechen: Es war kein Hochzeitsgut einzubringen und kein Erbe zu beachten, jeder brachte sich mit, die Hochzeit war ein Brauch, schön oder nicht schön, man mußte durch das grüne Girlandentor hindurch, um zusammen weiterzugehen.

Die Hochzeit der Uschka Loga und des Felix Hanusch war ein Ereignis, an dem das ganze Dorf Anteil nahm, der Großvater Mrosak ebenso wie die Schulklasse des Lehrers Georg Nekela.

Der Großvater Mrosak, der es plötzlich satt hatte mit dem Leben, die Pfeife Tabak schmeckte nicht mehr, die Buddel Korn schmeckte nicht mehr, wollte sich eben zur Wand drehen, als ihm die Hochzeit in den Sinn kam.

„Geh ruhig tanzen“, krächzte er seiner Lieblingsenkelin Maria zu, „ich warte solange.“ Er ließ sich eine Buddel bringen und verschob sein Sterben um einen Tag.

Die Schulklasse des Lehrers Nekela erhielt einen außerplanmäßigen Wandertag. Sie fuhren mit Bus und Bahn nach Oybin und kehrten zurück, als sich am Mittag nach der Hochzeit Großvater Mrosak zum zweitenmal, und nun unwiderruflich, der Wand zudrehte.

Beate Mjetk erkrankte für zwei Tage, und Simon Mjetk hatte, während er mit der Braut Uschka tanzte, die Illusion, er wäre wieder – oder noch – ein Lehrer. Er lernte den Parteimann Ernst Roßmann kennen und diskutierte mit ihm über die Entschließung, die Ernst Roßmann eben als Delegierter eines Parteitages mitberaten und -beschlossen hatte. Mjetk fand vieles zu kritisieren an dieser Entschließung und manches zu loben. Hoffentlich, sagte er, begreife es auch ihr Bürgermeister, daß man alle Gäule anspannt, wenn es schwer bergauf geht.

Ernst Roßmann führte die Diskussion nicht zielstrebig bis zum Ende. Er verliebte sich mit beiden Augen in die schöne Braut, ernannte sich zu ihrem Schutzpatron und ließ sich versprechen, daß – sollte sich der Bursche Felix als Grobian entpuppen – sie sofort zu ihm fliehe und ihn heirate.

Die Braut Uschka versprach alles; sie versprach auch Benno Schofka, der ihr Brautführer war, ein Mädchen zu finden, das besser wäre als sie und schöner als die Simone Vespucci des Malers Botticelli.

Die Frauen am Hochzeitstisch hatten einen Pfefferminzlikör vor sich stehen, sie besprachen die Hochzeitsgeschenke, die Tugenden der Brautjungfern und immer wieder und immer von neuem das Unerhörte: Die Braut wird nicht einfach die Frau ihres Mannes sein, sie wird einen eigenen Beruf haben – und was für einen obendrein!

Das bedachten auch die Mädchen. Und die kleine Anna Domanja, die beim Walzer schon nicht mehr die Takte zählen mußte, sagte zur Maria Mrosak: „Im Winter gehe ich vielleicht zur Volkshochschule." Die Maria Mrosak nickte. Sie dachte, wir sind ja auch nicht dümmer als die Uschka Loga.

Unten in der Gaststube hockte der Altbauer Michael Batschon einen halben Tag mit dem Postmann und einen langen Abend mit Emil Kurfürst zusammen, kommentierte die Weltpolitik und die Krankheit seiner Tochter, wollte am Nachmittag einen Stallbesen fressen, wenn die Braut ihre Myrte zu Recht trüge, und drängte sich kurz nach Mitternacht die enge Treppe zum Saal hinauf, um zu sehen, ob das Kind nicht gleich käme.

Emil Kurfürst hielt sich an Michael Batschons Seite, er hörte seinen ältesten Sohn lauthals sorbisch singen und fiel, taumelig von Zorn und Schnaps, die Treppe hinab und brach sich zwei Rippen. Auch diesen Fall schrieb der alte Batschon auf das Konto der Russen, der Kommunisten und des Felix Hanusch, der eben mit seinen Hochzeitsgesellen, dem Brauch entsprechend, kam, um mit seiner Braut den Frauentanz zu tanzen.

Benno Schofka stimmte das Ehelied an, und nur Uschka sah, wie schwer es ihm fiel, seiner Simone Vespucci das Lied zu singen, das sie dem anderen zur Frau übergab.

Dreimal tanzte das Paar feierlich und langsam den Rundtanz, und mit dem letzten Takt führte Felix Hanusch seine Frau vom Saal. Sie lachte und scherzte und zitterte vor Neugier; er hatte ihr eine Überraschung versprochen.

Die Überraschung stand in dem dunklen Winkel zwischen der Parkmauer und dem ehemaligen Inspektorhaus, ein hoher Kasten auf Rädern, ein alter Opel; der Schulrat hatte ihn geschickt.

Das Ziel ihrer Fahrt war das Berggasthaus, wo der Gymnasiast Felix Hanusch einmal gekellnert hatte. Der Wirt empfing sie brummig, wie sie der Fahrer des Schulrats brummig verlassen hatte, sie achteten darauf nicht und nicht darauf, daß ihr Zimmerchen ein enger Käfig war, zwei schmale hölzerne Betten zwischen Fenster und Tür, ein Schrank ohne Haken, ein Waschkrug ohne Wasser, ein rußendes Kerzenende auf dem Tisch.

Vor dem Fenster die Nacht war sternenlos, und der Wald still und schweigsam. Der brummige Wirt schlief.

Sie lagen zusammen und entdeckten sich neu und teilten sich flüsternd das Entdeckte, und als das Flüstern still wurde und die Liebe sicherer Besitz war, glitten ihre Gedanken ab.

„Woran denkst du?“ fragte Uschka.

Er hätte gern gesagt: an dich, er sagte: „Ob sie mir auch den Weizen richtig einsäen.“

Uschka war nicht enttäuscht, sie murmelte: „Sie werden's schon."

Später fragte er: „Woran denkst du?"

„An überübermorgen."

Überübermorgen war Premiere. Sein rechter Arm legte sich ein wenig fester um ihre Schulter.

Sie lagen und schwiegen. Gut und schön war es, so zu schweigen.

Die Dunkelheit wurde dünner, die Schatten wurden zu Dingen.

Uschka lächelte an seiner Schulter.

„Was ist?"

„Weil wir nun doch unsere Hochzeitsreise haben."

Ja, dachte er, vierundzwanzig Kilometer mit einem geliehenen Wagen. Ich müßte Weizen säen, sie müßte zittern vor der Premiere.

„Bist du müde?" fragte er.

Sie schüttelte den Kopf.

„Komm – laufen wir ein wenig!"

Sie schlenderten durch den Wald, aus dessen Wipfeln der Morgen herabtropfte. Es war die Stunde, in der die Großmagd Uschka in den Stall zu gehen pflegte. Sie rannten auch ein Stück, aber Uschka war heute nicht gut im Laufen.

Felix hatte versprochen, beide Daumen zu halten, er vergaß es. Nie war der eingebildete Kranke so krank gewesen und nie sein verkleideter Wunderdoktor so schön! Er hörte Molière in seiner vor kurzem noch verlachten, verachteten Sprache auf öffentlicher Bühne, er lachte über den kranken nichtkranken Argan – er kannte ihn, es war ein Bäckergeselle, dessen Vater war täglich neben Felix' Vater in das Granitloch hinabgeklettert –, der würdige Diaforus war ein Bauernknecht, der Cléante ein Stellmacher, und Angélique – seine Angélique, vor einem Jahr hatte Uschka nicht einmal den Namen Molière gekannt.

In der Pause stolperte Felix in die Garderobe, boxte den Bäcker in die Rippen, schenkte dem Stellmacher seine Wochenration Zigaretten, küßte Angélique-Uschka auf den Nacken, dort war kein Puder und keine Schminke.

Was er ihr sagen wollte und was er vor lauter Freude vergaß, wußte er wieder, als der Vorhang fiel. Uschka sah ihn an, und ungelenk wie die anderen verbeugte sie sich, er sah sie an und klatschte ihr Beifall, dich machen wir zu einer großen Schauspielerin.

Später gingen sie durch die finsteren Straßen der Stadt zum Premierenfest. Felix drückte Uschkas Arm. Sie wandte den Kopf und flüsterte ihm einen Kuß zu.

15

Nur zögernd wickelte sich der Tag aus seinen grauen Herbsttüchern. Eine matte Sonne kroch lustlos zum Mittag. Vor dem Schloß standen die dreißig Jugendlichen des neuen Lehrgangs, der in ebendieser Minute mit dem Hissen der Fahne eröffnet wurde. Diese Fahne gab es nur einmal: auf blauweißem Grund eine rote Ziegelpyramide, darauf weiß aufgenäht ein Notenschlüssel, Buchstaben und Zahlen. Schön war die Fahne vielleicht nicht, ein naiv-einfaches Symbol des Lernens, Benno Schofka hatte sie entworfen, die Mädchen des ersten Lehrganges hatten sie genäht.

Während die drei Meter lange Fahne den hohen Mast hinaufstieg, sangen sie ihr Fahnenlied:

Tausend Jahre waren wir Knechte,
tausend Jahre ohne Rechte.
Herren sind wir unsrer Zeit.
Frei ist, wer sich selbst befreit.

Felix hatte die Worte geschrieben, der Lehrer Nekela eine gut singbare Melodie dazu gefunden.

Nach dem Hissen der Fahne begaben sich alle in den Gartensaal. Felix las die Lehrgangsordnung vor, die sich allmählich aus den bisherigen Erfahrungen entwickelt hatte. Diese Ordnung sei ein Vorschlag, nicht mehr. Die Jungen und Mädel berieten darüber und nahmen sie schließlich als Gesetz auch für ihren Lehrgang an. Nun stand einer nach dem anderen auf, stellte sich vor und erklärte, daß er die folgenden Wochen auf der Schule nach der eben beschlossenen Ordnung leben wolle.

Erst damit galt er als Schüler dieser seltsamen Schule, in die jeder freiwillig eintrat und die er jederzeit verlassen konnte, wenn es ihm nicht mehr paßte.

Felix war stolz darauf, daß bisher ein einziger Bursche den Lehrgang vor dem Ende verlassen hatte.

Seltsam war die Schule auch darin, daß ihr Zeugnis einen Wert für den Schüler nur insofern besaß, als es ihm bestätigte, daß er sich mit siebzehn oder auch mit vierundzwanzig Jahren noch einmal auf die Schulbank gesetzt hatte, einfach, um mehr zu wissen.

Nach der Vorstellung begann der Akt, der über den mehr oder minder guten Ablauf des ganzen Lehrgangs entschied: die Wahl der Funktionen. In diesem Augenblick fuhr an der Freitreppe ein altmodischer großer Horch-Wagen vor.

Ernst Roßmann kletterte heraus. „Ich bringe einen hohen Gast", rief er Felix zu und half einem hochgewachsenen, mächtigen Mann aus dem Wagen. Felix erkannte den berühmten Schriftsteller.

„Es wird uns allen eine große Ehre sein, wenn Sie unser Gast sein wollten."

Der greise Dichter blickte unter buschigen weißen Brauen hinunter auf den langen, schmächtigen Felix.

„Gast will ich wohl sein", erklärte er, „aber ich fürchte mich ein wenig vor eurer Schule, wenn man da drin so mager wird."

„Sie haben auch besser Genährte", meinte Ernst Roßmann. „Felix muß mager bleiben, weil er ja der Hecht im Karpfenteich ist."

Der Gast musterte Felix gründlich. „Hechte", sagte er ein wenig traurig, „sind in dieser Zeit mehr wert als solche alten Karpfen wie ich." Um jeder Entgegnung zuvorzukommen, fügte er hinzu: „Und jetzt reden wir nicht mehr darüber."

Sie stiegen die Freitreppe empor, der Gast etwas mühsam, Ernst Roßmann sorglich auf der einen Seite, Felix verzweifelt auf der anderen.

Vor der Eingangstür blieb der Gast stehen und blickte sich um. „Das Dorf gefällt mir sehr gut", sagte er, „es wohnen fleißige Leute hier. Und die Fahne gefällt mir auch sehr gut. Ziegel zum Häuserbauen, Lieder zum Singen und ...", mit einer zupackenden Bewegung wandte er sich an Felix. „Kann deine Schule gut singen, Genosse Hecht?"

Felix warf Ernst Roßmann einen ratlos-zornigen Blick zu.

„Ich weiß es nicht", bekannte er. „Vor einer halben Stunde hat der neue Lehrgang begonnen."

Der berühmte Mann nickte zufrieden. „Gut, sehr gut. Ich habe das Beginnen sehr gern."

Felix stieß die Tür auf und führte seinen Gast zum Gartensaal.

Ernst Roßmann fragte: „Was macht ihr eben?"

„Wählen", knurrte Felix und setzte leise auf sorbisch hinzu: „Ich könnte dich auffressen vor Wut! Kannst du nicht vorher anrufen?"

Der Gast blieb stehen. „Was schimpft dein Freund mit dir?" fragte er Ernst Roßmann.

„Daß ich uns nicht angemeldet habe und er uns kein Galaprogramm vorsetzen kann."

„Ein Galaprogramm braucht man für feine Leute. Ich bin ein alter Mann und bin neugierig, wie die Jungen das neue Leben anfangen."

Sie betraten den Gartensaal. Dreißig junge Gesichter wandten sich dem großen weißhaarigen Mann zu, der eine sichere, ruhige Würde ausstrahlte. Jemand erkannte ihn, und flüsternd ging sein Name durch die Reihen.

„Singt unserem Gast zur Begrüßung ein Lied!" sagte Felix.

Die Burschen sahen sich ratlos an. Einige Mädchen kicherten vor Verlegenheit. Sie waren aus zwanzig verschiedenen Dörfern gekommen und kannten einander nicht. Ein zierliches junges Mädchen in Tracht trat, rot übergossen, vor. „Wir singen ein altes, trauriges Liebeslied", kündigte sie heiser an. „Es heißt: Guten Abend, Mütterlein."

Die anderen atmeten auf, drängten sich zusammen, die Zierliche gab den Ton an, sie sangen, es war kein Kammerchor, aber ihr Gast schien sehr befriedigt. Er erzählte ihnen, wie wichtig das Singen auf den Winterschulen der Landjugend in Dänemark gewesen sei. „Damals, als ich noch ein wenig jünger war“, sagte er, „jetzt bin ich nicht mehr ganz so jung.“

Sie sangen, nachdem sie einmal Mut gefaßt hatten, noch zwei weitere Lieder; verloren ihre anfängliche Scheu vor dem berühmten Gast fast völlig und gingen, dazu aufgefordert, ohne Verlegenheit zur Tagesordnung über. Einstimmig und ohne Gegenkandidatur wurde jenes zierliche Mädchen zur Lehrgangsältesten gewählt. Felix reichte ihr die Liste der übrigen Funktionen, die alle zunächst für eine Probewoche gewählt wurden – Küchenleiterin, Sportobmann, Feldbrigadier, Chorleiter, Leiter der Laienspielgruppe –, und erklärte dem Gast, daß jeder Lehrgang sich selbst regiere und selbst versorge: das Essen koche, die Schule in Ordnung halte und auch einen großen Teil der landwirtschaftlichen Arbeiten auf dem Schulgut erledige.

„Wir haben inzwischen Erfahrung darin“, berichtete er, „wir kommen mit vier Stunden körperlicher Arbeit täglich aus. Vier Stunden wird unterrichtet, die übrige Zeit gehört dem Singen und Theaterspielen. Wir haben bis heute noch keinen einzigen hier gehabt“, schloß er, „der gänzlich unbrauchbar dazu gewesen wäre.“

Ernst Roßmann war stolz auf Felix. „Es gab kein Vorbild für eine solche Schule“, sagte er. „Er hat eine große Arbeit geleistet.“

Felix freute sich, so gelobt zu werden, aber er gab der Wahrheit die Ehre: „Viele haben mir geholfen. Einer allein hätte das niemals schaffen können.“

Der Dichter blieb noch einige Stunden da, zu sehr interessierte ihn diese Schule, die sich aus eigenen Kräften erhielt und entwickelte. Mitten zwischen den Schülern aß er zu Mittag und lobte das erste Werk der neuen Küchenbesatzung. Als er sich schließlich verabschiedete, drängten alle heran, jeder wollte ihm ganz persönlich auf Wiedersehen sagen. Oben auf der Freitreppe stehend, sangen sie ihm noch ein Lied und winkten dem altmodischen Horch nach, bis er aus dem Park in die Dorfstraße einbog.

Am Abend fragte Uschka lächelnd: „Und nun bildest du dir was ein, nicht?“

„Klar bilde ich mir etwas ein! Wenn so ein Mann feststellt: gute Arbeit – das wiegt schon etwas!"

Er war ganz zappelig vor Zufriedenheit, er pfiff den Triumphmarsch aus „Aida". Uschka hielt sich die Ohren zu.

„Dir klingt es gräßlich", er lachte, „mir klingt es schön." Und er pfiff noch einmal.

„Und außerdem", sagte er, „habe ich noch ein Geheimnis. Wird erst nach dem Abendbrot gelüftet!"

Er erzählte ihr immer neue Einzelheiten über den Besuch. Solch ein Mann kommt, schaut sich mit seinen großen blauen Augen um, guckt gar nicht so sehr genau auf unsere Stundenpläne, aber die Gesichter der Jungen und Mädchen guckt er sich genau an, sehr genau, er kriecht in die Menschen hinein mit seinen klugen, warmen Augen – und am Ende sagt er zu mir: „Gut, Genosse Hecht im Karpfenteich, sehr gut! Wenn ich ein Präsident wäre, du kriegtest einen schönen blanken Orden von mir. Ich bin bloß ein Bücherschreiber – ich schenke dir dieses Buch."

Felix wickelte das Buch aus der Zeitung und reichte es Uschka. Es war sein berühmtestes Buch, die Widmung lautete: „Auf welcher Straße liefe ein König, wenn nicht die Straßenbauarbeiter wären? Ich danke Felix Hanusch und wünsche ihm Glück."

Uschka kam um den Tisch herum und gab Felix einen Kuß auf das Ohr und murmelte: „Von nun an werde ich immer zu dir aufblicken wie – wie ein König zu einem Straßenbauarbeiter." Sie fuhr ihm durchs Haar und verbesserte sich: „... aufblicken müßte."

„Gut", sagte Felix, „ich habe es gehört. Und darum will ich nun auch mein Geheimnis vor dir lüften!"

„Was? Noch eines?" Sie hatte Buch und Widmung als das Geheimnis betrachtet.

„Nämlich: Wir fahren in Urlaub!"

Uschka verstummte vor Überraschung. Sie war zweiundzwanzig Jahre und siebzehn Tage alt, und das Wort Urlaub war für sie ein bloßes, leeres Wort.

Felix erzählte: „Ich konnte es richtig mit den Händen greifen, wie Ernst immer mehr ein schlechtes Gewissen kriegte, je länger sie blieben. Beim Mittagessen nahm er mich auf die Seite, fragte nach dir, nach dem Akkordtöter, nach Rumbo, nach einem Haufen Leute überhaupt – bei der Witwe Nakonz wollte er dann noch vorbeifahren, um guten Tag zu sagen –, dann grinst er mich an und sagt: ‚Na, alter Gauner!' Ich hau ihm auch ein bißchen in die Rippen und sage: ‚Selber alter Gauner!' Weil er mir doch einen Bildwerfer versprochen hat. Sagt er: ‚Du kriegst deinen Bildwerfer eher, als ich eine Frau zum Heiraten kriege.' Er tut heilig wie ein Eremit und hat mindestens zwei Hauptfreundinnen aus lauter Heidenangst vorm Heiraten. Dann stopft er sich eine Pfeife, läßt mich eine Zigarette drehen und fragt: ‚Urlaub?' Ich sage, lange Reden habe ich nicht gern, so kurze aber auch nicht. Und da erzählt er mir – kurz und gut, er hat im Erzgebirge ein Wochenendhaus gepachtet, und wir beide dürfen im Winter auf zwei Wochen dahin!"

„Im Winter?" Uschka seufzte. „Da habe ich doch gar nichts anzuziehen!" –

Sechs Wochen später fuhren sie. In Uschkas Koffer steckte die schönste Winterurlaubsausrüstung jenes Jahres, zusammengeliehen von einem halben Dutzend Freundinnen und Kolleginnen des Theaters.

Sie fanden die Hütte durchwärmt von einem prasselnden Kaminfeuer. Unter dem Vordach aufgeschichtet lagen Scheiter, genug für einen ganzen Winter. Die Waldarbeitersfrau, die die Hütte in Ordnung hielt, erklärte sich bereit, jeden Morgen frische Brötchen zu bringen, wenn sie ihr die Lebensmittelkarten gäben, auch könnten sie ein Töpfchen Ziegenmilch dazu haben.

Sie gaben ihr die Marken, freuten sich auf die Ziegenmilch. Die Dämmerung lief aus dem Wald den Hang hinab.

Sie waren zehn Wochen verheiratet. Zwei Tage hatten sie für sich allein gehabt, jene Hochzeitsreise vor Uschkas Theaterpremiere.

Zwei Wochen lebten sie allein auf der Welt. Die Sonne stand über dem Wald, wenn Felix Milch und Brötchen von der Schwelle nahm. Wenn die Sonne hinter den Wald hinabtauchte, hockten er und Uschka auf der Matte vor dem Kamin. Das Feuer ließen sie niemals ausgehen. Sie erzählten, sie schwiegen, sie summten ein Lied, sie balgten sich im Schnee, sie verliefen sich in dem verschneiten Wald.

Sie kehrten gern wieder in ihren Alltag zurück. Für Uschka begannen die Proben zu einem neuen Stück. Felix bereitete den neuen Kursus vor.

Eines Tages erschien ein schwarzgelockter, milchbäckiger Bursche von einer fast mädchenhaften Hübschheit, grüßte sorbisch und stellte sich dann auf deutsch als ein Großneffe des Bruchwirtes vor. Er hieß Friedbert Melzer. Felix gewann den Eindruck, der Junge wäre elternlos. Nach und nach stellte es sich aber heraus, daß sein Vater auf dem Bau arbeite und seine Mutter während der Saison in einer Gärtnerei aushelfe. Doch leider sei der Vater nicht immer Arbeiter gewesen, sondern Bankangestellter und Nazi, und nun dürfe er, der Sohn, nicht studieren, obwohl er ein sehr gutes Abiturzeugnis vorweisen könne. Das erzählte Friedbert Melzer nicht einfach daher, sondern gab es bröckchenweise preis, vorsichtig sich auf das jeweils Notwendigste beschränkend.

Felix erklärte, es könnten viele nicht studieren, er zum Beispiel auch nicht. In offener Unbescheidenheit verwies der Junge noch einmal auf sein wirklich ausgezeichnetes Zeugnis und ließ durchblicken, daß man noch vieles von ihm erwarten könne, wenn er sich erst einmal an den Trögen der Wissenschaft habe sättigen dürfen.

Die Universität von Poznań hatte für überdurchschnittlich begabte junge Sorben zwölf mit ausreichendem Stipendium versehene Studienplätze zur Verfügung gestellt. Felix hatte die Möglichkeit gehabt, sechs seiner besten Schüler dahin auf eine Art Arbeiter-und-Bauern-Fakultät zu schikken. Außer diesen waren noch drei aus der Kriegsgefangenschaft heimgekehrte ehemalige Abiturienten zum Studium delegiert worden. Friedbert Melzer wünschte einen der restlichen Plätze für sich.

Felix machte ihm klar, daß erstens er darüber gar nicht verfügen könne und daß zweitens es für einen, der nicht einmal das Sorbische beherrsche, doch völlig sinnlos sei, sich in polnische Vorlesungen zu wagen. Der junge Verwandte des Bruchwirtes schien mit einem Maximal- und einem Minimalprogramm hergekommen zu sein. Er nickte verständig und bedauerte, daß er auf Grund der Verhältnisse in seinem Elternhaus nicht die Möglichkeit gehabt habe – obwohl beide Eltern Sorben seien –, seine Muttersprache zu erlernen. Deswegen bitte er, hier in die Schule aufgenommen zu werden.

Felix glaubte, Friedbert Melzer würde auch Arabisch oder Hindustani zu seiner Muttersprache erklären und sie erlernen, wenn er so zum Studium gelangen könnte.

Er wollte den Burschen nicht auf seiner Schule haben. Er hatte Gelegenheit genug gehabt, junge Menschen kennenzulernen, und hatte nach und nach die Fähigkeit erworben, durch deren meist grobe und hölzerne Schale hindurch den wirklichen Charakter zu erkennen. Felix schien es, daß dieser Bursche, der so tat, als könnte er kein Wässerchen trüben, hinter seiner forschen Lauterkeit einen hemmungslosen Ehrgeiz verbarg. Ehrgeizlinge hatte Felix noch nie gemocht, geradezu verhaßt aber waren ihm die, die aus der Befreiung eines kleinen Volkes das große Geschäft für sich machen wollten.

„Leider", sagte er, „kann ich Sie nicht hier aufnehmen."

Friedbert Melzer holte aus der Rocktasche einen Brief, an Felix adressiert. In seiner schönen, steilen Schrift sang der Schulrat das Lob des jungen Mannes, sprach von der Notwendigkeit, eine ausreichende Anzahl zweisprachiger Kader zu entwickeln, und bat Felix angelegentlich, sich des Jungen anzunehmen.

Widerwillig bewunderte Felix die Zähigkeit und die Taktik des Burschen. Vermutlich hat er von vornherein gewußt, daß ich mich einer solchen Bitte des Schulrats würde kaum widersetzen können; aber er hat es ruhig darauf ankommen lassen, daß ich nein sage.

„Von mir aus", sagte er, „kommen Sie her."

Felix hatte erwartet, daß es mit dem milchbäckigen Abiturienten erhebliche Schwierigkeiten geben würde, der höfliche, glatte Bursche war zu sehr ein Außenseiter unter den grobgeschnitzten Dorfjungen. Doch Friedbert Melzer erwies sich noch weit klüger, als sein Abiturzeugnis ihm bescheinigte. Statt – wie es natürlich gewesen wäre – sich mit seinem Gehabe eines wohlerzogenen, ein wenig schüchternen jungen Mannes und mit seinem angenehmen Äußeren lieb Kind bei den Mädchen zu machen, hielt er sich zu den Burschen, obwohl sie kein Hehl aus ihrer Abneigung gegen ihn machten. Er benahm sich auch ihnen gegenüber höflich, aber nicht zu höflich, zuvorkommend, aber nicht kriecherisch. Er nahm ein grobes Wort gelassen an, gab – wo es ihm am Platz schien – genauso gelassen ein grobes Wort zurück. Die Burschen begannen ihn zu respektieren. Die endgültige Gleichberechtigung zwang er ihnen ab, indem er sich in eine harmlose Prügelei einmischte, nicht, um den Schiedsrichter zu spielen, sondern um sich ernstlich mitzuprügeln. Das Ergebnis der Prügelei war eine blutende Nase, viele blaue Flecken und eine Woche Ausgangsverbot für die drei Hauptschuldigen. Friedbert Melzer schien sehr zufrieden, einer von ihnen zu sein. Übrigens war das die erste ernsthafte Prügelei seit dem Bestehen der Schule.

Erst jetzt begann sich Melzer um die Mädchen zu kümmern. Er freundete sich mit der am wenigsten Hübschen an. Wie einer Katze das Streicheln, so wohl tat es dem Mädchen, von diesem Burschen zum Mentor bei der Erlernung der Sprache ausgewählt worden zu sein.

Melzer blieb zwei Lehrgänge an der Schule. Er war weiterhin fleißig, lässig, höflich, grob, glatt, ungehobelt – wie es ihm gerade richtig erschien. Halb wider Willen beobachtete Felix ihn weiterhin aufmerksamer als alle anderen Schüler, und er entdeckte eine kaum wahrnehmbare Nuance in dessen Verhalten: Ab und zu setzte Melzer seiner Höflichkeit ein paar spöttisch-belustigte Lichter auf, manchmal schien er absichtlich die dichte Decke seiner Bescheidenheit ein wenig zu lüften und seine Überzeugung mehr ahnen als sehen zu lassen – daß er nämlich allen, auch Felix und den Lektoren, an Intelligenz und in seinen künftigen Taten weit überlegen sei. Er verhielt sich nun auch anders zu den Mädchen, er wählte sich zwei Favoritinnen: wieder die am wenigsten Hübsche offen vor aller Augen; die Hübscheste und Jüngste des Lehrgangs – die – Nichte der Witwe Nakonz – für eine sorgfältig geheimgehaltene Freundschaft. Diese mehr anderen als Sprachübungen dienende Freundschaft kam erst ans Tageslicht, als die

Witwe Nakonz die beiden in ihrem Heuschuppen erwischte. Die Frau bezahlte die ihrer knapp sechzehnjährigen Nichte erwiesenen Freundlichkeiten mit einigen kräftigen Ohrfeigen.

Felix Hanusch ließ den Jungen, der sich gegen eines der wichtigsten Gesetze der Schule vergangen hatte, zu sich kommen.

„Sie haben genügend gelernt, um als zweisprachiger Kader zu gelten", sagte er. „Damit haben Sie ja wohl Ihr Ziel erreicht."

Friedbert Melzer verstand, er machte eine kaum angedeutete Verbeugung, packte seine Sachen und verschwand aus der Schule.

Irgendwann später erfuhr Felix, daß Melzer auf der Kreisparteischule sei. Ich hätte ihn nicht in die Partei aufgenommen, dachte er. Aber er war erleichtert, als ihm einfiel, daß Karrieristen in der Regel keine Langstreckenläufer sind, ein wilder Sprint, und dann geht ihnen die Luft aus.

In der Folge vergaß er Friedbert Melzer völlig. Es gab Angenehmeres, womit man die Karteikästen seines Gedächtnisses füllen konnte.

16

Der Postmann hatte einmal etwas gegolten im Dorf, als Spaßmacher und Clown, als Zuträger und Ehrabschneider, als Vielgelehrter und Weitgereister.

Seine Späße verkauften sich nicht mehr so gut, seitdem alle drei Monate ein Lehrgang das ganze Dorf zu einem Abschiedsfest einlud mit Spiel und Spaß, Musik und Tanz.

Das Geschäft des Ehrabschneidens lag darnieder, seitdem es eine Ehr' geworden war, auch für den Nachbarn zu denken und mit dem Nachbarn für das Dorf, und Zuträger verdienten keine hausschlachtene Wurst mehr, sondern eine kleine, unscheinbare Anstecknadel, die der Brucharbeiter und Gemeinderat Paul Wenk ihnen ansteckte, wenn sie unter den dreien waren, die das Jahr über am meisten zu der neuen Pflasterstraße beigetragen hatten, die von der Schule Stück für Stück das Dorf hinabwuchs. Die Witwe Nakonz war auf ihre Nadel nicht weniger stolz als auf ihre Kuh, die die rundeste, sauberste und klügste Kuh der Welt geworden war.

Schließlich war die Vielgelehrtheit des Postmannes verblaßt, seitdem viele lernen durften, und seine Weitgereistheit anrüchig geworden, seit der weitgereiste und weltberühmte Dichter öffentlich die Schule des Felix Hanusch gelobt hatte.

Aus allen diesen Gründen war der Postmann, der niemandes Freund war, am wenigsten Felix' Freund. Aber es war seine Art, nun um so freundschaftlicher zu sein.

Er reichte Felix die Post, ein amtlicher Brief war darunter. „Vielleicht meldet sich wieder ein hohes Tier an“, sagte er. „Der Rumbo wird ja bald ins Krankenhaus müssen, so geht ihm dein Ruhm an die Galle. Aber du hast ihn verdient, mein lieber Felix!“ Mit drei spitzen Fingern kraulte er den nackten Eierschädel, seine Augen liefen über vor Wohlwollen.

„Wetze du dein Maul nicht am Bürgermeister“, entgegnete Felix, „es könnte dir schartig werden!“

Der Postmann meckerte fröhlich: „Immer bester Laune, unser guter Felix!“ und zuckelte ab.

Zwei Ansichtskarten, eine vom heimatlichen Hutberg, eine aus der polnischen Stadt Poznań, Felix freute sich stets über solche Grüße ehemaliger Lehrgangsteilnehmer. Eine Karte aus Moskau, von Ernst Roßmann. „Manchmal qualmt mir der Schädel, daß ich denke, ich rauche Pfeife“, schrieb der Freund, der vor kurzem zum Studium delegiert worden war.

Der amtliche Brief. Felix riß ihn auf, las, begriff nicht, las noch einmal, vielleicht war es ein Witz, sicher war es ein Witz, er starrte den Absender an, der Briefkopf war echt, die Unterschrift unleserlich, „Sachbearbeiter“ und Schluß: Es war kein Witz.

Felix schritt weiter geradeaus, die Beine stiegen die Stufen der Freitreppe hinauf. Was ist das eigentlich: „Kreiskulturhaus der Landjugend“? Das ist neu, das weiß noch niemand, aber jedenfalls: „... wird umgewandelt im Zuge von ...“ – von irgend etwas zum Kreiskulturhaus!

Die Beine trugen Felix in sein Zimmer vor den Tisch aus rohem Kiefernholz; zwei Fächer unter der Platte machten ihn zum Schreibtisch.

Felix setzte sich. Eigentlich hatte er kein Recht mehr, hier zu sitzen. Was war das nun: ein Dankeschön, Felix? Oder ein Stiefeltritt in den Hintern?

Der Lehrgang ist vor zwei Tagen beendet, „ab sofort“ ist möglich – was geht den unleserlich Grüßenden ein Mann namens Felix Hanusch an?

Das Schloß war ein verwahrloster, leerer Junkerstall, stand auf der Abbruchliste, Felix Hanusch hat die Initiative ergriffen und eine Schule daraus gemacht, ein Sozialist der Tat, in der Partei ist er auch – also genügt es doch: wird umgewandelt ... gez. Sachbearbeiter!

Dieser Genosse Hanusch ist doch nicht etwa im Innersten ein Kleinbürger, der an Herz und ähnlichen Heckmeck glaubt? Der sich nicht zufriedengibt mit dem Pumpapparat in seiner Brust, der ein Herz für sich auch noch in einem staatlichen Apparat verlangt? Der nicht weiß, daß solcherart Herzen taktische Organe sind im Umgang mit zurückgebliebenen bürgerlichen Intelligenzlern? Wir wollen das, zu seinen Gunsten, *nicht* annehmen!

Blind und fühllos, wie es ein Automat ist, packte Felix Hanusch das, was ihm gehörte, zusammen, eine Aktentasche voll, nicht mehr. Der dreiarmige Leuchter aus Lindenholz – Benno Schofka hat ihn für den Tisch geschnitzt –, gehört er ihm, oder gehört er der Vergangenheit? Felix ließ den Leuchter stehen. Und die Fahne im Schrank – Ziegelsteine, Notenschlüssel, Buchstaben –, die Motten werden sie fressen, oder irgend jemand wird sie zu Spruchbändern zerschneiden – was sonst soll mit der Lernfahne geschehen? Laß liegen!

Alle Fenster verriegelt, alle Türen verschlossen, ein Automat tappt durch das Gebäude, das ein Schloß war, eine Schule und das nun ein Aktenvorgang ist. Der Automat schließt auch die große Eingangstür, geht davon, Fuß vor Fuß, elektronisch gesteuert, eine Zigarettenschachtel nimmt den Schlüssel auf – kommt „Schlüssel“ von

„Schluß“ – Schluß, aus, fertig?! –, ein Papier drumherum, ein Faden, den Briefkopf vom sozialistischen Grußbrief ausgeschnitten, auf das Papier geklebt, zur Post gebracht, Schluß, aus, fertig.

Hinter dem Inselteich war das Saatbett für den Raps vorzubereiten. Felix schirrte an und zog hinaus. Die Ringelwalze stolperte über die Schollen und zerbröckelte sie. Akkerauf, ackerab, Staub und Durst, und die Sonne fiel, rechts und links und noch einmal drüber, der Raps braucht ein Gärtnerbeet. Riesig der Schatten vor dem Gaul- und Ochsengespann und dem Mann dahinter.

Das Vieh versorgt. Das braungebrannte Gesicht weiß vor Stummheit. *Genosse Hecht!* Natürlich, ein Fisch schreit nicht, auch wenn ihm das Leben Stück für Stück aus dem Leib geschnitten wird.

Auf einem Strohballen im Stallgang gekauert. Eine Kuh wird kalben. Sie liegt, ihre Flanken gehen hastig, sie ächzt angstvoll. Das Gebären dauert, das Sterben geht schnell. Ein Schlag hinterrücks auf den Kopf, ein Toter fragt nicht mehr, warum.

Die Kuh brachte ihr Kalb zur Welt, glatt und ohne Schwierigkeiten, Felix rieb es ab, ein Bullenkälbchen, und gab der Kuh eine Handvoll Kraftfutter.

Auf dem Küchentisch stand das Abendbrot, er ließ es stehen, legte sich in der dunklen Stube auf die Liege. Morgen oder übermorgen kommt jemand, gewichtig genug für einen Dienstwagen, und bringt einen Strauß Rosen, *herzlichen* Dank für die geleistete Arbeit, Genosse Felix, wir haben etwas Neues vor und brauchen den Rat deiner Erfahrung.

Uschka fand ihn eingeschlafen. Er sagte ihr nichts. Besser man wartet die Rosen und den herzlichen Dank ab.

Er wartete eine Woche. Dienstwagen kamen angefahren, sie schlossen mit seinem Schlüssel das Schloß auf, besichtigten es, brachten Karteikästen, Stempel, Papier, Bücher, Fahnen, Spruchbänder in Blau.

Einer der Dienstwagen überfuhr Felix um ein Haar, als er zu scharf in die Einfahrt bog. Nun ging Felix heim und zeigte seiner Frau jenen Brief.

„Zur Information“, sagte er.

Uschka tat, als sei sie glücklich. Seit Tagen streiche sie um ihn herum, wage sich nicht damit heraus: Ihr Theater brauche einen technischen Leiter, sofort, in einem Jahr einen Dramaturgen, der jetzige gehe mit Ende der neuen Spielzeit in Rente. „Wir brauchen dich, Felix! Der Intendant bittet dich, zu ihm zu kommen." Das letzte war eine Lüge.

Ach, und wie glücklich wäre sie! Nicht länger täglich den weiten Weg in die Stadt, nicht allnächtlich in Wind und Wetter nach Haus, eine Wohnung in der Stadt, ach – Felix, mir zuliebe, bitte! Das war keine Lüge.

Wer hat einmal einen gesehen, der mit gebrochenem Rückgrat zum Jahrmarkt fuhr? Oder der sich aufbäumte?

Felix säte und ackerte, eine geborstene Schale war er, die nicht mehr widerklingt.

Sie weihten das Schloß um und neu ein, eine Festtafel im Saal für geladene Gäste, Toaste auf Worte und auf künftige Taten, ein hoher Gast durch Schloß und Park und Dorf geführt, von der Freitreppe aus eine Rede an die zum Anhören geladene Bevölkerung, eine lange Rede über alles, vom Grafenschloß, als es noch ein Junkerstall war, bis übermorgen. Einen Mann namens Felix Hanusch hat es während der Berichtsperiode in der Nähe des Schlosses nicht gegeben. Eine Medaille für den Bürgermeister.

Niemand hatte Felix verboten, unter den zum Zuhören Geladenen zu stehen, er stand dort, er brannte in Scham.

Nach der langen Rede, die in aller Unschuld Felix Hanusch zum Aussätzigen machte, stieg ein buntes Feuergeknall und -geprassel über den Park, es war lustig und teuer. Dann spielte im Schloß, das laut aushängender Tafel nun ein „Kreiskulturhaus der Landjugend" war, und im Park eine Kapelle zum Tanz, zu Wein, Schnaps und Bier, und in dem dunklen Winkel an der Schloßmauer, wo die steinernen Grafen abgestellt worden waren, lehnte, steinern und abgestellt wie sie, Felix Hanusch.

Rumbo, mit frischer Medaille und kratziger Kehle, trat in den Winkel, um sein Wasser abzuschlagen. Er bepißte einen der steinernen Grafen und brummte zu Felix: „Hau ab, Borbaß! Zieh in die Stadt mit deiner Frau. Hier bleibst du immer ein Papstlehrling, Papst wirst du niemals."

Er beendete sein Geschäft und klopfte Felix auf die Schulter. Schnaps ging ihm immer an die Blase und ans Herz.

Felix richtete sich auf, straffte sich und ging davon. Er hatte wieder einen Kopf auf den Schultern.

„Nein", sagte er mitten in der Nacht, er wußte, daß auch Uschka nicht schlief, „ich laß mich nicht vertreiben."

Uschka schwieg, vielleicht, daß ihr Puls einige Atemzüge lang ein wenig härter ging. Sie werden nicht in die Stadt ziehen, sie wird weiterhin den weiten Nachtweg vor sich haben.

„Da müssen andere kommen", flüsterte sie mit klarer, wacher Stimme, „wenn sie dich aufs Kreuz legen wollen. So ein kleiner Ochsenfrosch schafft das nicht." Auch andere schaffen das nicht. Niemand bringt das fertig. Man kann ihn brechen, aber krumm biegen kann man ihn nicht. „Dich nicht!" sagte sie.

Er erzählte ihr von seiner ersten Prügelei mit Rumbo. Er war acht, Rumbo war zehn. Rumbo schlug jeden so lange, bis er kuschte. Ein Jahr lang vielleicht prügelten sie sich mindestens einmal in der Woche, dann gab es Rumbo auf. Gab er es je auf?

Er schlug mir die bunte Gymnasiastenmütze vom Kopf, ich riß ihn vom Fahrrad, und zum erstenmal hatte er Angst vor mir. Er trat in die Reichswehr ein, ich ließ mich von der Schule jagen. Er trug Unteroffizierstressen, ich Häftlingskleidung. Er war ein Feldwebel, ich hielt Totenwacht unter dem Galgen des Partisanenmädchens Dascha. Er wollte das Schloß abreißen, ich machte eine Schule daraus. Er wollte herrschen, ich lehrte das Dorf denken.

Felix beugte sich zu seiner Frau hinüber und küßte sie auf die Nase. „Schlaf du", sagte er. „Wer gut schläft, kann gut lachen. Wir haben's nötig."

„Und du?"

„Ich schlafe auch. Für die nächste Runde", antwortete er.

Er legte sich auf seine Schlafseite, strich Rumbo, das Dorf, den Sachbearbeiter, das Fest im Schloß aus den Gedanken und schlief ein.

Uschka dachte lächelnd und stolz: ihn nicht! Dann schlief auch sie. –

Felix begann nüchterner zu sehen, was passiert war.

Da gähnte im Lugwald ein schwarzes Loch den Himmel an. Gleich nach dem Krieg hatte man dort angefangen, nach Kohle zu graben. Das Flöz verlief nicht ungünstig, aber es war schmal und flach, und die Kohle von geringer Güte. Doch sie wärmte, sie lag einem direkt vor der Nase, und es gab wenig Arbeit. Die Grube blieb eine Art Kohlenmanufaktur.

Nun war die Zeit der Autarkien vorbei, die Manufaktur-Grube ersoff langsam, in ein paar Jahren würde dort ein kleiner See zwischen den Kiefern silbern, gut zum Kahnfahren und zum Schwimmen.

War seine Schule vielleicht auch so eine Manufaktur gewesen, anachronistisch geworden in konsolidierter Zeit?

Felix bemühte sich, es so zu sehen, und sein Stolz zwang ihn zu tun, als wäre nichts geschehen, als hätte man ihm nicht mit dem Stiefel in den Hintern getreten.

Er fuhr mit dem Vater vom Feld nach Hause. Hinter ihnen fielen die Stare in die Weizenhocken ein. Der Himmel zog sein Abendkleid aus der Lade.

Jakob Hanusch sagte: „Pfeif drauf!"

Vielleicht sagte er es kräftiger, aber der Wagen riderte über das frische Granitpflaster, der neue berufsmäßige Verwalter der Kreiskultur knatterte mit dem Motorrad vorbei – Feierabend für ihn und die Landjugend –, Felix hörte nicht genau, was der Vater sagte.

Als der Vater im Stall den Gaul tränkte, antwortete der Sohn: „Hast du mir nicht erzählt, daß du dich nicht schämen willst – meinetwegen? Soll ich kneifen?"

„Kneifen ...!" brummte der Alte. „Anständig leben kann man anderswo auch."

„Soll ich kneifen?" wiederholte der Sohn eigensinnig.

„Was sollst du hier noch?"

Was soll ich hier noch? Aber wenn ich gehe, werden hundert Menschen glauben, was Rumbo sie glauben machen möche: Daß er den Sozialismus repräsentiert und ich abgehalftert werde.

Am Abend schrieb er einen Brief an Ernst, den einzigen, dem er seinen ganzen Groll, seinen ganzen Zorn, seine ganze Enttäuschung rückhaltlos offenbarte.

Das Schloß stand noch im Dorf, aber es war aus dem Dorf hinausgeschafft worden. Man mußte Stempel und Beitragsmarke haben, um teilnehmen zu dürfen an der Kreiskultur der Landjugend. Organisierte Pflicht sollte sein, was freiwillige Gemeinsamkeit und Lust am Lernen gewesen war. Der Verwalter der Kreiskultur wurde nicht überbezahlt für die langen Stunden der Einsamkeit, die er in dem großen Haus absitzen mußte.

Damals, in jenem Frühjahr, als Felix Uschka zu lieben begann, hatten sie neue Bäume in den gelichteten Park gepflanzt, Eichen, Buchen, Tannen und eine Linde auf das Rondell vor dem Schloß. Die Linde faßte Wurzel und trieb Blätter und Zweige. Der Winter kam, hart und lang. Im Frühling schlug die junge Linde wieder aus, aus den Knospen entfalteten sich Blätter. Bald schrumpften sie ein, verdorrten, fielen ab. Die Lebenskraft in den Knospen war verbraucht, der Stamm war erfroren.

Fast täglich schleppte der Postmann Broschüren und Redispositionen ins Schloß. Auch fand manchmal übers Wochenende eine Schulung statt.

Um das ehemalige Schulgut kümmerte sich die Kreiskultur nicht.

Felix fuhr das Getreide ein, brachte die Zwischensaat in den Boden, die Arbeit zehrte ihn aus, die Backenknochen wuchsen ihm aus dem Gesicht. Uschka hatte es schwer, fröhlich und zuversichtlich zu sein. Die Mutter Hanusch kriegte das Zittern an den Lippen, wenn sie den Sohn sah, sie versuchte zu lächeln und betete für ihn – was sollte sie tun?

Was konnte überhaupt jemand tun?

Der Akkordtöter und Benno Schofka verfaßten einen wilden Protestbrief. Felix hinderte sie daran, ihn abzuschicken.

Doch manchmal abends kam der Akkordtöter und erzählte Geschichten; man mußte Uschka hinausjagen dabei. Die Witwe Nakonz hielt Felix unterwegs an: Das ist wie mit meiner Kuh, Felix, ich striegele sie, und sie knallt mir das Bein gegen die Brust, die Engel habe ich singen hören, soll ich nun aufhören, sie zu striegeln? Der Jakob Domanja erfand einen neuen Witz und brachte ihn zu Felix. Bockbier gibt's keines, aber Bockmist haben wir genug. Er war enttäuscht, weil Felix nicht lachte.

Der Brief aus Moskau kam. Ernst Roßmann schrieb:

„Lieber Felix!

Was bei Euch passiert ist, kann ich nicht übersehen, ich bin zu weit weg. Es genügt auch, daß ich weiß, was in Dir selbst tobt, obwohl Dein Brief der unvernünftigste war, den Du wohl jemals geschrieben hast. Ich meine nicht, daß er falsch war, das nicht – aber Du hattest keine Vernunft mehr, als Du ihn schriebst. Ohne Zweifel ist Dir übel mitgespielt worden. Wenn das einem von den eigenen Genossen widerfährt, ist es sicher sehr schwer, vernünftig zu bleiben. Aber man muß es trotzdem sein. Hat dir die *Partei* etwas Schlechtes angetan? Es war irgendein Dummkopf, irgendein Intrigant – vielleicht war es jener Melzer, von dem Du schriebst, vielleicht war es Rumbos Eifersucht. Dummköpfe allein sind schlimm, das weit schlimmere ist, daß die Dummheit oft Herzlosigkeit als ihre Klugheit ausgibt. Es gibt Genossen, die glauben, mit Genossen müßten sie umgehen, als wären Genossen keine Menschen. Solche Leute halten Gefühle, Empfindungen, Liebhabereien und ähnliches für bürgerliche Rudimente.

Ich kenne einen, der wohnt in Espenhain. Es stinkt dort für meine Nase gewaltig. Ich sagte ihm das. Jener Genosse hielt mich allen Ernstes für nicht ganz koscher, weil ich den Gestank eines *volkseigenen* Großbetriebes nicht als bewußtseinsfördernden Duft empfand! So was gibt's. Dieser Genosse ließe sich übrigens für den Sozialismus in Stücke reißen.

Ich will Dir nicht einreden, daß das Volkseigene Kombinat Espenhain nach Flieder oder Veilchen duftet. Es stinkt wirklich. Aber der Gestank macht nicht das Kombinat aus. Klar, alter Borbaß?

Dann: Dank oder Undank. Auch hier ist es besser (wenn auch nicht leichter), vernünftig zu sein. Die Vernunft sagt Dir, daß Du Deinen Teil an unserer historischen Aufgabe übernommen und anständig erfüllt hast. Was ändert dann – zum Beispiel – Rumbos Medaille an Deinem Verdienst? Man muß manchmal den Mut haben, auch die eigene *gute* Leistung selbst zu bewerten. Auch für sich selbst muß man ein Stück der Partei sein.

Es scheint, Deinem Brief nach, daß sich dort niemand Gedanken macht, welche neue Aufgabe man dem erprobten Genossen Felix Hanusch am besten übertrüge. Du hast Dich damals nach Deiner Heimkehr mit manchem – auch mit mir – beraten, entschieden hast Du selbst. Jenes Kapitel ist zu Ende, jetzt kommt das zweite – also los, Felix!

Mein Rat dazu: Die Lausitzer Braunkohle wird für die nächsten Jahrzehnte eine der wichtigsten Rollen in der Wirtschaft unserer Republik spielen. Dort liegt ein Riesenberg neuer, interessanter, schwerer Aufgaben. Such Dir Deinen Teil aus!

Ich zweifele, ob Du Dich für einen Ingenieur eignest. Einmal hast du mir erklärt, Du verstehst es, daß die römischen – oder was weiß ich, welche – Soldaten den mathematischen Archimedes auf den Kopf gehauen haben. Aus solchen Feinden der Mathematik macht man natürlich keine Ingenieure. Aber vielleicht solltest Du jetzt doch hingehen und lernen, alles über Shakespeare zu wissen. Wenn wir das haben wollen, was wir auf Leben und Tod von der Braunkohle haben müssen, brauchen wir auch den Shakespeare dazu.

So! Ich hoffe, daß Dich mein Brief wieder gesund an Kopf, Herz und Galle antrifft und Du meine guten Ratschläge nicht mehr nötig hast.

Ach so, noch eins: Wenn Du schon mal am Überlegen bist, denk dran, daß das ‚Heute so und morgen genauso' sehr konsequent aussieht, einen aber in verteufelte Nähe von Dummheit, Sturheit und Sterilität führen kann. Weil nämlich das Leben jeden Tag anders ist. Nun mach's gut, mein Lieber, grüß Deine Frau und sage ihr, daß es mir immer noch leid tut, daß sie den Falschen von uns beiden zum Manne genommen hat.

Dein Ernst."

Felix erhielt den Brief, als er zu Mittag vom Feld heimkam. Er aß, wie stets, wenn Uschka früh zur Probe mußte, bei den Eltern. Die Mutter hatte wieder einmal ihr Schlepperkraut gekocht, das niemand mochte. Felix räumte drei volle Teller leer und trank danach am hellichten Tage einen Schnaps. Er ging pfeifend aus dem Haus und gönnte sich zehn Minuten Zeit, von seinem fast eifersüchtig gehüteten Beet drei der schönsten halbaufgeblühten Rosen für Uschka auszusuchen und in die Vase zu stellen.

Nach dem Abendbrot hockte er seit Wochen wieder zum erstenmal auf dem Bretterstapel zwischen Stall und Haus und rauchte die Feierabendzigarette.

Neben ihm saßen sein Vater und der Akkordtöter. Sie rauchten ihre Pfeife, rein zufällig seien sie gekommen, sie gaben sich große Mühe mit dem Zufall.

Sie rauchten, schwiegen und redeten. Halbe Sätze, ungelenke Sätze, die Stichworte kamen nicht immer, ihr Reden floß nicht wie das Wasser über das Mühlenwehr, ein Rinnsal eher, das sich sammelt in einer Wagenfurche, es überwindet die Furche, stockt in der nächsten, sammelt sich, fließt weiter.

Wird es denn immer so bleiben, daß wir mit Kühen auf den Acker ziehen? Wird man nicht auch für uns Maschinen bauen, die unseren Kühen aus den Sielen helfen? Der Akkordtöter besaß keinen Acker, aber er hatte Augen im Kopf, die über den Bruchhügel und über ein Dutzend Erntezeiten hinwegsehen konnten. Der alte Jakob Hanusch besaß Äcker, und er hing an ihnen. Aber er wußte, wie teuer das Brot wird, wenn man mit einem Kuhgespann pflügt.

Er und der Akkordtöter und der Brief des Ernst Roßmann lösten den bösen Zauber. An einem der nächsten Tage schrieb Felix Hanusch an den Kreisrat, daß er das ehemalige Schulgut weiter bewirtschaften möchte. Alles, was wächst, wächst aus einem Kern.

Noch lag Morgennebel über dem Land, das Felix betrat. Seine Augen waren klar und scharf. Nur wenn er aufwärts blickte, machte sich eine Narbe auf der Hornhaut bemerkbar.

Zweiter Teil

1

Der Wind stob aus dem Loch zwischen den drei Gehöften der Oberförsterei und dem Alten Fichtenwald. Er fegte über das weite freie Feld, riß Röcke hoch, jagte Mützen über den Acker, trieb schwere Wolkenschiffe über ein graues Himmelsmeer und jaulte in den Stahltrossen über dem Bruch.

Die Genossenschaft „Am Hentschelteich" las Kartoffeln. Der alte Loga, Rentner seit einem Jahr, und Jakob Hanusch, Rentner seit drei Monaten, schleppten die Zentnerkörbe und stemmten sie auf den Kastenwagen. Das Asthma des Jakob Hanusch ächzte, der alte Loga fragte: Was hast du gesagt? Niemand hatte etwas gesagt, durch die Speichen der Wagenräder pfiff der Herbst, und aus dem Stückchen Lunge des alten Hanusch pfiffen die Steinbruchjahre.

Hinter der Rodemaschine hinkte Peter, der Klarinettenmann, über den Acker, manchmal rutschte die Rodeschar flach über die Zeilen, manchmal stolperte sie seitlich hinaus. Acht Mädchen aus der Stadt lasen die Kartoffeln, sie schafften ihren Abschnitt nicht, sie sprangen vor den dampfenden Pferdenüstern auf die Seite. Die Ackererde bedeckte die Kartoffeln, die liegengeblieben waren.

Jakob Hanusch sah, daß es ein Korb auf der Zeile war. Er nahm Peter die Zügel aus der Hand und führte die Maschine, gerade und tief genug schnitt das Schar die Zeile auf. Vor den Mädchen hielt er an, bückte sich nach den Knollen, die nicht aufgehoben worden waren. Die Mädchen hörten seinen Atem ächzen, er tat ihnen leid, sie lasen schneller. Aber die Staublunge hinter dem Roder und die jungen Pferde davor waren kein gutes Gespann, vier Zeilen schafften sie, es blieb nicht ein voller Korb im Boden, dann winkte Jakob Hanusch dem Peter, mach weiter, in Gott's Namen.

Schweigend schleppte der Klarinettenmann seinen Klumpfuß feldauf und feldab, mühsam stemmten die zwei Rentner die Körbe auf den Wagen, auf jeder Zeile blieb ein voller Korb im Boden, und der Wind stob aus dem kalten Loch zwischen dem Alten Fichtenwald und den Gehöften der Oberförsterei.

In der Vesperpause kam Felix Hanusch mit dem Rad. Geht es, fragte er die beiden Alten. Es geht, sagten sie, sein Vater und sein Schwiegervater, aber es bleibt zuviel draußen.

Felix sah, es blieb zuviel draußen. Er trat an die Rodemaschine zu Peter. Der Klarinettenmann blickte mürrisch über den Acker hin. Leise, damit es die anderen nicht hörten, sagte Felix: „Zehn Leute kommen damit über den Winter, Peter! Soll jemand deinetwegen hungern?“

„Wegen mir“, murrte der Klarinettenmann, der keine Klarinette mehr anfaßte, seit sein Sohn Martin verschwunden war. ... Der Junge war Zimmermann. Sie hatten auf der Baustelle seine achtzehnjährige Großjährigkeit gefeiert. Danach hatte er irgendein Bild beschmiert, irgendein Plakat zerfetzt. Er war gar nicht mehr heimgekommen, hatte die Vernunft verloren und war nach Berlin gefahren, war ein Flüchtling geworden, krank vor Heimweh. Später schrieb er aus Würzburg, dann aus Karlsruhe und zuletzt eine Karte aus Metz, wirre, trotzige Worte.

„Fremdenlegion, ganz klar!“ sagte Rumbo. „Das hat er von seinem Verrat.“

Felix hatte für die Eltern Briefe geschrieben, viele Briefe. Der Sohn blieb unauffindbar ...

„So hilfst du ihm nicht“, sagte Felix. „Wir schreiben an den französischen Präsidenten, ich helfe dir.“

Er nickte den Mädchen zu und fuhr zurück auf den Schlag hinter der Schule, wo sie Weizen säten.

Felix Hanusch starrte aufmerksam hinunter auf die springenden, hüpfenden Düsen der Sämaschine, als plötzlich der Traktor aufjaulte, wie irr vorwärts raste und mit einem Ruck stehenblieb.

„Aus!" Der Traktorist wandte sich um und angelte nach einer Zigarette.

Felix sprang nach vorn, wütend knurrte er: „Wenn du wieder Zicken machst ..."

Der Traktorist grinste. „Diesmal ist das Ding wirklich hinüber." Die Kupplung sei schon heut früh nicht recht in Ordnung gewesen, passiere anderen auch. Er packte seine Sachen zusammen und stieg ab.

„Ich laß dich einsperren", sagte Felix, „wenn ..."

„Macht dem Aas die Kupplung auch nicht ganz." Der Traktorist wedelte freundlich mit der Hand. „Wiedersehen!"

Ich lege mich tatsächlich auf die Lauer, dachte Felix. Eine Stunde später kommt er zurück und rutscht mit dem „kaputten" Traktor hinüber auf Domanjas Feld. Geldverdienen wird wieder groß geschrieben, seit die Läden der Staatlichen Handelsorganisation gute Ware für gutes Geld verkaufen. Ich lasse ihn wirklich einsperren.

Er schloß den Drillkasten zu und fuhr zurück auf den Kartoffelacker: Der Traktor, der zum Feierabend die Kartoffeln holen soll, muß zunächst den Weizen einsäen.

Der erste Traktor blieb stehen, wo er stand, und der zweite erschien nicht, um die Kartoffeln heimzufahren, er blubberte ruhig vor dem Gasthaus. Grau vor Zorn riß Felix die Tür zur Gaststube auf. Beide Traktoristen, Hilde, die Wirtin, und der Altbauer Michael Batschon saßen am runden Spieltisch und knobelten um Schnäpse.

„He, Felix", schrie der zweite Traktorist, den sie „Schnupps" nannten, „komm her, kippe einen auf meine Rechnung."

Die Wirtin Hilde, der der Krieg den Zimmermann Paul aus dem Brautbett geholt hatte, lachte versöhnlich. „Er hat einen Jungen bekommen."

„Beinahe neun Pfund!" brüstete sich Schnupps. „Hätte für Zwillinge gereicht!" Er hatte glasige Augen.

Michael Batschon hatte auch glasige Augen.

„So ein Herr Vorsitzender trinkt nicht mit euch", krächzte er. „Einsperren läßt er euch!"

Felix übersah den Altbauern, er fuhr den anderen an, der noch nüchtern schien: „Nimm du seinen Traktor!"

„Denkst du, ich *laufe* nach Hause?" fragte Schnupps, plötzlich böse. „Ich habe einen Jungen gekriegt, fast zwei wären's gewesen, und dann soll ich laufen?!"

„Außerdem", sagte der andere, „ist Feierabend."

Von der Poststelle rief Felix die MAS an. Niemand meldete sich, es war Feierabend.

Vor dem Gasthaus blubberte der Traktor, Felix stieg hinauf und fuhr los. Es war zu spät, um noch den Weizen zu drillen. Aber die Kartoffeln mußten heim, der Wind war kalt, und der Regen hing niedrig.

Der Lastwagen rumpelte über die Löcher der einzigen Straße, die in das entlegene Heidedorf führte. Eine Reparaturlampe pendelte unter dem Planendach, sie streute graues Licht über Requisiten, Versatzstücke, Gesichter. Das silberweiß gefärbte Haar des Spielleiters schien aschig und armselig.

In einem Winkel, wohin das graue Licht kaum reichte, hockte Uschka Hanusch in einem abgewetzten Ledersessel, den schmalen Körper zusammengeduckt, die Hände um die Knie geschlungen. Sie betrachtete den Spielleiter, der zurückgelehnt auf dem zusammengefalteten Vorhang saß und in das lüsterne Gesicht eines Mädchens zotete, das zu fein war, mit einem Mann ins Bett zu gehen. Das feine Mädchen ist eine dumme Kuh, sagt er. Er streichelt ihre feige Lüsternheit und meint mich, dachte Uschka.

Und daheim liegt der kleine Mathias im Bett und fiebert.

Zwei Leben, dachte sie, und verlor das Paar aus dem Bewußtsein. Ich steige aufs Rad und fahre davon, kleiner werden das Haus, die beiden Kinder, der Mann, immer kleiner. Felix sieht mir nach. Ich fahre und fahre, vorn ist ein Wald, kein Gespensterwald, ein magerer, weiter Kiefernforst. Wenn ich ihn hinter mir habe, knallt der Scheinwerfer Helle auf die Bühne, die Rampenlichter strahlen, im Saal sitzen Menschen, Bauerngesichter zumeist.

Geschult und klar kommt die Stimme des Silberweißen: Rareriroru, Werke des Geistes und der Kunst sind für den Pöbel nicht da, sagt Goethe, wir entpöbeln den Pöbel mit schlechten Gemälden, sie halten's für wundertätige Bilder, für uns bleibt die Kunst.

Das graue Licht der Reparaturlampe macht den Regendunst sichtbar, den der Fahrtwind durch die Planenritzen preßte. Uschka Hanusch kroch tiefer in sich zusammen.

Der Silberweiße hatte sie gelehrt, zu sprechen, sich zu bewegen, die Werke der Alten zu verstehen. Er war ein heiliger Narr der Kunst, ihm verdankte sie neue, lebendige Welten. Das Trojanermädchen Cressida, das Shakespeare erdacht hatte: Cressida war eine Schwester, eine erfahrenere, Uschka folgte ihr und liebte und haßte wie sie und anders als sie.

Sie erkramte unter den Büchern ihres Mannes eine Übersetzung Homers, so klein, daß der Gymnasiast Felix sie vor den strengen Augen des alten Griechischlehrers in der hohlen Hand hatte verbergen können. Uschka las, und alles war wahr, der listenreiche Odysseus lebte und die großäugige Athene – ach, hätte doch ihre Klugheit sie vor ihrer dummen Weibereitelkeit bewahrt, Hektor hätte nicht sterben müssen!

Sie weinte fast, als sie es dem Silberweißen erzählte. Der lobte ihren Verstand und die Kunst der Alten, und er war Homer, und er war Shakespeare, und ein Abgrund war zwischen ihm und ihrer naiven Freude und ihren naiven Tränen. Sein Spott kränkte sie tief, sie bekam nüchterne Augen, und er verlor die Gloriole des Lehrers.

Der Saal war kalt, der Raum neben der Bühne zu klein, als daß zehn Menschen darin stehen konnten, es mußten sich zehn darin kostümieren und schminken. Der Silberweiße kontrollierte jedes Kostüm, jede Maske, zählte die Requisiten, stellte die Scheinwerfer auf, fuhr das lüsterne Mädchen grob an, weil es vorschlug, eine unbedeutende Szene auszulassen – sind doch nur fünfzig Leute im Saal und bei dem Wetter! –, und beschwor flüsternd alle Akteure, ihr Bestes zu geben, heilige Narren der Kunst zu sein.

Sie spielten „Wenn der Hahn kräht“. Vorn in der ersten Reihe saß ein Mann mit einem Wasserkopf und riesigen Ohren, er lachte dröhnend, sein Lachen widerhallte in einem Saal, der leer schien. Er war ein Knecht, der einzige noch im Dorf, er lachte sich Tränen aus den Augen über den Spaß, den sich die Bühnenbauern auf Kosten ihres Gesindes machten.

Angefeuert von diesem Lachen steigerte sich der Silberweiße über sich selbst hinaus und steuerte zu den Hinrichsschen aus eigenem Geist Derbheiten hinzu, die er für volkstümlichen Spaß hielt. Ein großer Erfolg, sagte er, und zählte sieben Vorhänge, die der Arme vor der Rampe herausklatschte.

Uschka Hanusch war schon abgeschminkt, sie lehnte hinter der Saaltür und zählte die Leute, die hinausgingen, es waren achtzehn weniger, als zu Beginn im Saal gesessen hatten. Sie nahm allen Mut zusammen und fragte einen Mann – sein Haar begann zu ergrauen, und die Hände waren krumm von schwerer Arbeit – nach seiner Meinung. Der Mann sah sie an, erkannte die Schauspielerin, blickte weg und sagte, zögernd und wie entschuldigend, er habe andere Sorgen. Erst draußen vor dem Gasthof in der kalten Dunkelheit erklärte er, vielleicht sei es Kunst, aber zum Lachen sei es nicht und auch nicht zum Weinen. Zum Denken? fragte Uschka. Der Mann schüttelte den Kopf, zum Denken auch nicht. Wozu? fragte sie. Er zuckte mit den Schultern, er war gutmütig, und vielleicht verstand er wirklich zuwenig. „Einer hat ja gelacht“, sagte er.

In sich zusammengekrochen hockte Uschka Hanusch in dem alten Ledersessel. Mein Junge hat hohes Fieber, mein Mann fällt grau vor Müdigkeit ins Bett. Ich bin ein heiliger Narr der Kunst.

2

Felix Hanusch flüsterte seinem kleinen Mädchen Mirka das obligatorische Nachtsprüchlein zu, beugte sich hinunter, um den Gutenachtkuß zu empfangen, und trat noch einmal vor das Bett des Jungen, der unter hohem Fieber leise stöhnte und sich hin und her warf.

In der Küche bereitete Marta Hanusch das Abendbrot. Felix streifte die Mutter mit einem Blick. Gut, daß sie uns die Kinder versorgt. Uschka hätte ein paar Jahre nicht spielen können. Oder, fiel ihm plötzlich ein, ich hätte auf hundert Sitzungen weniger sitzen können.

Er nahm den Schnittenteller und das Kännchen mit heißem Kräutertee und ging in sein kleines Arbeitszimmer, wo die Mutter heute – wie jedesmal, wenn sie über Nacht blieb – schlafen würde. Er nahm das Arbeitstagebuch her, blätterte im Notizbuch, aß und trank und übertrug dabei die Daten aus dem Notizbuch in das Arbeitstagebuch. Er führte seine Bücher gründlich, in erster Linie darum, um selbst die schwachen und guten Seiten einer neuen Art Bauernwirtschaft zu erkennen. Das war zunächst das notwendigste. Die Augen des ganzen Dorfes waren auf die Genossenschaft gerichtet, die fast auf den Morgen genau soviel Land bewirtschaftete wie der Batschon-Hof.

Eine Fahrradklingel schrillte vor dem Fenster, Felix sah einen Schatten durch den strömenden Regen um die Hausecke biegen und ging zur Tür.

Benno Schofka hängte seinen Gummimantel von außen an die Türklinke, wischte sich den Regen aus dem Gesicht und sagte:

„Deiner hat auch Masern? Bei mir haben's zwei! Ich habe gerade drüben im Schloß der Schwester einen Regenschirm in die Hand gedrückt und sie in Marsch gesetzt."

Sanft und ruhig, wie es sein ganzes Leben verbracht hatte, war das Kreiskulturhaus der Landjugend eines Tages verschieden, unbeweint und unbetrauert vom Dorf. Handwerker waren erschienen und hatten es zum drittenmal um- und ausgebaut. Seit Monaten stand nun das Landambulatorium fix und fertig. Zwei Schwestern waren da, aber ein Arzt war noch nicht gefunden.

Felix nahm Benno mit in sein Zimmer; der steckte unterwegs den Kopf in die Küche und nickte Marta Hanusch einen Gruß zu.

„Setz dich", sagte Felix. „Oder bleib stehen, wirst dich sowieso gleich hinsetzen: Wahrscheinlich haben wir den Arzt – und weißt du wen?"

„Etwa ...?"

„Alfons Batschon, ganz richtig!"

Benno Schofka setzte sich. Dann grinste er.

„Da ist er so fortschrittlich geworden, daß er keinen Fuß mehr in den Batschon-Hof setzt, bloß um Karriere zu machen – und nun schickt man ihn hierher – armer Hund!"

Sie lachten sich an.

„Weißt du", sagte Felix, „das kann sogar sehr gut gehen ..."

„Kann!" warf Benno ein.

„Der Alfons platzt immer noch vor Ehrgeiz, er wird so lange bohren, bis sie ein Landkrankenhaus aus unserem Schloß machen. Er ist dann Chefarzt, in Gottes Namen, und wir haben ein Krankenhaus."

„Ist es amtlich, daß er antanzt?"

„Noch nicht."

„Ich glaube, was ich sehe", sagte Benno. Im übrigen komme er heute nicht zum Gemeinderat, eine Versammlung der Parteisekretäre sei plötzlich einberufen worden, es gehe um Ernte und Aussaat. „Wie steht's bei dir?"

Felix schob ihm sein Arbeitstagebuch zu, Benno machte sich Notizen.

„Warum seid ihr nicht weiter?"

Die Gründe liegen auf der Hand: Der Vorsitzende ist zugleich der einzige vollwertige Arbeiter der Genossenschaft.

„Mann", knurrte Benno, „und vor fünf Jahren rissen wir Jungen im Dorf die Bäume aus!"

„Heute", sagte Felix, „sehen die Bäume eben anders aus. Und es geht wohl mehr ums Pflanzen als ums Ausreißen."

„Klar!" Benno nickte grimmig. „Manche Pflanzen reißen auch aus. Anna Domanja ist wieder daheim!"

Anna Domanja hatte im Frühjahr auf der Arbeiter-und-Bauern-Fakultät ein ausgezeichnetes Abitur abgelegt und vor sechs Wochen an der Technischen Hochschule in Dresden ihr Studium aufgenommen.

„Nein!"

„Ja! Heute hat sie mit dem Alten Weizen gedrillt."

Sie traten vor die Haustür. Der Regen fiel kalt und strähnig. Benno Schofka zog seinen Mantel an.

„Wenn die uns heute irgendein Palaver daherreden", er wischte das Wasser vom Sattel seines Fahrrads, „hau ich auf den Tisch, daß die Aktentaschen wackeln!" Er hatte neun Kilometer Wegs vor sich.

Felix sah ihm nach. Gut, dachte er, daß er die Maria Mrosak geheiratet hat. Die rubbelt ihn ab, wenn er heimkommt, schimpft dabei, soviel sie Atem hat, über seinen Unverstand, stellt ihm einen Topf heißen Tee hin und ist wieder die lachende, quirlige Maria, die immer noch fürs Leben gern tanzt, obwohl sie reichlich rund geworden ist. Für jedes Kind fünf Kilo, sagt sie, und vier Kinder hat sie in vier Jahren! Wie Benno das alles schafft! Den Granitlöwen hat er auch nicht gelassen, der Löwe liegt als eine Kreuzung zwischen Hauskatze und Schafbock in seinem Vorgarten. Egal, sagt Benno, einmal wird's doch ein Löwe. Jetzt hämmert er – wenn er Zeit hat, und weiß der Teufel, wann er Zeit hat – an einem zweiten Exemplar herum. Der kommt vors Ambulatorium, sagt er, damit jeder, der es auf ein paar Tage Krankfeiern abgesehen hat, vor Schreck davonläuft.

Wenn wir nur endlich einen Arzt bekämen! Meinethalben sogar den Alfons Batschon. Der wird ja schließlich auch mit den Jahren klüger geworden sein.

Und die Anna Domanja ...? Felix nahm sein Rad und fuhr los.

Anna Domanja wusch in der Küche das Milchgeschirr ab. Der hölzerne zweihenkelige Abwaschbottich stand auf der Bank vor dem altertümlichen Ofenherd, der die ganze Wand zwischen der Küche und der Wohnstube ausfüllte. In der schwärzlichen Ofenwand waren viereckige Züge eingelassen, aus denen halbjährlich der Akkordtöter in seiner Funktion als Ofenkehrer vorsichtig mit bloßen Händen den Ruß herausholte.

Die fünfzig Liter fassende Wasserpfanne ragte ein Stück in die Küche hinein, auf ihrem gußeisernen Deckel stand in greifbarer Nähe ein hölzernes Kilofäßchen Salz, das Hauptgewürz der Küche. Das Brett des einzigen Fensters, in den Garten hinaussehend, hatten Domanjas zwei Hauskatzen okkupiert, der Bauer mochte sie nicht in der Stube leiden. Sie hoben bei Felix' Eintritt nicht einmal die Köpfe, so sehr fühlten sie sich auf ihrem Schlafplatz vor jeder Störung sicher.

Ein den Ofenmaßen entsprechendes Topf- und Tellerbord, eine Handzentrifuge und ein schmaler, wackliger Tisch nahmen den übrigen Raum ein. Zwischen der Tür zum

Flur und der zum Keller stand eine eiserne, grüngestrichene Wasserpumpe. Ende der zwanziger Jahre hatte Jakob Domanja, damals der junge Bauer, einen Brunnen hinter der Scheune gebohrt und einen Pumpstrang ins Haus und einen in den Kuhstall gelegt.

„Ich denke, du studierst Chemie", sagte Felix statt eines Grußes. Das Mädchen sah auf, schmal, blaß, graue Augen. Die grauen Augen füllten sich mit Wasser. Sie war dreiundzwanzig Jahre alt, hatte mit verbissener Energie studiert, als Klassenbeste in den naturwissenschaftlichen Fächern ihr Abitur bestanden, jetzt beugte sie sich über ihren Abwasch, eine gehorsame Tochter.

Jakob Domanja trat aus der Stube. „Laß das Mädel in Ruhe!"

Felix wandte sich um. „Guten Abend, Jakob!"

„Ich pfeife auf deinen guten Abend", knurrte der Bauer. „Und wenn du sonst nichts willst, ist es besser, du gehst wieder!"

„Nanu? Was ist denn dir über die Leber gelaufen?"

„Sie schaffen's nicht allein", murmelte das Mädchen. Die einzige Magd des Jakob Domanja war älter als er.

„Sei still!" brauste der Bauer auf. „Und du, Felix, sollst es wissen: Ich laß mich nicht fertigmachen von euch. Ich nicht!"

Felix setzte sich auf die Herdbank. „Was redest du denn für Quatsch, Jakob! Wer will dich denn fertigmachen?"

Der kleine, graugesichtige Bauer zwang sich zur Ruhe, er fischte einen Span aus dem Herdloch und zündete sich die Pfeife an. Seine Hand zitterte dabei.

„Ich muß jetzt zur Sitzung", sagte er. „Und die Anna bleibt zu Hause, für immer. Bei mir wird's nichts mit der Kolchose. Oder hattest du dir das etwa nicht so vorgestellt: das Mädel zum Studium und den Alten in die Genossenschaft?"

„Doch", Felix blickte ihn ruhig an. „So habe ich mir das vorgestellt. Habe ich dir ja auch oft genug auseinandergesetzt."

„Deine Litanei kenne ich auswendig." Plötzlich schrie Domanja die Tochter an. „Bist du noch nicht fertig? Geh in die Stube!"

Das Mädchen ging. Der Bauer wandte sich an Felix. „Willst du allein hierbleiben? Ich gehe nämlich."

Felix stand auf. „Ich verstehe dich nicht, Jakob, wir waren uns doch einig. Warum holst du nun Anna zurück?"

„Ich lasse mich nicht zwingen!"

„Habe ich jemals ..."

Der Bauer fiel ihm ins Wort. „Du! Du bist für die genauso ein Dreck wie ich. Ich habe einen Brief von der MAS gekriegt, daß mein Vertrag jetzt ein Stück Abortpapier ist, nicht mehr. Ich kriege keinen Traktor mehr auf den Acker. Reif machen wollen sie mich für deine Kolchose. Mich nicht! Und die Anna bleibt. Und wenn Rumbo wieder auf meinen Hof kommt, ich schmeiße ihm eine Katze ins Gesicht!"

„Hörst du nicht zuviel Radio, Jakob – auf der falschen Welle?"

„Das geht dich einen Dreck an. Und nun kannst du zu mir reden wie zu einem Heiligen in der Kirche, der wird dir eher antworten!"

Felix schob sein Rad an der Seite Jakob Domanjas durch den Regen, und Jakob Domanja blieb stumm wie ein hölzerner Heiliger.

Man konnte kaum noch atmen in der Amtsstube des Bürgermeisters. Der Kanonenofen fraß feuchte Rohkohle. Schlechter Tabak stank aus Pfeifen und Zigaretten. Aus nassen Kleidern dunstete Oktoberwetter.

Der Bürgermeister berichtete über die Lage: Die Hälfte der Kartoffeln steckt noch im Acker, weniger als die Hälfte des Wintergetreides ist eingesät, der Winter steht vor der Tür. Felix Hanusch hörte aufmerksam zu und strichelte auf seinem Schreibblock eine Gestalt, groß, ungeschlacht, einen Schneemannskopf auf dem Rumpf: der Winter, der hinter dem Regen lauert.

Rumbo redete von Imperialismus und Terminen, die der Kreis für die letzte Kartoffel festgelegt hatte.

„Wir müssen vorfristig die Hackfruchternte durchziehen und damit einen Beitrag leisten zur Erfüllung und Übererfüllung unseres großen Planes", sagte er.

„Unsere Kartoffeln", nuschelte Jakob Domanja, „lesen

keine Zeitung und verstehen keine Reden, sie sind erst um den zwanzigsten herum reif."

Emil Kurfürst saß neben Domanja. Er wälzte Gedanken nach rechts, nach links: Kartoffeln im Herbst verschieben oder Schweinefleisch im Frühjahr? Zeit, Hunger, Geld und Gefahr multiplizieren sich.

Der rotborstige Michel Domsch fuhr den Domanja an: „Rede uns keinen Mist vor, Jakob! Den brauchst du nötiger auf dem Acker. Es geht darum, daß keine Kartoffel erfrieren darf. Ich denke, der Bürgermeister hat recht."

Domsch fand keinen Anklang. Die Bauern meinten bei sich – Domanja sagte es laut –, der Domsch verstehe etwas von den Steinen im Bruch, Acker habe er keinen, er könne gut über andrer Leute Angelegenheiten reden.

„Der Termin ist oben beschlossen", erklärte Rumbo, „und wir werden ihn auch beschließen."

Der sanfte Bruchwirt war für einerseits, andrerseits und kritisierte, daß die Anschläge des Bürgermeisters nicht zweisprachig waren.

Der Klarinettenmann weigerte sich, länger Vorsitzender der Bauernhilfe zu sein, und der silberbärtige Oberlehrer pries die Gemeinschaft und die Liebe unter den Menschen. Der Akkordtöter lag krank im Bett.

Felix Hanusch hörte aufmerksam zu und strichelte auf seinem Block den Winter, der hinter dem Regen lauert. Er nahm seinen Zettel, nannte die Menge der Kartoffeln, die schätzungsweise noch im Acker stak, und schlug vor, man solle sich zusammentun, Gespanne und Arbeitskräfte, in einer Woche könne man es schaffen.

„Hintenherum in die Genossenschaft?" höhnte Domanja.

Die Witwe Nakonz meinte, eine gegenseitige Hilfe wäre schon richtig, erfrieren lassen dürfe man nicht eine Kartoffel.

„Gegenseitig helfen", der Bruchwirt nickte, „wir haben uns immer geholfen. Und erfrieren darf keine Kartoffel."

Der Bürgermeister verlor die Geduld, drohte jedem Tod und Teufel an, wenn es jetzt nicht besser voranginge, und forderte die Bauern auf, aktiver die Grundlagen des Sozialismus aufbauen zu helfen. In seiner Rede erschien die Genossenschaft als Drohung und Strafe. Anschließend ließ er abstimmen, daß alle Anstrengungen unternommen werden sollten, die Hackfrüchte ohne Verluste zu bergen. Den Kreistermin ließ er aus. Es gab keine Gegenstimme.

Beim Hinausgehen säuselte der Bruchwirt zu Domanja: „Ich werde mir das Kartoffellesen organisieren lassen, damit sie aufs Pfund genau wissen, wieviel ich ernte, das haben sie sich gedacht!"

Der Bürgermeister blieb sitzen.

„Bleib noch hier, Felix", knurrte er.

Felix hängte die feuchte Joppe wieder ans Fensterkreuz. Er setzte sich Rumbo gegenüber, ein Fähnchenständer stand zwischen ihnen, er schob ihn zur Seite.

„Domanja hat einen Brief von der MAS bekommen", sagte er. „Steckst du dahinter?"

„Haben wir beschlossen, der Domanja kommt in die Genossenschaft, oder haben wir nicht?"

„Wir haben beschlossen, ihn zu werben!"

„Heckmeck! Über dein sanftes Gequatsche lacht der noch nach zwanzig Jahren. Wenn er keinen Traktor mehr kriegt, geht er bald Wasser saufen. Oder er tritt ein."

„Das Prinzip der Freiwilligkeit steht für dich bloß auf dem Papier?" Felix holte zwei Zigaretten aus der Tasche und schob Rumbo wortlos eine zu.

Rumbo ließ die Zigarette liegen. „Ich rauche meine eigenen. Damit du nicht auf die Idee kommst, ich sollte rosa Berichte über dich abgeben, wie du den Sozialismus auf dem Dorfe vorantreibst."

„Wenn wir mal Ferien haben, du und ich", Felix hatte seine tiefe Zornesfalte über der Nasenwurzel, „hau ich dir in die Fresse, bis ich nicht mehr japsen kann."

„Ich denke, du bist gegen Gewaltanwendung?" höhnte Rumbo.

Felix ging nicht darauf ein. „Aber leider, wir haben keine Ferien." Er spuckt einen Tabakbrösel aus. „Also los! Hast du die Wettervorhersage?"

Der Bürgermeister schob ihm ein Papier zu: Es ist mit frühzeitigem Frosteinbruch zu rechnen.

„Ihr kriegt morgen dreißig Leute aus der Stadt", sagte er.

„Gut", Felix nickte. „Wir kommen hin. Aber das Dorf! Wieviel hat Mjetk noch draußen?"

Rumbo warf einen Blick auf seine Liste. „Knapp vierzig Morgen. Kriegt er im Leben nicht herein. Dann ist er fällig!"

Felix fuhr auf. „Verdammt noch mal! Es geht um die Ernte! – Dort fangen wir mit der organisierten Hilfe an."

Rumbo lehnte sich in seinem Stuhl zurück. „Das ist wohl deine private Parteilinie, was?"

Felix juckte es in den Fäusten, er würgte an seinem Zorn, er wußte, er könnte jetzt argumentieren: Es gibt tausend solcher Hundert-Morgen-Betriebe, laß überall zwanzig Morgen Kartoffeln im Boden – wieviel Schaden haben dann *wir*? Rumbo würde einsehen, daß ein enteigneter Großbauer diesen Schaden nicht aufwiegt. Es ist einfach der Batschon-Hof, der ihn verrückt macht. Doch Felix hatte keine Lust mehr, mit Rumbo zu diskutieren.

„Wir können ja warten", sagte er böse, „bis Benno heim kommt. Dann beschließen wir, daß – und wie – wir die Ernte organisieren!"

Rumbo zerbiß den Tabak, der ihm in den Mund geraten war. „Gib die Liste!"

Sie hockten über der Liste, sie rechneten und schätzten ab, sie knurrten sich an und vergaßen, daß sie sich haßten.

Im Ofen sank die schlackigte Asche in sich zusammen, draußen vertröpfelte sich der Regen vor einem kalten Wind, unter dem das Wasser der Pfützen erschauerte.

Schon fast daheim, kehrte Felix um und fuhr zurück: Vielleicht war Simon Mjetk noch wach.

In der Haustür traf er Beate.

„Simon ist in der Stube", sagte sie. „Hat man dir denn nicht verboten, zu uns zu gehen?" Sie schob ihn ins Zimmer. „Leg ab."

Sie nahm die Joppe und trug sie in den Flur.

Simon Mjetk erhob sich aus einem der tiefen Sessel.

„Fein, daß du kommst! Wir haben heute ein kleines Fest."

Felix blickte ihn fragend an.

„Ohne Bedeutung für dich", sagte Simon und schob ihm einen Sessel hin.

Auf dem Klavier brannten zwei Kerzen, hell und ohne zu rußen. Der große dunkelgrüne Kachelofen atmete

Wärme. Auf dem Teewagen vor Simon Mjetk standen eine Flasche Rotwein und zwei Gläser.

Beate brachte ein drittes Glas. Mjetk goß ein und hob sein Glas. „Ich sehe dich!"

Felix nahm den alten Trinkspruch ohne Antwort hin. Er trank, der Wein war gut, er trank nicht nur den Wein: das schöne Glas, die Kerzen, die Wärme, daß die schweren Vorhänge an den Fenstern so gut zum grünen Ofen passen, und die Lieder im Klavier.

Als ob Simon Mjetk es erraten hätte. „Beate hat eben ein wenig gespielt", sagte er, er nickte ihr zu. „Magst du noch?"

Es ist nicht mehr die unbewußte, selbstverständliche Bewegung, mit der sich Beate ans Klavier setzt. Die hornigen Finger tasten zögernd, doch die Töne sind klar und rein. Simon Mjetk summt, und nun singt er leise, er hat einen Bariton, weich und dunkel wie der rote Wein in diesem Glas.

Felix Hanusch hörte nicht zu. Wie ein warmes duftendes Bad war das alles. Er dachte nicht an Rumbo und den Winter, der kommen wird. Er wußte nicht mehr, daß der Wind draußen die Kälte herbeipfiff. Er dachte: Ich habe vergessen, den Zettel zu lesen, den mir Uschka hingelegt hat. Ich weiß gar nicht, wo sie heute spielen. Sicher sind es nur die Masern, die der Junge hat ...

Beate sang, stockend und ohne Schmelz: Denkst du, mein Liebster, noch manchmal an mich, immer denke ich, Liebster, an dich. Vergaßest du mich auch – Gutes, nur Gutes wünsche ich dir.

Bevor Felix das Lied selbst völlig begriff, begriff er, daß sie es sang, weil es ein Liebeslied war. Sie sang nicht die Traurigkeit, sondern die Schönheit. Und nicht Beate und nicht ihr Lied und auch nicht Simon Mjetk, der es aufnahm mit halber Stimme, hatten etwas zu tun mit dem Fremden Felix Hanusch. Das begriff er, und er hörte, wie der Wind die Lukentür zum Heuboden krachend hin- und herschlug. In zehn Tagen müssen wir die Kartoffeln geerntet haben. Vierzig Morgen haben sie noch draußen, sie singen, und sie bestürmen mich nicht: Hilf! Und draußen heult der Wind Kälte heran.

Die Wärme des Ofens, die Weichheit des Sessels, die Stimme des Freundes: Dumpfe Trauer kroch ihn an. Hat

Rumbo nicht doch recht, und ich jage einem Phantom nach? Er ließ sich gleiten, tiefer und tiefer, sein Gesicht wurde grau.

Simon Mjetk stand vor ihm. „Wann jagt uns Rumbo davon?"

Beate lehnte am Klavier und lächelte. Warum lächelt sie? Ist es ein Spaß, Haus und Hof verlassen zu müssen? Lächelt sie, weil Mjetk nun ihr gehört, endgültig ihr? Weil sie diesen Sieg nimmt, auch wenn es den Zusammenbruch kostet?

Felix Hanusch streifte, wie Wassertropfen von der Haut, Zweifel und Müdigkeit von sich ab.

„Es kann auch sein, daß ich es bin, der euch davonjagt", sagte er. Er schob das Glas beiseite und stand aus dem weichen Sessel auf.

Er sah, daß Beate wartete, gespannt und ruhig. Ihr Lächeln war so hart wie seine Worte.

„Warum?" fragte Mjetk.

„Wegen *einer* Tonne Kartoffeln, die euch erfriert, und dem hier!" Sein Blick glitt über den grünen Kachelofen, die festlichen Kerzen, den roten Wein.

„Wir sind drei Leute", sagte Beate.

„Was geht das mich an? – Wenn zwei davon ..."

Simon Mjetk fiel ihm ins Wort: „... hier feiern und prassen, nicht? Wegen der einen Tonne verhungert niemand!"

Beate schlug ein paar Töne an, grelle Disakkorde, dazu sprach sie sanft: „Kartoffeln bewahren uns vor Krieg, Pest und Cholera."

Mein Gott, dachte Felix, Rumbo hat recht! Er drehte sich um, Beate war in seinem Rücken.

„Und du?" fragte er Simon, den Freund.

Simon holte ein Körbchen mit Äpfeln vom Tisch.

„Ob ich hier sitze und Wein trinke, einen Apfel esse", er nahm einen Apfel aus dem Körbchen, „oder ob ich Tag und Nacht Kartoffeln buddele, darum schert sich die Geschichte keinen Pfifferling."

„Was du daherredest, ist ja schon nicht mehr dumm", sagte Felix leise.

„*Du* kannst nicht mehr sehen, was wirklich ist", entgegnete Mjetk. Er schälte den Apfel, er schälte ihn langsam und gründlich, und schwieg. Als er den Apfel teilte, fuhr das Messer so hart durch das Saftfleisch, daß die beiden Fruchthälften auseinanderschnellten.

Felix hörte Beate in seinem Rücken atmen, er wandte sich um. Beate gab den Blick zurück. Da schlug die Uhr laut und melodisch. Sie fälschte das Schweigen um zu einer traulichen Stille.

„Ich gehe", sagte Felix. „Wir sind ja wieder am Anfang." Er wußte: an einem anderen Anfang. Er reichte Beate die Hand. „Ich möchte, daß ihr auf eurem Hof bleibt."

Beate antwortete nicht.

Simon kam mit hinaus. Er hielt Felix die Joppe hin und sagte: „Bei mir bleibt keine Kartoffel draußen ..." Er wollte mehr sagen – Domanja war bei mir –, aber er biß sich auf die Zunge.

Die Haustür öffnete sich, torkelnd schob sich Michael Batschon herein und stolperte, ohne die zwei Männer eines Blickes zu würdigen, die Treppe hinauf in sein Altenteil.

„Auch einer, der es nicht mit uns halten will", sagte Felix.

Simon schaltete die Hoflampe ein. Sie schwang im Wind hin und her, einmal war hell, was dunkel war, und einmal dunkel, was hell war.

3

Der Lastwagen rüttelte und rumpelte über die einzige Straße, die aus dem entlegenen Heidedorf hinausführte. Im Wald heulte ein kalter Wind. Die Reparaturlampe unter der Plane machte die müden Gesichter grau. Fahr schneller, dachte Uschka Hanusch, fahr schneller, ich habe es noch weit nach Haus.

Der Wagen hielt, wütendes Geschrei des Silberweißen und zornige Antwort des Fahrers, eine Feder war gebrochen. Ein Kilometer vielleicht noch bis zur Fernverkehrsstraße, ab und zu kommt auch nachts ein Auto vorbei. In Trüppchen liefen sie los, rechts und links im Wald orgelte der Herbst.

Der zweite Wagen, der anhielt, war ein vollbeladener

Lieferwagen, neben dem Fahrer war ein Platz. Uschka stieg ein.

Der Mann knipste für einen Augenblick das Innenlicht an.

„Sacre Dieu!" sagte er. „Da wachsen ja hübsche Räuber auf der Landstraße!"

Die junge Frau berichtete von der Panne und, nach einem kleinen Zögern, stellte sie sich vor.

„Ich kenne einen Knaben Felix Hanusch", meinte der Mann. „Sind Sie ..."

„Das ist mein Mann."

„Die alten Götter schlafen nie!" Er knipste erneut das Licht an. „Sie sehen Winfried von Grauheim, Jagdflieger a. D., zur Zeit Anderthalbtonnen-Transportunternehmer und Dummkopf, dem das Dummsein Spaß macht." Er grinste Uschka an. „Muß ja ein toller Sozialismus-Bursche geworden sein, der Felix!"

Von dem vielen Verblüffenden nahm sie das letzte auf.

„Toller Sozialismus-Bursche – warum?"

„Warum? – Jedem nach seinen Verdiensten!" antwortete Winfried. „Wenn er so was mit dem Ehering mitgekriegt hat!"

„Danke!" sagte Uschka. „Und jetzt erkenne ich Sie: Sie sind Winnie!"

„War ich, Dame, war ich", er wiegte traurig den Kopf. „Jetzt bin ich für den Sozialismus."

Er erklärte das: Sozialismus ist eine traurige Angelegenheit, dafür braucht man ernsthafte Leute, nicht so einen Winnie. Das einzige Lustige am ganzen Sozialismus ist, daß ich dafür bin, bloß aus Spaß, wissen Sie. Wenn ich ein ernsthafter Mensch wäre, würde ich an den lieben Gott glauben oder an die Amerikaner, aber so – ich bin eine Mittelschicht, war immer für den Jux, es lebe der Sozialismus!

Uschka Hanusch hörte ihm zu. Manchmal redet er wie der Silberweiße. Unwillkürlich rückte sie so weit nach außen, wie es ging.

„Und Sie machen Theater", sagte er. „Wäre auch was für mich. Hauen Sie kräftig auf die rote Pauke?"

„Wir spielen ‚Wenn der Hahn kräht'."

Winfried von Grauheim stutzte, dann lachte er. „Hab den Film gesehen. Toller Spaß."
„Der Film?"
„Nee, Mädchen! Daß ihr das spielt! Lachen die Leute?"
„Sie lachen nicht, Gott sei Dank!" antwortete Uschka.
„Sie sind mir eine Künstlerin! Gott sei Dank, wenn's schiefgeht?"
Sie ging nicht darauf ein. „Sie haben doch einen Antiquitätenladen gehabt, nicht wahr?"
„Antiquitäten kann man's auch nennen." Ein Hase raste lichtblind im Scheinwerferkegel. Winfried von Grauheim deutete nach vorn. „Jeder versucht sich den Hals so gut wie möglich zu brechen." Er nahm das Gas weg, der Hase rettete sich. „Manchmal gelingt's nicht."
„Und dann?" Uschka beugte sich vor, um sein Gesicht zu sehen. Er runzelte die Stirn.
„Entweder", sagte er, „waren Sie schon immer langweilig, oder Felix hat Sie verdorben."
„Und dann?" wiederholte sie und lächelte.
„Früher", sagte er, „blödelten wir gern, Felix war begabt darin. So eine Blödelei war: Da gibt es wieder zwei Möglichkeiten."
„Also?" sagte sie.
„Entweder der Hase schlägt sich seitwärts in die Büsche, oder er gewöhnt sich ans Helle." Die Stadt lag vor ihnen. „Wann sich die Straßen auch nachts wieder ans Helle gewöhnen, steht nicht einmal im Parteiprogramm – Wohin soll ich Sie bringen?"
Vor ihnen drehte der Wind eine Spirale aus Staub und Blättern.
Fahr mich nach Hause, dachte Uschka, Mathias hat Masern. Ich muß mit Felix sprechen über den einen, der vor der Rampe laut lachte, und den anderen vor der Tür, der Sorgen hatte. Und ich – sie preßte die Knie zusammen – ich will zu Felix.
„Ich habe mein Rad im Theater", sagte sie.
Das Theater war ein Schuppen mit drei Büroräumen. Am Schuppen lehnte das Rad.
„Wiedersehen! Und schönen Dank!" Sie reichte ihm die Hand.

Knurren, knirschende Kupplung und Gas, der gurgelnde Wind schluckte den Lärm.

Auf der Brücke fuhr der Wind heulend durch das Gittergeländer, stürzte in die Tiefe hinab, kletterte die Felswände wieder hinauf und rüttelte an Türmen und Mauern.

Uschka Hanusch führte ihr Rad. Ein Lichtkegel fing sie von hinten ein, Winfried von Grauheim stieg aus seinem Wagen, verstaute wortlos das Rad im Laderaum und brummte: „Einsteigen!"

Später bemerkte er, daß er im allgemeinen seine weiblichen Gäste – er lade nur hübsche auf, alte Weiber und häßliche Mädchen brächten Unglück – frage, ob sie nicht einen Kaffee bei ihm trinken wollten, heute statt dessen – widerwillig werde man ein besserer Mensch. Man komme auf so abstruse Gedanken, daß man eine Dame *ohne* Kaffee nach Hause bringe.

Am Dorfeingang hielt er an. Entschieden weigerte er sich, nun seinerseits bei seinem nächtlichen Fahrgast Kaffee zu trinken. „Grüßen Sie den mutigen Erbauer der Grundlagen des Sozialismus", sagte er. „Und erzählen Sie ihm um Gottes willen nicht, der alte Winnie hätte sich geläutert. Er ist imstande, sogar mich auf das Pluskonto eurer Republik zu setzen!" Im übrigen käme er, wenn es sein Unternehmen erlaube, nächstens zu Besuch. –

In der Küche standen drei große Töpfe mit heißem Wasser auf dem Herd. Uschka Hanusch wusch sich die Hände und schlich ins Schlafzimmer. Schon an der Tür hörte sie das hastige Atmen ihres Sohnes. Sie beugte sich über ihn und berührte mit den Lippen die Stirn, sie war heiß. Uschka deckte die abgeschirmte Lampe vorsichtig auf, nun erkannte die deutlich die roten Flecke hinter dem Ohr und am Hälschen des Jungen. Sie verdeckte die Lampe wieder und verharrte einige Minuten, regungslos und fast ohne zu denken sah sie auf das fiebernde Gesichtchen hinab, und ihre Gegenwart schien einen Schirm um das Kind zu flechten, der Junge drehte sich auf die Seite in die gewohnte Schlafstellung, und sein Atem wurde tiefer und ruhiger.

Uschka wandte sich um. Das Bett ihres Mannes war leer. Auf der anderen Seite schlief Mirka, beide Ärmchen über dem Kopf. Der eine Ärmel ihres Nachthemdchens war über den Ellbogen hinaufgeglitten. Uschka zog ihn herab.

Felix saß im Wohnzimmer am Tisch, den Kopf in die Arme vergraben, er schlief fest und wachte auch nicht auf, als Uschka die Hand auf seine Schulter legte. Sie überflog die Papiere, über denen er eingeschlafen war: eine Liste aller guten und schlechten Eigenschaften des Bauern Jakob Domanja, dessen Art zu wirtschaften und dessen Zweifel und Einwände gegen eine gemeinschaftliche Bauernwirtschaft.

Uschka wollte ihren Mann wecken, als sie einen Zettel unter seinem Arm entdeckte. Vorsichtig zog sie das Papier hervor: „In der Küche steht heißes Wasser, Waschküche ist warm." Es gab viele Tage, an denen sie sich solche Zettel schreiben mußten; die pflegten sie an die Flurgarderobe zu heften. Uschka war nicht durchnäßt und auch nicht – dank Winfried – durchfroren von dem kalten Wind, sie brauchte das warme Bad nicht so sehr wie das Da-Sein ihres Mannes, aber sie ging leise hinüber, trug das heiße Wasser vorsichtig in die kleine Waschküche, wo der große hölzerne Zuber bereitstand. Sie zog sich aus, hastig und fast geräuschlos, und hockte sich in den Zuber. Sie seifte sich ab von oben bis unten, und ihr war, als wasche sie mit den Gerüchen von Puder, Schminke und Kostüm auch den Tag von der Haut.

Unser Zuber, sagt Felix, was denkst du, wie er dir hilft! Du hockst dich hin, hübsch langsam und vorsichtig bewegst du dich. Den rechten Arm, den linken Arm, das eine Bein, das andere Bein. Du bist eitel genug, zu sehen, daß die Fesseln schmal sind und die Waden fest, auch die Hüften – wer sieht dir schon deine zwei Kinder an! –, und der dumme Ärger löst sich auf wie Seifenschaum.

Uschka stieg aus dem Zuber und zog sich zur Nacht an. Sie hatte zornig hinter der Bühne geweint, sie war voller Unruhe und Angst gewesen, sie hatte fiebernd ihren Jungen und völlig erschöpft ihren Mann vorgefunden – jetzt war sie eine junge Frau, sicher ihrer selbst und sicher des Lebens, sie trat ins Wohnzimmer und legte die Hand auf den Kopf des Schlafenden. „Felix!"

Sofort hob er den Kopf, er brauchte den Bruchteil einer

Sekunde, um wach zu sein, er sah seine Frau an, lächelte, rieb seinen Kopf in ihrer Hand und murmelte: „War das Wasser noch warm?"

Sie nickte und fragte, während er die Papiere zusammenschob, wozu er die Liste anfertigen müsse.

Er müsse gar nicht, erklärte er, er habe sich nur eine Übersicht schaffen wollen. Es gäbe – er lächelte verlegen und sah trotz seiner tiefliegenden Augen sehr jung dabei aus – objektiv für Jakob Domanja keinen Grund, nicht in die Genossenschaft einzutreten. Man müsse eben Geduld haben.

Er merkte, daß er die Stiefel noch trug; er hatte sie den ganzen Tag an den Füßen gehabt, bei der Arbeit, bei dem Streit mit dem Traktoristen, bei Jakob Domanja, im Gemeinderat, auf dem Batschon-Hof, nachher wenigstens hätte er sie ausziehen sollen. Er zog sie aus, Uschka reichte ihm die Pantoffeln, er litt es nie, heute litt er es.

„Du siehst ...", sagte er.

„Ich sehe", entgegnete sie. „Komm, sei kein Held! Morgen kannst du ausschlafen."

„Ja", sagte er. Er trug die Stiefel in den Vorraum, sah, daß es nicht mehr regnete. Morgen ist Sonntag. Wenn der Wind die Nässe aus dem Acker pfeift, muß ich säen.

4

Am Tage vor der Versammlung, die den neuen Vorsitzenden der Bauernhilfe wählen sollte, ließ der Bürgermeister durch Anschläge bekanntmachen, daß *zwecks Verhinderung von Schwarzmarktgeschäften* Hof- und Feldbegehungen durchgeführt würden. Es sei die Aufgabe der vom Bürgermeister aufgestellten Kommission, die Übersoll-Produkte jedes landwirtschaftlichen Betriebes zu erfassen.

Unter den Bauern und Halbbauern des Dorfes brach eine Empörung aus.

Felix Hanusch las den Anschlag, sah das wütende Aufbegehren und rannte zum Bürgermeister.

„Die Partei weiß nichts, die Gemeindevertretung weiß nichts, und du machst das Dorf verrückt!"

Rumbo, sofort gereizt, entgegnete: „Wenn sie dagegen meutern, dann ist das der beste Beweis, daß sie dunkle Geschäfte machen wollen!"

„Ich verlange, daß wir noch heute abend in der Partei darüber sprechen!"

„Kein Grund!" sagte Rumbo. „Das ist eine Anordnung von oben." Er reichte Felix ein Papier: Die Bürgermeister haben Schwarzhandelsgeschäfte mit bäuerlichen Produkten zu verhindern und die Bauern zu bewegen, ihre übrigen Produkte den Erfassungsstellen zum freien Verkauf anzubieten.

„Und deine Kommission?" fragte Felix. „Schnüffler, sagen sie im Dorf."

„Die Kommission wird die Ernte – in der Scheune und auf dem Acker – abschätzen, ganz einfach! Und danach lege ich fest, wieviel jeder frei zu verkaufen hat. – Und du wirst die Kommission leiten."

Felix setzte sich. „Den Teufel werde ich tun! Wir machen eine Versammlung und reden vernünftig mit den Leuten und ..."

„... und dann werden sie alle weinen und das Korn zentnerweise anschleppen, was? Nicht ein Körnchen rücken sie freiwillig heraus."

„Weil sie allesamt ein Pack sind, nicht?"

„Unterschiebe mir nichts!" Rumbo nahm die Zähne kaum auseinander. „Bauern sind sie."

Felix Hanusch schwieg, gut nachdenken ist mehr als schnell antworten. Er hob den Kopf und sah Rumbo ruhig ins Gesicht. „Ich glaube, es ist nicht gut, daß du Bürgermeister bist."

Rumbo preßte die Lippen fest aufeinander.

„Ich habe immer gedacht", fuhr Felix fort, „dir steckt der Feldwebel noch zu sehr in den Knochen, jetzt weiß ich es: Du hast kein Vertrauen zu den Menschen."

„Weiter!" sagte Rumbo.

„Das ist alles."

„Du willst nicht an meiner Stelle Bürgermeister werden?"

„Kannst du nicht sachlich mit mir reden?"

Rumbo nahm irgendwelche Papiere zur Hand. „Ich habe zu arbeiten."

Felix stand auf. Als er die Hand auf die Türklinke legte, sagte Rumbo, ohne aufzublicken: „Mich hat die Partei zum Bürgermeister gemacht. Du kritisierst nicht mich, du kritisierst die Partei."

Felix sah ihn verdutzt an, dann lachte er. „Du hast einen Vogel, Rumbo", sagte er friedlich. „Einen großen Vogel!" Er ging; am besten, man nimmt solchen Unsinn nicht ernst.

Der gemeindeeigene Gasthof war in drei Macht-Sphären aufgeteilt. Die Scheune und die Wagenremise gehörten der Feuerwehr; Küche, Keller und Bierhähne unterstanden der Pächterin Hilde; den Saal aber, der groß genug für eine Kuhbauernhochzeit, zu groß aber für dörfliche Versammlungen war, hatte der Bürgermeister in eigener Regie. Der Saal war nicht in der Lage, die Gemeindekasse merklich zu füllen; außer den armseligen Tanzsteuergroschen brachte er nichts ein und war darum ein rechtes Waisenkind. Mit vier nackten Fenstern starrte er traurig die abgewetzten Dielenbretter an, die eine schwärzlich-braune Schicht, eine innige Mischung aus Staub, Straßenschmutz und billigem Bohnerwachs, bedeckte. In der Musikantenecke stützte sich ein zerkratztes, eher graues als schwarzes Klavier auf einen Ziegelstein. Von der Deckenmitte herab pendelte schirmlos eine Lampe. Der winzige Schankraum diente als der Gemeindeagitationshort; dort verwahrte der Bürgermeister einige Fahnen, zwei Säcke Papiergirlanden, mehrere Spruchrollen, geeignet für mancherlei Anlässe und ein auf Latten gezogenes mehrteiliges Transparent. Der Hauptteil *Es lebe* war durch ständigen Gebrauch schon stark ausgebleicht, während die Nebenteile *der Sozialismus, der 1. Mai* und *die DDR* sich noch ziemlich frisch ausnahmen. *Der Sozialismus* freilich wirkte etwas gedrängt, weil er in seiner ganzen Breite auf der Giebelseite des Gasthauses schwer unterzubringen war.

Dieser Saal quoll über, als der Bürgermeister in Vertretung des nicht erschienenen bisherigen Vorsitzenden der Bauernhilfe die Versammlung von einem hochbeinigen, mit Fahnentuch bedeckten Tisch aus eröffnete.

Rumbo hatte erwartet, verschlossene, ablehnende, feindliche Mienen zu sehen, er sah freundliche, lächelnde, sogar lachende, und das machte ihn unruhig. Er redete zunächst über die Weltlage, sprach von den Machenschaften der Amerikaner jenseits der Elbe und in Korea, und am Ende las er ein Stück aus der Rede vor, die ein Regierungsmann gerade gehalten hatte. Damit leitete er über zu der Wahl des neuen Vorsitzenden der Bauernhilfe.

„Wir", sagte er, „schlagen den Kleinbauern Nikolaus Delenk vor."

Delenk war ein mittelmäßiger Steinbrucharbeiter, seine Drei-Kühe-Wirtschaft aber unbestritten die beste im Dorf.

Die Männer und die Frauen – es waren viele Frauen da: Witwen und Waisen der Gefallenen – sahen sich überrascht an. Felix Hanusch bemerkte einen schnellen Blickwechsel zwischen Domanja und Simon Mjetk. Er überlegte, ob er gleich reden sollte.

Die Witwe Nakonz enthob ihn der Entscheidung. Sie wandte sich, auf ihrem Platz sitzend, nach dem Kandidaten um und sagte: „Wenn der Nikolaus gleich jetzt eine Rede hält, mindestens ein Dutzend Worte lang, dann wähle ich ihn."

Gelächter klang auf, und Mrosak rief: „Zwei Worte gebe ich Rabatt. Zehn Worte, Nikolaus, und wir wählen dich!"

Felix Hanusch saß neben Nikolaus Delenk ganz hinten auf der Bank, wo beim Tanz die Mädchen sitzen, die nur kommen, um mit den gefallenen Burschen zu tanzen. Er stand auf.

Er pries die guten Eigenschaften des Nikolaus Delenk. Ein ausgezeichneter Fachmann auf dem Acker und im Stall, hilfsbereit, durch seine ruhige Art gerade der richtige Mann für diesen Posten. Daß er Worte nicht hervorschüttelt wie ein Schüttelsieb das Korn, ist das nicht besser, als wenn er ein Vielredner und Nichtstuer wäre?

In sein letztes Wort hinein rief die Witwe Nakonz: „Der Nikolaus soll den stummen Mann spielen, reden wird für ihn der Bürgermeister, das wolltest du doch sagen, Felix? Schämen solltest du dich!"

Die meisten waren nicht für das Moralische der Witwe Nakonz, sie wollten zunächst einmal ihren Spaß.

„Daß der Nikolaus ein guter Bauer ist, Felix“, rief Mrosak, „das wußten wir schon vor dir. Bloß so ein Vorsitzender kann ja nicht nur dasitzen und seine Stinkpfeife rauchen!“

Sie lachten schallend. Der Nikolaus Delenk stieß eine dicke Wolke Rauch in das Gelächter, mochte ihnen sein nach eigenem Rezept fermentierter Tabak auch stinken, ihm jedenfalls schmeckte er.

„Und wir wissen alle, daß er bloß zweimal am Tag den Mund aufmacht: Früh sagt er ‚Moin‘ zu seinen Kühen und abends sagt er ‚Na ja‘ und geht schlafen“, schloß Mrosak.

Es war ein großer Spaß. Sie waren Rumbo ehrlich dankbar für diesen Vorschlag.

Felix stieß seinen Nachbarn in die Rippen. „Nikolaus, steh auf und sag was!“

Der Bauer schüttelte den Kopf. Er hatte sein Quantum für diesen und den nächsten Monat schon ausgeredet, als Rumbo zu ihm gekommen war. Alle seine Worte waren Nein gewesen, nur das letzte war Ja gewesen. Sollte Rumbo selbst zusehen, wie er dieses Ja hier durchsetzte.

Der Bürgermeister stand auf, hier wäre kein Zirkus, und sie sollten den Delenk wählen.

„Doch ist hier ein Zirkus“, schrie die Witwe Nakonz. „Wir sind die dummen Auguste, und du bist der Direktor!“

Der hagere Steinarbeiter Wenk, der eine Kuh, einen Sandacker und eine saure Wiese besaß, erklärte: „Es ist wirklich ein Zirkus! Der Nikolaus soll aufstehen und sagen, ob er es überhaupt machen will.“

Felix bat: „Steh auf und sag's ihnen!“

Nikolaus Delenk erhob sich, alle drehten sich nach ihm um, er nahm die Pfeife aus dem Mund, nickte zweimal, hängte die Pfeife wieder zwischen die Zähne, setzte sich, und alle hatten gesehen, daß auch ihm das Theater hier Spaß machte.

Der Bürgermeister sprang auf. „Dann kommen wir zur Abstimmung! Wer dafür ...“

„Nee“, sagte die Witwe Nakonz, „wir wissen ja nun, daß der Nikolaus nicken kann, ich denke aber trotzdem, der Domanja soll der Vorsitzende sein.“

Das Lachen war aus den Gesichtern gewischt. Der Spaß fuhr mit den Tabakwolken zu den offenen Fenstern hinaus.

Auf einem der Fensterbretter saß Benno Schofka, er erhob sich. „Felix hat erst gesagt, warum der Delenk der rechte Vorsitzende sein könnte. Er hat seine guten Eigenschaften aufgezählt. Ich bin nicht gegen Domanja, weil er schlechter wäre. Aber wir haben in der Gemeinde dreiundsiebzig landwirtschaftliche Betriebe, davon – abgesehen von der Genossenschaft – zwei über fünf Hektar, Domanja und den Batschon-Hof. Ich denke, ihr solltet einen von euch wählen – eben den Delenk, der Brucharbeiter *und* Bauer ist wie ihr, und nicht Domanja, der andere Sorgen hat als ihr."

„Jüngelchen", fragte Peter Wenzel mit seiner hellen, etwas quäkenden Stimme, „bist du auch Mitglied?"

Bevor Benno Schofka antworten konnte, rief Rumbo: „Und außerdem ist Domanja der Mann des Großbauern Mjetk! Was hat der überhaupt hier zu suchen?!"

Die Gesichter, die sich erst langsam geöffnet hatten, schlossen sich wieder. Felix dachte, es ist nicht mehr viel zu retten.

„Der Bürgermeister hat recht", sagte er. „Mjetk will sich hinter Domanja stecken. Ich halte Domanja für unseren besten Bauern ..."

Jakob Domanja unterbrach ihn: „Auch mit Honig geschmiert lauf ich nicht in deine Kolchose."

Sie lachten, und Domanja glaubte, er habe schon wieder einen guten Witz gemacht.

„Aber", Felix erhob die Stimme, „wie es jetzt steht, kriegte Mjetk durch Domanja mehr Einfluß auf eure Angelegenheiten, als es gut wäre."

Simon Mjetk rief: „Kannst du das näher erklären?"

„Ja!" Felix war nicht wohl dabei; zum erstenmal traten sie öffentlich gegeneinander auf.

Im Saal war Stille.

„Du willst, im Grunde genommen, die Zeit zurückdrehen. Du möchtest eine Ordnung, die du dir selbst ausgetüftelt hast, darin leben arm und reich brüderlich nebeneinander. Was dich treibt, ist nicht der Bluthusten des alten Schweda, der ihn überfällt, wenn er aus dem Steinbruch kommt und nicht nach Hause fahren darf, um sich auszuruhen, sondern auf seinen Acker fahren muß, um Stalldung zu breiten. Du schenkst der Witwe Nakonz einen Hektar guten Ackerlandes, aber nicht, weil sie Not litte“, plötzlich sah er, was er bisher nicht gesehen hatte, „Not leidet sie erst durch dein Geschenk, weil sie sich nun das Leben aus dem Leib arbeiten muß. Das ist es: Alles, was du tust und noch vorhast, sieht aus, als wolltest du den Leuten Gutes tun, in Wirklichkeit tust du ihnen Schlechtes: Du schenkst einen Acker, und der Beschenkte hat keine Zeit mehr, wie ein Mensch zu leben.“

Felix hatte vergessen, daß er sich an die Wähler wenden mußte und nicht an Mjetk; zu spät merkte er, wie ihm die Aufmerksamkeit der Männer und Frauen entglitt, am Ende belächelten sie sogar den offenbaren Widersinn seiner Worte.

Mjetk wollte Felix antworten.

„Ich gestatte es nicht“, sagte Rumbo, „daß der Großbauer Mjetk die Bevölkerung des Dorfes aufhetzt!“

Protest murrte auf.

Mjetk stand noch, er sah sich um, sagte ruhig: „Ich muß ja gar nicht sprechen“, und setzte sich. Sie lachten, sie hatten ihn verstanden.

Sie wählten. Für Nikolaus Delenk, den Kleinbauern, hoben sich vier Hände. Für Jakob Domanja stimmten alle übrigen, auch sein Gegenkandidat, er wollte sich nicht ausschließen.

Jakob Domanja übernahm die Leitung der Versammlung.

In den Büchern, sagte er, die manche Leute lesen, möge das ja anders stehen, aber hier im Dorf hätten sie immer alle zusammengehalten, Bauern und Wirtschafter, und was Mjetk beträfe, so arbeite er vielleicht nicht soviel wie zum Beispiel ein Bürgermeister, aber sicher nicht weniger als ein Brucharbeiter, der nach Feierabend seine zehn Morgen bestelle. „Dann“, nuschelte er, „möchten wir gern vom Bürgermeister wissen, was er mit seinen Schnüff ..., äh, mit“, er machte eine Pause, „mit der Kommission will.“

Rumbo las das Obrigkeitsschreiben vor.

Domanja nickte. „Weil wir Zeitung lesen, haben wir uns das denken können. Wir wissen ja, daß die Leute noch zuwenig Fleisch und Butter haben. Ich denke, dazu brauchen wir keine Schnüffler“, jetzt verbesserte er sich nicht, „sondern wir gehen von einem zum anderen, er mag sich überlegen, was er über das Soll hinaus verkaufen will. Wir haben hier eine Liste, achtunddreißig Namen stehen schon darauf, vorläufig handelt es sich nur um Getreide."

Er verlas die Liste, Namen nach Namen, nannte die Zentner, die zu jedem Namen gehörten. Es war viel, keine Gemeindekommission, kein Druck des Bürgermeisters hätte so viel zusammengebracht.

Die Bauern waren stolz; viele von den Anwesenden, die nicht auf Domanjas Liste standen, ließen sich noch eintragen. Der Bürgermeister erklärte, das sei ein schönes Ergebnis, und die Kommission wäre damit gegenstandslos geworden.

In der Tür trafen Felix und Mjetk aufeinander.

„Komm mit zu uns!" bat Mjetk. „Wir sprechen in Ruhe darüber."

Felix schüttelte den Kopf. Unten im Hof sagte er: „Paß gut auf, Simon, wer dich heute loben wird."

Simon Mjetk sah ihm betroffen nach: So hatten sie, trotz aller Meinungsverschiedenheiten, noch nie miteinander gesprochen. Doch dann wandte er sich entschlossen um und trat in die übervolle Gaststube.

„Die Hilde", krächzte eben mit rostiger Stimme der Altbauer Michael Batschon in seiner Stammecke, „hat ja früher oft Korn aufschütten müssen, wenn der Müller zuviel Korn in sich hineingeschüttet hatte. Soll sie jedem einen Korn eingießen auf meine Rechnung! Prost!"

Er hob sein Glas.

Emil Kurfürst tat ihm Bescheid.

Simon Mjetk stand eingezwängt an der Theke: Jakob Domanja bezahlte eine Runde. Sie sangen ihm ein dreimaliges „Ruhm und Lob", und danach war es für einen winzigen Augenblick fast still in dem gepfropften Raum, und Mjetk hörte deutlich seinen Schwiegervater reden.

Der sagte: „... ein schlauer Hund ist er, der Herr Schwiegersohn."

Simon Mjetk errötete unter der sonnverbrannten Haut, er wollte gehen, aber er blieb. Dann wurde die Runde des Altbauern ausgeschenkt, und er mußte ein Glas trinken mit Michael Batschon, das erste seit der Hochzeit.

„Prosit!" sagte der Altbauer.

Simon Mjetk übersetzte es für sich: Es möge nützen.

Er trank das Glas nicht aus.

Als der Frost in einer der letzten Oktobernächte eine dunkelglänzende Eisdecke über die Dorfteiche zog, hatte nur noch Jakob Domanja Kartoffeln im Acker.

Es hatte ihm Spaß gemacht, dem Bürgermeister zum Possen den Kartoffelgeneral im Dorf zu spielen, er hatte die gegenseitige Hilfe so gut organisiert, daß er täglich, ausgerechnet vor der Bürgermeisterei, sozusagen einen Appell der Leute, Fuhrwerke und Maschinen abhielt, es klappte alles wie am Schnürchen – nur ihm selbst blieben reichlich zwei Tonnen im Acker.

Die ganze Kampagne, die aus Trotz entstanden und zum Jux – und allseitiger Zufriedenheit – durchgeführt wurde, hatte der Bürgermeister dem Anschein nach nicht weiter bemerkt, als daß er abends, meist wortlos, ihre täglichen Resultate zur Kenntnis nahm.

Felix aber staunte, ehrlich begeistert, wie der kleine graugesichtige Bauer seine selbstgestellte Aufgabe meisterte, und er gab sich alle Mühe, wieder ein gutes Verhältnis zu Jakob Domanja zu finden. Deswegen drängte er Anna nicht, gegen den Willen ihres Vaters studieren zu gehen, er hoffte, auch dafür werde sich noch rechtzeitig eine vernünftige Lösung finden. Er schrieb auf alle Fälle einen Brief an Ernst Roßmann, der, vom Studium zurück, eine Funktion in Berlin übernommen hatte.

Am Morgen des Frosttages schwang sich Rumbo aufs Rad, schritt Domanjas Zeilen ab, und als der Bauer hinzukam, sagte er:

„Ich denke, die betreffenden Dienststellen werden es sehr komisch finden, daß ausgerechnet der Vorsitzende der Gegenseitigen Bauernhilfe seine Kartoffeln erfrieren läßt."

„Ich denke", entgegnete Domanja, „du solltest dir das Hemd nicht dreckig machen."

„Wenn man an dein Verhalten in der Versammlung denkt, die Kartoffeln nimmt, die du der Wirtschaft entziehst, kommt man auf ...", Rumbo schneuzte sich ausgiebig, „... auf Sabotage."

Jakob Domanja wollte lachen, aber es reichte nur zu einem verzerrten Grinsen. Auch das Grinsen fiel ihm aus dem Gesicht, als der Bürgermeister hinzusetzte: „Ich an deiner Stelle, Jakob, würde mir den Eintritt in die Genossenschaft nicht mehr lange überlegen.“

Abends schlich sich Domanja zu Mjetk. Der lachte wirklich. Er wisse aus sicherer Quelle, daß sie die beste Gemeinde im Kreis sowohl in der Ablieferung als auch im freien Verkauf seien – das sei sein, Domanjas, Verdienst in erster Linie. Was die zwei Tonnen betreffe: „Der Frost hat sie kaum angekratzt, wir tauschen sie aus, für meinen Silo sind sie so gut wie nur irgendwelche.“

Domanja ließ sich beruhigen; wenige Tage später holte er die Kartoffeln vom Acker, Mjetk packte sie in sein Silo, und Domanja holte auf das Pfund die gleiche Menge von dessen Mietenplatz in den eigenen Keller.

Mitte November behandelte der Kreisrat in einer Sitzung Herbstbestellung und Ernte und zeichnete den Bürgermeister Marko Horbank, den sie im Dorf Rumbo nannten, für beispielhafte Arbeit bei der Hackfruchternte aus.

Domanja hörte das abends. In der zweiten Morgenstunde kroch er aus dem Bett, schlurfte in die Stube und trank einige große Schlucke Korn, um endlich einzuschlafen. Aber vier Stunden später waren Enttäuschung und Ärger wieder da.

In der Folge las er das Wort, mit dem ihm Rumbo das Lachen aus dem Gesicht geschlagen hatte, fast täglich in der Zeitung. Er schickte seine Tochter Anna zu Felix Hanusch. Der solle ihr helfen, daß sie das Studium sofort wiederaufnehmen könnte.

Das Semester hatte eben erst begonnen, und dank Felix' vorsorglichem Brief an Ernst Roßmann und dessen Hilfe durfte Anna ihr Studium an der Technischen Hochschule in Dresden noch antreten.

Im Dorf rätselte man über die Motive Domanjas, aber bald hatte man ein anderes Schauspiel vor Augen.

Dr. Alfons Batschon erschien, um die Stätte seines eventuellen künftigen Wirkens zu besichtigen. Er wünschte mit großem Gefolge durch das ehemalige Schloß zu staken.

Der Bürgermeister mußte her. „Na, Rumbo ...“, sagte Alfons Batschon, es war gut durch die Nase gesprochen. Daß er auf Rumbo herabsah, daran freilich waren nur seine langen Beine schuld.

Der Parteisekretär mußte her. „Äh, Benno Schofka, ja ...", sagte Alfons und vergaß, was er weiter reden sollte. Benno Schofka beäugte ihn aufmerksam, teils als Parteisekretär, teils als Bildhauer von afrikanischen Löwen, die schief zusammengeflickte Nase schien ihm Granit und Meißel wert.

Der Genossenschaftsvorsitzende mußte her. „Du bist also doch noch Bauer geworden, Felix", sagte Alfons.

„Meisterbauer", entgegnete Felix ernsthaft. Benno Schofka grinste.

„Soso?" Alfons blickte Felix mißtrauisch an, sah dessen ehrlich-ernsthaftes Gesicht und lachte breit, die schiefe Nase machte daraus ein herzliches Jungenlachen.

Rumbo sagte trocken: „Dann können wir wohl."

„Bitte", meinte der Arzt und setzte sich an die Spitze, den Schluß bildeten die beiden Schwestern, die er zu begrüßen vergessen hatte. Die Besichtigung fiel im allgemeinen zur Zufriedenheit des designierten Chefs des Hauses aus.

„Manches muß man noch ändern", erklärte er, „aber sonst ist es annehmbar, was man aus dem Schloß gemacht hat."

„Wir haben uns Mühe gegeben", bemerkte Rumbo betont bescheiden.

„Du auch?" Alfons Batschon staunte. „Ich denke, du wolltest es abreißen? – Ich setze mich jetzt noch mit der Oberschwester zusammen ..."

„Bitte, Herr Doktor", die Oberschwester trat einen Schritt näher.

„... und dann rufe ich dich an, du hast doch Telefon, Rumbo?"

Rumbo nickte.

„Das wär's, oder ...?" Alfons reichte ihnen die Hand, sie waren entlassen.

Draußen knurrte Rumbo: „Seine Nasenlöcher kenn ich auswendig!"

Felix lachte plötzlich auf. „Hier, hinter dieser Taxushecke", erzählte er Benno Schofka, „haben wir dem Alfons mal aufgelauert, Rumbo und ich. Er trug eine Torte ins

Schloß. Die Torte haben wir im alten Pferdestall verspachtelt."

Rumbo nickte grimmig. „Und ihn haben wir mithalten lassen, er hat gefressen wie ein Wolf und hinterher gekotzt wie ein Reiher."

Sie blieben stehen und erzählten sich alte Geschichten – Alfons als Grafenspielgefährte, als Ahnenforscher, der sich aus einem slawischen „Batschon" zu einem schwedischen „Badson" umtaufen wollte – stets aber: Alfons als Gutsbesitzersohn im Steinarbeiterdorf. Am Ende: Dr. Alfons Batschon, der sich von seiner Familie losgesagt hat – aus fortschrittlicher Gesinnung.

„Aber wenn er denkt", schloß Rumbo, „er wird auf diese Weise vielleicht noch Gesundheitsminister, so werden wir ihm das verkümmeln!"

„Würde ich auch sagen", meinte Felix nachdenklich. „obwohl ..."

„Obwohl?" Rumbo stieß mißtrauisch den Kopf vor.

„Ich habe ihn seit", Felix überlegte, „seit reichlich vier Jahren überhaupt nicht mehr gesehen."

„Was ich heute gesehen habe, reicht mir! Ich habe freilich nicht soviel Verständnis für diese Sippschaft wie du", knurrte Rumbo.

In der Dämmerstunde kam Alfons Batschon zu Felix in die Wohnung. Er betrachtete unverhohlen neugierig die Einrichtung und war zufrieden, als er feststellte, daß alle Möbel aus Kiefernholz waren, das machte ihn aufgeschlossener und jovialer. Die kleine Couchecke mit den beiden rostfarbenen Sesseln erhöhte sein Wohlbefinden noch, weil er einerseits die geringe Qualität des Stoffbezuges bemerkte, andrerseits aber seine langen Beine bequem ausstrecken konnte. Mit freundlicher Nachsicht beäugte er das einfache Bücherregal, das fast die ganze Rückwand des Zimmers ausfüllte. Er nahm das eine und das andere Buch aus dem Fach, lauter Demokraten, dachte er belustigt, und sagte: „Ich habe kürzlich einen Gelegenheitskauf getätigt, den ganzen Goethe in Dünndruck und mit Lederrücken."

Felix nickte. „Und den hast du in deinem Bücherschrank aus dunkler Eiche stehen, nicht?"

Alfons sah ihn erstaunt an. Da kam Uschka herein, und

er machte Augen, groß wie seine Nasenlöcher. Sie servierte ihm mit ihrer besten Bühneneleganz einen Kaffee, schenkte ihm ihr schönstes Lächeln und zwinkerte Felix spöttisch zu.

Dr. Alfons Batschon, zunächst vor Überraschung etwas wortkarg, bedankte sich höflich und schnurrte dann, die Tasse Kaffee in der Hand, in einer teddyhaften, liebenswerten Tolpatschigkeit um sie herum. Als er dahinterkam, daß er eine ehemalige Magd seines väterlichen Hofes vor sich hatte, wurde er vor Verlegenheit rot und rettete sich in eine kleine bekümmerte Frechheit.

„Da studiert man jahrelang wie ein Ochse", sagte er, „um die Leute gesund machen zu können, und inzwischen heiraten die künftigen Patienten einem die schönsten Mädchen vom eigenen Hofe weg."

„Ich habe Sie schon immer angehimmelt", sagte Uschka.

Er glaubte es.

„Mensch, Felix", rief er aus, „können wir nicht tauschen: Du verschreibst Pillen, und ich mache hier den Bauer?"

„Meisterbauer", sagte Felix.

Alfons tat den „Meister" mit einer Handbewegung ab und erklärte, da er und Uschka nun einmal Nachbarskinder seien und Felix sein bester Freund – hier verschluckte sich Felix vor Erstaunen –, sei es beinahe pervers, wenn sie einander nicht duzten.

„So schnell kann ich das nicht", entgegnete Uschka. „Felix zum Beispiel habe ich erst nach dem dritten Ehejahr geduzt."

Trotz dieses Mißerfolgs blieb der Arzt noch bis in den späten Abend. Zwischen zwei Schluck Kaffee bat er Felix, ihm einen „fixen Mann" für den ganzen technischen Kram ausfindig zu machen, Rumbos Kandidaten für diesen Posten lehne er kategorisch ab. Er erzählte viel und erkundigte sich nach sämtlichen Leuten im Dorf – den Batschon-Hof und seine Bewohner ließ er aus –, und einmal wollte er auch wissen, worüber Felix mit Rumbo und Benno Schofka, an der Taxushecke stehend, gelacht habe.

„Ich entsann mich der Geschichte mit deiner Torte", antwortete Felix und sah ihn gespannt an.

Der Arzt dachte nach, erinnerte sich, lachte, erzählte den

Vorfall für Uschka: Wir waren große Gauner, wir drei Freunde, Rumbo, Felix und ich ...

Später klärte Felix seine Frau über jene „Freundschaft" auf. Uschka nickte und sagte: „So habe ich es mir gedacht. Er hat nämlich zwar dabei gelacht, aber ich kann ja auch lachen – auf der Bühne."

In dieser Nacht fiel der erste Schnee. Uschka Hanusch hielt ihre Hand zum Fenster hinaus und fing eine Flocke auf.

„Jetzt hättest du Zeit, ein Stück für uns zu schreiben", sagte sie.

Er starrte sie an, erstaunt, ungläubig, und sie sah, wie sehr er sich freute.

5

Felix ging zuversichtlich ans Werk. Glaubst du, daß ich es kann, hatte er gefragt, und Uschka hatte geantwortet, du kannst es.

Er lag wach. Der trockene Schneeatem der Nacht war frisch und voller Stille.

Was ist das: ein Stück?

Ich habe geschrieben, wie ein Soldat aus der Gefangenschaft heimkehrt, und das Haus, in dem er aufgewachsen ist, steht nicht mehr. Er und die anderen Jungen aus dem Dorf bauen ein neues Haus. Das habe ich geschrieben, das haben wir gespielt, als es noch nicht Wahrheit war, und wir haben es wahr gemacht, nachdem wir es gespielt hatten.

Ist das ein Stück? Ist ein Theaterstück eine andere Art Lehrbuch – gehe ich und tue desgleichen! –, ein Teil der sanften Gewalt der Vernunft?

Ich weiß es nicht, ich weiß zuwenig von Shakespeare. Ich weiß manches vom Leben, aber wir sind klüger als Shakespeare; er wußte nur, wie das Leben falsch ist, wir wissen, wie das Leben richtig ist.

Gestern traf ich die Witwe Nakonz. Sie war ihr eigenes Pferd, sie schleppte die Saategge ackerauf, ackerab; die eine

Kuh kalbt, die andere hat sich vom schweren Ziehen das rohe Fleisch nach außen gescheuert. Die Nichte ist weggelaufen in die Fabrik, Lohn auf die Hand und acht Stunden freie Zeit täglich als Draufgabe. Die Witwe Nakonz verflucht die neuen Fabriken, die wir auf unserer Kohle bauen.

Die Witwe Nakonz wird die Egge über den eingesäten Acker schleppen, bis sie sich das rohe Fleisch aus der Haut scheuert. Sie ist blind. Macht ihre Blindheit den Domanja sehend?

Ich sitze bei Domanja. Er erzählt, daß er zu Unrecht hundertundzwanzig Kilo mehr Fleisch abliefern müsse. Der Bürgermeister stecke dahinter. Ich lasse das prüfen, sage ich und frage: Hast du es dir überlegt, Jakob?

Er hat es sich überlegt. Und wenn ich auf den Knien übers Feld kriechen müßte, sagt er, ich gebe euch nicht soviel Ackererde, wie du mit einem Schubkarren wegfahren kannst. Und was ihr mit der Witwe Nakonz macht, Felix – das ist eine Menschenschande.

Auch Jakob Domanja ist blind. Und die Blindheit der Witwe Nakonz macht ihn nicht sehend, sie macht ihn blinder.

Der Jakob Domanja hat flatternde Augenlider, er muß trinken, um schlafen zu können, der Alkohol macht ihn verrückt, er schreit irr aus dem Schlaf, in der Kirche singt er nicht mehr, die Gespensterfurcht hat ihm die Stimme geraubt. Die Tochter hat mir einen Brief geschrieben: Hilf meinem Vater. Aber Domanja läßt mich nicht mehr ins Haus: Gestern war Rumbo hier, nuschelt er, hat sich schon alles angesehen, brauchst du nicht mehr zu tun, aber bevor ihr es kriegt, stecke ich den Hof in Brand und springe ins Feuer.

Ich kann die Gespensterfurcht des Jakob Domanja nicht auf die Bühne stellen, sie wird keinem die eigene Gespensterfurcht aus dem Kopf treiben.

Und der Akkordtöter? Vor fünf Jahren war er jung wie wir, er hat uns zum Tanz den Rhythmus geschlagen, die Topfdeckel hat er dabei zuschanden gemacht, und es gab keine neuen. Heute gibt es neue, er rührt keinen Topfdeckel mehr an, er trinkt mehr Schnaps, als ihm gut tut, er trinkt nie, nicht ein Glas etwa mit Michael Batschon, aber er trinkt auch kein Glas mehr mit seinem Sohn.

Er band Besen, ich saß dabei und schaute zu. Auf seinen Armen sprangen die Muskeln wie eh und je hart und wulstig hervor. Ich sagte: „Ich möchte mit dir nicht einen Baum um die Wette fällen."

Er klopfte sich auf die Brust. „Die Puste fehlt." Er hustete, um es zu beweisen; es war ein Schafshusten.

„Hundert Jahre", sagte ich, „wenn's danach geht."

Wir sollten Agitation machen am Sonntag, ich wollte, daß er mit mir zu Domanja geht.

„Mir fehlt die Puste", sagte er; jetzt hustete er nicht.

„Du weißt", sagte ich, „es geht ..."

Er unterbrach mich: „... es geht um Großes. Wie kann ich vom Großen etwas verstehen, wenn ich nichts vom Kleinen verstehe?"

In allen Steinbrüchen im Kreis haben sie die Norm erhöht, aber der Stein in unserem Bruch ist härter als irgendeiner. Die Arbeiter murren. Der Akkordtöter fuhr für sie in die Stadt – such dir bessere Leute in allen Dörfern ringsum, als es unsere Brucharbeiter sind! Keine Angst, sagte er, sie haben nicht daran gedacht, es wird geändert.

Sie hatten daran gedacht, oder sie hatten nicht daran gedacht – es wurde nicht geändert.

Der Akkordtöter verlor unter den Brucharbeitern nicht einen Handschlag Sympathie, er verlor an Ansehen, das nicht ihm gegolten hatte, und gewann ein Mitleid, das ihm galt. Ohne Abschiedstrunk nahm er Abschied vom Bruch und wurde ein Rentner, der Besen band und Öfen kehrte.

Daß sie vom Stein nichts verstehen, sagte er, ist nicht schlimm, schlimm ist, daß sie nicht wissen, daß für den Kleinen die kleinen Dinge große Dinge sind. Bin keine Märchentante, brummte er unter seinem Schnauz hervor, aber ich erzähle dir eine Geschichte.

Er erzählte mir eine dürre Zwei-Sätze-Geschichte: Wir hatten einen Mann im Bruch, August Müller hieß er, er war ein Heiliger der Letzten Tage, er hatte neun Kinder daheim und überall, auch im Bruch, immer sein Himmelreich vor Augen, vor lauter Himmelreich hat er einmal den Bruchrand nicht gesehen, da war er schon im Himmel.

Felix Hanusch meinte, der Akkordtöter, der solche Geschichten erzählte, sei nichts für die Bühne. Er gab zwar ihm recht und den Brucharbeitern recht, und unrecht hatten seiner Ansicht nach die, die die Norm für den Steinbruch erhöht hatten. Aber konnte man das auf die Bühne bringen? Davon wurde kein Brucharbeiter klüger. Oder sollte er vielleicht versuchen, die anderen klüger zu machen? Das wäre doch wohl Anmaßung. Außerdem war das, was hier geschah, sicher ein Ausnahmefall. Nein, auch der Akkordtöter, der die murrenden Brucharbeiter zufriedenstellen wollte, eignete sich nicht als Held für die Bühne.

Manchmal war Felix übel vor lauter Suchen nach der Großen Klugheit, er wußte keinen kleinen Spaß mehr für seine Kinder und kein gutes Wort mehr für seine Frau.

Uschka war fast den ganzen Winter daheim. Das böse Bauernstück war abgesetzt worden – sie selbst hatte viel dazu getan –; in dem neuen, das nicht besser war als das alte, hatte sie keine Rolle bekommen. Er könne ihrem hohen Bewußtsein nicht zumuten, solche seichte Kunst zu machen, hatte ihr der silberweiße Spielleiter versichert. Uschka hatte seine Bosheit geschluckt und sich auf einen schönen Winter gefreut.

Der Winter war nicht schön, gerade daß er während der Weihnachtstage einige Wolkenladungen Schnee hinabkippte, sonst ertranken die Tage im nieselnden Schnupfenwetter.

Felix quälte sich mit seinem Stück, er sprach nicht mit Uschka darüber – was will ich reden, ich habe doch noch nichts! –, beinahe jede Nacht saß er am Tisch, einen weißen Bogen vor sich. Einmal fand Uschka einen zerknitterten Bogen im Kohlenkasten, Strichmännlein waren darauf, Kühe, Pferde, Vögel, ein Elefant – er sah einem Tapir ähnlich –, ein zweihöckriges Kamel mit einem Zettel am Schwanz: ich.

Uschka fing eines Abends Benno Schofka ab und zog ihn flüsternd in die Küche. Rede es ihm aus, sag, es ist dummes Weiberzeug, was ich ihm da eingeblasen habe, auf dich wird er hören.

Benno Schofka nickte und polterte in die Stube. „Ist doch

dummes Weiberzeug, was dir deine Frau da aufgeschwatzt hat." Uschka preßte die Hände zusammen.

„Ach darüber habt ihr in der Küche getuschelt", sagte Felix. „Und was das dumme Zeug anbelangt: Dein Schafslöwe ist dummes Zeug! Selbst wenn er aussähe wie ein Löwe, wen machte das Klüger?"

Benno Schofka lachte, er lachte nur mit dem Mund; das mit dem Schafslöwen war kein Spaß für ihn. Doch dann gab er sich einen Ruck und sagte – und da war wirklich Spaß dabei: „Wenn so eine Mißgeburt vielleicht vor dem Ambulatorium liegt, wird mancher lachen, das ist gut für einen Kranken; manch einer mag erschrecken und davonlaufen und das Krankfeiern auf ein andermal verschieben, das ist auch gut. Und ich, jedesmal wenn ich vorbeigehe, sehe ich das Täfelchen, da steht: Benno Schofka, Schafslöwe – und weißt du, wie mir das tut? Wie Weihnachten, keine Versammlung, keine Agitation, die Frau singt, und die Kinder sind alle brav – so tut mir das!"

„Du lachst", sagte Felix.

„Klar, lache ich", antwortete Benno, „bei meinem Löwen lache ich. Als ich die Uschka habe modellieren wollen, habe ich manchmal geheult, das hast du nicht gemerkt, aber auch wenn du's gewußt hättest, hättest du sie trotzdem geheiratet."

„Ich denke schon", sagte Felix und blinkerte Uschka an.

Benno brummte zufrieden. „Wenn du schon schreiben willst", sagte er nach einer Weile, „schreib doch den Spaß, wie die Feuerwehr in Helstra das Kalb vom Paul Wenk aufgefressen hat."

Die Feuerwehr in Helstra hatte Jubiläum und einen Hauptmann, der Buch führte über alle Kälber des Kreises, die pflichtgemäß im Schlachthof zu sterben hatten. Das Kalb des Paul Wenk, das ein solches Pflichtkalb war, brachte der Feuerwehrhauptmann nicht zu Buch, sondern vor seine Feuerwehrmänner. Es war ein wohlschmeckendes Kalb – der Paul Wenk verfluchte den Staat, und Benno Schofka hatte wochenlang Mühe, die wirklichen Zusammenhänge zwischen Kalb, Staat und Feuerwehr herauszufinden und sowohl für Paul Wenk als auch für den Feuerwehrhauptmann klarzustellen.

Felix Hanusch wollte diese Geschichte nicht schreiben: Wäre ich nicht ein Müller, der sich selbst das Wasser abgräbt?

Doch sie saßen lange zu dritt zusammen, tranken ein Glas Wein, und Benno erzählte, daß seine Maria wieder ein Kind bekäme. „Weiß der Kuckuck", sagte er, „aber Maria behauptet es, und sie muß es ja wissen."

Uschka war glücklich an diesem Abend, jedes Lachen, das Felix lachte, lachte sie doppelt, sie glaubte das Gespenst aus dem Hause vertrieben.

Am Sonntag saß Felix den ganzen Nachmittag bei der Witwe Nakonz; sie war neben Domanja seine wichtigste Kandidatin für die Genossenschaft. Müde und abgespannt kam er abends heim.

Uschka bereitete das Abendbrot. Felix sah ihr zu, sonderbar lächelnd. Sie trägt ihre Magdjahre und ihre künftigen Jahre in sich, kein Bruch ist dazwischen. Nächstes Jahr wird sie die Abschlußprüfung an der Theaterhochschule bestehen. Die Straße ist breit, und selbst wo sie sich weit im Dunst der Ferne verliert, auch dort ist die Straße. Ich stehe am Rand, ein Straßenarbeiter, wische mir den Schweiß aus den Augen und nicke ihr zu.

Die Frau bemerkte sein seltsames Lächeln und erinnerte sich, wie vorgestern mit dem jungen Geistlichen, der einmal samt seiner Klampfe vor ihr geflohen war, hier am Tisch gesessen hatte. Der Kaplan war, ohne Auftrag und ohne Wissen seines Pfarrers, gekommen, um für Domanja zu bitten: Der trägt sich an der Schwere zugrunde.

Felix blickte den Kaplan an – auch dessen Vater hustet den Steinhusten, wir haben ihn ins Sanatorium geschickt – und sagte: Trage ich leichter?

Sie tragen freiwillig.

Macht Freiwilligkeit den Zentnersack Kohlen um zehn Kilo oder um zwanzig leichter?

Der Kaplan schwieg.

„Wirken Sie auf den Domanja ein ...", sagte Felix. In seiner Spielecke wandte sich Mathias um. „Vati, meine Soldaten sind alle tot." Seine Soldaten: Kastanien auf drei Streichholzbeinen.

„Was", fragte der Kaplan, „soll ich erreichen?"
„Daß er seinen Verstand nicht im Schnaps ertränkt", sagte Felix.
„Schon", sagte der Kaplan. „Aber wenn *ich* es schaffe, was haben Sie davon?"
„Ach, wissen Sie", Felix grinste den Geistlichen freundlich an, „wenn Sie ihn wieder zu einem anständigen Christen gemacht haben, habe ich's leichter, mit ihm über meine Dinge zu reden."
Der Kaplan stutzte, dann lächelte auch er, ein recht irdisches, wenn auch durch himmlische Vorbehalte gehemmtes Lächeln, erhob sich und reichte Felix die Hand. „Wir werden sehen."
Jakob Domanja hat sein Hoftor nicht vor ihm verschlossen, Ohren und Herz hat er verschlossen, und heute vormittag ist er mit dem Rad den weiten Weg in eine andere Kirche gefahren. Und Rumbo soll beim Schnaps geprahlt haben: Ich kriege den Jakob Domanja in die Genossenschaft, ganz freiwillig kriecht der Vorsänger Gottes zu Kreuze.
Felix setzte sich zu Uschka an den Abendbrottisch. Er nahm eine Scheibe Brot aus dem Körbchen, brach sie in der Mitte, wie er es zu tun pflegte, aber er aß nun nicht, er brach die Hälfte, das Viertel, er knetete die Bröckchen, es war gutes, ausgebackenes Brot, es ließ sich nicht kneten. Er stand auf und kramte zwischen seinen Büchern in einem flachen Kästchen. Er setzte sich wieder und ließ einen Würfel aus der Hand rollen, er klapperte hart über die weißgescheuerte Tischplatte.
„Er ist aus Brot", sagte er und gab Uschka den Würfel. „Im Gefängnis habe ich damit gewürfelt, hundertmal am Vormittag, hundertmal am Nachmittag: ob es Sinn hat."
„Was?" fragte Uschka.
„Das Leben", sagte Felix.
„Und was hast du ausgewürfelt?" Sie ließ den Würfel aus der Hand gleiten, er zeigte eine Sechs.
„Wenn man sich so fragt", er nahm den Würfel auf, „weiß man die Antwort, die gute Antwort schon. Der Würfel ist außerdem schief, er fiel fast immer richtig. Und schließlich", er lächelte, es war wieder sein vertrautes, ein wenig

trauriges, aber sehr junges Lächeln, „habe ich mich hundertmal verzählt."

„Zugunsten ...?"

„Du weißt", sagte er und lächelte stärker, „ich habe einmal Beate geliebt. Es war von Anfang an eine Liebe, die einen zu Orakeln trieb. Einmal wartete ich auf Beate und zupfte Margeriten ab – sie liebt mich von Herzen ..."

„... mit Schmerzen, ein wenig, fast gar nicht."

„Und wenn es nicht richtig herauskam, redete ich mir ein, ich hätte mich verzählt. Man verzählt sich immer zugunsten des Guten."

„Oder dessen, was man für gut hält", sagte sie und wurde rot.

Er lachte leise.

„Oder dessen, was man für gut hält", wiederholte er ernsthaft. „Darum hat nämlich die ganze Fragerei keinen Sinn. Denn wenn man nichts mehr für gut hält, braucht man auch kein Orakel mehr."

Er nahm eine neue Scheibe Brot aus dem Körbchen, brach sie durch und begann zu essen.

Aber er war nicht fertig mit seinen Gedanken.

„Ich habe heute viel geredet, fast drei Stunden mit der Witwe Nakonz und eine Stunde während des Abendfütterns mit Domanja. Mit ihm!" Er lachte spöttisch. „Gegen ihn, gegen eine stumme Wand! Nicht ein einziges Mal hat er den Mund aufgemacht. Aber ich habe geredet. Und wenn mich nun jemand fragt, wie steht es, und ich antworte: Ich habe gut geredet, also steht es gut, dann ..."

Uschka vollendete den Satz: „Dann hast du dich zugunsten des Guten verzählt."

„Ja", er nickte, „und alles, was ich morgen oder übermorgen rede, wird deswegen immer mehr unklug und dumm werden – bis ich am Ende dahin gelange, die Einsicht der anderen nach dem Gehalt meiner eigenen Rede zu messen."

Uschka dachte zu Ende, was er nicht mehr gesagt hatte, sie ergänzte: „Die Einsicht – und auch die Wirklichkeit. Und damit bist du plötzlich wider Willen ein Philosoph geworden."

Es war nicht allein Felix' Einfluß, sondern auch das negative Verdienst vieler Amateurwelterklärer, daß sie zu einer solchen Meinung über Philosophen und Philosophie gelangt war.

„Möglicherweise“, sagte Felix, „tun wir ihnen unrecht. Es sind vielleicht nur arme Hunde mit einem Elektronengehirn: Du drückst auf einen Knopf, und ein Lehrsatz springt heraus, Matthäus 5, 1–3, oder Stalin, 2. Band, Seite 341. – Immer habe ich gedacht, Philosophie ist Denken in Aktion.“

Sie beendeten das Abendbrot und räumten den Tisch ab, Uschka blätterte im Rundfunkprogramm. „Da hätten wir, bitte sehr, ein Konzert, ein Hörspiel ...“

„Vielleicht später“, sagte er.

Er holte ein dickes Heft aus seiner Stube, seit einiger Zeit schrieb er darin seine wichtigsten Erlebnisse auf, das Heft war eine Art Tagebuch erfolgloser Bemühungen und neuer Erfahrungen, die er mißtrauisch-verwundert und mit vorsätzlicher Skepsis auf ihren Wahrheitsgehalt hin prüfte.

Uschka hockte sich mit einem Rollenheft in ihre Couchecke. „Der zerbrochene Krug“ sollte die nächste Premiere sein, sie würde darin die Ev spielen. Manchmal hob sie den Kopf und blickte zu Felix hin. Sie sah ihm an, wieviel Mühe es ihm bereitete, das Wesentliche herauszufinden. Seine Hände waren Bauernhände geworden, die Stirn war gebuckelt und tief gefurcht, und tief lagen die Augen, blau in der Freude, grün im Zorn ... Ihr Mann, hatte einmal der Silberweiße zu ihr gesagt, könnte auch Besseres tun, als auf dem Land zu verkaffern. Felix hatte dazu gelacht, mit blauen Augen, das Verkaffern beginnt mit Beschränktheit, es kann auch Schauspieler befallen.

Sie sah ihn an, ich liebe dich, da blickte er auf.

„Guck mich nicht so an“, sagte er. „Keine Zeit für Liebe.“

Sie dachte nicht daran, ihren Blick zurückzunehmen. „Warum nicht?“

„Weil das Paradies hinter oder vor uns liegt“, antwortete er. „Leider. Oder Gott sei Dank.“

Sie seufzte. Er beugte sich wieder über sein Heft und schrieb:

Am Freitagabend kam ich in den Stall, Vater und Peter fütterten die Gäule. Ich stand in der Tür.

Peter sagte: „Der Präsident hat nicht geantwortet."

Der Vater: „Es ist ein weiter Weg."

Sie schwiegen. Vielleicht dachten sie nach, wie sehr weit wohl der Weg sein möge von Peter zu dem Präsidenten der Republik Frankreich und von Frankreich zu Peters Sohn.

Dann sagte Peter: „Herta ist in Dresden bei einem Arzt gewesen. Es gibt jetzt solche Spritzen. Sie will ein Kind."

Herta ist dreiundvierzig.

Peter, nach einer Weile: „Du kannst draufgehen dabei, habe ich gesagt."

Der Vater: „Sie ist kräftig."

Peter: „Sie kann draufgehen dabei, aber sie will ein Kind."

Langes Schweigen, die Gäule mahlen den Hafer, hinter ihrem Rücken stehen die Männer.

„Wenn das hier zu Ende ist, nehme ich den Udo", sagte Peter.

„Ich nehme nichts", sagte der Vater; ich hörte, wie er sich auf die Karre setzte. „Felix mag dann die Wirtschaft nehmen und in den Steinbruch gehen", sagte er. Die Worte waren nicht sehr deutlich, vielleicht biß er auf einem Strohhalm herum, vielleicht auch hatte er die Zähne aufeinander.

„Vielleicht kann er die Post kriegen, der Postmann hat sich ja nun den Krebs an den Hals gelogen", sagte Peter, er wollte den Vater trösten. „Oder die Krankenkasse."

„Der geht in den Bruch", sagte der Vater. „Er ist ein Hartkopf, weißt du."

Peter bestätigte das. „Das ist er."

„Vielleicht geht es auch nicht zu Ende", sagte der Vater, es war, als wollte er noch viel sagen.

„Glaubst du?" fragte Peter.

Der Vater ächzte, als wolle er aufstehen. „Nein", sagte er. „Es ist nichts für einen Bauer. Der Domanja ist ein Bauer. Der erhängt sich eher." Jetzt erst stand er wirklich auf, die Karre polterte. Ich ging weg. –

Gestern, als er sich mit einem Dungbrett abquälte, half ich ihm und sagte: „Wenn wir zwei oder drei neue Mitglieder haben, Vater, dann machst du bloß noch die leichten Arbeiten."

„Wird nie", brummte er.

„Warum nicht?" fragte ich.

Er sah mich an, seine Augen waren finster und traurig.

„Weil das nichts ist für den Bauer", sagte er, „das alles."

Das alles war der Sozialismus, ich brauchte nicht zu fragen.

Er setzte sich auf die Deichsel, seine Füße reichten nicht hinunter, er ist kleiner geworden. Er sieht mich immer noch an, die alte Mütze, die er nie im Leben vor einem gezogen hat, der nicht auch seinen Hut vor ihm gezogen hat, sitzt ihm schief in der Stirn, es ist eine harte, wilde Stirn, gebuckelt und hoch; welche Gedanken sind darin gefangen gewesen ein Leben lang!

Er sieht mich an, er ist ein Bauer, und ich bin der Sozialismus, seine Augen sind gläserne Feindschaft

„Ihr müßt sie zu Arbeitern machen, damit es geht", sagt er, „und dann geht es nicht, weil Vieh und Korn den Bauern brauchen."

Ich hätte ihm eine Parole entgegenhalten können, ein Transparent, aber zu einer Antwort hatte ich kein Recht: Habe ich darüber so nachgedacht wie er?

Ich sagte: „Es geht doch bei uns."

„*Ich* will, daß es geht", sagte er, „und Loga will, daß es geht, deinetwegen."

Sie sind mit dem Sozialismus verwandt, man hält zu seiner Sippe. Plötzlich mußte ich lachen: Dieser Jakob Hanusch soll sich gegen sein Gewissen an etwas Schlechtes hängen – und sei's dem eigenen Sohn zuliebe?

Er knurrte mich an: „Was lachst du?"

„Bin ein wenig klüger geworden, Vater", sagte ich.

„Hast du nötig", sagte er. „Hilf mir den Wagen einschieben."

Wir schoben den Wagen auf die Tenne, und mir fiel der Akkordtöter ein, wie er auf der letzten Parteiversammlung plötzlich wieder den Mund aufmachte und grob gegen seinen Sohn losfuhr – als Anwalt der Bauern und des Sozialismus.

Felix schloß das Heft und legte den Federhalter beiseite.

Uschka blickte auf. „Bist du fertig?“

„Ja“, antwortete er zögernd. Wenn er „fertig“ war mit einer solchen Erfahrung, pflegte er Uschka vorzulesen, was er aufgeschrieben hatte. Er trug das Heft weg, er war noch nicht fertig damit. Was ihn beschäftigte, war die Frage, die der Vater aufgeworfen hatte: Ist die konsequente Industrialisierung der Landwirtschaft eine Utopie? Kann es je gelingen, Korn und Vieh so absolut zu steuern wie die Entstehung eines beliebigen Industrieprodukts? Auf jeden Fall steht fest: höchste Mechanisierung der Arbeit, weitgehende Spezialisierung der Arbeitenden.

„Hören wir noch ein wenig Musik?“ fragte er.

„Gern“, sagte sie und suchte das Radiokonzert.

Er setzte sich in einen Sessel, dann kam er auf die Couch, blieb kaum einige Minuten und kehrte zu seinem Sessel zurück.

Uschka lachte leise. „Du darfst.“

Er brummte, verlegen und zufrieden, und legte sich auf die Couch, den Kopf in Uschkas Schoß.

„Du bist ein Dummer“, sagte sie.

Er war einverstanden, ein Dummer zu sein, und hob die Hände.

„Und ein Bettler“, sagte sie und beugte sich hinunter, es war schwierig, in solcher Lage zu küssen.

Das Konzert war flach, laut tönend, voll hymnischer Ausrufungen.

„Sperr es aus“, bat er. Sie drückte auf den Knopf.

„Danke“, wieder hob er die Arme.

„Wenn ich könnte, ich schriebe einen Hymnus. Auf ...“, er küßte ihre Brust.

„Nicht!“ Sie legte die Hand auf seinen Mund, er redet zu großen Unsinn manchmal, zum Rotwerden selbst in der Nacht.

Er schüttelte den Kopf, machte frech-verwunderte Augen.

„Auf deinen Mund“, murmelte er, „auf deinen klugen schönen Mund, und dann auf deine linke Braue“, er strich mit dem Finger darüber. „Benno hat einmal gesagt: eine Katzenbraue.“

„Wann?“

„Genau an dem Tag, als ich anfing zu wissen, daß *ich* die Maus in deiner großen Katz-und Maus-Zirkusnummer sein möchte."

„Du hast dich doch gern von mir fressen lassen?" fragte sie und lächelte zärtlich.

„Früher warst du ein braves und bescheidenes Mädchen", sagte er.

„Und jetzt?"

„Eine eitle Komödiantin!"

Seine Hand tastete nach ihrer Hüfte und geriet an das Rollenheft. Er warf einen Blick auf das zerdrückte Papier, Dialog zwischen Ev und dem Richter Adam.

„Wenn so ein Adam bei dir einstiege, ich zerdonnerte unser gesamtes Geschirr auf seinem Schädel!"

Sie lachte ohne Laut. „Morgen kommt Dr. Alfons Batschon."

Er hörte nicht darauf. „Früher haben sie es leichter gehabt zu schreiben", sagte er.

Sie legte die Hände um seinen Nacken und zog ihn herab.

Er küßte sie und sagte: „Die haben Spaß schreiben dürfen. Die Feuerwehr und das Kalb zum Beispiel."

„Schreib's!" sagte sie.

„Ich werde schreiben", erwiderte er, „nicht, daß ihr es spielen sollt, aber damit es einmal zusammensteht: alles, was sie dagegen wissen, und alles, was ich dafür weiß."

Ihm ist nicht zu helfen. Uschka zog eine Decke über ihn und sich und bettete seinen Kopf auf ihre Schulter.

6

Dr. Alfons Batschon zog ins Ambulatorium ein, und jeder sah ihm das Opfer an, das er damit brachte. Er nahm zur Kenntnis, daß alle seine Wünsche erfüllt worden waren. Nicht völlig zufrieden war er mit der Tapete in seinem Schlafzimmer. Er hatte sieben Zentimeter breite Streifen bestimmt. „Das Lineal", sagte er zur Oberschwester, die

Schwester lief nach dem Lineal, die Streifen waren nur fünf Zentimeter breit. „Ich liebe keine Unkorrektheiten“, sagte er – und dann begann er zu amtieren, indem er aus der Aktentasche eine Tafel hervorholte und sie an der Eingangstür anbringen ließ.

Der Bürgermeister und Felix Hanusch standen vor der Tür und lasen die „Acht Gebote für den Patienten“.

Rumbo holte einen Bleistift aus der Brusttasche.

„Mach keinen Unsinn!“ Felix legte schützend die Hand auf die Gebotstafel.

„Ich schreibe zwci dazu“, knurrte Rumbo. Er liebte keine Gebote, die nicht er oder vertretungsweise der Staat erließ.

„Im Naturschutzgebiet darf nicht geschossen werden“, sagte Felix. „Willst du das Ambulatorium ohne Arzt?“

Der Bürgermeister starrte Felix an, es kam ihm zum Bewußtsein, daß er keine Macht über Alfons Batschon besaß. Sein Zorn wandte sich gegen den, der es ihm zum Bewußtsein gebracht hatte.

„Und die Frechheiten deines Rotzgrafen soll ich mir wohl auch noch gefallen lassen, was?“

„Nimm's komisch“, sagte Felix, „wo du's nicht ernst nehmen darfst.“

Rumbo war nicht bereit, irgend etwas komisch zu finden. „Dieser Stinker geht auf dein Konto!“ grollte er. „Es sammelt sich an!“

Hoffentlich, dachte Felix, auf der Haben-Seite. Aber man muß Winfried gerechterweise eine solche Chance zubilligen, nachdem er eine andere ausgeschlagen hat.

Zwischen Weihnachten und Neujahr war eines Tages überraschend Winfried von Grauheim bei Felix Hanusch aufgetaucht, fünf langstielige lachsfarbene Nelken in der Rechten, eine Flasche Slibowitz in der Linken.

„Nelken wachsen auch zu Weihnachten“, sagte er, „man muß bloß wissen, wo. Und von dem Slibowitz machen wir am besten das Etikett ab, damit du nicht mit deiner Partei in Konflikt kommst, weil du Tito-Schnaps trinkst.“

Später, als Uschka zur Vorstellung weggefahren war, saßen Felix und Winfried in der Couchecke.

Du bist nicht allein ein Idiot, mein Alter, redete Winfried, ich bin auch einer. Ich schätze, ich lebe nicht mehr lange, ich kriege Kalk ins Gehirn. Oder eure Gehirnwäsche, ist egal, ist ja auch Gips. Kam ein Mann zu mir, hab 'ne Fracht für Sie. Gut, sage ich und betrachte den Burschen. Kammerbulle gewesen, was? Er hat Magnete in den Hakken, hauen aufs Schlüsselwort zusammen. Jawohl, knallt sein Schlappmaul. Augen hat der Kerl wie der alte Luft-Sperrle: zugefressen. Wohin, frage ich. Pro Kilo zehn West, sagt er. Fünfzehn, sage ich. Sein Schweinshirn rechnet. Topp, sagt er. Hopp! sage ich. Er versteht nicht. Macht sechstausend, sagt er, von Gera nach Berlin. Hopp, brülle ich, es reißt ihm Därme und Arschbacken zusammen, und er surrt ab, Schmeißfliege. – Ich geh hinaus, der Mann stinkt mir, es stinkt mir alles, draußen steht mein Lieferwagen, er stinkt mir plötzlich auch. Treffe dann den Kuttenhund Stach, er sieht mich nicht – was sieht ein Frommer von der Welt! –, ich sehe ihn, ich sage, na, du Lamm Gottes, willst du nicht ein Anderthalbtonnen-Transportunternehmen kaufen? Seine Kutte war Offiziersstoff, er war mindestens schon Obermönch, er guckt mich an, mein Reich ist nicht von dieser Welt, dann lächelt er milde, auf seinem Gesicht geht's durcheinander, Rußlandapostel und Heilsarmeetrompeter, Kettenhund und Kettenhemd, weißt du noch, wie er den „Ludus latinus“ voll nackiger Weiber hatte und daraus übersetzen sollte? – genauso ein Gesicht macht er und sagt, besuch mich mal. In der Not frißt der Teufel Mönche, ich habe ihn besucht, ich wollte einfach mal mit einem von dieser Zunft sprechen: Wieviel kostet ein Kilo Deutschland? Statt einer Antwort fragt er mich, glaubst du an Gott? Das ist eine rein theoretische Frage, sage ich, aber du kannst großartig auf der Kanzel schimpfen, Stach, ich habe dich mal gehört, willst du nicht in die Politik umsteigen? Er denkt, ich will ihn beschimpfen, ich will was ganz anderes. Er ist ein Obermönch, aber noch kein sehr himmlischer, er kriegt den roten Zorn ins Gesicht und schmeißt mich, unhöflich und fromm, aus seiner Hütte.

Und wirklich wollte ich von ihm wissen: Wieviel ist das sechstausend West? – Daß du's weißt, mein Alter, weiß ich, ich lese ja auch die Leitartikel in deiner Zeitung. Du kommst bestimmt in den Himmel, selig sind die, die glauben, was sie lesen, ich bezweifele, was ich sehe. Ich war drüben, besuchsweise. Meinethalben auch: versuchsweise. Besuche sind bei uns ja immer Versuche, so oder so. Dauernd Wodka, dachte ich, schwächt den Horizont, muß wieder mal Whisky schlucken.

’s gibt tolle Wunder. Früher war zwischen hüben und drüben der Atlantik, den haben sie gemaust. Oder weggezaubert. Und Helmstedt dafür hingesetzt. Oder ’n Stück S-Bahn.

„Und?“ fragte Felix.

„Und – wieso: und? Ihr denkt entweder primitiv wie eine Straßenbahn oder deklamatorisch wie Cicero! Ich war sechs Wochen drüben, und du fragst: und! Mann, Alter, du zeigtest früher mal Ansätze von Intelligenz. – Ich gurgele wieder Wodka und mach deinen ‚fixen Mann‘. Grinse nicht! Das unbedarfte Publikum feixt immer an der falschen Stelle.“

Es war zum Lachen oder nicht zum Lachen.

Der Kreisrat hatte ja gesagt, und Rumbo zählte nun wütend die Flöhe in Felix’ Fell, und Alfons Batschon blähte sich auf wie ein Ochsenfrosch.

Er sagte: „*Herr* von Grauheim, klären Sie bitte die Räumung der Senkgrube.“ Ein General, leutselig und streng.

„Senkgrube klären“, wiederholte Winfried von Grauheim, und nicht einmal der Vier-Semester-Psychologe Batschon hörte mehr daraus als die Willigkeit eines Leutnants.

Winfried klärte die Frage der Senkgrubenräumung mit Simon Mjetk und traf Beate. Er sagte später: Sie verrichtete eine schmutzige Arbeit und war sauber; die Arbeit war schwer, die Frau schien kräftig und zart.

Beate Mjetk, dreiunddreißig Jahre alt, schob die Dungbahn aus dem Stall. Der Dungbahn sah niemand an, daß Mjetk sie als Schrott gekauft hatte. Der Dunghaufen war ein exakter Würfel. Die Frau streckte sich, ein weißlicher Dunst umwallte sie. Winfried von Grauheim ging vorbei und grüßte. Sie errötete unsinnigerweise, ärgerte sich darüber und sah, daß der Fremde eine scharfe gerade Nase hatte und dunkles leicht gewelltes Haar.

Zwei Wochen später war Winfrieds Zweizimmerwohnung im ausgebauten Seitenflügel des ehemaligen Schlosses mit den besten Möbeln, die ihm als Antiquitätenhändler durch die Hände gegangen waren, fertig eingerichtet. Am Abend seines fünfunddreißigsten Geburtstages lud er Gäste ein: Felix, den Weltverbesserer, und Uschka, die nüchterne Magd und gläubige Thespisjüngerin, Simon Mjetk, den Veränderer wider Willen, und Beate, die leidenschaftlich Widerstrebende; Dr. Alfons Batschon, den Ehrgeizigen, und Rumbo, den Bürgermeister und Grobschmied der Zukunft. Winfried wußte, wen er in dasselbe Zimmer einlud, die Eingeladenen wußten es nicht. Es machte ihm Spaß, sie zusammen zu sehen. Und er wollte von ihnen wissen: Wieviel kostet ein Kilo Deutschland? Möglicherweise ließ sich die Frage auch so formulieren: Wie heißt das Integral von Ostmark, Westmark und Leben?

Es kann auch sein, daß er weder eine Frage formulieren noch sie beantwortet haben wollte, sondern sich einen Jux zu machen beabsichtigte. Es war nicht schwer in Deutschland, traurige Späße zu treiben.

Es war kein Spaß und kein Jux.

Es war, daß der Arzt eintrat und wütend erschrak, weil er Schwester und Schwager vorfand. Er setzte sich zu Uschka, die schiefe Nase tanzte lustig, die Stirn war voll Eitelkeit und Bosheit.

Es war, daß Rumbo und Felix als Väter prahlten mit Tugend und Untugend, mit Dummheiten und Klugheit ihrer Kinder, und Simon Mjetk saß daneben, lächelnden Mundes, und es fraß an ihm, daß er kein Kind hatte. Beates Kinder wurden ihm, trotz aller Mühe, fremd und fremder.

Es war, daß es Beate Mjetk traf wie ein Schlag, als sie sah, wie sicher und fest der Hanusch und der Rumbo auf ihren Plätzen saßen, sie erzählten sich Kindergeschichten und lachten. Es war klar, daß sie die Zeit der Kinder für ihre Zeit hielten, daß sie die Zeit der Kinder festhielten. Wie es fraß an ihrem Mann, sie sah es; aber sie will kein Kind, von dem der Hanusch einmal sagen kann: unsere Kinder.

Es war, daß Winfried von Grauheim Beate zum zweitenmal begegnete, und nur Uschka Hanusch merkte, wie seine lustige Frechheit gleichsam zerbrach.

Beate erschrak, dann dachte sie, er ist der einzige, der vorurteilslos zu mir tritt, sie hörte ihm zu, anders als die anderen, und sie verbarg ihre Hände, die sich nur noch schwer auf der Tastatur des Klaviers zurechtfanden, nicht vor ihm, sie lächelte ihm zu und spürte, wie ihr Lächeln seine Lustigkeit trauriger machte.

Uschka Hanusch stand dieses Lächelns wegen auf vor dem tolpatschigen und manchmal dummen Gerede des Arztes und setzte sich zu Beate, eine Geste, unwichtig für alle, Gewicht hatte sie nur für die andere Frau.

Winfried von Grauheim redete vieles an diesem Abend. Die beiden Frauen saßen nebeneinander. Er redete, damit niemand hören konnte, was er dachte: Sie sind beide schön, die Bäuerin und die Schauspielerin; sie sind vom gleichen Wuchs, kräftig in den Schultern und fest in den Hüften, schmal in der Mitte. Ihre Brüste versteckten sich nicht und drängten sich nicht auf, sie sind da, den Mann zu freuen und Kinder zu nähren. Beider Beine stehen nebeneinander, rund im Knie und schlank in der Fessel, die Füße sind wie die Schenkel, nicht so leicht zu ermüden. Und die Gesichter: die eine Stirn rund, die andere eckig, die Münder, gut zum Lachen und gut zum Küssen, keine Kirschen- und keine Naschmünder – schöne Gesichter.

Winfried hielt ein Glas in der Hand: „Laßt mich eine Rede reden, weil das historisch ist. Fünfunddreißig Jahre lang hab ich die Kirschen vom Kuchen gefressen, jetzt beiß ich die Kerne." Er schob einen Mandelkern in den Mund. „Immer habe ich gut getrunken, Whisky, der rauchig schmeckt, Wodka, der rot schmeckt, jetzt trinke ich Wasser ..." Er hob das Sektglas seinen Gästen zu, sie tranken, er sah Beates Augen auf sich gerichtet: Was bist du?, und er wußte darauf keine Antwort.

Es war viel zu trinken da. Sie vertranken den Unternehmer Winfried von Grauheim. Zwei Achsen des Lieferwagens vertrank Alfons Batschon allein, er sang gaudeamus igitur und ruckte sein Glas rechtwinklig vor die Brust. „Herr von Grauheim", sagte er, „ich sehe dich!" Er hatte traurige Bernhardineraugen und wollte lustig sein und gut. „... post jucundam juventutem, post molestam senectutem", sang er und wollte am liebsten weinen, weil der Hanusch die Uschka hatte, und er hatte gar nichts.

Simon Mjetk, der zwischen dem Bürgermeister und Felix Hanusch saß, trank eben so viel, daß er über seinen Schatten springen konnte. „Soll ich euch mal zeigen", sagte er, „wie man aus den Bratkartoffeläckern zwischen Steinbruch und Bach *Felder* machen kann?" Er zog Felix den Stift aus der Brusttasche und strichelte jenes Gelände auf ein Stück Papier: oben der Bruch, unten der Bach, auf halbem Hang eine Kuhle, der Paul Wenk hatte dort – damals, als er arbeitslos war – Kies zu graben angefangen.

„Dahin einen Brunnen und ein Pumpwerk: Ihr könnt Melonen auf dem Hang ziehen!"

In gerader Linie zum Bach hin lag seine Wiese. Er hatte die Dränage kontrolliert, armdick floß das Wasser in den Bach.

„Und deine Wiese?" fragte Felix.

„Heckmeck", brummte Rumbo.

„Vielleicht braucht sie keine Dränage mehr", antwortete Mjetk. „Vielleicht."

Felix Hanusch starrte die Geländeskizze an. Tausend zu eins, daß Simon recht hatte. Er zählte die Besitzer der Hangäcker, der „Bratkartoffeläcker", zusammen, es war das halbe Dorf.

Er nahm die Skizze vom Tisch, steckte sie in die Tasche. „Heute in fünf Jahren pflanzen wir Melonen dort!" sagte er und griff nach seinem Glas.

„Quatsch!" sagte Rumbo und trank.

Felix holte die Skizze wieder hervor.

„Schreib das heutige Datum drauf", sagte er zu Mjetk, „und deinen Namen!"

Mjetk schrieb, und dann lachte er – es klang laut in der plötzlichen Stille –, Mjetk lachte und sagte:

„Heute in fünf Jahren habe ich mein Zuchthaus schon fast abgesessen."

Der Arzt dröselte vor sich hin. „Vivant omnes virgines!"

„Acht Jahre gibt es doch für Großbauern. Vielleicht kriege ich zwei geschenkt, weil ich mich gut führe – was, Rumbo?"

„Ich dulde keine feindlichen Reden!" knurrte Rumbo.

Wieder lachte Mjetk, plötzlich brach er ab. Beate starrte ihn an, und dann redeten alle durcheinander – nur der Bürgermeister schwieg –: den Unsinn zerreden, das Lachen zerreden, aber es war gelacht worden und war gesagt worden, und was sie noch sprachen, was sie lachten und was sie schwiegen, war nichts anderes als: In fünf Jahren wird ein Pumpwerk stehen in der Kuhle zwischen dem Bruch und dem Bach.

Und in dieses Reden hinein sagte Winfried von Grauheim: „Was kostet eigentlich ein Kilo Deutschland?"

Es war das doch der Grund gewesen, weswegen er sie zusammen eingeladen hatte, die nicht zusammen gehörten und trotz allem zusammen die Jahre zählten, die kommen, fünf Jahre, acht Jahre.

Niemand antwortete auf die Frage. Vielleicht liegt die Antwort, dachte Felix, zwischen den acht Jahren Zuchthaus und den fünf Jahren, nach denen die Sandäcker der Brucharbeiter doppelte Fruchtäcker sein werden.

Das, was der Bauer Simon Mjetk nur für den einen Augenblick gezeigt hatte, als er über den eigenen Schatten sprang, trug Jakob Domanja im Gesicht, auf der Zunge.

Er saß, oft auch tagsüber, in der Gaststube der Wirtin Hilde, starrte den Altbauern Michael Batschon an und das Bild, das an der Wand hing.

„Früher hing da ein Kreuz", murrte er,

Die Wirtin lachte versöhnlich. „Sie haben unter dem Kreuz auch kein Weihwasser getrunken."

Domanja hörte nicht darauf. „Wenn's noch da hinge, ich würde ihn draufhängen."

„Kommt", sagte Michael Batschon. „Kommt bald! Was mein Sohn ist, der Schweinehund, der riecht das mit seinem Zinken schon. Er macht Krach mit den Roten."

Der Bürgermeister war mit einem Transparent gekommen: Alle Kraft für den Sozialismus. Dr. Batschon sagte: „Ich bin ein Ambulatorium und keine Jahrmarktsbude. Häng dir's übers Bett."

„Rumbo schmeiße ich in die Dreschmaschine", sagte Domanja.

„Kommt", sagte der Altbauer. „Kommt bald!"

Domanja warf Rumbo nicht in die Dreschtrommel. Er saß auf der steinernen Kuhstallschwelle, er trank, die alte Schwarze glotzte mit runden Augen zu ihm hin, sie muhte leise. Was hat das blöde Vieh zu muhen, friß dein Heu! Er warf die Flasche, sie zersplitterte an der eisernen Raufe.

Er wußte genau, was er zu machen hatte, er blieb sitzen, friß oder friß nicht, der Schnaps hielt ihn fest an der Schwelle.

Die Kuh verendete. Rumbo kam und sagte: Ich habe dich gewarnt! Auf Sabotage steht Zuchthaus.

Ein Mann aus der Stadt erschien, noch einer, ein Schreiben aus der Abdeckerei: Die Versicherung zahlt nicht, es waren Scherben im Bauch. Rumbo kam wieder, streng, aber menschlich. Drei Tage gebe ich dir Zeit, Jakob.

Felix Hanusch erschien nicht, er säte und pflanzte im Wettbewerb mit Simon Mjetk.

Drei Tage.

Am ersten Tag blühte die Welt. Jakob Domanja trug fünf Flaschen aus dem Haus und warf sie in die Jauchengrube. Er stand im Hof und blickte sich um. Er sah, ein Ziegel fehlte auf dem First. In der Scheune fand er einen, er kletterte auf das Dach und legte den Firstziegel auf. Er saß rittlings auf dem First, im Garten blühten die Apfelbäume.

Er stieg hinab und ging durch die Scheune hinaus in den Garten. Er betrachtete die Bäume, die Blüten waren weiß und rosa, und manche trugen einen bläulichen Schimmer. Der Boskop – der Großvater und ich haben ihn gepflanzt, ich glaube, ich war zehn, Mutter war schon tot, die Frauen sterben früh auf unserem Hof –, der Baum müßte weg, er trägt selten, heuer blüht er über und über.

Jakob Domanja verließ den Garten. Der Pfad Hinter den Tennen führte hinaus in die Felder. Aus dem fußhohen Korn stieg eine Lerche, er starrte ihr nach, bis sie oben zwischen dem Weiß und dem Blau flirrte, ein winziges Ding.

Er schritt weiter, die Raine entlang. Auf der Großen Wiese, die einmal dem Grafen gehört hatte und von der nun drei Morgen ihm gehörten, stieß er mit dem Fuß einige Maulwurfshügel auseinander. Später, hinter dem Fasanengebüsch, grub er vorsichtig mit den Händen nach den Kartoffeln, morgen oder übermorgen stoßen die Keime durch.

Dort begegnete ihm Felix Hanusch, er grüßte und stieg nicht vom Fahrrad. Vielleicht wäre er abgestiegen, hätte er gewußt, daß Domanja auf den First geklettert war, um einen neuen Ziegel aufzulegen. Vielleicht hätte Domanja ein Wort gesagt oder ein halbes und vielleicht ... Aber Felix Hanusch wußte nichts von dem First, er wußte von den Scherben im Bauch der Kuh.

Domanja sah ihm nach, er setzte sich auf den Rain und lehnte den Rücken an die steinerne Säule des Feldkreuzes, das ein anderer Jakob Domanja aufgestellt hatte, als Dank oder Bitte, es waren wilde Zeiten gewesen, damals. Gelobt sei Gott, steht in den Stein gemeißelt, und J. D. und das Jahr, 1869. Gelobt sei Gott, dachte der Bauer, so beginnt das Große Osterlied, ich habe nie ein Lied lieber gesungen als das. Ich war sechzehn, als ich das erstemal zu Ostern mitreiten durfte. Ich weiß noch, die Schabracke war blau, mit einer weißen und einer roten Kante und den Initialen des Großvaters darauf. Damals muß das Fest später im Jahr gewesen sein, es war ein Wetter wie heute, der Vorsänger stimmte an, und wir sangen, Gelobt sei Gott.

Achtunddreißigmal habe ich Ostern so eingesungen, einmal lag die Frau auf der Totenbahre, zwei Jahre war ich im Krieg.

Domanja saß da und starrte vor sich hin, und als er aufstand, strich ein kalter Wind vom Bruch her zu Tal, und der erste Tag war vorbei.

Am zweiten Tag lag Schnee auf den Blütenbäumen, fingerdick und flauschig. Die Sonne verwandelte den Schnee in Tau, noch bevor der Bürgermeister bei Jakob Domanja, ohne anzuklopfen, eintrat.

Der Bauer saß stieren Blicks in der Küche, der Alkohol, den er nicht hatte, fraß ihm das Hirn wund.

Rumbo sagte: „Der Sozialismus macht nicht vor deiner Hoftür halt, Jakob. Du bist der Bauernvorsitzende, wenn du in die Genossenschaft eintrittst, gibst du ein Beispiel."

Der Bauer rührte sich nicht.

Rumbo nahm ein Papier aus der Tasche. „Andernfalls", sagte er, „habe ich dir das Gesetzblatt mitgebracht."

Da stand Domanja. Rumbo fuhr zurück vor der irren Gier in dessen Augen, es war Schnaps, Rumbo sah Mord; später behauptete er, der Bauer habe ein Beil in der Hand gehabt. Er hatte aber einen Strick in der Hand, einen guten hanfenen Kälberstrick. Mit dem schlurfte er über den Hof, schwankend und stolpernd, hinüber in die Scheune. Er fand den Haken im Balken, fest und richtig in der Höhe, er stieg die Leiter hinauf, und da sah er den Sattel über dem Balken hängen, den Ostersattel. Das Große Osterlied dröhnte, es hob das Dach von der Scheune, der Himmel blaute darüber, und Jakob Domanja schwankte und stolperte zurück über den Hofplatz und warf den Strick, den guten hanfenen Kälberstrick, in die Jauchengrube.

Er nahm den Gaul aus dem Stall und striegelte die Kartoffeln am Fasanengebüsch.

Felix Hanusch striegelte den Weizen der Genossenschaft, er sah Domanja von weitem und meinte, es wäre gut. Die Arbeit fraß ihm die Stunden, kaum daß die Uhr sie angetickt hatte, aus der Tasche, und so verging der zweite Tag, und Domanja lag wach in der Nacht und grübelte und grübelte, wie es angefangen habe.

Am dritten Tag kehrte Johann Keschnik ins Dorf zurück, er war ein Masseur geworden, und Alfons Batschon hatte ihn für das Ambulatorium erworben.

„Du kannst bei Domanja wohnen", sagte Rumbo zu dem Masseur. „Wir gehen gleich mal hin."

Keschnik trug einen Ledermantel, eines der letzten guten Stücke aus der Zeit, da ihm manchmal ein Geschäft zwischen dem S-Bahnhof Friedrichstraße und dem S-Bahnhof Zoo geglückt war. Auch die Aktentasche in seiner Hand stammte aus jener Zeit.

Die eine Nacht war zu kurz gewesen für Jakob Domanja, er hatte den Anfang nicht gefunden, wie hätte er ein gutes Ende finden können?

Er trug einen Eimer voll Milch über den Hof, als er den Bürgermeister und den Mann im Ledermantel kommen sah. Er ließ den Eimer aus der Hand fallen und rannte durch die Scheune und den Garten davon. Die Milch versickerte im Sand, und niemand ahnte, daß Jakob Domanja in Holzpantoffeln und blauer Arbeitsbluse unterwegs aus dem einen in das andere Deutschland war.

7

Jahre später, als Felix Hänusch aufgefordert war, über sich und Rumbo zu sprechen, entsann er sich der ersten Nacht nach Stalins Tod.

Rumbo trug einen Trauerflor, und Felix war voller Unruhe. Solange er lebte, fand der Krieg nicht statt.

Rumbo trug den Trauerflor am Ärmel und an der Krawatte. Er sagte: Le roi est mort – vive le roi! Er sagte es anders: „Bin gespannt, wer nun kommt. Berija vielleicht."

Dieser Nacht entsann sich Felix Hanusch später und jenen Tages, als er im Vorüberfahren vom Ackerwagen herab sah, daß Domanjas Kartoffeln am Fasanengebüsch durchgestoßen waren.

Rumbo kam mit dem Fahrrad, er hatte ein Gesicht wie am Ersten Mai.

„Mensch, Borbaß", schrie er von weitem. „Es geht voran! Deine Genossenschaft wächst! Domanja ist abgehauen!"

Felix begriff die Freude und die Nachricht nicht. Er erschrak. Es ist meine Schuld, und wenn ich nachts zu ihm gegangen wäre!

Rumbo war so voll Freude, er erzählte von sich und Johann Keschnik, das sei nun wirklich ein Spaß, er lachte, und dann sagte er: „Macht acht Hektar mehr für die Genossenschaft. Das ist schon was!"

Da erst begriff Felix.

„Verdammter Narr!" schrie er. „Du verfluchter, verdammter Narr! Willst du die Genossenschaft mit Äckern machen?!"

Rumbo wurde böse, nicht weil ihn Felix beschimpft hatte, sondern weil er ihm die Freude verdorben hatte. Und es war doch *sein* Sieg.

Er knurrte: „Mit Schlappschwänzen jedenfalls nicht!" Er wandte sich um und fügte hinzu: „Ich heule keinem Kulaken eine Träne nach – *ich* nicht."

Den Hof des Jakob Domanja übernahm die Genossenschaft, der Akkordtöter kam und trat ihr als Mitglied bei.

„*Ein* Rentner ist mehr als kein Jakob", sagte er und holte seine Buddel Einstand aus der Hosentasche.

„Noch zwei solcher Höfe", murrte der alte Loga, „und wir verrecken daran."

Der alte Hanusch nickte, und Peter, der Klarinettenmann, nickte, niemand hatte Freude an der Flucht des Jakob Domanja.

Und wenn Rumbo einmal, vor fast zwanzig Jahren, gewünscht hatte, er möchte durchs Dorf gehen und alle sollten ihn sehen und von ihm sprechen, so ging er nun durchs Dorf, alle sahen ihn, und es war nichts Gutes, was sie von ihm sprachen.

„Wenn sie mich gern hätten", sagte Rumbo zu seiner Frau, „würde ich überlegen, was ich falsch gemacht habe." Er lachte und sah seinem Jungen zu, der mit Bauklötzern spielte, sein Lachen klang nicht lustig. Der Junge war gestern vor dem Konsum – in demselben Haus befand sich die Bürgermeisterei – mit der Milch hingefallen, die Witwe Nakonz hatte ihn aufgehoben und getröstet und laut, wie zur Entschuldigung, zu einer anderen gesagt: „Er kann doch nichts für seinen Vater."

Felix Hanusch wollte nicht noch mehr verlieren und nicht noch einmal zu spät kommen, er fuhr nach Dresden zu Anna Domanja, Studentin der Chemie im zweiten Semester.

Er berichtete ihr, was er wußte – er wußte wenig –, er gab Rumbo keine Schuld, wir, sagte er, haben das nicht so ernst genommen mit deinem Vater, es soll nicht noch mehr Unheil geschehen, und vielleicht kann dein Vater zurückkommen.

Anna Domanja gab ihm einen Brief, darin schrieb ihr Vater:

„... Sie haben mich weggejagt."

Das Mädchen schluckte, es hatte niemanden als den Vater, und plötzlich, als Felix ihr die Hand auf die Schulter legte, warf sie die Arme um seinen Hals und weinte ein stoßendes Kinderweinen.

Er wußte nicht, was er tun sollte, er hielt sie fest und ließ sie weinen.

Später berieten sie gemeinsam einen Brief, den

Anna ihrem Vater schreiben sollte, und Felix verbürgte sich ihr, daß sie daheim bliebe, wo sie immer daheim gewesen sei.

Er nahm sie mit zum Essen, sie gingen in ein gutes Hotel, das Schnitzel kostete soviel wie ein halbes Kalb, und für die andere Hälfte des Kalbes tranken sie eine Flasche Wein.

Die großen runden Augen des Mädchens glänzten von Tränen und auch vom Wein, ihr Schnutenmund lachte schon wieder manchmal.

Felix sagte: „Bis er heimkommt, kannst du mich als Vater nehmen."

Da sah sie ihn an und lächelte – und dieses Lächeln war mehr als ihr Lachen vorher – und sagte: „Du bist ja viel zu jung dazu."

Seltsamerweise nahm er dieses Lächeln und diesen Satz als ihr Versprechen an, nicht dem Vater nachzufahren, sondern hierzubleiben.

Ohne daß er darüber nachdachte, empfand er dieses Hier nicht nur und nicht einmal in erster Linie als einen geographischen Ort.

Er strich noch einige Zeit, bis zur Abfahrt seines Zuges, durch die Stadt, die keine trostlose Trümmerwüste mehr war, eine Oase wuchs in ihrer Mitte. Er betrachtete die Häuser, die sie bauten, trat in ein fertiges ein, ein Geschäft und ein Café, klotzig und protzig schien ihm der schwarze Marmor und die bunte Keramik einer Säule, für den gleichen Preis hätte man ein Einfamilienhaus bauen können. Warum, dachte er, warum prächtig statt schön, und sind wir so arm, daß wir so verschwenden dürfen? Und plötzlich, ohne daß er einen Zusammenhang wußte, kam ihm Rumbo in den Sinn: Er will die Genossenschaft mit Äckern aufbauen.

Dann stand er auf der Brücke, auf der er in der ersten Stunde seiner Entlassung aus dem Gefängnis gestanden hatte. Er sah Frauen und Männer und Kinder, Tauben auf der Balustrade am Ufer, Mauersegler aus den Trümmerkirchen, grelles Spatzengelärm auf dem Pflaster. Aufmerksam starrte er die Menschen an, nahm Satzfetzen auf, Worte, Lachen, mürrisches Brummen.

Er sah, was er gewußt hatte: Gesichter und Worte waren nicht grau. Was hatte er sehen wollen?

Damals waren Gitter zwischen ihm und den Menschen, den Tauben und den Spatzen gewesen. War jetzt zwischen ihm und ihnen, daß Jakob Domanja aus der Heimat geflohen war, und er hatte es nicht verhindert?

Oder daß Jakob Domanja gedroht hatte, Rumbo in die Dreschmaschine zu werfen – und er, Felix Hanusch, hatte, als man es ihm zutrug, dazu gelacht?

An der Anlegestelle lag ein Dampfer. Langsam füllten sich die Plätze auf den Bänken. Am Heck unter der Fahne saß ein Pärchen, sehr jung, wie es schien. Der Bursche trug ein blaues Hemd, das Mädchen eine weiße Bluse, sie hielten sich an der Hand, und ihre Schultern waren eng aneinander. Ein altes Ehepaar kam, setzte sich in die Nähe der beiden, der Mann half der Frau die Strickjacke anziehen, vom Wasser her war es noch kühl.

Der Bursche sagte etwas zu seinem Mädchen, vielleicht: Wenn wir erst mal so alt sind! Das Mädchen lächelte, wandte den Kopf und flüsterte ihm etwas ins Ohr. Wahrscheinlich war es nicht nötig zu flüstern, sie wollte nur eine Gelegenheit, ihre Haare an sein Gesicht zu schmeicheln.

Plötzlich wußte Felix Hanusch, daß an die Stelle der Gitter von damals, die ihn von den Menschen getrennt hatten, ein Verantwortlich-Sein getreten war, das ihn an sie band.

Das Schiff fuhr ab. Der Junge legte den Arm um die Schultern des Mädchens, das Mädchen wandte den Kopf und blickte sich um, zur Brücke hinauf. Felix winkte ihr zu, ihr sollt alt werden dürfen auf bessere Art als die Alten. Das Mädchen, gar nicht erstaunt, winkte zurück, auch der Bursche wandte sich um und winkte.

Felix schlenderte zum Bahnhof. Vor einem riesigen Trümmerberg drängten sich Studenten der Kunstakademie. Ein Schild dabei, frech und lustig das Bild, darunter die Worte: „Ein Maler lebt nicht vom Zwinger allein, es müssen auch Häuser zum Wohnen sein."

Hoffentlich, dachte Felix, wissen sie auch, was sie da hingeschrieben haben.

Er hielt nicht sehr viel von dieser bunten Zunft, seitdem

ein milchbärtiger Maler eine Woche auf der Weide der Genossenschaft gesessen und Kühe zu Papier und auf Leinwand gebracht hatte, die nur ein Städter nicht für mißratene Ochsen nehmen konnte.

Am Ende hingen die Bilder – der Maler verfertigte in einer Woche mehr Kühe, als insgesamt in den Ställen des Dorfes standen – mit Erlaubnis Dr. Batschons im Wartezimmer des Ambulatoriums und hießen „Genossenschaftskühe auf der Weide", „Genossenschaftskühe am Abend" und „Genossenschaftskühe vor dem Gewitter".

Der Loga, der Jakob Hanusch und der Akkordtöter als Genossenschaftsbauern betrachteten die Ochsenkühe, sie bekamen davon so viel gute Laune, daß der alte Hanusch sagte: „Jetzt gehen wir einen Genossenschaftsschnaps trinken."

Sie gingen und tranken ein Pullchen bei der Wirtin Hilde, und der Akkordtöter sagte: „Mich hat er auch malen wollen, vielleicht noch beim Ochsenmelken! – Mit einer Fahne in der Hand, vielleicht."

Sie tranken noch ein Pullchen darauf. Der Akkordtöter hatte einen absonderlichen Gedanken.

„Wir sollten mal den Zeitungsfritzen, der letzte Woche bei uns war, und diesen Maler acht Tage lang zusammen in einen Stall sperren. Dann würde uns Milch und Honig von allein ins Maul fließen!"

Das meinte der Akkordtöter, und die beiden anderen nickten. Der Maler saß in der Zeit bei Felix Hanusch und wollte wenigstens sein Genossenschaftsgewitter an den Mann bringen – für den Preis einer Kuh der B-Klasse. Felix wollte nichts von den Leinwandkühen wissen, er habe jeden Tag wirkliche Kühe vor Augen, wenn auch leider nicht so rund und feist und nicht mit solchen prallen Eutern. Freilich auch mit keiner Ochsenstatur.

„Gehen Sie hinaus an den Hentschelteich und malen Sie mir einen richtigen Frühlingstag, den habe ich zu selten", bat er.

Erstens, sagte der Maler, sei der Frühling für ihn uninteressant – Salatgrün, verstehen Sie? –, und zweitens: Worin liege die Progressivität des Frühlings? Man müsse doch sehen, ereiferte er sich, der Frühling sei an sich weder progressiv noch positiv, sondern im Gegenteil eher negativ, weil er sowohl den Maler als auch den Beschauer vom wirklichen pulsierenden Leben ablenke. Hier strich sich der Maler über den Milchbart, der ihm in etwa rund um den Kopf wuchs, vorläufig noch wie Mais, der ungleich keimt, und zog Pfeife und ein Päckchen Navy Cut hervor, er brauche diesen Tabak einfach zur Inspiration, sagte er, und bot Felix von der Inspiration an.

Felix nahm weder den inspirativen Tabak noch die progressiven Kühe, und der Maler schied mit der Bemerkung, daß es wohl noch viel geduldiger Arbeit bedürfe, um die Bauern an die Kunst zu gewöhnen.

Es bestand aber Grund zu der Hoffnung, daß es nicht allzulange dauern würde, die Bauern an gemalte Kühe zu gewöhnen: Der Kreisrat kaufte die Gemälde und schenkte zwei davon dem Ambulatorium.

Es war so allen geholfen: dem Maler, der neuen Navy Cut kaufen konnte; im Wartezimmer der Witwe Nakonz, die sich auf der Zugschulter das rohe Fleisch aus der Haut gescheuert hatte und so endlich wieder einmal Gelegenheit hatte, Kühe zu Vergleichen heranzuziehen. Sie sagte: „Die Kühe sind wie das Gerede vom Hanusch, du kannst dir die Hände krumm melken, Milch kommt da keine heraus." Und geholfen war auch dem Kreisrat, der sowohl Kultur aufs Land gebracht als auch, dem Plan entsprechend, die Kunst gefördert hatte.

Felix Hanusch kaufte, unterwegs von der Elbbrücke zum Bahnhof, einen billigen und schönen Druck nach Tizians kleiner blauer Madonna. Das Bild schien ihm irgendwie ähnlich einem Frühlingstag am Hentschelteich und ähnlich auch Uschka, seiner Frau.

Sorgsam hielt er in der Bahn seine abgewetzte Aktentasche und das kleine Bild auf den Knien; er war froh, es für Uschka mitzubringen. Der Zug war voll, die Wagen warfen sich hin und her und schluckten mit offenen Fenstern den Braunkohlenruß, den die Lokomotive wie eine Fahne hinter sich herschleppte. Die große Brücke über dem Moorgrund, die in den letzten Kriegstagen gesprengt worden war, war wieder ganz. Ohne seine Geschwindigkeit zu mindern, fuhr der Zug darüber. Felix Hanusch drängte sich ans

Fenster und sah in den Abgrund hinunter. Sie bauten dort die beiden Häuser wieder auf, die damals die stürzende Brücke unter sich begraben hatte.

8

Es war die Zeit, da der Zucker in die Rüben gehackt werden mußte. Der Bürgermeister erließ einen Aufruf, worin er alle aufforderte, sich mit der Hacke auf dem Rübenacker der Genossenschaft einzufinden. Der Aufruf schloß mit der Verkündigung: „Sage mir, wie du zu den Genossenschaftsrüben stehst, und ich sage dir, wer du bist!“

Die Leute wußten, wer sie waren, nur der eierköpfige Postmann wollte es lieber nicht so genau wissen, er erschien, zwar ohne Hacke, aber bereit, seinen Zuckeranteil in die Genossenschaftsrüben einzuhacken. Sein Krebs hatte sich als ein harmloses Geschwür erwiesen, die Leute sagten, eine besonders dicke Lüge sei ihm im Hals steckengeblieben. Als er merkte, daß er ohne Zuhörer in der Sonne schmoren sollte, bekam er einen asthmatischen Anfall, kratzte mit drei spitzen Fingern seinen nackten Schädel und empfahl sich auf einen besseren Tag.

Felix Hanusch lief das Dorf ab, Haus um Haus, und blieb genauso erfolglos wie der Bürgermeister mit seinem Aufruf. Nur die Frau des Paul Wenk erklärte sich bereit, einige Tage in der Genossenschaft auszuhelfen, wenn auch andere kämen. Allein, als einzige, sagte sie, schäme sie sich.

Die Genossenschaft bekam Hilfe von ihrem Patenbetrieb, der Zeitung. Die Paten brachten viel guten Willen, ein hohes Bewußtsein und einen ausgezeichneten Appetit mit; sie gingen mit Elan an die Arbeit, in der ersten Stunde sangen sie sogar. Nach und nach ließ ihr Eifer in dem Maße nach, wie die Zahl der Wundblasen an ihren Händen stieg. Der Schweiß, den ihnen die Sonne in die Gesichter trieb, biß ihre gute Laune hinweg, und die schmerzenden Rükken verlangten immer öfter ein Aufrichten – einen kühlen Trunk, eine Zigarettenpause.

Als sie am Abend, wieder fröhlich und guter Dinge, beim Essen saßen, maß Felix Hanusch das verhackte Stück aus, überschlug sämtliche Kosten und stellte fest, daß der Zucker erheblich im Preis steigen müßte, wollte man sich an die einfachsten Gesetze der Ökonomie halten.

Er versuchte es noch einmal im Dorf, es blieb beim gleichen Resultat. Die Frauen, die bereit waren, konnten nicht: Die Maria Schofka trug ihr Kind im siebenten Monat, die Frau des Bürgermeisters fiel in der Sonne bei der leichtesten Arbeit um, und Herta, die Frau des Klarinettenmannes, fühlte sich schwanger seit kurzer Zeit, sie hob nicht einmal einen vollen Wassereimer mehr, um das Kind nicht zu verlieren.

Es blieb bei den Paten, deren Elan beträchtlich nachließ; doch auch der Wundblasen wurden weniger, die Rücken gewöhnten sich an die Bewegung, und die Arme fuchtelten nicht mehr so wild und unrhythmisch mit der Hacke über die Rüben hin – die Tagesleistung stieg um ein geringes.

Den Hauptanteil der Arbeit schaffte die Genossenschaft mit eigener Kraft, Uschka half, wann immer sie konnte, und Felix' Mutter kam jeden Tag am späten Nachmittag und hackte, auf den Knien rutschend, ein halbe Zeile durch.

Felix bat auch Winfried von Grauheim zu helfen.

Winfried lachte: „Das meinst du doch nicht ernst, mein Alter! Meine sämtlichen Ahnen würden ja im Grabe zu rotieren anfangen, triebe ich meinen Spaß mit eurem Sozialismus bis zum Rübenhacken."

Während er den obligaten Wodka eingoß, erzählte er: „Einer meiner verehrten Vorfahren war Kammerherr bei August dem Starken. Du weißt hoffentlich noch, daß dieser King ein toller Hengst war, entjungferte sein halbes Königreich. So eine abgelegte – oder abgelegene – Komteß wollte er seinem Grauheim andrehen. Hat mein verehrter Ahn laut Familienchronik gesagt: ‚Nee, Majestät! Wo Sie säen, kann ich nicht ernten. Und den Acker, den ich bestelle, such ich mir selber aus!'" Winfried hob sein Glas. „Ich ehre meine Ahnen."

Er suchte sich seinen Rübenacker selber aus und hackte Rüben auf dem Acker Simon Mjetks. Er, der sich niemals die Mühe machte, auch nur darüber nachzudenken, was ein anderer Mensch empfand, unternahm nicht den kleinsten Versuch, Beate näherzukommen. Sie hätte es auch nicht ertragen.

Sie war sehr kräftig, aber sie war am Ende ihrer Kraft. Ihr Tag begann um drei Uhr morgens, und um zehn Uhr abends fiel sie in einen Schlaf, der Erschöpfung war. Wir müssen durchhalten, sagte Simon, wir müssen es schaffen, sie sollen kein Recht haben dürfen, uns vom Hof zu vertreiben.

Fast täglich erschien der Bürgermeister, wie vorher bei Domanja, auf dem Batschon-Hof: Wann wollt ihr endlich eure Schulden begleichen?

Sie hatten noch Schulden in Getreide, Fleisch und Milch. Im Winter hatte die Lungenpest ihren Schweinestall ausgeräumt. Mjetk verkaufte alles entbehrliche Korn, zwei Kühe und auch Beates Klavier, das einmal einen Rapphengst gekostet hatte. Die Ferkel, die er dafür erstand, wuchsen ins Fleisch. Zwei Färsen sollten im Juni kalben, das Getreide stand gut, vielleicht auch sehr gut. Im August haben wir es geschafft, wir müssen durchhalten, sagte Simon Mjetk, und die zwölfjährige Sieglinde schlief in der Schule ein, weil sie außerhalb der Schulstunden eine Magd war, die Federvieh, Schweinestall und Küche allein versorgen mußte. Man konnte Mitleid haben mit ihr, aber man konnte ihr nicht helfen. Simon mußte sich ihretwegen beim Bürgermeister entschuldigen, sie hatte Rumbo einen Eimer Schweinefutter über die Füße geschüttet. Ich bin gestolpert, sagte das Mädchen, aber ihr Gesicht sagte, ich lüge, und ihr sollt es ruhig wissen, daß ich lüge.

Der Junge Holk war zehn, er war groß, aber bei weitem nicht so robust wie seine Schwester. Wer aber sagt, daß ein zehnjähriger Junge zu klein ist, um hinter einem frommen Gaul mit dem Saatstriegel über den Acker laufen zu können?

Doch der Bürgermeister kam täglich und fragte: Wann endlich wollt ihr eure Schulden begleichen? Er traf Beate am Sonntagmorgen, sie kam aus der Kirche. Und die Rüben, fragte er, laßt ihr im Unkraut ersticken? Ein Drittel der Rüben war noch zu verhacken.

An diesem Sonntag nach dem Mittagessen machte Simon Mjetk die Runde durchs Dorf, die Felix Hanusch vor ihm zweimal vergeblich gemacht hatte.

Er fand die Brucharbeiter und Halbbauern alle daheim vor.

Der rotborstige Michel Domsch lag auf dem Kanapee und hörte aufmerksam seinem Radio zu, das in dieser Stunde sorbisch sprach und spielte. Der Peter Wenzel trank ein Glas Heidelbeerwein eigener Produktion, rauchte eine Bauchbinden-Zigarre und hörte seiner Frau nicht zu, die wie ein Mühlbach redete. Paul Wenk saß am Tisch, die Ellbogen aufgestützt, und las ein Buch aus dem Regal seines Ältesten. Nikolaus Delenk studierte die Bauernzeitung, und Johann Mrosak hatte einen Diskurs mit seinem Jüngsten, der in der elften Oberschulklasse die Klugheit mit dem Löffel fraß und sie nicht für sich behalten wollte.

Johann Mrosak sagte, was die anderen hinter irgendwelchen Worten verbargen: „Ich habe dem Felix erklärt, wir haben keine Zeit. Die Genossenschaft ist nicht unsere Sache. Ich sage dir, wir haben keine Zeit. Du kannst da nichts dafür, und die beiden Kinder noch weniger. Aber ich, mein Vater, mein Großvater, wir sind manchmal in Not gewesen, in solcher und solcher, und sind am Ende auf den Batschon-Hof gelaufen. Der Batschon hat gesagt: Dein Feld unten am Bach! Oder: Dein Junge, den du in die Zimmermannslehre gesteckt hast! Oder: Dreißig Tage in der Ernte! Wir sind zu Batschon gegangen, wenn da kein anderer Weg mehr war, und der Batschon hat das Feld unten am Bach gekriegt – wir haben die Sandäcker behalten –, der Junge, der Zimmermann werden sollte, ist Knecht auf dem Batschon-Hof geworden, wir haben Batschons Ernte geborgen und haben zugesehen, wie unsere eigene verdarb. Du kannst nichts dafür, Simon, aber ich kann auch nichts dafür."

So hatte Johann Mrosak gesprochen, und das hatten die anderen gedacht, und gegen Abend nahm Simon Mjetk einen schwereren Weg unter seine Füße, den Kirchweg, aber nicht in die Kirche ging er; so unsinnig es ihm selbst vorkam – nach der Unterhaltung mit Johann Mrosak zweifelte er, ob er zu Gott beten sollte um Hilfe. Gott war gerecht, aber welcher Art war seine Gerechtigkeit; war es die des Johann Mrosak oder die des Simon Mjetk, der das Erbe des Batschon-Hofes aufgenommen hatte?

Simon Mjetk ging an der Kirche vorbei ins Pfarrhaus. Er wußte nicht, ob der Pfarrer Wenzel, der weiße Haare hatte und ein Gesicht von abgeklärter Milde, aber immer noch streitbar wie eh und je, immer noch mit Leidenschaft Skat spielend und immer noch wachsam bedacht auf Vermögen und Autorität, ob der Pfarrer gleicher Meinung mit ihm über die Ordnung der weltlichen Dinge war. Ohne allen Zweifel aber schien ihm, daß solche Höfe wie der Batschon-Hof ein wichtiger Stein auch im Weltgebäude des Pfarrers sein sollten.

Darum ersparte er sich alle Vorrede und sagte: „Jetzt bin ich an der Reihe. Ich habe noch einen knappen Hektar Rüben zu verhacken, es scheint, sie wollen mich daran aufhängen."

Auch der Pfarrer Wenzel hatte das schon vernommen, aus der gleichen Quelle übrigens, die die Furcht der Bauersleute Mjetk täglich speiste. Der Postmann *war* ein Lügenmaul, Simon Mjetk zweifelte nicht daran, aber wer glaubte nicht dem Postmann seine Galgengeschichten, wenn Rumbo tagtäglich erschien, um Bestandsaufnahme zu machen, wie er sagte?

„Sie hätten vorgestern kommen sollen", entgegnete der Pfarrer mit seiner hohen Greisenstimme. „Es wird schwer, sehr schwer." Unversehens fiel er in den Tonfall, den er sich auf der Kanzel angewöhnt hatte und der, wenigstens im Sommer, während seiner Predigt die halbe Kirche einschlafen machte. „Niemand kann Gottes Ratschluß voraussehen. Wir müssen ihn in Geduld erwarten und in Ergebenheit in Seinen Willen ertragen."

Simon Mjetk nickte, auch das Nicken gehörte zu diesem Weg, bedankte sich und ging.

Der Pfarrer Wenzel war ein wenig erstaunt und indigniert. Er hatte es seit einigen Jahren gern, Unterhaltungen nicht so kurz und so auf den Kern beschränkt zu führen. Aber vielleicht, dachte er, weiß der Mjetk, daß ich heute meinen Skatabend habe. Er schloß sein Schreibtischfach auf und zählte sich fünf Mark Kleingeld heraus. Mehr war er nicht gewillt zu verspielen. Meistens freilich gewann er, er hatte eine glückliche Hand.

Simon Mjetk traf im Flur des Pfarrhauses den Kaplan, sie begrüßten sich, und der junge Geistliche fragte nach seinem Ergehen.

„Nicht gut“, antwortete Mjetk.

„Es sind verworrene Zeiten“, der Kaplan seufzte. Gestern war sein Vater aus dem Sanatorium zurückgekommen, so weit gesund, daß er nicht an der Steinlunge sterben mußte. „Es ist schwer, sich zurechtzufinden.“

Ich denke, Sie haben eine feste Richtschnur, wollte Mjetk sagen, aber er verbiß es sich. Zum Philosophieren habe ich Zeit, dachte er, wenn ich aus dem Gröbsten heraus bin. Oder wenn ich im Gefängnis sitze.

Mit kurzem Gruß ging er davon

Hinter dem Hentschelteich, wo sich die Dorfjugend einen Sportplatz gebaut hatte, lärmte eine Schar Halbwüchsiger hinter einem Ball her, alles Jungen aus dem Dorf, alle, ohne Ausnahme, Lehrlinge oder Oberschüler in der Stadt. Am Rande des Platzes, auf dem hohen Hang über der alten Sandgrube, saß ein Dutzend Mädchen und Burschen der nächsthöheren Altersstufe. Die Burschen hatten ein halbes Auge bei dem Ballspiel, ein halbes bei den Mädchen, denen der fahlende Abend fremden Zauber und unruhiges Geheimnis verlieh, hauptsächlich aber waren die Burschen beschäftigt mit dem roten Motorrad, das unten auf dem Feldweg stand und Paul Wenk, dem Jungen, gehörte.

Der hatte einmal im alten Schloßpark gesessen, den Kopf fest an den Stamm einer Platane, ich will den Meißel des Vaters nicht erben und nicht seine paar Morgen Sand, der Nekela ist ein Lehrer, was werde ich sein? Er war ein Häuer in der nahen Braunkohle geworden, war jetzt ein Techniker, und morgen wird er Ingenieur sein. Es ist schwer, am Tage zu arbeiten und abends – Abend für Abend – über den Büchern zu sitzen, es ist schwer und schön. Damals hatte er ein Lied gesummt, zwei Flügel hat die Taube, zwei Mädchen hat der Bursch, und was ist das Leben?

Er erzählte von seiner Maschine. Schnell ist sie und zuverlässig, und wir kriegen jetzt eine Förderbrücke, Jungens – so was habt ihr noch nicht gesehen!

Felix Hanusch fuhr vorbei, die Burschen und die Mädchen grüßten, und dann waren sie wieder bei dem Ihren, die Mädchen bei ihrem Geflüster, die Burschen bei der Förderbrücke, beides waren Träume ein wenig voraus. Hat Felix etwa gedacht, seine Genossenschaft sei der Mittelpunkt der Welt? Oder daß sie sich an seine Träume binden ließen aus Dankbarkeit darüber, daß er ihre Träume geweckt und die geweckten greifbar gemacht hat?

Felix fuhr vorbei, aber in Wahrheit stand er vor dem Hang, und sein Herzschlag setzte aus: Vertan die Jahre? Er hat ihnen die Straße gebaut, die hinausführt. Was kümmert die, die unterwegs sind auf einer *guten* Straße, ein Straßenbauarbeiter?

Plötzlich nahm sein Herz seine Arbeit wieder auf, es schlug stark und richtig im Rhythmus, denn: Wer, wenn nicht wir? Und wo blieben die neuen Welten, bliebe die alte Welt weglos?

Felix fuhr vorbei an der Himmelschlüsselwiese vor Wierbitz, einzelne Stengelchen blühten noch. Er pflückte einen Strauß für Uschka.

Die Sonne sank. Auf dem Sportplatz fingen die Jungen ihren Ball ein, röhrten ein wenig, wie junge Hirsche zur Probe, keckerten aus gebührlicher Entfernung die Mädchen an, und rannten, als die Burschen den Kopf wandten, schreiend davon.

Dann wuchs die Stille aus dem Wald heraus, eine blaue durchsichtige Stille, sie schluckte die Förderbrücke der Burschen und das Geflüster der Mädchen. Aus dem Korn stieg ein Duft, und vom Teich her schwamm Froschgeläut auf dem Abendhauch. Ein Mädchen sang leise einen Schlager, dumme leere Worte, aber die Sehnsucht ist nicht leer, und das Glück ist nicht dumm. Die Mädchen wiegten sich leicht vor dem weiten, nahen Traum. Paul Wenk, der Junge, saß auf seinem Motorrad, hinter ihm kletterte Herta Wenzel auf den Sitz, noch ungeübt. Niemand hatte gesehen, daß er ihr winkte, und niemand, daß sie errötete.

Ich muß heim, sagte das Mädchen. Er nickte, viele Wege führen heim, und am Ende saßen sie auf dem Bachsteg, der zum Batschon-Hof gehörte, das Motorrad stand am Rande des Rübenfeldes, das noch nicht fertig verhackt war.

Tanzt du gern, fragte er.

Manchmal, sagte sie.

Ich habe wenig Zeit, sagte er.

Och, machte sie und warf einen Kiesel ins Wasser, das Bachgemurmel fing ihn lautlos auf.

Wenn man das Lernen einmal begonnen hat, sagte er nach einer Weile, muß man durchhalten.

Sie nickte. Sonst braucht man gar nicht erst anzufangen. Hauptsache, man weiß, was man will.

Er stand auf und setzte sich neben sie. Sie ließ es geschehen, daß er ihr den Arm um die Hüfte legte.

Dann, sagte sie, sind drei Jahre ja auch keine Ewigkeit.

Sie schwiegen, es war leicht zu schweigen.

Unter ihnen floß das Wasser, silbern und schwarz, manchmal schien es zu verharren. Dieses Wasser war noch nie vorher unter dem Steg hindurchgeflossen, die Träume, die es mit sich nahm, waren niemals vorher geträumt worden.

Am Dienstag früh erschienen fünf Frauen, eine aus dem Dorf, vier aus dem Kirchort, auf dem Rübenacker des Simon Mjetk. Zwei Tage später erschnappte der Postmann, als er die Post in die Amtsstube des Bürgermeisters brachte, ein paar Worte und einige halbe Sätze, die Rumbo ins Telefon sprach. Es war darin die Rede von „reif“, von „Sabotage“, von „einsperren“. Der Bürgermeister war außergewöhnlich gut gelaunt dabei. Der Postmann wetzte seine schiefen Beine und wieselte ab. Der Bürgermeister lud am Ende seines Gepräches Benno Schofka, dem er eben auf seine Art zum heutigen Geburtstag gratuliert hatte, ein, als Parteisekretär mit ihm nachmittags den Batschon-Hof zu besuchen, und beschloß, murrend über den laschen Sekretär, dann eben aus eigener Kraft diese hundert Morgen der Genossenschaft zuzubringen. Die Zeit schien ihm günstig; im benachbarten Mulkwitz war ein Großbauer eingesperrt worden, ein zweiter über Nacht weggelaufen, nachdem er seine Ställe bis auf drei Kuhschwänze unbemerkt leer gemacht hatte.

Der Postmann trabte, so schnell es sein Asthma und seine durchs viele Lügen kurz gewordenen Beine erlaubten, schnurstracks durch das ganze Dorf zum Batschon-Hof. Unterwegs traf er die Witwe Nakonz, die dank den Salben Dr. Alfons Batschons schon wieder den Zuggurt über die Schulter legen konnte, es aber nicht nötig hatte, weil mit der gleichen Salbe auch der aufgescheuerte Schenkel ihrer einen Kuh ausgeheilt war.

Der Postmann eilte an der Witwe vorbei und krächzte: „Jede Kuh geht so lange zu Wasser, bis sie bricht!" Er mekkerte fröhlich und fuhr sich mit der Hand über den Hals.

Die Witwe sagte: „Schweinehund!" Eine Kuh oder ein anderes anständiges Tier war viel zu schade, es zu Vergleichen mit dem Postmann heranzuziehen.

Der Batschon-Hof lag menschenleer, die Haustür stand offen. Der Postmann überlegte einen Augenblick, ob er nicht ein Frühstücksei aus dem gackernden Hühnerstall holen sollte – es wäre ja nach der Lage der Dinge kein Diebstahl mehr, und Hühnereier, frisch vom Huhn, sind ein Wundermittel gegen Asthma und Haarausfall –, doch überwand er den Anfall von Egoismus und ächzte ohne Aufenthalt die Treppe hinauf in das Ausgedinge des Altbauern.

Michael Batschon lehnte in Hemd und Hose am Türpfosten und scheuerte sich den Buckel.

„Du siehst ja aus wie 'ne Jungfer, wenn sie feststellt, daß die Heuernte ohne Kind an ihr vorübergegangen ist", krähte Michael Batschon. „Hab ich in der Lotterie gewonnen?"

Der Postmann setzte sich auf die alte Lade im Flur; nach der großen Freude und der steilen Treppe hatte er nicht mehr die Kraft, auch noch die übelriechende Räuberhöhle des Altbauern zu ertragen.

Michael Batschon war noch nicht fertig mit dem Buckelreiben, das ihm seit einiger Zeit die Waschschüssel ersetzte.

„Sind sich vielleicht die Moskowiter in die Haare geraten? Oder haben die Amerikaner eine neue Bombe?"

Der Postmann schüttelte den Kopf. „Es ist was Trauriges."

Michael Batschon ließ Buckel und Türrahmen sein. „Was

grinst du dann wie ein Pferdehändler, he?“ murrte er. „Rede!“

„Mjetk wird wegen Sabotage eingesperrt“, zischelte der Postmann.

Das früher scharfe, hagere, jetzt verschwommene, fast schwammige Gesicht des Altbauern rötete sich, und die Augen, die vor wenigen Jahren noch den schlimmsten Kuhhandel klar und offen durchstanden hatten, tränten und blinzelten zwischen entzündeten Lidern.

„Der ist so dämlich“, sagte er dann, „daß er die Rüben noch für die fertighackt.“

Ohne Kommentar dazu kratzte sich der Postmann den Eierschädel.

„Der Hanusch“, erklärte Michael Batschon, „wollte mal meine Beate beliegen, ’ne Rotznase war er damals, so ein Herr Hochnas von Morgen-bin-ich-was, ich habe ihn hinausgefeuert.“

Der Postmann krächzte. Der Altbauer starrte ihn mißtrauisch an. „Nicht einen kleinen Finger“, redete er weiter, „hab ich gesagt ...“

„Nee“, der Postmann griente unverhohlen, „den Finger nicht, aber das andere ...“

Der Bauer hörte nicht darauf. „Raus, habe ich gesagt. Jetzt schmeißt er mich hinaus, und du wirst sehen, der zieht hier ein ...“ Plötzlich wurde er wütend. „Glotz nicht, du Stempelhengst! Der Hanusch ist ein Lump, du bist zwei Lumpen, du ...“

Der Postmann stand an der Treppe, lächelte. „Ich habe einen Meter Holz liegen, muß zerkleinert werden. Wenn du dir mal einen Groschen verdienen willst, Michael ...“ Fröhlich krächzend holperte er die Treppe hinunter. Er hatte dem Altbauern viel heimzuzahlen.

Der Altbauer Michael Batschon, der einmal ein Ortsbauernführer gewesen war, mitten im Krieg zwölf dänische Milchkühe gekauft und in jedes Haus, wohin der Postmann einen schwarzgeränderten Brief trug, Trostworte vom Heldentod und ein Angebot für den verwaisten Acker gebracht hatte, knüpfte die Hosenträger fest, stieg auf den Heuboden, füllte Häcksel in einen Sack und suchte alle Eier im Haus und im Hühnerstall zusammen, holte aus der Räucherkammer eine Speckseite, steckte sie unters Hemd und brachte den Häckselsack mit den Eiern und unter dem Hemd die Speckseite der Wirtin Hilde.

„Schreib mir das gut.“

Es reichte für zwei Wochen Schnaps, zwei Wochen waren wenig, und die Wirtin Hilde wußte auch schon, daß Mjetk spätestens morgen verhaftet wird; der Postmann wieselte und zischelte wie in seiner besten Zeit. „Ich schreibe dir auch für ein halbes Jahr gut“, sagte sie.

Michael Batschon stieg auf den Schüttboden, vielleicht war Mohn da oder Raps. Ein armseliges Häufchen Hühnerfutter lag da und leere Säcke, sauber aufgeschichtet. Er nahm einen Sack und fing sechs Hühner, die auf den Nestern saßen, und hackte ihnen die Köpfe ab. Den Sack schleppte er hinunter zum Teich und versteckte ihn im Weidengebüsch.

Er hatte sich eingelaufen, er riß die letzte halbe Speckseite aus dem Rauchfang, nahm das Schlachtmesser und eilte in den Schweinestall, auch ein Zentnerschweinchen läßt sich aufschreiben.

Es war ein jämmerliches Schlachten. Er schlug mit dem Beil auf ein Tier ein, er traf nicht gut, und sein Schlag war nicht stark genug, die Jahre und der Schnaps hatten die Kraft seiner Arme gefressen. Er bohrte dem halbbetäubten Tier das Messer in die Kehle, das Messer drang ein, aber das Tier rannte ihn um. Sie wälzten sich in der kotigen Einstreu, der alte Mann und das verendende Tier.

Da trat Simon Mjetk, den das Gerücht vom Acker weggeholt hatte, in den Stall. Er sah ein Blutbad, und Michael Batschon sah den weißen Zorn im Gesicht seines Schwiegersohns.

Er kniete im Stroh, dann drückte er sich auf, er behielt das Messer in der Hand und schlich hinaus, nicht wie ein schlechtes Gewissen, sondern wie ein Schwächerer vor einem Stärkeren. Mit wütender Härte fuhr Simons Rechte nach der Hand und dem Messer, der Alte knurrte auf, und das Messer fiel in die Dungrinne.

Simon Mjetk trug das tote Läuferschwein hinüber in die Scheune, hängte es ordnungsgemäß auf und riß die Gedärme heraus. Er packte das blutige Stroh auf die Dungkarre, streute die Bucht neu ein und gab den aufgeregten Tieren frisches Wasser.

Danach fuhr er zum Bürgermeister und gab an, er habe ein Läuferschwein notschlachten müssen, es sei so unglücklich gestürzt, daß es sich wahrscheinlich das Rückgrat gebrochen habe.

Soso, sagte der Bürgermeister und lachte. Eine kleine Schwindelei, wozu soviel Aufwand dafür?

Mjetk, immer noch sehr blaß, fügte hinzu – es kostete ihn viel Überwindung –, er sei eben fertig geworden mit seinen Rüben. Auch das nahm der Bürgermeister mit kühlem Wohlwollen zur Kenntnis. Das Lügengerücht hatte auch ihn erreicht; nicht schlecht, sagte er, laß es laufen.

Simon Mjetk schob sein Rad, es waren vielleicht fünfhundert Meter von der Bürgermeisterei bis zum Batschon-Hof. Seit er den Bürgermeister aufgesucht hatte, eben um Gewißheit zu haben, zweifelte er nicht mehr an der Nachricht des Postmanns. Er ging langsam, nicht wie ein geschlagener Mann, sondern wie einer, der auf fünfhundert Metern über sein Leben entscheiden muß.

Es war im Jahre 1943 irgendwo noch tief in Rußland. Der Unteroffizier Simon Mjetk war auf dem Wege vom Bataillon zur Kompanie, das Bataillon war ein Unterstand an einem Bachufer, die Kompanie waren vier oder auch fünf Erdlöcher, fünfhundert Meter ostwärts in einem lockeren Birkenwald. Der Unteroffizier ging langsam, ein Mann, der sein Leben zu bestimmen hat. Geradeaus vorn waren die Erdlöcher der Kompanie, links davor war ein Loch in der Front. Er trug schwer an seinen Waffen; als er nach links abbog, trug er nur noch seine Entscheidung, sie wog schwerer. Nichts aber war schwerer, als die bloßen, leeren Hände erhoben zu halten und durch lichtes Birkengehölz zu gehen, das vielleicht ein Loch in der Front war. Ob man den richtigen Weg geht, wird man erst am Ende des Weges wissen. Und solche Wege sind lang wie das Leben.

Einen solchen Weg ging der Bauer Simon Mjetk jetzt, es war zehn Jahre später, vielleicht auf den Tag zehn Jahre, aber es kam nicht auf den Tag an, nicht einmal auf die Jahre, es kam nur auf die Gedanken an, die man denken kann auf einem Weg von fünfhundert Metern.

Er trat ins Haus, nahm die Wirtschaftsbücher aus dem Schub und starrte sie an, er wußte, was da stand, er kannte seine Schulden auf Heller und Gramm, er wußte auch, was die Schulden bedeuteten, wenn der Gläubiger Rumbo war. Er schritt hinaus, durch den Garten hinunter zum Bach, setzte sich unter die große Eiche, lehnte Kopf und Rücken an den borkigen Stamm. Ein Kuckuck fiel oben ein, schrie und schrie. Zähl die Jahre, zähl die Jahre! Welche Jahre: die klugen oder die dummen? Und welche sind klug, und welche sind dumm?

In der Nacht, als Felix Hanusch, wartend, daß Uschka von der Vorstellung kam, über seinem Theaterstück saß, klopfte es ans Fenster. Er stand auf und öffnete die Tür.

Simon Mjetk sagte:

„Willst du mit mir sprechen?"

„Komm!" sagte Felix und reichte ihm die Hand. „Setz dich! Willst du etwas trinken?"

Mjetk wollte nichts trinken. „Zigaretten", sagte er, „wenn du hast. Ich habe meine aufgeraucht."

Felix rauchte eine billigere Sorte als Mjetk, aber das machte jetzt nichts.

„Ich habe mir genau überlegt", begann Simon, „was ich dich fragen will. Du hast nicht viel Zeit. Und viel Zeit", er lächelte mit schmalen Lippen, „habe ich wohl auch nicht ..."

Das war eine Frage, aber darauf antwortete Felix Hanusch nicht. Was ist viel und was ist wenig Zeit? Das Gerücht hatte einen Bogen um ihn gemacht.

„Unsere Freundschaft", sagte Simon, „hat etwas Krampfiges bekommen, wie eine Ehe nach dem Ehebruch."

„Ich weiß nicht, wie das ist: nach dem Ehebruch", entgegnete Felix. „Aber unsre Freundschaft war gut, solange wir etwas hatten, was wir beide wollten. Poesiealben sind was für kleine Mädchen."

Mjetk war anderer Meinung, aber es ging jetzt nicht darum. „Ich bin", sagte er, „nicht als Freund zum Freund gekommen, sondern weil du für mich", er zögerte, „der nächste Kommunist bist. Und", fügte er nach einer längeren Pause hinzu, „weil ich für dich nicht einfach eine soziologische Kategorie bin."

„Niemand ist nur eine soziologische Kategorie", erwiderte Felix.

„Für *dich*", warf Mjetk ein.

„Für die Partei", beendete Felix seinen Satz, zugleich den Einwurf Mjetks korrigierend.

Auch das war es nicht, weswegen der Bauer Simon Mjetk in der Nacht zum Genossenschaftsvorsitzenden Felix Hanusch gekommen war, obwohl es seine wesentliche Frage berührte. Oder obwohl vielleicht darin die Antwort auf seine Fragen lag.

Er sagte: „Ihr habt damals gelacht, Rumbo hat nicht gelacht, und nun ist es soweit. Acht Jahre oder vielleicht bloß vier."

Bevor Felix irgend etwas begriff, fuhr Simon fort, er redete hastig, um nicht unterbrochen zu werden. „Ich will nicht ins Gefängnis, und ich will nicht nach dem Westen. Was soll ich tun?"

„Das Gefängnis ist dein Tick", Felix schob diese Frage als uninteressant beiseite, interessanter war das andere. „Wenn du dir schon so was einbildest, warum haust du dann nicht ab?"

„Ich bin hier daheim", antwortete Mjetk fest, beinahe stolz. Leiser, fast schamvoll, fügte er hinzu: „Ich will nicht hinüber, auch weil ..." Er suchte nach Worten, die er nicht auf einem Transparent, einem Plakat, in einer Zeitung gelesen und nicht in einer Rede gehört hatte.

Felix Hanusch sah ihn ruhig an. Er ist ein Bauer und ist kein Bauer, dachte er, er ist ein Intellektueller und ist kein Intellektueller, er trägt von jedem etwas in sich, er hat eine Heimat, die ist: Laute einer Sprache, Liedmelodien, Trachten – er kann nichts bis zu Ende denken.

Simon Mjetk konnte eines zu Ende denken: die Toten und die Lebenden und jenen Weg, den er vor zehn Jahren, vielleicht auf den Tag genau vor zehn Jahren, durch ein lichtes Birkengehölz gegangen war, rechts der Krieg und links ein Handaufheben gegen den Krieg.

„... weil ich nicht genau weiß, ob ihr nicht doch recht habt mit eurer Alternative. Und wenn ich daran verrecken sollte – ich bleibe hier", sagte er.

Gut also, dachte Felix, wenn du eine Heimat hast, die du

nicht eintauschst, wirst du einmal, irgendwann einmal auch für uns sein.

Daß Felix schwieg, schien Mjetk Antwort genug.

„Ich sehe“, sagte er bitter und ruhig, „für dich ist das alles richtig, du denkst gar nicht mehr darüber nach. Denkst du überhaupt noch?“

„Im Augenblick“, Felix lächelte, „denke ich, daß aus einem Simon doch noch ein Petrus wird, irgendwann einmal.“

„Deine Beziehungen zum Christentum beschränken sich auf Vergleiche“, entgegnete Mjetk, „die zudem von der Annahme ausgehen, daß du auf der richtigen Seite stehst.“

Felix lächelte stärker. „Das ist nun wirklich keine Annahme.“

„Aber“, fuhr Simon fort, „wie steht es mit der Gerechtigkeit? Ist es gerecht, wenn ihr mich ins Gefängnis sperrt? Und“, setzte er hinzu, eindringlich, und in seiner Stimme war Furcht, „denkst du, daß sie mich einsperren?“

„Vielleicht sagst du mir nun endlich, warum wir dich einsperren sollen“, antwortete Felix. „Was hast du gemacht?“

„Ich habe einen verluderten Hof übernommen. Wenn ihr gerecht wäret, würdet ihr ihn heute als Musterbetrieb bezeichnen. Für die Schweinepest kann ich nichts.“

„Wegen der Schweinepest haben wir noch keinen eingesperrt.“

„Da man mir an den Kragen will, werden sich schon Gründe finden lassen. Im Notfall genügt es, daß ich ein Großbauer bin. Ist doch ‚Schuld‘ genug, nicht?“ Mjetk saß vorgebeugt, wie auf dem Sprung, und seine dunklen Augen glühten Felix an.

Felix war nicht umsonst in dem Dorf aufgewachsen, wo sich Michael Batschon das Gesinde nach seinem Gutdünken aussuchte. Er war auch nicht umsonst Ferienknecht auf dem Batschon-Hof gewesen. Umsonst hatte er auch nicht die Tochter dieses Hofes geliebt.

Er ging hinüber zu seinem Bücherregal.

„Ich habe nicht mehr viel Bücher aus der Schule“, sprach er, indem er aus dem obersten Fach das eine und das andere Buch herauszog. „Einen Plautus, hat mir nicht soviel Spaß gemacht, wie unser Lehrer gern wollte, daß wir Spaß daran haben; der letzte große Filmschinken hat mich ja auch nicht warm gemacht, obwohl die Zeitung vor Begeisterung brannte. – Hier, Platos Führerstaat, damals war ich ganz entsetzt, daß ein Grieche etwas so Barbarisches erfunden hat. Für mich grinste aus jeder Zeile ‚Mein Kampf'. – Dahinein schaue ich heute noch manchmal, ich kann nicht mehr viel verstehen, aber lesen kann ich noch: ‚Ménin aéide theá' und ‚Åndra moi énepe Musa ...' Uschka hört gern zu, wie Musik sei der Homer, sagt sie. – Hier, der Horaz, ich machte mir gar nichts aus ihm, die verwickelten Seelenregungen komplizierter Dichter waren mir damals schon ebenso unverständlich wie höhere Mathematik. Aber das", er nahm ein Buch mit halb abgerissenem Rücken und rötlich-grauem Einband aus dem Fach, strich mit der flachen Hand darüber, als wollte er den Staub abwischen, „das war eigentlich die ganze Schule wert."

Er kam zum Tisch zurück und reichte Simon Mjetk das Buch, es war der „Ödipus" von Sophokles.

„Ich kann nicht eine Zeile mehr daraus zitieren – ich war nie stark in Zitaten –", fuhr er fort, „aber ich sehe ihn immer noch, oder immer wieder, vor mir: den Mann, der seinen Vater erschlug, der Blutschande treibt mit seiner Mutter. Schuldig?"

„Ohne Schuld", antwortete Mjetk ungeduldig.

„Ohne Schuld schuldig", sagte Felix. Nach einer Weile fügte er hinzu: „Niemals hat mich ein Buch mehr erregt als diese Geschichte von dem König Ödipus, der den Mörder seines Vaters sucht und sich selbst als den Mörder und als den Schänder seiner Mutter findet."

Ohne Schuld schuldig, dachte Simon Mjetk, der Fluch lag auf ihm. Was liegt auf mir? Die Leute im Dorf mögen mich, den Mann Simon Mjetk, warum rühren sie keine Hand, um dem Bauern Mjetk zu helfen? Jakob Domanja hat damals auf der Versammlung gesagt, sie hätten im Dorf immer einander geholfen. So, wie Johann Mrosak sagte: Wir haben die Ernte auf dem Batschon-Hof geborgen und zusehen müssen, wie unsere eigene verdirbt? So: Knirschend die einen, Hände reibend der andere? So: Was soll dein Junge Zimmermann lernen, ich brauche ihn als Knecht! So? – Warum hat sich Alfons Batschon von seiner Familie getrennt? Sein Erbe hat er erhalten auf Heller und Pfennig. Ich habe Beate gefragt. Er war schon immer klug, sagt Beate. Ich habe die Witwe Nakonz gefragt, sie weiß ja Bescheid bei Batschons. Der Alfons, sagt sie, hat mal auf Bischof studieren wollen, weil ein Bischof einen in die Hölle schicken kann, wenn er will; dann hat er Admiral werden wollen, weil ein Admiral die Matrosen ersaufen lassen kann, wenn er will. Dann wollte er Doktor werden, weil ein Doktor im Krieg mehr war als der liebe Gott, er konnte jeden Verwundeten gesund machen für das Sterben. Jetzt will der Alfons vielleicht ein Professor werden, weil der die Studenten durchfallen lassen kann, wenn er will. Und da denkt er, wenn er den Batschon-Hof nicht am Bein hängen hat, wird er die Treppen schneller hochsteigen. – Der Fluch. Und trotzdem ...!

„Ich", sagte Mjetk, „was habe ich mit alldem zu tun? Ich habe gearbeitet wie ein Pferd ...! Und ich habe keines eurer Gesetze verletzt. Ich will, wenigstens von dir, Gerechtigkeit!"

„Wir haben uns einmal gestritten", entgegnete Felix, „ich glaube, es ging um eure Großmagd Uschka – wegen der Wahrheit. Du behauptetest, es gebe stets zwei Wahrheiten. Ich sagte damals, wir beide sollten uns bemühen, daß wir ein und dieselbe Wahrheit hätten. Entsinnst du dich?"

Mjetk nickte.

„Du verlangst von mir Gerechtigkeit. Gerechtigkeit ist im Grunde nichts anderes als, sagen wir, paragraphierte Wahrheit. Die Wahrheit heißt hier: Batschon-Höfe sind nicht gut für die Gesellschaft."

„Also bin ich doch eine soziologische Kategorie in deinen Augen!"

„Wieso? Identifizierst du dich mit dem Hof?"

Simon Mjetk begehrte auf. „Aber ich ..."

„Aber du!" Es fiel Felix schwer, ruhig zu bleiben. „Warum willst du eigentlich nicht, daß ein neuer Krieg kommt? Nur er wäre doch imstande, dich vor unsrer Wahrheit zu retten."

Simon Mjetk starrte ihn an. „Du hast kein Recht, mir *das* zu unterschieben!"

„Es geht dir also nicht um dich?" Mjetk schwieg, tief getroffen. Felix fuhr fort. „Es geht dir *darum*", er legte die Hand auf die Zeitung, den täglichen Bericht vom Krieg in Korea. „Uns geht es auch darum. – Ich bin manchmal gar nicht sehr scharf darauf zu leben, Simon. Manchmal bin ich verzweifelt. Ich würge das hinunter, auch den Domanja, Rumbo, Korea, dich ... Weißt du, was mir Winfried vor kurzem gesagt hat? Seit ich drüben war, sagte er, verzeihe ich euch sämtlichen Blödsinn, den ihr macht, und einen Haufen Schweinereien noch dazu. Ob ich ein Recht habe, genauso großzügig mit unseren Fehlern umzugehen, bezweifele ich, aber ich würde auch dann nicht einen Augenblick über unsere Wahrheit nachdenken, wenn wir dich unschuldig ins Gefängnis sperrten."

„Gut", sagte Simon Mjetk, „ich ...", er machte eine lange Pause, „ich danke dir." Er stand auf. „Du bist einfach feig. Und weil du zu feig bist, über eure Wahrheit nachzudenken, wenn ihr eure eigenen Gesetze verletzt, untergräbst du deine Wahrheit selbst. Nein, Felix! Ich bin nicht gekommen, dich um den Hof zu betteln, ich fordere von dir mehr: Gerechtigkeit. Du behauptest, solche Batschon-Höfe halten die Entwicklung der Gesellschaft auf – ich bestreite das, aber darum geht es nicht –, dann habt den Mut, entsprechend zu handeln, macht ein Gesetz und beschlagnahmt *gemäß dem Gesetz* den Hof. Mich, Simon Mjetk, der sich gegen kein Gesetz vergangen hat, laßt aus dem Spiel. Deine Ödipus-Geschichte kannst du dir schenken! Mit mir hat sie nicht das geringste zu tun."

Felix nahm das Buch und stellte es zurück in das Fach, sorgfältig richtete er die Buchrücken aus.

„Ich kann kein Mitleid mit dir haben", sagte Mjetk, „weil es um mehr geht als um mich."

Felix Hanusch wandte sich um, sein Gesicht war dunkel und sehr müde.

„Setz dich", sagte er und setzte sich selbst wieder auf seinen Platz. Vor ihm lag der Block mit dem Stück, wohinein er alles schrieb, was er dafür wußte und was die anderen dagegen wußten, daneben die Zeitung mit dem Koreakrieg, und ihm gegenüber saß Simon Mjetk – und nichts war barmherzig.

„Was hast du dir vorgestellt?" fragte er.

„Ich kann nicht Mitglied der Genossenschaft werden ..."
Felix unterbrach ihn. „Willst du?"
„Nein", antwortete Mjetk ohne Zögern. „Ich will nicht. Ich will euch zwanzig Hektar schenken, ich wäre dann mit sieben Hektar ein", er konnte sich die kleine Bosheit nicht schenken, „wie ihr es nennt, ein werktätiger Einzelbauer."
„Ich glaube", sagte Felix, „jetzt denkst *du* in soziologischen Kategorien. – Aber abgesehen davon, ich weiß nicht, ob das ein Weg ist. Ich weiß es wirklich nicht. Ich möchte mit jemandem darüber sprechen. Hast du deine Unterlagen da?"
Simon Mjetk hatte alles mitgebracht, sie setzten sich nebeneinander, prüften die Papiere. Mjetk konnte nachweisen, daß er die Ablieferungsschulden, die den Hof belastet hatten, bis auf einen geringen Rest abgearbeitet hatte.
Als sie fertig waren, sagte Mjetk: „Jetzt ist Beate schon drüben."
Unwillkürlich hob Felix den Kopf und warf einen Blick auf die Uhr, es war wenige Minuten vor eins, dann sah er Mjetk an, und da erst erfaßte er das Gehörte und explodierte.
„Was, zum dreigeschwänzten Teufel, verzapfst du hier theoretischen Unsinn über Recht und Unrecht, während deine Frau tatsächlich abhaut? Was soll dieser verfluchte Irrsinn?"
„Ich rede keine Theorie", entgegnete Mjetk finster. „Vielleicht warten sie schon auf dem Hof auf mich."
„Warum?" Felix sprach jetzt leise, aber sein Zorn steigerte sich. „Warum soll jemand dich verdammten Idioten verhaften? Woher hast du den Mist? Der erste April ist längst vorbei!"
Irgend etwas hinderte Mjetk, seinen Gewährsmann zu nennen. Er antwortete: „Frag doch Rumbo!"
„Quatsch!" Felix lief wütend auf und ab, jetzt stak die Karre tatsächlich im Dreck. Er zweifelte nicht daran, daß Rumbo wieder auf eigene Faust Klassenkampf gespielt hatte, aber wütender machte ihn, daß der kluge, kühle Simon Mjetk sich hatte ins Bockshorn jagen lassen. Felix schien, als sei er zwischen zwei Mühlsteine geraten und würde zermahlen zwischen der Kirchturmsicht des Bürger-

meisters und der Dummheit des Bauern. Sein Zorn fiel in sich zusammen. Die Dummheit ist der mächtigste Feind.

Er stellte sich ans Fenster, die dunkle Scheibe spiegelte sein hageres Gesicht noch hagerer wider. Eine ungeheure Müdigkeit durchdrang ihn. Der Dummkopf bin ich. Was muß ich auch den Zirkuskämpfer in der staubigen Arena spielen, wenn ich auf gepolstertem Zuschauersessel sitzen könnte!

Er hörte die Haustür gehen, Uschka kam heim. Einen Augenblick unterlag Felix der Empfindung, das Leben sei einfach und gut.

9

Der Milchkannenzug rumpelte durch das Land. Die Kannen polterten und schepperten, heiseres Schaffner-Morgengeschrei, Arbeiter stiegen ein und stiegen aus. Der Zug beutelte sie hin und her, stieß ihnen die Knochen wund. Felix stand am Fenster und blickte in das Land, das sich weitete. Erlen begleiteten Wassergräben durch die Wiesen, die Dörfer zogen sich lang hin, rote Ziegelgehöfte zumeist.

In Lübbenau wartete ein anderer Zug, bequem und weich und leise und schnell, und die Fahrgäste waren andere. Urlauber und Dienstreisende, Spargel, der im Spreewald wächst und in Westberlin gegessen wird, eine Spargelstange ist gleich fünf Spargelstangen, niemand kann diese Rechnung verstehen, aber es läßt sich gut Spargel essen auf dieser Grundlage in Schöneberg oder Charlottenburg, es läßt sich gut Spargel verkaufen, der im Spreewald wächst. Noch ist keine Gefahr für die Spargeltaschen und -koffer, die Gesichter dösen vor sich hin.

Der Zug ist sehr voll, viele Menschen, sehr viel Gepäck. Man braucht manches, wenn man in den Urlaub, wenn man aus dem Urlaub fährt. Wenn man aus dem Lande fährt, braucht man mehr: das alte Familienfoto und den Schmuck, Versicherungsbelege und die Kirchensteuerquittung.

Wissen Sie, flüsterte eine hagere Frau, sie haben dort

drüben einen Suchdienst, die werden meinen Mann finden, die finden alle, auch die Toten von Stalingrad finden sie lebend wieder. Das ewige Leben der Toten ist ein Stück vom deutschen Wunder.

Ihr Nachbar nimmt den Blick des Felix Hanusch gelassen auf. Du willst mir doch nicht irgendein Plakat vorreden? Alles Papier, mein Lieber, alles Papier! Als ich ein Kind war, schwor ich auf eine Fahne, ich war ein Schüler, als ich auf eine neue Fahne schwor, ich schwöre dir noch auf fünf andere, lächerlicher Zauber. Ich habe gestern in Chemie promoviert, hier – morgen werde ich als Chemiker arbeiten, dort. Weißt du, wie meine Fahne aussieht? Starr mich ruhig an: Meine Fahne sieht genauso aus wie ich!

Der Zug, gepflegt und bequem, fuhr schnell und ohne sich aufzuhalten nach Berlin.

Vor zwölf Stunden war Beate dahin gefahren.

Ich habe es nicht gewollt, hat Simon gesagt, aber ich habe sie nicht aufgehalten. Sie hat nichts mitgenommen als die beiden Kinder und Geld so viel, daß sie an die Eltern ihres ersten Mannes telegrafieren kann. Sie kommt zurück, so oder so, hat Simon gesagt, sie kann nicht einfach aus meinem Leben fahren.

Und nicht aus meinem, dachte Felix, und grübelte nicht darüber, warum ihn gerade diese Flucht so heftig getroffen hatte.

Ernst Roßmann war nicht in Berlin; vor drei Tagen hatte er seine neue Funktion als Sekretär der Bezirksleitung in Dresden angetreten.

Der nächste Zug nach Dresden fuhr am späten Nachmittag. Felix Hanusch wanderte durch die Straßen. Die Straßen waren voll staubiger Sonne, vorgeblicher Eile, frischer und verblichener Aufschriften; Flugschneisen dröhnten über gekachelten Neubauten, die Fassaden und Bauplätze waren weiß in Rot bebändert.

An einer Brücke fuhr ein Dampfer ab, ein wimpelgeschmückter Kindergarten. „Auf der Donau wolln wir fahren, wo das Schifflein sich dreht", krähten die Kinder, und Möwen kreischten, und die Brücke war voll eiliger Leute, die den Kindern winkten und nach den Möwen sahen.

Auf dem Bahnhof Friedrichstraße eskortierten zwei Polizisten eine Trauergesellschaft, die nach dem Westen hatte hinüberfahren wollen, die Tante war gestorben. Sie hatten die Tante sehr geliebt, die beiden Kränze waren über die Maßen kostbar, Rosen und Nelken und Fichtenreisig und fünfzig Bündel Scheine zu je eintausend Mark.

Felix stieg in die S-Bahn und fuhr drei Stationen nach Westen. Mehr als eine Stunde schlenderte er durch die Straßen, Hänsel und Gretel vor dem Pfefferkuchenhaus, die Hexe war unsichtbar. Schließlich riß er einen Pfefferkuchen ab – eine Tüte Apfelsinen für die Kinder, einen Nylonreißverschluß für Uschka – und rannte zur Bahn, und als er auf dem Ostbahnhof umstieg, fühlte er sich so sehr wieder daheim, daß er stirnrunzelnd hinaufblickte zu dem amerikanischen Clipper.

Was hat der in *unserem* Himmel zu suchen.

Er traf Ernst Roßmann in dessen Wohnung an.

Sie saßen, tranken einen dünnen, rötlichen Tee. Um sie herum waren Gärten, Bäume, Amseln, Sommerduft.

Gibt es etwas Besonderes, fragte Ernst.

Nein, nichts Besonderes. Eben, daß er gekommen sei, um hier zu sitzen, großstädtische Amseln zu hören und zu schnuppern, wie der Sommer riecht, wenn er mit Industrie und den Darmwinden der Großstadt angereichert ist.

„Und außerdem", sagte er, „sehe ich nicht ein, wozu du drei Jahre studiert hast, wenn ich nicht bei dir abladen dürfte."

„Du bist ein Utilitarist", sagte Ernst, „ein – ich weiß nicht, was, aber ganz bestimmt ein Sturkopf, Starrkopf, Dummkopf. Erzähle", bat er, „ich war eine Ewigkeit nicht mehr daheim." Daheim – vor zweiundzwanzig Jahren war er aus dem Dorf nach Dresden gezogen, um Buchdrucker zu lernen. „Was macht deine Genossenschaft – freut sich, daß sie dich hat, was? Und was macht Uschka – freut sich, daß du die Genossenschaft hast? Und die Witwe Nakonz – stehen ihre Kühe nun im Genossenschaftsstall? Erzähle!"

Felix erzählte, und Ernst hörte zu, fragte und antwortete. Es war zunächst die Rede von Simon Mjetk, von der Wahrheit, der Gerechtigkeit, von Rumbo; von Beate, die vielleicht jetzt eben in einem Flugzeug saß. Die Rede war von der Genossenschaft, von Domanja, vom Akkordtöter, von der Witwe Nakonz und ihrer Nichte, die das Dorf verlassen hatte, und auch vom Ambulatorium. Von Korea war die Rede und von Berlin, die Rede war von dem Zug, der von Lübbenau nach Berlin fährt.

Einmal sah das Brot der Bäcker, der es buk, und einmal die Frau, die es ihren Kindern aufschnitt.

Beide glaubten scharfe Augen sowohl für das Nahe als auch für das Ganze zu haben. Vor lauter Kleinkrämerei erkenne Felix die Zusammenhänge nicht. Höchste Zeit für ihn, auf eine Parteischule zu gehen! Vor lauter Schulgelehrtheit habe Ernst keine Ahnung von der alltäglichen Wirklichkeit. Höchste Zeit für ihn, sich unten umzusehen!

„Warum, zum Teufel", schnob Felix, „wollt ihr uns immer lehren, aber niemals von uns lernen? Habt ihr alle Weisheit gepachtet, auch über Dinge, die gerade erst entstehen?"

„Warum, zum Teufel", entgegnete Ernst, „haltet ihr uns immer für selbstherrliche, gelehrte Dummköpfe, die nicht über ihren Schreibtisch hinaussehen können? Und warum überhaupt dein verdammtes ‚ihr – wir'?" Ernst stopfte sich eine neue Pfeife mit der Andächtigkeit, die diesem Vorgang angemessen ist. Er zündete sie an und stieß einen Mund voll Rauch gegen die Mücken, die sie umlauerten.

Dann beugte er sich über den Tisch und grinste Felix an.

„Soll ich dir verraten, worin der ganze Witz beim Sozialismus liegt? In der Synthese von deinem ‚ihr – wir'! Wenn wir das geschafft haben, wirklich geschafft, dann ist der Rest ein Kinderspiel. Oder wenigstens beinahe."

„Na ja", sagte Felix, „denn man tau!"

„Ja", knurrte Ernst, „und wenn einem dann so ein Apostel so gegenübersitzt wie du jetzt mir und denkt, dann fangt mal an, unserer Meinung zu sein, dann sieht man erst, was wir – du bist eingeschlossen! – noch vor uns haben!"

„Angenommen", sagte Felix. „Bei Gegenseitigkeit."

Es läßt sich gut streiten, wenn man dem Partner so vertraut – oder sowenig mißtraut – wie sich selbst.

Felix Hanusch, der die wichtigsten Erkenntnisse und Entscheidungen seines Lebens nicht im Ergebnis einer vernünftigen, mathematisch unanfechtbaren Rechnung gefunden hatte, der von Kindheit an seine jeweilige Welt nicht anders begriff als über das Gefühl und die Phantasie, spürte sich selbst wachsen in dem Vertrauen und in dem nüchternen, vernünftigen Wissen des Freundes. Eine jungenhafte Lust an dem Abenteuer des Lebens erfüllte ihn, er wußte, er würde noch manches einzelne falsch machen, das ganze Abenteuer aber in guter Manier bestehen.

Wenn er es recht überlegte, so lag ihm mehr daran, von der Witwe Nakonz für einen anständigen als von Ernst Roßmann für einen vernünftigen Kerl gehalten zu werden.

Bei diesem Gedanken belächelte er sich selbst, durchaus nicht abschätzend, er erzählte Ernst die letzte Kuhparabel der Witwe, es handelte sich darin um junge Mädchen, die Milch in der Fabrik melken möchten. Dabei erinnerte er sich Anna Domanjas und bat Ernst, er möge sich doch ein wenig um die verwaiste Chemiestudentin kümmern.

Später – die Nacht war lang – fragte Ernst, ob Felix noch manchmal schreibe.

Felix zögerte, dann sagte er: „Nein“, und berichtete von dem Stück, woran er arbeite. Das habe aber mit dem Schreiben, wie er es früher verstanden habe, nichts zu tun.

Das war eine neue Erfahrung für Ernst Roßmann: daß einer an einem Stück schreibt und behauptet, trotzdem nichts mit der Literatur zu tun zu haben.

„Erkläre mir“, bat er, „dieses typische Hanusch-Rätsel.“

Langes Nachdenken, geduldiges Warten, die Pfeife wurde neu gestopft.

„Weißt du“, begann Felix schließlich, er schien ebenso für sich zu sprechen wie für Ernst. „Ich kann weder malen noch zeichnen. Einmal, es mag wohl das zweite, dritte Gymnasiumjahr gewesen sein, sollten wir ein Winterbild malen. Ich malte schwarze Bäume und blauen Schnee – die ganze Klasse lachte sich halbtot über meinen blauen Schnee. So etwa ist es mit dem Schreiben bei mir: Ich will nicht, daß man mich wegen meines blauen Schnees auslacht. Oder beschimpft. Trotzdem versuche ich ein Stück zu schreiben – von der Witwe Nakonz und ihrer Nichte. Die Witwe Nakonz ist ein anständiger Mensch, sie handelt aber manchmal schlecht. Warum?“

„Weil sie sich nicht an die Vorschriften hält“, knurrte Ernst vergnügt.

„Gut“, Felix begriff den Spott nur halb, aber es schien ihm nicht unbedingt wichtig, ihn im Augenblick gänzlich zu verstehen. „Ich habe Bücher gelesen, da handeln die Menschen gut oder schlecht, je nachdem, ob sie viel oder wenig besitzen. Ich habe ein Buch gelesen, darin lebt ein Mann von der Partei, der weiß alles, der tut alles, hat nie Zweifel, er macht auch keine dummen Witze, wie du – wenn es solche Menschen gäbe, fünf davon genügten, auf jedem Erdteil einer, um die ganze Menschheit geradeaus und ohne alle Umstände ins Paradies zu führen. Wenn einer solche Helden erfindet, muß er da nicht auch eine adäquate Umwelt für sie erfinden, die mit der wirklichen Welt nicht mehr übereinstimmt?“ Er ereiferte sich. „Und wenn er solche Helden und solche Welten erfindet, muß er da nicht sich selbst langsam aus der Wirklichkeit hinausleben? Du hast doch sicher mit solchen Leuten zu tun, Ernst – haben die es eigentlich nötig, sich die Nase zu schnauben?“

Ernst Roßmann stopfte sich eine neue Pfeife, Felix sah, daß ihm die Unterhaltung Vergnügen bereitete.

„Ich kenne einen“, sagte Ernst, „der hat eine blaurote Nase, große bunte Taschentücher, und wenn er sich vorm Haus die Nase putzt, schließe ich meinen Tabak ein – sonst raucht er mir zwischen ‚Guten Tag‘ und ‚Auf Wiedersehen‘ ein ganzes Päckchen weg.“

Felix wiegte den Kopf. „Das hört sich an, als ob er ein ganz normaler Mensch wäre ...“

Ernst lachte auf.

„Ich glaube“, sagte er, „du solltest dir ruhig wieder einmal überlegen, ob du immer auf deinem Dorf bleiben willst.“

Felix verlor seinen spöttischen Übermut.

„Es ist *mein* Dorf, es sind *meine* Leute“, murrte er. „Etwa keine guten Leute?“

„Doch, natürlich“, beeilte sich Ernst zu versichern.

„Unsere Freundin Nakonz hat einmal gesagt, der Rumbo boxt die Leute und den Sozialismus auseinander. Solange Rumbo bleibt, bleibe ich.“ Er stand und sagte: „Ich bin hundemüde. Hast du eine Couch für mich?“

Die Couch war zu kurz, aber Felix war wirklich müde. Er hörte nur noch mit halbem Ohr, daß Ernst irgend etwas redete von einem Tick, den er mit Rumbo habe.

„Taktik“, murmelte er und überließ es Ernst, herauszufinden, was er damit meinte.

Ernst Roßmann trug leise das Geschirr zusammen und leerte die Aschenbecher. Auch er war müde, aber er spürte, daß er nicht würde schlafen können. Er beneidete jeden, der – wenn es sein mußte – stehend eine Mütze voll Schlaf nahm, um danach wieder frisch zu sein. Er brachte das nicht fertig, eine Stunde Schlaf machte ihn nur noch müder.

Er setzte sich auf die winzige Veranda und stopfte sich eine gute Pfeife Tabak. Er rauchte, hörte von fern einen Schlepper rufen auf dem Strom, eine Lokomotive schrie, eine Turmuhr zählte die vierte Nachtstunde aus. Er dachte darüber nach, daß er in seiner neuen Tätigkeit aufpassen müsse, denen nicht nach vorn davonzulaufen, die er führen sollte. Die hinter ihm sind dann ohne Führung, und er ist ohne Korrektur. Man läuft so leicht in die Irre.

Der Tag brach an, laut und schrill stieß Ernst ihren alten Jungenpfiff aus, um Felix zu wecken.

10

Damit Sie, Beate,
etwas Spaß haben in Ihrem Pfaffenhofen, schreibe ich Ihnen einen Situationsbericht. Früher, als ich noch ein Hauptmann war, hätte ich einfach geschrieben: Dorf gehalten, Frauen und Kinder können zurück.

Jetzt aber bin ich in der Schule Ihres verehrten Bruders und lerne „Akribie“. Also etwa so: Der Patient trat mit dem linken Fuß zuerst über die Schwelle, er trug einen billigen grauen Anzug (Hahnentritt) und eine dicke Backe.

Das war unser Freund Rumbo. Er hatte die Zeitung gelesen, das war für ihn ein toller Schlag ins Gesicht gewesen.

Ich sagte: „Morjen, Bürgermeister“, und haute ihm auf die Schulter, er hat das gern. An diesem Morgen hatte er es nicht gern, oder besser, es war ihm egal, er knurrte: „Guten Morgen, *Herr* von Grauheim“, und lächelte mich an, das Lächeln, Beate – Sie wären davongerannt! Haben Sie schon einmal eine Bulldogge lächeln sehen?

Ich sagte zur Vorsicht: „Alle Kraft für den Aufbau des Sozialismus, *Herr* Bürgermeister!"

Da blickte er mich an, ich sah, er wollte mich nicht fressen – sie hatten ihm die Butter vom Brot gestohlen oder die Sterne von der Schulter gerissen: Ihm war zum Heulen. Er sagte – nein, das kann ich Ihnen nicht schreiben, Beate –, er sagte also das kurze kräftige Wort, das wir alle sagen, wenn's uns danach ist.

Ihr Herr Bruder trat herein, ich sagte: „Guten Morgen, Herr Doktor", und hielt ihm die Schulter hin, er hat das gern, wenn er einem auf die Schulter klopfen kann.

An diesem Morgen hatte er das nicht gern, er hatte ebenfalls die Zeitung gelesen und überlegte nun, ob er sich nicht auch mit dem Batschon-Hof aussöhnen sollte, nachdem die Leute, die ihn zum Professor machen können, quasi das getan hatten.

Ich hatte noch keine Zeitung gelesen, ich erstattete mit Akribie meinen Morgenbericht, wurde abgewinkt und gefragt: „Was halten Sie davon, Herr von Grauheim?", und der Bürgermeister und seine dicke Backe wurden nicht gesehen.

Schließlich war ich lange genug Offizier, ich machte: „Äh – äh ..."

Ihr Herr Bruder war der gleichen Meinung, er setzte sich und kontrollierte – aber ohne wirkliches Interesse –, ob auf seinem Schreibtisch alles in vorgeschriebener Akribie bereit zum Dienst lag.

Dann erblickte er den Bürgermeister. „Na, Rumbo", sagte er, „was willst du?"

Man sollte eben doch Zeitung lesen, es langweilt zwar, aber es bildet. Ich zum Beispiel hätte *nach* der Zeitungslektüre bei dieser niegehörten Anrede nicht so dumm dagestanden, wie ich vor Ihnen, Beate, dazustehen pflegte.

Ich hielt mich für entlassen, in der Tür hörte ich noch, wie Rumbo begann: „Herr Doktor ...", und – bei Gott! – das war das erstemal, daß er Ihrem Bruder gegenüber das über die Lippen brachte.

Rumbo will wirklich nicht mehr mitspielen. Kann schöntun mit dem Klassenfeind, wer will – ich nicht! hat er erklärt und seine Bürgermeisterstempel dem Schofka vor die Füße geschmettert. Aber der Schofka, unser Freund Felix und Rumbos Vater haben ihm – sicherem Vernehmen nach – erzählt, daß Disziplin etwas schwerer sei, als Kulaken auf den Kopf zu hauen oder jeden x-mißbeliebigen – zum Beispiel mich oder die zungenscharfe Witwe Nakonz – zum Klassenfeind zu diskreditieren. Rumbo hat dagegen gefragt, ob er vielleicht dem Domanja, wenn der zurückkehrt, eine Willkommensgirlande eigenhändig flechten soll. Er ist dabei geblieben, daß er auf eine solche lahme Regiererei pfeift, er geht in die Kohle oder in die Tongrube arbeiten.

Sie haben nicht sehr leise miteinander gesprochen, der Akkordtöter soll ein paarmal seinen Brustkasten mächtig aufgepumpt haben; unter dem Fenster auf der Bank hat der Postausträger und Zuträger einen langen Asthma-Anfall überstehen müssen.

Ich kann mir Rumbos Seelenzustand gut vorstellen: Die ganze Zeit hat er von der Hoffnung gelebt, daß eine handfeste Diktatur ausbricht, statt dessen bricht eine regelrechte Demokratie aus – er versteht einfach seine eigene Welt nicht mehr.

Übrigens, Ihr Vater, Beate, hat aus Zorn die ganze Kneipe leergetrunken. Es ist schwer, mit alten erprobten Sprichwörtern – wie mit Uhl und Nachtigall – auszukommen, es ist alles hinten so vorne wie hoch, habe ich immer gesagt. Weiß der Teufel, ich zweifle an meiner eigenen Weisheit, und daran sehen Sie – kurz und gut, Beate: Es ist alles in Ordnung, in neuer Ordnung sozusagen. Kommen Sie zurück, gleich, sofort, in dieser Minute, fliegen Sie! Hoffentlich fragen Sie mich nicht, wieso ich diesen Brief schreibe. Ich müßte dann sagen: „Äh, äh ...“, und das wäre auch wirklich wahr.

Ihr
Grauheim

Beate Mjetk wußte schon von dem Neuen Kurs, den die Regierung drüben zu steuern anfing; die Zeitungen hier waren voll von gehässigen Kommentaren darüber. Sie las den Brief, der gepackte Koffer stand neben ihr.

Bei ihrer Ankunft waren sie in eine bösartige Grippe-Epidemie hineingeraten, und beide Kinder, geschwächt durch wenig Schlaf und den Flug, den sie nicht gut vertrugen, hatten sich schon am dritten Tag angesteckt.

Beate hatte sie gepflegt, die beiden waren gesund. „Aber noch schonungsbedürftig!" sagte der Arzt, sagten die Großeltern der beiden, sagte, wer immer kam. Die Kinder bettelten – in vier Wochen sind sowieso Ferien, Mama! –, und die beiden alten Leute – durchaus kein altes Eisen, der kommerzienrätliche Großvater! – machten aus ihrem Herzen keine Mördergrube: Es sind unsere einzigen Enkel, es war unser einziger Sohn, und der Junge, der Holger, ist seinem Vater wie aus dem Gesicht geschnitten, es wäre nicht recht, sie uns gleich wieder zu nehmen, laß sie über die Ferien hier. Wir haben eine so gute Luft hier in Pfaffenhofen.

Du freilich, Beat', mußt fahren, wir wissen doch, wie das ist auf einem solchen Gut, noch dazu in dieser Jahreszeit, und noch dazu, wo dein Mann – nein, Beat', du erholst dich ein paar Tage, wir zeigen dir München, Papa gibt dir einen Scheck, du kaufst dir alles, was dein Herz begehrt – ach, du armes Hascherl, es ist schon Gottes Straf' für uns alle, daß so viele von uns in der Zone aushalten müssen.

Beate Mjetk saß in dem Zimmer, das die ersten Nächte ihrer ersten Ehe gesehen hatte. Es war sehr fern und sehr fremd alles: das Zimmer und daß sie hier einen Mann geliebt hatte. Das Zimmer waren vier Wände, der Mann: Hier waren es zehn Tage gewesen, später noch einmal drei Wochen, einmal eine Woche – der Mann war ein Name und zwei Kinder.

Simon Mjetk war kein Name, er war Fleisch und Blut, ihr zugehörig, wie sie ihm zugehörte, er hatte telegrafiert: Bitte, komm heim.

Heim – sie wird heimfahren. Zum erstenmal in ihrem Leben empfindet sie, daß Heimat mehr ist als ein Haus, ein Hügel, ein Bach. Ich überlasse Simon nicht dem Felix Hanusch, denkt sie. Das Dorf – es gehört nicht nur Felix und Rumbo, es gehört auch mir. Ihr fällt die Insel ein, die glückselige Insel, von der sie einmal mit Felix geträumt hat. Solange sie Felix liebte, hat sie davon geträumt: es gibt keine Politik, keinen Batschon-Hof und keinen Steinbrucharbeiterjungen, es gibt Beate und Felix, und beides zusammen ist doppeltes Glück.

Sie lächelt nicht über diese Insel – es gibt sie, oder es gibt sie nicht –, doch sie will nicht mehr; Glück ist kein Traum, Glück ist, vor dem Hanusch zu bestehen, sich den Mann nicht nehmen zu lassen, nicht den Hof, nicht das Dorf. *Das* ist Heimat.

Der Brief von Grauheim: Der Brief geht mich nichts an. Der Grauheim soll die Schwester vom Benno Schofka lieben – die Käthe ist sehr schön, sogar in der Polizeiuniform ist sie schön – oder Uschka Hanusch – nein, die Uschka soll er nicht lieben. Auch sie hat mir einen Brief geschrieben, sie schreibt, als wäre sie meine Freundin. Ich habe nie eine Freundin gehabt.

In zwei Stunden geht mein Zug. Ich habe mich nicht nach München fahren lassen, aber hier haben wir eingekauft. Ich wollte nicht. Wenn ihr wüßtet, wie froh ich jetzt schon bin, daß ich übermorgen mein altes Kleid anziehe! Ich gehe in den Stall, die Tiere sehen mich an, *meine* Tiere, sie kennen mich schon am Schritt, draußen liegen die Felder, *meine* Felder – ich habe das Getreide gesät und die Rüben verhackt, und die Sonne scheint, *meine* Sonne, – ach, was wißt ihr, wie glücklich ich bin!

Aber dann haben sie mich in den Laden geführt, verführt haben sie mich. Ich bin ganz verrückt. Ich habe einen ganzen Koffer voll gekauft, Dinge für Küche und Haus – nie habe ich geahnt, daß man sich die Arbeit so erleichtern könnte! –, für Uschka einen Kleiderstoff – wie machen sie das hier nur, daß die Farben so leuchten? –, und für den Grauheim kaufe ich noch eine Krawatte, hochmodern, mit dem Niagarafall in Totalvision darauf, damit er sich ärgert …

Auf einmal lachte Beate. Ich werde nicht den Zug nehmen, ich werde fliegen, sagte sie, dann bin ich schon morgen daheim.

Mitten in der Nacht schob sich Jakob Hanusch aus dem Bett, an die Decke starren und hoffen half nichts, man mußte etwas tun. Sein Stückchen Lunge stöhnte und pfiff leise. Er schlich aus dem Haus, stolperte durch den finsteren Obstgarten und eilte am Oberen Teich entlang zum Häuschen des Akkordtöters. Er riß eine Stange aus dem Bohnenbeet – was macht jetzt schon eine Bohnenranke aus! – und klopfte an das Mansardenfenster.

Der Akkordtöter steckte seinen grauen Strubbelkopf heraus.

„Was gibt's?" fragte er leise.

„Mach auf", flüsterte Jakob Hanusch, beinahe wollte ihn der verfluchte Husten überfallen.

Der Akkordtöter stand in Hemd und Unterhose in der Tür.

„Die Gewehre", sagte Jakob Hanusch, „wo sind die Gewehre?"

Er hatte eine halbe Nacht darüber nachgedacht, der Akkordtöter starrte ihn ohne Begreifen an.

„Die du damals versteckt hast ..."

Damals: neunzehnhundertunddreiundzwanzig, als die Reichswehr kam. Vor dreißig Jahren.

Der Akkordtöter begriff. „Da!" Er zeigte auf den Nußbaum. „Da drunter." In dreißig Jahren wächst sich ein Nußbaum mächtig aus. Jakob Hanusch sah den Nußbaum an, er setzte sich auf den Hackklotz neben der Tür, jetzt überfiel ihn doch der Husten.

„Wenn sie nun kommen, die Lumpen ...", sagte er.

„Sie kommen nicht!" sagte der Akkordtöter.

„Ich werde wachen." Jakob Hanusch betrachtete den Nußbaum. „Es sind gute Gewehre. Schade."

„Dreißig Jahre liegen sie dort, Jakob, da ist nichts mehr dran."

„Ich nehme die Garbenforke ..."

Der Akkordtöter kratzte sich die wirre graue Wolle auf seiner Brust. „Ich ziehe mich an." Er wußte nicht, was der alte Hanusch bewachen wollte, er glaubte nicht, daß es nötig war, überhaupt zu wachen. Damals, bevor die Reichswehr kam, haben wir zuwenig gewacht, dachte er, besser ist, wir wachen einmal zuviel.

Sie nahmen die langstieligen Garbenforken aus dem Geräteschuppen der Genossenschaft, und es zeigte sich, daß

Jakob Hanusch genau wußte, wo man wachen mußte: Er führte den Akkordtöter zu der offenen Maschinenremise, von da aus waren es fünfzig Schritt zu Felix' Tür, fünfhundert Schritt bis Rumbos Wohnung.

„Deiner wohnt oben", sagte Jakob Hanusch erklärend, „meiner zur ebenen Erde."

Der Akkordtöter nickte, sie setzten sich auf die Hackmaschine, die Forken in der Hand.

„Damals", Jakob Hanusch nahm die Unterhaltung auf, „kamen sie auch in der Nacht."

„Damals", entgegnete der Akkordtöter, „schickten sie die Reichswehr."

Wir wollten ein Pfund Brot für eine Stunde Arbeit, dachte Jakob Hanusch, und sie schickten die Reichswehr.

Dreißig Jahre zu durchdenken, Jahr für Jahr und Schritt für Schritt, ist nicht in einem Augenblick abgetan. Über die Jahre hinweg denkt, wer nicht das Richtige denken will.

Sie schwiegen lange. Dann sagte Jakob Hanusch: „Die Ernte steht gut heuer."

Das heißt: Die dreißig Jahre haben einen Sinn gehabt. Felix, der Sohn, stellt heute das dar, wogegen sie damals die Reichswehr geschickt haben. Damals war es ein Pfund Brot für eine Stunde Arbeit, heute ist es eine Wache für den Sohn. Sie ist teuer geworden, meine Stunde Arbeit.

Anderes dachte der Akkordtöter: Damals haben wir Gewehre gehabt, der Jakob und ich, und zerbissen vor Ohnmacht den Steinstaub zwischen den Zähnen, heute haben wir eine Garbenforke in der Hand, und es reicht.

Das Schloß lag in ihrem Rücken. Dort schliefen Dr. Alfons Batschon und der adlige Jagdflieger von Grauheim, die Inhalierapparate gegen den Steinhusten, die Lichtbäder gegen das Rheuma, die Höhensonne für die Enkel.

Der Akkordtöter sagte: „Jetzt kann der Graf Pflastersteine zerbeißen vor Wut, und es nützt ihm einen Dreck!" Er lachte, sein borstiger grauer Schnauz stellte sich vor Vergnügen auf wie ein Igel.

Jakob Hanusch spuckte den Priemsaft aus. „Was denkst du", sagte er, „der Älteste von unserer Monika soll auf die Schule gehen, sagen die Lehrer. Er ist ein heller Kopf ...?"

Der Akkordtöter begriff die Frage. „Soll er gehen", sagte er.

Nach einer Weile schloß Jakob Hanusch seine Gedanken laut ab. „Es ist besser", sagte er, „sie lernen etwas."

Sie hatten sich lahm gesessen, sie standen auf, drückten die Rücken gerade und schlenderten auf das Schloß zu, die Forken wie einen Stab in der Hand, die alten Augen wachsam in der Runde.

So entdeckte sie Felix Hanusch, als er im Morgengrauen erwachte. Die reinsten Schildbürger, dachte er, halb ärgerlich, halb gerührt, zog sich notdürftig an und ging hinaus.

Die beiden Alten sahen die Sonnenstrahlen am Schloßtürmchen hinabrutschen, auf einmal lagen ihre eigenen Schatten auf dem Kies, lang und lächerlich, wie manche Nachtgedanken vor der Morgensonne.

Felix hatte eben noch Zeit, ihre Nachtgedanken zu erraten.

„Hat euch der Mond nicht schlafen lassen?" fragte er mit gelindem Vorwurf in der Stimme.

„Der Husten", sagte der Vater und hustete zum Beweis. „Da bin ich eben mal an die Luft gegangen, und da kam er und ..." Besser lügen konnte er nicht, er blickte streng an dem Sohn vorbei dem eigenen Riesenschatten nach.

„Ja", der Akkordtöter blinzelte Felix zu, „wir werden uns doch Krückstöcke kaufen müssen, so ein Stiel ist da zu unhandlich, wenn du einen Spazierstock brauchst."

„Na gut", sagte Felix, „kommt hinein, ich koche uns einen Kaffee."

Sie schlichen auf leisen Sohlen in die Küche. Die zwei Garbenforken lehnten wie Hellebarden an der Hausmauer. Felix kochte Kaffee und dachte, was haben sie nun eigentlich bewacht: die Genossenschaft, ihre Söhne, oder weitere, ungedachte Hoffnungen, die erst sichtbar werden, wenn sie bedroht erscheinen?

Die beiden Alten hatten ihre lächerlichen Schatten draußen gelassen.

„Gesindel gibt es überall, Felix", sagte der Akkordtöter ernst.

„Nicht bloß in Berlin", fügte Jakob Hanusch hinzu.

„Ein siebzehnter Juni ist kein dreißigster Januar“, sagte Felix, „und neunzehnhundertdreiundfünfzig ist nicht dreiunddreißig.“

„Es war dreiundzwanzig“, sagte der Akkordtöter, „als die Reichswehr kam.“

Jakob Hanusch nickte.

„Der Kaffee war gut“, sagte der Akkordtöter. „Und jetzt fahren wir beide in den Klee.“

Sie fuhren in den Klee, der Tag war heiß und sonnig, und es geschah nichts weiter Außergewöhnliches, als daß die Witwe Nakonz zu Felix Hanusch gerannt kam und erklärte, daß sie den Grafen, wenn der wirklich herzukommen versuche, eher mit der Mistforke aufspießen werde, als ihre Äcker wiederherzugeben.

Zu welcher Nachtstunde und in welcher Stimmung Rumbo auch immer nach Hause kam, stets streifte er als erstes die Schuhe von den Füßen und sah in der Schlafstube nach dem Jungen. Die Frau wachte selten einmal in der Nacht auf, und der Junge lag meist halb aufgedeckt und wurde seinen leichten Husten nie richtig los.

In dieser Nacht hatte Rumbo bis zwei Uhr in seinem Amtszimmer auf Wache gesessen. Er trat ins Haus, lehnte den Knotenstock, den er für alle Fälle bereithielt, an die Wand, zog zwischen Tür und Schwelle die Stiefel aus und öffnete die Schlafstube. Es war Licht, die Frau saß im Nachthemd vor dem Bett des Jungen. Schnell trat Rumbo heran. Der Junge schlief ruhig, das Gesicht vom Licht abgewandt. „Hat er was?“ flüsterte der Mann.

Die Frau schüttelte den Kopf.

„Warum schläfst du dann nicht?“ Er wollte schon wieder zur Tür, da sah er die Tränenspuren auf ihrem Gesicht. Er wollte die Tränen nicht bemerken, mir langt es so, dachte er. Doch er nahm einen Mantel vom Haken und legte ihn ihr um die Schultern.

„Komm“, sagte er, „und mach das Licht aus.“

Er ließ die Tür zum beleuchteten Flur offenstehen und ging voraus ins Wohnzimmer. Automatisch griff er nach der Flasche Korn im Schrank, goß sich sein Süßweinglas voll und setzte sich an den Tisch, wie immer.

Die Frau stand auf der Schwelle.

„Setz dich, Lisa“, sagte er; er nahm ein kleines Glas und goß ihr ein. „Trink!“

Sie mochte keinen Schnaps, aber sie trank gehorsam.

„Warum heulst du?“ fragte er. Seine Worte waren die gewohnten, der Ton war ungewohnt.

„Wenn sie kommen“, sagte sie, „... warum mußt du auch überall“, sie wollte sagen, der Lauteste, der Schärfste sein, „überall ganz vorn sein ...!“ Sie dachte, er würde auffahren.

Er blieb sitzen und antwortete ruhig: „Sie kommen nicht, morgen ist der ganze Spuk vorbei. – Zweitens bleibe ich auf meinem Posten, nun bleibe ich. Ich habe recht gehabt: es *ist* ein Pack, und es hilft gar nichts als immer den Daumen drauf. Vertrauen! Der Hanusch schwafelt immer vom Vertrauen. Mein Vertrauen jedenfalls haben sie verspielt, restlos! Erst habe ich gedacht, als die Partei auf die sanfte Tour schaltete, ich hau den ganzen Dreck hin, ich geh meine acht Stunden in die Tongrube – und fertig.“

Die Frau seufzte.

Er blickte sie an. „Hätte dir gepaßt, weiß ich. Und abends täte ich eine Eisenbahn basteln für Peter, und sonntags gingen wir zusammen spazieren, wir drei, suchten Pilze oder Heidelbeeren, und wenn ich den Mjetk träfe, ginge ich vorbei, und wenn ich über ihn stolperte! Hätte vielleicht auch mir gepaßt, nicht bloß dir, Lisa! Aber ich bleibe Bürgermeister. Ich treffe den Mjetk und sage, na, wie geht's, was machen die lieben Kinderchen – weißt du, wie mir die Göre das Schweinefutter über die Füße geschüttet hat? – und zum Domanja, wenn der wiederkommt, geh ich und sage, na, Jakob, wollen wir mal vernünftig zusammen reden, war nicht ganz richtig, Jakob, was ich gemacht hab ...“ Er goß seinen Schnaps hinunter. „Und weißt du, warum ich das mache, Lisa? Weil wenigstens einer da sein muß, der die Augen auf hat wie ein Luchs! Laß den Hanusch machen – und in ein paar Jahren haben wir unsere Republik verspielt, da nützen uns nicht einmal die sowjetischen Panzer mehr was! So ist das, Lisa! Und nun heul nicht.“ Er stand auf und trat zu ihr, er war versucht, ihr mit der Hand über das Haar zu fahren, vielleicht sich auch hinunterzubeugen und ihr einen Kuß auf den verweinten Mund zu geben, doch er nahm ihr Glas und goß es voll. „Trink noch ein Glas, damit du einschlafen kannst und nicht irgendwelche Nachtspinnen fängst."

Jetzt legte er ihr doch die Hand auf die Schulter.

Sie goß die Hälfte ihres Glases in sein Glas.

„Auf unseren Hochzeitstag!" sagte sie.

Er verschluckte sich. „Verdammt! Ja wirklich! Ich ..." Er stellte die Flasche zurück in den Schrank. „Siehst du, Lisa: Wenn's anders wäre, hätte ich Zeit, mit dir Hochzeitstag zu feiern. Es ist aber nicht anders. Komm! Ich muß in drei Stunden wieder aufstehen."

Er ging vor ihr hinüber ins Schlafzimmer, trat an das Bett des Jungen, deckte ihn zu und sagte halb über die Schulter zu seiner Frau: „Wir fahren mal irgendwohin in Urlaub, da wird sein Husten auch besser."

Als er im Bett lag, stützte er sich noch einmal auf. „Und die Eisenbahn", flüsterte er, „die kaufe ich ihm eben."

Er knipste das Licht aus. Die Frau lag mit offenen Augen und wartete, bis er eingeschlafen war. Dann schob sie sich leise aus dem Bett und putzte im Vorraum seine Stiefel. Er wird sie ja früh wieder anziehen wollen.

Über die Koppelweide stolzierte im Stechschritt eine Kiebitzfamilie, unten am Bach stand ein Storch und wartete, daß ihm ein Frosch selbst ins Maul springe. Gleich mußte die Sonne über den Bruchhügel springen. Felix Hanusch kam von der Kälberweide zurück. Benno Schofka fuhr für seinen Vater ins Futter, Simon Mjetk ging, seine Wiese zu mähen. An der Bachbrücke trafen sie zusammen.

Felix fragte: „Na, Benno, wackelt der Ofen schon?"

„Nein", antwortete Benno Schofka, „meine Maria richtet es sich immer so ein, daß das Kind zum Frühstück zurechtkommt."

„Wenn's wieder ein Mädchen wird", sagte Mjetk, „ich nehme dir's ab."

„'s wird eins, die Maria und ich, wir sind jetzt schon auf Mädchen eingefuchst. Gehandelt wird aber nicht! Wir füttern sie selbst dick und verkaufen sie erst mit Zwanzig!" Benno Schofka lachte und fuhr weiter; sein Vater zählte ihm die fehlenden Tautropfen auf dem Futter vor.

Felix sah Simon Mjetk an: der trug eine Osterlaune im Gesicht. „Alles wieder in Ordnung?" fragte er.

„In bester!" Mjetk trat einen Schritt näher. „Ich habe darüber nachgedacht, Felix. Laß die Genossenschaft sein. Du findest jeden Tag eine vernünftige Arbeit."

Überrascht hob Felix den Kopf. „Warum soll ich sie sein lassen?"

„Du machst dich kaputt, und es wird nichts, nun schon gleich gar nicht."

„Nun? Wieso nun?"

„Im", sagte Mjetk, „im Neuen Kurs."

Felix lächelte. „So komisch dir das klingt: Du denkst manchmal wie Rumbo. Ihr glaubt nicht an die Vernunft der Menschen. – Wir werden alle gewinnen, auch dich, mein Lieber!"

„Eher hört der Postmann auf zu lügen! Ich will mich für die Kleinen nicht verbürgen, aber solche Höfe wie der meine – sogar ihr werdet ihn als Musterbetrieb anerkennen! Ich beweise euch – und dem Dorf –, daß meine Wirtschaft die bessere ist!"

„Du verlierst den Wettbewerb, Simon, du verlierst ihn – ohne Zweifel", entgegnete Felix. „Du warst immer ein guter Mathematiker – rechne es dir selber aus!"

„Mathematik!" Mjetk lachte fröhlich, siegesgewiß. „Siehst du, das ist es, weswegen du den Wettbewerb verlierst. Bauernarbeit ist keine Mathematik!"

Auch Felix lachte. „Mathematik ist vernünftig, die Bauern sind vernünftig, die Genossenschaft ist vernünftig – also ...!"

Die Sonne kam, rötliches Licht überflutete den Himmel.

„Schade", sagte Simon Mjetk. „Schade um dich."

„Keine Ursache", Felix lächelte ihm zu. „Schade um dich!"

„Auch keine Ursache!" antwortete Mjetk.

„Aber weine dann nicht!" sagte Felix. „Grüß Beate!"

Simon Mjetk hob die Rechte und eilte hinunter ins Unterdorf.

Felix Hanusch wunderte sich über sich selbst, daß er hatte Beate grüßen lassen. Er freute sich so sehr auf Uschka, ihre einfache, gesunde Vernunft, und es war undenkbar, sie liebten sich eines Tages nicht mehr.

Als er ins Schlafzimmer trat, wachte Uschka auf.

Er setzte sich zu ihr auf den Bettrand. „Gut geschlafen, meine Dame?"

„Drei Stunden", sie seufzte. „Und nun weckst du mich schon. Findest du das richtig?"

„Ganz deiner Meinung", antwortete er und blinkerte sie an.

„Guck nicht so!" sagte sie. „Du weckst die Kinder auf."

„So – mit Gucken?"

Sie hielt es für richtig, darauf nicht zu antworten.

„Gibt's was Neues?" fragte sie.

„Ich soll die Genossenschaft lassen ...", Uschka fuhr auf, „... sagt Simon."

„Und warum?"

„Weil's schwer wird", antwortete er ernsthaft.

„Ach so", meinte sie und legte sich wieder hin. „Dann bin ich ja beruhigt."

„Beruhigt?"

„Natürlich", sagte sie. „Weil wir – unter solchen Umständen – keine neue Arbeit für dich zu suchen brauchen."

Er betrachtete sie, seine Augen waren blau und glänzend.

„Unter solchen Umständen", er stand auf, „gehe ich in die Küche und mache ein wunderbares Frühstück und bringe es dir ans Bett. Warum sollten immer nur die Reichen im Bett frühstücken und nicht auch mal ein Ausbund von Klugheit?"

Uschka Hanusch legte die bloßen Arme über den Kopf und lächelte, niemals wird ein Tag sein, an dem wir uns nicht verstehen.

11

Die Tage des Bauern Jakob Domanja waren einfache Tage. Er lud Heu auf den großen Wiesen am Ufer der unteren Werra, aß in der Leuteküche, schlief in einer Kammer im Insthaus, holte am Freitag seinen Lohn auf dem Rentamt, saß am Sonntag in der Kirche, stumm und nicht fromm, das Gelobt sei Gott war nur in seiner Sprache groß gewesen und stark, hier war es fromm und fremd, und die Gebete waren leer, da sie nicht angefüllt waren mit der Sorge um Feld und Vieh.

Einfach waren auch die Abende.

Die Tagelöhnerkneipe am Dorfende, man behielt die Mütze auf dem Kopf und brauchte den Mund nicht aufzumachen, vier Biere und vier Schnäpse. Das Geld reichte von Freitag zu Freitag.

Einfach waren auch die Nächte, in denen der Schlaf kam wie der Schnaps in der Kneipe. Es gab aber Nächte, in denen Jakob Domanja in das Dunkel starrte, und das Fenster war ohne Vorhang, und die Sterne am Himmel kannte er.

Nach einer solchen Nacht war es, daß er dem Lehrverwalter das Herrenstöckchen aus der Hand riß und zerbrach.

Die Frühkartoffeln und den Raps erntete der Bauer Jakob Domanja im Münsterländischen. Hier gehörte die Kneipe zum Gut, und die Kirche, zu der Jakob Domanja gehörte, war weit. Das Geld reichte von Freitag zu Freitag. Es reichte nicht für ein Fahrrad zu der weiten Kirche. Jakob Domanja fraß sich an leeren Sonntagen einen stumpfen Haß gegen die frohen und frommen Sonntage der Herrschaft an. Eines Sonntags spuckte er in der Leuteküche ins Essen.

Das Getreide erntete der Bauer Jakob Domanja an der Elbe. Das Bier war hier nicht so gut und der Schnaps teurer. Doch das Geld reichte von Freitag zu Freitag, auch für den leeren Sonntag reichte es – wo seine Kirche stand, wußte Jakob Domanja nicht, er hatte sich ihrer entwöhnt. Er gewöhnte sich an die Knechtskammer, die Leuteküche, an das Rentamt, an das Herrenstöckchen des Eleven. Er gewöhnte sich nicht an den Strom. Er saß am Ufer und starrte die Wasser an, Schiffe zogen vorbei, er entzifferte ihre Heimathäfen, und manchmal kroch ihn eine Freude an, er vertrieb sie mit einem Fluch. Doch die Flüche waren zu schwach, Jakob Domanja gewöhnte sich nicht an die Elbe.

Den Kohl schnitt Jakob Domanja weit im Norden. In seinem Rücken war das fremde Meer, rundum war kein Wald, der einem heimatlichen Wald ähneln konnte, fremd waren die Menschen und ihre Sprache, gut war der Schnaps, der „Doornkat" hieß, gut war das Geld, es reichte von Freitag bis Freitag und auch für ein Päckchen an Anna, die Tochter. Briefe? Wozu soll ich Briefe schreiben? Es geht mir gut, es grüßt dein Vater. Er konnte die Sterne in der Nacht ertragen, sie rochen nach dem fremden Meer, und als der Winter kam, kaufte er sich einen Anzug und einen Mantel.

Was gewesen war, war nicht mehr. Einfach war, was war: Tage und Nächte, Sonntage und Abende. Der Bauer Jakob Domanja war *uns' Mann* geworden auf dem Hof eines Henk Arendsen, vierundneunzig Hektar Kleiboden.

Als der Boden eine Furche tief gefror, zog Benno Schofka auf eine Parteischule. Vorher wählten sie statt seiner Felix Hanusch zum Sekretär. Die Wahl war eine rein formale Angelegenheit; es gab keine andere Möglichkeit in ihrer nun noch drei Mann starken Grundorganisation. Auch den in Kürze zurückkehrenden Lehrer Nekela konnten sie nicht wählen, er wird als neuer Schulleiter ohnedies vor Arbeit kaum aus den Augen gucken können. Felix selbst nahm die Funktion ungern auf sich, obwohl damit, soweit es das Dorf betraf, im Grunde nur ein bestehender Zustand auch nach außen hin bestätigt wurde. Den Löwenanteil der zeitraubenden Sitzarbeit freilich hatte Benno Schofka getragen.

Wenige Tage nach seiner Wahl zum Parteisekretär schrieb Felix die letzte Zeile an seinem Stück. Er nannte es „Die Witwe und das Glück" und schickte es heimlich vor Uschka an den silberweißen Spielleiter.

Der Spielleiter hätte diesen „Schinken" – so nannte er Felix' Arbeit bei sich – ohne weiteres in den Papierkorb gepfeffert, wenn ihm nicht ein Gedanke gekommen wäre: Er nahm das Stück an unter der Bedingung, daß Uschka die Rolle der Tochter übernehme, sie sei, sagte er, geradezu prädestiniert für positive Heldinnen.

Felix nahm den bösen Spott als gute Wahrheit auf und legte, stolz und glücklich, Uschka das angenommene Stück vor: die Geschichte der Witwe Nakonz und deren Nichte, die eine Erbin hatte sein sollen und eine Arbeiterin in der Fabrik geworden war.

Im Stück war die Nichte zur Tochter geworden, sie lief vor der Schinderei auf der Wirtschaft davon, kehrte mit neuen Einsichten zurück und bewog die Mutter, mit ihr gemeinsam in die Genossenschaft einzutreten.

Uschka wußte, wie sehr Felix auf ihr Urteil wartete, doch sie mißtraute ihrem Unbehagen, das sie beim Lesen des Stückes empfunden hatte, und sprach zuerst mit dem Silberweißen.

Er sagte: „Was wollen Sie? Das Stück entspricht genau den Direktiven, der Inhalt ist höchst lobenswert, Probleme des Sozialismus auf dem Land undsoweiterundsofort. Ich beherzige die Kritik an meiner vergangenen Arbeit – nicht zuletzt Ihre Kritik, Kollegin! – und greife mutig ins Neue. Ich will ja auch einmal gelobt werden!"

„Das Stück ist noch kein Stück", sagte Uschka.

„Sie irren sich", entgegnete er, „die Kritik wird es in den Himmel loben."

„Ich bitte Sie sehr, daß Sie mit meinem Mann noch daran arbeiten."

„Die Proben beginnen in acht Tagen, die Premiere ist schon festgelegt." Er zuckte mit den Schultern.

Uschka sah ihn an, sie kannte sein Gesicht, doch sie konnte keine Hinterhältigkeit darauf entdecken. Aber ihr Gefühl warnte sie. „Und wenn ich mich weigere, die Rolle, wie sie jetzt ist, zu spielen?"

Der Spielleiter wiegte ehrlich bekümmert den Kopf. „Es täte mir sehr leid", sagte er, „um Stück und Autor. Ich müßte das Stück absetzen und – selbstverständlich – Ihrem Mann mitteilen, daß es geschieht, weil Sie sich weigern, die Hauptrolle zu übernehmen."

„Gut", sagte Uschka, „ich spiele."

Sie ging zu einem Kollegen, dem ehemaligen Bäcker, er war für die Rolle des Genossenschaftsvorsitzenden vorgesehen. Sie saßen eine Nacht lang zusammen und arbeiteten Änderungsvorschläge aus, die Uschka mit heim nahm.

Felix hatte vier Tage auf ihr Urteil gewartet, jetzt nahm er das im ganzen doch positive mit Vorbehalt und mit Mißtrauen auf. Er meinte, Uschka habe sich nicht getraut, sofort und ohne Schminke mit ihm zu reden.

Zum erstenmal in ihrem Leben sprachen sie vorsichtig

miteinander, darauf bedacht, dem anderen nicht weh zu tun, und zum erstenmal lagen sie in der Nacht lange Zeit wach, einer neben dem anderen, nicht miteinander wie alle Nächte vorher.

Am Abend darauf blieb Uschka spielfrei daheim. Doch beide hatten einen vollen Tag hinter sich.

Felix hatte drei Instrukteure mit ein und dem gleichen Anliegen verdaut, den vierten jagte er zur Hölle und machte kein Hehl daraus, daß er damit verschiedene Schreibtische meinte, die sich selbst unter den Schutz des Dogmas von der Unbefleckten Empfängnis gestellt hatten.

Er hatte über zwei Leichen schreiten müssen: Einmal schrie Rumbo, der Großbauer Simon Mjetk komme nur über seine Leiche in den Ortsausschuß der Nationalen Front, und doch war es richtig und notwendig, auch um den Preis einer sprichwörtlichen Leiche des Bürgermeisters.

Die zweite, gleichgeartete Leiche war eine Doppelleiche gewesen: Nicht für einen Himmel voller Heiliger noch für eine Hölle voller Teufel waren Peter Wenzel und Johann Mrosak bereit, nebeneinander in der Leitung der Bauernhilfe zu sitzen. Auch hier war es nicht länger hinzunehmen, daß die beiden Streitteufel im Dorf herumquirlten und jede vernünftige Arbeit hemmten. Felix brachte am hellichten Wintertag eine regelrechte Versammlung beider Familien zustande, steckte sich hinter die Frauen, vor allem hinter die Mrosak-Tochter Maria Schofka, und es erwies sich, daß eine Handvoll vernünftiger Frauen besser war als ein Himmel voller Heiliger und schrecklicher als eine Hölle voller Teufel: Gemeinsam entflohen Peter Wenzel und Johann Mrosak und besiegelten bei der Wirtin Hilde ein Schutz- und Trutzbündnis gegen die Weiber.

Uschka hatte heute früh Probe zu einem Märchenstück gehabt und dabei dem Silberweißen die Änderungsvorschläge zu Felix' Stück unterbreitet. Der Spielleiter lehnte zunächst alles rundweg ab, um schließlich das meiste nach zähem Hin und Her mit einer boshaften Gleichgültigkeit zu akzeptieren.

Er sagte zum Schluß: „Ich weiß nicht, was Sie wollen, liebe Kollegin: Das Hinrichssche Stück war, Ihrer Meinung nach, ein schlechtes – da das Stück Ihres Mann das genaue Gegenteil darstellt, muß es also gut sein. Vertrauen Sie ruhig auf meine Erfahrung!"

Am liebsten hätte ihm Uschka dafür ins Gesicht gespuckt.

Am Nachmittag brachten ältere Kinder den Mathias vom Rodeln nach Haus, er blutete und preßte sich die Wollmütze auf das rechte Auge. Uschka blieb das Herz stehen. Doch die Platzwunde war hart über dem Auge.

Das war der Tag gewesen, und nun war es Abend.

Felix begann. „Weißt du, Uschka", sagte er, „die ganze Angelegenheit ist einfach: Das Stück ist mißlungen, ich ziehe es zurück – fertig. Ich bringe sonst nur dich in Ungelegenheiten."

Seine Absicht, alle Gedanken der Nacht leichthin abzutun, war ehrlich, aber Uschka hörte, daß es ihm sehr schwerfiel.

Hastig, ohne zu überlegen, antwortete sie: „Dein Stück ist gut und wird ganz sicher Erfolg haben." Noch während sie sprach, dachte sie, ich müßte ihm sagen, daß das die Meinung des Spielleiters ist, und ich nicht recht weiß, was ich damit anfangen soll. Der Silberweiße kann nicht wünschen, daß sein Theater ein neues Stück herausbringt und damit durchfällt, und bei allem, worin ich ihn kenne, wünscht er nicht, daß ein Stück mit diesem Inhalt ein Erfolg wird.

Felix hörte nicht die stolpernde Hast in der Antwort seiner Frau, er hörte nur, daß sie nicht zögerte, und gerade das machte ihn nachdenklich.

„Warum", fragte er, „hast du mir dann kein Wort gesagt, als du es zu Ende gelesen hattest?"

Die Leichtigkeit war weggeflogen, Pusteblume mit silbrigem Köpfchen.

Nun half keine Hast mehr, Uschka wußte nicht weiter – unwillkürlich spielte sie Theater.

„Warum?" Sie stand aus ihrer Couchecke auf, zupfte ein welkes Blatt von dem blühenden Alpenveilchen auf dem Radio, kam zum Tisch, setzte sich neben Felix. „Einiges hat mir nicht gefallen, aber, siehst du, ich bin deine Frau ..."

„Und warum", er unterbrach sie, „konntest du mir trotzdem nicht deine Meinung sagen? Du wußtest doch, ich habe für mich geschrieben – oder für dich, das war wohl dasselbe."

War, dachte sie, er sagt *war*. Sie erschrak, jäh wurde ihr bewußt, wie sehr sie sich schon in Wahrheit und Unwahrheit verstrickt hatte. Ihr war heiß vor Angst.

Du hast das Dorf auf dich genommen, dachte sie, die Genossenschaft und den Streit um den neuen Schulleiter, Simon Mjetk und Domanja, das Ambulatorium und Rumbo, mein Theater und die Witwe Nakonz. Wer wüßte alles von dir, wenn nicht ich? Und wer wüßte, wenn nicht ich, daß du geschrieben hast in der Hoffnung, unser Theater spielte dein Stück und ein Dutzend anderer Bühnen nähme es in seinen Spielplan auf? Niemand weiß, wie schwer dir das Schreiben gefallen ist, hundert Nächte oder mehr – ich weiß es. Habe ich da nicht ein Recht, die Wahrheit auch *danach* abzuwägen?

„Ich wußte mehr von dir als du selbst", sagte sie, und jetzt suchte sie nicht sorgsam nach Worten, „du hast alle deine Klugheit aufgeschrieben. Und ich ...", sie lächelte ein kleines, fast rührendes Lächeln, „ich bin nun einmal deine Frau."

Er blickte sie an. „Und ich – um in deiner Umschreibung zu sprechen – bin dein Mann. Aber was machen wir nun mit der Witwe und ihrem Winkelglück? Wegwerfen?"

„Umarbeiten."

„Viel?"

„Wenig", antwortete sie, und wieder überrieselte sie die Angst; sie hätte sagen müssen: alles, bis auf den Anfang.

„Und dann?"

„Dann", sagte sie, „wird es ein Erfolg."

Er richtete sich auf, strich ihr im Aufstehen über das Haar, holte das Stück, kramte Papier und Bleistifte hervor und sprach dabei: „Weißt du, ich habe jetzt wirklich Angst darum gehabt! Und wir brauchen euch, wir kommen im Dorf allein nicht einen Schritt mehr vorwärts, ich kann mir überhaupt nicht vorstellen, wie es weitergehn soll ohne fremde Propheten, zum Beispiel vom Theater. Simon hat alle Schulden beglichen, er steht beinahe besser da als die Genossenschaft. Ob die Zeitungen hosianna schreien zu dem Stück – das ist mir egal“, er verbesserte sich lächelnd, „also, beinahe egal ist mir das. Hauptsache, die Bauern begreifen, das Vernünftige ist trotzdem nicht Simon Mjetk, sondern die Genossenschaft.“ Er setzte sich hin, bereit zur Arbeit. „Und das werden sie, meinst du?“

„Ja“, sagte Uschka. Ich werde spielen, dachte sie, wie ich noch nie gespielt habe, wir werden es schaffen.

„Gut“, sagte er fröhlich. „Fangen wir an!“

Es war gegen Morgen, sie saßen mit heißen Köpfen, in Decken gehüllt gegen die Kälte im Raum, als sich die Tür öffnete und Mathias mit bloßen Füßen ins Zimmer tappte.

„Ich habe etwas geträumt“, murmelte er und rieb sich vor dem hellen Licht die Augen.

„Komm schnell her“, sagte Felix, „du erkältest dich.“

Der Junge lief zu seiner Mutter, kroch auf ihren Schoß und kuschelte sich zurecht. Uschka schlug die Decke um ihn.

„Was hast du denn geträumt, Mathi?“

„Vom Weihnachtsmann, und er hatte ganz große Augen, und dann ist er mit dem Schlitten gefahren, auf mich …“

Uschka prüfte seinen Verband, er saß noch fest. Sie gab ihrem Jungen einen Kuß.

„So“, sagte sie, „jetzt bringt dich Vati ins Bett, und dann schläfst du ganz schnell wieder ein und träumst etwas Schönes.“

Als Felix zurück ins Zimmer kam, sagte er: „Morgen sind wir vielleicht mit dem Stück fertig, machen wir uns dann an die Eisenbahn für den Jungen?“

„Ja“, Uschka nickte, ein wenig spöttisch, „wir haben ja noch ganze acht Tage Zeit!“

Felix seufzte. „Wenn zu mir ein Weihnachtsmann käme und fragte, was willst du haben, ich sagte: einen ganzen Sack voll Zeit! Zeit, eine Eisenbahn zu bauen, ein Stück zu schreiben, meine Frau zu lieben …“

„Hättest du“, sagte Uschka, „nicht auch Zeit, uns eine Tasse Kaffee zu kochen?“

„Auch das“, sagte er.

Er ging in die Küche, hängte den Tauchsieder in ein Töpfchen Wasser, sah den arm- und beinlosen Teddy des

Jungen in der Winterspielecke der Kinder liegen, und ihm fiel ein, daß er am Abend vergessen hatte, eine Beschlußvorlage für den Gemeinderat zum Bürgermeister zu bringen. Es war dringend geworden, den Kindergarten zu bauen, einige Mittel waren vorhanden, und kaum einer im Dorf würde sich ausschließen, am Bau zu helfen. Sogar drei staatlich geschulte Kindergärtnerinnen waren hier zu Hause, das ersparte viel Umstände wegen der Wohnungen.

Um die Wohnung war es auch in dem Streit mit dem neuen Schulleiter gegangen. Der Lehrer Georg Nekela hatte alle Staatsprüfungen mit gutem Erfolg abgelegt und zuletzt ein halbes Jahr lang die Parteischule besucht. Er kehrte als Schulleiter zurück, heiratete eine Kollegin – eine Enkelin des Akkordtöters – und wollte die Wohnung nicht nehmen, die man ihm in der Schule anbot. Dort hatte bis vor kurzem der silberbärtige Oberlehrer gewohnt, er hatte nichts mehr zu lehren gehabt und hatte angefangen, Geschichten zu schreiben. Es waren Dorfgeschichten, wie sie ein alter Lehrer sieht, der seine Kinder hatte gegen den Streik beten lassen, der sie zu Gehorsam und Ehrfurcht vor dem Grafen erzog und selber wütend den Stock hob gegen den Inspektor des Grafen; der die Mona Lisa sehen wollte, wenn der Krieg gewonnen war, und der mit dem Akkordtöter und dem rotborstigen Michel Domsch Skat spielte und mit ihnen wünschte, der Krieg möge verloren gehen; der einen herzkranken Sohn hatte, den der Krieg nicht gebrauchen konnte und den der Krieg in der Phosphornacht in Dresden verbrannte; der die neue Zeit nicht mehr begriff, aber ihr mit seinen Kräften auf die Beine half; der das Gerede von den Klassen für geeignet hielt, die Harmonie im Dorf zu stören, und der Geschichten schrieb aus diesem seinen Dorf von den einen, die satt waren durch Besitz, und von den anderen, deren Männer sich im Bruch den Stein in die Lunge fraßen.

Das Büchlein war erschienen, der Silberbart hatte es in jedes Haus getragen, und dann war er gestorben. Seine Frau war auf ihr Alter noch weggezogen, sie war nie daheim gewesen im Dorf.

Der Schulleiter Nekela wollte die Räume für die Schule:

Soll man ewig mit drei Klassen auskommen? Der Bauer Mjetk, der ein begabter Lehrer gewesen war, war für die Erweiterung der Schule; er stellte dem Nekela eine Wohnung in seinem Haus zur Verfügung, zwei kleine Zimmer zunächst nur, aber der Altbauer trinkt sich die Jahre schnell von seinem Konto, dann reicht die Wohnung für den Schulleiter, dessen Frau Lehrerin, und auch die Kinder haben Platz.

Mit diesem Plan war der Bürgermeister ganz und gar nicht einverstanden. Der Nekela wird unter den Einfluß Mjetks geraten, zumal er früher ein Knecht der Beate war.

Felix sagte zum Bürgermeister: „Kannst du dir nicht vorstellen, daß es auch umgekehrt laufen könnte?"

Der Bürgermeister konnte sich nichts vorstellen. „Ich traue dem Mjetk alles zu."

„Aber dem Nekela traust du nichts zu! Und uns", sein Vater, der Akkordtöter, umfaßte mit einer harten Geste die kleine Runde: Felix, Nekela sich selbst und Rumbo, „uns traust du nichts zu. Und das ist schlimmer."

Jetzt kommen sie wieder mit ihrem verdammten Vertrauen, konstruieren daraus noch, daß ich kein Vertrauen zur Partei habe, dachte Rumbo, sollen sie machen, was sie wollen, wir werden's ja erleben, ich jedenfalls trinke nicht Brüderschaft mit dem Klassenfeind Mjetk, wenn's so ist, pfeife ich auf den Neuen Kurs und gehe heim und baue die Eisenbahn für den Jungen, der Hanusch nimmt sich ja auch Zeit dafür.

„Gut", sagte er, „ich habe gewarnt, aber ihr seid ja drei gegen einen, damit ist es beschlossen, daß Nekela zum Großbauer Mjetk zieht."

Nekela zog ein, als sich die Eheleute Mjetk fast stillschweigend geeinigt hatten, das Mädchen Sieglinde und den Knaben Holger nur noch bis Weihnachten bei den Großeltern in Pfaffenhofen zu lassen.

Simon Mjetk hing nicht an den Kindern, doch sie gehörten hierher. Die Großeltern gewährten ihnen alles Erdenkliche; eine ausstaffierte Perlon-Prinzessin war, den Fotos nach, das Mädchen geworden, und der ein wenig verträumte Knabe Holger beschrieb zwei Briefseiten damit, wieviel seine neuen Spielsachen im einzelnen gekostet hätten. „Fünf Mark dreißig West, das sind bei Euch fünfundzwanzig Mark“, schrieb er.

Ich habe die Verantwortung für die Kinder übernommen, sagte Mjetk, sie machen dort Menschen aus ihnen, unbrauchbar für das Leben und ungut.

Er wollte auch nicht, daß eines Tages jemand eine politische Frage daraus machen könnte in der Art: wie vereinbaren sich eigentlich deine Erklärungen, du seist nicht einverstanden mit dem politischen Regime in Westdeutschland, mit der Tatsache, daß du deine Kinder drüben läßt?

Noch hatte niemand anders an ihn die Frage gestellt als er selbst und als Felix Hanusch, und der hatte keine Antwort erwartet.

Aber Felix Hanusch schließlich war ein weiterer, triftiger Grund für die Heimkehr der Kinder.

„Wir brauchen sie nicht als Magd und Knecht“, sagte Simon zu Beate, „Gott sei Dank nicht mehr.“ Es war ihm gelungen, einen alten, aber unverwüstlichen Lanz-Bulldog und eine leistungsfähige, dabei unkomplizierte elektrische Melkanlage auf beinahe legalem Wege zu kaufen. „Aber Sieglinde kann die Melkanlage bedienen – wieviel Zeit spart das dir! –, und für Holk, wenn ich erst die Wasserleitung und die Dungrinne fertig habe, ist es wirklich ein Kinderspiel, den Kuhstall sauberzuhalten! Wir beide, Beate, wir haben vom März bis November draußen mehr als alle Hände voll zu tun. Ich habe gestern in der Stadt einen elektrischen Herd gesehen – AEG aus Jugoslawien –, der regelt die gewünschte Temperatur automatisch, ich habe mir versichern lassen, daß es tatsächlich klappt. Ich bekomme einen solchen Herd, hundert Mark habe ich ohne Quittung angezahlt. Du stellst früh das Essen roh in die Röhre, mittags holst du es fertig heraus – wir *müssen* einfach alle Minuten zusammensuchen, die wir einsparen können! Ich mache mir keine Illusionen, Beate: Leicht werden wir's nicht haben. Aber wir schaffen es, du und ich.“

Beate nickte. „Sicher“, sagte sie. „Wir schaffen es.“

Sie nahm das „Lehrbuch für moderne Geflügelzucht“, das Simon für sie gekauft hatte, wieder in die Hand, während er sich an den großen Tisch setzte, an dem acht

Knechte und Mägde Platz gehabt hatten. Der Tisch lag voller Papiere, Fachbücher und Pläne. Der Futterplan: Jeder Milchkuh nach Leistung, jedem Kalb nach Kalorien. Der Anbauplan: Jeder Acker war klassifiziert nach seiner Bodenbeschaffenheit, nach seinen in Jahren erwiesenen Fähigkeiten, Dürre oder Nässe zu ertragen, empfindliche Saaten gut durch den Winter zu bringen. Der Technisierungsplan: Gebäude- und Hofskizzen, Geldbedarf und wahrscheinliche Zeiteinsparung.

Beate Mjetk sah über den Rand ihres Lehrbuches ihrem Mann zu. Ich habe viel Glück gehabt, dachte sie. Wenn jemand, gewinnt Simon den Wettlauf mit der Zeit. „Ich helfe Ihnen", hatte Winfried von Grauheim gesagt, „aber es ist aussichtslos." Warum hilft er uns dann?

Damals schickte er mir seinen Wagen zum Bahnhof, er selbst ließ sich erst acht Tage später sehen.

„Selig sind, die da heimkehren in das Vaterhaus, denn ihrer werden", er wickelte zwei Rosen aus dem Papier, „die beiden schönsten volkseigenen Rosen sein, die es in unserem Dorf gibt. Ich habe viel Herzklopfen beim Mausen gehabt, daß ich mich nicht selbst dabei erwischte."

Beate konnte nicht hinaufgehen und den Niagarafall-Binder für ihn holen, der Binder paßte nicht zu den Rosen.

Sie sagte: „Kommen Sie herein, Grauheim, rauchen Sie eine Zigarette bei uns."

Drinnen, im großen Zimmer, saß Simon Mjetk über seinen Papieren. Winfried sah, die *eine* Zigarette war wörtlich gemeint, doch diese Zeit genügte ihm, um festzustellen, daß der Mann keine Ahnung von seinem Brief an Beate hatte.

Er rauchte die Zigarette zu Ende und sagte: „Mein Urlaub fällt in diesem Jahr genau in die Erntezeit. Wenn ihr einen Knecht brauchen könntet – ich bin billig. Und willig auch."

Beate wollte sagen: „Nein", aber Simon hatte das Angebot ohne Zögern angenommen.

Manchmal, dachte Beate, haben wir dann auch zusammen gebadet, wir beide und er, in unserem Teich, es war schon Nacht. *Er* sah mich auch in der Nacht, Simon sah nichts.

Simon Mjetk hob den Kopf. „Weißt du, Beate, was ich jetzt möchte?"

Auch wenn wir das Klavier noch hätten, ich möchte nicht spielen. „Soll ich das Radio andrehen?" fragte sie.

Er schüttelte den Kopf. „Ich meinte unsere Lieder."

Wenn ich spielen wollte, dann Schumann, aber meine Finger sind untauglich geworden für Schumann. Simon denkt immer, wir haben das Klavier verkauft, wir haben viel mehr verkauft. Der Batschon-Hof ist teuer.

Sie legte das Lehrbuch zur Seite. „Ich schreibe einen Brief an die Kinder", sagte sie. „In acht Tagen sollen sie kommen." Die Kinder, dachte sie, die Kinder wenigstens gebe ich nicht her, denen dort nicht und denen hier nicht!

„Schreib!" sagte Simon. Das war der tiefste Grund, daß er die Heimkehr der Kinder wünschte: Beate sehnte sich krank nach ihnen. Es genügt, wenn ich die Sehnsucht nach *unseren* Kindern in mich hineinfresse. „Sie sollen mir Perlondichtungsringe für die Wasserleitung mitbringen, ich schreibe gleich auf, welche."

Er schob seinen Anbauplan von sich. Die Perlonringe halten ewig, man muß weit voraussehen, auf viele Jahre hin sicher bauen. Denn so schnell werden Leute wie Felix Hanusch nicht aufstecken. Man wird durchhalten nur, wenn man jede Kleinigkeit gut überlegt. Auch ein Perlondichtungsring ist eine Waffe im Kampf um die bäuerliche Freiheit.

12

Die Perlondichtungsringe des Simon Mjetk kamen in einem Paket; die Kinder der Beate Mjetk schickten eine Ansichtskarte aus dem Engadin.

Aus demselben Schweizer Kanton erhielt Beate einen Brief: Wir sind mit Sieglinde und Holger vor der fürchterlichen Poliomyelitis hierhergeflohen. Dieser Brief war sehr freundlich, von Frau Agathe Stauffenbacher mit der Hand geschrieben, die Rückkehr der Kinder erwähnte er mit keinem Wort.

Der Antwortbrief auf Beates erneute Forderung, ihr die Kinder sofort heimzuschicken, befaßte sich ausschließlich mit der Rückkehr der Kinder, „... die nicht stattfindet, nicht mit unserer Zustimmung und nicht freiwillig durch die Kinder, die staunenswerterweise schon ein erhebliches Urteilsvermögen an den Tag legen. Daß Du es zu einem Prozeß kommen läßt, liebe Schwiegertochter, hoffen wir nicht, auch im Interesse der Kinder, die dadurch in das öffentliche Interesse gezerrt würden und unabhängig vom Ausgang des Prozesses – der übrigens sehr zweifelhaft ist durch das ethische Recht, das wir in Deiner besonderen Lage durchaus auf unsere Enkel haben – empfindlichen Schaden an ihrer seelischen Entwicklung nehmen könnten. Wir sind bereit, Dir jährlich eine angemessene Summe bereitzustellen, die Du zweckmäßigerweise für eine ausgedehnte Urlaubsreise mit den Kindern, am besten in der Schweiz oder in Italien, verwenden könntest. Wir hoffen zuversichtlich, daß diese Regelung Dein Einverständnis findet und daß wir eines Tages alle wieder in Frieden und Freiheit vereint in einem Vaterland sind."

Diesen Brief hatte der Kommerzienrat Stauffenbacher seiner Sekretärin diktiert, Geschäftsbogen, Aktenzeichen, Durchschlag.

Simon Mjetk wachte in der Nacht auf, als Beate neben ihm hemmungslos weinte. Er war hilflos, es war das erstemal, daß er sie weinen sah. Er sagte: „Wir gehen zum Gericht, sie müssen uns die Kinder zurückgeben, du bist die Mutter!"

Beate weinte, weil sie ihre Kinder verloren hatte und sie nicht durch einen Prozeß wiedergewinnen wollte. Sie wollte den Staat, in dem sie lebte, nicht zu Hilfe holen gegen den, von dem sie wünschte, er endete nicht an der Elbe. Der Batschon-Hof war teuer, er kostete auch die Kinder. Mitten aus ihrem Weinen heraus umschlang sie mit einem verzweifelten Ungestüm ihren Mann.

Drei Männer waren in ihrem Leben: Den ersten habe ich geliebt, er hat mit mir das Leben geträumt. Den zweiten habe ich geliebt, er hat mir wollen das Leben erobern. Den dritten liebe ich, er verteidigt mir das Leben. Es hat mir beim ersten aller Jammer nicht genützt, er hat mir nichts genützt beim zweiten – was soll ich jammern um den dritten?

Aber ich bin nicht aus Holz und bin nicht aus Stein. Ich brauche etwas Lebendiges, woran ich mich klammern kann. Alles, was ich habe, genügt nicht. Daß ich den Hanusch hasse, macht mich nicht lebendig.

Der Hof, sagt Simon, immer wieder der Hof. Plötzlich sah sie, der Hof war eine Schimäre. Außerhalb uns existiert er nicht. Existiert nicht und frißt Kinder, frißt auch mich, wenn ich mich nicht wehre.

Ich will leben können ohne die Schimäre Hof, ohne Simon, ohne alle. Eine Frau und ihr Kind sind mehr als alles.

Beate lag lange wach. Sie sah, was kommen wird. Man kann das Leben nur bestehen oder an ihm zugrunde gehen. Feiglinge werfen entweder sich oder das Leben weg. Beate Mjetk war kein Feigling.

Der Winter schüttete Regen und Schnee herab, Stürme heulten über die Himmel. Die Kinder der Beate Mjetk lebten in der Schweiz, sicher vor jedem Prozeß und unberührt auch von der Besorgnis ihres einen Großvaters, die in Berlin tagenden Außenminister der Großen Vier könnten sich zugunsten der Russen einigen.

Der andere Großvater der Kinder kaufte eine Fahrkarte nach Berlin, um persönlich den Amerikanern zu sagen, sie möchten nun endlich einmal Ernst machen, das Radiogekläff allein sei gut für Hunde. Michael Batschon kam nur bis in die Rettungsstelle des Roten Kreuzes auf dem Hauptbahnhof in Dresden, wo er vierundzwanzig Stunden lang sich den Schnaps aus dem Kopf schlief, den er zuvor im Wartesaal fünf Stunden lang glasweise in sich hatte hineinlaufen lassen.

Ende Februar trockneten die Äcker, der Umsiedler Emil Kurfürst baute einen neuen Hühnerstall und stellte in dem alten ein Auto auf, das über die Straßen hüpfte, wenn seinen Fahrer der Schluckauf stieß.

Mit diesem Auto fuhr der Genossenschaftsvorsitzende und Parteisekretär Felix Hanusch in die Stadt und nahm in einer Amtsstube – deren Inhaber übrigens jener Friedbert

Melzer war, der auf Felix' alter Schule angefangen hatte, ein zweisprachiger Kader zu werden – einen jungen braungebrannten Mann in Empfang, der ein deutsches Nachkriegsabenteuer, dem Anschein nach gesund an Leib und Seele, hinter sich gebracht hatte.

Der Aktenvorgang, der Martin, den Sohn des Klarinettenmannes, wieder in die Liste der Lebenden aufnahm, war kurz, gemessen an dem Weg, den er nach der Feier seines achtzehnten Geburtstages von der Baustelle bis nach Hause gebraucht hatte. Der Weg hatte über Metz nach Toulon geführt, auf diesem Abschnitt konnte Martin noch Kindertränen weinen und um ein Gotteswunder beten. Die Raststätte in Algier war hart und vergittert, und die Bastonade für versuchte Desertion wischte die Kindertränen aus seinen Augen. Vorzeitig spuckte ihn das Gefängnis aus, und ein anderer Schiffsbauch verschlang ihn. Im Suezkanal fischten sie ihn verwundet wieder auf, die Exekution für die erneute Desertion überließ man dem Dschungelkrieg in Vietnam. Dort setzte Martin sein verlorenes Leben auf die letzte Karte und gewann. Der Weg aus dem kämpfenden Dschungel führte über tausend Stationen, und Reue und schamvolle Freude begleiteten ihn.

Felix brachte Martin heim, und so behutsam er auch dessen Eltern vorbereitete, die Mutter fiel doch vorzeitig in Wehen, ein Krankenauto fuhr mit flatternder Notflagge nach Dresden, und Herta gebar ihren zweiten Sohn zwanzig Jahre nach dem ersten.

Es war niemand im Dorf, der nicht Anteil nahm an diesem Glück, das größer war als zwei Söhne. Auch Rumbo, der Bürgermeister, erschien, er schleppte eine mächtige Azalee an, betrachtete den rot gewordenen Burschen Martin streng und genau, sprach ein paar eingelernte Worte, das schien ihm doch nötig, man kann sich nicht darauf verlassen, daß jemand anders schon die notwendige Belehrung durchgeführt hat.

Nach dem offiziellen Teil veränderte sich sein Gesicht, er haute Peter seine Pranke auf die Schulter und sagte zu dem Heimgekehrten:

„Am liebsten hätte ich dir ja zuerst den Hintern granatig versohlt! – Deine Firma hat angerufen, morgen kannst du wieder anfangen. Du hast viel gutzumachen, vergiß das nicht!"

Dann wandte er sich an Peter: „Kriegt man keinen Schnaps bei dir, wenn man gratulieren kommt?"

Peter goß die Gläser randvoll, und Rumbo hob vorsichtig das seine gegen Martin. „Ich hätte dich doch versohlt, wenn ich dein Vater wäre!"

Darauf tranken sie.

Der Altbauer Michael Batschon sagte zwischen zwei Schnäpsen zu Hilde, der Wirtin: „Dem Deserteur bringen sie Blumen, und meinen Schwiegersohn lassen sie frei herumlaufen, wo jeder sieht, daß er ein Schweinehund ist – nicht einmal auf die Roten kannst du dich verlassen."

Die Wirtin Hilde betrachtete sich im Glas ihres Thekenschranks. „Ein interessanter Junge ist er", sagte sie und zupfte ihre Haare zurecht.

Der eierköpfige Postmann flüsterte Emil Kurfürst zu: „Der – und bei der Fremdenlegion gewesen! Bei der Staatssicherheit hat er gelernt, jetzt soll er uns ausspionieren, ich sage dir, Emil!"

Emil Kurfürst ließ sich nichts sagen. „Bei mir kann keiner was spionieren", brummte er, „nicht einmal du, August! Ich habe ein Auto, und in zwei Jahren kaufe ich einen Fernseher, dann kannst du bei mir gucken kommen, zwei Groschen für den Abend, August. Und wenn du mal sehen willst, wie ein richtiger Kuhstall aussieht, kannst du deine Stinknase in den meinen stecken, kann auch die Staatssicherheit ihre Nase hineinstecken – alles echtes Rindfleisch, August, kein Mist an der Haut und keine Politik."

Da war keine Politik in dem Haus des Emil Kurfürst, aber eine Badestube war da. Und etwas war noch in dem Haus des Emil Kurfürst, der vor neun Jahren mit nichts als mit sechs Kindern, einer Frau und einem Bauch voller Haß ins Dorf gekommen war: ein Paar Augen, die über den Steinbruchhügel und den Hundekirchhof hinwegsahen, nüchtern und schlau, und eine Nase, die dem Wind anmerkte, woher er übermorgen wehen wird. Emil Kurfürst pfiff auf den Eierkopf – Lügen oder nicht Lügen –, er stand manchmal mit Felix Hanusch zusammen, zwei Bauern an einem Feldrain, und er schickte seine Frau mit einem Geranientopf zum Klarinettenmann: Viel Glück zu den beiden Söhnen.

Als Herta nach drei Wochen aus der Klinik heimkam, feierte die Genossenschaft ein Fest. Peter, der Vater, spielte zum erstenmal wieder die Klarinette, und seine Frau war niemals in den vierundvierzig Jahren ihres Lebens glücklicher gewesen. Sie hatte Augen für alle, die mit ihr glücklich waren, aber sie sah nur den einen Sohn in der Wiege und den anderen am Tisch. Der in der Wiege schmatzte im Schlaf, und der am Tisch lachte mit wachen, klaren Augen.

Felix, der Vorsitzende, sprach einige Worte: Er wünschte seinem Patenkind in der Wiege, Herta, der Mutter, und ihnen allen, „daß Peters Klarinette immer nur Lieder von einem guten Leben für den kleinen Sohn weiß, bis er ein großer Sohn geworden ist und selber Lieder singt, die wir heute kaum träumen können".

Der alte Jakob Hanusch saß dabei und nickte, er war zufrieden mit dem Leben. Felix, sein Sohn, hatte keine Tretstiefel angezogen, Kumt und Sielen hatte er sich übergestreift und war doch geachtet als Obrigkeit, mehr, als irgendeine Obrigkeit früher im Dorf geachtet worden war. Seine beiden älteren Töchter schickten ihre ersten Kinder ins Leben, Monika den ihren auf die Oberschule, Anna ihren auf ein Gestüt, er lernt Pferdezucht – gibt es Schöneres als Pferde? Und Lena, die jüngste, hat einen Mann, fleißig und nüchtern, er hat schon drei Medaillen an der Jacke hängen. Als Peter die Klarinette hob, war selbst Hanusch nahe daran, ein paar Takte mitzusummen – valeri, valara vielleicht.

Dem Akkordtöter sträubte sich vor Freude der nun schon eisengraue Schnauz, er wußte nicht, ob er lieber einen Schnaps mit seinen alten Bruchgenossen trinken oder lieber mit Uschka, die neben ihm saß, flirten sollte. Uschka selbst und Felix gehörten zu den stillsten am Tisch: In vier Tagen öffnet sich zum erstenmal der Vorhang für das Glück der Witwe Nakonz, wie es Felix sieht. Wie werden es die anderen sehen?

Während sie bei Peter das Fest der zwei Söhne feierten, saß Winfried von Grauheim zum erstenmal allein bei Beate

Mjetk. Der Bauer war in die Uckermark zu einem berühmten Viehzüchter gefahren, um eine Färse zu kaufen.

Winfried trank einen Korn und erzählte Geschichten, lustige und leichtsinnige, von sich und von anderen, auch von der Akribie, mit der Dr. Alfons Batschon seine Heirat vorbereite. Der Gesundheitsminister habe keine Tochter gehabt, berichtete er, weder eine achtzehn- noch eine neunzehnjährige, Alfons hätte jede genommen. Aber immerhin habe er einen halben Minister mit heiratsfähiger – sehr fähiger, sagte Winfried – Tochter aufgetrieben und lerne nun, als Vorbereitung auf die Verlobung, den Marxismus auswendig.

Beate hörte ihm zu, lächelte manchmal, einmal lachte sie, und immer war sie zufrieden, daß er da war und sie nicht allein ließ.

Er sprach auch von dem Fest, das sie beim Klarinettenmann feierten, er sah, wie sich Beates Gesicht verdunkelte. „Entschuldigen Sie bitte, Beate, aber wollen Sie vor jedem Kinderwagen ausreißen, dem Sie begegnen? Oder wollen Sie nicht doch lieber Ihren verehrten schwiegerelterlichen Kindesräubern das BGB auf den Tisch legen? Kindesraub zählt auch drüben noch zu den Straftaten."

Sie schüttelte den Kopf. „Ich kann ja hin. Und vielleicht kommt die Wiedervereinigung doch."

„Der Mann", sagte Winfried, und das war bitterster Ernst, „der mich zum Tode verurteilt hat, ist drüben Landesgerichtsdirektor und ..." Was hinter dem „und" war, geht niemanden etwas an als ihn selbst. „Denken Sie, ich lasse mich freiwillig mit einem Staat vereinigen, den dieser Mann vertritt? Und Sie mit Ihrem Schwiegervater, der Ihnen die Kinder raubt?"

Beate schwieg; hätte sie sagen sollen, daß sie nichts gegen eine solche Wiedervereinigung einzuwenden hatte?

Die Nacht war noch jung, als Winfried ging. An der Haustür küßte er Beate die Hand. Er spürte, wie sie erschrecken wollte, und lachte leise. „Alte Gewohnheit, Beate, keine Sorge drum! Im übrigen soll es sogar in Moskau noch ähnliche Sitten geben."

Beate schloß, sehr langsam, die Haustür, und während sie Winfrieds Glas und den Aschenbecher in die Küche trug, dachte sie, Herta hat sich ihr Kind erzwungen, ich bin um zehn Jahre jünger.

Sie wußte, sie durfte am Abend nicht daran denken, der Schlaf kam dann nicht, trotz aller Müdigkeit. Sie lag wach und grübelte. Ihr Vater kam heim, die Haustür schlug, und die Treppe polterte. Ihre Liebe hatte der Vater verspielt, ihr Mitleid längst vertrunken, und tiefste Fremdheit hatte er sich angelacht, als er bei der Wirtin Hilde über die Beate lachte, die ihre Kinder verloren hatte.

Beate hörte den Schulleiter Nekela, sie hörte durch die Wände das Flüstern seiner Frau: Ach, laß für heut die Arbeit sein.

Sie stand auf und nahm eine Schlaftablette, der Schlaf kam, die Träume blieben.

Da ist die Himmelschlüsselwiese bei Wierbitz. Ich pflücke die gelben Blüten, und meine bloßen Füße freuen sich über den Tau, ich habe einen dicken braunen Zopf über der Schulter hängen, ich bücke mich nach den Blumen und warte auf irgend etwas, das auf dem sandigen Kiefernhang sein wird. Es ist nicht da, noch nicht. Ich liege dort, eine Dreschmaschine summt, ich öffne die Arme, die Kiefern wachsen, Zweig um Zweig. Die Witwe Nakonz kommt auf dem Feldweg von Wierbitz her, sie trägt Schultaschen, einen Riesenschulterkorb voll Schultaschen, sie sagt: Der Bus ist schon weggefahren. Habe ich auf den Bus gewartet? Die Witwe Nakonz trägt keinen Korb, sie hat einen Zugstrick über der Schulter, sie schleppt eine Saategge über den Acker, sie ist nackt bis zum Gürtel, ihre Brüste hängen leer und schlaff, da trinkt sich kein Kind mehr satt. Sie schleppt schwer, tief hinuntergebeugt, sie sieht mich nicht, hinter ihr sprießt die Saat, es ist kein Korn, es sind Himmelschlüssel, sie schließen keinen Himmel auf, und die Dreschmaschine summt leer. Die Witwe Nakonz hebt den Kopf, und das bin ich.

Die Witwe Nakonz, immer noch mit meinem Gesicht, geht durch das Dorf, die Gehöfte stehen frischgetüncht hinter den schmalen Vorgärten, in denen Blumen blühen, Rosen und Dahlien, Düfte und Farben, und ich zeige mit dem Finger auf jedes Gehöft und zähle etwas, ich nenne es laut beim Namen, aber ich höre es nicht, ich weiß nicht, was ich zähle. Ich bin am Ende des Dorfes, da ist das Haus des Paul Wenk, fünf Morgen Wind und saure Wiesen hinter dem Haus, und ich sage laut, ganz laut: siebenundachtzig Kilo mehr. Ich habe das Glück gezählt und gewogen, es ist die natürlichste Sache von der Welt, das Glück nach Kilo zu wiegen. Ich schreibe das in ein Buch: in einem Jahr siebenundachtzig Kilo zugenommen. Ich bin beauftragt, das aufzuschreiben. Das Buch ist mein Poesie-Album.

13

Der Weg über den Hofplatz war gut für Traktoren, sie stolpern in ein Loch hinein, überschütten den Düngerstreuer daneben mit lehmigem Pfützenwasser, krauchen aus dem einen Loch hinaus dem nächsten zu.

Für den kleinen Zweisitzer Winfried von Grauheims war das Traktorenloch ein Mondkrater. Doch auf dem Mond ist alles leicht, zwei Mann traten heran, hauruck – sie hoben das Wägelchen aus dem Krater. Der eine putzte sich die Hose, der andere lachte dröhnend, er hat das richtige Zwerchfell dazu. Ein paar Krater und ein paar Spritzer Lehmwasser machen ihm nichts aus, er ist der Direktor der Krater, der Traktoren und der Düngerstreuer und auch des Kulturhauses, zu dem der Weg über den Hofplatz führt. Kultur darf man den Leuten nicht zu leicht machen, dröhnte der Mann, sie denken sonst, es kostet nichts, und was nichts kostet, ist nichts wert, so sind nun einmal unsere Bauern. Kultura, er lachte und zeigte auf den Tisch-Invaliden im Flur neben einem Pappfaß mit Staufferfett, ich hatte einen Grand ohne Vieren in der Hand, ich hab ihn gewonnen, aber der Tisch – Skattische sollte man nicht aus Astholz machen!

Es kamen geländekundige Wagen, sie pirschten sich an den Mähbindern entlang ans Kulturhaus heran, und Busse kamen und hielten am Tor. Das Tor war eigentlich nur dazu gut, ein Transparent daraufzunageln, man konnte drum herumgehen, es war kein Zaun und keine Mauer am Tor.

Noch ein Wagen fiel in einen Krater, natürlich war der Wagen fremd hier, aus Dresden, und die drinsitzen, denken, die Wege hier draußen sind so eine Art Zwingerhof, und da ist das Theater, bitte schön, Abendkleid und Stökkelschuhe. Die Leute aus dem Bus sagten so etwas, und dann halfen sie dem Wagen hinaus und hinein und hinaus; in dem Wagen saß kein Abendkleid und kein Stöckelschuh, nur der Freund des Felix Hanusch, er ist gekommen, sich das Stück anzusehen, und viele von den Bus-Leuten kennen ihn, und er kennt manchen, den Rumbo, die Witwe Nakonz – den halben Bus kennt er. Auch Simon Mjetk kennt er, auf der Hochzeit des Felix haben sie miteinander diskutiert.

Ernst Roßmann trat zu Simon, setzen wir uns zusammen. Er begrüßte Beate, sie war ein Schulmädchen gewesen, als er aus dem Dorf ging; eine schöne, kräftige Frau, dachte er, und was ist sie für ein Mensch?

Sie setzten sich: Simon, Beate, Ernst Roßmann, Rumbo, ein Stuhl war noch frei, plötzlich saß dort die kleine Anna Domanja. Hundert Meter vor dem Mondkraterhof der Traktorenstation war sie aus Ernst Roßmanns Wagen gestiegen, es sollte sie niemand darin sehen. Auf ihrer rechten Hand saß ein gelber Spritzerklecks Chemie, aber das war es nicht, weswegen ihre Hände das Programmheft in ihrem Schoß zusammendrehten, entfalteten, zusammendrehten.

Auf dem Programmheft stand: „Die Witwe und das Glück".

Die Garderobe ist winzig, du kannst nicht atmen darin. Uschka Hanusch hatte die Hände im Schoß liegen, sie atmete ruhig, das Stück wird nicht durchfallen, ich werde es nicht durchfallen lassen.

Sie dachte an ferne, fremde Dinge: als sie unten am Bach die Gänse hütete – Batschons Gänse – und Königin spielte, barfüßig und den Kranz von Margeriten auf dem Kopf. Sie summte das Gänseliedchen: „Gössel, Gössel, gelbe Schnäbel ..."

Der Inspizient riß die Tür auf.

Uschka erhob sich, trat in den schmalen Gang, der Gong schepperte blechern, die Lichter im Saal verloschen, das

Murmeln erstarb. Der Vorhang – immer noch der primitive Vorhang, den sie mitschleppten von Ort zu Ort – öffnete sich ruckend: Auf der Bühne sitzt die Witwe, sie flickt ihr Kuhgeschirr und ißt Abendbrot, und auf dem Tisch liegt ein Zettel, der Vertrag, den sie machen soll mit dem Traktorendirektor. Sie wird nicht unterschreiben, heute der Traktor und morgen die Kolchose, Gott sei Dank hat sie die Tochter, sie ist ein gutes Mädchen, kräftig und fleißig; sie ist ja fleißig für sich selbst, es wird alles ihr gehören: das Haus, die zehn Morgen, die beiden Kühe.

Die Tochter tritt ein, jung und schön, sie greift nach dem Geschirr. Da entdeckt sie den Vertrag.

Warum hast du nicht unterschrieben, Mutter?

Die Witwe hat Ziegen gehabt zeitlebens, sie hat sich das Gras auf den Feldrainen erbettelt, das Unkraut von fremden Feldern in ihren Ziegenstall gefahren, dafür vergelt's Gott gesagt. Sie hat Feld und Vieh, der Himmel ist weit, er kommt nach dem Sterben, jetzt ist das der Himmel: Feld und Vieh.

Immer denkt die Witwe an das, was war, und klammert sich an das, was ist. Die Tochter will kein Ziegenleben und kein Kuhleben, sie will ein Menschenleben: Unterschreibe den Zettel.

Unten im Saal saßen der Paul Wenk, der Mrosak, der Wenzel, die Witwe da oben dachte, was sie dachten, redete, was sie redeten, und die Tochter, sie kannten die Tochter: Sie wohnte in ihrem Haus.

Die Herzen begannen den Männern und Frauen in der Brust zu wummern, was dort auf der Bühne geschehen wird, wird morgen oder übermorgen ihnen geschehen.

Die Tochter spricht für die Jungen, sie ist gut zu der Mutter, sie will kein Schinderleben mehr für sie und nicht für sich, sie sieht, was heute ist, und will, daß es morgen anders sei. Sie redet nichts Kluges, nur die Wahrheit spielt sie.

Uschka spürte, wie die Zuschauer sich ihr zuneigten, ihre Worte gewannen an Wärme, sie liebte die Mutter, sie lächelte und war traurig: Keiner war im Saal, der nicht wünschte, sie möchte glücklich sein.

An der Saaltür saß Felix Hanusch, er wollte das Spiel sehen und die Zuschauer. Die verkrampfte Spannung in seiner Brust löste sich, es war kein Graben mehr zwischen Bühne und Saal. Ihm ging es wie den Bauern, das Spiel auf der Bühne war Wirklichkeit, und die im Saal waren Teil des Spiels. Er sah die wirkliche Witwe Nakonz, jetzt wird sie begreifen, was das Vernünftige ist. Er sah sein Dorf vor sich, die neue Gemeinschaft wächst Gehöft um Gehöft. Es gehört zur Freiheit, daß man auch der eigene Knecht nicht sei.

Schade, dachte er, daß Benno Schofka nicht dabeisein kann. Er behauptete, in dem Stück hätte ich alles richtig und glatt gemacht – die Diphterienarbe und auch die Katzenbraue –, am Glatten bliebe nichts hängen.

Felix sah Uschka an, sie weinte auf der Bühne aus Mitleid mit der Mutter: Sie bleibt nicht daheim, sie geht in die Stadt, in die Fabrik, es hilft nun alles nichts mehr.

Der Vorhang fiel, und die Zuschauer saßen, die Hände im Schoß, und es war notwendig, jetzt an den Schwielen zu zupfen, alte Narben zu zählen.

Und dann ist Uschka in der Stadt und sie beginnt zu reden, Kluges: Nicht einmal die Mrosak-Tochter Maria, die sogar die Partei im Bett hat und im Winter zur Volkshochschule läuft, redet so klug. Die Bauern bekamen wieder nüchterne Augen, und ihre Herzen hörten auf zu wummern.

Rumbo hörte mit gesammelter Aufmerksamkeit zu, er paßte auf, ob nichts Falsches gesagt werde. Ernst Roßmann lockerte sich ein wenig in den Schultern und notierte sich etwas auf das Programmheft. Der Silberweiße hatte ein winziges Lächeln in den Mundwinkeln.

Beate Mjetk atmete auf, sie strich sich über die Augen, beinahe hätte sie sich gefangennehmen lassen. Simon Mjetk verlor das Geschehen auf der Bühne aus dem Sinn. Die Winterrübsen sind großartig gekommen, laß ich sie reifen, oder stürze ich sie doch um.

Oben auf der Bühne nimmt der alte Arbeiter die Tochter der Witwe in die Schule: Er führt sie in die Arbeit ein und entdeckt ihr die Gesetze des Lebens.

Die festlich gekleidete Witwe Nakonz im Zuschauerraum entsann sich ihrer Bonbonschachtel, für das Theater gönnte sie sich immer eine Schachtel Honigbienen. Beinahe hätte sie das Zuckerzeug in ihrer Tasche vergessen.

In der ersten Reihe saßen der Akkordtöter und Jakob Hanusch, sie starrten den fremden klugen Arbeiter an und wunderten sich, wie das Mädchen die Klugheit fraß. Dem Akkordtöter hing der eisengraue Schnauz traurig über den Mundwinkel, er hörte den Mrosak hinter sich flüstern, paß auf, die kriegt die Alte herum, gleich marschieren sie in die Genossenschaft. Der Wenzel gab zurück, das muß so sein, Johann, das verstehst du nicht; wenn die da oben Schnaps trinken, ist es auch bloß Wasser.

Noch einmal flackerte die Aufmerksamkeit auf, die Tochter kehrte nach Hause zurück. Uschka spielte, was nur zu spielen war, die Worte trafen noch einmal da und dort mehr als nur das Ohr: Schwer ist das Leben der Witwe gewesen, jetzt wird es leicht und glücklich sein.

Der Beifall war freundlich.

Felix Hanusch erschien auf der Bühne, Beifall auch für ihn, er ist ein guter Kerl. Er stand neben dem Silberweißen – Beifall auch für den, er macht so feinen Spaß auf der Bühne, schade, daß er heute nicht dabei war.

Uschka Hanusch verbeugte sich, der Applaus dröhnte, der Silberweiße lächelte, und Felix lächelte auch.

Draußen warteten die Busse. Uschka stieg ein, sie trug den Arm voller Blumen, sie strahlte, war es doch viel besser gegangen, als sie gefürchtet hatte. Sie setzte sich neben Felix. „Siehst du!“ sagte sie.

Er nickte ihr zu. „Du warst großartig!“ Die vielen Blumen, der Applaus, die gute Laune überall überwucherten seinen dumpfen Zweifel.

Der Silberweiße zwängte sich als letzter in den Wagen. „Der Zirkus ist vorbei“, sagte er. „Nun werden die Clowns getränkt. Fahr“, rief er dem Fahrer zu, „der Wein wartet!“

Unverzüglich rollte der Bus los, und da erst merkten Johann Mrosak, Peter Wenzel und Rumbo, daß sie im falschen Wagen saßen.

Rumbo schrie: „Halten!“

Die Theaterleute lachten, und der Silberweiße erklärte:

„Ihr kommt mit, wir sind ein fortschrittliches Theater, wir halten Verbindung zu den Massen."

Rumbo wollte nicht, aber Johann Mrosak sagte: „Das gehört sich so. Felix ist aus unserem Dorf, und wir sind seine Delegation."

Die Mrosak-Delegation war nicht die einzige, die sich im Frühstückszimmer des Hotels „Zum Grauschimmel" einfand, um den Premierenwein trinken zu helfen; manche hier meinten wohl, Wein und Tisch machten die Freiheit aus, und es schien für einige nachgerade ein Beruf zu werden, auf Feiern und Empfängen sich um eine Sozialkur in Karlsbad zu bewerben.

Warum sollte dann Winfried von Grauheim im Restaurant, in der Abteilung für Selbstzahler, sitzen? Felix holte ihn herein.

Winfried betrachtete die vielen, die gekommen waren, Felix' Stück zu feiern, und meinte: „Die haben den Fonds, hat etwas mit Quelle zu tun. Sollen die dürsten, die am Schöpfrad sitzen?"

Felix war nicht interessiert, sich über Fonds und Quellen zu unterhalten, er brannte nach der Bestätigung, daß seine dumpfen Zweifel unsinnig waren.

„Wie war dein Eindruck?" fragte er.

„Ich verstehe nichts von der Kunst, mein Alter ... Aber ich denke, deine Frau führt einen verdammt sicheren Knüppel. Sie hat eine tadellose Bauchlandung geschafft. Safety first, mein Lieber! Ich jedenfalls würde meine Frau nicht in eine selbstgebastelte Kiste stecken!"

Die Mrosak-Delegation fühlte sich nicht ganz daheim unter den Feiernden, sie trat hinzu.

„Ich weiß nicht, was Sie mit Ihren Flugzeugen hier wollen, Kollege Grauheim", ereiferte sich Rumbo, „Felix hat eine feine Sache geschrieben, prinzipiell und parteilich! Solche Stücke brauchen wir im Theater." Er haute Felix kräftig auf die Schulter.

„Da hat Rumbo ganz recht", erklärte Johann Mrosak. „Im Theater muß Theater sein. Und auf den Felix lassen wir nichts kommen."

„Lassen wir nichts kommen!" echote Peter Wenzel, und Felix nahm Rumbo beim Arm und fand noch vor dem offiziellen Anfang vier gefüllte Gläser für seine Dorfdelegation.

Der Intendant stand auf, sprach gut akzentuiert, mit Würde und Witz, über den Fortschritt und daß sie auf diesem Wege voranschreiten wollen, und hob sein Glas gegen Felix. Felix hörte die sonore Stimme, da war kein Falsch dahinter, er freute sich und dachte: Uschka beurteilt ihn doch nicht ganz gerecht.

Der Kulturredakteur der Tageszeitung schrieb eifrig mit. Er war Knecht gewesen und Soldat geworden, war aus dem Kriege heimgekehrt und Neulehrer geworden, hatte die Schule geleitet und die Protokolle des Gemeinderats geschrieben, war in die Redaktion hineingeworfen worden, und es war nicht leicht für ihn, hinter dem Lob des alten Schauspielers die Absicht herauszuhören, selbst gelobt zu werden. Doch der Redakteur hatte ein gutes Ohr.

Nicht alle hatten gleich gute Ohren. Manche waren unter den Gästen, die Lob auch für sich brauchten, jeder Schreibtischsessel hatte vier Beine, eines davon ist das Lob von oben, und auf drei Beinen wackelt ein Stuhl, bis er umfällt. Auch sie hoben ihre Gläser und ihre Stimmen, sie erwähnten das Stück am Rande, sprachen dafür mehr vom Fortschritt und mutigen Voranschreiten und vom Sozialismus, und das alles war gut, darauf konnte man mit sauberem Gewissen trinken. Und auch als man auf Uschka und ihre Leistung zu sprechen kam, fand niemand einen Grund zur Zurückhaltung.

Es war ein schönes, frohes, zufriedenes Fest, und Felix Hanusch war glücklich.

Es gab keine Veranlassung, Ernst Roßmann gespannt nach seiner Meinung zu fragen, als er endlich erschien, nachdem er die ganze Zeit beim Kreissekretär gesessen hatte.

Ernst nahm Uschka und Felix auf die Seite. „Ich danke euch beiden“, sagte er. „Du hast wunderbar gespielt, Uschka! Ich glaube nicht, Felix, daß du weißt, was du an deiner Frau hast.“

„Doch“, entgegnete Felix, „ich weiß es. – Und mein Stück?“

Ernst Roßmann schob die Unterlippe vor. „Das ist

schwierig." Er blickte erst der Frau, dann Felix ins Gesicht. Er sah die untergründige Furcht in Uschkas, den heftigen Wunsch, sich bestätigt zu wissen, in Felix' Gesicht.

„Ich werde darüber schreiben ..."

„Ich kann aber nicht so lange warten, Ernst!" Felix lächelte drängend.

„Und ich kann nicht gleich sofort losschnattern, also gedulde dich ein paar Tage. Ich will auch nicht über dein Stück schreiben, Felix." Felix starrte ihn verwundert an, Uschka stellte sich an seine Seite. „Ich will über dein Anliegen – unser Anliegen – schreiben, im Zusammenhang mit deinem Stück: die Formung des neuen Menschen."

„Und mein Stück?"

„Dein Stück ist nicht gelungen, Felix." Ernst trat zwischen beide und legte den einen Arm der jungen Schauspielerin, den anderen dem Freund auf die Schulter. „Ich bin nicht klug genug herauszufinden, woran das liegt. Dir gelingt der erste Teil, da leben die Menschen. Man spürt, das, was ist, kennst du wie deine eigene Tasche. Aber die Vorausschau – es ist doch eine Vorausschau?" Felix nickte, „– mißlingt völlig. Deine Menschen hören auf, Menschen zu sein, weil du irgend etwas mit ihnen angestellt hast, was ihnen nicht bekommt. Du hast deine Witwe doch ziemlich willkürlich in die Genossenschaft bugsiert. Aber das passiert ja wohl ab und zu auch in der Wirklichkeit."

Die Feiernden sangen ein Lied, ausgelassen und sehr laut. Felix löste seine Schulter aus dem Arm des Freundes.

„Das Stück ist nicht mißlungen!" Uschka trat einen halben Schritt auf Ernst Roßmann zu. „Ihr habt leicht reden!"

„Du weißt es doch selbst, Uschka", entgegnete Ernst, „daß ich recht habe. Warum willst du mit Gewalt weiß aus schwarz machen? Nützt das irgend jemandem? Felix vielleicht?"

Uschka schwieg verwirrt.

„Na also!" fuhr Ernst fort. „Ich wiederhole: Alles, was heute abend über Mut und Tapferkeit geredet worden ist, trifft auf dich zu, Felix, du hast allen Grund, den Kopf hochzuhalten. Wer aber deine großartige Willensleistung in eine großartige künstlerische Leistung umfälscht, treibt letzten Endes Schindluder mit der Kunst ..."

Felix lächelte ratlos.

Uschka schob ihren Arm unter den Arm ihres Mannes. „Ob dein Maßstab allerdings schon allgemeingültig ist, Ernst, wage ich zu bezweifeln. Denn oft reimt sich ein großer Name auch auf eine schlechte Arbeit."

„Zugegeben", Ernst nickte ihr zu. „Mir geht es vor allem darum, daß du, Felix, weder den Premierenapplaus noch meine Kritik in die falsche Kehle kriegst. Und du, Uschka, solltest ihm wirklich *dabei* helfen. Ich muß aber nun leider unbedingt fahren." Sie wollten ihn zum Wagen begleiten. Er sagte: „Bleibt, lacht und feiert, ihr habt genügend Grund dazu."

Sie sahen ihm nach, als er hinausging.

Uschka sagte: „Ich möchte nicht bleiben."

Felix holte Winfried, und sie fuhren heim.

„Ihr seht aus", meinte Winfried, „wie aufgeweichte Pappheilige. Dabei solltet ihr andauernd hurra schreien."

„Hurra, hurra, hurra!" krächzte Felix.

„Sei bitte still!" sagte Uschka.

Später lagen Felix und Uschka in der Schlafkammer und hielten sich an der Hand. Die Kinder schliefen mit leisem Atem.

Felix dachte: Ich bin ein Straßenbauarbeiter. Wer sollte die Straße bauen, wenn nicht wir? Es war immer gut gewesen zu wissen: Ich gehöre zu denen, die eine neue, schöne Straße zu bauen verstehen.

Ich stritt mit Rumbo: ein Meter Straße. Ich stritt mit Simon Mjetk: ein Meter Straße. Ich striegelte meinen Acker, sorgfältig wie ein Kleingärtner sein Beet: ein Meter Straße. Ich machte einen Futterplan, ich brachte die erste Getreidekombine ins Dorf, ich las ein Buch, ich saß bei Johann Mrosak, ich riet dem jungen Paul Wenk, ich schickte einen Mann ins Sanatorium: ein Meter Straße. Ich schrieb ein Stück: ein Meter Straße.

Kein Meter, vielleicht kein Zentimeter. Und holprig, schlecht, vielleicht falsch in der Richtung. Habe ich jemals im Leben alle Kräfte so angespannt wie für das Stück?

Uschka stützte sich auf. „Nimm's nicht so schwer", flüsterte sie „Keiner kann alles."

Sie denkt, weil ich als Stückeschreiber durchgefallen bin.

Ich bin kein Stückeschreiber. Ich bin ein Baum. Ein Baum hat nur einen Stamm, da ist das Stückeschreiben drin und das Lieben, das Ackern und das Streiten.

Immer war es mein Glück, zu sehen, wie sie auf der Straße voranschreitet, die ich gebaut habe. Sie und Mathi und Mirka, Anna Domanja und Paul Wenk und ...

Und ich? Immer nur das Arbeitszeug auf dem Leibe, niemals den Festanzug, den man vorn, in der ersten Reihe, trägt? Einmal kein Straßenbauarbeiter zu sein, sich den Schweiß von der Stirn wischend, sondern ein Baum am Rande der Straße, und alle sagen: Seht, welch ein Baum!

Ein Baum zieht die Säfte tief aus dem Boden, treibt sie hinauf zu Blätterdach, Blüte, Frucht. Auf den Blättern Mehltau, die Blüten taub, aus tauben Blüten welche Frucht?

Ist das Glück ein eingehürdeter, fetter Weideplatz? Oder ist *das* Glück: Ödland fruchtbar zu machen? Braucht es eine Treiberpeitsche? Oder braucht es Sämannshände?

Das schien klar. Ist es klar?

14

Der Märzstaub flog über die Felder. Nikolaus Delenk saß in seiner Spellerhütte, er sah den fruchtbaren Staub fliegen, und er hämmerte auf den harten Granit, Hammer auf Meißel und Meißel auf Stein, und der Staub, der sich daraus hob, war unfruchtbar. Nikolaus Delenk hämmerte sein Geld zusammen.

Am Abend bekam Delenk Besuch. Felix Hanusch trat in die Stube, in der die Bratkartoffeln des Abendbrots noch dufteten. Delenk las Zeitung und rauchte Pfeife. Er nickte Felix zu, und Felix setzte sich zu ihm an den Tisch.

Was ist ein Gespräch mit Delenk? Felix sprach und erzählte, der Vorsitzende der Bauernhilfe – nach Domanjas Flucht war er es doch geworden – hörte zu, nickte, stopfte die Pfeife mit dem selbstfermentierten Tabak, schüttelte den Kopf, und dann legte er die Hand auf die Zeitung.

„Machen dich sehr herunter", sagte er. Er war nicht zufrieden mit der Zeitung.

Der Kulturredakteur der Tageszeitung hatte es sich gewissenhaft überlegt, was er über Felix' Stück zu sagen hatte. Seine Meinung deckte sich im allgemeinen mit der Ernst Roßmanns.

„Nicht mich", entgegnete Felix, „meine Arbeit. Das Schreiben ist nichts für mich." Delenk nickte.

„Wie für dich der Steinbruch nichts ist, Nikolaus", fügte Felix hinzu.

Delenk nickte nur halb, da kommt noch etwas hinterher.

Er sei der geborene Bauer. Das Nicken unterblieb ganz, den Honig kannte Nikolaus Delenk zu gut.

Felix Hanusch kannte Delenk gut genug, um zu wissen, daß Honig hier fehl am Platz war. Er sagte klipp und klar, was er wollte: Wir, unsere Genossenschaft, brauchen dich, und du, Nikolaus, brauchst mehr Acker unter den Füßen, als du zwischen dem Feierabend im Bruch und deinen abendlichen Bratkartoffeln umschreiten kannst. Laß den Steinstaub, nimm den Märzenstaub, der über unsere großen Felder fliegt.

Nikolaus Delenk rauchte und schwieg und hörte aufmerksam zu. Es hatte Hand und Fuß, was Felix davon redete, daß er mehr Acker unter den Füßen brauche. Am Ende nickte er zweimal und sagte: „Hm".

Felix war damit zufrieden, er blieb noch eine Weile sitzen, sprach vom Raps, der ausgezeichnet durch den Winter gekommen war, und von der verdammten Klauenseuche, die schon wieder durch das Land schlich. Als er heimging, war er froh.

Er fand Uschka beim Rollenstudium. Sie hob den Kopf und blickte Felix mit hellen Augen entgegen.

Er nickte ihr zu. „Laß dich nicht stören."

Er nahm zwei Bücher aus dem Regal und setzte sich in seinen Sessel. Die erste Stunde gehörte dem Buch „Natürliche Rinderhaltung". Felix las kritisch und notierte eigene Erfahrungen. Immer mehr schien ihm, als überdrehe hier die Propaganda ein an sich richtiges Prinzip und versuchte aus Rindern Eisbären zu machen. Zum erstenmal war er froh, daß seine Genossenschaft ein Dasein führte, unbeach-

tet von Sekretären, Räten, Zeitungen und Rundfunk. Zwar floß alle Hilfe in die beiden Mustergenossenschaften des Kreises, aber auch alle Experimente drängten sich dort auf. Ging ein Experiment schief, wurde neues Vieh für neue Experimente angeschafft. Eine Mustergenossenschaft war eine verdammt teure Angelegenheit. Unsere paar Kuhschwänze lohnen das Muster nicht. Gott sei Dank, dachte er. Über sein Lehrbuch hinweg starrte er in die Zukunft: Der Nikolaus Delenk bringt dreieinhalb Hektar, das macht es nicht, aber er bringt sein Ansehen ein: Das macht alles. Der nächste wird Emil Kurfürst sein, ein ausgezeichneter Bauer. Freilich: ein ausgezeichneter Rechner. Der weiß heute schon, wo er in drei Jahren sein gutes Geld verdienen wird. Delenk und Kurfürst ziehen andere nach. Delenk übernimmt die Äcker, Kurfürst das Vieh, er wird auch der Vorsitzende. Die beiden überfährt kein Instrukteur mit Trawopolnaja oder mit Eisbärkühen. Und ich setze mich auf die Schulbank. Drei Jahre, dann habe ich mein Diplom.

Er sah zu Uschka hinüber, er wollte gern fragen, was denkst du darüber? Aber er darf sie nicht stören, sie haben „Die Witwe und das Glück“ viermal gespielt und danach abgesetzt. Sie wollen die Scharte auswetzen und in vier Wochen ein neues Stück herausbringen.

Die Stunde des Lehrbuches war vorüber, Felix nahm den Roman vor; auch der Roman gehörte zum freiwilligen Pensum. Doch heute fesselte ihn Romain Rollands Geschichte von Johann Christoph nicht, seine Gedanken glitten immer wieder ab zu Delenk und der Zukunft, die sich hinter Delenk auftat.

Zu derselben Zeit hockte Nikolaus Delenk in seinem engen Kuhstall auf dem Melkschemel und überlegte und rechnete. Es war keine leichte Sache, die es zu entscheiden galt. Er sog an der kalten Pfeife, und die Unruhe kroch ihm aus dem Kopf in die Glieder, er stand auf und ging hinaus. Der Weg zur Wirtin Hilde war weit, man hatte Zeit zu denken, ohne von den Kuhstallwänden erdrückt zu werden.

Im Gasthaus saß nur der Altbauer Michael Batschon, er stierte den Schnaps an, der vor ihm auf dem Tisch stand.

Die Wirtin Hilde brachte Delenk einen Korn und ein

Bier. „Na, Nikolaus“, sagte sie. Und dann: „Die Zeitung macht ja den Felix ganz schön herunter.“

Delenk wiegte den Kopf.

„Dabei hat er mit dem Stück ganz recht. Du wirst sehen, Nikolaus, die Witwe Nakonz geht in die Genossenschaft, was soll sie denn machen, der bleibt ja nichts anderes übrig, und auf die Rente kommt sie auch bald, ihre Nichte soll ja ein Früchtchen geworden sein, ich will nichts gesagt haben, aber man erzählt so allerhand, die kommt im Leben nicht wieder, um sich hier zu schinden, zehn Morgen reichen nicht zum Leben, zum Sterben ist's zuviel ...“

Nikolaus Delenk nickte.

„Siehst du“, redete die Wirtin weiter, „sage ich auch immer und wenn man ...“

Nikolaus Delenk legte eine Mark und acht Pfennige auf den Tisch. Wer dauernd redet, hat's nötig, dachte er.

Als er hinaus war, dröselte der Altbauer: „... meine Beate beliegen wollen, raus, habe ich gesagt, jetzt putzen ihn seine eigenen Leute in der Zeitung herunter, Lump, verfluchter ...“ Er schlug mit der Faust auf den Tisch, der Faustschlag war lahm wie sein Fluch. „Noch ein Pullchen?“ fragte die Wirtin.

Nikolaus Delenk schlenderte durch das Dorf. Bei Schofka war noch Licht. Der Parteisohn war auf der Schule, aber es könnte die Polizeitochter daheim sein. Delenk schob sich vors Fenster. Der alte Schofka saß allein mitten in der Stube und besserte Heurechen aus. Er konnte nicht mehr krauchen, aber seine Wirtschaft gab er nicht dem Sohn und nicht der Tochter, die würden noch in derselben Stunde hinrennen und sich an die Genossenschaft verkaufen.

Nikolaus Delenk trat in den Hof, die Unruhe wummerte ihm im Leib, er klopfte und öffnete die Stubentür, die Unruhe blieb draußen, er setzte sich auf die Ofenbank, die Kacheln waren angenehm kühl. Man brauchte kühles Blut, wenn man mit dem alten Andreas Schofka verhandeln wollte, der zeitlebens mit einem Körbel hinter seiner Mistfuhre hergehinkt war und jedes Stückchen herabfallenden Mist aufgesammelt hatte. Aber nun hat er einen Sohn, der in der Partei ist, und eine Tochter bei der Polizei, und das ist schlecht für ihn und gut für Nikolaus Delenk.

Delenk sagte: „Dann gehst du wohl in die Genossenschaft, Andreas?“

Andreas Schofka sah ihn an mit seinen bleichen Habgieraugen und spuckte aus. Nikolaus Delenk nickte, stopfte gemächlich die Pfeife und überlegte sich den nächsten Satz.

Sie brauchten zwei Wochen, um einig zu werden. Dann fuhren sie zusammen zum Gericht, und der Bruchareiter Nikolaus Delenk hörte auf, in den Steinbruch zu fahren. Er hatte nun mehr Acker unter den Füßen, als er zwischen dem Feierabendruf der Bruchsirene und seinen abendlichen Bratkartoffeln umschreiten konnte: Er war nach Simon Mjetk der größte Bauer im Dorf.

Simon Mjetk besuchte ihn am Abend und gratulierte ihm zu dem guten Kauf. Als Simon wegging, hatte der neugebackene Bauer einen jungen Zugochsen unter günstigsten Bedingungen erstanden. Die günstigen Bedingungen kosteten ihn nicht mehr als ein deutliches Nicken zu dem genau durchdachten und klar formulierten Plan Mjetks, bei Saat und Ernte einander zu unterstützen.

In der Nacht vor dem Einschlafen dachte Nikolaus Delenk, eine Genossenschaft mit Mjetk hilft am sichersten gegen die Kumpanei der Kolchose. Eigentlich dachte der Delenk das nicht. Er war nur ein Hänfling, der ein Kuckucksei ausgebrütet hatte. Und er war sehr stolz auf den schönen großen Vogel in seinem Nest.

Am Abend des Tages, als der Sieben-Hektar-Bauer Delenk geboren wurde, fuhr Felix Hanusch zum erstenmal in jähem Zorn seine Frau an. Uschka wußte von der Emanzipation des Nikolaus Delenk, sie nahm den Ausbruch ihres Mannes hin und ging aus der Stube.

In der Küche kniete der Akkordtöter und stemmte eine Rinne in den Zementfußboden. Der Abfluß aus dem Bad nebenan, das noch nicht fertig installiert war, mußte durch die Küche verlegt werden.

Der Akkordtöter blickte zu Uschka hinauf. „Soll ich ihn verhauen?“

Uschka schüttelte den Kopf. „Nicht nötig. Er besorgt das schon allein.“ Sie lächelte.

Der Akkordtöter wandte sich wieder seiner Arbeit zu.

„Männer müssen manchmal schreien", erklärte er. „Als ich das erstemal mit meiner Alten – Gott hab sie selig – schrie, sagte sie – es war Winter, weißt du –, sagte sie also, draußen haben die Jungen einen Schneemann gebaut, den kannst du anschreien."

„Und hast du?"

„Gelacht habe ich", sagte der Akkordtöter, „später habe ich meine Wut immer gleich an Ort und Stelle, wo sie herrührte, hinausgebrüllt oder hinuntergewürgt. Meistens hinuntergewürgt."

„Zu Delenk", sagte Uschka, „kann Felix nicht gut hingehen, um zu schreien."

„Kann er nicht. Was muß er überhaupt schreien?" Sie wußten beide nichts von dem Gespräch zwischen Felix und Delenk. „Wir hatten Wut vor Ohnmacht. Manche soffen dann, manche prügelten ihre Frau, manche kriegten ein krummes Kreuz. Aber was brüllt *er*? Wenn Delenk heute dämlich ist, wird er morgen weniger dämlich sein, und übermorgen ist er klug."

„Ja", sagte Uschka. Sie setzte sich an den Küchentisch, stützte die Ellbogen auf. „Aber du bist achtundsechzig, sein Vater und mein Vater sind siebenundsechzig, der Stein sitzt euch allen in der Lunge, und er muß euch zur Arbeit schicken, als wäret ihr jung und gesund ..." Sie seufzte.

Der Akkordtöter drehte sich um. „Was das anbelangt ...!" Er strich sich den Schnauz steil in die Höhe und blinkerte sie an.

Sie lächelte. „Du bist ein alter Kater!"

„Meinetwegen", sagte er. „Aber wir halten noch durch. Und wir leben schließlich nicht in Dummsdorf. Siebenkantige Schädel haben unsere Leute, bis du da etwas Neues hineinkriegst ... Aber wir haben auch welche, ich, Felix, und du auch, nicht wahr?"

Uschka nickte.

„Und dein Schwiegervater erst! Soll ich dir eine Geschichte von seinem Siebenkantschädel erzählen?"

Er erzählte: Immer schon ärgerte sich Jakob Hanusch, daß er mit jeder Kuhfuhre vor dem eigenen Hoftor so sehr herumzirkeln mußte. Der Weg war zu schmal. Eines Tages, es war in den ersten Nazijahren, machte er sich dran, den

Weg zu verbreitern. Wie er so die erste oder die zweite Fuhre Dreck in den Teich kippt, kommt der Graf.

„Aufhören!" sagt der Graf.

„Der Weg ist zu schmal", sagt Jakob Hanusch friedlich.

„Sofort wieder ausräumen", sagt der Graf und geht weiter. Jakob Hanusch schmeißt weiter Steine und Erde in den Teich. Wird der Graf verrückt und brüllt. Jakob Hanusch wird auch verrückt und brüllt zurück. „Das Wasser ist deins", brüllt er, „der Teich ist unser!" Er duzte jeden, wenn er deutsch sprach. Der Graf haut ab, er weiß, der Jakob hat recht, der Teich gehört der Gemeinde, das Wasser dem Grafen. Aber Recht hin, Recht her, der Graf schickt Arbeiter vom Gut, sie schaufeln das Zeug aus dem Teich auf den Weg. Nach Feierabend macht sich Jakob an die Arbeit und schaufelt den Dreck wieder hinein. Wochenlang ging das so. Der Graf dachte, der wird schon Muskelkater kriegen. Der Jakob kriegte keinen Muskelkater.

„Da hast du geholfen", sagte Uschka.

„Die Gutsarbeiter haben das Zeug so nahe ans Ufer gepackt, daß es fast von selbst wieder hineinrutschte. Schließlich kriegte es der Graf satt, und Jakob baute sich eine halbe Autobahn vor sein Hoftor hin."

Uschka schwieg eine Weile. „Und jetzt", sagte sie, „denkst du, sind *wir* der Jakob Hanusch, und Delenk und die anderen sind der Graf?"

„So ist es, mein Täubchen, genau so! Bloß, der Felix vergißt das manchmal, und was mein Sohn ist, der Rumbo ..., immer gleich mit Meißel und Hammer drauf."

Er setzte seinen Meißel vorsichtig auf, schlug kurz zu, und ein Stückchen Zement brach auf. „So wird's eine Rinne", sagte er. „Wenn ich den Meißel hier ansetze", es war eine Handspanne weiter, „kriege ich lauter Löcher. Schneller ist manchmal langsamer."

Sie nickte, ich bin sehr froh, daß wir dich haben, dachte sie. Und du solltest Feierabend machen, damit du wirklich durchhältst.

„Willst du nicht lieber Schluß machen für heute?" fragte sie. „Du weckst mir die Kinder auf."

„Deine Kinder weckt eine ganze Spellerbude nicht auf", entgegnete er, „und außerdem ist übermorgen Sonnabend, und am Sonnabend baden die feinen Leute, und außerdem habe ich morgen abend Versammlung, und außerdem solltest du in die Stube gehen und Felix die Teich-Geschichte erzählen, vielleicht, daß er sie ganz vergessen hat."

Uschka brauchte Felix keine Geschichte zu erzählen. Er saß an seinem Arbeitstisch, vergraben in Fachbüchern, Plänen, Listen, Berechnungen. Den Kuhstall wollte er umbauen und in die Felder am Hentschelteich eine neue Dränage legen. Für seinen liebsten Traum, die Bratkartoffeläkker auf dem Bruchhang zu doppelten Fruchtäckern zu machen, blieb niemals mehr Zeit als die Minuten vor dem Einschlafen.

Er blickte auf. „Entschuldige bitte, daß ich mich so blöd benommen habe." Er berichtete ihr von dem Besuch bei Delenk und den Hoffnungen, die er sich gemacht hatte.

„Warum hast du mir nicht damals schon etwas davon gesagt?", fragte Uschka. Seit jenem Premierentag war etwas zwischen sie getreten, das man nicht sehen und nicht fassen konnte und das doch zwischen ihnen saß wie ein Holzbock in der Hundehaut.

Felix sah an ihr vorbei. „Ich mache mir nichts vor", sagte er, „jetzt wird's noch schwerer. Jetzt kommt es noch mehr als je darauf an, den Wettlauf mit Mjetk zu gewinnen. Ich gehe zum Kreis, sie müssen mir einen ausreichenden Kredit geben, wir haben Ställe wie im Mittelalter. Wenn die Leute im Dorf sehen wollen, wie eine moderne Wirtschaft aussieht, laufen sie auf den Batschon-Hof." Er nahm den Stift wieder in die Hand. „Geh schlafen", sagte er.

„Der Akkordtöter ist noch drüben", sagte sie leise. Nach einer Weile: „Und unsere Sonntagsfahrt?"

Sie hatten nach Pillnitz fahren wollen, die Kunstausstellung besuchen, und abends war Konzert.

„Fahr du", sagte er. „Ich kann nicht." Am Sonntagnachmittag hat die Witwe Nakonz Zeit genug, mit mir zu diskutieren. Und den Nikolaus laß ich auch nicht aus. Man muß viel Zeit haben und viel Geduld, Geduld habe ich, aber die Zeit brennt mir auf den Nägeln.

Uschka wollte ihm die Hand auf die Schulter legen, ihn berühren, er war so unberührbar geworden, vielleicht würde er denken, sie wolle ihn trösten.

„Rauch nicht zuviel“, bat sie und ging.

Er zündete sich eine Zigarette an. Gott sei Dank, daß ich damals niemandem etwas von Delenk erzählt habe, sie würden lachen, wie ich mich von dem stummen Nikolaus habe einseifen lassen. Ich habe auf seine Bauernklugheit vertraut, und er hat mich mit seiner Bauernschläue vierzehn Tage lang hingehalten. Rumbo hat recht, man soll keinem glauben.

Man soll keinem glauben – und dann?

Es war immer die gleiche Frage.

Plötzlich wußte er, warum Delenk so gehandelt hatte: Weil er mir, uns, dem Sozialismus mißtraut. Aus Mißtrauen heraus hat er mich betrogen. Er schluckte, regelrecht betrogen hat er mich.

Und wenn ich nun auch aufhöre, ihnen zu vertrauen, an ihre Vernunft, an das Gute in ihnen zu glauben – was bleibt mir dann für ein Ziel? Wenn es falsch ist, dem Delenk, der Witwe Nakonz, dem Mrosak zu glauben, dann – ihm wurde glühendheiß –, dann ist der Sozialismus gegenstandslos geworden, eine Schimäre, ein Phantom, ein Ungebilde aus leeren Worten.

„Nein!“ sagte er laut und sprang auf. Kein Phantom und keine Schimäre! Er sah sein Dorf vor sich, zehn Jahre oder zwölf Jahre voraus: In der Kuhle zwischen dem Bruch und dem Bach arbeitet das Pumpwerk, der sonnendurchglühte Hang ist ein Fruchtgarten, die Dorfstraße haben wir bis zum letzten Haus gepflastert, die Häuser betrachten sich mit breiten Fenstern, die engen Ställe sind zu Garagen geworden, dort warten die kleinen Wagen für die Sonntagsfahrt, die Schule hat zehn Klassen, ein Alter hält Märchenstunde: Es war einmal eine Zeit, wir streikten, um ein Pfund Brot für eine Stunde Arbeit zu bekommen. Die Kinder haben die Münder weit auf vor Unglauben – diesen Unglauben darf man dulden. Der Delenk erzählt, wie er den Felix Hanusch übers Ohr gehauen hat, sie lachen, was waren wir für Dummköpfe damals! Die Witwe Nakonz sitzt in der Sonne und wetzt die Zunge, über die Maria Schofka vielleicht, die auf ihre alten Tage noch studieren geht, oder über die Lubina aus der Mühle, die ihr Kind fünf Monate nach der Myrtenhochzeit bekommt. Und draußen rings um das Dorf die Äcker ohne Rain und Grenzstein, der Roggen blüht, und eine Fahne, eine große fruchtbare Blütenstaubfahne ist aufgezogen.

Felix holte sein Heft und schrieb. Zum erstenmal trug er nicht eine Erfahrung ein, um sein Wissen zu überprüfen, sondern schrieb die Zukunft auf, um sichtbar vor sich zu haben, weswegen es notwendig ist, zu arbeiten, wachsam zu sein und den Menschen zu vertrauen.

Der eierköpfige Postmann brachte Delenk die Zeitung, kraulte sich den nackten Schädel mit drei spitzen Fingern und sagte: „Du bist ein schlauer Hund, Nikolaus!"

Delenk schüttelte den Kopf. „Felix!" sagte er.

Der Postmann staunte. „Der hat dir das geraten?"

Nikolaus Delenk nickte und ging; ein Bauer auf sieben Hektar hat nicht Zeit, viele Worte zu machen.

Der Postmann pfiff durch die Zähne, er nahm seine Lügenbeine unter die Arme und trabte zum Bürgermeister.

„Ich denke", sagte er, „ich werde in die Partei eintreten."

„Solche Krummschnüffler brauchen wir nicht", knurrte Rumbo.

„Denn", sagte der Postmann sanft, „ihr seid *doch* für die kleinen Leute."

Rumbo zeigte auf das Schildchen, das er sich für seinen Schreibtisch gemalt hatte: Quatsch nicht, ich muß arbeiten!

„Weil ihr dem Delenk geholfen habt, Schofkas Wirtschaft zu kaufen."

Rumbo kannte den Postmann, da steckte etwas dahinter.

„Quatsch dich aus!" befahl er.

„Der Felix hat ihm das geraten", erzählte der Postmann unverändert sanft. „Na ja, er sieht es ja am besten, daß seine Kolchose bloß ein Arbeitshaus ist."

„Raus!" sagte Rumbo.

„In so eine Partei täte ich ..."

Rumbo erhob sich drohend, der Postmann wieselte zur Tür. „Du solltest höflicher mit einem Werktätigen umgehen, du als Staatsapparat", meckerte er auf der Schwelle und drückte leise die Tür hinter sich zu.

Rumbo versuchte weiterzuarbeiten, aber es fraß in ihm und fraß, bis er den Bleistift hinwarf und zu Delenk fuhr.

Er fand ihn auf dem Feld. Delenk steckte Mais, drei Körnchen in ein Loch. Der Acker war vor zwei Tagen noch Schofkas Acker gewesen.

„War Felix bei dir?“ fragte der Bürgermeister. „Vorher, meine ich?“

Delenk nickte und ließ drei Maiskörnchen in das nächste Pflanzloch gleiten.

„Was hat er gewollt?“

Delenk schwieg zehn Pflanzlöcher lang. Verdammter Mais, knurrte Rumbo in seinem Herzen und wurde sich erst nach einem weiteren Halbdutzend Pflanzlöcher bewußt, daß dieses unkontrollierbare Organ beinahe staatsfeindlich geknurrt hatte.

„Verflucht!“ sagte er deswegen laut.

Delenk antwortete: „Hm.“ Auf der Straße marschierte eben der verrückte Schneider Goldschmied vorbei. Da fiel Delenk ein, wie gut das tapfere Märchenschneiderlein mit seinen zwei Riesen fertig geworden war. Er ließ drei Maiskörner hinuntergleiten und gab einem jeden drei Worte in die Grube mit: „Hat gesagt, ich brauchte mehr Acker unter den Füßen.“ Vorsichtig setzte er hinzu: „Als Vorsitzender von der Bauernhilfe, sagte er.“

Der Bürgermeister sah keinen Grund, dem Delenk besonders zu glauben oder besonders nicht zu glauben, der war genauso ein labiles Element wie alle. Er kehrte in die Amtsstube zurück und schrieb einen Bericht in die Kreisstadt. Er hielt sich streng an die Wahrheit; er dachte nicht einen Augenblick daran, Felix zu verdächtigen oder gar ihm hinterrücks einen Knüppel auf den Kopf zu hauen. Er stellte einfach klar, daß man annehmen müsse, der Genosse Felix Hanusch trage zwei Gesichter: ein parteitreues vor der Partei, ein opportunistisches vor den Bauern.

Er hätte damit natürlich auch in die Parteiversammlung gehen können. Aber erstens war er ein Staatsorgan und als solches verpflichtet, den Sozialismus auf dem Dorf voranzutreiben. Das war die Direktive. Die Direktive verpflichtete ihn auch, seinem übergeordneten Organ alles zu berichten, was ihn an der Erfüllung seiner oben angeführten Pflicht hinderte. Zweitens, gesetzt den Fall, der Felix Hanusch trüge wirklich zwei Gesichter – das Gegenteil war ja nicht bewiesen –, wie verhielte er sich als ein solcher dann, wenn er offen dessen bezichtigt würde? Er betriebe Doppelzüngelei, bestritte alles, schüttete im besten Fall einen Sack voll Selbstkritik aus – und betriebe sein dunkles Geschäft im geheimen noch raffinierter und noch besser getarnt. Sollte er aber wirklich kein solches Element sein, dann schadete es auch nichts, wenn man sah, daß der Bürgermeister die Augen offenhielt.

Rumbo fand seinen Bericht gut und richtig, aber bei näherem Hinsehen nicht vollständig. Er verfaßte einen neuen, worin er auch alles das hineinpackte, was ihm früher schon verdächtig erschienen war: Gleich nach seiner Heimkehr Nächte bei der Offizierswitwe Beate verbracht (laut Beobachtung des Postmanns), dicke Freundschaft mit dem Großbauern Mjetk, Möbel aus dem ehemaligen Schloß für undurchsichtige Zwecke verschoben, einen ehemaligen faschistischen Offizier in eine nicht unwichtige Stellung ins Ambulatorium hergeholt, vor dem 9. Juni 1953 eine schwankende Position bezogen (Fall: Republikflüchtiger Domanja).

Rumbo erschrak selbst, als er seinen Bericht noch einmal durchlas. Habe ich doch, trotz allem, verdammt wenig aufgepaßt, knurrte er und brachte, nach einigem Zögern, auch diese Selbstkritik zu Papier.

Den Bericht erhielt einer, der ein Bruder Rumbos im Geiste war. Er vertraute uneingeschränkt sich selbst und allen, die über ihm standen. Im übrigen aber hielt er sich an die Devise, daß gesundes Mißtrauen immer am Platze sei. Er legte den Bericht in die entsprechende Akte und bemerkte dazu, daß die Genossenschaft Am Hentschelteich in den zwei Jahren ihres Bestehens nicht einen Schritt vorangekommen sei.

Nicht sehr viel später erhielt Felix einen abschlägigen Bescheid auf seinen Kreditantrag. Er fluchte zornig und fuhr in die Stadt, bohrte und boxte, nahm kein Blatt vor den Mund, hörte von Schwerpunkten und wurde gefragt, ob er selbst seine Arbeit für so vorbildlich erachte, um sich daraus ein Recht für sein Auftreten hier abzuleiten.

Er sagte: „Schickt uns einen besseren Vorsitzenden, ich übernehme die Ställe. Oder mache, was ihr wollt.“

Wir haben niemanden übrig, sagten sie, das weißt du selbst. Überprüfe du kritisch deine Arbeit, wir werden dir helfen, daß ihr vorankommt.

Sie hatten keinen Vorsitzenden, keinen Spezialisten für den Rinderstall, keinen Schweinemeister übrig, sie schickten einen Friseur, der nach Faulheit stank und nach Pomade, den man in den Stall zum Ausmisten schicken konnte oder auf den Acker zum Düngerstreuen, man hatte dort Ärger mit ihm und da, und nach einer Woche schon holte er der Wirtin Hilde die Kasse aus dem Schanktisch und bezog wieder die Gitterwohnung, die er eben erst verlassen hatte.

Was sie hatten, waren Instrukteure auf Motorrädern. Sie trugen einen Riemen über der Schulter, am Riemen eine Aktentasche, in der Aktentasche Rundschreiben, die zu studieren und zu befolgen waren, und Fragebogen, die zu studieren und auszufüllen waren.

Der Akkordtöter machte für jeden Instrukteur einen Kreidestrich an die Scheunenwand, wie man beim Dreschen die Säcke Getreide zählt. Nach einem Monat zählte er die Striche zusammen. „Es schüttet gut", knurrte er. „Einhundertundsiebzehn Säcke Schlauheit."

Einmal kam auch ein BMW mit einem Sekretär. Der Sekretär hatte wenig Zeit für Felix, in der Mulkwitzer Genossenschaft war wieder einmal eine Musterschau, Schweinehütten waren zu besichtigen und ein kreuz- und quergedrilltes Gerstenfeld. Doch reichte die Zeit des Sekretärs, den mittelalterlichen Kuhstall der Hentschelteich-Genossenschaft zu rügen und zu erklären, daß nur eine vorbildliche Genossenschaft die werktätigen Einzelbauern von den Vorteilen der neuen Bauerngemeinschaft zu überzeugen vermöge.

„So ein Sekretär", sagte nachher der Akkordtöter zu Felix, „hat's auch nicht leicht. Dauernd muß er den Schlaumann spielen."

„Warum *muß* er?" knurrte Felix. „Er wäre viel klüger, wenn er manchmal etwas weniger klug wäre!"

„Armer Hund", meinte der Akkordtöter.

„Klar, armer Hund", gab Felix zu. „Aber warum, zum Teufel, *muß* er?"

Das war die Frage, die er immer wieder sich und anderen stellte: Warum haben sie nicht die Kraft, den lastenden Spuk der Übermenschlichkeit von sich abzuschütteln und einfache, natürliche Menschen auch dort zu sein, wo sie Funktionäre sind? Wer alles zu wissen glaubt, überzeugt schließlich auch sich selbst, daß er sich niemals irrt.

Damit überfiel Felix auch Ernst Roßmann, als er an einem Sonnabendnachmittag am Rande der Großen Wiese erschien, wo die Genossenschaft beim Heuen war.

Zwei-, dreimal im Jahr besuchte Ernst Roßmann den Bauern Martin Nuk am Rande der Muskauer Heide, bei dem er fünf Jahre lang der polnische Kriegsgefangene Eugen Rylski gewesen war. Heute war er auch wieder unterwegs dahin.

Er warf Rock und Sporthemd ins Auto und nahm dem alte Loga, der der klapprigste von allen war, den Handrechen weg. Heuarbeit war für ihn eine Lust, und daß er sich dabei nicht dümmer anstellte als Uschka oder Mutter Hanusch oder Felix selbst, bereitete ihm ein wirkliches Vergnügen.

Uschka, hinter ihm in der Reihe, trieb ihn an: „Los, Herr Sekretär!“, und ihr Rechen war ihm immer dicht auf den Fersen. Dann drehten sie sich um, und nun hetzte er sie: „Los, los, faule Julia!“ und schwang den Rechen, als hinge das schwärzeste Gewitter am Himmel.

Uschka trug beim Heuen wieder ihre Tracht, sie war eine junge Magd, das Gesicht rot und lachend, es war ihr nicht anzusehen, daß sie manchmal blaß und müde in einer Ecke saß und nicht wußte, wie es geschehen könnte, daß es in ihrer Ehe wieder so wäre wie früher.

Während sie jetzt lachte mit Ernst, nahm sie sich vor, ihm alles zu erzählen. Wen hatte sie sonst, dem sie sich ausklagen konnte?

Sie beendeten ihre Arbeit, in geraden Reihen lagen die blaugrünen Heuhaufen auf der nackten Wiese. Sie schulterten die Rechen, und Felix sagte: „Gehst du mit, Ernst – in den Mühlbach?“

Ernst zögerte einen Augenblick, dann bat er: „Uschka, kannst du bei Rumbo vorbeigehen und ihn zum Baden herschicken?“

Uschka trug den Badeanzug auf dem Leibe, sie hatte sich so sehr auf das Bad im Mühlenwehr gefreut.

Sie nickte. „Iß mit uns Abendbrot."

Felix und Ernst schlenderten über die stopplige Wiese hinüber zum Bach. Da war es, daß Felix den Freund überfiel mit der Frage, die ihm keine Ruhe ließ, weil sie ihm gewichtiger schien als vieles Wichtige.

„Über das Heuen kannst du mitreden, Ernst", sagte er. „Aber welchen Dünger soll ich jetzt auf die Wiese bringen?"

„Weiß ich nicht", antwortete Ernst leichthin, „mußt du doch wissen."

„Drei Instrukteure haben mir heute die Instruktion dazu gebracht, Gott sei Dank, alle dieselbe", spottete Felix. Aber es war mehr als Spott. „Düngen muß ich trotzdem anders, weil unsere Wiese nicht den Instruktionen entspricht."

„Dann tu's doch", meinte Ernst friedlich.

„Und überhaupt", sagte Felix, und das war seine Hauptfrage, „ist es nicht so, daß, wer alles richtig weiß, sich nicht Vertrauen, sondern gerade Mißtrauen einhandelt? Irren ist menschlich, alles wissen ist außermenschlich."

Jetzt konnte Ernst nicht mehr schweigen. Er sagte: „Du hast einen verdammten Hang zu verallgemeinern. Solltest du nicht lieber deine Wiese richtig düngen und im Dorf besser vorankommen?"

Felix bekam einen roten Kopf, er fühlte sich zurechtgewiesen und wußte nicht, weshalb. „Das eine hängt mit dem anderen zusammen", sagte er.

Sie waren am Bach. Ernst legte den Finger auf die Lippen und schlich auf den Zehenspitzen bachaufwärts, dem Rauschen des Wehrs entgegen. Er legte sich auf den Bauch und schob sich zwischen der alten, hohlen Weide und der verkrüppelten Linde über den Uferrand.

„Weg war er!" sagte er, während er aufstand und betrübt bemerkte, daß die Knie seiner hellen Hose grasfleckig geworden waren. „Ein ausgekochter Bursche!"

„Wir sind ihm voriges Jahr zu dritt auf den Pelz gerückt, mein Schwiegervater" – der alte Loga hatte in der alten Zeit seinen kargen Küchenzettel vernünftig und geschickt aus den gräflichen Bächen bereichert –, „der Akkordtöter und ich. Aber ...“ Felix pfiff. „Weg war er.“

„Das muß ja ein Methusalem sein!“ Ernst hängte seine Hose auf die hohle Weide. „Wie alt werden Hechte eigentlich?“

Felix wußte es auch nicht. Er hing, wie eh und je, an einem der armdicken Weidentriebe und hangelte sich aufwärts, immer tiefer bog sich die Weide, die Füße tauchten in das eisige Wasser, Felix strampelte wild, hangelte weiter, „verda ...“, sagte er, und da tauchte er bis an den Hals ein, und der Rest des Wortes blieb ihm zwischen den Zähnen stecken. Er ließ die Weide los und tauchte ganz ein, prustend tauchte er auf und schrie: „Kein Wunder, daß wir den Hecht nicht kriegen, hier bleibt man verflucht wach und munter.“

Ernst hatte immer eine andere Art, ins Wehrloch zu kommen, bevorzugt; er schlitterte auch jetzt über die glattgeschliffenen, schlüpfrigen grün-schwärzlichen schimmernden Steine wie auf einer Rutsche hinunter, während ihm von oben her das Wasser schon über den Leib rann. Als er unten eintauchte, riß er vor Schreck den Mund auf und nahm einen tüchtigen Schluck.

„Hoffentlich“, sagte er, „habe ich keinen kleinen Hecht verschluckt.“

Viel Platz zum Schwimmen gab es in dem runden Wehrloch nicht. Sie schlugen mit Armen und Beinen um sich, wie ersaufende Katzen, sagte Ernst.

Plötzlich fiel etwas mit einem gewaltigen Plumps zwischen sie, Rumbos Schädel tauchte auf. „Na, ihr Gauner!“

„Mann“, sagte Ernst, „du kannst einen Herzschlag kriegen!“

„Ich nicht!“ Rumbo wirbelte herum und fuhr kopfüber auf den Grund und brachte eine Faust voll Kiesel heraus. „Nachmachen!“ schrie er und lachte. Das hatte ihm noch nie einer nachgemacht. Übrigens war jetzt zu sehen, daß er eine Glatze bekam.

Sie kletterten hinaus und rannten über die stopplige Wiese, zweimal um die vier langen Reihen der Heuhaufen herum. Ernst japste nach Luft, Felix' Herz lief auf Hochtouren, Rumbo wischte sich die letzten Wassertropfen von der schwarzbehaarten Brust und wiederholte gleichmütig: „Na, ihr Gauner?“ Daß ihm bunte Kreisel vor den Augen tanzten, merkte ihm keiner an.

Sie zogen sich an und schlenderten hinüber zum Hang am Fasanengebüsch. Dort lag die Sonne noch breit und wärmend.

Ernst stopfte sich eine Pfeife, Rumbo und Felix rauchten eine Zigarette aus Rumbos Schachtel.

„Wenn man euch so sieht“, begann Ernst, „denkt man, man hat das beste Gespann vor sich.“

Er wartete, vielleicht wollte einer der beiden etwas sagen. Doch sie rauchten ihre Zigarette, spürten die warme Sonne auf der kühlen Haut und blickten friedlich und freundlich drein.

„Dabei ...!“ sagte Ernst. Pause. Nichts. „Ich war in der Stadt.“

Felix untersuchte das Konto, das er in der Stadt stehen haben könnte. Die mittelalterlichen Ställe. Der Kreditantrag. Für zarte Schreibtischohren vielleicht zu sehr auf die Pauke gehauen. Noch etwas? Nein, eigentlich nicht. Auf Instrukteure schimpfen zählt ja zur Ehrensache.

Rumbo rauchte gleichmütig. Er tat seine Pflicht, er hatte sich noch nie etwas vorzuwerfen gehabt.

„Ich habe euren Kreis sozusagen in persönliche Pflege genommen“, erklärte Ernst. „Als so eine Art Instrukteur.“

Felix kratzte sich im Geiste hinter den Ohren. Mein lieber Mann! Nicht einmal auf Instrukteure kann man in Zukunft fluchen, ohne konkret zu werden.

„Ja“, Ernst klopfte die Pfeife an der Schuhsohle aus und drehte mit dem Absatz die Asche in den Boden. „Und da habe ich einen Brief von dir, Rumbo, gefunden, über Felix.“

Rumbo starrte geradeaus, die Eiche hinter der Mühle und der Wierbitzer Kirchturm lagen genau in seiner Blickrichtung.

„Und dabei habe ich mich erinnert, was du“, Ernst wandte sich an Felix, „mir über Rumbo erzählt hast.“

„Das ist kein Geheimnis“, sagte Felix. „Was ich gegen ihn habe, sage ich zuerst ihm.“

Ernst winkte ab. „Glaube ich. Ich zweifle auch nicht

einen Moment, daß du“, zu Rumbo, „alles ehrlich meinst. Aber, meine Herren: ihr treibt verfluchten Blödsinn! Ganz verfluchten! Weil ihr eure beiden Sturköpfe dauernd gegeneinander rammeln müßt, sollte die Partei vielleicht eine ganze Kommission auf die Beine stellen, um die Läuse aus euren Pelzen zu zählen, was?! Oder, man begnügt sich mit den Meinungen, die ihr gegenseitig über euch habt, und beäugt in Zukunft die beiden Genossen Hanusch und Horbank als zwei reichlich – wie heißt das gleich in deinem Sprachgebrauch, Rumbo? – ach ja, als zwei reichlich labile Elemente, denen man ein Kindermädchen zugeben muß. Wir haben ja genug Leute!“

Er riß einen Raygrashalm aus und begann die Pfeife zu reinigen. Dabei sprach er weiter:

„Du bist Felix und mir vorhin beinahe auf den Kopf gesprungen, und dann grunzt du: na, ihr alten Gauner. Ich kann das vollinhaltlich euch beiden zurückgeben! Ich denke auch gar nicht daran, in eurem Zirkus mitzuspielen als ein dritter dummer August.“

„Heckmeck!“ knurrte Rumbo.

„Wenn du damit euer Verhalten meinst, kommen wir uns schon beträchtlich näher!“

Ernst stopfte sich mit ruhigem Bedacht eine neue Pfeife. Dann fuhr er fort – sein Tonfall war jetzt wärmer: „Ich kenne euch beide so lange – und so gut – wie den alten Hecht im Mühlbach. Mir kann niemand einreden, ihr wäret der Partei nicht ergeben. Klar?“

Rechts und links von ihm murmelte es Einverständnis.

„Ich verlange nichts weiter, als daß ihr das auch einer vom anderen glaubt. Es hat gar keinen Zweck, meiner Ansicht nach, den ganzen Knäuel aufzufitzen. Es führt zu nichts. Ihr beginnt einfach von vorn, zwei anständige Genossen an einer gemeinsamen Aufgabe, und der Teufel hole euch, fangt ihr mit dem alten Zirkus noch einmal an! Ich bin bereit, in diesem Fall persönlich den Teufel zu spielen!“

„Einverstanden“, sagte Felix. Er war sehr froh.

„Gut, verdammt noch mal“, brummte Rumbo und reichte Felix die Zigaretten hinüber.

„Also“, Ernst zog die Knie an, um aufzustehen. „Wenn das so ist, habe ich einen Vorschlag. Für mich ist es jetzt zu spät, noch nach Driewkitz zu Nuk zu fahren: Ich habe verdammt Lust auf einen richtigen Räuberskat mit Spitze und Pippi!"

Rumbo war kein begeisterter Skatspieler, aber ein Schnaps würde jetzt nichts schaden, Skat und Schnaps vertragen sich gut.

Sie fuhren in Ernsts Wagen zu Felix nach Hause. Uschka stellte ihnen ein Abendbrot auf den Tisch, wie es Männern zusteht, die Heu geschobert und im eiskalten Mühlbachwasser gebadet haben, die wichtigen Dingen auf den Grund gegangen sind und die einen guten Männerskat mit einem guten Männertrunk vor sich haben.

Der Skat schließlich wäre ein sehr schöner Skat geworden, wenn nicht Ernst Roßmann unruhig auf seinem Stuhl hin und her gerutscht wäre – gerade so, als ob er das Sitzen nicht gewöhnt wäre –, um schließlich doch mit Uschka in der Küche ein langes und großes Geheimnis zu tuscheln, so wichtig, daß keine Zeit für Uschka blieb, ihn in ihrer Angelegenheit um Rat zu fragen.

Auch wäre das Spiel flüssiger und fleißiger gelaufen, wenn Rumbo mehr von den Karten gehalten und weniger seiner eigenen Zufriedenheit zugetrunken hätte. Denn es erwies sich auch hier, daß ihm der Schnaps sowohl auf die Blase wie aufs Herz schlug, und beides hält beim Kartenspiel ungemein auf.

Den kärglichen Rest der Nacht verschlief Ernst Roßmann auf der Couch und machte, bevor er hinunter in die Heide fuhr, eine Stippvisite bei seiner Freundin, der Witwe Nakonz.

Die Witwe Nakonz kam gerade aus der Kirche, Ernst mußte bei ihr zum zweitenmal an diesem frühen Morgen Kaffee trinken. Die Witwe Nakonz zeigte ihm ihre beiden Staatskühe, und er band auch ihr sein Geheimnis auf die grob- und feingeschliffene Zunge. Das Geheimnis hieß Anna Domanja; er trug sich ernstlich mit der Absicht, die Chemiestudentin zu heiraten. Freilich nicht gleich morgen.

15

Am Sonntag darauf fuhr Felix früh mit dem lahmen und halbblinden Schimmel Udo hinaus auf den Waldacker, um Kartoffeln zu häufeln. Die beiden jungen Stuten der Genossenschaft standen auf der Weide, sie brauchten ihren Sonntag, und der Mai rumorte ihnen im Kopf, beim Kartoffelhäufeln aber muß man kühles Pferdeblut haben. Das hatte Udo nun wirklich, er trottete vor sich hin und war blind für den Mai. Felix war nicht weniger blind, er sah und hörte nicht den Frühling, der ringsum lockte und sich spreizte.

Er fuhr an der Waldlichtung vorbei – eine Kiefernschonung duftete dort –, wo er einmal Uschka am Mittagsfeuer der Waldarbeiter gefunden hatte. Es war sieben Jahre her. In sieben Jahren wächst dem Menschen eine neue Haut auf den Leib, sagt man. Wächst ihm auch ein neues Herz in den Leib?

Auf dem Waldweg schirrte er den Gaul um. Er hörte den Traktor auf dem Nachbaracker blubbern; der Traktorendirektor pflegte viele Argumente für seine Bevorzugung der Einzelbauern anzuführen.

Aus dem Wald, vom Lilienteich her, schlenderte die Witwe Nakonz heran. Sie hatte Zeit, es war Sonntag, und alles, was sie jetzt tun mußte, war, dem Traktoristen Schnupps ein gutes Frühstück zu bringen.

Der Traktorist Schnupps lachte, nahm die Schinkenbrote, steckte sie in seinen Brotbeutel, nahm auch das Viertelchen Korn, tat einen Schluck, steckte die Flasche in die Rocktasche und blubberte weiter, vorsichtig und behutsam, durch die Kartoffelzeilen der Witwe Nakonz.

Felix zockelte hinter seinem lahmen Gaul her, schrie und wedelte mit der Peitsche; wenn er aufhörte zu schreien, blieb Udo stehen. Bei jeder Wende stellte sich der Klepper an, als hätte er noch nie Kartoffelzeilen gesehen, tappte bald links, bald rechts hinaus und zertrat die Stauden.

Die Witwe betrachtete eine geruhsame Weile den vorsichtigen Schnupps, er war ein Schinkenbrot wert. Dann ging sie auf den Waldweg und sah Felix entgegen, er war nicht mehr hager, er war mager, die Augen lagen ihm tief in den Höhlen.

„Da hast du mich in deinem Theater abgemalt, Felix", sagte sie, „wie ich mir die Seele aus dem Leib schinde. Und am Ende renne ich in dein Paradies wie die Kuh am Abend in den Stall – schönes Paradies!"

„Irgend jemand muß ja den Traktor bezahlen", entgegnete Felix, „der dir für ein Butterbrot den Acker bestellt. Du hast gut lachen!"

„Ich lache nicht über dich, niemand lacht über dich. Ich denke bloß, anständig war der Felix immer, aber früher war er auch klug."

Felix nahm den Udo am Maul und stellte ihn in die neue Furche. „Du hast's doch mit den Kühen", sagte er. „Deine Kühe halten dich sicher für dumm, wenn du ihnen das saftigste Gras direkt vor der Nase umhaust und zu Heu machst. Kühe denken nicht weiter, als sie fressen können. – Hü!" schrie er den Gaul an.

Die Witwe Nakonz wartete, bis er zurückkehrte. Sie hat Zeit, der Schnupps tut ihre Arbeit, bald ist er fertig, und sie kann mit ihm auf dem Traktor nach Hause fahren.

„Was du mit euren Alten treibst, Felix", sagte sie, „ist ja eine Menschenschande!" Diese ihre Wahrheit hatte sie am letzten Sonntag auch dem Ernst Roßmann um die Ohren gehauen. „Hast du mal gesehen, wie dein Vater abends heimgeht?"

„Ich habe bessere Augen als du", entgegnete Felix, „und er hat bloß noch ein Stückchen Lunge, aber seinen ganzen Verstand hat er noch. Du hast dir den deinen von zwei Kuhmäulern wegfressen lassen."

Das hat der Ernst auch gesagt, bloß der ist nicht so ein Grobian wie du, brummte die Witwe bei sich, während sie eine saftige Antwort suchte.

„He, Alte! Fertig!" schrie Schnupps von drüben.

Felix schluckte und würgte die Versuchung hinunter, den Traktoristen zu bitten; er wußte die Antwort zu genau. Er trieb den Gaul mit der Peitsche schneller voran.

Der Traktor blubberte über den Waldweg, die Witwe Nakonz raffte ihre Sonntagsröcke zusammen und kletterte hinauf. Schnupps nahm einen Schluck aus der Flasche, langte nach dem Schinkenbrot, kaute zufrieden. „Gut", brummte er lobend und sah zu, wie der Schimmel am jenseitigen Ende wieder auf die Zeilen trat. „Der Klepper macht das mit Absicht, sage ich dir!" knurrte er und nahm einen neuen Schluck Korn.

„Hast du's eilig, Alte?" fragte er.

„Nun ja ...", meinte die Witwe.

„Dann lauf lieber", sagte er und rief: „Den Klepper den Sommer über auf die Weide, Felix, da wird noch ein anständiges Beefsteak draus. – Weißt du was, Alte? Du nimmst den Gaul, brauchst du nicht zu laufen. – Spann aus", sagte er zu Felix, „die Alte fährt spazieren, die beiden passen gut zueinander."

„Nee!" sagte die Witwe.

„Mach keinen Quatsch, Alte!" knurrte Schnupps. „Hau hin, Felix, bei mir gibt's Karnickel zu Mittag, da will ich dabeisein!"

„Gut, Schnupps", sagte Felix, „aber ich könnte mit dem Gaul und du ..."

„Rede kein Karo, Mann! Wenn ich vorn aufpasse und du hinten, schnurpst das weg wie dreimal schwarzer Kater! Und außerdem", er lachte, „will die Alte mal mit einer LPG-Kutsche spazierenfahren!"

Die Witwe Nakonz fuhr zornig mit dem Klepper Udo ins Dorf, die Kartoffeln der Genossenschaft wurden aufgehäufelt, der Traktorist Schnupps teilte den Rest des Korns mit Felix Hanusch und kam zurecht, die Hinterschenkel des Kaninchens frisch aus der Bratröhre heraus zu verspeisen.

Gegen Abend fuhr der Westen persönlich in das Dorf ein. Er hieß Kubasch und war früher im Dorf ein Ein-Ochs-Bauer gewesen. Er hatte im Polenkrieg einen Handel angefangen mit zwei Tütchen Zwiebelsamen, der Samen hatte sich wunderbar vermehrt die Kriegsjahre hindurch, und wer am Ende den Samen besaß, konnte warten, bis die Sonne den Acker wieder beschien. Die Sonne war in Gestalt der harten Westmark aufgegangen, und der Samen des fleißigen Georg Kubasch hatte tausendfältige Frucht getragen: eine neue Villa, eine neue Frau und einen Mercedes, ein Maul voll badischer Vokabeln und endlich einen Lieblingssatz: Was ist das wert?

Der Ein-Ochs-Kubasch, der nun ein Mercedes-Kubasch war, rollte durch das Dorf, schnipste eine duftende Zigarette aus der Schachtel und fragte den Nikolaus Delenk, seinen ehemaligen Nachbarn: „Was ist sie wert, deine Klitsche? Am Ende fressen dich doch die Bolschies."

Der Nikolaus Delenk betrachtete seinen Weizen, der feist und fußhoch stand, und betrachtete den Bauch des Kubasch, der viele Weizenfelder kahlgefressen hatte, er wiegte den Kopf; der Kubasch konnte mit dem stummen Nikolaus nichts anfangen und auch nichts mit dem silbrigen Geglitzer, das über den grünen Weizen lief, er konnte etwas anfangen mit reifem Weizen, der hatte seinen Wert.

Drei Nächte schlief Kubasch beim Postmann, tagsüber schnipste er Zigaretten aus der Schachtel und drückte Bonbons in Kinderhände, die Bonbons waren nicht übel, die Zigaretten waren gut, das Auto federte unter dem Druck des kleinen Fingers, die Leute sagten, das ist schon etwas, aber auf dem Bauch lagen sie nicht.

Der Masseur Johann Keschnik erklärte: „Er hat sich hochgearbeitet!" Das ärgerte die Witwe Nakonz, denn wenn jemand, war sie es, die sich hoch*gearbeitet* hatte. „Ich hatte mal zwei Ziegen", sagte sie, „die eine mager wie Felix, die andere fett wie Kubasch. Und kriegten dasselbe zu fressen. Bis ich die fette einmal erwische, wie sie der dürren das Euter leersäuft."

Kubasch sattelte den Mercedes und surrte davon, unzufrieden mit seinem ehemaligen Heimatdorf. Die Leute haben alle keinen Wert, sagte er.

Die männliche Jugend gedachte noch eine Zeitlang des schwarzen Mercedes, und vielleicht war dieses Auto daran schuld, daß sich der jüngste Sohn des Nikolaus Delenk bei Nacht aufmachte und dem Kubasch nach in das Land fuhr, wo alles seinen Wert hatte: so ein Delenk-Junge etwa vier Hundertstel seines Traumautos – nach dem Verrechnungsmodus des Kubasch.

Emil Kurfürst, der kein schlechterer Rechner war, machte für die Wirtin Hilde eine andere Rechnung auf:

„Fünfzehn Jahre hat er ihn gefüttert und jeden Hemdenknopf für ihn bezahlt, macht im Jahr – na, wieviel?“

Die Wirtin Hilde wußte, was Männer in der Kneipe kosten; was Kinder kosten, wußte sie nicht.

„Ja, ja“, meinte die Wirtin. „Aber die jungen Leute wollen doch was erleben.“

„Meine täten *das* erleben!“ Emil Kurfürst haute der Wirtin Hilde seine Pranke unsanft-sanft auf das Polsterteil. „Aber granatig!“

Je länger er darüber nachdachte, um so schlechter schien ihm das Geschäft zu sein, das der Delenk mit seinem Jüngsten gemacht hatte. Er bezahlte seinen Schnaps und ging zur Sitzung des Ausschusses, der das Dorffest vorbereitete. Den ganzen ersten Teil der Beratungen nahm Emil Kurfürst nur als Lärm auf, er rechnete noch immer aus, wie billig Radio-Grundig den Feinmechaniker Delenk bekommen hatte. Der Grundig scherte ihn dabei den Teufel – Emil Kurfürst wollte nur wissen, was für ein schlechtes Geschäft Nikolaus Delenk mit dem Westen machte.

Der Bauer wachte aus seinen Gedanken erst wieder auf, als es um die Rede ging.

Wer sollte die Rede reden? Eigentlich wollte außer dem Bürgermeister niemand eine Rede, aber alle wären sich wie nackt am hellichten Tag vorgekommen, hätten sie ein Fest ohne Rede gefeiert.

Sie bestimmten den Johann Mrosak, er ist weder aufs Maul noch auf den Kopf gefallen, soll er reden. Nur wieder der Bürgermeister hatte Bedenken: Wer übernimmt die Garantie, daß der Mrosak keinen politischen Unsinn quatscht? Der Mrosak versprach vorher ordentlich zu gurgeln und den Mund zu spülen, damit keine ungewaschenen Worte aus ihm herauskämen. Im übrigen sagte er, brauche er bei einem solchen Fest nichts weiter zu sagen als: Ist das nicht ein feines Fest. Sind wir nicht tüchtige Kerle? Alle würden laut klatschen und Brust und Bauch vorstrecken vor lauter Eingebildetsein.

Auf dem Heimweg ging Felix Hanusch ein Stück mit Emil Kurfürst.

„Mein Haus kostet mich dasselbe wie den alten Delenk sein Junge“, sagte Kurfürst. „Ich hab's genau ausgerechnet.“

„Kostet uns alle verdammt viel Geld“, antwortete Felix.

Am Inselteich nickten sie sich zu und gingen jeder seinen Weg.

„Aber auch das kriegen wir hin“, sagte Felix laut zu sich selbst. Von hinten kam Rumbo mit dem Rad, er sprang ab. „Führst du Selbstgespräche?“

„Ich sagte“, antwortete Felix, „wir kriegen die Kuh schon noch zum Bullen und den Bullen auf die Kuh!“

„Hast du etwa daran gezweifelt?“ fragte Rumbo und schärfte seine Ohren.

„Nie!“ sagte Felix und grinste. „Da wir ja dich haben!“

Die Frösche machten einen unverschämten Krach, es war unmöglich zu hören, wie Felix das meinte.

„Wenn man die Frösche vergiften könnte, ohne den Fischen zu schaden ...!“ knurrte Rumbo.

„Eben“, entgegnete Felix. „Leider. Oder: Gott sei Dank.“ Ihm schien das Geläut der Frösche sehr schön.

16

Der Raps reifte, und Dr. Alfons Batschon heiratete. Er erfüllte seine Ehepflichten mit Akribie und berechnete noch im Brautbett – das übrigens im Heim der Intelligenz in Heiligendamm stand –, wann etwa dem Ringwechsel der Wechsel des Wirkungskreises folgen könnte. Seine Frau war Klavierpädagogin – zu nichts nütze also auf dem Dorf –, sein Schwiegervater trug die Brust voller Orden, er selbst abonnierte das Zentralorgan der Partei, diese Faktoren zusammengezählt ergaben Dozentur, Professur und ... Weiter wollte Alfons Batschon zunächst nicht rechnen. Draußen rauschte schläfrig die Ostsee. Seit seinen U-Boot-Tagen verachtete Alfons Batschon dieses Gewässer, er rümpfte die schief zusammengeflickte Nase und schlief ein.

In der gleichen Nacht lag seine Schwester Beate in ihrem Ehebett wach neben dem erschöpften Mann. Auch ihr Tag war um keine Minute kürzer und um kein Gran leichter als der des Mannes, aber ihr blieb immer Kraft genug für eine wilde Sehnsucht nach den Kindern.

Gestern endlich hatte sie Uschka Hanusch besucht, man munkelte im Dorf, daß es nicht mehr recht klappte in deren Ehe.

Sie fand Uschka in der Küche am Tisch sitzend, einen grüngrauen Emailletopf zwischen den Knien, wohinein sie Johannisbeeren mit einer Eßgabel von den Dolden abstrich. Auf dem Tisch standen schon zwei rotüberquellende Schüsseln.

Beate blieb auf der Schwelle stehen. „Ich komme ungelegen …"

„Überhaupt nicht." Uschka lächelte ihr zu, stellte den Topf auf den Tisch und stand auf. „Nur die Hand geben kann ich dir nicht gleich." Sie machte Anstalten, sich die Hände zu waschen.

„Entweder", sagte Beate, „kehre ich gleich um und komme ein andermal wieder, oder aber du gibst mir eine Schürze, und wir bleiben hier sitzen."

Uschka kannte die Batschons zu gut, um nicht zu wissen, daß Beate Dringendes auf dem Herzen hatte, wenn sie sich jetzt Zeit zu einem Besuch nahm.

„Du mußt mir nicht helfen", sagte sie. „Du setzt dich hierher", sie zog den zweiten Küchenstuhl heran, „ich brüh uns einen Kaffee, und wir unterhalten uns, während ich weitermache. Morgen habe ich nicht frei", fügte sie entschuldigend hinzu, „und übermorgen sind die Beeren verdorben."

„Gut", sagte Beate. „Aber die Schürze will ich."

Uschka spürte, daß Beate es so wollte, weil es dann leichter wäre für sie: zwei Frauen bei der Arbeit, es spricht sich leichter, vor allem, wenn man Beate und Uschka ist. Sie nahm eine frische Schürze vom Haken, zog einen Topf aus dem Schrank, gab Beate eine Gabel in die Hand, stellte Wasser auf den elektrischen Kocher und mahlte den Kaffee.

Die Tassen standen neben ihnen auf dem Tisch, sie tranken, putzten die roten, aufplatzenden Beeren von den Dolden, sprachen über das Einkochen und den Stand der Feldfrüchte, über das Glück im Stall des Batschon-Hofes und über die neue Rolle Uschkas, über die Mode ein wenig, ein paar Worte vielleicht über das Dorf – die Bäuerin Beate Mjetk hatte nichts Drängendes auf dem Herzen. Nur, daß vielleicht die Schauspielerin Uschka Hanusch eine Frau war, die eine Freundin sein könnte. Mit wem sonst sollte eine Frau darüber sprechen, ob sie sich nicht vielleicht ein Kind ertrotzen sollte, so oder so?

Lange läuft ein Faden durch ein Weberschiffchen, bis ein Meter Stoff entsteht. Der Faden lief und lief – lange noch kein Meter –, die Kinder der Uschka kamen aus dem Kindergarten, Beate streifte die Schürze ab und wusch sich notdürftig die Hände. Im Weggehen begegnete sie Felix, ihr schien, er sei mager und abgeschunden wie ihr Mann, die Kinder rannten zu ihm, und Beate erkannte, er war nicht abgeschunden, er war sehnig, er war nicht mager, er hatte ein dickes Polster Freude unter der Haut. Er hob sich das Mädchen Mirka auf die Schulter, blickte Beate an, sah Leid und Neid in ihren Augen und sagte: „Laß es dir nicht gefallen, Beate! Mach den Kindesräubern den Prozeß!"

„Nein!" entgegnete sie. Und zum erstenmal erschien ihr das Nein wie eine Prise Salz, in den Bach gestreut: der Bach wird kein Salzwasser führen. Sie wußte, der Hanusch war nahe daran, den Wettlauf mit Mjetk zu verlieren. Aber was tut das? Die Quelle bricht stark und rein aus der Erde, eine Prise Salz macht daraus keinen Salzwasserbach.

Vor dem Schloß traf Beate Winfried von Grauheim, der sie abgepaßt hatte. Sie lud ihn ein mitzukommen. Während des Abendbrotes fragte sie unvermittelt: „Warum sind Sie eigentlich hier?"

„Aus Spaß", antwortete er.

„Woran?" fragte Mjetk.

„Ich habe mal", erzählte Winfried, „unserem Konrektor Türke ein Abziehbild auf die Glatze gezaubert. Das war ein Kunststück bei dem Fuchs. Dafür habe ich zwei Stunden im Karzer gebrummt und mußte obendrein eine lateinische – oder war's eine griechische? – Fabel auswendig lernen: ein Frosch fällt in einen Milchkrug und strampelt so lange, bis Butter entsteht und er vom Butterklumpen aus sich aus seinem Milchkrug retten kann. – Ich will mal sehen, ob ein Frosch tatsächlich buttern kann."

„Glauben Sie wirklich, daß das je etwas wird?" fragte

Mjetk, wobei er mit der Vorlegegabel unschlüssig zwischen Schinken und hausschlachtener Wurst pendelte.

„Ich würde Schinken *und* Wurst nehmen", sagte Winfried, „es schmeckt sehr pikant zusammen. – Und was den Effekt der Strampelei betrifft: Unsere Obrigkeit macht alles gern recht umständlich: sie denkt – zum Beispiel –, man dürfte sozialistische Butter nicht auf kapitalistische Art herstellen."

Mjetk nahm Schinken *und* Wurst.

„Sie, Grauheim, glauben, daß sie am Ende doch mit ihrer Wirtschaftsweise Erfolg haben", sagte er. „Und warum helfen Sie dann *uns*?"

Winfried blickte Beate an, sie war damit beschäftigt, rotweiße Radieschenscheiben auf ihre Schnitte zu verteilen. „Weil ...", sagte er, Beates Lider zitterten fast unmerklich, er nahm sich ein Radieschen vom Teller, schnipste das Würzelchen ab, streute etwas Salz auf das Radieschen und wandte sich an Mjetk. „Aus Klasseninstinkt. Weil ich mich, „er sprach betont schnoddrig, „nicht von unserem gemeinsamen Freund Felix ideologisch unterwandern lassen will."

Beate war unzufrieden, beinahe enttäuscht.

„Können Sie eigentlich nie ernsthaft sein?" fragte sie ungewohnt impulsiv.

Winfried reichte ihr den Salzstreuer. „Ich habe – weiß der Teufel", antwortete er, „zum erstenmal in meinem Leben Mühe, es nicht zu sein."

Er lächelte, aber niemand nahm ihm das Lächeln ab. Beate schwieg, Mjetk sagte: „So werden Sie zu nichts kommen."

„Ich strenge mich an, zu nichts zu kommen", entgegnete Winfried, immer noch lächelnd.

Beate verstand den Untersinn. Mjetk dachte, ein komischer Kauz; Winfried selbst ahnte plötzlich den tiefen, wirklichen Sinn seiner Antwort.

Es hatte im Gefängnis von Frèsnes begonnen, damals, als er auf den Strang wartete. Oder hatte es vielleicht schon eher begonnen? Vielleicht damals, als er mitten in der rauchenden Wüste von Hamburg stand, und zwei der verkohlten Menschenstrünke, die sie zum Scheiterhaufen schichteten, waren sein Vater und seine Mutter – damals vielleicht?

Er trug das Ritterkreuz um den Hals, und sie schichteten Scheiterhaufen – da war ein Zusammenhang gewesen. Er hatte das Eichenlaub zum Ritterkreuz nicht mehr haben wollen. Nach dem Krieg: Er handelte – schob, ist richtiger – mit Antiquitäten, er kam zu Geld. Bis plötzlich dieses Geld über Nacht – oder nicht über Nacht? – irgendwie und irgendwo dem Ritterkreuz ähnlich wurde. Er wollte es nicht mehr, es kotzte ihn an.

Kam der Anderthalbtonner, er verdiente, was er brauchte. Bis der Mann aus Gera erschien: pro Kilo zehn West.

Wo ist der Unterschied zwischen pro Kilo zehn West von Gera nach Westberlin und dem Ritterkreuz für zwei schwarze Menschenstrünke, die einmal Vater und Mutter waren?

„Ich will zu nichts kommen", wiederholte er, er lächelte nicht mehr dabei, und ihm schien, als habe er gesagt, ich will zu etwas kommen.

Simon Mjetk war nahe daran zu sagen: Aber ich komme zu was. In der nächsten Woche sieht sich eine Kommission meinen Betrieb an und dann ... Er verbat sich weiterzudenken. Freut man sich vorher zu sehr, hat man schließlich am Ende keinen Grund zur Freude. Da er darüber nicht reden wollte, schwieg er. Auch Winfried sprach nicht. Oben, in der Wohnung der Eheleute Nekela, schrie das Baby.

Beate wollte das nicht hören, sie wandte sich an ihren Gast. „Anderswo sind Sie der Bruder Lustig. Bei uns tun Sie, als wären Sie ein Bruder vom Delenk."

„Delenk hätte Ihnen die Tasse stumm hingehalten", er hob seine Tasse auf, „ich sage: Darf ich noch um eine Tasse Tee bitten?"

Beate goß ihm ein. Seine Blicke glitten über ihr Gesicht. Hätte mir jemand vor zwei Jahren gesagt, der alte Winnie wird mal wie ein schüchterner Heiliger vor einer Frau sitzen, nach der er verrückt ist, ich hätte gesagt, Mann, geh zur Zeitung oder schreib 'ne Märchenoper. Tolle Wunder gibt's! Ich muß mir mal den Freud aus Alfons' Bücherschrank leihen, vielleicht weiß der eine Erklärung.

Simon Mjetk redete über Delenk, Beate schwieg, Winfried gab vor, zuzuhören. Der Abend versickerte in Gedanken, die sich vor Worten fürchteten.

Dann war Winfried von Grauheim mit einem kurzen Gruß gegangen. Simon Mjetk hatte ihn über den Hof begleitet und noch einen Blick in die Ställe geworfen. Beate Mjetk war vor den Spiegel getreten und hatte sich betrachtet, genau und gründlich und, wie sie meinte, mit den Augen Winfried von Grauheims.

Die Sonne stahl alles Wasser aus den Gräben. Der Hentschelteich, den die Jugend im Spätwinter entschilft und entschlammt hatte, wurde ein ungefährlicher Badeteich für die Kleinsten, sein Wasser reichte ihnen kaum noch über den Nabel. Auf den Hangäckern zwischen Bruch und Bach begannen die Kartoffelstauden zu welken und der Roggen im Halm und in der reifenden Ähre zu gilben.

Felix Hanusch bewog den Paul Wenk, in der Kuhle am Bruchhang nach Wasser zu bohren. Das Wasser quoll heraus, und der Wenk tränkte seinen Sandacker, so gut es ging, mit Sickergraben und Gießkanne. Felix führte den Mrosak, den Wenzel und andere der vier Dutzend Besitzer der Hangäcker zum Quell. Ja, ja, sagten sie und nickten, aber lieber Bratkartoffeläcker behalten, als von der Genossenschaft geschluckt zu werden.

Sie gingen zu Mjetk, was meinst du dazu? Das Wasser reicht für euch alle, sagte Mjetk. Und du? fragten sie. Ich? antwortete Mjetk und lachte, wie ihn noch keiner hatte lachen hören, ihr werdet's ja erleben, was mit mir ist!

Sie lasen es in der Zeitung und hörten es im Rundfunk, und es war ein dunkler, trauriger, schwarzer Tag für Rumbo, den Bürgermeister. Er mußte einen Strauß Rosen aus der Gemeindekasse bezahlen – er nahm rote, aber das war wenig Genugtuung – und ihn zu Mjetk tragen, dem Großbauern, dem Meisterbauern. Der Teufel hole die Leute, die das einfache, klare Denksystem abschaffen, mit dessen Hilfe man die Menschen nach Hektar, Herkommen und Nazi-Dienstgrad in Karteikästen ablegen kann!

Der Bürgermeister nahm sich den Gemeinderatsvorsitzenden Wenk mit, damit der die Rosen trage, aber es wurde nicht leichter, und den Glückwunsch mußte er doch selber knurren.

Nie im Leben war ihm so nach einem Schnaps gewesen wie in diesem Augenblick, aber eher wollte er zum Abstinenzler werden, bevor er zu allem auch noch den Schnaps des Mjetk trank. Er ging zurück in sein Amt und nahm einen Doppelschluck, es reichte nicht, er mußte einen Menschen haben, den es brannte, wie es ihn brannte. Er fuhr zur Genossenschaft, holte Felix von seiner Maurerarbeit aus dem mittelalterlichen Kuhstall weg und setzte eine Flasche zwischen ihn und sich.

„Sauf, Papstlehrling", grollte er, „wir haben's nötig!"

Felix Hanusch hatte es nicht nötig, war der Wettlauf gewonnen für Simon Mjetk?

„Wir können einpacken", sagte Rumbo, „keinen Hund kriegst du mehr in die Genossenschaft! Jetzt nicht mehr." Er trank wütend.

„Weißt du, was ihnen Mjetk in den nächsten Jahren vorexerzieren wird?" fragte Felix ruhig.

„Daß wir Hampelmänner sind! Den Buckel krumm werden sich die Leute über uns lachen, wenn wir – du oder ich, einer muß es machen! – vorschlagen, den Mjetk in den Gemeinderat zu kooptieren. Dann haben wir ja alles wieder fein beim alten, der Batschon-Hof sitzt überall drinnen, und die Kleinen kläffen, wie er bellt."

„Kannst du dir nicht vorstellen, daß außer uns auch andere eine Vernunft haben?"

„Für *die* Vernunft kaufst du nicht einmal eine tote Katze auf dem Weihnachtsmarkt!" spottete Rumbo. „Sauf, da ist mehr Vernunft drin!"

„Der Mjetk", Felix nahm seinen ersten Gedanken wieder auf, „wird dem Dorf genau das vorexerzieren, was er auf gar keinen Fall will: daß er sich schindet bis an die Grenze seiner Kraft und trotzdem nicht einen Schritt mehr weiter kommt. Und weiter will er. Er ist ein Bauer, wie er im Buche steht."

„Wir werden ihm schon helfen", höhnte Rumbo.

„Wir werden ihm nicht mehr helfen können", entgegnete Felix ruhig. „Aber auf dem Hang, in der Sandkuhle des Paul Wenk, fließt das Wasser, jeder sieht, es reicht für alle Hangäcker. Glaubst du, der Delenk kann längere Zeit zusehen, wie das Wasser fast ungenutzt in den Bach fließt? Die

Vernunft ist am Ende stärker als alle unsere Reden zusammen."

„Quatsch!" sagte Rumbo. „Man muß sie zwingen zu sehen!"

Er goß ein neues Glas hinunter, die Flasche war halb leer, vor Felix stand das zweite volle Glas.

Plötzlich wurde er zornig, er starrte Felix feindselig an. „Weißt du, was du bist? Ein Lahmsack bist du! Du stinkst mir, du stinkst mir gewaltig!"

Felix trank sein Glas aus und stand auf. „Einmal, Rumbo, wirst sogar du begreifen, daß es keinen Weg zum Sozialismus gibt außer über die Vernunft der Menschen."

Er ging.

„Hättest doch Papst lernen sollen!" knurrte ihm Rumbo nach. Er blieb sitzen, diesen verdammten Tag versaufen, er trank, der Tag wurde immer schwärzer, der Schnaps fraß die wütende Enttäuschung nicht aus dem Kopf, Rumbo trank, und einmal murrte er: „Es gibt keinen Weg zum Sozialismus, hat er gesagt! Defätist!" Er nahm einen großen Schluck aus der Flasche, um den widerlichen Defätisten Hanusch von der Zunge zu spülen, und als die Flasche leer war, wußte Rumbo nicht mehr, weswegen er sie auf den Tisch gestellt hatte, er wußte nur noch, daß Felix Hanusch nicht an den Sieg des Sozialismus glaubte. Das können ihm zehn Roßmänner nicht ausreden, alles Lahmsäcke. – Und ihm fielen die Rosen wieder ein, die er zum Großbauern Mjetk hatte tragen müssen.

Die Männer der Genossenschaft bauten ihren alten Stall um, sie konnten nichts anderes tun, der Regen fiel und fiel, einmal stürzte er aus hohen Wolken, einmal nieselte er aus niedrigem Nebel, und auf den Äckern stand das Getreide und wartete auf den Schnitt.

Felix Hanusch hatte mit dem Traktorendirektor den Einsatz eines Mähdreschers verabredet, die Räumung des Strohs organisiert, die Saat für die Zwischenfrucht bereitgestellt, wie ein Fließband sollte es rollen, Ernte und Aussaat. Doch der Regen fiel und fiel, und der Plan weichte auf wie die Äcker, auf die sich kein Traktor mehr hinaufwagen konnte.

In den letzten Julitagen war noch nicht ein Halm geerntet. Felix ließ die Mähmesser des Pferdebinders schärfen und die Sensen dengeln.

Die Weltgeschichte lief trotzdem weiter, die große und die kleine; die große im Palais des Nations in Genf, wo ein Krieg in Südostasien begraben wurde. Die kleine im Dorf, wo, ohne Aufhebens davon zu machen, die Nichte der Witwe Nakonz heimkehrte. Sie hatte es nicht ausgehalten in der Stadt und in der Fabrik, sie stieg mit Koffer und Taschen aus dem Bus, die Tante beäugte sie mißtrauisch, ob sie nicht außer Koffer und Taschen auch ein Kind mitschleppe. Die Nichte trug kein Kind unter dem Rock, sie lachte die Tante aus, hängte die Stadtkleider auf den Bügel und meinte, sie sei bereit, ihr Rittergut wieder in Schuß zu bringen. Vorsichtig sondierte die Witwe, was die Nichte im Kopf trüge, sie zog die Kühe und Ziegen zu Gleichnissen heran, die in verschiedenen Varianten das gleiche feststellten: Der Sozialismus ist ja nicht schlecht, aber eigener Kuhmist auf eignem Acker ist besser. Doch die Nichte hatte sich in ihrer Fabrik Parabelreden entfremdet. Da drückte ihr die Tante das Programmheft des Schauspiels „Die Witwe und das Glück" in die Hand. Die Nichte las und lachte herzlich, sagte, ohne alle Gleichnisse, daß sie sich so gut wie verlobt habe, ihr künftiger Mann sei Gärtner, und sie wollten zu etwas kommen auf dem Land und mit dem Land der Witwe Nakonz.

Das war wie ein Gottesgericht, die Witwe rannte im Dorf herum und verbreitete den Spruch des Gerichts. Da es regnete und regnete, hockten die Männer mehr als sonst bei der Wirtin Hilde, und der Johann Mrosak und der Peter Wenzel machten sich ans Dichten. Zehn Strophen, wie mit Meißel und Spellerhammer zurechtgehauen, brachten sie zustande, nicht mehr, aber gut zum Lachen. Jede Strophe schloß:

Der Felix schrieb ein schlaues Stück,
die Nichte kehrte schlauer zurück.
Wer fängt's denn nun am schlausten an,
und wer ist nun der Hampelmann?

Es ließ sich gut singen, sie sangen es, die halbe Kneipe voller Männer und Burschen, es war ein fröhlicher Rundgesang, manche klatschten sich den Takt auf die Schenkel, die Wirtin Hilde sauste und schleppte Bier und goß Korn ein, draußen fiel der Regen, und Nikolaus Delenk sagte: „Noch nie draußen geblieben.“ Es war wahr, ihr Getreide war noch nie draußen geblieben, vier Morgen Getreide kriegst du allemal in die Scheune.

Der Mrosak war so stolz auf sein Dichtwerk, daß er es am nächsten Tag in die Bruchbaracke exportierte, und am Sonntagvormittag blieb er wider alle Gewohnheit im Gasthaus des Kirchdorfes hocken und brachte dort sein Lied an den Mann.

Als Felix Hanusch von dem Lied hörte, sang es schon die ganze Gegend. Mit dem Lied erinnerten sich die Leute an jenes Theaterstück, klaubten einzelne Sätze daraus hervor, die ihnen gerade im Gedächtnis geblieben waren, verballhornten sie und riefen sie sich zum Spaß und aus Spott zu.

Plötzlich, weil die Nichte zurückgekommen war und weil es regnete Tag für Tag und weil die Männer Zeit hatten, in der Kneipe zu sitzen, war Felix Hanusch zur allgemeinen Spottscheibe geworden, zehn Dörfer weit im Umkreis.

Der Tag, an dem er das wirklich erfaßte, war für ihn dunkel, traurig und schwarz, er rannte aus dem fast fertig modernisierten Stall, jetzt brauchte *er* den Schnaps und brauchte einen, der sich mit ihm an den Tisch setzte, ohne das Lied zu singen.

Er stellte die Flasche zwischen sich und den Bürgermeister.

„Sauf, Rumbo“, knurrte er. „Wir haben's nötig!“

„Ich nicht“, sagte Rumbo und hob sein Glas, „ich hab ja nie etwas anderes von denen erwartet!“

„Quatsch!“ entgegnete Felix und trank zornig.

Er trank und trank, doch der Schnaps war keine schwarze Farbe, er färbte nicht den Mrosak zum finsteren Lumpen und nicht die Witwe Nakonz zum schwarzen Feind. Das Lied vom armen Hampelmann brannte wütend in Felix' Leib, er trank die schwarze Farbe, aber die Menschen, die

Menschen zehn Dörfer im Umkreis, sie ersoffen nicht in einer schwarzen Sintflut.

Die Flasche auf dem Tisch war leer, sie stierten sie an mit glasigen Augen.

Das Lied war nicht schuld, das Stück war schuld, dachte Felix mühsam, sie hat es mir eingeblasen, dummes Weiberzeug.

„Es hatte das erstemal geschneit“, murmelte er.

„Du bist besoffen, Papstlehrling“, brummte Rumbo. „Schnee! Und wenn der ganze Schnee verbrennt …“, sang er.

Der Schnaps färbte auch Uschka nicht schwarz, aber schuld war sie.

Felix lachte, ein geborstenes, fremdes Lachen, es trieb ihm den Schnaps in die Augen. Rumbo starrte ihn mit stumpfen Augen an.

„Dichter und Bauer gibt's doch, nicht? Ist Schwindel, gibt es nicht! Ich ziehe meinen Mistkarren und das andere –“, Felix machte eine Handbewegung, ein Kreis, eine Kugel, es war der runde, allseitige Mensch, „ein Mistkarrengaul kann nicht im Zirkus auftreten, hoch das Bein – tapp und tapp und tapp – Hohe Schule und so ein wippendes Ding auf dem Kopf, Federbusch und Glitzerzeugs, ich habe Schmeißfliegen um den Kopf, Scheuklappen haben sie mir aufgestülpt, damit ich nicht aus meiner Ackerfurche wegsehen kann, hart im Maul – ein Mistkarrengaul bin ich …“ Es war ein großer Spaß, er schlug sich vor Vergnügen auf die Schenkel.

„Du“, grollte Rumbo, „du bist ein Stinker, Papstlehrling!“

Felix wischte sich mit fahriger Hand das Lachen aus dem Gesicht, er schob den Kopf vor über den Tisch.

„Weißt du, was ich bin?“ murmelte er. „Ein Idiot bin ich. Glotz mich an: So sieht ein Idiot aus.“

Er stand schwankend, er wollte das Fenster aufreißen, er erstickte sonst. Er erblickte sein Gesicht in der Scheibe und schlug mit der Faust in das Gesicht, das Glas zersplitterte, und aus der Hand tropfte das Blut.

Am nächsten Morgen blieb Felix im Bett liegen. Uschka bereitete das Frühstück, brachte die Kinder zum Kindergar-

Dritter Teil

I

Das Fest fiel auf einen Donnerstag. Es war der letzte Donnerstag im Oktober. Der Tag war von einer stumpfen, hellen Bläue, wie Samt, dem farblich nicht zu bestimmende Lichteffekte beigewebt sind. Samten war auch die Luft in ihrer völligen Unbewegtheit. Das Thermometer zeigte dreiundzwanzig Grad in der Mittagsstunde.

Es gab Leute, die allen Ernstes überlegten, ob nicht auch die Wärmezuteilung bestimmten Plangesetzen unterworfen sei, die, wie andere Pläne auch, aus objektiven und subjektiven, meist unerforschlichen Gründen durcheinandergerieten. Danach hätte der Oktober einfach aufzuholen, was das Jahr bisher versäumt hatte.

Der Winter hatte sich so streng aufgeführt, daß man fürchten mußte, die Kälber würden den Kühen im Bauch erfrieren. Der Frühling war spät eingetrödelt, schwindsüchtig und traurig. Im Juni regnete es allen Bräuten in den Brautkranz, ein gutes Vorzeichen für ihre Ehen, nicht gut war der nasse Juni für die Bauern. Der Juli endlich schleppte einen schüchternen Sommer ins Land, im August reifte das Getreide, und der September schließlich fuhr eine Ernte in die Scheuer ein, wie sie so reich niemand mehr erwartet hatte. Alle Dörfer bewarzten sich mit viereckigen Strohfeimen, und auf den Weiden fraß sich das Vieh rund und fett. Nicht einmal der alte Jakob Hanusch erinnerte sich an ein solches Bauernjahr.

Dieses Jahr mußte man sich auch in anderer Beziehung merken.

Im Februar hatte in Moskau ein Parteitag stattgefunden, dort wurde eine Gottesstatue gestürzt, und übrig blieb unter Marmor, Bronze und Gips ein Mensch, der sich über die Menschen erhoben hatte, ohne in Menschlichkeit über sie hinausgewachsen zu sein. Glauben waren zusammengebrochen und tönerne Unbedingtheiten erschüttert worden. Langsam wie das Getreide im kühlen Sommer reifte unabdingbares Wissen zu neuer Gewißheit. Doch wie in diesem Jahr nicht nur viel Gras und Korn gewachsen war, sondern auch Quecken, Melde und das kaninchenhaft samende Franzosenkraut, so wucherte zwischen Wissen auch Zweifel, auch Verzweiflung, zwischen Gewißheit auch Dummheit, und war der Gott gestürzt – was ist dann schon am Menschen dran?

Felix Hanusch schritt hinter den Tannen ins Oberdorf zur Schule. Der schmale Pfad war ein fester Weg geworden, entlang dessen das sechste Einfamilienhaus aus der Grundmauer in die Höhe wuchs. Felix achtete nicht auf den Neubau, wie er nicht sah, daß in den Gärten rings um die anderen neuen Häuser Ziersträucher, Stauden, Dahlien und Rosen mehr Platz einnahmen als Salat, Kohl und Mohrrüben. Vier kleine Mädchen überholten ihn, sie grüßten, er dankte ihnen und bemerkte, daß man sie in die große Festtracht gesteckt hatte. Auch bei uns wird die Tracht zum Kostüm, dachte er flüchtig, keines dieser Mädchen wird sie wirklich tagtäglich tragen, Trachten gehören zur Isoliertheit.

Über den samtenen Blauhimmel raste ein Düsenjäger, Felix riß den Kopf hoch: Kamen andere hinterher im Alarmstart? Der Himmel schluckte das einsame Röhren und war wieder still und blau.

Der Flugplatz liegt zehn Kilometer weiter nach Westen, zwanzig Kilometer nach Südost liegt ein zweiter. Es ist gleichgültig, auf welchen von beiden die Wasserstoffbombe fällt. Es werden sich zwei unter der großen Linde auf dem Waldweg vor Wierbitz treffen, an der Linde hängt ein altes Marienbild. Wo hast du dich versteckt, Bruder? wird einer den anderen fragen. So heißt eine Voraussage. Ich möchte nicht einer der beiden sein, die sich an der verkohlten Linde treffen.

Felix sah den vier kleinen Mädchen nach, sie lachten,

eine drehte sich in ein paar Tanzschritten, die schweren Röcke flogen.

Der freie Platz vor der Schule war bunt von Fahnen, Menschen, Girlanden, die Oktobersonne färbte alles Grelle ins Satte um, alles Bleiche ins Pastell. Sie münzte die boshaft ironische Neugier des Arztes Dr. Alfons Batschon, mit der er seine Schwester Beate betrachtete, in freundliche Anteilnahme um, gab die stumme Verschlossenheit auf Beates Gesicht für ruhige Schönheit aus und log die beiden Männer rechts und links neben ihr zu Freunden.

Daß der Bürgermeister in trotziger Stummheit über das Fest hinwegblickte und der Witwe Nakonz die Augen überliefen von einem harten bösen Triumph – der Kinderchor unter der Leitung der Arztfrau und Musiklehrerin Irene Batschon sang deshalb nicht weniger hell, die Musikkapelle des Klarinettenmannes spielte nicht weniger laut, die Mädchen und Jungen, die auf dem Podium einen ukrainischen Gopak und einen sorbischen Mühlentanz tanzten, waren deswegen um keinen Deut weniger ihrer Kunst und des verdienten Beifalls gewiß.

Felix Hanusch stand neben seiner Frau und hielt die Hand seiner Tochter Mirka fest in der seinen, und als Mathi, sein Sohn, Schüler der ersten Klasse, auftrat und ein Gedicht vortrug, sprach Felix mit offenem Munde stumm die Verse mit, und eine furchtvolle Zärtlichkeit erfüllte ihn.

Der Meisterbauer und Abgeordnete des Kreistages Simon Mjetk überließ Winfried von Grauheim seine Frau und betrat das Podium zur Festrede; der Bürgermeister wandte dem Redner den Rücken zu und zählte, wie es schien, die Fenster der nun zehnklassigen Schule.

Die Witwe Nakonz zwei Schritt hinter ihm konnte die Gedanken in seinem Kopf nachdenken, sie gönnte sie ihm, sie gönnte ihm alles Schlechte. Mehr als ein Jahr hatte er verhindert, daß sich die Nichte und ihr Mann das Gewächshaus bauen konnten. Jetzt aber, seit einer Stunde, stak die Genehmigung in ihrer Tasche, der stellvertretende Vorsitzende des Kreisrates hatte sie selbst mitgebracht. Die Witwe Nakonz starrte in Rumbos Gesicht, er war eine Macht, eine schwere, sture Macht, nach Berlin hatte sie schreiben müssen, um stärker zu sein als er.

Simon Mjetk trat vom Podium herunter und riß das Tuch weg, das die Namenstafel der Schule verbarg, im glitzernden heimatlichen Granit: K. A. Kocor. Der rotborstige Michel Domsch und der Akkordtöter hatten die Tafel gemeißelt und poliert.

Der Komponist Karl August Kocor, der vor hundert Jahren mit seinem Dichterfreund Handrij Zejler die ersten sorbischen Chorkonzerte organisiert hatte, war längst zu einem Stück unverlierbarer Heimat geworden, das Volk sang seine Lieder.

Jetzt hoben Musiker und Wissenschaftler, vor etwa zehn Jahren Schüler auf Felix' Schule, sein größtes Werk aus der Knechtslade.

Noch einmal trat die Arztfrau vor den Kinderchor. Dann wurden die Türen weit geöffnet, der Schulleiter Nekela übernahm die Führung. Die Witwe Nakonz geriet mit Rumbo Ellbogen an Ellbogen, sie konnte es nicht länger ertragen, sie zeigte ihm den Schein, mit beiden Händen hielt sie ihm ihr Triumph-Papier vor die Augen.

„Dein Glashaus steht noch nicht!" knurrte Rumbo.

Was der Witwe Nakonz früher Kuh und Feld gewesen war – der Flicken auf die Betteljahre –, war ihr nun das Glashaus der Nichte. Sie zischte: „Wie einen räudigen Hund sollte man dich aus dem Dorf jagen. Du weißt wohl nicht, was in Ungarn ist?"

Rumbo fuhr herum. „Was ist in Ungarn?"

Seine Hand fegte unkontrolliert zur Seite, und die Witwe hielt in jeder Hand einen Fetzen ihres Triumphes.

Rasend vor Zorn schlug sie ihm beide Fäuste ins Gesicht.

Bevor dieser Zusammenstoß allgemeine Aufmerksamkeit erregen konnte, riß Felix Hanusch die Frau hart zurück und führte sie, freundlich, wie es schien, aus dem Gebäude.

„So alt, daß du kindisch sein darfst, bist du noch nicht", sagte er.

Die Witwe Nakonz schwieg, sie war viel zu zornig und schämte sich viel zu sehr, um reden zu können.

An ihrem Gartenzaun ließ Felix sie stehen. Er kehrte nicht in die Schule zurück, plötzlich schien ihm die neue Schule genauso lächerlich unwichtig wie die Gier der Witwe, wie die verbissene Sturheit des Bürgermeisters. Er ging heim und schaltete das Radio ein. Schlagermusik, überkippendes gurgelndes Jauchzen einer Sängerin, Klavierkonzert von Ravel, Heinzelmännchens Wachparade, die Donau so blau, so blau ... landen neue Truppeneinheiten vor Port Said, Moskau und Peking wollen Freiwillige schicken, Bulganin droht mit Interkontinentalraketen, Horthy-Leute strömen über die offene Westgrenze nach Budapest, jemand schreit Stakkato in einer fremden Sprache, vielleicht ungarisch, der Sender steht in München, sie haben Erfahrung im Anheizen.

Was eigentlich versprechen sich die Engländer vom Suezkanal, wenn er erst ein Kanal geworden ist zwischen zwei Toten Meeren? Wonach berechnet man den Profit in einer veraschten Welt?

... Freiheitskämpfer im verzweifelten Kampf mit russischen Panzern, Eisenhower warnt den Kreml ... Auf unserer Welle jauchzt mit kippender Stimme die Schlagersängerin, ein Mann redet des langen und breiten über agrotechnische Termine in der Hackfruchternte, ein Fußballspiel findet statt.

Drüben besichtigen sie die neue Schule, Nekela zündet den Bunsenbrenner an, der an eine Propangasflasche angeschlossen ist, die Witwe Nakonz sitzt im Glashaus und wirft mit Steinen, Rumbo stemmt sich in wütender Entschlossenheit gegen das weitere Vordringen des Kapitalismus, so nennt er das Glashaus der Witwe.

Ein kleines Mozart-Konzert, auf Sinai sterben Israelis und Fellachen, Bomben auf Suez und Port Said, Elektronengehirne berechnen Koordinaten, ein Fußballreporter verheddert sich in Poesie.

Rumbo hat recht, die Witwe Nakonz hat recht, die Schlagersängerin hat recht, Mozart hat recht, der Fußballreporter hat recht: Man muß das Leben weiterleben, solange man es leben darf.

Winfried von Grauheim trat ein. „Na, mein Alter", fragte er, „ist der Krieg vorbei, oder findet er nicht statt?"

Felix Hanusch drückte auf den Knopf, das Radio schwieg.

„Vielleicht", sagte er, „sieht der Krieg jetzt anders aus ..."

Winfried nickte. „Unser Masseur", erzählte er, „barmte

mir vor, die russischen Raketen kosteten seine Butter. Agitation ist billig, ich sagte ihm also, wenn sie nicht da wären, kosteten sie vielleicht seinen Kopf, wenn da auch nicht viel Schmalz drin sei."

Felix sah schweigend zum Fenster hinaus, wo sich das Licht ganz allmählich am Westhorizont sammelte. Zugleich wuchs der Himmel in seiner Mitte in die Höhe, dort blaßte das Blau ab, wie wenn man einen blauen Luftballon aufblies.

„Wenn der Krieg nicht stattfindet", sagte Felix nachdenklich, „wenn's wirklich einmal Frieden gibt: Dann haben den Frieden die Russen in die Welt geschleppt. Wirklich *geschleppt*, so schwer wie auf dem Gemälde von Repin die Wolgaschlepper." Er wandte sich vom Fenster, hinter dem sich der Abendhimmel zu röten begann, seinem Gast zu. „Das ist mir so eingefallen, als du von der Butter und den russischen Raketen sprachst."

„Die Sache ist bloß die, mein Alter", entgegnete Winfried, „ob dir Butter fehlt, merkst du gleich, kannst du sogar blind sein. Ob dir die Raketen was nützen, würde dir schlagend erst bewiesen, wenn sie nicht da wären. Ein Problem sogar für den klugen Medizinmann Alfons!"

„Und für dich?" fragt Felix.

„Ich kann seit dem Februar keinen Wodka mehr trinken, Tatsache: Ich muß kotzen. Wodka ist Stalin." – Tatsache war, daß er sich seit einigen Monaten unbehaglich in seiner Dorfrolle zu fühlen begann. Nachts einmal hatte er die Empfindung gehabt, die neben ihm liegende Beate denke weiter als an die Nacht und irgendwoher dränge sich ihm eine Verantwortung auf. Jener Parteitag kam ihm ausgezeichnet zupaß, er hängte sein Unbehagen daran, er war wieder up to date, ein freier Geist, der ein historisches Recht hat, sich unbehaglich zu fühlen. – „Das ist Problem Nummer eins. Problem Nummer zwei: Ich staune, wie du das verkraftest!"

„Hast du je erlebt, daß ich seine Worte herbetete wie Gläubige die Worte ihrer Heiligen Schrift? Er war für mich ein großer guter Mensch. Ich habe zu ihm ein Verhältnis gehabt etwa wie zu meinem Vater, in einem weiteren Sinne, aber doch irgendwie ähnlich. So komisch das klingt, seine Stummelpfeife war für mich sein wesentlichstes Attribut. Dann wurde er ein Gott, die Stummelpfeife fiel ihm – in meinen Augen – aus der Hand. Weil ich keinen Gott hatte", sagte er, „stürzte mir kein Himmel ein. Das andere – das blieb unangetastet. Ich kann verstehen, daß Kommunisten, von Kommunisten verurteilt, starben mit dem Ruf: Es lebe der Kommunismus. *Da* konnte kein Stalin heran."

„Ihr Gott war ihre Heilslehre", meinte Winfried.

Felix schüttelte den Kopf. „Keine Heilslehre. Das ist es ja: Wer im Kommunismus eine Heilslehre sieht, braucht einen Katechismus, braucht Fetische, braucht Riten, braucht – letzten Endes – einen Gottersatz. Und einen Haufen Neben- und Halbgötter."

„Du machst mich so konfus, daß ich was trinken muß. Und was anderes als Wodka hast du ja doch nicht."

Felix brachte den Wodka. Winfried nahm ihm die Flasche aus der Hand. „Was ist er denn dann – dein Kommunismus?"

Felix lächelte ihn fast schüchtern an. „Vielleicht habe ich etwas ganz Falsches gesagt, vielleicht ist es genau umgekehrt: Wer Götter braucht, braucht dafür Riten, Fetische und baut sich eine Heilslehre zurecht. – Was ist Kommunismus? Ein Ziel – ja. Doch auch der Weg, wie man zum Ziel kommt. Vielleicht so: Man muß denken, nüchtern und klar denken – von den Menschen her, nicht von sich aus, nicht von einer fixen Idee aus –, dann kommt man zu klaren, einfachen Erkenntnissen, und dann gibt man sich Mühe, danach zu handeln."

Winfried trank und lehnte sich in den Sessel zurück, ungewöhnlich nachdenklich, auf seinen Schultern lastet die Welt. „Im Grunde genommen", sagte er dann, „also doch etwas für Heilande und Apostel. Eine Zeitlang habe ich gedacht, ich könnte ein bißchen mitmimen. Das ist passé. – Dreh mal deinen Kasten an!" Er drückte selbst auf den Radioknopf.

Der Apparat schnurrte, der Sportreporter war jetzt beim Eishockey, er ließ den Puck durch den Äther jagen, verweilte in einer Atempause bei Goethe, stöhnte und seufzte und flüsterte und schrie.

„Was soll er denn machen?“ sprach Winfried. „Er ist ein Floh im Löwenfell. Solange ich dachte, ich bin ein Stück vom Löwen, hatte es einen Sinn, mitzumischen. Aber ich bin ein Floh in seinem Fell. – Und das ist Problem Nummer drei: Ich habe keine Lust mehr, zu nichts.“

Er lehnte sich weiter zurück und rollte leicht den Kopf im Nacken, schon in der Schulzeit hatte er so dagesessen, wenn er – was höchst selten geschah – wirklich und ernsthaft ratlos war.

„Zu nichts?“ fragte Felix, ein wenig spöttisch. Es war erst zwei Sonntage her, daß Winfried mit Beate nach Dresden in die Oper gefahren war; hatten sich manche die Mäuler zerrissen deswegen. Winfried wollte sich nicht aus einem großen Unbehagen in ein kleines Unbehagen drängen lassen; er betrat nicht die Brücke, die ihm Felix mit seinem bißchen Spott bauen wollte. Er sagte, immer noch den Kopf im Nacken rollend: „Hast du mal gezählt, wie oft in einer Woche von der Einheit Deutschlands gesprochen wird? Vielleicht war es wirklich das, was mich interessiert hat: dieses komische Deutschland, das andauernd neue Heilande heckt, um an seinen Heilanden zu verrecken. Bodo Schmidt war einer, du bist einer. Bodo ist tot, aber wenn er nicht tot wäre, säße er drüben, du hier. Kannst du mir verraten, wie die Synthese aussähe?“

Er glaubte, Felix wüßte keine Antwort darauf. Er starrte die Decke an, zum erstenmal war Felix überzeugt, er sehe Winfrieds Gesicht ohne Maske: leer und ratlos.

Bilder jagten durch Felix' Hirn: Bodo Schmidt, der Primus. Er ist ein sauberer, anständiger Junge, er leiht mir die Lederhose und bringt mir Mathematik bei; er liest Nietzsche, glaubt an Odin und Baldur und an die Auserwähltheit schmaler, blonder Köpfe; wir schwimmen durch das nächtliche Spreewaldfließ, und die Zeit der Glaubenskriege ist vorbei. Er will Arzt werden und den Krebserreger entdekken, er wird SS-Offizier um des Heils willen, um seines Heils willen, und am Ende stehen wir an jener slowakischen Furt uns gegenüber, ich sein Gefangener, er mein Richter und Henker.

„Deine Frage“, sagte Felix, „habe ich vor zwölf Jahren beantwortet. Ich habe Bode Schmidt erschossen.“ Er erzählte, knapp, ruhig, mit leiser Stimme. Seine Erregung war kaum erkennbar.

Minutenlang schwiegen sie. Heilande, dachte Winfried, verdammte lächerliche Heilande.

„Grit ist seit fünf Jahren wieder in Deutschland“, sagte er schließlich und blickte zur Decke hinauf. „Zum drittenmal verheiratet.“

Grit – die Kröte, Winfrieds schöne Schwester, ich habe Rosen für sie gestohlen, sie war vierzehn, und ich bekam einen Kuß, der nach Schlaf schmeckte. Mit neunzehn hat sie einen italienischen Grafen geheiratet, der aussah wie Don Juan und Don Quichotte im Bett war. Nach dem Krieg vertauschte sie ihn gegen einen argentinischen Haziendero.

Winfried setzte sich wieder lässig hin, schlug das rechte Bein über das linke, zog die Bügelfalte ein wenig auf die Seite, zupfte die Socke, die sich zusammengeschoben hatte, zurecht und lachte Felix an.

„Mein neuer Schwager ist ein Bürgerlicher, aber einer mit Verdiensten.“ Er legte die Hände spielerisch mit den Fingerspitzen gegeneinander. „Unter anderem hat er mich zum Tode verurteilt. Durch den Strang. Ich fand das nicht gut, wirklich nicht. Wenn ich mir vorstelle, wie ich gebaumelt hätte, die Zunge draußen und vielleicht barfuß! Aber sonst ist jener Herr ein gebildeter Mann. Und Witze kann er erzählen, da lachst du dich“, er stutzte, „ich wollte sagen: da lachst du dich tot, aber das stimmt nicht, er plädiert nicht mehr auf Strang. Er plädiert – außerdienstlich natürlich – für Frieden in Freiheit.

Heute“, er warf einen Blick auf seine Uhr, verkniff den Mund in einer sonderbaren Art, hochmütig und verwundert, „vor nicht ganz zwei Stunden habe ich meinen Schwager im Rundfunk reden hören, zwanzig Minuten lang im Namen eines Komitees und im Namen des Abendlandes. Abendland – dagegen nimmt sich dein Sozialismus aus wie … Ich habe mal einen Schriftsteller, der lauter rote Geschichten schrieb, gefragt, warum er im ganzen Buch nicht einmal das Ding selbst beim Namen nennt. Er schwindelte sich um die Antwort herum, das Wort klang ihm nicht, war ihm nicht literarisch. Aber Abendland – das klingt, das ist literarisch, das kannst du hundertmal in einem Buch schreiben, da stößt sich keiner dran, kannst du immer verkaufen. Du hast den Sozialismus, da konnte ich ulken darüber, Witze machen, sogar zugucken konnte ich – vor Stalin und vor Ungarn. Mein Schwager hat das Abendland – das ist eine Tatsache, und sie ist zum Kotzen. Ich habe keine Lust mehr, mein lieber Alter. Zu nichts. Nicht einmal an deinem komischen Sozialismus habe ich noch Spaß. Dreckiges, verfluchtes Leben! So – der alte Winnie hat gesprochen, jetzt gib den Wodka her! Und sag kein Wort! Sauf mit mir, wenn du willst, aber halt deine Schnauze!“

Felix reichte ihm wortlos die Flasche hinüber. Draußen ging die Tür, er hörte seine Kinder plappern, dazu die warme, sanfte Stimme Uschkas.

Rumbo, der Bürgermeister, hatte sich vor Ende der Besichtigung nicht aus der Schule hinwegstehlen können. Nun verliefen sich die Leute aus dem Dorf, die Gäste aus der Stadt bestiegen ihre Wagen, der Schulleiter Nekela schloß die Schultür. Rumbo schickte seinen Jungen, der im Chor mitgesungen hatte, nach Hause und ging in die Bürgermeisterei. Sein Amtszimmer war kalt, es roch nach Zigarettenrauch und nach Aktenstaub. Die hölzerne Barriere, die er zwischen der Tür und seinem Schreibtisch hatte einbauen lassen, teilte den Raum in zwei Hälften: eine für die Macht und eine für die Leute. Rumbo stieß die Schwingtür der Barriere mit dem Fuß auf und ließ sich in den hölzernen, ungepolsterten Armsessel fallen, von dem aus er die Macht ausübte. Er lehnte sich zurück, wie er sich während des Umgangs mit den Leuten zurückzulehnen pflegte.

Jenseits der Barriere stellte er in Gedanken die Witwe Nakonz hin, diese Angelegenheit mußte jetzt geregelt werden. Er versuchte sich auf seine Kontrahentin zu konzentrieren, aber andere Leute traten vor die Witwe Nakonz, drängten sie zurück. Da war der Großbauer Mjetk, der einzige Kreistagsabgeordnete des Dorfes. Ihm war erlaubt worden, im Namen des Staates zur Schuleinweihung zu sprechen. „Auf diesen Hund sind wir gekommen“, brummte Rumbo und schob Mjetk zur Seite. Vor der Barriere stand Dr. Alfons Batschon und grinste sein bestes Jungenlachen, die schiefe, große Nase lachte am lautesten.

Rumbo wollte auch lachen: Hast du dich doch verrechnet, mein Lieber, nichts ist es mit dem Professor. Die feinen Leute sind zwar heute andere als früher, aber hochnäsig sind sie genauso. Deine Frau, die von der Musikschule gekommen ist, wollte aus lauter Hochmütigkeit partout unsere Rotznasen singen lehren. Pech für dich! Dein ordengeschmückter Schwiegervater – er hat ja dein saures Gesicht nicht gesehen, als deine Frau Dorfschulmeisterin wurde – klopft dir auf die Schulter, aber einen Orden hat er dir noch nicht an die Brust geklopft. Du hast ans Schloß einen Flügel anbauen dürfen und läßt dich nun von den fünf Schwestern „Herr Chefarzt“ nennen – aber dein Zwanzigbettenkrankenhaus frißt dir doch an der Galle.

Nun stand die Witwe Nakonz allein vor der Barriere. Rumbo wollte sie anschreien, aber anschreien geht nicht, hier nicht mehr, es soll ja noch Gegenden geben in der Republik, wo man straflos und mit Erfolg die Leute vor der Barriere anschreien kann.

„Ich laß mich versetzen“, brummte er. War das ein Weg? Das war kein Weg. Die Witwe Nakonz hat ihre Hände gegen den Staat erhoben und der Staat reißt aus? Soweit sind wir noch nicht, *noch* nicht.

Zwei Möglichkeiten, Alte, für dich: Entweder du nimmst öffentlich zurück mit dem Ausdruck des Bedauerns, oder …

Oder? Rumbo stieß den Sessel so hart zurück, daß er die Dielen schrammte. Du nimmst zurück!

Er trat vor den rahmenlosen Spiegel, den sich die Sekretärin an die Wand gehängt hatte. Er sah sich enttäuscht ins Gesicht: Nicht einmal ein Kratzer war zu entdecken. Das Gesicht war wie stets: ledern, leicht gelblich – der verdammte Ärger immer! –, der Mund ein wenig hochmütig, ein wenig grämlich. Das letzte war neu, ist ja auch kein Wunder, ich geh doch in die Tongrube!

Zunächst ging er nicht in die Tongrube, er zog die Blende seiner Mütze tiefer in die Stirn – so hatte er sie damals getragen, vor dreiunddreißig und gleich nach dem Krieg – und marschierte ins Oberdorf. Noch vor zwei Jahren hatte er keinen Gedanken verschwendet an seine Haltung, an seine Art sich zu bewegen, er war geschlendert oder marschiert oder geschlurft, wie es sich eben ergab, er war der Bürgermeister, und das genügte. Aber seit jenem schwarzen Tag, da er rote Rosen zu Simon Mjetk hatte tragen müssen, befahl er sich, forsch und kräftig auftretend zu marschieren, und so war sein Gang steif und stelzend geworden – wie sein Gesicht: halb hochmütig, halb grämlich.

Er fand die Witwe Nakonz im Kuhstall. Mit Striegel und Kardätsche putzte sie ihre Tiere zur Nacht. Wenn's irgendwo in der Welt saubere Kühe gab, dann standen sie im Stall der Witwe Nakonz. Auf einem Brettchen an der Wand waren Salbenbüchsen und Flaschen aufgereiht; wenn die Nakonz-Kühe Bauchgrimmen hatten, kriegten sie Hienfong- oder Hoffmannstropfen. Über der Kuhapotheke klebte ein Schwalbennest. Auf dem hölzernen Deckel des Mischtroges starrte ein Melkschemel dreibeinig in die Luft.

Die Witwe Nakonz blickte nicht auf, als Rumbo eintrat; sie hatte ihn schon an der Stimme erkannt, als er draußen die Nichte nach ihr fragte.

Rumbo war gewillt gewesen, fest, aber freundlich mit der Nakonz zu reden; der stumme, bockige Empfang verdroß ihn, er strich die Freundlichkeit aus seinem Konzept.

„Daß das nicht so abgeht, ist dir doch klar", sagte er.

„Wer hat denn angefangen?" knurrte die Frau.

Für einen Augenblick verschlug es Rumbo die Sprache, dann sog er hörbar Luft ein, er wollte losschreien, aber plötzlich fiel er gleichsam in sich zusammen. Er hob den Melkschemel vom Mischtrog und setzte sich.

Die Nakonz hielt in ihrer Striegelei inne und starrte ihn an. „Ist dir schlecht?"

Wer hat angefangen, fragt sie, so fragt sie mich, den Bürgermeister. Das ist aus unserer Revolution geworden.

„Sag mal, Hanna ..." Er verstummte, ich bin verrückt, dachte er, aber etwas, das sich in ihm seit Wintersende eingenistet hatte und ihm den Schädel wundfraß, zwang ihn, weiterzureden. „... was denkst du, was wird?"

Die Witwe Nakonz betrachtete ihn immer noch mißtrauisch. „Das Gewächshaus wird", brummte sie und nahm ihre Arbeit wieder auf.

Ihr Gewächshaus wird, in Ungarn hängen sie unsre Leute, in Polen lösen sie die Genossenschaften auf, Felix krebst mit der seinen an der Pleite entlang, die Sowjetunion hat Schwierigkeiten mit der Landwirtschaft, der Großbauer Mjetk spielt die erste Geige im Dorf.

Eine Kuh ließ einen Fladen fallen.

„Deine Kuh hat recht", murrte Rumbo. „Entweder man macht Revolution oder man macht keine." Plötzlich begann er zu reden, leise, stockend, fast für sich, aber doch für die Witwe, mit irgend jemandem muß man einmal reden können. Es brach aus ihm heraus, ungefestigtes Wissen und starre, termingebundene Hoffnung – die Einheit Deutschlands kommt am 12. Juli nachmittag um vier Uhr. Es war nicht nur seine Schuld, daß sein Wissen geblieben war wie ein Unkrautacker, wo einzelne Weizenähren stehen, und noch weniger Schuld trug er an der Sprödigkeit seiner Hoffnungen. Er redete und redete, schnell, hastig, nuschelnd fast, und dann wieder stockend, langsam, einzelne Worte scharf akzentuierend: Er hatte dem Klassenfeind die Hand an die Gurgel legen wollen – sie machten den Mjetk zum Abgeordneten. Er hatte den Sozialismus einführen wollen – sie ließen die Witwe Nakonz ein Gewächshaus bauen. Er hatte Stalin-Worte auswendig gelernt – sie zertrümmerten Gips, schmolzen Bronze ein und verbrannten Bilder.

„... und ich lasse ihn hängen bei mir! Solange ich Bürgermeister bin, bleibt sein Bild an der Wand. Ich pfeife darauf!" sagte er böse. Er pfiff darauf, es war viel, worauf er pfiff, vor allem aber pfiff er auf die Wechselrahmen: mal dieses Bild, mal jenes, mal diese Revolution, mal jene.

„Nee!" sagte er und spuckte aus. Er wußte es nicht, aber er spuckte auf den Firlefanz von Gedanken und Ideen, schweren Gedanken, zögernden Ideen – daß die Welt sich unaufhaltsam ändere, die Welt, die Dinge, die Menschen, daß es besser sei, suchend zu irren, als aufrecht im Bekannten zu beharren.

„Ich lasse ihn hängen", brummte er.

Die Witwe Nakonz nahm Striegel und Kardätsche wieder fest in die Hand, sie putzte ihre Kühe zur Nacht, und wäre nicht das Gewächshaus gewesen, das – wie Rumbo sagte – ein Schlag gegen den Sozialismus war, sie hätte dem Mann den Melkschemel unter dem Hintern weggezogen und ihn zum Stall hinausgejagt und Lump verfluchter zu ihm gesagt. Doch da war das Gewächshaus, und die Witwe Nakonz ließ Rumbo auf dem Schemel sitzen. Sie bückte sich und klopfte den Striegel auf der Bohle über der Dungrinne aus. Die Bohle war dick, nicht ganz trocken, die kurzen rhythmischen Schläge des Striegels klangen dumpf und hohl, Rumbo hörte sie als das Rufzeichen des Londoner Rundfunks während des Krieges. Er riß den Kopf hoch, die Witwe Nakonz klopft hohnlachend und drohend, welcher Teufel hat mich geritten. Er stieß den Schemel mit dem Fuß zurück, der Schemel polterte gegen die Tür.

Die Frau blickte auf, nicht eben freundlich, Rumbo sah Haß auf ihrem Gesicht und Feindschaft, es war aber Verachtung und auch Müdigkeit, ein Bauernmensch hat Ende Oktober ein Recht auf ein wenig Müdigkeit.

Der Bürgermeister fegte mit einer kurzen, harten Geste alles, was er gesprochen hatte, aus dem Stall und aus der Welt, er gab dem Schemel an der Tür einen neuen Fußtritt und schrie: „Wir werden dir klarmachen, daß wir nicht in Ungarn sind!“ Er stelzte aus dem Stall und aus dem winzigen Hof, vorbei an der mißtrauisch lauernden Nichte, er machte seinen Gang noch steifer, am Zaun des Gasthauses schlug er sein Wasser ab, und es fröstelte ihn.

Daheim saß die Frau vor dem Radio, sie drehte hastig am Skalenknopf. Rumbo warf ihr einen Blick zu, unter dem sie zusammenzuckte. „Bring lieber das Abendbrot“, knurrte er.

Er schaute im Schlafzimmer nach dem Jungen, kehrte zurück, drehte das Radio ab, setzte sich zu Tisch, aß stumm und ungewohnt langsam, trank ein Glas Bier, ohne, wie üblich, zu mäkeln, das Bier sei zu kalt, warf sich aufs Sofa und rauchte eine Zigarette. Eine zweite steckte er sich an der Kippe der ersten an. Über ihm an der Wand hing das Bild, das er nicht abzunehmen gedachte. Hier erst recht nicht!

Die Frau räumte den Tisch ab, ein Messer fiel zu Boden.

„Kannst du nicht noch mehr Krach machen?“

Er starrte dem blauen Rauch nach an die Decke, dort klebten die Worte, die er im Kuhstall der Witwe gesprochen hatte, der Rauch verzerrte sie, das war das böse Maul der Witwe Nakonz. Niemand fängt den Rauch ein, der einmal ausgestoßen ist. Das Haßmaul der Nakonz posaunt aus:

Der Kommunist Rumbo glaubt nicht mehr an den Sozialismus. Man muß klug sein vor dem Schaden!

In der Schule wurde sie tätlich, offensichtlich beeinflußt von den Ereignissen in Ungarn. Sie sagte ... Sagte sie nicht: Wir werden dich hängen wie in Ungarn? So sagte sie es, so oder so ähnlich. Auf jeden Fall meinte sie das. Und hat sie im Stall etwa dem widersprochen, was geredet wurde, um sie zu prüfen?

Rumbo sprang auf und brannte sich eine dritte Zigarette an. Er schaltete das Radio ein und wieder aus, sah den klappernden Nadeln zu, die einen bunten Pulli für den Jungen strickten. Die Frau bekommt graue Haare, was hat sie schon für einen Grund, graue Haare zu kriegen? Er stand am Fenster, sah neblig und verschwommen sein Gesicht, der glühende Punkt zwischen den Lippen war genau zu erkennen. Die Rübe steht für das Feld, die Nase für das Gesicht, der Rockaufschlag für das Herz. Rumbo wandte sich um, drückte die Zigarette aus und sagte: „Ich habe noch zu tun."

Niemals war sein Marschieren so forsch und so hart im Schritt gewesen wie jetzt. Die Witwe Nakonz hat einen schwarzen Grad ihrer Feindschaft erreicht, schwarz wie zwischen den Oktobersternen der Raum, der den Himmel über der Dorfstraße füllt. Die Sterngucker behaupten, auch das Schwarze stecke voller Sterne, unsre Augen seien zu schwach, sie zu sehen. Was gehen mich die Weisheiten der Sterngucker an!

2

Uschka saß im Sessel und nähte die Knöpfe an Mathis Schuljacke fest. Mathi war ein Träumer und ein Räuber, ein Indianer auf dem Kriegspfad und ein nimmersatter Märchenhörer. Uschka liebte den Träumer, Felix den Indianer, und es hatte ihn große Mühe gekostet, den Indianer ehrlich auszuschimpfen, als er ihn oben auf dem wilden Birnbaum am Hundekirchhof entdeckte, auf demselben, aus dem ihn,

Felix, eines Tages der Vater heruntergeholt hatte, um ihn an Ort und Stelle mit frischer Birkenrute durchzubleuen.

Uschka seufzte: „Ich habe Angst.“

Felix, der müßig vor dem schweigenden Radio saß und rauchte, begriff ihre Angst sofort.

Er sah sich wieder vor der Schule stehen, die kleine warme Hand Mirkas in der seinen. Mathi spricht auf der Schultreppe sein Verschen, ich höre ihm zu, bin ein Radargerät und suche den Himmel ab.

„Wir müssen so leben, als ob nichts geschehen wird“, sagte Felix, „und so, daß es nicht geschehen wird.“

„Ich habe trotzdem Angst.“

Er kam zu ihr und setzte sich auf die Lehne des Sessels.

„Als ich ein kleiner Junge war“, erzählte er, „fuhr die Mutter einmal mit uns Kindern zu ihrer Tante. Wir mußten durch den Großen Lugwald. Eine Woche zuvor hatte dort ein Mann eine Pilzsammlerin überfallen. Ich wußte das nicht, aber ich spürte, daß die Mutter Angst hatte. Sie schob den hochrädrigen Kinderwagen, in dem meine beiden ältesten Schwestern saßen, so schnell, daß ich kaum mitlaufen konnte. Mitten im Wald macht die Straße eine große Biegung, geradeaus führte damals ein schmaler Pfad ziemlich steil einen Hügel hinauf. Mutter wollte abkürzen, aber der Pfad war sandig und ausgewaschen, ich half den Kinderwagen schieben, trotzdem kamen wir kaum vorwärts. Da sah die Mutter einen Mann zwischen den Bäumen. ‚Bete!‘ sagte sie. Ich sah den Mann auch. Ich sammelte Kiesel auf, gute handliche Kiesel, die Hosentaschen voll, die linke Hand voll, in der rechten den besten, glattesten Stein. Ich war sieben Jahre, und ich konnte einen guten Kiesel über den ganzen Teich vor unserem Hoftor werfen. Ich zitterte vor Angst, aber ich warf einen Kiesel nach einer Kiefer, zehn Meter vielleicht. Ich traf den Baum, der Stein knallte hart dagegen.

Der Mann blieb stehen, er starrte zu uns herüber, aber er kam nicht heran. Vielleicht war es ein Waldarbeiter, vielleicht ein Pilzsammler. Aber hätte er dann Mutter nicht geholfen? Wir erreichten die Straße, von da sind's drei-, vierhundert Meter bis zum Förster, hinter seinem Garten beginnt das Dorf.

Mutter glaubt heute noch, ihr Beten hat uns gerettet. Ich glaube an meine Kiesel, wenn da überhaupt Grund zur Angst war. Aber die Angst jedenfalls war, und die Kiesel waren gut dagegen."

Er ging hinüber in sein Kämmerchen und kam mit einem Meßtischblatt und einem großen Bogen weißen Papiers zurück.

„Willst du noch arbeiten?"

„Kiesel auflesen." Er lächelte ihr zu. „Ich *muß* doch weiterkommen mit dem Pumpwerk am Bruchhang. Je vernünftiger unsere Welt, desto größer unsere Chance."

Uschka legte die Kindersachen sorgfältig zusammen.

„Ich bleib noch eine Weile sitzen, dann geh ich schlafen", sagte sie. „Ich muß früh zur Probe." Seit dem Sommer fuhr sie mit einem Motorroller, es sparte viel Zeit.

„Ich arbeite lieber, wenn du dabeisitzt", spöttelte er. „Du hast so schöne gläubige Augen, da fange ich an zu glauben, daß ich sogar mit einer technischen Skizze zu Rande käme."

Uschka war nicht in Stimmung zum Spötteln und Scherzen, sie nahm ihren Roman vom Radio, ein buntes Strich-Punkt-Buchzeichen steckte darin, Mirkas Kindergartenarbeit, sie schlug das Buch auf und schaute nachdenklich ihrem Mann zu, der eine großzügige Linie über sein weißes Blatt laufen ließ, anscheinend im Augenblick noch völlig überzeugt, daß ein jeder Betrachter auf Anhieb erkennen könne, er habe die Geländeskizze vom Bruchhang vor Augen.

„Vielleicht könntest du anderswo mehr für die Vernunft tun", sagte Uschka und bereute ihre Worte sofort, als sie sah, daß die tiefe Kerbe über Felix' Nasenwurzel erschien.

Es klopfte. „Herein!" sagten Uschka und Felix gleichzeitig.

Die Nakonz-Nichte trat ein. Wie es Sitte war, reichte sie jedem die Hand, wollte sich aber nicht setzen.

„Der Bürgermeister war bei uns – bei der Tante im Stall", berichtigte sie sich, „zuletzt hat er geschrien, daß er ihr klarmachen will, daß wir nicht in Ungarn sind."

Felix fand das nicht besonders aufregend; seit dem Moskauer Parteitag geriet Rumbo leicht aus dem Häuschen.

„Was hat die Tante gesagt?“ fragte er.

„Schweinehund“, antwortete die Nichte und wurde rot.

Felix grinste. „Sonst nichts?“

Die Nichte schüttelte den Kopf. „Aber ich habe trotzdem Angst. – Willst du nicht mit ihm sprechen?“

„Ist doch Unsinn, Mädchen! Was soll denn passieren? Geh du ohne Sorge schlafen, und wenn's dich beruhigt, frage ich ihn morgen mal.“

Die junge Frau, die zum zweitenmal schwanger war, lächelte und meinte: „Seit ich das Kind erwarte, bilde ich mir schnell etwas Dummes ein. Besonders abends. Und Rumbo *hat* Wut auf uns.“

„Geht auch vorbei“, sagte Felix.

Die Nichte nickte, reichte wieder jedem die Hand und wünschte ihnen eine gute Nacht.

Felix berichtete Uschka von dem Zusammenstoß Rumbos mit der Witwe Nakonz.

„Kann ihr das einer bei schlechtem Willen nicht doch übel anrechnen?“ fragte Uschka.

Da müsse man schon viel schlechten Willen auftreiben, meinte er. Die Nakonz habe in der Zeitung gelesen, daß manches in Ungarn nicht in Ordnung gewesen sei, daß man zu Recht einige Leute zum Teufel gejagt habe, seelenlose Bürokraten; also zum Teufel auch mit Rumbo! Da gibt es überhaupt nichts hineinzulegen. Aber bei der nächsten Gelegenheit werde ich ihr öffentlich klarmachen, daß sie gefälligst nicht bloß am Sonntagnachmittag Zeitung lesen soll, wenn sie schon den Mund so aufreißt.

„Weiß auch Rumbo, daß sie bloß einmal in der Woche Zeitung liest?“

„Mach mich nicht verrückt, Uschka!“

Aber die Unruhe hatte ihn schon ergriffen. Er stand auf und schritt zwischen der Tür und der rückwärtigen Bücherwand hin und her, dozierte über das Verhältnis des Bürgermeisters zum Dorf – alles labile Elemente – und das Verhältnis des Dorfes zum Bürgermeister – ein gutes Haar läßt man an ihm: Er hält Ordnung in der Gemeinde.

Je länger sich Felix darüber ausließ, um so unsicherer wurde er. Schließlich sagte er: „Ich gehe einfach noch auf einen Schnaps zu ihm.“ –

Er fand Rumbos Frau allein daheim, der Mann sei noch ins Amt gegangen.

Rumbo saß in seiner Amtsstube vor dem leeren Schreibtisch, die Hände auf den hölzernen Armstützen. Seine Augen verengten sich, als Felix eintrat.

„Deine Frau sagte, du arbeitest noch."

Keine Antwort, wachsames Beobachten.

Felix sah, hier gab's keine Frage nach einem kleinen Schnaps, gab's kein Darumherumgerede.

„Du willst die Witwe Nakonz anzeigen?"

Rumbo krampfte die Hände um die Lehne, sein Blick streifte das Telefon, es war schwer, sich verkneifen zu müssen, daß von einer Absicht nicht mehr die Rede sein konnte, aber der wäre imstande und warnt. „Hast du etwas dagegen?" Jetzt spürte er die vorher vermißte Genugtuung, gehandelt zu haben.

„Kommt darauf an", sagte Felix. „Was hat sie getan?"

„Du warst doch dabei!"

Vielleicht habe er es nicht so genau gesehen oder gehört.

„Sie hat konterrevolutionär Staat und Partei angegriffen!"

„Siehst du, es war doch richtig, daß ich dich fragte", entgegnete Felix ruhig. „Mir schien nämlich, sie sei auf dich losgegangen."

Rumbo starrte ihn an, entweder ist der Hanusch besoffen, oder er will mich provozieren.

„Ich", sprach Felix fast heiter, „bin im Augenblick unrasiert. Läuft die Partei stoppelbärtig herum?" Er beugte sich über den Tisch. „Du hast Hackepeter mit viel Zwiebeln zu Abend gegessen. Stinkt der Staat zwieblig aus dem Maul?"

Rumbo blickte Felix ohne Wimperschlag ins Gesicht, auf die unrasierte Wange rechts der Nase etwa, seine Stirn furchte sich, die geballten Fäuste lagen ruhig auf den Armlehnen.

„Dein Heckmeck kannst du dir sparen", sagte er. „Wenn die Nakonz mich angreift, greift sie uns an."

„Gut." Felix erhob sich. „Das ist eine Grundfrage. Darüber sollten wir im Zusammenhang mit deinem Streit mit der Witwe Nakonz in der Parteiversammlung diskutieren. Wenn du willst, morgen schon, und wenn wir uns einig sind, daß sie wirklich nicht dich meinte, dich ganz persönlich, weil du ihrer Ansicht nach ein schlechter Bürgermeister bist, sondern sie meinte den Staat und die Partei, dann machen wir die Anzeige."

„Und vorher winken wir ihr nach, wenn sie nach dem Westen abhaut!" Rumbo lehnte sich bequem zurück und lächelte, überlegen, wie er glaubte. „Ich kenne meine Pflicht und laß mich von so einem Laumann nicht verdreht machen."

Felix sah dieses Lächeln und zwang sich ruhig zu bleiben.

„Ich mache keinen Spaß, Rumbo!" sagte er. „Ich lasse einfach nicht zu, daß du hier Mist machst! Wenn du's willst, ich rufe jetzt noch Nekela und deinen Vater her, und wir sprechen gleich darüber."

Rumbo schwieg, mit den Fingerspitzen klopfte er ungeduldig auf das Holz der Armlehnen.

Felix stieg der Zorn ins Gesicht. „Auf jeden Fall", knurrte er unbeherrscht, „werde ich dich hindern ..."

Rumbo lachte kurz auf. „Wirst du? Willst du das Telefon demolieren? Mir einen Knebel ins Maul stecken?"

Ein Rest kühler Vernunft bewahrte Felix vor einem jähzornigen Ausbruch, gerade dazu will er mich provozieren, fiel ihm noch eben ein, er riß einen dicken Zimmermannsstift, mit dem Rumbo seine Anschläge zu unterschreiben pflegte, aus der Schreibtischschale und zerbrach ihn zwischen den Fingern. Er legte die Stücke vor Rumbo hin, fischte eine Mark aus der Tasche, warf sie auf die Platte und sagte, ein hartes, aber zufriedenes Lächeln auf dem Gesicht: „Knapp vorbeigeschossen, Rumbo!" Er stand auf. „Ich kann dich nicht hindern. Aber ich garantiere dir, das wird der letzte Unsinn sein, den du im Namen von Partei und Staat verzapfst! Wenn du willst, gebe ich dir's auch schriftlich", er suchte mit kalter Wut Worte, die ihm am meisten Spaß machen und den Bürgermeister am tiefsten treffen würden, „daß du binnen einer Woche keine Gelegenheit mehr hast, mit deinem Hintern einen staatsapparatlichen Stuhl zu schänden." Er tippte an seinen Hutrand und stieß die Barriere mit dem Fuß auf.

„Und ich garantiere dir", schrie Rumbo, aber da hatte sich die Tür hinter Felix schon geschlossen. Nach einer Weile beendete Rumbo brummend seinen Satz: „... daß du lange genug Parteisekretär gewesen bist."

Er blieb, fast unbeweglich, in seinem Sessel sitzen. Er dachte nicht über Felix' Drohung nach, auch nicht über seine eigene; schade um jeden Gedanken, die Sache lag völlig klar auf der Hand.

Was ihm durch den Kopf ging, waren ferne und abseitige Dinge. Wie hieß doch der Kumpel gleich, den damals in der Tongrube eine stürzende Wand erstickte? Kaiser? Ich glaube, ja, er hatte ein zu kurzes linkes Bein und soff wie ein Loch. Irgendwo will der Mensch doch vollkommen sein, sagte er immer. Und wie soll ich ein Abstinenzler werden, wenn ich nicht vorher ein Säufer war.

Ich hätte nicht dulden sollen, daß der Junkerstall stehenblieb. Wir haben zuwenig eingerissen. Stinkt mir, stinkt mir gewaltig. In dem alten Junkerstall sitzt der Kulakensohn und halbe Admiral Alfons Batschon, sitzt der Saugraf Ritterkreuzträger Grauheim. Wir haben zuwenig abgerissen! Das hängt uns an. Schnaps in volle Wassereimer geschüttet.

Er löschte das Licht, wollte gehen und ließ sich wieder in den Sessel fallen. Die Nacht war finster. Wenn man nicht hinaufsieht, gibt es keine Sterne. Alles Quatsch. Der Junge braucht einen neuen Wintermantel, und nächstes Jahr fahre ich mit ihm an die See.

Hinter manchen Fenstern brannte noch Licht. Der Theaterbus war eben von der Vorstellung gekommen, Uschka spielte in dem Stück nicht mit. Ich fahre mit dem Frühbus, beschloß Felix, gehe hin und kläre den ganzen Unsinn mit der Witwe Nakonz. Vielleicht genügt auch ein Anruf.

Die Zeiten sind nicht einfach. Was weiß der Mann, der jetzt vielleicht Rumbos Anzeige entgegennimmt, von der Witwe Nakonz? Er weiß, daß man Funken zertreten muß, damit es nicht erst brennt. Und wenn er Rumbos Bruder ist, zertritt er aus Übervorsicht auch Glühwürmchen. Ob eine Windmühle langsam mahlt oder schnell, kommt darauf an, wie's draußen weht. Es weht kräftig, Kreuzteufelnochmal!

Felix ging am Spritzenhaus vorbei, ein verrückter Einfall

kam ihm. Es wäre nicht nur von Nutzen, es wäre auch Spaß.

Er rief sich zur Ordnung. Aber die kalte Wut in ihm hatte nur geschlafen. Wenn nun am anderen Ende des Drahtes wirklich einer sitzt, der Glühwürmchen für feuergefährlich hält, dann ist der Schaden schnell geschehen. Schnell geschehen und schwer aus der Welt geschafft.

Zeit genug morgen früh, flüsterte die Vernunft; aber der Spaß, der sich mit der Wut verbündet hatte, krähte: Wer morgen früh lacht, lacht am besten! Felix bog am Inselteich ein, er hatte schon lauter wütenden Spaß im Kopf, aber in den Beinen war noch Vernunft, sie marschierten geradeaus heim. Am Flutgraben des Inselteiches kehrte Felix um und rannte zum Häuschen der Witwe Nakonz.

In ihrer Kammer zu ebener Erde brannte Licht, die Haustür war unverschlossen, Felix stahl sich ins Haus, klopfte leise und öffnete die Stubentür. Die Witwe Nakonz saß auf dem Rand ihres Bettes, das blau-weiße Deckbett war schon zurückgeschlagen, sie zog sich die Strümpfe von den geäderten Beinen.

„Jesusmaria", schrie sie unterdrückt auf, „pfui Teufel, hast du mich erschreckt!" Sie spuckte dreimal symbolisch auf den weißgescheuerten Fußboden, die Kammer konnte es an Sauberkeit mit ihrem Kuhstall aufnehmen. „Willst du auch was?" brummte sie, nahm eine bunte Schürze vom Kleiderrechen am Fußende des Bettes und band sie über.

„Daß ich deinetwegen nachts herumrennen muß", sagte Felix streng, „hätte ich nicht gedacht!"

Sie murrte und setzte sich wieder auf den Bettrand, er setzte sich auf die buntgemalte Knechtslade des Jakob Nakonz. Die Farben der Lade waren so verblichen wie die hundert Tage, die der Mann in diesem Haus gelebt hatte.

„Was war an der Schule?"

„Warst du nicht dabei?"

Er war dabei, trotzdem: Was war?

Das und das war, und zum Teufel mit Rumbo.

Rumbo ist der Vertreter der Staatsgewalt im Dorfe.

Die Witwe Nakonz lachte zornig auf. „Ein Haufen Hundedreck ist er!"

„Dafür kann er dich verklagen."

„Rumbo? – Da sag ich's noch elfmal! Unter einem Dutzend lohnt das nicht fürs Gericht!"

Das ist die Frage: Rumbo oder der Staat – wer war gemeint?

„Mach dich hinaus!" Sie schluckte vor Zorn. „Du verstinkst mir die Kammer mit deiner Dummheit!"

„Gut", Felix nickte, „also Rumbo."

Als er herrannte, war alles klar und einfach gewesen. Nun schwieg er und versuchte die entlaufene Einfachheit wieder einzufangen. Die Witwe Nakonz starrte ihn finster an.

„Willst du etwas tun, ohne zu fragen, weshalb?" fragte er.

„Nee!" Sie preßte die Lippen aufeinander und schob das Kinn vor.

„Es geht um dich, um Rumbo und mich."

„Mir egal!"

„Aber mir nicht. Und schuld bist du! Du hast dich und mich hineingeritten ..."

„Sollen sie doch kommen, ich habe keine Angst vor dem Gericht." Sie hatte wache, wilde Augen. „Ich nicht!"

Gut. Aber nützt eine Gerichtsverhandlung, in der sie der Staatsgefährdung angeklagt wird, irgend jemandem?

Die Witwe schwieg. Sie hatte die Hände gefaltet im Schoß liegen, blickte auf die beiden Heiligenbilder an der Wand hinter Felix, aber sie betete nicht.

„Nützt oder schadet es?" wiederholte er eindringlich.

Sie grollte: „Der Postmann täte sich den Buckel wegfreuen."

Felix zündete sich eine Zigarette an.

„Zigaretten stinken mir", murrte die Witwe.

„Du schläfst heute nicht hier", sagte er und stand auf. „Zieh dich an, ein bißchen warm."

Sie beäugte ihn mißtrauisch. „Willst du mich einsperren?"

„Ja." Er nickte ihr freundlich zu. „Ins Spritzenhaus. – Und kein Mensch darf's wissen."

Die Hände immer noch gefaltet, strich sie mit dem rechten Daumen über den ersten Finger der linken Hand. Alles, was der Mensch hat zwischen Mißtrauen und Vertrauen, zwischen Unkenntnis und Erkenntnis, zwischen Zorn und

Spaß, zeigte ihr Gesicht wie ein Wunderspiegel, der Kraft seines Zaubers das Wesentliche vom Zufälligen trennt.

„Dich täte ich als Kuhknecht nehmen!“ sagte sie schließlich. Dieses ihr höchstes Lob für Klugheit und Geschicklichkeit teilte die Witwe Nakonz sehr selten aus.

„Auch du darfst nichts wissen“, sagte Felix.

„Ich schlafe“, sagte sie und stieg in ihren wollenen Oberrock. „Landstreicher gibt es keine mehr, und vor Mäusen graule ich mich nicht.“

Felix’ kalte Wut war verflogen, an dem Sack Spaß nagte die Vernunft. Hätte die Witwe Nakonz sich vor Mäusen gegrault, vielleicht hätte er ihr das Graulen nicht ausgeredet.

Er scheuchte die Vernunft zurück in den Spaßsack und sagte: „Du mußt noch einen Zettel schreiben.“

Er hielt ihr seinen Bleistift hin, und die Witwe Nakonz zog eine leere Tüte vom Schrank. Sie schrieb nach seinem Diktat: Ich komme bald wieder, macht euch keine Sorgen.

Er bestand noch darauf, daß sie reichlich Verpflegung mitnehme, auch ein Weckglas Kirschen für den Durst. Sie witzelten flüsternd dabei und schlichen sich aus dem Haus wie zwei Diebe. Dann mußte die Witwe Nakonz allein zu ihrem Gefängnis marschieren.

Felix rannte heim. Der Spritzenhausschlüssel lag in seinem Schubfach. Er war kein Feuerwehrhauptmann, aber seit Anfang der dreißiger Jahre, als die Scheune des Stellmachers, zweihundert Meter vom Spritzenhaus entfernt, niederbrannte, die Mulkwitzer und die Wierbitzer Männer schon kräftig in die Flammen spuckten und der Stellmacher, er war der Feuerwehrhauptmann, noch immer nicht den Spritzenhausschlüssel finden konnte – seit diesem großen Gelächter ringsum gab es drei Schlüssel im Dorf: einen beim Hauptmann, einen beim Bürgermeister und einen auf dem Gut. Den letzten hatte die Genossenschaft geerbt.

Uschka trat im Nachthemd aus dem Schlafzimmer. „Was ist?“

„Nichts ist“, meinte er. Morgen, wenn alles klar ist, erzähle ich es ihr. Sie las es ihm vom Gesicht ab, daß er etwas verschwieg. Besorgt sah sie ihn an.

„Geh du schlafen“, sagte er leichthin. „Ich habe das bestens geregelt.“

„Hoffentlich! – Und vergiß nicht, daß ich auch noch da bin." Sie zog die Schlafzimmertür hinter sich zu und dachte: Am unvernünftigsten ist er immer, wenn er sich für besonders vernünftig hält.

Felix ging in seine Kammer, nahm den Schlüssel aus dem Schubfach und rannte zurück.

Die Festzusetzende wartete schon am Ort, Haftverpflegung und Sonntagskompott im Arm, in der Tasche ihres wollenen Rocks den Ausweis und das Milchleistungsbuch ihrer Kühe.

Im zweiten oder dritten Jahr nach dem Krieg hatten sie dem Spritzenhaus – „im Zuge der Hygiene", hatte die bürgermeisterliche Vorlage gelautet – einen Miniaturflügel angebaut, Sanitätsraum, Feuerwache und Kartoffelkäfergiftschrank. Dahinein führte Felix die Witwe Nakonz. Ein eisernes Bett mit Strohsack, ein halbes Dutzend Wolldekken, alles sehr sauber; der rotborstige Michel Domsch hielt die Dorfhygiene so in Ordnung wie seinen Blumengarten.

Felix beleuchtete mit einer Taschenlampe das Inventar. „Alles da", flüsterte er, „fünf Eimer genügen, was?"

„Mach dich hinaus", brummte die Frau. „Ich bin müde."

Er ließ ihr die Taschenlampe, wünschte ihr angenehme Träume und schloß sie ein. In diesem Augenblick wußte er genau, worauf er sich einließ. Sein Herz schlug einen Trommelwirbel, und den Rücken hinauf kroch ihm eine Feigheit, die ihn frösteln machte. Doch dann sagte er sich, entweder sehe ich Gespenster – dann hat's der Witwe Nakonz nichts geschadet, daß sie einmal eine Nacht lang über ihr Mundwerk nachdenkt, oder ein andrer, Rumbo, sieht Gespenster – und dann ist es gut, ich habe ihm erst einmal sein Gespenst aus dem Blickfeld geräumt.

Er entschloß sich, nicht auf den Frühbus zu warten, sondern noch zeitiger mit dem Fahrrad loszufahren. Dann kann die Witwe Nakonz, wenn sie will, schon um neun Uhr wieder ihre Kühe putzen.

3

Die Morgennebel staubten am Domturm aufwärts, als Felix die zuständige Tür öffnete. Der Mann hinter dem Schreibtisch hatte ein gutgeschnittenes, angenehm anzuschauendes Gesicht und hieß Friedbert Melzer. Das Täfelchen außen an der Tür nannte einen anderen Namen.

„Ich wollte zum Genossen Sonthoven", sagte Felix.

„Ich vertrete ihn." Es schien Melzer gar nicht recht, sich als Vertreter seines Vorgesetzten vorstellen zu müssen. Felix bemerkte die leichte Röte auf Melzers hübschem Gesicht und wurde, unschlüssig, ob er ihn duzen oder offiziell anreden sollte, der Entscheidung enthoben, indem Melzer mit einer leichten, runden Handbewegung auf einen Stuhl wies. „Setzen Sie sich bitte."

Felix setzte sich und sagte, er komme wegen der Witwe Nakonz, möglicherweise habe der Bürgermeister eine Anzeige gegen sie erstattet.

Melzer schwieg. Felix hatte sich ein Gespräch zwischen zwei Genossen vorgestellt, doch Melzer machte in seiner aufgeblasenen Bescheidenheit die Vorstellung unmöglich, die beiden Stühle vor und hinter dem Schreibtisch hätten die gleiche Wertigkeit.

Vielleicht schämt er sich auch, daß sein Aufstieg trotz Zweisprachigkeit und aller bescheidenen Klugheit und klugen Bescheidenheit mehr einem mühsamen Aufwärtshangeln als dem Start einer Rakete gleicht.

Felix entsann sich, wie Melzer einmal auf seinem zweiten Lehrgang den anderen bewies, wie unsinnig es sei, sich irgendwo oben einen Himmel vorzustellen, dabei glaubte er selbst beinahe fanatisch an die Seligkeit eines irdischen Oben.

Felix irrte sich: Melzer schämte sich nicht, noch nicht weiter nach oben gelangt zu sein, er wollte nur alles vermeiden, was sein Aufwärtshangeln noch mühsamer machen könnte.

Lauter, als er es beabsichtigt hatte, sagte Felix: „Ich wollte gern wissen, was ihr auf die Anzeige hin unternehmen werdet."

Darauf mußte Melzer antworten. Er antwortete: „Darüber können wir keine Auskunft geben."

„Ich bin der Parteisekretär."

Melzer schwieg, bereit, weiter zuzuhören. Da er sich konzentrierte, auf der Hut zu sein, entglitt die Bescheidenheit unbemerkt seiner Kontrolle.

Felix spürte, wie ihm das Blut zu Kopfe stieg, aber er beherrschte sich. „Ich war unmittelbar Zeuge des Vorfalles", sagte er ruhig. „Sie kennen ..."

Melzer machte sich eine Notiz. „Wenn wir Ihre Aussage brauchen, werden wir sie einholen." Er beugte sich ein wenig vor. „Noch etwas?"

Felix starrte ihn an. Mehr nicht? Keine Frage, kein Versuch zu klären? Kein Genosse hinter dem Schreibtisch, ein impertinenter Beamter?

Er knurrte: „Sollten Sie die Absicht haben, die Witwe Nakonz festzunehmen, so können Sie sich den Weg sparen."

Zum erstenmal zeigte Melzer Interesse. „Haben Sie sie mitgebracht?"

„Nein!"

„Ist sie etwa geflohen?" Er sprang auf, den ersten Tag Chefvertreter und dann ...!

„Ich habe sie sichergestellt." Der Teufel ritt Felix, er fügte hinzu: „Vor Ihnen, Melzer!"

Melzer stierte Felix an, als sähe er ein Unding, eine leibhaftige Seele aus dem Jenseits, einen fliegenden Elefanten. Felix wartete auf den Ausbruch, der kommen mußte.

Melzer setzte sich, griff nach dem Telefon und gebot irgend jemandem, vorläufig zu warten.

Dann wandte er sich an Felix. „Was maßen Sie sich an?"

„Wenn wir schon von Anmaßung sprechen", entgegnete Felix kalt, „so muß gesagt werden, daß Sie sich anmaßen, einen Menschen verhaften zu lassen, ohne sich die geringste Mühe gemacht zu haben, den Tatbestand zu prüfen. Die Genossen unserer Grundorganisation beraten heute den ‚Fall Nakonz' – kommen Sie hin, nehmen Sie teil an der Versammlung, dann treffen Sie Ihre Entscheidung. Wenn Sie es wünschen, können wir auch gleich fahren, und ich rufe die Genossen sofort zusammen."

Auf Melzers Gesicht kam und ging die Röte, er schien unsicher zu werden, seine Augen suchten einen festen Punkt. Felix folgte seinem Blick. Auf der nachgedunkelten Tapete ein heller viereckiger Fleck. Es ist keine einfache Sache, Entscheidungen zu treffen, wenn einem ein solcher Fleck von der Wand herab zusieht.

„Ich lasse Sie festnehmen, Hanusch“, sagte Melzer heiser.

Felix sah, er hatte die Röte auf dessen Stirn mißdeutet. Einen Augenblick lang überlegte er, ob er vor dem Februar genauso gesprochen hätte. Wahrscheinlich doch, sagte er sich, aber das Ergebnis wäre wohl ein anderes gewesen. Er war völlig ruhig und, nachdem Melzer so auf seinen Vorschlag geantwortet hatte, fest überzeugt, richtig zu handeln. Das übrige wäre eine reine Zeitfrage.

„Vorsicht, Melzer!“ sagte er. „Sie vertreten nur Ihren Chef. Es könnte sein, er findet es gar nicht so absurd, sich mit Genossen, in deren Verantwortungsbereich sozusagen die Beschuldigte lebt, zu beraten. Ich, an Ihrer Stelle, würde auch ein wenig an mich denken.“

Das war heller Hohn, aber die Wahrheit war, daß Melzer unablässig an sich dachte. Die Witwe Nakonz war ihm völlig gleichgültig, er glaubte auch nicht im entferntesten daran, daß man die Polizei in Aktion treten lassen müßte, um die Republik vor ihr zu schützen. Er dachte an sich, und was zu bedenken war, war die Frage: Rumbo oder Hanusch.

Kann sich der Hanusch hier vor meinem Schreibtisch so aufplustern, wenn er sich nicht stark genug wüßte? Kann mir Rumbo nicht einen Strick drehen, wenn ich auf seine massive Anzeige hin nicht das Nächstliegende veranlasse? Was muß der Alte sich auch gerade jetzt den Blinddarm aus dem Bauch schneiden lassen! Ein paar Wochen später hat die Partei vielleicht schon eindeutige Beschlüsse gefaßt, und alles ist klar. Der Teufel hole den Hanusch, der mich zwingen will, die Lage selbst einzuschätzen!

„Der Tatbestand der Nötigung ist gegeben!“ sagte er. Er zog es vor, zunächst einmal den „Fall Hanusch“ zu klären. „Das genügt!“

„Einverstanden.“ Felix nickte. Er vergaß, daß Melzer tatsächlich Macht in den Händen hatte. „Ich will Sie nötigen, zur Vernunft nämlich. Was verlieren Sie denn, wenn Sie mit mir hinausfahren?“

„Wo befindet sich die Frau?“ Scharf und kalt die Frage. „Ich kann Sie zwingen, meine Frage zu beantworten!“

Felix zündete sich eine Zigarette an. Er versuchte sich über Melzer klarzuwerden. Soviel war sicher, Melzer war kein Rumbo, der in aller Starrheit und Beschränkung der Partei absolut ergeben war. Melzer hatte schon damals auf der Schule kühl abgewogen, was ihm nützen und was ihm schaden könnte.

Er sagte: „Daran glauben Sie ebensowenig, wie Sie an die Schuld der Witwe Nakonz glauben. Sie glauben vermutlich an Ihre Karriere. Dieser Glaube wird Sie die Karriere kosten.“ Mit kühler Sicherheit schloß er: „Das ist eine reine Zeitfrage.“

Melzer schwieg, er starrte den hellen Fleck auf der Wand an, die fliegende Röte auf seinem Gesicht verblaßte. Es war ihm nicht von der Stirn abzulesen, daß er diese Demütigung schluckte, weil ihm eingefallen war, daß Ernst Roßmann ein guter Freund des Hanusch war. Er legte die Hände auf die Schreibtischplatte und betrachtete die gutgeformten, rund gefeilten sauberen Fingernägel.

„Wenn wir in der Parteiversammlung sprächen ...“, begann Felix wieder.

Melzer erhob sich, blickte Felix streng an und sagte betont langsam: „Ich spreche jetzt mit Ihnen im Namen der Partei, Genosse Hanusch!“

Felix blieb ungerührt sitzen. „Hatten Sie gedacht, Genosse Melzer“, fragte er ruhig, „ich sei aus *privatem* Interesse hergekommen?“

Melzer überhörte den Einwurf, er fuhr fort: „Die Aufgabe, die mir die Partei übertragen hat, verlangt ...“ Er stockte, irritiert durch das unverhohlen kritische Interesse, das Felix seiner Erklärung über die ihm von der Partei gestellte Aufgabe entgegenbrachte. Er setzte sich, und ihm fiel ein, daß sein Gegenüber nicht mehr und nicht weniger behauptet hatte, als auch im Namen der Partei zu sprechen.

Felix setzte Melzers Satz fort: „... daß Sie von den Menschen eher Schlechtes als Gutes denken – wollten Sie das sagen? Rumbo stellt Ihnen anheim, an das Schlechte zu glauben, ich will Sie zwingen, an das Gute zu glauben. Sie ziehen das Bequemere vor! Sie ziehen es vor, Rumbo zu glauben."

„Solange nicht das Gegenteil bewiesen ist!"

Felix wollte entgegnen: Das Mißtrauen öffnet der Verleumdung Tür und Tor, es heckt Bürokraten, zeugt Karrieristen, verknöchert und lähmt, aber er ließ es ungesagt.

Friedbert Melzer räusperte sich und fuhr in einem ganz anderen Tonfall fort: „Ich kenne Sie gut genug, um nicht grundsätzlich an Ihrer Parteitreue zu zweifeln. Ich gebe Ihnen vierundzwanzig Stunden Zeit, nachzuweisen, daß die Anzeige gegen die Witwe Nakonz nicht der Wahrheit entspricht."

Felix sprang auf, ein kurzer Kampf zwischen Vertrauen und Mißtrauen, dann antwortete er mit Wärme: „Es tut mir leid, Genosse Melzer, daß wir nicht gleich dazu gekommen sind. Und auch, daß ... Kommen Sie zu unserer Versammlung, es wird auch eine Hilfe für uns sein."

„Es tut mir leid." Melzer lächelte spöttisch, weil er Felix' Worte nachsprach. Er erhob sich, und als Felix ihm die Hand zum Abschied hinhielt, nahm er sie, sichtlich erstaunt und widerstrebend, für einen Augenblick an.

Er sagte: „Ich hoffe, Genosse Hanusch, Sie ziehen die richtigen Lehren aus unserem ernsten Gespräch."

Er setzte sich, nachdem Felix die Tür hinter sich geschlossen hatte. Er war unzufrieden mit sich selbst und wütend auf Rumbo, der alles eingerührt hatte.

Die Nichte der Witwe Nakonz rannte in aller Frühe im Dorf herum, Rumbo hat meine Tante einsperren lassen.

Die Welt fiel ins Dorf. Jeder griff nach ihr. Hier ein Berg zu spitz, da ein Tal zu tief. Das Meer muß blauer sein! Zuviel Wüste, zuwenig Schwarzerde!

Der nahm den Hobel und hobelte glatt, der nahm den Meißel und stemmte ein Loch, der nahm Farbe und pinselte neu – her mit der Welt, wir modeln sie um.

Es ließ sich später nicht mehr feststellen, wer es gewesen war: der Mrosak oder der rotborstige Michel Domsch. Vielleicht war es keiner von beiden, sondern etwa der Wenzel oder der Paul Wenk, der den Anstoß gab, daß die Philosophie in den Steinbruch einzog und die Arbeitsproduktivität hemmte.

Unten im Bruch lag ein mächtiger Block, woraus ein Denkmalsockel hatte werden sollen – vor lauter Philosophie zerspellten die Männer den Block. Der Bruchmeister entdeckte am Abend die Bescherung und beschuldigte – zu Unrecht – den Schnaps. Er wußte nicht, daß die Philosophie dem Schnaps in nichts nachsteht, wenn sich richtige Männer ihrer annehmen.

Der Hauptphilosoph unten im Steinbruch war der Sohn des Bruchwirtes, er hatte nicht seines Vaters Sanftheit der Stimme und des Herzens geerbt; er wollte Feuerwehrhauptmann werden, und der Weg zu den Schultersternen führte über Rumbo.

„Nehmen wir an, es brennt", erklärte er, „die Feuerwehr rückt an, der Hauptmann befiehlt: ‚Runter mit dem Nachbarhaus!', ein Wehrmann kommt und sagt, ich sei ein Dummkopf und man müßte mich davonjagen als Hauptmann – inzwischen brennt das Haus herunter. Ist der Mann nicht soviel wie ein Brandstifter?"

„Hoffentlich wirst du nicht Hauptmann!" knurrte der rotborstige Michel Domsch. „Nächstes Jahr kriege ich Rente, dann will ich noch zwanzig Jahre leben – und nicht einmal dann möchte ich so blöd sein, wie du jetzt bist! Gebrannt hat es höchstens in Rumbos Kopf!"

„Wozu willst du das Nachbarhaus einreißen?" fragte ruhig Paul Wenk.

„Um das Dorf zu retten! Weil das Feuer sonst überspringt."

„In einem Ort oben an der Ostsee haben sie jetzt einige Feuerwehrleute verhaftet, die viele Brände angelegt haben. Weil sie Prämien für das Löschen kriegen", sagte Paul Wenk.

„Ich lege keine Brände!" maulte der Möchtegernhauptmann.

„Nein", meinte Wenk, „du reißt Häuser ein, wenn eine Gardine brennt. Weil du beim *Brand* ein Hauptmann bist."

„Quatsch mit eurer Feuerwehr!" grollte Michel Domsch. „Rumbo ist Rumbo, ich haue ihm eine in die Fresse, auch wenn ich in der Partei wäre. Dann", er hob seinen Schlaghammer, „haute ich noch eher!“ Der Hammer fuhr auf den Block, und eine Ecke spellte ab.

Der Bruchwirtssohn, der für den Block verantwortlich war, fragte: „Wieso?“

„Ich habe in der Zeitung gelesen, daß sie welche von der Partei, also auch solche wie den Hanusch oder wie Mrosaks Schwiegersohn, aufgehängt haben“, entgegnete Michel Domsch, mürrisch, weil er so etwas laut sagen mußte. Damit setzte er seinen Meißel neben den des anderen, und gemeinsam spellten sie den Block wieder gerade. Freilich, zwölf Zentimeter Länge gingen dabei verloren.

Der Paul Wenk war noch nicht fertig mit seinen Ostsee-Feuerwehrmännern. „Wenn einer immer löschen will“, sagte er, „macht er sich ein Feuer, wo keines ist. Eigentlich müßten sie Rumbo einsperren.“

Jetzt schmetterte der junge Bruchwirt seinen Hammer auf den Block, und der neue Schaden stand dem alten in nichts nach.

Sie zerstückelten Rumbo und die Witwe Nakonz, zerlegten ihre Herzen und ihre Köpfe, nahmen das Dorf auseinander und bauten es zurecht, wie es wohl liegen sollte zwischen dem ebenerdigen Haus der Witwe und dem Amtszimmer des Bürgermeisters. Sie hatten Zornköpfe zwischen den Schultern und schwere Hämmer in den Händen, und der schöne glatte Steinblock überstand den Tag nicht.

Der Bruchmeister gab die Schuld dem Schnaps, den die Männer getrunken hätten. Sie hatten Schnaps getrunken, aber erst nach Feierabend. Sie hockten in der Stube des sanften Bruchwirtes, der goß ihnen Schnaps ein und war sowohl für Rumbo als auch für die Witwe Nakonz. Sie hauten auf den Tisch, und der glatzköpfige riesige Steinbruchschmied ließ sich ein halbes Brot für seinen Hunger geben; auch in seinem Schmiedeloch hatte die Philosophie getobt, und er hatte vor zorniger Erregung versehentlich seinen Eßkübel ins Schmiedefeuer gestellt und ihn samt Kartoffeln, Rotkraut und Beefsteak zu einem grauen Klumpen zerglüht.

Der Mrosak lachte und wollte ein Lied machen über den Schmied und seinen Eßkübel, aber anderes beschäftigte ihn mehr. Auch in seiner Spellerbude hatten sie den ganzen Tag philosophisch geschrien, und da es ihn zum Dichten drängte, dichtete er das.

Als er seine Dichtung fertig hatte, schrie er: „Ruhe!“, und als es so weit ruhig war, daß die Welt nicht hätte unbemerkt untergehen können, sang Johann Mrosak:

> Ein freches Maul, das ist nicht wenig,
> Bürgermeister ist kein Kenig,
> sperrt die Wanze und die Laus
> zusammen in das Spritzenhaus!

Der Applaus weckte den tauben Hund des Bruchwirtes hinter dem Ofen, er blaffte, aber niemand hörte es. Der Michel Domsch donnerte die Faust auf den Tisch, riß den Mund auf, als wollte er den Billardkopf des Schmieds verschlingen, und sang: „Die Wanze und die Laus zusammen in das Spritzenhaus!“ Ins Gefängnis gehört die Alte nicht! Aber auf einen Tag – zusammen mit Rumbo! – ins Spritzenhaus. Genau das war es, was er bei sich herausphilosophiert hatte! Ein Dichter hat eben die Gabe, das besser auszudrükken.

Johann Mrosak dichtete unter positiver Mitwirkung der anderen noch einige Verse dazu, die den alten Bruchwirt wünschen ließen, er wäre taub wie sein Hund. Sein Sohn aber fuhr hinunter ins Dorf und kaufte den Konsum halb leer, so ein Großeinkauf war das beste Alibi gegen die Mitwisserschaft bei den wilden Geschichten, die die Männer der Wanze und der Laus im Spritzenhaus andichteten.

Das Alibi war wichtig, die Feuerwehrhauptmannssterne waren wichtiger, darum fuhr der junge Bruchwirt dreimal über den Hof der Genossenschaft, bis er Felix Hanusch zufällig traf und ihm jenen Refrain ins Ohr singen konnte. Wer viel singt, dem viel gelingt, sagte er sich und fuhr lauteren Herzens und mit prallem Rucksack nach Hause.

Der Traktorist Schnupps hatte einen runden Bullerbauch; ein Traktor nährt seinen Mann, wenn Pferdehafer teuer ist. Schnupps lehnte den Bauch an die Theke der Wirtin Hilde und trank ein Feierabendbier. Und weil seit heute mittag die Engländer und die Franzosen den Suezkanal mit dem Hintern anguckten, wie er sagte, und weil in Budapest das Licht wieder brenne und die Straßenbahn wieder fahre, gönnte Schnupps dem Bier einen Korn.

Der Mrosak trank auch ein Bier und redete von den Fleischtöpfen des ägyptischen Kanals und von Nikita, der keinen Spaß kenne, wenn einer in der Scheune mit Streichhölzern herumkokele. Er entschloß sich zu einem Schnaps und trank ihn auf Nikita. Schnupps hatte nicht weniger Angst gehabt um seine Kinder als der Johann Mrosak um seine Enkel. Schnupps tat dem Mrosak Bescheid.

Der Bürgermeister trat ein. Eine Einwohnerversammlung findet morgen statt, er beredete die Versammlung mit der Wirtin Hilde.

Schnupps hatte eine Idee.

„He, Johann", sagte er zu Mrosak, „mich kribbelt's in den Fingern!"

„Mich immer", entgegnete Mrosak. Eine Stunde Skat am Abend ist ein Schluck Korn für die Seele. Und außerdem könnte er sein neugeborenes Lied vor Rumbos Ohren bringen.

Beim Skat muß man zu dritt sein.

„Spielst du mit?" fragte er den Bürgermeister.

Rumbo zögerte, er machte sich nicht viel aus Karten. Aber es wäre eine gute Gelegenheit, dem Mrosak freundschaftlich, aber mit allem Nachdruck klarzumachen, daß seine Dichterei – der Postmann hat schnelle Ohren und läufige Beine – an den Grundlagen von Staat und Gesellschaft rüttele.

Sie setzten sich in die Ecke hinter dem Kachelofen, Mrosak mischte, verteilte die Karten, sie nahmen auf, sie reizten, Schnupps bekam das Spiel.

Nach der fünften Karte hielt Schnupps inne. „Nee", sagte er nachdenklich. „Nee!" Es tat ihm sehr leid, er hatte ein schönes Spiel in der Hand. Er legte die Karten auf den Tisch. „Es geht nicht!"

„Warum geht's nicht?" fragte Mrosak.

„Weiter!" brummte Rumbo.

„Es geht nicht, weil ich gewinne", erklärte Schnupps und schob traurig die Karten zusammen.

„Rumbo sagte: „Du spinnst."

Johann Mrosak sagte nichts, er dachte nach, was für einen Vogel der Schnupps gefangen haben könnte. Er sah, der Schnupps will gelockt werden. Kann er haben. Er beschimpfte Schnupps, bis der nicht mehr anders konnte. Er war nicht mehr traurig, er war böse, weil Mrosak ihn zwang, zu reden.

„Man macht ein unschuldiges Spielchen und landet im Gefängnis", murrte er.

Solange Altenburg steht, hat noch nie jemand davon gehört, daß einer wegen Skatspielens ins Gefängnis gekommen wäre!

„Nur, wenn ich gewinne!" behauptete Schnupps.

Spiele er falsch?

Schnupps war bereit, Mrosak wegen dieser Frage lebendig zu verschlingen und mit einem Schnaps hinunterzuspülen!

„Volkseigentum!" schrie er, wütend über soviel Leere in Mrosaks Schädel. „Wenn ich gewinne, bereichere ich mich am Volkseigentum. Klar?"

Mrosak hatte den Vogel gefangen. „Das ist richtig", sagte er. „Mit dir können wir keinen Skat spielen, Bürgermeister. Gott sei Dank, Schnupps, daß du das herausgekriegt hast! Auf meine alten Tage hätte ich müssen ins Gefängnis."

Die Wirtin Hilde hinter ihrer Theke lachte, schrill wie ein Eichelhäher.

Der rote Zorn sprang Rumbo ins Gesicht, er riß den Mund auf, aber er brüllte nicht los, er pfefferte seine Karten auf den Tisch und warf die Tür hinter sich so zu, daß von der Wand hinter der Theke das Schild „Vertrauen ist gut, bar zahlen ist besser!" der Wirtin Hilde auf den karakulgelockten Kopf fiel.

Felix Hanusch saß am Tisch und bereitete sich auf die Parteiversammlung vor. Sein Vater und der Akkordtöter traten ein. Der Vater schob sich auf die Ofenbank. „Der verdammte Ischias!" knurrte er und lächelte grimmig den Akkordtöter an. Er machte keine Umschweife. „Warum holst du die Witwe Nakonz nicht heraus?"

Einen Augenblick zögerte Felix, da antwortete der Akkordtöter an seiner Statt. „Sie ist ein Konter-re-vo-lu-tionär!“ Silbenweise spuckte er das Wort in die Stube.

Der alte Hanusch konnte sich nicht vorstellen, was ein Konterrevolutionär war, schon gar nicht, wenn die Witwe Nakonz einer sein sollte. Er knurrte böse: „Vielleicht bist du einer!“

Felix lächelte, der Akkordtöter sagte: „Vielleicht bist du wirklich einer!“

„Verrückt!“ sagte Felix und dachte an das Spritzenhaus; er lachte leise auf; er wollte, sie sollten wenigstens lächeln.

Jetzt blickte Jakob Hanusch seinem Sohn ins Gesicht. „Was lachst du wie ein Dummkopf? Warum sollten wir verrückt sein? Kennen wir dich besser, als du die Witwe Nakonz kennst?“

Er hat keine Philosophen gelesen, hat in keinen Seminaren über Staat und Gesellschaft gesessen – er fragt: Wie können wir dir vertrauen, wenn du der Witwe Nakonz nicht vertraust?

„Die Staatsorgane werden das Recht herausfinden“, entgegnete Felix.

„Wer?“ Der Akkordtöter brauste auf. „Woher sollen die Bescheid wissen über sie?“ Er hielt sich sehr gerade und starrte Felix in die Augen. Mein Sohn ist mein Sohn. Siehst du denn nicht, daß ich auch seinetwegen hier sitze?

Auch Jakob Hanusch ging es um kein Prinzip; er kannte die Witwe Nakonz, und sein Sohn hatte die Obrigkeitsstiefel an den Füßen, Tretstiefel. Er stützte die Hände auf die Knie und sprach leise, als schäme er sich: „Einem alten Mann kommt es vor seinem Ende nicht darauf an, den Sohn als großen Mann vor sich zu sehen. Er will ihn aufrecht sehen, nicht krumm im Rücken und nicht krumm im Kopf. Willst du, daß ich wünschen soll, du wärest doch ein großer Mann geworden, weil man am Großen das Krumme nicht so sehr sieht?“ Nach einer winzigen Pause fügte er hinzu: „Mutter geht deinetwegen nicht mehr unter die Leute.“

Felix brannte das Gesicht, aber er schwieg. Er hatte die Verhaftung verhindert, aber er durfte nicht darüber sprechen. Sobald er über das Spritzenhaus sprach, setzte er sich ins Unrecht, Rumbo und Melzer ins Recht.

Er blickte noch einmal den Akkordtöter an, der wartete. Dann blieb sein Blick an dem Gesicht des Vaters hängen. Fast schon ein Rentner, hatte er das Lachen gelernt. Aber jetzt war kein Platz dafür auf dem harten, schmalen Mund, auf der hohen Stirn, die immer noch den weißen Bauernstreifen trug, schon gar nicht war Platz dafür in den eisgrauen tiefliegenden Augen, die ihn anstarrten, ohne Wimperschlag, streng und finster.

„Es wird kein Unrecht geschehn, es wird alles gut", sagte Felix. „Glaubt mir!"

Weswegen sollten sie ihm glauben? Das Gesicht des Akkordtöters verschloß sich, der alte Hanusch drückte sich von der Ofenbank hoch – den wütenden Schmerz verbeißend, Felix sollte ihn nicht bemitleiden dürfen.

„Wenn das so ist", sagte Jakob Hanusch, „macht euch euren Sozialismus alleine. Scheiß darauf!"

„Wollte ich sagen!" knurrte der Akkordtöter.

Sie verließen die Stube. Zwei Siebzigjährige traten aus dem Sozialismus aus. Da auch er mit Namen und Gesicht benennbar war, traten sie aus der Genossenschaft aus und zerschnitten das Tischtuch zwischen sich und den Söhnen.

Felix blieb stumm am Tisch sitzen. Die Gedanken tobten in seinem Hirn. War es nicht einmal so, daß ich gerade diese beiden bestellte zu meinen Examinatoren, die entscheiden sollten: bestanden, oder: durchgefallen?

Er stand auf und schritt im Zimmer auf und ab, fünf Schritt hin, fünf Schritt her. Noch eine halbe Stunde bis zur Versammlung. Felix überhörte das Klopfen.

„Du kannst mich hinauswerfen, wenn du willst", sagte Winfried von Grauheim auf der Türschwelle. „Denn du wirst keinen Spaß mit mir haben."

„Setz dich!" sagte Felix und stellte sich mit dem Rücken zu der Bücherwand.

„Ich sehe", sagte Winfried, „du hast einen Rücken, breit genug, Goethe und Lenin zu verdecken. Soll wohl symbolisch sein?"

Felix blieb stehen. „Red von der Nakonz!"

„Ich staune, wie schwerhörig du bist, mein Alter! Ich rede ja schon von ihr. Du solltest mal zu Alfons gehen, dir die Ohren durchblasen lassen."

„Ich denke, du wolltest keinen Spaß machen!"

„Wir hatten einen bei uns im Geschwader, der war plötzlich kurzsichtig geworden, er feuerte aus allen Knopflöchern auf Schwalben, weil er sie für anfliegende Spitfires hielt. Und dann wollte er dafür noch 'n Ritterkreuz haben."

Felix stopfte die Hände in die Taschen und lehnte sich an das Bücherregal.

Winfried setzte sich an den Tisch und fuhr fort: „Nicht, daß ich dir in deinen Sozialismus hineinreden wollte! Ich bin doch kein Spaßvogel – du siehst, ich komme auf mein Versprechen zurück. Nein, nein – ich bin ganz dienstlich hier, sozusagen als Verantwortlicher für die Transparentierung am Krankenhaus. Ich habe mir etwas Neues einfallen lassen und brauche dazu deine parteisekretärliche Absolution. Über den ganzen Eingang hinweg weiß auf rot: ‚Es lebe die Menschheit – nieder mit den Leuten!'" Er grinste zufrieden, war ihm doch etwas Hübsches eingefallen.

Geht Felix in die Knie? Beugt er zerknirscht sein Haupt und sagt, mit umflorter Stimme vielleicht: Gut, alter Winnie, daß wir dich haben!? Felix dreht sich um und reißt den Lenin aus dem Regal, wirft die Bücher auf den Tisch, reißt den Goethe aus dem Fach und wirft die braungrauen Bände neben die rotgebundenen.

„Du Schwätzer!" sagt er, und macht seine Stimme weder stark noch scharf. „Du freilich hast das Problem erfaßt und gelöst, das die Großen", er legt die Hand auf die beiden Bücherstapel, „ihr Leben lang beschäftigt hat. Du denkst, du seist ein Mensch, weil du unbehaart bist und aufrecht auf zwei Beinen läufst! Die Menschheit – der Mensch! Dir ist die Menschheit genauso egal wie irgendein Mensch, der nicht Winfried von Grauheim heißt! Hast du je schon etwas entschieden, ohne deine werte Person dabei als Angelpunkt zu betrachten? Hast du eigentlich je etwas anderes gedacht als dich selbst? Du betrügst Simon Mjetk mit Beate – weil du Beate liebst? Nicht viel anders hast du deinen Fallschirm geliebt, als daran dein Leben hing! Du machst großartiges Geschwätz wegen der Witwe Nakonz. Im besten Fall ist sie für dich eine komische Alte. Für mich war die Frau ein Stück Heimat, als ich nichts hatte außer der Heimat. Ich habe auch vom Vaterland geträumt, als ich kein

Vaterland hatte – das war keine Philosophie, kein sentimentales Gefühlchen, auch keine Klugheit – das war, unter anderem: ein menschliches Leben auch für die Witwe Nakonz. Als ich Soldat wurde, hat die Witwe Nakonz gehofft, ich würde für das Recht kämpfen. Für dich ist sie eine komische Alte, die ständig Kuhparabeln zur Hand hat. Für mich ist sie das Volk, das sich selber auf den Buckel genommen hat und sich über einen Graben trägt, den zu sehen du schon zu blind und zu blöd bist! Und du stellst dich in Positur und machst Geschwätz! Geh zum Teufel!" Felix schob die Bücher, eines nach dem anderen, wieder an ihren Platz.

Winfried stand vom Stuhl auf und setzte sich in den Sessel in der Ofenecke. „Da du ein Atheist bist", sagte er, „wundert es mich, daß du an Teufel glaubst. Im übrigen bekenne ich, daß du mich hart angeknockt hast. Ein Ideologe gegen ein armes Schwein ist immer ein ungleicher Kampf. Bleibt noch die Frage zu klären: Gibst du mir einen Wodka oder nicht?"

Felix sagte, mit den Büchern beschäftigt, ganz nebenbei: „Ich gebe dir keinen."

Winfried zündete sich eine Zigarette an, rauchte schweigend, der Aschenbecher stand auf dem Tisch, er hätte aufstehen müssen, er schnippte die Asche in die leere Bodenvase, die er mit ausgestreckter Hand erreichte. Er betrachtete Felix, der in einem Lenin-Band blätterte, und verzog das Gesicht. „In der Bibel findet man für alle Gelegenheiten einen entsprechenden Spruch."

Er warf die Zigarette, ohne sie auszudrücken, in die Vase. „Du bist *doch* beschränkt, mein Alter! Verbietest mir Beate und gibst mir keinen Schnaps. Du enttäuschst mich schwer."

Er hielt die Türklinke in der Hand.

„Es ist mein Beruf, solche Leute zu enttäuschen", entgegnete Felix und nickte ihm zu.

Winfried von Grauheim wußte nichts zu erwidern und öffnete die Tür. Da fiel ihm noch etwas ein. „Der olle Faust holte in deiner Lage den Giftbecher aus dem Regal. Um zu beweisen, daß Manneswürde nicht der Götterhöhe – sprich: Ideologie – weicht." Er verbeugte sich ironisch und ging.

Felix Hanusch starrte ihm verdutzt nach. Dann lachte er, lachte laut und fröhlich. Faust trank aber nicht, sondern wurde Faust, und am Ende ... Er nahm den Goethe wieder aus dem Regal, setzte sich in den Sessel, in dem Winfried gesessen hatte, und suchte die *richtige* Stelle für sich. Sie steht am Schluß, das Werk vollendet sich, der Kreis rundet sich, kein Zauberkreis mit magischen Formeln und Zeichen, um Mephisto zu beschwören – sondern der Kreis aus Erkenntnis, Irrtum, Tat. Die Menschheit und der Mensch. Wo du auch ansetzt, eines mündet in das andere. Zerreißt das eine, zerreißt das andere. Das *ist* der Weisheit letzter Schluß!

Plötzlich sah er statt Fausten in seinem Studierzimmer die Witwe Nakonz im Spritzenhaus sitzen.

„Verdammt!"

Er schlug den Goethe zu und lief in die Küche, irgendwo mußte noch eine halbe Flasche Rum stehen. Rum macht dumm, und Dummheit ist leichter zu tragen als Weisheit.

4

Die Parteiversammlungen fanden meistens im Hinterzimmer des Gasthauses statt, manchmal in der Bürgermeisterei, manchmal in Felix' Wohnstube. Mit der heutigen Tagesordnung wollte Felix weder in eine Wohnung noch ins Gasthaus und auch nicht in Rumbos Arbeitszimmer. Nekela stellte einen Klassenraum zur Verfügung.

In diesem Raum hatte Felix Hanusch seine vier ersten Schuljahre versessen. Es war derselbe und doch ein völlig anderer Raum. Er roch nach Fußbodenöl, nach Kreidestaub, nach Kinderdisziplin – der eigentümliche Schulgeruch, in den Wänden haftend, wie der süßlich-bittere Geruch ihrer Arbeitsstätte in der Haut einer Schokoladenfabrikarbeiterin haftet. Links neben der Tür stand früher der riesige Kachelofen, der stets lau blieb, weil er die Wohnung des Oberlehrers mitheizen mußte. Jetzt liefen unter der Fensterwand die Rohre der Zentralheizung.

Zwischen Ofen und Rückwand hing damals ein Bild: Moses steigt vom Berge Sinai herab, die Gesetzestafeln in den Armen, und unten, am Fuße des Berges, tanzt die ganze Gesellschaft um das Goldene Kalb. Ich habe mir immer das nächste Bild ausgemalt: Moses pfeffert seine Tafel zwischen das Ballett und zerdonnert das Goldene Kalb. An Moses' Stelle hängt das bunte Modell einer Drehbank, das Klassenzimmer dient als Werkraum. Und hier auf diesem Platz habe ich gesessen und dort Rumbo. Und wir haben uns geprügelt.

Felix setzte sich auf seinen alten Platz und wartete, er zwang sich zur Ruhe und legte seine Papiere vor sich hin.

Der Akkordtöter erschien, brummte einen Gruß und betrachtete das Drehbankmodell an der Wand.

Der Schulleiter trat rasch und elastisch ein, warf einen Blick auf das Thermometer und meinte, zum Schwitzen sei die Temperatur nicht. Er stellte sich an die Seite des Akkordtöters und sagte: „Das ist ein veraltetes Modell."

Rumbo stelzte durch die Tür, das Gesicht verbissen und hochmütig, er wollte gleichmütig erscheinen. Er setzte sich in die Nähe eines Fensters und tat, als wärme er sich die Hände an der lauen Heizung.

„Fangen wir an", sagte Felix.

Nekela und der Akkordtöter setzten sich. Rumbo drehte sich halb herum.

Felix eröffnete die Versammlung, indem er die ersten vier Zeilen des neuesten Mrosak-Gedichtes zitierte. Der Akkordtöter nickte dazu grimmig. Felix fuhr fort: „Das wäre der erste Punkt, nämlich die Anzeige gegen die Witwe Nakonz. Das ist eigentlich alles, was wir heute zu beraten haben. Der zweite Punkt ergibt sich daraus, ich werde später einen Antrag dazu stellen. – Einwände, Ergänzungen?"

Rumbo: „Antrag, dich als Sekretär abzulösen!"

Jemand dagegen? – Niemand dagegen. Felix schrieb Rumbos Antrag als dritten Punkt der Tagesordnung ins Protokoll ein.

Dann berichtete er sachlich und kurz, was geschehen war, von der Schuleinweihung am gestrigen Nachmittag bis zu seiner Auseinandersetzung mit Rumbo am späten Abend.

Er stellte zwei Fragen zur Diskussion: Wie haben wir den Ausbruch der Witwe Nakonz zu werten, und welche Folgerungen müssen wir daraus ziehen. Möge Rumbo als erster sprechen.

Der Bürgermeister wandte sich ganz herum. „Sie hat konterrevolutionäre Boykotthetze betrieben. Wer das ..."

Wütend fuhr sein Vater, der Akkordtöter, auf: „Du machst dir in die Hosen und schreist, daß andere stinken!"

Rumbo fuhr fort: „Wer das abstreiten will, macht sich – aus Dummheit oder Absicht – zu ihrem Helfer."

Der Schulleiter wiegte den Kopf. Der Akkordtöter sagte: „Wer sich in die Hosen macht, hat es nötig!"

„Ich wollte etwas Ähnliches sagen", erklärte Felix. „Wer vor einem kräftigen Wort der Witwe Nakonz in Panik fällt, steht nicht sehr sicher auf seinen eigenen Beinen. Du reißt die paar Worte, die sie ausgestoßen hat – im Jähzorn außerdem, den du provoziert hast – weg von ihr und beguckst die Worte allein." Er konnte sich nicht helfen: Während er weitersprach, mußte er daran denken, ein Feuer bräche aus, und die Feuerwehrmänner entdeckten die Witwe Nakonz; vor Gelächter kämen sie nicht zum Löschen.

Der Akkordtöter starrte Felix überrascht an, strich sich seinen Schnauz zurecht, holte einen Priem aus der Tasche, und weil die Bank sehr eng war, stand er dabei auf, und als er sich wieder setzte, saß er nicht mehr mit dem Rücken zu Felix. Er nickte heftig, mit dem Ungestüm der Jugend.

Nekela nickte auch, doch verhalten, mit der Weisheit des Alters.

„Dein Heckmeck hat mit der Partei überhaupt nichts mehr zu tun", entgegnete Rumbo ruhig. „Wer das sagt, was sie gesagt hat, meint's auch. Alles andere ist intelligenzlerischer Revisionismus."

Nekela hatte zwei dicke Schreibhefte und ein Notizbuch mitgebracht. Er blätterte in den Heften, sie hatten auf der Parteischule vieles gelernt, es müßte sich doch auch für diesen Fall etwas finden lassen.

Der Akkordtöter bedauerte das erstemal im Leben, daß er die Parteihefte nicht gründlicher studiert hatte, er besaß außer seinem eigenen Verstand nichts, was er seinem Sohn hätte um die Ohren schlagen können. Er brummte: „Die Witwe Nakonz gehört auch zur Partei!“

„Wenn zwei dasselbe tun“, sagte Felix, „ist es noch lange nicht dasselbe.“

Rumbo lachte spöttisch. Felix fuhr fort: „Ich lag einmal hinter der Mauer eines slowakischen Hauses, ich trug die Uniform eines Obergefreiten, auf der Brust das Hakenkreuz, ein Soldbuch der Wehrmacht in der Tasche, das Gewehr, mit dem ich schoß, war in dem Soldbuch eingetragen, die Munition in meiner Patronentasche war faschistische Munition – ich schoß und tötete Menschen. Was sagt das über mich?“

Niemand antwortete, Nekela und der Akkordtöter sahen ihn gespannt an, Rumbo rauchte und verfolgte den blauen Rauch mit den Augen.

„Das sagt genau das Gegenteil der Wahrheit über mich aus, solange ich nicht hinzusetze, daß neben mir slowakische Partisanen lagen und daß die, auf die ich schoß, Leute einer SS-Kampfgruppe waren. – Die Witwe Nakonz hat immer – immer! – neben uns gestanden. Ich denke, dein Vater hat recht.“

„Jawoll!“ dröhnte der Akkordtöter. „Und du wirst gefälligst deine Anzeige zurücknehmen! Das wirst du!“

„Was du uns hier erzählst“, entgegnete Rumbo, „ist gefährlicher Quatsch! Ob die Nakonz immer neben uns gestanden hat, bezweifele ich, erstens. Zweitens, *jetzt* hat sie sich auf die Seite der faschistischen Konterrevolution gestellt. Das ist die Hauptsache, das ist wahr! Was du machst, ist Augenauswischerei. Wenn nicht mehr!“

Unerwartet erhielt Rumbo Unterstützung vom Schulleiter Georg Nekela, der eine längere Rede hielt. Darin bewies er, daß einerseits man nicht davon sprechen könnte, daß die Witwe Nakonz ein Feind der Republik und des sozialistischen Aufbaus sei. Sie habe – er schlug in seinem Notizbuch nach – von allen parteilosen Bürgern im Dorf die meisten Stunden beim Bau der neuen Schule gearbeitet, es wäre sogar zu erwägen gewesen, ob sie sich damit nicht, im Zusammenhang mit ihrer übrigen Mitarbeit im NAW, die silberne Aufbaunadel verdient habe. Sie wäre vorlaut, das sei nicht zu leugnen, aber ihre böse Zunge wetze sie doch zumeist an wirklichen Mißständen und Unzulänglichkeiten, wobei sie allerdings die objektiven Schwierigkeiten der Entwicklung nicht richtig einschätze, ja sogar wider besseres Wissen abstreite.

„Auf der anderen Seite freilich muß man von der weltpolitischen Lage ausgehen. Wie ist die Lage?" fragte er und zog einige Zeitungsausschnitte aus der Brusttasche. Er sprach ziemlich lange. Sie hörten ihm aufmerksam zu, Felix Hanusch schrieb in sein Protokoll: „Genosse Nekela gab eine klare und umfassende Darstellung der politischen Lage." Aus der Weltlage aber zog Nekela den Schluß, daß der Bürgermeister richtig gehandelt habe, daß die Witwe Nakonz zu Recht in Haft sitze: Es sei notwendig, jeden möglichen Keim der Konterrevolution rechtzeitig zu zertreten.

Rumbo lehnte sich zufrieden zurück. Der Akkordtöter murrte: „Vorhin hast du selbst gesagt, sie ist kein Konterrevolutionär." Er sprach das Wort sehr vorsichtig aus, es schien ihm fast unaussprechbar im Zusammenhang mit der Witwe Nakonz.

Felix Hanusch sah, wie der Akkordtöter ratlos seine schweren, blaugeäderten Fäuste anstarrte; er wußte genau, was der alte Mann dachte: Ich bin wohl zu alt, um das zu verstehen. Am liebsten hätte er ihm zugewinkt, ihn zum Spritzenhaus geführt und ihm gezeigt, daß die Witwe Nakonz, statt in Haft zu sitzen, friedlich neben der Dorfhygiene schlief.

Nekela antwortete dem Akkordtöter: „Es ist nicht bewiesen, daß sie es nicht ist."

Felix blickte den Schulleiter an, der nahm seinen Blick ruhig entgegen. Er ist überzeugt von der Richtigkeit und von der Gerechtigkeit seiner Ansicht: Es geht um die Menschheit.

Und was ist mit dem Menschen Nakonz? Winfrieds Transparent umgekehrt. Felix hielt es nicht länger aus in der engen Bank. Er trat ans Fenster neben Rumbo, halb auf dem Fensterbrett sitzend, halb stehend stritt er leidenschaftlich gegen Nekelas These und Rumbos Behauptung. Jetzt vergaß er das Spritzenhaus, es ging nicht mehr um die Witwe Nakonz, es ging um ihn selber. Um seine Norm des Lebens. Was Nekela sagt, heißt: Die Witwe Nakonz an sich ist unschuldig – jedenfalls im Sinne der Anzeige –, aber die augenblicklichen Verhältnisse in der Welt machen sie schuldig. Ich lasse die Dreschmaschine laufen, gehe weg, Kinder sind in der Nähe, ein Unglück geschieht. Umstände, über die ich Macht hatte, haben mich schuldig gemacht. Fahrlässige Tötung. Nekela behauptet im Grunde, die Witwe Nakonz habe sozusagen fahrlässige Konterrevolution getrieben. Umstände, über die sie *keine* Macht hatte, machten sie schuldig.

Wir haben zu entscheiden. Über die Witwe Nakonz urteilen wir, niemand anders.

„Was du sagst, Georg, zieht das nicht letzten Endes das Gegenteil dessen nach sich, was du willst? Statt die Ordnung unseres Lebens zu festigen, macht es sie nicht unsicher?"

„Eine komplizierte Geschichte!" sagte Nekela.

„Heckmeck!" knurrte Rumbo. „Intelligenzlergewäsch! Die Sache ist ganz einfach, ihr macht sie erst in euren Köpfen verdreht."

Ungeduldig fuhr Felix ihn an: „Für dich ist immer alles ‚ganz einfach'! Wozu soll man sich den Kopf zerbrechen, wenn man die Macht ausübt! Du hast überhaupt noch nicht gemerkt, daß wir für siebzehn Millionen Menschen verantwortlich sind und für siebzig Millionen denken müssen! Für dich ist das ganz einfach!"

Der Akkordtöter nickte. Auch für ihn war alles ganz einfach im Ja und Nein, und verdammt schwer war es zu machen, das Ja und das Nein.

„Schließlich", sagte Felix, „weißt du, wohin deine Forderung, die Witwe Nakonz im Interesse der Menschheit einzusperren, führen muß, Georg? Oder in der Konsequenz führen kann? Geradeaus zu Stalin! Oder noch weiter. Ebensogut könnten wir dann nämlich im Namen der Weltrevolution einen Kernwaffenkrieg gutheißen."

„Absurd!" warf Nekela ein.

„Gar nicht absurd. Einfach deine Gedanken weitergedacht. Ich gebe zu: zu einem unmenschlichen Ende."

Rumbo drehte sich in seiner Bank herum. „Ihr könnt ja hier weiterphilosophieren, wenn wir fertig sind. Ich habe noch einen Antrag."

„Die Philosophie, Rumbo", entgegnete Felix, während er an seinen Platz zurückging, „war die Diskussion zu unserem ersten Punkt. Will noch jemand dazu sprechen!"

Der Akkordtöter hob die Hand. „Ich bin froh, daß du dir das überlegt hast, Felix. Es ist nämlich so, wie ich dir das vorhin schon gesagt habe: Wenn wir nicht der Witwe Nakonz glauben, warum sollen wir dann dem Mrosak glauben? Oder dem Delenk? Oder dem Schnupps? Oder deinem Vater, Felix? Oder mir?" Und wild zu seinem Sohn: „Und dir schon gleich gar nicht! Ich habe nichts gelernt auf irgendeiner Schule, aber gelernt habe ich, daß ich verraten und verkauft bin, wenn ich dem Kumpel, der neben mir arbeitet, nicht traue. Ich lebe vierzig Jahre mit der Witwe Nakonz zusammen im Dorf, und ich bin nicht blind, und ich bin auch kein Dummkopf, denke ich. Und für unseren Staat und für die Partei ...", er stockte und schloß unvermittelt: „Die Witwe Nakonz ist unser Mensch!"

„Sie hat ...", sagte Rumbo, „warum noch mal von vorn? Mach weiter, Felix!"

Bevor Felix seinen Antrag vorlas: Die Parteiorganisation hält die Anzeige gegen die Witwe Nakonz für unbegründet, wußte er schon, daß nichts erreicht war.

Für seinen Antrag stimmte nur der Akkordtöter, Rumbo war dagegen, der Schulleiter Nekela enthielt sich der Stimme, obwohl die drei anderen eine Stimmenthaltung für unmöglich erachteten.

„Gerade deine Argumente, Felix", entgegnete Nekela beinahe verzweifelt, „bringen mich dazu, daß ich mich weder für noch gegen die Frau entscheiden kann. Nicht mit sauberem Gewissen!"

Das Ergebnis wog nichts. Zwei gegen einen – das hat kein Gewicht. Auf einmal spürte Felix, wie müde er war, ausgehöhlt von Müdigkeit. Ich habe die Wahl, Michael Kohlhaas zu spielen oder zu sagen, die Frau sitzt im Spritzenhaus, bitte sehr, bedient euch.

Man wird sie in Haft nehmen, und warum sollte Melzer oder irgendein anderer nicht so denken wie Rumbo? Mindestens: so wie Nekela? Es reicht, wenn er denkt wie Nekela.

„Mein zweiter Antrag." Er las leise und schnell: Parteiverfahren gegen Rumbo, weil er sich geweigert hat, in einem so schwerwiegenden Fall mit der Parteiorganisation oder dem Parteisekretär vorher zu sprechen.

Der Bürgermeister wurde abwechselnd rot und blaß. Seine Kaumuskeln traten hervor, sein Mund war ein schmaler Strich. Doch bevor er zu Wort kam, erklärte Nekela: „Streich diesen Punkt! Was sollen wir darüber reden, solange wir uns nicht einig sind über die Witwe Nakonz?"

In diesem Augenblick wachte die Witwe Nakonz auf. Bis sie neuen Schlaf fand, dachte sie über ihre Wirtschaft nach. Die Färse müßte bald rindern. Die künstliche Besamung, der „Rucksack-Bulle", wäre schon am besten. Schließlich entschloß sich die Witwe Nakonz doch, der Färse einen richtigen Bullen zu gönnen. Soll das Vieh auch etwas von seiner Jugend haben! – Die Frau drehte sich auf die Seite, und der Schlaf kam wieder.

Felix nickte, Nekela hat recht. Alles steht und fällt mit der Frage: Hat die Witwe Nakonz, als sie Rumbo angriff, den Staat angegriffen? Die Frage ist nicht geklärt. Einen Blick auf den Akkordtöter, einen Satz ins Protokoll, erledigt.

Rumbo lächelte grimmig und begann ohne weiteres zu sprechen. „Ich beantrage ein Parteiverfahren gegen den Genossen Hanusch wegen parteischädigenden Verhaltens." Felix hörte Rumbos Begründung nicht zu, obwohl er wußte, daß hier keine Formalität verhandelt wurde. Rumbos Forderung war keine Phrase, kein wütender Ausfall, kein Ausbruch privater Haßgefühle.

Es ging darum, wer von ihnen beiden recht hatte im Leben. Ich kann ihm nicht recht geben. Auch dann nicht, wenn er hier recht erhielte. Ich kann auch nicht mein Parteibuch aus der Tasche ziehen, es still hinlegen oder auf den Tisch schmettern – je nachdem. Zehn Jahre habe ich es, und dreißig habe ich gebraucht, um dahin zu kommen. Die Jahre sind meine Haut, zerkratzt, narbig, verhornt, niemand schneidet sich die Haut vom Leibe, ohne daran zugrunde zu gehen. Ich überlasse ihm nicht die Partei. Er blickte Rumbo an, der davon sprach, daß Felix dem Klassenfeind Schützenhilfe leiste, daß er dauernd von Vertrauen zu den Leuten rede und das wichtigste Vertrauen, nämlich das zum Staat, verloren habe.

Der Akkordtöter donnerte die Faust auf die Schulbank und schrie seinen Sohn an, er solle mit dem verdammten Blödsinn aufhören, an den er selbst nicht glaube.

„Laß ihn ausreden", sagte Felix.

Doch auch Nekela protestierte. Solange die Staatsorgane nicht Klarheit im Fall Nakonz geschaffen haben, könnten sie heute über Rumbos Antrag genausowenig diskutieren wie über den von Felix.

„Solange *wir* das nicht geklärt haben!" sagte Felix.

Rumbo fuhr hoch. „Willst du die Staatsorgane abschaffen? Sie haben die Sache jetzt in der Hand."

Felix dachte: Wie einfach „die Sache" ist: Rumbo ist der Staat, wenn ihm die Nakonz an den Kragen geht; er ist kein Staat, wenn es der Nakonz an den Kragen geht. So einfach ist das dann – man tut seine Pflicht und schläft ruhig.

„Ich sorge dafür, Rumbo", sagte er, und die Ader, die ihm schräg über die Stirn lief, trat blau hervor, „daß du kein Staatsorgan mehr bleibst!"

„So?" Rumbo nahm das nicht wichtig. „Weil ich habe die Alte einsperren lassen?"

„Weil für dich ‚die Sache' mit dem Einsperren erledigt ist!"

Rumbo stellte sich gerade hin, es sah nicht aufrecht aus, es sah steif aus.

„Ich habe meine Pflicht getan", er redete, wie er stand. „Über ein schwebendes Verfahren wird hier nicht diskutiert! Ich diskutiere über dich. Und vielleicht über Mrosak! Neben der Alten ist noch Platz! Mit Lahmarschigkeit kommen wir höchstens nach Ungarn. Aber nicht mit mir!"

Er stakte zwischen den Schulbänken nach vorn, setzte seine Mütze auf, drehte sich um, schob die Mütze mit einem Finger ein wenig aus der Stirn. „Nicht mit mir! Und ich sorge dafür, daß auch hier *richtig* diskutiert wird!" sagte er und verließ das Schulzimmer.

Sie schwiegen. Draußen fiel die Tür ins Schloß.

Felix sagte: „Wir wiederholen die Versammlung mit Hilfe der Kreisleitung."

Nekela sprang auf. „Ich hole ihn zurück." Wenn jemand

von der Kreisleitung käme, der würde ihn beknien, bis er ja sagte oder nein. Und beides wäre falsch. Felix winkte ab, und auch der Akkordtöter stemmte sich aus der Bank hoch. Nekela wußte selbst, daß es keinen Sinn hätte, Rumbo nachzulaufen. Denn auch der würde sich an die Kreisleitung wenden.

Felix schloß das Protokoll. Nekela packte seine Kladden und Zeitungsausschnitte zusammen, daheim wird er sich hinsetzen, bis zur nächsten Versammlung muß er Klarheit haben. Der Akkordtöter stand unter dem Bild der Drehbank und starrte blicklos in den Raum. Er war überzeugt, daß sein Sohn ein schlechter Kommunist sei.

Schweigend schritten sie durch das nachtstille Dorf, so schnell läßt sich nichts anderes finden, worüber man sprechen kann. Beim Spritzenhaus, in der Dorfmitte, reichten sie sich die Hand und gingen auseinander. Hätten sie zehn Schritt näher gestanden, hätten sie die Witwe Nakonz im Schlaf husten hören können.

Felix schlug einen Bogen und kehrte zum Spritzenhaus zurück. Hinter dem Gebäude standen zwei Trauerweiden, der Rest von mehr als zwanzig Bäumen und wildem Gebüsch, das früher den Dorfgraben begleitet hatte. Im Sommer war die Kanalisation fertig geworden, der stinkige Graben war verschwunden, im Frühjahr würden hier keine Sumpfdotterblumen mehr blühen. Das Gebüsch war zerhackt, die Bäume gefällt, fünf oder sechs Ulmenstämme lagen da. Der rotborstige Michel Domsch und der hagere Paul Wenk wollten sie noch vor der Kirmes für den Kindergarten zu Brennholz zerkleinern. Felix setzte sich auf die Stämme. Zehn Schritt bis zur Witwe Nakonz.

Gestern abend war noch alles klar und durchschaubar: Eine Frau spuckt im Zorn unbedachte Worte aus. Ein Mann in seiner Beschränkung nimmt die Worte auf, dreht sie, betrachtet sie von allen Seiten, bis sie reale Gestalt sind, ein Vogelschreck freilich, aber wirklich. Ich räumte den Vogelschreck beiseite. Aber Melzer sagte nein. Vierundzwanzig Stunden gab mir Melzer, das reicht, habe ich gedacht: Gegen unsre einhellige Meinung kann Rumbo nicht an, wir fahren zu dritt, er, ich, die Witwe Nakonz, zu

Melzer. Erledigt, alles in Ordnung, in guter Ordnung sogar. Habe ich gedacht.

Dort sitzt die Witwe Nakonz, ich sitze hier. Was wird, wenn ich ihr zu essen und zu trinken bringe? Und wenn ich sage: Geh nach Haus! – Was wird dann? Felix schüttelte die Gedanken wie Nachttau von sich, erhob sich und schritt ohne Zögern zum Spritzenhaus.

Die Witwe Nakonz schlief friedlich auf ruhigem Gewissen. Ihr Atem hatte sich der Umwelt angepaßt, ein leises, fast melodisches Mäusepfeifen. Felix rief sie mit halber Stimme an, sie erwachte sofort, brauchte aber einige Atemzüge, um völlig zu sich zu kommen.

„Ich habe vielleicht alles falsch gemacht", sagte er, „und weiß nicht, ob ich's wieder in die Waage kriege."

„Ich habe fast immer geschlafen", entgegnete die Frau, „es war wie Urlaub. Aber überlegt habe ich auch." Da er nicht fragte, fuhr sie fort: „Nämlich, wenn ich auf den Prozeß gekommen wäre, hätte ich Rumbo samt Staatsanwalt zusammengedroschen, daß sie von allein unter die Bank gekrochen wären!"

Es war müßig, darüber zu reden, was wäre, wenn … „Geh du jetzt heim", sagte Felix, „und leg dich ins Bett. Wenn du's einrichten kannst, daß deine Leute nichts von dir merken …"

„Merken nichts", erklärte die Witwe Nakonz mit Bestimmtheit. „Und wenn, dann halten sie die Klappe."

Sie traten auf die Straße, und als der Sirius dreimal geblinkert hatte und als sie das Schnarchen des Bäckers, des Spritzenhausnachbarn, ganz nah hörten, blieb Felix stehen. „Vielleicht ist es doch besser, wenn du dort …"

Die Witwe Nakonz hatte ein Wort auf der Zunge, das paßte her wie der Bulle auf die Kuh, aber sie riß ihren Wortbullen noch rechtzeitig am Nasenring zurück. Denn der Felix betrug sich weder aus Dummheit noch aus Bosheit so dumm. Die Sterne waren heute wirklich nicht mehr wert als eine vorjährige Runkelrübe im Mai, doch ihr Licht reichte, daß die Witwe Nakonz die Ratlosigkeit auf Felix' Gesicht erkannte, man konnte sie mit der Hand fassen, so sichtbar war sie.

Sie machte kehrt, noch bevor er kehrtmachte, und sagte:

„Wenn ein junges Mädchen erst einmal im Heu gelegen hat, dann sollte es sich schleunigst einen Strohsack stopfen.“ Auch die Witwe Nakonz glaubte an das kleine Einmaleins vom Leben: Eins und eins sind zwei, und wenn man das Getreide erst einmal gemäht hat, kann man es nicht wieder einpflanzen.

Doch als sie wieder auf ihrer Matratze saß, brummte sie: „Als ich das letztemal nicht wußte, wo eine Kuh die Hörner hat und wo den Schwanz, saß ich auf einem Karussell und war vierzehn.“

Sie starrte ihm fragend ins Gesicht. „Du bildest dir ein, du mußt den stummen Delenk spielen.“

„Ich hole dir zu essen und zu trinken“, sagte er. „Brauchst du sonst noch etwas?“

„Wenn du ein Buch hast über Gemüse.“

Er nickte.

Die Tür ließ er unverschlossen.

Sie saß in einer sauberen, gelüfteten Zelle, als er zurückkam. Er gab ihr zwei Bücher, eins zum Lernen und eins zum Lesen.

Sie sagte – das hatte sie inzwischen überlegt: „Als ich angefangen habe, ein Bauer zu werden, habe ich manchmal zu flach geackert und auch den Dung auf die falsche Frucht gegeben. Es ist nicht einfach, Kühe zu haben, wenn man nur Ziegen und fremde Feldraine gehabt hat.“

Beinahe hätte er geredet, gerade, daß er sich noch abfing. Auch in der Dummheit muß man vernünftig bleiben.

Die Witwe Nakonz lauschte seinen Schritten nach, dann legte sie sich hin und deckte sich zu. Sie konnte nicht einschlafen. Es war vieles, woran sie denken mußte: an die schwangere Nichte, an das letzte Futter auf dem Feld, an die vielleicht doch rindernde Färse. Aber obwohl sie den ratlos-fremden Felix erlebt hatte, fiel ihr nicht ein, sie selbst könnte verlorengegangen und zu einem Prinzip geworden sein. Felix hatte irgend etwas verloren. Sie schloß ihre Gedanken mit einem Gebet an den heiligen Antonius, der verlorene Dinge wiederbringt. Dem Gebet setzte sie ein Gelübde hinzu, künftig keine ungewaschenen Worte mehr aus sich hinauszulassen und, bei gutem Ausgang dieses Abenteuers, dem Wenk und dem Domsch das Kindergartenholz hinter dem Spritzenhaus hacken zu helfen. Nachdem sie sich auf diese Weise sowohl die himmlische als auch die irdische Obrigkeit verbunden gemacht und eine Flasche von Felix' Bier ausgetrunken hatte, floh der Schlaf der Gerechten sie nicht länger.

Felix schloß seine Haustür, die er eben aufgeschlossen hatte, wieder zu. Es war nicht weit bis zur Wohnung des Akkordtöters. Weit genug, um einen Entschluß zu verlieren, einen anderen zu finden.

Manchmal hilft das Weinen nicht, nicht das Fluchen, nicht das Fragen und auch das Nicht-Fragen nicht. Felix ging langsam zurück. Im Inselteich blinkten einige Sterne. Wer sie aus dem Wasser holt, ist ein Held und kriegt ein Denkmal. Felix wollte kein Held sein. Er wollte nichts Falsches tun und nichts Falsches dulden.

Gut, daß Uschka heute in der Stadt blieb. Auf Zehenspitzen schlich er an die Betten der Kinder. Er hörte ihren Schlafatem nicht. Wenn ihre Zeit da ist, werden sie ihre Fragen zu lösen haben. Andere Fragen. Eine Generation wird geboren und bringt ihre Fragen mit auf die Welt. Werden sie es leichter haben? Niemand weiß es. Aber lachen werden sie darüber, daß es einmal eine Frage war, ob ein Bürgermeister ein Mensch ist, mit Hühneraugen, Schnupfen, Jähzorn, gefeit weder vor Irrtümern noch vor Arterienverkalkung, kurzum: ein Mensch wie andere Menschen.

5

Der Sonnabend war ein guter Tag. Er fuhr der Genossenschaft Am Hentschelteich die letzten Kartoffeln in die Miete, die der Akkordtöter und Jakob Hanusch einträchtig und fachmännisch deckten. Sie hatten sich entschieden, dem Sozialismus noch einen Tag zuzugestehen; ab Montag mag er dann zusehen, wie er ohne ihre alten Beine laufen kann.

Im Stall brachte die Kuh Rosa Zwillingskälbchen zur

Welt. Und die Wochenendbeilage der Zeitung sang einen Hymnus auf die Genossenschaft in Mulkwitz, die zu groß war, als daß ihr Vorsitzender hätte seine Kühe beim Namen kennen können, er hatte genug zu tun, daß er nicht die Mitglieder der Einfachheit halber numerierte und bei ihrer Nummer rief. Felix Hanusch kroch beim Lesen der blasse Neid ins Gesicht, er dachte an den Mordskerl in Mulkwitz und an die Kartoffeln, die eine Speise wären nur für Könige und demokratische Staatsempfänge, wenn eine Tonne dieser Kartoffeln den Preis kostete, für den die Mulkwitzer einen Zentner davon produzierten.

Er feuerte die Zeitung in den Papierkorb und beschloß, entweder ein solcher Vorsitzender oder ein solcher Zeitungsschreiber zu werden.

So vorbereitet, wartete Felix auf Friedbert Melzer, daß er die Nakonz holen käme.

Friedbert Melzer aber schritt in seinem Arbeitszimmer auf und ab, zwischen der Wand mit dem viereckigen hellen Fleck und dem Schreibtisch, auf dessen Platte ein Schreiben lag, das ihm „strengste Einhaltung der sozialistischen Gesetzlichkeit“ anbefahl.

Die vierundzwanzig Stunden liefen ab, er mußte entscheiden. Dabei durfte er sich von keinerlei Gefühlen beeinflussen lassen: weder von seiner Verachtung für den Proleten Rumbo, noch von der wütenden Lust, dem Hanusch den Fuß auf den Nacken zu setzen. Gleich gar nicht durfte er sich beeinflussen lassen von der Erinnerung an die Ohrfeigen, die er von der Witwe Nakonz bezogen hatte, als er damals ihrer minderjährigen Nichte zu hautnahe gerückt war. Es galt, die Situation kühl und nüchtern einzuschätzen. Lob war in diesem Fall keines zu verdienen, aber die Beine konnte man sich leicht brechen.

Friedbert Melzer hätte seinen klugen Kopf umsonst besessen, hätte er nicht die Lösung gefunden, die ihn vor Schaden bewahrte. Er lächelte zufrieden mit seinen Grübchenwangen, als er sich hinsetzte, um einen langen, objektiven Bericht, der eine feindliche Haltung des Genossen Felix Hanusch ausdrücklich nicht ausschloß, zu schreiben. Gerade noch rechtzeitig war ihm eingefallen, daß der Sekretär der Bezirksleitung Roßmann eine besondere Verantwortung für diesen Kreis übernommen hatte. Mochte der zusehen!

Melzer schrieb das Konzept seines Berichts zu Ende, wusch sich, leise vor sich hinpfeifend, die Hände, und rief die Sekretärin herein.

Felix aber wartete. Er sah die gesunden Kälbchen der Kuh Rosa, fuhr eine gute Ernte ein, das Wetter blieb sanft und ruhig – und irgendwo verlor er seinen halsstarrigen Zorn. Wie aber sollte er ohne Zorn dem Melzer, wenn er kam, begegnen? Er lief vom Mietenplatz nach Hause, las den Mulkwitzer Lobgesang noch einmal und hatte die Sanftheit des Kuhglücks und die Zufriedenheit eines erntenden Bauern in sich wieder überwunden.

Die frischgeschöpfte Wut kam Felix zustatten, als Simon Mjetk erschien. Er verlangte die Zwillingskälbchen zu sehen, begutachtete sie mit Augen und Händen, riß ihnen die Samtmäulchen auf, umschritt die Mutterkuh Rosa von rechts und von links, am liebsten hätte er sie auseinandergenommen und nachgesehen, wie sie die zwei Kälber fabriziert habe.

Nachdem er sich an Kuh und Kälbchen satt gesehen und satt gefragt hatte, drängte er Felix zum Mietenplatz, wie beurteilst du die neue Kartoffelsorte. Felix war zufrieden mit der neuen Sorte, unzufrieden war er mit Simon Mjetk. Abgeordneter des Kreistags – und kein Gedanke an die Nakonz?

Halbwegs zwischen Kuhstall und Mietenplatz blieb Felix stehen und fuhr Mjetk an:

„Ein lumpiger Egoist bist du! Ein“, ihm fiel nichts Besseres ein, „ein Schweinehund!“

Als Mjetk erfuhr, daß er ein Schweinehund war wegen der Witwe Nakonz, sagte er: „Sie werden ihr schon nicht den Kopf abreißen. Außerdem stecke ich meine Nase nicht in solche – solche Kompetenzbereiche.“ Er sagte das ganz friedlich und wollte weiter zu den Kartoffeln.

Felix war weiß vor Wut.

Der Postmann meckerte heran: „Na, ihr Kastor und Pollux!“

Simon Mjetk nahm die günstige, wenn auch faule Brise wahr und zog davon. Warum sollte er Felix Dinge schreien lassen, die dem später leid wären? Außerdem hatte er nur eine kurze Pause machen wollen, sie droschen seit dem Morgen Weizen.

Als Felix überlegte, was er dem Simon um die Ohren hatte hauen wollen, entdeckte er staunend, daß er es nicht wußte. War etwa Simon daran schuld, daß Melzer nicht erschien und er weiterhin den Zellenschlüssel der Witwe Nakonz in der Tasche tragen mußte? Oder hätte er ihn etwa um Rat fragen sollen, wo er nicht wagte, den Akkordtöter zu fragen? Und sich fürchtete vor dem Flüstergespräch heute abend im Ehebett?

Uschka badete die Kinder, als er heimkam. Das Bad war gut geheizt, Uschka stand da mit nackten Armen und rotem Gesicht und unterwies Mirka, was alles und wie alles zu waschen sei. Felix gab Sorglosigkeit vor, nannte Uschka einen leichtgeschürzten Badekommandeur; sie ging nicht auf seinen Ton ein, sie sagte vorwurfsvoll: „Ich bin schon lange zu Hause." Er schnitt Mathi, der im frischen Schlafanzug auf dem Stuhl saß und mit der gutartigen Gelassenheit eines frischgebadeten Mannes den eifrigen Bemühungen seiner sanften Schwester zusah, die Zehennägel und befühlte, dazu aufgefordert, anerkennend den Muskel auf dem dünnen Jungenarm. Der Muskel wulstete sich nicht kugelig, er war lang und breit. Zweiundeinenhalben Klimmzug schaffe er, sagte Mathi, bis Weihnachten komme er sicher auf drei.

Mirka war fertig, und plötzlich hatte Felix es eilig, er müsse noch einmal in den Stall schauen und Abendbrot essen, bevor er zur Versammlung gehe.

Der Bürgermeister saß schon im Saal. Nekela habe sich entschuldigt, er feiere Hochzeitstag. „Wenn jeder Hochzeitstag feiern wollte", brummte Rumbo, „da kämen wir weit."

Felix verbiß sich eine Entgegnung. Wozu auch noch einen Hochzeitstag strapazieren, es reichte schon so. Übrigens hätte er seinen eigenen um ein Haar vergessen.

„Wenn die heute von der Nakonz anfangen", sagte Rumbo, „wir lassen uns die Diskussion nicht aufzwingen!"

Felix blickte ihn ungläubig an, doch Rumbo meinte es tatsächlich ernst.

„Wie willst du denn das machen?" fragte er.

„Gehört nicht hierher."

Auf der Tagesordnung stand der trockene Bruchhang und das viele Wasser in der Kuhle, die dem Paul Wenk gehörte. Eingeladen hatte die Bauernhilfe, sprechen sollte Felix.

Rumbo schob die Mütze, die er abzusetzen noch nicht für nötig gehalten hatte, mit dem rechten Zeigefinger etwas aus der Stirn. „Kommt sowieso keiner. Die sabotieren", knurrte er, verließ den Saal, stakte die Treppe hinab und überließ es Felix, zu bleiben oder ihm an die Theke der Wirtin Hilde zu folgen.

Felix setzte sich aufs Fensterbrett. Rumbo mußte ja wiederkommen, schon, um seine Transparente einzuholen und die Tischtuchfahne einzuschließen. Felix überflog die Transparente, zwei waren uralt. Je allgemeiner eine Losung ist, desto länger kann man sie benutzen. Eine solche Losung spart viel Arbeit und Material. Laß hängen, dachte Felix, ich werde mir nicht mehr das Maul zerreißen. Auf einer Aktivkonferenz vor zwei Jahren hatte er sich deswegen das Maul zerrissen. Ein Kreissekretär nannte ihn einen intellektuellen Sektierer und opportunistisch Angekränkelten, einen Beschmutzer des Kampfes der Partei – es hatte nicht viel gefehlt, er hätte ihn der Parteifeindlichkeit bezichtigt. Und wenn ich achtzig bin – die Lehre vergesse ich nicht. Und auch nicht den Sekretär. Er hieß Erich Förster, jung, schon fett werdend, und wie er sich räuspert und wie er spuckt ... auch Tonfall und Diktion sind Attribute der Parteitreue.

Felix zündete sich eine Zigarette an. Seine Gedanken verloren sich zwischen den leeren Stuhlreihen. Er starrte die Gesichter an, die nicht da waren. Seit der Kindheit sind sie ihm vertraut, seit zehn Jahren kennt er sie.

Weißt du, Johann Mrosak, warum ich hiergeblieben bin und nicht auf Doktor studiert habe? Zum Redakteur hätte es ohne Studium vielleicht auch gereicht. Du weißt es nicht, du hältst mich wahrscheinlich für so eine Art Johannes den Täufer, der euch alle mit Parteiwasser taufen will. Ich predige nicht und will nicht taufen. Man schleppt seine eigene Unvernunft mit sich: einen Buckel. Es gibt kein Taufwasser und keine Predigtworte, die einem diesen Bukkel wegzaubern. Und wenn man sich am Ende in den Sarg legt, muß man hineinpassen.

Das ist der ganze Witz: Man muß am Ende gerade und buckellos in seinen Sarg hineinpassen.

Auf der Türschwelle stand die Wirtin Hilde. Ob Felix hier übernachten wolle? Rumbo sei längst weg, unten sitze nur Michael Batschon, er streue Körner vor die Theke, sein Kopf sei voll weißer Hühner. „Ich bringe ihn hinaus und schließe."

Der alte Batschon schloß sich Felix an, sogar an der frischen Luft stank er nach Schnaps und Ungewaschenheit. Er brummelte und brabbelte vor sich hin. Am Spritzenhaus blieb er stehen, neigte den Kopf wie lauschend, dann lachte er auf, wie er früher gelacht hatte, wenn ihm ein besonders krummer Handel besonders gut ausgegangen war.

„Die Nakonz", krächzte er und lehnte sich an das Spritzenhaustor, „weißt du, daß sie sitzt?"

Felix erschrak.

„Halt die Klappe!" befahl er heiser.

„Möchtest du", brabbelte der Altbauer fröhlich. „Möchtest du gern. Aber was ich weiß, weiß ich. Willst du mir das Maul zubinden, du Steinbeißer, du?"

„Steinbeißer" hatte Michael Batschon gern die Steinbrucharbeiter genannt. Felix starrte den Alten ratlos an.

„Ich lasse mir nicht das Maul zubinden", grollte Batschon. „Von keinem. Oder", fragte er lauernd, „gibst du mir ein Pullchen?"

Felix fischte zwei Silberstücke aus der Tasche, der Bauer prüfte die Münzen mißtrauisch. „Letzte Woche hat mir der Stellmacher einen Hindenburg angedreht. Kriegst du was für den Hindenburg? Einen Dreck kriegst du! Aber du hast mir keinen falschen Taler gegeben, du warst immer ehrlich, ein blöder Steinbeißer."

Felix faßte ihn am Ärmel und zog ihn vom Spritzenhaus weg.

Der Bauer riß sich los. „Und weißt du, warum sie sitzt?" Er zog ein schlaues Gesicht und flüsterte Felix mit seinem Schnapsatem zu: „Ich helfe dir, du Satan, habe ich gesagt. Angezeigt habe ich sie. Rüben hat sie bei mir gemaust, das Aas!"

Das war vor zwanzig Jahren gewesen, für jedes Fuder Rüben, das die Witwe Nakonz für Michael Batschon auflud, steckte sie eine Rübe in ihr Körbel. Neun Rüben insgesamt.

„Stinkt nach Ziegen und maust!“ Der Altbauer empörte sich. Plötzlich wandte er sich um und stemmte die Hände in die Seiten. „Ihr Biester!“ schimpfte er. „Ihr sollt doch längst auf der Stange sitzen! – Kannst du sie zählen, Felix? Kannst du nicht, und alles echte Leghorn! Zählen kannst du vielleicht, aber du verrechnest dich. Meine Beate kriegst du nicht. Du stinkst ja auch nach Ziegen. Pfui Teufel, du stinkst!“ Er spuckte aus, holte Körner aus den Taschen und lockte seine weißen Leghorn: „Tuck, tuck, tuck.“

Felix ließ ihn stehen. Jetzt entdeckte er auf dem Tor des Spritzenhauses große weiße Schriftzeichen, er buchstabierte: Die Laus heraus, die Wanze in das Spritzenhaus!

Solche spitzen, hämischen Buchstaben schrieb eigentlich nur der Postmann. Felix riß ein Grasbüschel aus und löschte die Schrift. Das Herz wummerte ihm in den Ohren. Er zweifelte nicht länger, daß auch der alte Kracher Batschon wußte, wo die Witwe Nakonz saß. Er riß den Spritzenhausschlüssel aus der Tasche, nun war schon alles gleich. Doch plötzlich drehte er sich um und eilte am torkelnden, vor sich hin brabbelnden Batschon vorbei ins Unterdorf. Der Nekela kann noch die ganze Nacht lang Hochzeitstag feiern.

Die Eheleute Mjetk hatten bis in die Dämmerung Weizen gedroschen; Simon am Dreschtisch, Beate am Strohförderband und bei den Kornsäcken, ein Rentner aus dem Dorf im Bansen. Es hatte ausgezeichnet geschüttet.

„Ich habe es gut erwartet, aber so gut nicht“, sagte Simon, als er nach der Abendfütterung mit Beate ins Haus trat. „Und jetzt bin ich hungrig“, er lachte, „wie zwei Wölfe.“

Beate riß sich im Flur das Kopftuch herunter und schüttelte ihr Haar zurecht. Ihr Gesicht war streifig von Schweiß und Schmutz. Sie trug ihre dünne graublaue Kombination fast auf der nackten Haut. Der Juni war weniger warm gewesen, als es diese ungewöhnlichen letzten Oktobertage waren.

Mjetk sah sie immer noch an. „Zwei Pfund Schinken für mich“, sagte er, „und für uns beide ein Glas Wein!“

„Eine Flasche für mich allein“, antwortete Beate. Ihre Lippenränder waren grau vor Staub, der Mund selbst war rot. Ihre Augen glänzten. „Aber erst duschen!“

„Klar!“ sagte er mit spröder Stimme.

„Vier Tage noch, dann sind wir fertig“, meinte sie, während sie ihre kurzen Stiefel von den Füßen schüttelte.

„Drei, wenn's schnurpst wie heute!“

Nach dem Abendbrot brachte er eine Flasche „Lindenblättrigen“ aus dem Keller. „Eigentlich“, sagte er, während er die Flasche zögernd öffnete, „müßte ich zur Versammlung ...“ Er ließ den Satz in der Luft hängen, eine halbe Frage, eine halbe Bitte.

Beate hockte mit untergeschlagenen Beinen in einem der beiden tiefen, unmodern schweren, aber sehr bequemen Sessel und blätterte im Fernsehprogramm.

„Nichts“, sagte sie, ließ die Zeitung sinken und blickte ihren Mann an. „Auf der Versammlung geht's bestimmt auch um die Witwe Nakonz. Was sollst du dich da einmischen? Die Herren von der Partei haben sich so tief hineingeritten, daß sie heil nicht mehr herausfinden.“ Ihre Stimme war hell und voller Triumph. Sie lachte auf und zitierte einen Skatspruch ihres Vaters. „Da hilft kein Jammern und kein Winseln, einer geht baden, der andere in die Binsen. Und der Frau schicken wir, wenn sie herauskommt, Blumen! Du bringst sie ihr selbst. – Komm, gieß den Wein ein! Es zahlt sich aus, daß wir nicht davongelaufen sind.“ Sie hielt ihm ihr Glas entgegen, das warme Licht der Stehlampe überzog ihre Hände mit einem Hauch schimmernder Jugend.

Simon goß den Wein ein. Beate trank. Sie achtete nicht auf seinen Zutrunk, sie trank ihr Glas aus und ließ es sich von neuem füllen. Die Zeit war bitter gewesen, zehn Jahre, mehr als zehn Jahre. Jetzt aber kann er sich winden, wie er will, die Rechnung muß er zahlen.

Sie starrte in den gelblich-silbrigen Wein, darin waren die Jahre und war der heutige Tag, sie wogen einander auf. Sie hob den Kopf und sah Mjetk offen ins Gesicht.

„Wenn du heute bleibst ...“ Sie wußte, was sie versprach,

und war bereit, es zu halten. Der Versuch mit Grauheim war zu Ende.

Er schob seinen Sessel nahe an den ihren. Die Versammlung würde auch ohne ihn gehen, sagte er, und stellte noch einmal fest, daß der Ausdrusch heute über alle Erwartungen gut gewesen sei. Wenn Beate wolle, könnten sie sich nach einem Auto umsehen. Was sonst sollte mit dem Geld geschehen? Erst habe er die große Bachwiese meliorieren wollen, aber es habe sich herausgestellt, daß es unnötig sei. Im Grunde genommen, er lächelte schwach, werde das sein erster Arbeitslosenwinter. An der Fütterung der Tiere könne er ein wenig herumknobeln, vielleicht wäre es auch nicht schlecht, am Teich ein Entenhaus zu bauen. Im Frühjahr kaufe man hundert Küken, die wachsen sozusagen von allein.

„Wozu?" fragte Beate. „Uns langt es so."

„Natürlich!" bekräftigte er. Aber ihm langte es nicht. Zehn volle, pralle Bauernjahre hatte er hinter sich; jedes Jahr hatte er zu dieser Zeit angefangen, Fachbücher zu wälzen, zu berechnen, zu entwerfen, nächtelang hatte er über seinen Plänen gebrütet. Im Sommer war er ein Arbeitstier, im Winter ein Bauer. Wenn der Schnee taute, war wieder ein Stück geschafft, ein Schritt vorwärts zum Musterbetrieb. Es schien ihm seltsam, zu sitzen und nicht zu wissen, was mit dem Winter anfangen.

„Wenn's mich juckt", sagte er, „helfe ich der Witwe Nakonz das Glashaus bauen."

Er lachte. In Wirklichkeit war es nicht zum Lachen, man lernte manches dabei.

Beate hörte ihm schon längst nicht mehr zu, sie trank in kleinen Schlucken den Wein, spürte, wie er ihr ins Blut ging, drehte ihr Glas in der Hand, sah dem Äderchen zu, das an ihrem Handgelenk zuckte, und ließ ihre Gedanken ohne Kontrolle und merkte nicht, daß sie dem Versprechen zuwiderliefen, das sie sich und ihrem Mann wortlos gegeben hatte.

Die Haustür ging. Simon sagte: „Es wird Winfried sein, er sollte mir noch etwas bringen." Beate sah das Äderchen am Handgelenk hüpfen.

Es war nicht Winfried, es war Felix Hanusch, der zu Ne-

kelas wollte. „Oben ist alles finster. Nekelas sind wohl zum Hochzeitstag mit den Hühnern zu Bett gegangen?“

Simon stieg in den Keller nach mehr Wein.

„Sind in die Oper gefahren und hochzeiten im Hotel“, erklärte Beate, ihre Augen glitzerten. Der Hanusch sieht nicht aus wie ein Hiob.

„Die haben's gut!“ seufzte Felix. Unsinnigerweise fühlte er sich erleichtert, ein Aufschub, dachte er, und war froh, hier gute Laune anzutreffen. Er sagte: „Schaust aus wie neunzehneinhalb.“

„Neunzehndreiviertel“, spöttelte sie. Wenn sie ihn so sieht, haßt sie ihn eigentlich nicht. Hat sie auch gar nicht mehr nötig, er ist doch ein Hiob. Sein rechtes Lid zuckt nervös, und da er es merkt, knetet er unruhig die Hände. „Bist du neidisch?“ Sie bedeutete ihm, sich zu setzen.

„Auf wen?“ Er grinste sie an.

„Auf Nekela natürlich. Und auf sein Hotel.“

„Och“, sagte Felix, „ich bin gut versorgt.“

Simon kam mit der Flasche und goß ein. Felix hob sein Glas erst gegen Beate, dann gegen Simon. Simon tat ihm Bescheid. Beate nickte nur, er soll nicht so tun, als sei er ein Siegfried.

„Und deine Genossenschaft blüht?“ fragte sie. Das Glitzern in ihren Augen war jetzt anderer Art.

„Danke der Nachfrage“, entgegnete er. Er lächelte noch, aber auch sein Lächeln war ein anderes.

„In Polen liquidieren sie die Pleite.“

„Polen liegt östlich der Neiße!“

Sie starrte ihn an und stellte ihr Glas weg, der Wein schmeckt nicht.

„Ich habe eben ausgerechnet“, erklärte Simon, „daß das Glashaus der Witwe Nakonz lächerlich klein ist. Vier mal zwanzig.“ Er wollte einen Witz machen. „Da lohnt ihre Sitzerei ja gar nicht.“

Felix knurrte: „Wir haben Platz genug für mehr.“ Er meinte: für mehr Glashäuser.

Beate verstand: mehr Platz im Gefängnis. Sie nahm ihr Glas vom Tisch und trank den Wein, der nicht schmeckte, auf einen Zug aus.

Mjetk wollte den Abend retten. „Ich habe mal, im letzten Winter“, erzählte er, sich behaglich zurücklehnend, „aus lauter Langeweile über den Bruchhang nachgedacht. Wie man eben so spinnt.“

„Kein Teufel ist zur Versammlung gekommen!“ sagte Felix.

„Ich habe, glaube ich, ein paar Notizen gemacht.“ Zu gern wäre er mit Felix in sein Arbeitszimmer gegangen, er wußte genau, wo die Notizen – es waren recht umfangreiche – steckten. Aber Beate würde es vielleicht übelnehmen. Im übrigen war er froh, daß die Sprache darauf kam, er würde seinen Arbeitslosenwinter gut überstehen.

Felix trank sein Glas aus und schüttelte den Kopf, als Simon ihm nachgießen wollte. „Es ist spät genug.“ Er stand auf.

In diesem Augenblick klopfte es, und Winfried von Grauheim trat ein, eine graulederne Kollegmappe unter dem Arm.

„Grüß Gott und alle seine Heerscharen! Und seinen Erzengel insbesondere.“ Er gab Beate die Hand und holte aus der Mappe die statistischen Unterlagen, um die Mjetk gebeten hatte. Auf der nächsten Kreistagssitzung sollte das ländliche Gesundheitswesen behandelt werden.

Winfried setzte sich und schlug die Beine übereinander. „Nur auf eine Zigarettenlänge!“

„Rauchen Sie zwei“, sagte Mjetk. „Ich zeige Felix schnell noch etwas.“

Er ließ die Tür zum angrenzenden Raum, der früher die Alltags-Wohnstube der Bauersleute gewesen war und den er sich als Arbeitszimmer eingerichtet hatte, offenstehen. Felix betrat das Zimmer nicht zum erstenmal, trotzdem kroch ihn der Neid wieder an: ein großer, glatter Arbeitstisch, ein Zeichenbrett wie aus einem Konstruktionsbüro, ein kleines Labor für chemische Untersuchungen, die Wände voller Fachbücher. Aber er wußte auch: kein Urlaub für Simon, kein Theaterbesuch, kein Roman.

Mjetk warf die Krankenhaus-Statistik achtlos auf die Seite. „Wahrscheinlich komme ich doch nicht dazu“, sagte er. „Außerdem verstehe ich sowieso nichts davon. Bei Statistiken und Sinfonien schlafe ich ein.“ Das stimmte nur

halb, Statistiken, die mit der Landwirtschaft zu tun hatten, las er wie ein Rothschild den Börsenbericht.

Er hockte sich auf den Boden und kramte in einem der tiefen Fächer, unterhalb der Regale.

„Hier!“ Er breitete eine Rolle auf dem Tisch aus: eine saubere Geländeskizze, auf dem Wenk-Acker ein Rotstiftkreuz – das Pumpwerk –, eine gestrichelte Linie oben längs des ganzen Hanges, der Hauptstrang. Er runzelte unzufrieden die Stirn. „Ich dachte, ich hätte mehr gehabt.“

Er hatte mehr: eine Notizbuchseite voll Zahlen und Formeln. „Ich habe ein paar Bodenanalysen gemacht“, er zeigte auf der Geländeskizze die Punkte, wo er die Bodenproben entnommen hatte.

Sie beugten sich über die Skizze, nahmen sich das Notizbuch gegenseitig aus den Händen, stellten Hypothesen auf, fanden sie absurd oder großartig, widersprachen einander, einigten sich, kratzten sich ratlos hinter den Ohren und lachten sich an, wenn sie die Lösung fanden. Sie rissen den Hang auf, der keinem von beiden gehörte und den keiner von beiden als Eigentum anstrebte; sie brachten dreitausend Quadratmeter unter Glas und zogen Gurken, Tomaten, Champignons und Chrysanthemen – warum nicht Chrysanthemen? – und berechneten den Gewinn nach Tausenden und dachten nicht einen Augenblick darüber nach, ob ihnen ein Pfennig davon in die Tasche fiele.

„Nein“, sagte Beate, „übermorgen nicht und überhaupt nicht mehr.“ Sie goß Winfried Wein ein; er berührte mit einem Finger ihren Unterarm, dort wo das Äderchen pochte. Er spürte, wie ihre Haut zusammenzuckte, und lächelte. Es reizte ihn, seine Kunst immer wieder bestätigt zu wissen. Bei Beate hatte es ihm stets widerstrebt; jetzt bereitete es ihm Vergnügen.

Sie entzog ihm die Hand und floh gleichsam in die äußerste Ecke ihres Sessels. Was sie verspricht, hält sie. Außerdem braucht sie keinen fremden Nacken, um die Hände drum zu legen und sich zu halten. Sie steht fest auf eigenen Beinen. Ein Flöckchen Spreu setzt sich auf einen Strohhalm und segelt über die Pfütze. Hat sie wirklich gedacht, sie braucht einen Strohhalm? Über die Pfütze springt sie hinüber. Oder – bitte sehr! – sie platscht mit beiden Füßen hinein, das Pfützwasser spritzt auseinander, sie geht weiter, trockenen Fußes. Und wenn auch nicht trockenen Fußes, so doch geradeaus weiter. Sie lächelte spöttisch, setzte sich gerade hin und schob die Füße in die Hausschuhe. Keine eleganten Hausschuhe, sicher nicht, warm, aber häßlich.

Winfried betrachtete sie schweigend. Frauen waren für ihn nur Attribute des Bettes gewesen und hatten nichts anderes für ihn bedeutet als eine Erfolgsmeldung in seinem Notizbuch. Sie hatten aus Brüsten und Beinen bestanden, und viele waren Emaille-Damen gewesen. Er sagte einmal, es sei so interessant zuzusehen, wie die Emaille abblätterte. Beate Mjetk war die erste, die er nicht in sein Notizbuch eingetragen hatte. Er begriff selbst nicht, warum sie zu einer Ausnahme geworden war. Einmal lag er neben ihr, und plötzlich erschien das Leben nicht als ein alberner Witz, sondern als eine sehr einfache, alltägliche Sache, wie ein Steuerknüppel vielleicht, einfach im Griff der Hand, kompliziert zu behandeln, aber sinnvoll. Sinnvoll vor allem.

Niemals vorher hatte er etwas Ähnliches empfunden, auch nicht während des Krieges, wenn er am Himmel hing, einen feindlichen Jäger vor sich, einen hinter sich, immer rund herum im Karussell, er oder sie. Er kämpfte nicht um das Leben, er kämpfte um den Kognak, den er trinken würde, um die Frau, die er im Bett haben würde, um die Witze, die er machen würde.

Aber damals, Beate lag mit dem Kopf in der Kuhle seiner rechten Schulter, war eigentlich nichts geschehen, nichts, was sich vergleichen ließe auch nur mit einer Stunde aus jenen Tagen, da er auf den Strang wartete. Beate hatte nur gesagt, die Augen weit offen zur Decke: „Ich laufe nicht zu ihren Gerichten, um meine Kinder zurückzuholen. Und wenn ich daran kaputt gehe.“

Diese Beate saß jetzt wieder vor ihm, er wollte sie haben, er umfaßte sie mit einem Blick, den sie empfand wie einen Schlag.

Sie stand auf. „Ich muß doch mal nachsehen, was die beiden treiben.“ Leichte Konversation, einmal in einer vornehmen Pension gelernt. In der Ecke zwischen der Tür zu Simons Zimmer und dem Fenster an der Giebelseite stand ein Blumenregal. Beate ging an der offenen Tür vorbei.

Ihr Mann und Felix lagen mit aufgestützten Ellbogen halb auf dem Schreibtisch und betrachteten schweigend irgendein Stück Papier. Beate trat an das Blumenregal und machte sich bei den Alpenveilchen, Azaleen und Kakteen zu schaffen: Selbst wenn die Männer nebenan flüstern sollten, hörte sie es.

„Gut“, sagte Felix, er flüsterte nicht, „vier Kühe kannst du noch unterbringen. Das ist auch kein Problem. Aber wenn es sich um hundert – oder hundertzwanzig wahrscheinlich – handelt, was dann?“

„Um welche hundert?“ Simon richtete sich erstaunt halb auf.

„Die vom ganzen Dorf.“

Beate erstarrte, gleich würde Simon lachen.

Simon sagte: „So aus dem Handgelenk …?“

Jetzt lachte Felix. „Nein. Aber wenn wir uns nach Weihnachten dranmachten?“

Beate hielt den Atem an. Jetzt muß es kommen: Geh zum Teufel!

„Na gut“, sagte Simon ruhig.

Beate drehte sich um und ging zurück, sonderbar steif. Sie hockte sich in ihren Sessel, das Kleid deckte nicht die Knie, sie ließ es so.

„Starr mich nicht so an!“ sagte sie, ohne ihn anzusehen.

Geheiratet hat er mich wegen seiner Politik. „Höfe wie dieser müssen Eckpfeiler sein in der Flut.“ Und ich habe mit ihm geschuftet wie eine Magd – wie nie eine Magd auf unserem Hof hat schuften müssen. An etwas muß sich ja der Mensch klammern – ich hab mich an seine Eckpfeiler geklammert. Der Hof, der Hof, hat er gesagt, und ich bin beim Mondschein hinter der Sämaschine hergelaufen. In Wirklichkeit war ihm der Hof immer egal. Dann sind ihm auch seine Eckpfeiler egal geworden. „Ich hab bloß einen Kopf, den brauch ich für die Wirtschaft.“ Er sitzt im Kreistag, hebt die Hand, weil's dazugehört, und denkt an die Dränage, die er erneuern will, oder er nimmt einen Hasenschlaf. Und wacht auf, sobald jemand „Bauer“ sagt oder „Bodengare“ oder „Mist“.

„Womit eigentlich läßt *du* dich ködern?" fragte sie.

„Köder", entgegnete Winfried, fast ernsthaft, „sind negativ geladen, nicht? Ich bin ein Minusteilchen. Ich werde nicht angezogen, sondern abgestoßen."

„Geh jetzt", sagte sie.

Winfried begriff Frauen intuitiv; den Verstand dafür zu bemühen hatte er noch nie für notwendig gehalten. Er erhob sich sofort, verbeugte sich und ging. –

Als Simon Mjetk und Felix Hanusch zurückkamen – gleich gehen sie in den Wald und reißen Bäume aus! –, saß Beate gerade und aufrecht in ihrem Sessel. Weinflaschen und Gläser waren aufgeräumt, der Aschenbecher geleert.

Sie wünschte Felix eine gute Nacht, freundlich und fremd, und lag schon im Bett, als ihr Mann ins Schlafzimmer trat. Sie ertrug seine Fröhlichkeit und seine Liebe und wartete mit geschlossenen Augen, daß er einschliefe.

Der Mann schlief. Beate starrte den langgezogenen Klecks Mondlicht an, der an der Lampe hing. Sie sah den Mondklecks nicht, nicht die Lampe, fern wie der Mond war der Mann an ihrer Seite.

Anders als vor drei Stunden, schritt Felix durch das Dorf, straff, elastisch, unmerklich sich wiegend in Hüften und Schultern, den Kopf nicht voller Sorgen, den Kopf voller Pläne, die Augen nicht starr auf Rumbo und Melzer, die Augen voller Spaß am Leben, das Herz wummerte nicht dumpf in seiner Brust, es schlug im Takt des künftigen Pumpwerks am Bruchhang, er hat es nicht geschafft, Mjetk schafft es.

Auf der Pflasterstraße war in unregelmäßigen Abständen dunkel eine Jahreszahl eingelassen, zehn Jahreszahlen. Abwechselnd mit dem rotborstigen Michel Domsch hat er die Ramme geführt, den Springfrosch. Die Witwe Nakonz hat Sand gebreitet. Die Pflasterstraße ist sein Kaderblatt, liegt offen da vor aller Augen, auch vor den seinen, da hält sich kein Rumbo-Brief drauf und keine vorsichtige Verleumdung Melzers, die sich als Wachsamkeit ausgibt.

Er schloß das Spritzenhaus auf und weckte die Witwe Nakonz. Er erklärte ihr, daß alle glauben, sie sei verhaftet worden, weil Rumbo sie angezeigt habe, und forderte ihr Versprechen, über ihre Spritzenhaushaft gegen jedermann zu schweigen. Sie sei in Dresden gewesen, um sich bei Ernst Roßmann über den Bürgermeister zu beklagen.

Die Witwe Nakonz zeigte sich widerspenstig und streitbar und war keineswegs bereit, ihr großes siegreiches Abenteuer für sich zu behalten. Würde sie je wieder im Leben eine solche Gelegenheit haben, Rumbo lächerlich zu machen? Felix erkannte, daß die Frau außerstande war, Rumbo in irgendeiner Hinsicht als Staat zu sehen. Er hat als Obrigkeit fungiert, mehr als zehn Jahre, und ist in ihren Augen nie Obrigkeit geworden.

„Wenn du jetzt Rumbo lächerlich machen willst", erklärte Felix streng, „gehe ich hin und laß mich bestrafen, weil ich den Staat geschädigt habe. Und der Akkordtöter wird vor dir ausspucken. Und Ernst wird dich für dumm und schlecht halten. Und der Postmann wird mit dir Brüderschaft trinken."

Die Witwe Nakonz schob die Unterlippe vor und schwieg. Schließlich stand sie auf. „Ich werde mir das Maul verbinden."

Er nickte und bat sie noch, den Sonntag über still und unbemerkt in ihrer Kammer zu bleiben. Dann begleitete er sie bis an ihr Haus und ging heim.

Es fiel ihm schwer, Uschka nicht zu wecken, die nach dem langen Tag wie erschöpft schlief.

6

Dieser Sonntag war Martinstag. Den ganzen Vormittag zogen die kleinen Martinsbettler von Tür zu Tür und verkauften gegen Äpfel, Birnen und Schleckerzeug ihr Singsangsprüchlein:

> Jopp, jopp, jopp – war Sankt Martin schon bei euch?
> Jopp, jopp, jopp – ließ er was für uns zurück?

Kleine Mädchen sangen's fromm und piepsend, die Jungen, die den Martin weniger für einen Heiligen als für einen Ritter hielten, schrien's wie einen Kampfruf.

Uschka Hanusch hatte sich gut eingedeckt, es war noch nicht zu lange her, daß sie selber zum Martinssingen gegangen war. Damals war der Martinstag ein satter Kindertag gewesen, heute war er nur noch Spaß und Freude. Zu Mittag war Uschka leergesungen, sogar in der Sagobüchse, die als eine Art Bonbonsparbüchse diente, fand sich nur noch eine Gummizuckerschlange, die man unmöglich auf fünf ungeduldige Sänger, die den Martin schon zum drittenmal bemühten, aufteilen konnte. Uschka nahm den vorbereiteten Sonntagspudding: viermal Pudding und einmal Gummischlange – auch die letzte Martinsrechnung ging auf.

Unter den fünfen war übrigens Peter Horbank, Rumbos Sohn. Er war ein illegaler Sänger. Sein Vater hatte ihm mit aller Strenge untersagt, an diesem Brimborium um einen feudalistischen Heiligen teilzunehmen.

Nicht alle Türen öffneten sich für die Martinssänger. Das Tor zum Batschon-Hof blieb verschlossen. Kühl und grau lag der Tag auf dem sauberen, einsamen Hofplatz. Die Tiere waren versorgt, den Mittagsbraten briet der Elektroherd selbsttätig, Mjetk war in die Kirche gefahren.

Beate saß in Hemd und Höschen vor dem dreiteiligen Spiegel, der in den vergangenen Jahren kaum mehr als einen energischen Bürstenstrich, ein kurzes, ungeduldiges, fremdes Anstarren der Bäuerin gesehen hatte. Zehn Jahre hatte sie an Fahnen genäht, um den Sieg aus allen Fenstern hinauszuhängen, wenn der Feind Rumbo geschlagen aus dem Dorf zöge. Nun sah sie sich doppelt betrogen, um den Sieg und um den Feind. Sie war in einen heimtückischen Hinterhalt geraten.

Sie betrachtete grausam ihr Gesicht, Zentimeter um Zentimeter.

Über den ein wenig zu hohen Wangenknochen spannte sich die Haut glatt und straff, sie schimmerte bräunlich, gut durchblutet. Um die Augen breitete sich ein Gespinst feinster Linien, unsichtbar für den flüchtigen Blick, unübersehbar die tiefe Falte von den Nasenflügeln abwärts, aber sie lief weich und geschwungen, sie machte nicht alt.

Die Jahre haben die Lippen gebleicht, die Oberlippe schmal geschliffen. Beate sog die Lippen zwischen die Zähne, bis es schmerzte. Der Mund ist wieder wie früher, weich und voll. Sie nahm den Stift und zog die Lippen nach. Sie tat es ungeübt, früher einmal hat sie es gekonnt. Die Mundwinkel ließ sie aus. Fremde, flache Buchten, die Nächte, in denen du nicht schliefst, haben sie ausgespült. Faltenlos schwingt das Kinn zum Hals, aber die Kerbe – wer hat das Grübchen zur Kerbe ausgefeilt? Die Kerbe ist ohne Sinn, der Sieg ist kein Sieg. Die Pfütze ist eine Flut, und du bist ein Flöckchen Spreu. Ein Strohhalm ist gut für ein Flöckchen Spreu.

Beate Mjetk starrte ihr Spiegelbild an, Vergangenes tauchte auf und zerfloß. Es trägt viele Gesichter und einen Anfang: der harzdurchduftete Kiefernhang an dem verwunschenen Teich, das Märchen von der glücklichen Insel schwimmt darin, Felix schiebt dir das bißchen bunte Tuch von den Schultern, seine Hände zitterten, und er lächelt, du lächelst auch und zitterst.

Beate sah ihre Hände sich im Spiegel heben, sie streiften die schmalen Träger herunter, nackt und fremd schimmerten Brüste im Spiegelglas, feste, mädchenhafte Brüste.

Langsam kehrte ihr Blick zurück, sie sah wieder sich, und nichts als sich, sie befahl ihren Händen, das Haar, das bis auf den Nacken fiel, anders zu ordnen, straffer, geraffter, kürzer. Sie nickte.

Sie hörte ihren Mann, die große Stalltür lief knarrend über die Schienen, es war Zeit für die Mittagsfütterung. Beate nahm den Augenbrauenstift, zog den Hocker näher an den Spiegel. Aufmerksam und geduldig lernte sie, mit diesem Verschönerungsgerät umzugehen. Es war notwenig. Sie hielt in der Arbeit inne und wandte ihre Aufmerksamkeit wieder ganz dem Gesamtbild zu: eine Frau von achtunddreißig Jahren.

Sie legte die Hände in den Schoß und verlor sich an fremde, seltsame Gedanken, die nicht weiter reichten als zwischen Bild und Spiegelbild. Noch ist die Frau im Spiegel allein. Morgen wirst du nicht mehr allein sein. Unrecht, Ehebruch, Sünde? Kein Wort für dich und Winfried. Auch das Kind, das du wolltest, ist nicht das Wort.

Beate strich sich über die Stirn, nicht um die fremden Gedanken wegzustreichen, sondern die Jahre, die sich in die Stirn eingegraben hatten. Die Finger, die die Stirn glätten wollten, waren verhornt, trocken und rissig war die Haut. Vertane Jahre.

Unten kreischte die Dungbahn in der Schienenkurve. Beate holte den neuen Büstenhalter mit den halben Körbchen aus dem Schubfach, sie errötete, während sie sich zusah, aber sie zögerte nicht mehr. Vorsichtig rollte sie die Nylonstrümpfe, die Sieglinde aus Pfaffenhofen geschickt hatte, über den Fuß. Der Fuß und das glatte, gerade Bein machen die Hände nicht wett, dachte sie. Sie zog ein zweiteiliges Kleid aus graugrünem zart genoppten Wollstoff an und schlüpfte in ungewohnt enge und hochhackige Schuhe. Aus dem Schrank suchte sie ein Schürzchen, nicht viel größer als Simons bunte Taschentücher. Das Schürzchen stammte aus ihrer Brautausstattung, ob sie es jemals getragen hatte, wußte sie nicht.

Als Simon aus dem Kuhstall kam, stand Beate in der Küche und richtete Krautsalat an.

Verblüfft starrte er auf ihre Schuhe. „Willst du weg?"

Ihr schoß es durch den Kopf: Ja, weg von hier, ich lasse mich nicht auffressen.

„Nein", sagte sie sanft.

„Die Kälber sind noch nicht versorgt", sagte er.

Sie schwieg. Er betrachtete sie ratlos, dann zuckte er die Schultern, verließ die Küche und ging in den Stall. Er fütterte die Kälber nach seiner eigenen, längst erprobten Methode. Er kannte die Kälber nicht, er beobachtete sie, um sie kennenzulernen. Flüchtig ging es ihm durch den Sinn: Mittags werde ich mir in der Regel eine Brotsuppe mit Milch aufbrühen und ein Stück Schinken dazu essen.

In der Küche mischte Beate den Salat. Wo das Leben einen doppelten Boden hat, darf man nur sich selbst tragen.

Die Treppe hinab polterte ihr Vater, er lachte laut und rief: „Tuck – tuck – tuck!" Oben im Altenteil standen nur noch Bett und Schrank, auch Bett und Schrank würden bald vertrunken sein. Beates Augen unter den nachgestrichelten Brauen überzogen sich mit einer Haftschale, zum erstenmal verbot sie sich nicht, zu Ende zu denken, was sich zu denken aufdrängte.

Sie ging ins Arbeitszimmer und rief ihren Bruder im Krankenhaus an. Er möge sich doch mal den Vater ansehen, es gehe so nicht weiter. Dann verlangte sie Winfried zu sprechen.

Ihr Gespräch war sehr kurz. Beate teilte ihm nur das Ergebnis einer Rechnung mit. Die Rechnung selbst war einzig ihre Angelegenheit.

Winfried von Grauheim legte den Hörer auf und stellte sich, die Hände in den Hosentaschen, ans Fenster. Durch die entlaubten Parkbäume hindurch sah er das Dorf. Minutenlang starrte er hinüber, ohne sich zu rühren. Kaff, dachte er, verdammtes Kaff. – Wie hieß doch diese hübsche Ziege gleich, die mir wegen ihres wachsenden Bauches die Ehe andrehen wollte? Komme nicht drauf, ist ja auch egal, ging in die Knie, wenn man sie in den Nacken küßte.

Er trat an den Schreibtisch und teilte Alfons Batschon durch Telefon mit, daß ihn das Kaff ankotze und ihm höchstens noch eine Woche zumutbar sei. –

Gleich nach dem puddinglosen Mittagessen verließ Felix Hanusch das Haus. Ihn litt es nicht im weichen Sessel. Und was Uschka zu fragen hat, wird besser am Abend gefragt. Es gibt Antworten, die den Tag hinter sich haben müssen.

Er hatte kein eigentliches Ziel, er wollte nicht zu Simon Mjetk und nicht zu Rumbo. Gleich gar nicht wollte er zu seinen Eltern.

Das Gittertor zum Park stand weit offen, im Krankenhaus war Besuchszeit. Unter den Kastanien suchten zwei Jungen nach den glattpolierten Früchten. Sie liefen zum Teich: Wer wirft am weitesten? In ihrem Alter hatte ich eine ganze Kiste voll Kastanien in dem alten Schuppen, der unser Spielzimmer war. Die Kastanien waren Pferd und Wagen, Auto und Eisenbahn. Beim Kastaniensuchen konnte man erwischt werden, vom Grafen, vom Diener, vom Förster, von der Mamsell, es gab viele, die dem Grafen den Park hüteten. Kein Mensch sagt heute anders als: „der Park vom Krankenhaus“.

Auf seinem Pflasterhof schimpfte Johann Mrosak mit

den Hühnern, weil sie sein Sonntagspflaster verunreinigten. Mrosak könnte der Eckstein für das Pumpwerk am Bruchhang sein. Felix trat in den Hof.

Mrosak begrüßte ihn nicht eben freundlich. Er war aber durch seinen Schwiegersohn mit den Schwierigkeiten, die es macht, den Sozialismus zu bauen, halbwegs verwandt, und schob Felix nicht auch die Schuld in die Schuhe, die in Rumbos Stiefel gehörte. Trotzdem machte er Felix noch auf dem Hof klar, daß er sich jedes Wort über seine Genossenschaft sparen könne, solange die Witwe Nakonz im Gefängnis sitze.

„Die Witwe Nakonz kommt heim", sagte Felix.

Johann Mrosak sah Felix an, der ist kein Windredner und kein Maulschmierer, und ging voraus in die Stube. Felix überfiel Mrosak nicht mit dem Pumpwerk, er fragte nach Benno Schofka, dem Schwiegersohn.

Die Frage kam Mrosak nicht ungelegen. Da hatte er gleich eine Gegenfrage: „Ist es eigentlich im Sozialismus erlaubt, daß jeder Kinder macht auf Teufelkommraus? Wenn er sowieso keinen Jungen zustande bringt? Die Maria trägt das fünfte, und so verrückt wie sie ist nach saurer Gurke, da wird es wieder ein Mädchen. Das ist ein Erfahrungswert", sagte Mrosak. „Immer saure Gurke und jedesmal ein Mädchen. Und wovon will der Herr Genosse Schwiegersohn seinen ganzen Gösselstall ernähren, wo er sich dauernd auf Schulen herumtreibt? Er lernt noch die halbe Partei auswendig, aber wie man den Meißel hält beim Steinspellen, weiß er das noch?"

Was den Meißel betraf, so konnte Felix ihn beruhigen: Im Holzschuppen des Benno lag auf der umgekippten Schubkarre der künftige Schafslöwe Nummer drei. Es war der kümmerliche Rest des Granitblocks, der die Philosophie im Steinbruch nicht ausgehalten hatte.

Mrosak grinste selbstgefällig, Felix mußte insgeheim auch lachen: Daß die Löwen unter Bennos Hand immer ein gutmütig-lustiges Gesicht bekamen, lag sicher daran, daß Benno selbst niemals ein grimmiges Gesicht zustande brachte.

Erkenntnisse über einen selbst treffen einen fast immer aus dem Hinterhalt. Felix nahm Johann Mrosaks Rasierspiegel vom Fensterbrett und betrachtete sich mißtrauisch.

„Sag mal, Johann: bin ich eigentlich dämlich?"

Johann Mrosak staunte, auf welche dumme Fragen manche Leute sonntagmittags kommen konnten.

„Bloß, wenn du so fragst!" antwortete er fast feierlich, nahe daran, den Schwurfinger zu heben. Doch dann kamen ihm Zweifel. „Vielleicht auch noch, wenn du mir partout einreden willst, mir könnte es in deiner Genossenschaft besser gehen, als es mir jetzt geht." Vorsichtig setzte er hinzu: „So richtig dämlich kann man das nicht nennen, ich denke, es ist mehr, weil du so etwas bist wie ein", er zögerte, „wie ein Apostel. Siehst du, die richtigen Apostel sind tot und deswegen heilig, du bist nicht tot, und heilig bist du auch nicht, weil du in der Partei bist, und dann ist das eben so." Mrosak hätte sich am liebsten die Zunge abgebissen, wenn das hinterher noch etwas nützte. Dem Felix das Stichwort zu geben!

Er klopfte und stopfte das Kissen auf der Sofalehne zurecht. „Wenn du jetzt hinüber gingest zu Wenzel-Peter und den überzeugtest, könnte ich mich ein wenig von innen begucken." Man muß dem Bock die Hörner absägen, bevor er einen umrammelt.

Felix machte keine Anstalten, der freundlichen Aufforderung Folge zu leisten. Johann Mrosak knurrte: „Dann muß ich eben hinaufgehen. Weißt du, ich mache das gar nicht gern, Sonntag nachmittag im Bett zu liegen!"

„Bleib", sagte Felix, „ich gehe schon." Auf der Schwelle drehte er sich um. „Mir fällt da etwas ein."

„Leute, denen dauernd etwas einfällt", erklärte Mrosak, „sind für Leute, die ihre Ruhe haben wollen, sozusagen ein Hühnerauge auf dem Hintern."

Felix fragte: „Wettest du mit mir, Johann?"

Johann Mrosak wettete auf das Kalb im Bauch der Kuh, auf die Jungfernschaft jeder Braut. Einmal hatte er sogar den alten skatliebenden Pfarrer Wenzel verwettet. Einen Kasten Bier gegen den Schmied des Kirchdorfes, daß es ihm gelingen werde, im Beichtstuhl mit dem Pfarrer über Skat zu reden und ihn dabei in Rage zu bringen. Er beichtete ein rundes Männerregister und stellte am Ende eine Sünde dem Ermessen des Herrn Pfarrers anheim: Er habe jemanden verflucht. Wen? – Den Schmied. – Soso. Im Jähzorn? – Nein, bei vollem Verstand. – Warum? – Der Schmied hat einen besch– sehr betrogen. – Der Schmied? Ein ehrlicher Mann? – Ja, aber trotzdem. – Wen? Einen Armen? – Nein, einen Priester. – Erzähle, mein Sohn! – Er spielte mit ihm Karten, er hat alle Buben gezinkt, durch Nadelstiche ganz oben rechts. – Das glaube ich nicht. – Doch, und der Priester hält seine Karten immer so hoch, da sind die Stiche zu sehen. – Ja, das stimmt. – Darum habe ich „Lump, verfluchter!" zum Schmied gesagt. – Recht, ich meine, das ist ein berechtigter Zorn.

So war es gewesen, aber Johann Mrosak hatte sich dabei nicht wohl in seiner Haut gefühlt, denn weiß man denn, wie weit himmlische Mächte Spaß verstehen? Zur Vorsicht beichtete er seinen Spaß in verschlüsselter Form gleich mit und erhielt Absolution.

Der alte Pfarrer Wenzel war zum nächsten Skatabend mit ernstem Gesicht erschienen und hatte jeden Buben genau auf Nadelstiche untersucht.

„Die Karte ist noch ungespielt", hatte der Schmied gesagt.

Dann hatten sie gespielt, der Pfarrer gewann sechs Mark und siebenundzwanzig Pfennige und faßte den festen Vorsatz, vor jedem Spielbeginn die Buben zu kontrollieren. Der Schmied hatte seinen Kasten Bier bezahlt, und der Pfarrer, dem sie, als er nach dem Grund der Wette fragte, einen Bären aufbanden, durfte mittrinken. –

„Worum willst du wetten?" fragte Mrosak.

„Daß du noch in die Genossenschaft eintrittst", sagte Felix. „Um einen Kasten Bier."

Johann Mrosak winkte enttäuscht ab. „Auf die eigene Dummheit setze ich keinen Groschen." Er streckte sich auf dem Sofa aus. „Auf die Witwe Nakonz halte ich ein Faß!"

„Gut", sagte Felix, „ein Faß auf die Witwe Nakonz. Du zahlst!"

„Zahle ich – wenn sie in deinen Sozialismus eintritt!" Johann Mrosak lachte, langte nach der Zeitung und legte sie sich aufs Gesicht. Die Fliegen am Sonntag nach dem Mittagessen sind eine noch größere Plage als der Felix mit seiner Genossenschaft. –

Felix Hanusch nahm Mrosaks Lachen mit auf die Straße. Ein Faß Bier gegen die Witwe Nakonz. Ich habe einmal ein Stück geschrieben, darin drückte ich der Frau eine Fahne in die Hand. Die wirkliche Nakonz setzte mir damals eine Narrenkappe auf. Johann Mrosak machte darauf ein Lied. Jetzt hält er ein Faß Bier gegen meine Narrenkappe.

Der Postmann ging vorbei, krächzend und hüstelnd. Manche Leute denken, seine Lügen hätten ihm das Maul zuwachsen lassen. Der hätte noch hunderttausend Lügen ausgespuckt, wenn er gewußt hätte, wohin, und hätte sich nicht die Zunge verrenkt dabei.

Die Schule am Dorfende blickte müde aus ihren einunddreißig Fenstern. Zwölf Dutzend Kinder sechs Tage lang – die Schule ist heilfroh, wenn Sonntag ist. Wir damals hatten fünf Fenster insgesamt. Ich saß in der ersten Bank, ich war der kleinste. Unser Schicksal war vorausbestimmt: vier Jahre zwei Fenster, vier Jahre drei Fenster, dann die Knechtskammer. Nur ein Zufall konnte das ändern. Nicht einmal ein Zufall kann heute einen aus den zwölf Dutzend hinter den einunddreißig Fenstern herausreißen und ihn zum Knecht machen.

Felix schlenderte den Apfelweg zum Hentschelteich hinaus. Rechts und links die Felder warteten auf den Winter. Graugrüne Raine dazwischen. Die Raine sind aus Pflöcken gewachsen, die der Akkordtöter in den gräflichen Acker hieb. Die Witwe Nakonz hielt die Pflöcke, damit er sie fest und gerade in den Boden treiben konnte. Jeder Pflock war ein Nagel zum Sarg ihrer Betteljahre.

Bremsklotz, Hemmschuh – Rumbo hat viele solche Namen für die Raine, die aus jenen Pflöcken gewachsen sind. In dem Harzstädtchen der Gärtner, in dessen Gewächshaus ich sonntags manchmal saß, wenn mir der Buckel weh tat vom Schleppen der Erbssäcke des alten Samen-Frede – der Gärtner hatte ein Zigarrenkistchen voll mit Namen für neue Apfelsorten. Das Namenerfinden war leicht, das Züchten einer neuen Sorte schwierig und langwierig. Ich habe nie gehört, daß der Gärtner sein Kistchen voll Namen auf einer Gartenbauausstellung ausgestellt und eine Medaille dafür erhalten hätte.

An den Drei Schiefen Bäumen senkte sich der Weg, die

Äcker lagen ohne Raine. Die Raine habe ich umgepflügt, der Vater führte den Gaul, es war der alte ungeschlachte Gaul Peters. Peter ist wieder der Klarinettenmann, keine Braut weit und breit, der er nicht ins Brautbett spielte. Eine Klarinette und zwei Söhne – keine positive Kraft, sagt Rumbo. Ein Griff in die Zigarrenkiste – ein Name angehängt.

An dem uralten Steinkreuz teilte sich der Weg, hinter dem Stein kroch der Hang flach aus Batschons alter Sandgrube hinauf.

Das graue Auge des Hentschelteiches schlief, vom blassen Röhricht umwimpert. Der Wald dahinter hielt den Atem an. Tief in dem Wald habe ich meine erste Geschichte erfunden, ich war zehn, und über dem Land hing die große Dürre. Mein gewaltiger Held Borbaß erschien und sagte: „Ich werde euch helfen." Ich wußte aber nicht, wie Borbaß helfen könnte. Vielleicht konnte ich mir schon damals nicht einen Helden vorstellen, der das Paradies in der Hosentasche mit sich herumträgt. Ich hatte Vater helfen müssen, einen winzigen Graben vom Hentschelteich auf unsere Wiese zu ziehen. Und die Wiese begann wieder zu grünen.

Rumbo glaubt im Innersten an den Helden mit dem Paradies in der Hosentasche. Wenn es den wirklich gäbe – wer wollte sein geschenktes Paradies überhaupt? Und müßte er darum nicht einsam bleiben und schließlich die verachten, die das Wasser auf die Wiese leiten?

Ich glaube nicht an den großen einsamen Helden, nicht an das Paradies in der Hosentasche. Ich glaube an die Menschen, die einen Pflock in den Acker der Betteljahre treiben. Ich glaube an die, die sich zusammentun und den Graben ziehen, der die Wiese grünen macht. Felix Hanusch wandte sich um und kehrte ins Dorf zurück. Er pfiff eines jener kleinen Lieder, die die Witwe Nakonz in der Spinnstube gelernt hatte und die die Kinder ihrer Nichte im Kindergarten lernten.

Der rotborstige Michel Domsch trat niemals – etwa in einer Versammlung oder in einer Sitzung des Gemeinderats – mit den Worten auf: „Ich als Hygiene-Obrigkeit des

Dorfes ...", doch die Dorfhygiene war bei ihm in ausgezeichneten Händen. Aber er war auch ein Siebenkantschädel und kümmerte sich aus Trotz gerade dann nicht um seine Aufgabe, wenn eine Kampagne angeordnet war. Er pflegte zu sagen, daß derjenige, der am Sonnabend laut nach Wasser schreie, sicher die Woche über wenig vom Waschen halte.

Eben rollte keine Hygienewelle durchs Land, und Michel Domsch benutzte den ruhigen Sonntagnachmittag, um einen Kontrollgang durch das Dorf zu machen. Dazu gehörte auch, daß er sich von der Ordnung im Spritzenhausanbau überzeugte.

Gerade, als er die Tür aufschloß, schnüffelte der eierköpfige Postmann heran.

„Du bist eine gute Obrigkeit, mein lieber Michel", sagte er sanft, „wenn wir dich nicht hätten, hätten wir vielleicht die Cholera."

Er meckerte fröhlich.

Michel Domsch murrte, als er feststellte, daß einige Dekken nicht so akkurat auf ihrem Stapel lagen, wie er sie hingelegt hatte. Wahrscheinlich hatte irgendein Feuerwehrmann in seiner Schußlichkeit bei der letzten Übung den Stapel umgestoßen.

„Keine Ordnung im Kopf, die jungen Burschen", sagte der Postmann und bückte sich hastig hinter dem Rücken des Michel Domsch nach einem grau eingeschlagenen Büchlein, das unter dem Eisenbett lag. Das Büchlein hatte genau die Maße eines Personalausweises.

Etwas springt immer heraus, wenn man einen Ausweis findet, dachte der Postmann, schob seinen Fund in die Tasche und ließ den Michel Domsch mit seiner Hygiene allein. Auf der Straße zog er den Ausweis hervor und warf einen Blick hinein. Wie erstarrt blieb er stehen. Dann pfiff er durch die Zähne und setzte seine lügenkrummen Beine in Trab. Er hechelte wie ein Jagdhund auf der Fährte, aber seine Gedanken rannten noch schneller als seine Beine. Als er am Haus der Witwe Nakonz anlangte, brauchte er nicht mehr zu überlegen. Er schlich durch den Garten und klopfte leise an ein Fenster. Nichts rührte sich. Er klopfte zum zweitenmal, ein Verschwörerklopfzeichen jetzt.

Der weiße Leinenvorhang schob sich auf die Seite, die Witwe Nakonz blickte durch die Scheiben. Für einen Augenblick fürchtete der Postmann, ihn rühre der Schlag, so wild fuhr ihn der Triumph an. Doch dann faßte er sich, legte den Zeigefinger auf die Lippen und bedeutete der Witwe Nakonz, er käme hinein.

Ungesehen gelangte er ins Haus und schlüpfte in die Kammer. Die Witwe Nakonz sah ihm argwöhnisch entgegen.

„Hier ist dein Ausweis", flüsterte der Postmann.

„Woher hast du ihn?"

„Na, von wem schon?"

„Vom Felix?" brachte die Witwe Nakonz stockend hervor.

Der Postmann grinste. „Ja, und schönen Gruß!" Er wußte, was er wissen wollte, und verschwand ohne ein weiteres Wort. Noch vor seiner ersten Station wurde ihm klar, daß er den Felix – des größeren Effektes willen – herauslassen mußte.

Das Gelächter brach an vielen Stellen fast gleichzeitig aus, im Mühlenwinkel und in den neuen Häusern am Weg hinter den Tennen, unten am Batschon-Hof und oben beim Klarinettenmann. Es schlich sich vor die Theke der Wirtin Hilde und sprang in die Gaststube des Bruchwirtes, es gewann an Buntheit und Ausmaß, und als es an den Wierbitzer Skattischen dröhnte, war es groß wie ein Riesenluftballon und schillernd wie eine Seifenblase.

Johann Mrosak lachte über die zungenschnelle Witwe Nakonz und den sturschädligen Rumbo, er sang seinen Vers, ein freches Maul und kein König, das war ein Spaß und nicht mehr als ein Spaß.

Aber schon als die Geschichte am anderen Dorfende aus Wierbitz hinausrannte, war die Rede von einer Frau aus dem Volk und von der Obrigkeit, es war noch ein Spaß, aber einer mit Augenzwinkern und hackendem Spott.

Im nächsten Ort war es ein Auto voll Obrigkeit, und ein Dorf, das zusammenhielt wie Pech und Schwefel und die mutige Frau aus dem Volk versteckte von Haus zu Haus.

Hier war der Spaß auf der Strecke geblieben, ein Flüstergerücht mit hämischer Zunge und gespitzten Eselsohren war aus stinkigem Ei gekrochen. Es hatte Flügel und flog. Morgen wird es auf einer Radiowelle schnattern: Das Volk revoltiert gegen die Macht.

Als es dämmerte, erschien der Akkordtöter in Uschkas Küche.

„Felix da?“ fragte er leise.

„Im Stall“, antwortete Uschka. „Komm herein.“ Sie bereitete das Abendbrot.

Der Akkordtöter setzte sich auf den Hocker vor dem Herd. Er berichtete, worüber schon das ganze Dorf lachte. Er schmunzelte, aber er war gekommen, weil er besorgt war. „Ich habe es mir hin und her überlegt“, sagte er. „Am besten, du sprichst mit ihm. Wenn er nämlich nicht unschuldig ist daran.“

Uschka erschrak, sie wußte sofort, daß Felix nicht unschuldig daran war. Der Akkordtöter beruhigte sie, so schlimm sei es nun auch wieder nicht. „Rede mit ihm, es ist auch deine Sache“, sagte er, während er aufstand. „Ich muß heute wohl eine Flasche mit meinem Sohn trinken.“

Nach seinem Weggang blieb Uschka eine geraume Zeit still vor dem Küchentisch sitzen. Sie mußte lachen, und sie hatte Angst. Sie war stolz auf Felix, weil er so ein Stückchen gespielt hatte, und sie war böse auf ihn, weil er gehandelt hatte, als wäre er nur für sich selbst verantwortlich. Je länger sie darüber nachdachte, um so mehr hielt sie die Sache zum Lachen. Wenn aber jetzt keine strenge Regie eingriffe, schlüge die Komödie doch noch ins Tragische um.

Wozu wären zehn Bühnenjahre gut, lernte man nicht auch die Regie der kleinen und der großen Szene für sich?

Die Lampe in der Eßecke umfaßt gelblich-mild die Szenerie: das längliche Viereck des Tisches, die Bodenvase mit dem Herbstlaub, die warme Kachelfront des Ofens. Die Lampe nimmt dem bauernbunten Steingutgeschirr seine steife Derbheit und tupft ihm schimmernde Porzellaneffekte auf, sie macht das Brot, das aufzuschneiden Felix' Sache ist, dunkler und kräftiger, und – als ein Maskenbildner besonderer Art – die Gesichter wirklicher. Das eckige Jungengesicht des Mathi mit der hohen gebogten Stirn des Vaters ist nun klug und fröhlich; zärtlich und träumerisch das Mädchen Mirka; die harte Kerbe über der Nasenwurzel des Mannes wird zu einer kleinen, fast lustigen Falte; die feinen Linien im Gesicht der Frau sind schattenlos.

Der Junge erzählt von dem gestrigen Abenteuer des herbstlichen Schilfwaldes hinter dem Hentschelteich, Entdeckung der Welt. Mitten in den Kolumbusbericht ihres Bruders hinein beginnt Mirka, das sanfte Mädchen, mit feiner, dünner Stimme ihr neuestes Kindergartenlied zu singen. Mathi verstummt erstaunt. Uschka lächelt ihm kameradschaftlich zu und legt für einen Augenblick ihre Hand auf den Arm des Mädchens.

Die geheime Regie hat Gesetze und Grundsätze gelöscht, die Kinder dürfen plappern und plaudern, sich den Tag von der Seele reden, zwischen zwei Bissen Butterbrot ein Lied singen, ein Verslein aufsagen. Der Tag versinkt, er war schön und gut, die Müdigkeit kommt, sanfte, warme Traumkappe.

Uschka schiebt das Geschirr zusammen. „Noch fünf Minuten", sagt sie.

Fünf Minuten sind die Schmusestunde für das Mädchen Mirka. Sie kletterte ihrem Vater auf den Schoß, legt die Ärmchen um seinen Hals und singt ganz leise, nur für ihn, noch einmal ihr kleines Lied vom Sommer, der vergangen ist.

Mathi hilft den Tisch abräumen. Er bekommt ein kleines Lob, wangenfärbendes Glück.

Die Kinder waren zu Bett. Uschka setzte sich zu Felix in die Sesselecke und bat um eine Zigarette. Er reichte ihr Feuer.

„Danke", murmelte sie. „Ich möchte gern auch etwas trinken." Sie machte sich nicht allzuviel aus Wein; seitdem sie durch Zufall den bulgarischen Mastika, einen sehr scharfen Anislikör, gekostet hatte, galt er ihr als Inbegriff alkoholischer Genüsse. Zum Hochzeitstag hatte Felix mit viel Glück eine Flasche davon erstanden.

Er holte den Mastika – und einen Rotwein für sich. Uschka erzählte vom Theater. Der Silberweiße findet sich immer weniger im Welttheater zurecht und regiert immer päpstlicher in seinem Theater. Das Publikum murrt in der

Zeitung, die Schauspieler auf den Proben. Ich habe aus Bauerntrampeln Leute gemacht, sagte der Silberweiße, und jetzt stecken sie den Künstler heraus.

Felix glaubte zu wissen, welche Frage Uschka schließlich an ihn stellen würde, und doch unterlag er der Empfindung, das hier – sein Zimmer, seine Frau, nebenan die Kinder, seine Bücher, die Wärme des Ofens, das sanfte Licht der Stehlampe – sei die wahre Wirklichkeit, die ganze Wahrheit.

„Solange ich eine Magd war, die sich auf die Bühne gewagt hatte, klopfte er mir auf die Schulter. Jetzt kann ich mehr als er, und er versucht mir die Füße zu binden. Ich laß mich nicht fesseln."

„Eines Tages wird er sich noch mehr ärgern als sonst, wird sich in die Bahn setzen, wird in die U-Bahn umsteigen und weiterleben", meinte Felix. „Er tauscht ein Geld gegen ein anderes um, einen Ärger gegen einen anderen Ärger, die Luft ist die gleiche, Arterien verkalken hier und dort, man lebt, man stirbt, hier und dort."

„Du nicht."

Warum nicht ich? Wenn man mich hinschickte, vielleicht auf eines ihrer großartigen Versuchsgüter im Hessischen, für ein Jahr, für zwei Jahre, ich würde dort leben, die Produkte ihrer Industrie bewundern, staunen, wie reich sie wieder geworden sind in zehn Jahren. Um vieles würde ich sie beneiden: um die Alpen, den Bodensee, den Mercedes-SL 220. Und zählen würde ich die Tage – wie im Gefängnis –, krank vor Heimweh wäre ich. Dann ist die Zeit überstanden, ich fahre nach Hause. Heim! Da kommt mein Vater, vier Fünftel seiner Lunge sind versteint, die Jahre drücken ihn in die Erde, und er lacht. Das Lachen haben *wir* ihn gelehrt. Wer hat mehr geschafft: sie, die die Reichsten Europas geworden sind, oder ich, der ich meinen Vater lachen gelehrt habe?

„Das seltsame ist", sagte Felix, „ich hätte noch vor zehn Jahren jeden ausgelacht, der mir hätte einreden wollen, ich würde irgend einmal irgendein Deutschland für mein Vaterland halten. Gestern abend, als ich allein auf der Versammlung saß und wartete, ist mir eingefallen, daß unsere Republik so etwas Ähnliches für Deutschland ist wie das

Wasser in der Sandkuhle des Paul Wenk für den ganzen Bruchhang. Und dann", er lächelte Uschka zu, „bilde ich mir einen Stiefel ein auf uns."

Uschka drückte ihre Zigarette aus. „Hast du deswegen die Witwe Nakonz ins Spritzenhaus gesperrt?" fragte sie.

„Ja", sagte er, und dann erst fuhr er herum: „Woher weißt du?"

„Alle wissen es." Sie glaubte, er müßte das rasche Klopfen ihres Herzens hören. „Und alle lachen", fügte sie hinzu.

Er sah sie an mit einem sonderbaren Ausdruck, ein gespanntes naives Erstaunen und fast demütige Bitte um Verzeihung.

„Warum hat du nicht sofort ...", fragte sie beklommen. Sie wußte nicht einmal, was er hätte sofort tun müssen. Sie sah, wie sein Gesicht gleichsam zerfiel und wie es sich gleich darauf neu festigte in einer fast hochmütigen Starrheit.

Er schwieg. Plötzlich zerbarst die Starre. Er zitterte vor Erregung, sein Gesicht war weiß, während er sprach, die Stimme war leise und wild:

„Zehn Jahre hocke ich hier, in unserem Dorf, Nest, Kaff! Ein Flohschiß gegen einen Sekretärssessel in der Stadt! Ich habe die Straße gebaut, ein Stein saß schief in seinem Bett – sie sahen den schiefen Stein und schrieben ihn mir ins Buch, rot unterstrichen und mit Ausrufungszeichen. Denn sie wissen ja, wie man eine Straße baut, sie haben Bücher darüber gelesen. Wer wird schon lernen wollen von einem Straßenbauarbeiter, wenn er die Aufsicht hat über den Bau der Straße! Ich habe nicht gegackert wie ein Huhn. Ich habe gearbeitet, und ich dachte, es sei genug. Ein Dummkopf bin ich, ein lächerlicher Heilsarmeetrompeter! Es kotzt mich an!"

Er nahm, ohne zu fragen, die Mastikaflasche und goß sich sein Rotweinglas voll, er trank, als tränke er Wasser.

„Ich will mich nicht rühmen, daß ich bescheiden wäre. Ich war gar nicht bescheiden, als ich auf dem Dorf blieb. Im Gegenteil, ich schätze meinen Kopf als klug und intelligent ein, gut zum Denken. Ich dachte, auch auf dem Dorf muß gedacht werden. Irrtum! Oder kein Irrtum – je nachdem! Wenn du dich ernst nimmst, die Menschen um dich herum ernst nimmst, mußt du klüger und gründlicher denken als sonstwo! Und stolperst am Tag zehnmal über deine eigenen Gedanken – und mußt achtmal zurück. Ist mein Denken falsch? Oder ist es falsch, daß ich denke?"

Er schwieg, wie um Luft zu schöpfen. Ruhiger fuhr er fort: „Ich habe mich einmal entschieden, damals an der Furt. Ich habe es dir erzählt. Mein Leben hing dran. Ich wußte, daß ich sterben würde, aber daran hing mein Leben. Verstehst du das?"

Uschka nickte, und weil sie es verstand, wuchs ihre Furcht um ihn.

„Niemand kann das rückgängig machen. Niemand. Ich auch nicht." Er drückte die Zigarette, die fast zur Hälfte glühte, im Aschenbecher aus. „Und deswegen habe ich die Witwe Nakonz ins Spritzenhaus gebracht. Was nützte mir alles Denken, wenn ich Angst hätte, zu entscheiden!"

Uschka sah ihn voll schwerer Sorge an. Seine Stirn wulstete sich im Starrsinn, die Falte über der Nasenwurzel war tief und hart. So muß sein Vater ausgesehen haben, als er den Grafenteich zuschaufelte. Sie sind friedlich, die Hanusche, sie neigen eher zu einem Ausgleich, als daß sie Streit suchen. Und dann auf einmal – der Vater Hanusch hätte sich eher totschlagen lassen, als von seinem Recht abzulassen. Uschka erinnerte sich an eine Geschichte über Felix' Großvater. Es war um sein verbrieftes Recht gegangen, den Hang an der gräflichen Lugwiese zu mähen. Der damalige Graf, er hatte eben den Krieg gegen den dritten Napoleon gewinnen helfen, ließ den Hang absengen. Der Großvater Hanusch mähte sich deswegen, ohne zu fragen, auf der Lugwiese sein Teil. Der Graf kam hinzu, mit Schrotflinte und Hunden. Er legte an, in den Rücken des Mähenden. Der stellte sich hin, wetzte die Sense, sagte: „Für mein *Gras* oder für Euren *Bauch*, wie Ihr wollt", und mähte weiter.

Und Mathi, wird er auch so sein? Uschka wünschte es nicht. Oder wünschte sie es doch?

„Es war keine Zeit, lange zu fragen", sagte Felix, fast wie für sich. „Und hätte ich gefragt, dich, den Akkordtöter, Vater – wäre das Notwendige, *vielleicht* Richtige zur Verschwörung geworden. Ich mußte allein entscheiden."

Plötzlich begriff Uschka den Starrsinn dieser Friedfertigen: Sie finden sich ungewarnt auf einmal mit dem Rücken an die Wand gedrängt und können unbeschadet nicht anders zurück als auf allen vieren – wie ein Hund. Sie kriechen aber nicht, sie brächen sich das Rückgrat – was für ein Unterschied im Ergebnis?

„Das wäre ein Stück für euch", sagte Felix, „da hättet ihr endlich mal was auf der Bühne, wo das Publikum mitspielte wie beim Kasperle! Jeder Regisseur kriegt einen Herzinfarkt, wenn er das Stück inszenieren will: Er hat", er zählte an den Fingern auf, „einen Ankläger, einen Angeklagten, einen Verteidiger, einen Richter – vier Rollen und zwei Schauspieler, die Witwe Nakonz und mich. Vorhang auf, die Frau sitzt auf der Anklagebank, ich trage die Robe des Staatsanwalts. Ich klage an: Die Witwe Nakonz hat den Staat angegriffen. Die Witwe Nakonz antwortet mit einem Satz, der reicht für zehn Tage Haft wegen Beleidigung des Staatsanwalts. Jetzt ist der Verteidiger dran – wer soll den spielen?"

„Du natürlich", sagte Uschka.

„Gut, ich also. Ich sage: Die Witwe Nakonz hat den Staat gebaut. Ich beweise das. Und klage den Staatsanwalt an – wessen?"

„Des Amtsmißbrauchs!"

„Nein." Felix stand auf. „Schärfer! Ich klage ihn an, daß er den Staat schädigt, indem er ihn auf diese Weise schützen will. – Und jetzt brauchen wir einen neuen Verteidiger, für den Staatsanwalt!"

Uschka wechselte ihren Platz, sie setzte sich an den Tisch. „Die Witwe Nakonz muß seinen Verteidiger spielen!"

„Ja", sagte er, „wer denn sonst? Und spätestens hier wird der Regisseur verrückt. ‚Wo gibt's denn so was', schreit er, ‚daß eine Bühne sich dreht wie eine Weibermühle?'"

„Weibermühle?"

Felix ließ den Arm kreisen. „Oben – unten, unten – oben", demonstrierte er.

„Und der Richter?" fragte Uschka. „Was ist mit dem Richter?"

Er setzte sich ihr gegenüber, legte die Hände geöffnet auf den Tisch. „Der Richter muß trotzdem seinen Spruch fällen", sagte er.

„Wonach? Mein Gott, Felix – wonach denn?" Sie hatte gehofft, das Spiel befreie ihn von seiner Unbedingtheit. Darum hatte sie mitgespielt. „Hier gibt es keine Gesetzbücher, keine Paragraphen mehr, die Bühne dreht sich wie ein Riesenrad."

„Genauso!" sagte er. „Es nützt dem Richter nichts, seine Verantwortung hinauf zu werfen, sie fällt auf seinen eigenen Tisch, gleich ist er ja wieder oben."

Uschka starrte ihn beklommen an, sie beugte sich hinüber zu ihm und legte ihre Hände in seine, sie fühlten sich kalt an. „Und wenn er nun falsch entscheidet?"

„Muß er aus dem Spiel."

Die Antwort kam sofort, Felix wußte sie seit Tagen; er hatte sie schon geahnt, als er die Witwe Nakonz ins Spritzenhaus einschloß.

„Und wenn er nicht entscheidet?" fragte sie leise.

„Geht er in die Garderobe, schminkt sich ab und verläßt das Theater."

„Ja", sagte Uschka. Das Stück läuft unaufhaltsam seinem tragischen Ausgang zu.

Er schloß seine Hände um die ihren, sanft und fest.

„Mal dir nichts aus, Uschka", sagte er. „Hier wird kein Schauerdrama aufgeführt. Es geht nicht um Leben und Tod. Jedenfalls nicht so absolut ..."

Sie erhob sich und stellte sich an den Ofen, mit dem Rücken zum Zimmer, sie lehnte die eine Schläfe an die Kacheln, die Hände schmiegten sich rechts und links an die glatten, warmen Kanten. Sie sah ihn im Spiegel der Kacheln hinter sich sitzen, er blickte sie an.

Sie sprach zu dem Spiegelbild: „Wir haben uns in den zehn Jahren niemals gezankt. Auch damals nicht, als", sie zögerte, „als du so – so fremd wurdest zu mir. Damals, nach deinem Stück. Ich habe niemals verstanden, warum das so war, aber ich habe immer gewußt, daß du mich trotzdem liebst. Aber, weißt du, wonach ich mich immer gesehnt habe? Vielleicht erinnerst du dich gar nicht mehr daran: Ich kam aus der Stadt, und du wartest auf mich an der Salzstraße, bei den alten Lärchen."

„Ich weiß jede Stunde von Anfang an", sagte er.

„Damals", fuhr sie fort, ohne ihre Stellung zu ändern, „hast du auch den Kopf voll von deiner Arbeit gehabt. Aber da war ich mit drin. Damals hättest du das gar nicht trennen können, das, was du alles tun wolltest, und daß du mich liebst. Jetzt denkst du, ich komme ohne dich aus. Freilich komme ich ohne dich aus. Ich will es aber nicht. Und ich will nicht, daß du ohne mich auskommst."

Sie wandte sich um und sagte ruhig: „Warum sollen wir nicht noch ein Kind haben? Aber dafür muß es mit uns beiden wieder so sein, wie es damals war. – Ich ahne bloß, wie tief du dich hineingeritten hast. Und ich fürchte, es langt dir noch nicht. Du bist aber nicht mehr allein für *dich* verantwortlich, du hast Frau und Kinder. Treib es nicht auf Biegen oder Brechen!"

Felix sah sie an und lächelte wieder. „Wenn ich so wäre – möchtest du dann noch ein Kind von mir?"

Sie spürte, wie ihr Röte ins Gesicht stieg. Sekundenlang versuchte sie seinem Lächeln standzuhalten, dann sprang es hinüber in ihre Augen, erfaßte den Mund, die Stirn, sie ließ die Schultern fallen und seufzte: „Ich habe schon das richtige Gefühl gehabt, als ich dich nicht heiraten wollte. Einen Sack voll Sorgen habe ich mir angeheiratet."

„Ja", sagte er, stand auf und umfaßte sie. „Was soll's denn sein: ein Junge oder ein Mädchen?"

Hauptsache, klüger als wir, dachte Uschka und sagte: „Kümmere du dich nicht um unsere ungeborenen Kinder! Kümmere dich um dein Stück auf der verrückten Drehbühne!"

Er gab ihr einen Kuß, führte sie zu ihrem Sessel, goß ihr Mastika und sich Rotwein ein, tat aufgeräumt und heiter und erzählte ihr die Geschichte, wie die Philosophie den Steinbruch überfallen hatte.

Uschka fühlte sich nicht imstande, heitere Geschichten zu hören. „Fahr gleich morgen zu Ernst", bat sie.

„Und wenn ich den Ernst nun nicht kennte?"

„Du kennst ihn aber!"

„Ich fahr ja auch hin", sagte er.

Uschka las ihm seine zwiespältigen Gefühle vom Gesicht ab. Am liebsten würde sie mitfahren. Männer – besonders solche wie der ihre – haben einen gefährlichen Hang, die einfachsten Dinge so lange zu kneten und hin- und herzurollen, bis daraus eine kleine Weltkugel wird.

Wenn es Felix gelingt, Ernst in seine tragisch-komische Unbedingtheit hineinzureißen, oder wenn sich Ernst überhaupt nicht sprechen läßt, dachte sie, wer rettet ihn dann noch vor sich selbst?

Ihre Sorge wuchs, als Felix für einen Augenblick seine heitere Rolle vergaß. Sie erkannte, daß sein ganzes Wesen von einer tiefen, unbedingten Trauer ausgefüllt war.

7

Das Haus der Bezirksleitung sah mit hundert Fenstern hinunter auf den Strom. Hundert Fenster blickten hinüber auf die zugemauerte Ruine der Staatsoper. Die Hofkirche dahinter war zum größten Teil wiederaufgebaut.

Felix meldete sich, es wurde telefoniert, er bekam ein Zellophankärtchen, eine Zimmernummer wurde ihm genannt. Er stieg die Treppe hinauf. Es waren nicht die Treppen, die sein Herz härter schlagen ließen. Treppen, Korridore, Türen, Stein und Holz, sauber, kühl, fremd. Tür an Tür, Schilder an den Türen, Nummern und Bezeichnungen. Schreibmaschinen ratterten gedämpft, Telefone riefen, Akten wanderten durch die Gänge. Felix klopfte, trat ein. Die Sekretärin wies ihn durch eine zweite Tür.

Die Nummer war die richtige. Aber hinter dem Schreibtisch saß nicht Ernst Roßmann. Der hinter dem Schreibtisch war nicht mager, seine Wangen hatten kaum Platz auf dem Gesicht. Die Augen waren wach und jung. Er schluckte eine Pille und trank aus einem Wasserglas nach. Er blickte Felix an und stutzte für einen Moment. Felix kannte den Mann hinter dem Schreibtisch, Erich Förster, vor Jahren Sekretär in seiner Kreisleitung. Er freute sich nicht, ihn hier zu finden. Wenn er achtzig Jahre alt wird, er wird immer noch die ausgestreckte Hand dieses Genossen sehen, die auf ihn wies und ihn „einen Beschmutzer des Kampfes der Partei“ nannte. Jetzt war er also Abteilungsleiter in der Bezirksleitung.

„Diesmal sind's keine Transparente“, sagte Förster.

Felix starrte ihn an. Sollte wohl ein Witz sein. Witze waren das letzte, was er im Augenblick gebrauchen konnte.

„Schlimmer", knurrte er.

Der Abteilungsleiter nickte, sah ihn von unten her an, betrachtete ihn in aller Ruhe, machte sich ein Bild, sozusagen. „Setz dich." Er deutete auf die beiden Sessel, die an einem runden, niedrigen Tischchen zwischen Schrank und Schreibtisch an der Wand standen. „Es dauert noch eine Weile."

Felix setzte sich. Der Abteilungsleiter hat kein Fett auf den Augen, er sieht, Felix erwartet nicht, daß jemand mit ihm Kirschen essen will. Er kam hinter seinem Schreibtisch hervor, setzte sich in den zweiten Sessel neben dem Tischchen, legte eine Schachtel Zigaretten auf den Tisch, rauchte. Felix nahm die gleiche Sorte aus der eigenen Packung.

„Deine schmecken besser?" Förster konnte sich die Frage nicht verkneifen.

„Ja", antwortete Felix feindselig.

„Hast mich in keinem guten Andenken, was?" Er blinzelte.

„Nein", antwortete Felix ruhig.

„Na ja ...!" Förster stand auf, zog die rutschenden Hosen hoch, ging auf und ab, setzte sich auf die Schreibtischecke und sagte: „Wir haben dich zu lange auf deinem Dorf gelassen."

Dazu schwieg Felix.

Das Telefon klingelte. Der Abteilungsleiter sagte in die Muschel: „Ist gut", und legte auf. „Der Genosse Roßmann hat keine Zeit."

„Hat keine Zeit ..."

Felix starrte ihn an.

Förster setzte sich hinter den Schreibtisch und nahm einen dünnen graublauen Hefter aus dem Schub. „Wir müssen den Fall allein klären." Er schlug den Hefter auf, las, mit gerunzelter Stirn, einige Zeilen, hob den Kopf und nickte Felix zu. „Fangen wir an! Ich habe da zunächst ein paar Fragen."

Felix hörte nicht auf ihn. Ernst hat also keine Zeit. Ich

bin ein „Fall“, den er dem zuständigen Abteilungsleiter zur Erledigung überläßt.

„Nein!“ sagte Felix. „Ich stehe gerade für das, was ich gemacht habe. Aber ich will mit dem Genossen Roßmann sprechen. Wo sitzt er?“

Förster blickte erstaunt auf. „Drei Türen weiter“, sagte er. „Aber er *hat* keine Zeit.“

„Eine Minute“, Felix stand auf, „eine Minute wird er wohl haben. Dann stehe ich zur Verfügung.“

Förster wurde – wegen des letzten Satzes – rot auf der Stirn. „Was willst du von ihm? Erwartest du, daß er dir freundschaftlich auf die Schulter klopft, weil du so eine feine Sache eingerührt hast? Wenn du dafür geradestehen willst, dann steh gefälligst auch ohne ihn dafür gerade! Er hat Wichtigeres zu tun.“

„Kann ich hinübergehen?“ wiederholte Felix starrsinnig.

„Du hast doch den Genossen Roßmann nicht gebraucht, als du die Gesetzlichkeit unseres Staates durch deine eigene Gesetzlichkeit ersetzt hast!“ Förster beugte sich weit vor. „Er hat eine Schwäche für euch, aber du tust ihm verdammt unrecht, wenn du hoffst, er möchte …“

Felix unterbrach ihn. „Ich habe nicht die Absicht, vor ihm auf den Knien zu liegen!“

Der Abteilungsleiter gewann seine Ruhe wieder. Er stand auf, zog die rutschenden Hosen hoch und kam hinter dem Schreibtisch hervor. „Und was willst du von ihm?“

Felix fiel ein, daß Uschka ihn beschworen hatte, vernünftig zu sein. Er schluckte hinunter, was er hatte herausschreien wollen – Ernst solle nicht feig sein –, und sagte: „Du hast mich einmal einen Beschmutzer des Kampfes der Partei genannt. Heute möchte ich, daß *er* mir sagt, daß ich …“ Er stockte.

„Daß du was?“

Sehr leise: „Daß ich …“, wie ein Schrei: „daran schuld bin!“

Der Abteilungsleiter sah ihn einige Augenblicke lang aufmerksam an. Dann wandte er sich um, nahm den graublauen Hefter vom Tisch und verließ den Raum.

Als er bei Ernst Roßmann eintrat, schnarrte auf dessen Schreibtisch ein Telefon. Ernst nahm den Hörer ab, nickte seinem Mitarbeiter zu, warf einen Blick auf den Terminkalender, blickte auf die Uhr und sagte: „Eine Minute warten, bitte.“

Er legte den Hörer auf. „Die vom Edelstahlwerk“, erklärte er und sah den Abteilungsleiter fragend an. Der berichtete in knappster Form.

Die Vorzimmersekretärin trat ein und legte einen Packen Papiere auf den Tisch. „Die Unterlagen vom Edelstahlwerk.“

„Einen Moment noch“, sagte Ernst.

„Aber um elf ist Lektion!“ sagte sie streng.

„Ja doch!“ Ein ungeduldiger Wink. Und wieder zum Abteilungsleiter: „Er besteht darauf?“ Ernst griff nach dem dünnen graublauen Hefter, während er Förster anblickte. Seine Augen schienen klein, die Nase grob, der Mund blaß und schmal, das Haar begann zu ergrauen.

„Es scheint“, erklärte der Abteilungsleiter zögernd, „als ob er – als ob es für ihn um Leben und Tod ginge. Oder aber, daß ...“

Ernst Roßmann fuhr mit dem rechten Zeigefinger über seinen Tagesplan. „Um siebzehn Uhr bin ich im Sachsenwerk. Gegen acht also?“

„Gut.“ Förster nickte. „Hier?“

„Ja.“ Ernst stand auf.

Als der Abteilungsleiter die Tür öffnete, erhoben sich im Vorzimmer die drei wartenden Stahlwerker von ihren Stühlen.

„Bitte“, sagte Ernst Roßmann. Und während er sie begrüßte – den Betriebsleiter, den Chefingenieur und den Parteisekretär –, veränderte sich sein Gesicht wieder: Es wurde trotz aller Müdigkeit, die auf ihm lag, wach und straff.

Über dem Zwinger hing eine graue Wolke. Ein kühler Wind fegte die Straße und warf das buntgemischte Herbstlaub in den Zwingerteich. Am Kronentor kletterte eine Reisegesellschaft aus einem Autobus, es waren sehr häßliche ältere und außergewöhnlich schöne junge Frauen darunter. Müssen Engländer sein, dachte Felix, und plötzlich entschied er sich, auch in den Zwinger zu gehen.

Seine Unruhe trieb ihn durch die Sammlungen, ohne daß er etwas aufnahm. Nur bei der Sixtinischen Madonna blieb er längere Zeit stehen und bemühte sich herauszufinden, worin gerade diese Frau so schön sei. Er fand sie hübsch und langweilig.

Auf dem Postplatz lief er um ein Haar in eine Straßenbahn. Am Altmarkt strich er durch das Kaufhaus, ohne etwas zu kaufen. In die Schaufenster der großen Buchhandlung starrte er lange; gefragt, welche Bücher ausgelegen haben, hätte er nicht antworten können. Er ging zum Bahnhof, um nachzusehen, wann er spätestens fahren müsse. In der riesigen Halle fühlte er sich fast wohl: Hier waren alle fremd voreinander, viele stiegen in die Züge und wußten nicht, was sie am Ziel erwartete. Er blieb länger auf dem Hauptbahnhof, als er im Zwinger gewesen war. Er verlor seine Unruhe und gewann eine fremde, traurige Ruhe. Auf dem Bahnhofsplatz sah er ein vielleicht fünfjähriges Mädchen und einen braunen Kurzhaardackel, die sich nicht über ihren Weg einigen konnten, und er lächelte nicht. Den beiden nach, die schließlich den Weg des Dackels nahmen, ging er die Wiener Straße hinunter. Als er vor einem erleuchteten Hoteleingang stand, kam es ihm zum Bewußtsein, daß er seit mehr als sechs Stunden auf den Beinen war.

Er betrat das Hotel und setzte sich an einen Tisch im Hintergrund der Halle. Er bestellte Mokka und Zigaretten, rauchte und wartete, daß es Zeit wäre, zur Urteilsverkündung zu gehen. Das Urteil stand fest, fest stand, daß er es nicht anerkennen würde. Eigentlich, empfand er, war es doch ein unnötiger Aufwand, daß er versuchte, Ernst in eine ähnliche Situation hineinzuzwingen, die vor vier Tagen ihm aufgezwungen worden war.

Die hübsche, in der Taille ungewöhnlich schmale, dunkelhaarige Angestellte in der Portiersloge, den alten, glatzköpfigen Kellner, der auf müden Füßen seinen Feierabend erwartete, die Gäste in der Halle, die kamen und gingen, nahm er wahr wie auf einer Kinoleinwand, klare, scharfe, bewegte Schatten. Einmal vermeinte er, den Schatten des Winfried von Grauheim zu sehen, wie dieser am Empfangstisch einen Zimmerschlüssel entgegennahm. –

Beate hatte einige Kleinigkeiten eingekauft und breitete sie auf dem Tisch ihres Hotelzimmers aus. Sie war von einer nervösen Betriebsamkeit, sie wollte, Winfried solle alles sehen. Auch das – oder vor allem das –, was zu Frauen gehörte, die er gewohnt war. Sie wollte so sein, wie er es wünschte.

Er glitt mit einem flüchtigen Blick über die Dinge hin, aufmerksam betrachtete er Beate. Sie war beim Friseur gewesen, der hatte ihr das Haar gekürzt, tiefschwarz gefärbt und raffiniert gelegt, ihr Kopf erschien schmaler, als er in Wirklichkeit war. Auf dem Gesicht trug sie eine gut gemachtes Make-up, auf dem Leib einen engen modischen Rock, schwarz-grün changierend, und eine sehr einfache, locker geschnittene weiße Hemdbluse.

Konfektion, mokierte sich Grauheim. Prüfend sog er den Duft ein. Er nickte. Maggy Rouff. Gab's manchmal in der Parfümerie am Altmarkt zu kaufen. Genau die Frau, mit der er an einem leeren Abend ins Bett gehen würde.

Sie sah ihn beunruhigt an. „Was hast du?"

„Hunger", sagte er. Er lehnte am Schrank, beide Hände tief in der Tasche. Eine Nacht, mehr hängt da nicht dran. Nach dem Frühstück Alles Gute und Vielleicht sieht man sich mal wieder.

Sie gingen, ohne die Halle zu betreten, ins Hotelrestaurant. Ein junger, blonder schmalschädliger Kellner bediente sie aufmerksam, doch ohne einen Schimmer von Servilität. Es gab Malossolkaviar. Dazu tranken sie einen billigen dalmatinischen Weißwein.

Winfried machte Konversation. Höfliche, klar auf das Hauptanliegen zusteuernde Konversation gehört zu einem Abendessen mit einer Emaille-Dame. Die einfache, gerade Beate, die man vielleicht hätte lieben können, hat der Teufel geholt.

Der Wein erinnerte ihn an ein kulinarisches Erlebnis in Toul. Es muß im August neunzehnhundertvierzig gewesen sein, der Krieg in Frankreich war schon fast vergessen, die Schlacht über England hatte noch nicht begonnen.

„Wir belegten einen Flugplatz in der Nähe der Stadt", erzählte er, „und hatten jede Menge freie Zeit. Ich fuhr oft in das Städtchen, meistens zusammen mit einem Kameraden vom Stab. Wir waren gleichaltrig, ranggleich, er war Assessor an einem Gymnasium in Osnabrück, hatte Geschichte studiert, stammte aus der stursten westfälischen Ecke. Wieso wir Freunde geworden waren, ist mir heute noch rätselhaft. Er schleifte mich kreuz und quer durch das Städtchen, runde zehntausend Einwohner. Es hatte fünfzehn Jahrhunderte auf dem Buckel oder noch ein paar mehr, es war eine Freie Stadt des Heiligen Römischen Reiches Deutscher Nation, als Amerika noch hinter dem Monde lag. Am Rande der Stadt gibt es ein Kloster, Saint Gengoult, wenn ich mich recht erinnere; es hatte den wunderbarsten Kreuzgang, den ich je gesehen habe. Und die schönste Nonne, die je in einer Kutte gesteckt hat. Weißt du, ich denke, Nonnen müssen auch sein, aber sie müßten bloß alte und häßliche Weiber dazu nehmen dürfen. Ich war ganz wild nach meiner Nonne, hängte meinen Freund ab und tigerte fast täglich allein los, ein Frommer mehr im Kreuzgang von Saint Gengoult. Frommsein hat mich schon immer hungrig gemacht – nie im Leben habe ich soviel gefuttert wie in der Zeit der Konfirmandenstunde!

Nach ein paar Stunden himmlischer, wenn auch unheiliger Sehnsucht, hatte ich Hunger wie ein Eremit. Ich fand ein winziges Gaststübchen direkt an der Mosel. Es gab nur Fisch, Fisch und einen Bauernwein. Aber der Fisch war wie die Nonne: unvergeßlich! Ein Rheinsalm! Im Krieg kommt vieles durcheinander, wahrscheinlich hatte auch der Rheinsalm Rhein und Mosel verwechselt oder er war im Rhein-Kanal unterwegs zur Marne, weiß ich? Ich glaube, der Fisch war so eine Art Entschädigung für die Nonne, der ich leider nicht das wunderbare Gefühl der Reue über eine in die Brüche gegangene heilige Jungfernschaft verschaffen konnte."

Er hob sein Glas. „Prost auf seltene Fische, schöne Nonnen und auf dich!"

Beate lächelte nicht.

Eine halbe Stunde später schloß Winfried die Tür zu Beates Hotelzimmer von innen.

Beate stand am Fenster und starrte hinaus.

„Nanu?" Er trat heran und legte ihr die Hände leicht auf die Schultern. „Brauchst du heute eine Zofe?"

Sie machte eine drehende Bewegung mit dem Oberkörper und glitt aus seinem Griff. Ich kann in jeder Fabrik arbeiten, beispielsweise, dachte sie.

Er setzte sich in den hochbeinigen, kurzlehnigen Sessel vor dem Schreib-Frisiertisch und zündete sich eine Zigarette an.

Beate preßte ihre Hände flach an das kühle, glatte Glas der Scheibe. Am Ringfinger der rechten Hand war ein schmaler Streifen heller Haut. Ich verlange ja gar nicht, daß er mich liebt. Wenn er sagt, ich brauche dich …

„Klar", sagte er, „du hast recht: Wozu noch mal 'ne Bettszene? Kannst du schließlich daheim auch haben."

Beate fuhr herum und starrte ihn an.

„Irgend jemand – gestatte, daß ich den klugen Knaben ‚irgend jemand' nenne, um nicht deinen Zorn auf ihn zu lenken", fuhr er fort und bemerkte erstaunt, daß es ihm leichtfiel, mit Beate zu reden, als stünde sie in seinem Notizbuch, „er hat also gesagt, du wärest im Grunde eine Art Fallschirm für mich. Eine gute Sache, ein Fallschirm. Die Kiste montiert ab, und ringsum ist ein Haufen Nichts. Man denkt: Himmelfahrt. Da öffnet sich der Fallschirm, man baumelt daran, beguckt sich den Haufen blauen Nichts um einen herum, freut sich auf den Schnaps oder auf das kleine Funkmädchen Gerti, die beim Funken einschläft und im Bett Funken sprüht – und dann kriegt man wieder Boden unter die Füße. Eine gute Sache, ein Fallschirm. Aber leider, du warst keiner."

Beate sah immer noch stumm zu ihm hin, sie konnte seine Züge nicht genau erkennen, da war ein Regenbogen, kein Bogen, nur die Farben des Regenbogens waren da.

„Heule nicht", sagte er. „So schön wie du jetzt bist, kriegst du jeden ins Bett, den du willst."

Sie straffte sich wie unter einem Schlag.

„Bloß ich muß zu meinem gewesenen Herrn Schwager nach Argentinien fahren und Cowboy lernen."

Beate riß ihr Taschentuch aus dem Täschchen und wischte sich die Tränen vom Gesicht.

„Dir nützt kein Fallschirm", sagte sie ruhig. „Weil du nicht weißt, ob die Erde unten ist oder oben."

„Uninteressant", sagte er. „Und außerdem wolltest du ja

bloß ein Kind von mir. Wenn du eines gekriegt hättest, ich wäre zu Mjetk gegangen, das ist mein Kind, verstehst du, old fellow, und nun will ich auch die Frau dazu haben. – Das blöde Leben hätte vielleicht einen Sinn gehabt."

„Ich bin sehr froh, daß ich kein Kind gekriegt habe."

Unklar empfand er das als eine Beleidigung. „Wäre ja auch ein schöner Bastard geworden!" Er schnippte die Asche von der Zigarette und stand auf. „Ciao, Beate! Bewahre mir ein gutes Andenken!"

An der Tür wandte er sich noch einmal um. „Und hol dir deine Kinder zurück."

Er ging.

Beates Gesicht war fast blutlos vor Starrheit. Die Kinder nicht, dich nicht, Mjetk nicht, den Hof nicht. Und mich nicht. Wohin zurück? Um wieviel Jahre? Zehn Jahre? Zwanzig Jahre? Als ich zwölf war, die nackten Füße gegen den sommerharten Weideweg stemmte, auf dem Handwagen Wasser für die Kälber, der Himmel war blau, die Weide war grün, das Leben kein Dickicht, kein Irrtum.

Sie wandte sich um und starrte wieder durch das Fenster. Unten fuhr ein Autobus vor, Leute stiegen aus. Winfried trat aus dem Hotel.

Beate hörte nicht, wie eine breitzahnige alte Dame sagte: „Very interesting, this East-Germany!", und Winfried im Vorbeigehen murmelte: „Bloody damned Germany!" Sie sah nur, wie er sich den hellen Staubmantel über die Schulter warf und davonging.

Wenig später sah sie Felix Hanusch auf die Straße treten und davongehen.

Er trug den Kopf im Nacken.

Es war seltsam: Sie wunderte sich nicht, ihn hier zu sehen. Der Wind warf ihm die Haare in die Stirn; er strich sie mit einer Handbewegung zurück, die ihr vertraut war. Sie lächelte schwach, ohne es zu wissen.

Ernst Roßmann reichte, hinter dem Schreibtisch stehend, Felix die Hand und sagte: „Setzt euch bitte."

Sie setzten sich, Felix rechts, der Abteilungsleiter links, an den Tisch, der mit seiner Schmalseite an den Schreibtisch stieß.

„Ich denke", fuhr Ernst fort, „es ist am besten, du berichtest zunächst."

Felix war blaß. Er schwieg.

„Hier ist kein Gericht, Felix", sagte Ernst. „Wir sind drei Genossen, die sich in einer ernsten Frage Klarheit verschaffen wollen." Er hatte keine Lust zu rauchen, aber er stopfte sich die Pfeife mit der Bedachtsamkeit, die Felix an ihm kannte.

Felix legte die Hände halb geöffnet vor sich auf den Tisch, sah einen Augenblick zu, wie Ernst die Pfeife anzündete, und begann ohne Umschweife mit seinem Bericht.

Er fing an mit der Pflasterstraße, die sich durch sein Dorf zog, zehn Jahreszahlen waren dunkel abgesetzt auf ihr eingepflastert. Von dieser Straße läßt sich die Geschichte der Witwe Nakonz, Rumbos und seine eigene ablesen bis zu dem Donnerstag vergangener Woche.

Die beiden Genossen hörten zu, ohne ihn zu unterbrechen. Bis hierher hatte Felix ruhig, fast bedächtig gesprochen. Nun verlor er die Ruhe, er schüttete seine Worte nicht länger durch das Seihtuch der Vernunft, wie ein Sturzbach brach es aus ihm heraus, ich schreie es ihnen in die Ohren, dann mag kommen, was will. Sein Gespräch mit Rumbo an jenem Abend: zehn Worte. Seine Auseinandersetzung mit Melzer: fünf Sätze. Die Parteiversammlung: ein dürres Protokoll. Jäh sprang er auf das Ende über: das Lachen, das lustige über den Spaß, das bösartige über die Sache.

„Ich bin schuld daran", schloß er, äußerlich wieder ruhig. „Aber auch daran seid *ihr* schuld!"

Während des Berichts hatte er meistens auf seine Hände geblickt, jetzt hob er den Kopf und sah Ernst starr in die Augen.

Der fragte: „Warum sind wir schuld?"

„Wir also. Nicht du?" fragte der breitwangige Abteilungsleiter.

Felix entgegnete, bebend vor Zorn: „Weil ihr Rumbo duldet, weil ihr Melzer duldet! Zulaßt, daß sie sich hinstellen, ‚ich spreche im Namen der Partei'! Ich werde bestraft, weil es Rumbo gibt, weil es Melzer gibt!"

„Du irrst dich", sagte Ernst Roßmann ruhig. „Wenn

‚Strafe', dann, weil du Partei und Staat Schaden zugefügt hast. Weil du uns ein Partisanenstück vorgespielt hast. Nur deswegen."

„Dagegen werde ich mich wehren", Felix hatte wilde Augen, „bis zum letzten. Solange es Rumbos gibt, muß es ..."

Der Abteilungsleiter unterbrach ihn: „... muß es solche Hanusch-Partisanen geben, nicht wahr?"

„Oder Heuchler!"

„Und du bist der Meinung", fragte der Abteilungsleiter, „besser ein wilder Partisan als ein Heuchler?"

„Zehn auf einen!" schnob Felix.

Ernst Roßmann lächelte schwach und rief sich gleich selbst zur Ordnung. So harmlos war ja die Geschichte nun auch wieder nicht, daß er dem Felix noch auf die Schulter klopfen sollte, weil er kein Heuchler war.

„Wir wollen eins nach dem anderen klären", sagte er. „Erst mal das Spritzenhaus."

Felix weigerte sich, eine solche Reihenfolge anzuerkennen. Erst Rumbo, verlangte er. Zur Erhärtung seines Standpunktes erzählte er, wie die Philosophie im Steinbruch gehaust und wie der Traktorist Schnupps auf seine Weise die Staatsinkarnation Rumbos verstanden habe. Verwundert, aber immer noch mißtrauisch, beobachtete er seine beiden Zuhörer: Der mit der nicht recht funktionierenden Bauchspeicheldrüse lachte laut, Ernst Roßmann stopfte sich – jetzt, weil er Lust zu rauchen hatte – eine neue Pfeife und konnte nicht verbergen, daß er sich etwas auf solche labilen Elemente wie den Mrosak und den Schnupps einbildete.

„So sind unsere Leute!" sagte er, an seinen Mitarbeiter gewandt. „Der Mrosak hat einmal ein Gedicht auf Felix gemacht, der ist beinahe dran gestorben."

„Ich denke", Förster wandte sich an Ernst, „wir sollten uns von deinem Lokalpatriotismus nicht beeinflussen lassen. Die Sache ist wohl doch nicht mit einem kleinen Finger abzutun."

Ernst Roßmann nickte ihm zu. „Du hast recht. Nur, denke ich, sie ist anders wichtig, als du es denkst. Und anders, als du", zu Felix gewandt, „es siehst. – Klären wir das Einfachste: Rumbo und die Witwe Nakonz. Die Genossen der Abteilung", eine Handbewegung zu Förster hin, „haben seit Sonnabend mittag Gelegenheit gehabt, sich darüber zu informieren."

„Ja", sagte der Abteilungsleiter, „und wir sind, gänzlich unbeeinflußt von dem schon angeführten Lokalpatriotismus des Genossen Roßmann, zu der Ansicht gelangt, daß der Bürgermeister völlig den Kopf verloren hat. Und daß er ohne Kopf nicht Bürgermeister bleiben kann, ist wohl klar."

Felix nickte heftig, sein Gesicht begann sich zu entspannen.

Der Abteilungsleiter sah ihn streng an. „Das aber hat nicht das geringste mit deinem Fall zu tun! Welche Konsequenzen ergäben sich, wenn man solche Handlungen wie die deine durchgehen ließe? Durchlöcherung der Gesetzlichkeit, Auflösung der Leninschen Normen ..."

Ernst hob die Hand. „Laß gut sein. Jetzt kommen wir nämlich dahin, wo ich mit keinem von euch beiden einverstanden bin. Ihr wollt beide eine Grundsatzentscheidung."

Felix blickte überrascht auf, Ernst grinste. „Du hast mich hineinlegen wollen, Felix. Soll sich doch der Ernst die Zähne ausbeißen an dieser Nuß! Und weil ich meine Zähne noch brauche und außerdem fürchtete, ich sei voreingenommen, wollte ich mich nicht einmischen. Aber du hast darauf bestanden. Du wußtest – oder ahntest es wenigstens –, daß es keine Grundsatzentscheidung gibt, und genau die wolltest du mir aufzwingen. Mein lieber Freund!"

Felix wurde rot, er versuchte zu protestieren, *das* hatte er nun wirklich nicht ausgeklügelt.

Ernst lachte, ein tiefes, warmes Lachen der Zufriedenheit mit sich selbst. „Du wolltest, ich sollte dir entweder den Kopf abhauen oder dich sozusagen auf den Piedestal stellen. Du wolltest entweder Märtyrer sein oder Held. – Und was denkst du, was ich denke, daß du bist? Na?"

Felix zuckte mit den Schultern, er spürte, wie eine schwere Dumpfheit von ihm abfiel, er war bereit, alles Erdenkliche zu sein.

„Ein Don Quichotte bist du, ganz einfach!"

Der Abteilungsleiter wiegte den Kopf, plötzlich aber lachte er auf, schallend und breit. „Und die Witwe Nakonz", er japste vor Lachen. „ist dein Sancho Pansa!"

Felix konnte nicht lachen. Sancho Pansa ißt aus einer irdenen Schüssel, zeugt Kinder, und sein Esel ist gut, Korn in die Mühle zu tragen.

Doch nicht einmal, als er merkte, daß er gegen eine Windmühle angeritten war, wünschte Don Quichotte, Sancho Pansa zu sein. Felix schwieg. Er wußte, die Auseinandersetzung war nicht zu Ende, es wird noch heiß und heftig zugehen. Aber der Ausgangspunkt war vereinbart. Die Atmosphäre war sauber und klar, die Sicht gut, scharf gezeichnet jedes Ding bis an den verschwimmenden, fernen Horizont. Hinter den Hecken keine Wegelagerer, auf den Straßen keine Fallgruben, auf dem Weg keine Furcht und keine Vorsicht.

Ist es tragbar, um einen solchen Preis Don Quichotte zu sein? Wird damit wirklich Rumbo zur Windmühle?

Wenn er es wird für Sancho Pansa, ist der Preis nicht zu hoch.

Ernst Roßmann warf einen Blick auf die Uhr, auch Felix sah hin. In einer Stunde mußte er in dem Zug sitzen, der immer noch wie in der Kinderzeit rüttelte und rumpelte, stieß und ächzte und fünfundzwanzig Kilometer in der Stunde schaffte. Jäh überfiel Felix eine hitzige Welle der Angst, ob er, selbstzufrieden Rumbo bedenkend, nicht sei wie jener Zug: Fünfundzwanzig Kilometer in der Stunde, und die Abteile sind halbleer. Was zählt da ein Tag? Ein Leben ist schnell vertan, wenn es erst einmal zurückgeblieben ist.

„Fangen wir also an“, sagte Ernst Roßmann, „nachdem wir uns über den Quichotte geeinigt haben, über Felix Hanusch zu sprechen.“

Fangen wir an, dachte Felix drängend, ich habe noch dreißig Jahre vor mir. Er sah, daß das Gesicht des Freundes dunkel vor Erschöpfung war.

Epilog

Bauernwinter. Schnee genug, das Korn schläft warm. Der Bürgermeister Paul Wenk betrachtet den Schnee und denkt: Was machen die Instrukteure im Winter? Er ist noch frisch in seinem Amt, seine Gedanken sind verzeihlich. Ein Motorrad schlittert dreibeinig die Straße entlang, hält vor der Bürgermeisterei. Der Bürgermeister seufzt: Im Winter machen die Instrukteure die Beine breit, haben frostrote Nasen, kümmern sich um Kartoffelmieten und um die Winterschulung.

Der Wenzel, der Mrosak und weitere skatstarke Männer hocken beim Stellmacher, warten auf eine neue Runge für den Ackerwagen, füttern das Öfchen mit Hobelspänen und schulen sich.

Sie schulen sich über das Phänomen Obrigkeit. Zum Beispiel: Rumbo. Der war zu dumm für ein Dorf, für eine großartige Schule soll er nicht zu dumm sein? Als er hingezogen ist auf die Schule, hat er zu Felix gesagt: „Du bleibst immer ein Papstlehrling", und der Felix hat gesagt: „Und du, fürchte ich, bleibst immer ein Papst und wirst nie Lehrling." Der Felix macht es gern ein bißchen verwickelt.

Über die Obrigkeit kannst du den ganzen Winter lang reden – wenn der Schnee schmilzt, bist du nicht klüger. Reden wir also lieber von anderen Dingen. Zum Beispiel vom Geiz, der schlimmer ist als Krätze, wenn er erst einmal den Menschen erfaßt. Hat der Gärtnerschwiegersohn der Witwe Nakonz es nötig, sich mit ihr auf Tod und Leben wegen dem Glashaus zu zerstreiten? Geld hat er wie Heu, aber wenn er sich zu Weihnachten einen Schnaps leistet, ißt er bis Ostern trocken Brot.

Wenn Männer wintertags vom Schnaps reden, kriegen sie Durst. Sie verlassen die Stellmacherwerkstatt und messen den Schnee aus bis zur Theke der Wirtin Hilde. Am runden Tisch wärmt sich ein halberfrorener Kreisrat auf. Er war gekommen, um dem neuen Vorsitzenden Simon Mjetk die Anfangsgründe der Landwirtschaft beizubringen, und ist von Mjetk auf den Bruchhang geschleppt worden, damit er einen Blick in die künftige Landwirtschaft des Dorfes werfe. Die Wirtin Hilde hat angefeuert, daß man die Haut ausziehen möchte. Der Mrosak reißt ein Fenster auf.

Der Kreisrat protestiert: „Besser erstickt als erfroren!" Hier spricht er als Mensch und nicht als Obrigkeit.

Er linst nach den Skatmännern. Sie lassen ihn mitspielen, es ist eine gute Gelegenheit, der Obrigkeit seine Meinung ins Gesicht zu sagen. Zunächst über Mjetk.

„Es wird kein Honiglecken sein mit ihm", sagt Mrosak schadenfroh zum Kreisrat, „für euch."

„Und für euch?" fragt der Kreisrat.

Mrosak kratzt sich den Kopf. „Passe!" sagt er.

Die anderen lachen. Obwohl es so sehr zum Lachen nicht ist. Denn es ist kein Zweifel, daß Mjetk die Obrigkeitsstiefel, die er vom Felix übernommen hat, nicht zum Leisetreten benutzen wird.

„Der arme Mann!" wirft die Wirtin Hilde mitleidig ein.

Darüber kann man verschiedener Meinung sein. So eine Zahme war die Beate ja nun weiß Gott nicht. Jetzt füttert sie Kälber auf einem Berliner Stadtgut.

„Die arme Frau!" sagt die Wirtin.

„Kann ja heimkommen", brummt der Wenzel.

„Oder", Mrosak lacht, „der Felix wird ja auch in Berlin studieren ..."

Der Kreisrat murrt: „Wird hier Skat gespielt oder über Angelegenheiten fremder Leute geredet?"

„Fremde?" Mrosak ist empört. Er hält im Mischen inne und klärt die Obrigkeit darüber auf, daß – zum Beispiel – die Angelegenheiten des Felix Hanusch keine fremden Angelegenheiten seien.

Der alte Jakob Hanusch saß mitten in der Stube auf einem Küchenhocker und band Besen. Die Mutter schliß am

Tisch Gänsefedern, weiße Fläumchen klebten an ihrem immer noch dunklen Haar, das unter dem Häubchen hervorsah. Felix lehnte bequem im Sessel, den sie Mutter zum letzten Geburtstag geschenkt hatten. Morgen mit dem Frühbus mußte er fahren. Durch die Fenster schlich die Dämmerung.

Der Vater schnitt mit einem scharfen Klappmesser die langen Enden von einem fertigen Besen und betrachtete ihn kritisch. Er warf ihn auf die Seite und nahm eine Handvoll neuer Reiser auf.

„Ich denke", sagte er, „ich mache einen kleinen Besen für Mathi. Er ist alt genug, um Uschka zu helfen."

Die Mutter schalt auf den Vater, daß er solche Unordnung in die Stube bringe. Und wozu überhaupt müsse er arbeiten, er sei alt genug mit siebzig Jahren, daß er sich seinen Rücken am Ofen wärmen dürfte.

„Wenn ich tot bin, habe ich Zeit genug, mich zu wärmen", sagte der Vater und blinzelte seinem Sohn zu. „Wenn ich zehn Jahre älter bin, helfe ich Federn schleißen. Und wenn ich hundert bin, hüte ich im Sommer die Gänse, und im Winter rauche ich Pfeife. Das versteht ihr Frauen eben nicht, daß ein Mann bloß so lange lebt, wie er arbeitet."

Felix rauchte eine Zigarette und sah zu, wie geschickt Mutters Hände den Federflaum vom Kiel rissen, wie kräftig Vater das Rutenband um die ersten Reiser des neuen Besens schlang.

Sie schwiegen, ein gutes, vertrautes Schweigen, man kann sich aufeinander verlassen. Die Wanduhr schnarrte.

Nach einer Weile fragte der Vater: „Mußt du dann auch eine Prüfung machen?"

Felix lächelte. „Damit hat's drei Jahre Zeit."

„Drei Jahre sind schnell vertan", sagte der Vater.

Der Sohn stand auf. „Keine Sorge", sagte er. „Ich mache euch schon keine Schande." Er lachte und gab ihnen die Hand. Vaters Hand war dunkel und klebrig von dem Saft der frischen Birkenreiser.

Felix Hanusch ging aus dem Haus, wie er dreimal zuvor gegangen war: zehnjährig, um die bunte Gymnasiastenmütze aufzusetzen, zwanzigjährig, um Häftlingskleidung zu tragen, dreißigjährig, um Obrigkeitsstiefel anzuziehen.

Nun, als Vierzigjähriger, ging er, um alles über Shakespeare zu lernen.

Es ist eine seltsame Sache, das Menschenleben. Immer wieder kehrt es an einen Punkt zurück, und niemals vorher war es an diesem Punkt. Eine Spirale ist es, sich aufwärtswindend, und war der Stahl gut, bricht die Spirale nicht.